Knaur.

Knaur.

*Im Knaur Taschenbuch ist von demselben Autor bereits erschienen:*
Das Delta

*Über den Autor:*
Jens J. Kramer, geboren 1957 in Cuxhaven, studierte in Berlin Ethnologie und Islamwissenschaften. Er schreibt historische Romane sowie Kolumnen und Porträts u. a. für den *Hamburger*.
Kramer ist verheiratet und lebt in Hamburg.

Jens J. Kramer

# Der zerrissene Schleier

*Roman*

Knaur Taschenbuch Verlag

**Besuchen Sie uns im Internet:**
**www.knaur.de**

FSC
www.fsc.org
MIX
Papier aus verantwortungsvollen Quellen
FSC® C083411

Originalausgabe November 2010

Ein Unternehmen der Droemerschen Verlagsanstalt
Th. Knaur Nachf. GmbH & Co. KG, München

Redaktion: Dr. Heike Fischer
Umschlaggestaltung: ZERO Werbeagentur, München
Umschlagabbildungen: Pavonia, 1859 (oil on canvas); Frederic Leighton; Private Collection / »Constantinople From the Sea«; © Christie's Images/CORBIS
Satz: Adobe InDesign im Verlag
Druck und Bindung: CPI – Clausen & Bosse, Leck
Printed in Germany
ISBN 978-3-426-50550-2

2 4 5 3 1

*Für Nina*

*»Der Geliebte, er ist alles; Schleier nur der Liebende.«*

MEVLANA JALALUDDIN RÚMI*

* siehe Glossar

# *Die Eroberte, 1453*

Sie trug einen Schleier. Aber natürlich erkannte er sie trotzdem. Und spürte, wie die Hitze ihn durchströmte.
»Wer bist du?«, fragte er sie.
Sie trat langsam näher, geschmeidig wiegten sich ihre Hüften unter dem grünen Gewand.
»Weißt du es nicht mehr?« Ihre Augen glitzerten.
»Doch. Aber ich will, dass du es mir sagst. Ich habe so lange nach dir gesucht.«
»Wie lange?« Sie kniete vor ihm nieder.
»Ein Leben lang.« Fasziniert sah er auf ihre Hände, die sie ihm entgegenhielt, als wollte sie, dass er sie ergreife. Er tat es nicht.
»Ich glaube dir nicht«, gab sie zurück. Doch er sah den Spott in ihren Augen.
»Was muss ich tun, um dich zu überzeugen?«, fragte er, indem er auf ihr Spiel einging.
»Sehr viel. Du musst mich retten wie damals auf dem Markt. Du musst mich küssen wie in der Schlacht. Du musst mich ansehen wie in der Moschee. Und du musst mir verzeihen. Weil ich deinen Schmerz sah.«
Sie hatte ihre Hände auf seine Knie gelegt. Er beugte sich vor.
»All das will ich tun. Und noch viel mehr. Womit fangen wir an?«

»Dass du mich küsst«, antwortete sie, hob ihren Schleier und hielt ihm ihre Lippen entgegen.
Er strich ihr über die Wange. »Ich habe dir ein Geschenk mitgebracht«, sagte er.
Und zog den Dolch hervor.

# *Die Prophezeiung (21 Jahre zuvor)*

Der Berg drohte nicht. Er wachte über die Stadt an seinem Fuße. So zumindest kam es dem alten Sheik vor, als er seinen Blick zu der im flirrenden Sonnenlicht liegenden Kuppe des *Uludag* hob. Ein winziger schwarzer Punkt vor dem hellen Blau des Himmels verriet ihm, dass dort oben ein Raubvogel seine Kreise zog.

Sheik Haçi Bayram nickte langsam. Bursa. Die Stadt, in der alles begonnen hatte. Sie war ein guter Ausgangsort für das Kommende. Er gab seinem Begleiter, der stumm einen Schritt hinter ihm stand, einen Wink. Es war an der Zeit, sie wurden erwartet.

Die Wachen am Tor der alten Zitadelle, in der Sultan Murad den Sommer verbrachte, verbeugten sich ehrerbietig, als der Sheik und sein junger Begleiter in den Hof traten. Ein Bote eilte ihnen voraus, um sie anzukündigen. Dennoch nahmen sie sich die Zeit, sich am Brunnen vor der Moschee zu waschen, bevor sie das Hauptgebäude betraten, in dem die Räume des Sultans lagen.

Kühle, nach Rosenöl duftende Luft umfing sie im Inneren des Palastes. Die Mühsal des langen Weges, den die beiden Männer, der alte und der junge, hinter sich hatten, wich aus ihren Gliedern, als sie in die schattige Stille der Sultansgemächer traten. Nur ein leises Raunen, kaum hörbar, erfüllte die Marmorhallen, als fürchteten seine Bewohner mit ihren Stimmen das Missfallen des Osmanenherrschers zu erregen.

Sultan Murad ruhte in einem Raum, durch dessen verzierte Fenstergitter in schrägen Bahnen das Licht einfiel. Zur Linken seiner breiten Liege lag auf einem mit Silber verzierten Lesepult ein aufgeschlagenes Buch, in dem der Sheik mit einem Blick den Koran erkannte. Zur Rechten des Osmanenherrschers stand eine Wiege. Haçi Bayram und sein Begleiter verneigten sich tief. Doch sie beugten nicht das Knie.

»Salaam aleykum, mein Bruder«, begrüßte sie der Sultan, und der alte Sheik richtete sich auf.

»Aleykum as-Salaam, mein Sultan«, antwortete er.

Murad wies auf die gepolsterten, niedrigen Schemel gegenüber der Liege. Davor stand auf einem kleinen Tisch eine Schale mit Früchten.

»Ruh dich aus, Sheik Haçi Bayram, und koste von den Trauben. Sie werden deinen Gaumen erfrischen und ihre Süße deine Zunge geschmeidig machen.«

Der alte Sheik ließ sich auf dem größeren der beiden Schemel nieder und bediente sich an den Früchten. Dabei betrachtete er die hageren Gesichtszüge des Osmanenherrschers. Etwas Schwermütiges umgab den Herrscher, doch Haçi Bayram wusste um die Entschlossenheit, mit der dieser seine Regentschaft führte. Mit einem Mal lenkte ein leises Glucksen aus der Wiege seine Aufmerksamkeit ab. Der Sultan folgte seinem Blick.

»Allah hat mir einen neuen Prinzen geschenkt«, sagte er leise.

»Gesegnet sei das Haus Osman. Möge der Junge seinem Vater zur Ehre gereichen.« Dabei dachte der Sheik an seinen Traum und hoffte, dass dieser neue Prinz die Kraft besaß, das zu vollbringen, was das Schicksal für ihn vorgesehen hatte. Unwillkürlich wandte er sich nach seinem Begleiter um und stellte fest, dass der stehen geblieben war und unverwandt das Neugeborene betrachtete. Auch dem Sultan schien jetzt das ungewöhnliche Verhalten des jungen Mannes aufzufallen. »Wer ist dein Begleiter, Haçi Bayram, mein Bruder«, fragte er mit einer Stimme, in der eine Spur Unwillen mitschwang.

»Das ist mein neuer *murid*, ein Schüler auf dem Pfade der Weisheit«, beeilte sich der Sheik, dem Sultan zu versichern. »Es hat einen besonderen Grund, dass er heute bei uns ist.«

Der junge Mann, der bemerkte, dass seine Neugier unangemessen war, senkte den Blick. Doch aus den Augenwinkeln heraus musterte er weiterhin den kleinen Prinzen.

Die demütige Geste des *murids* schien den Sultan zu besänftigen. Er wandte sich wieder dem Sheik zu: »Hast du getan, worum ich dich gebeten habe?«, fragte er nun. »Hast du ergründet, ob die Prophezeiung sich erfüllen wird?«

Die Prophezeiung. Jene Worte, deren Ursprung bis in die Tage des Propheten zurück reichten. Haçi Bayram neigte zur Bestätigung den Kopf. Er wusste, was er zu sagen hatte. Aber es würde nicht einfach sein. Während der Sultan auf seine Antwort wartete, zogen vor dem inneren Auge des Sheiks die Bilder vorbei, die sein Traum ihm gezeigt hatte. Das rote Banner, darauf in schwarzen Schriftzeichen die Worte der *Al-Fatiha*. War es eine Vision aus der Zukunft oder der Vergangenheit gewesen? Der Traum hatte ihm die Antwort gezeigt.

»Ja, mein Sultan, die Prophezeiung des Eyüp wird sich erfüllen«, sagte der Sheik schließlich.

Murad beugte sich vor. In seinen Augen glühte ein dunkles Feuer.

»Hast du es gesehen?«, fragte er mit heiserer Stimme.

Der Sheik nickte: »Ich sah die unbezwingbaren Mauern fallen. Ich sah ein weißes Pferd über die leblosen Leiber der Ungläubigen steigen. Und Eyüps Seele fand endlich seinen Frieden.«

Der Sultan lehnte sich wieder zurück. »Und wer«, fragte er

dann mit hohler Stimme, »saß auf dem weißen Pferd, Sheik Haçi Bayram, mein Bruder? War ich es?«
Der alte Sheik schüttelte den Kopf: »Nein, mein Sultan. Weder du noch ich werden die Mauern von Konstantinopel fallen sehen.«
Die Gestalt Murads sackte kaum merklich in sich zusammen, aber Haçi Bayram hatte seinem Herrn diese Wahrheit nicht ersparen können. Nun war es an der Zeit für den zweiten Teil seines Traumes.
»Doch«, begann er langsam, »das Kind in der Wiege wird es sehen.«
Überrascht blickte der Sultan auf. Sheik Haçi war sich der Wirkung seiner Worte bewusst. Der neue Prinz nahm keineswegs die Rolle des Thronfolgers ein. Murads ältester Sohn, Ali, genoss bereits die Erziehung, die ihn auf die Sultanswürde vorbereiten sollte. Dass nun der Sheik dem jüngsten Sohn die Führung des Hauses Osman prophezeite, verhieß dem älteren Bruder ein frühes Ende.
Haçi Bayram blickte dem Sultan ruhig in die Augen. Er wusste, dass die Übermittlung einer solchen Nachricht den Tod bedeuten konnte. Nur wenige Herrscher ertrugen die Wahrheit, und oft genug rollte der Kopf eines Boten, um seine schlechte Botschaft dem Vergessen zu überantworten. Doch der alte Sheik fürchtete den Tod nicht. Nie wäre es ihm in den Sinn gekommen, seinen Herrn mit einer Lüge zu beleidigen. Alles, was er empfand, war Mitleid mit dem Vater, dem er soeben den Tod eines Sohnes vorhergesagt hatte. Traurig schüttelte der alte Mann den Kopf. »Dies ist die Antwort, die ich dir bringen kann. Der Junge dort in der Wiege ist der Mann auf dem weißen Pferd. Und mein Schüler«, jetzt wandte er sich zu seinem Begleiter um, »wird an seiner Seite sein.«
Der junge Mann erwiderte ruhig seinen Blick. Erst jetzt wurde

dem Sheik klar, dass sein Schüler, dem er nichts von dem Traum erzählt hatte, längst wusste, welche Aufgabe ihn erwartete. Wie konnte das sein?, fragte sich der alte Mann. Wie konnte ein Mensch in diesen jungen Jahren über ein solches Wissen verfügen? Aber diese Frage hatte er sich schon einmal gestellt, damals, als er dem Jungen das erste Mal gegenübergestanden war.

»Wie heißt dein Schüler, mein Sheik«, vernahm er nun wie aus weiter Ferne die Stimme des Sultans.

»Sein Name ist Mustafa«, gab Haçi Bayram seinem Herrn Antwort, »ein Sohn des Seyh Hamzah aus Damaskus. Doch in unserem Orden trägt er den Namen Ak Schemseddin.«

»Ak Schemseddin«, wiederholte der Sultan leise, und seine tiefe Stimme ging wie ein Raunen durch die Luft.

»So beauftrage ich dich«, befahl er dann, »diesen Prinzen zu behüten und ihn alles zu lehren, was er für seine Aufgabe braucht. Wirst du das tun, Mustafa Hamzah, den man Ak Schemseddin nennt?«

Der junge Mann verneigte sich: »Ja, mein Sultan.«

Nun kreuzte Murad seinen Blick mit dem des alten Sheiks. Sie beide wussten, dass ihre Zeit vergehen würde. Und dass die Siege ihrer Nachfolger bereits im Buch des Lebens verzeichnet waren. Zwischen ihnen zeichnete das Licht der Nachmittagssonne ein verschlungenes Muster auf den weichen Damast und den glänzenden Marmorboden. Beide erinnerte es sie an die Schriftzeichen des heiligen Koran, und beide lächelten. Wehmütig.

Es war ein Tag im September 1432, das Jahr, das nach der *Hrdja*, jener Zeitrechnung, die mit der Flucht Mohammeds aus Mekka begann, die Zahl 835 trug. An diesem Tag hob in Konstantinopel, der Stadt, über deren Mauern der alte Sheik im Traum das Banner des Propheten hatte wehen sehen, ein müder Kaiser seinen Blick von dem Brief, den er gerade verfasste. Es war ein Bittbrief an den Papst in Rom, mit dem er um nicht weniger als den Beistand der gesamten Christenheit für seine bedrohte Stadt ersuchte. Er ahnte bereits, dass seine Bitte nicht erhört werden würde. Aber er war der Kaiser, er durfte nicht verzweifeln.

Es war ein Tag im September. Auf den Feldern jenseits der Mauern von Konstantinopel leuchtete goldener Weizen im Licht der Nachmittagssonne. Und während der Sultan und sein Sheik in Bursa ihren bitteren Frieden fanden, während in Konstantinopel ein Kaiser flehte und der Papst in Rom von der Wiedervereinigung der zerstrittenen christlichen Kirchen träumte, entdeckte ein Junge in Venedig die Weisheit eines längst vergangenen Zeitalters.

Und in einem kleinen Dorf in Bulgarien, nicht weit von der Küste des Schwarzen Meeres entfernt, schrie ein Neugeborenes zum ersten Mal seine Wut in den grausamen Himmel.

# Die Erwachende

◆ ◆ ◆

Lange ruhte deine Schönheit im Verborgenen. Denn du schliefst. Vielleicht warst du schon da, als vor vielen tausend Jahren das Eis des Nordens schmolz und die Meere anschwollen. Da warst du noch wie ein Ungeborenes im Leib seiner Mutter. Spürtest du das Brechen des Landes, als das Wasser sich seinen Weg erzwang? Das Tosen, als ein neues Meer entstand? Hörtest du die verzweifelten Rufe derer, die in den Fluten versanken? Vielleicht. Vielleicht wusstest du da aber auch, dass deine Stunde bald kommen würde.
Die ersten Menschen, die sich dir näherten, suchten Schutz, unten in jener Bucht, die später einen »goldenen« Namen tragen sollte. Das Wasser gab ihnen Nahrung im Überfluss, doch zuerst mussten sie lernen, Schiffe zu bauen; denn nur vom Wasser aus gibst du dich zu erkennen. Auch jene Siedler, die sich am gegenüberliegenden Ufer des Meeres niederließen, sahen deine Größe nicht. Daher nannte man diesen Landstrich später »Ufer der Blinden«.
Ob es wirklich Jason war, der von seiner Argo aus deine Schönheit ahnte und ihr zu Ehren den ersten Tempel errichten ließ? Wer gab dir deinen ersten Namen: Lygos? Den Göttern schien er nicht zu gefallen. Sie ließen das Orakel von Delphi einschreiten, um jenen Megarer zu dir zu schicken, der dir dann seinen Namen gab: Byzanthion.
Dies war die Stunde deiner Geburt als Stadt. Auf drei Seiten von Wasser umgeben, recktest du dich der Sonne entgegen. Auf deinem

*siebenfach gebuckelten Rücken wuchsen hohe Bäume, in denen der Nordostwind rauschte. Auf der Landspitze erbauten die Menschen eine Akropolis, die weit über die Meerenge schaute. Ihr sollten andere Tempel folgen. Von nun an wurde deine Schönheit zur Legende. Heere zogen aus, dich zu erobern. Ein Perserkönig kam von weit her, um dich den Griechen zu rauben. So wurdest du Teil eines Reiches, das sich über zwei Kontinente erstreckte. Doch der Perser war ein glückloser Liebhaber. Die Griechen eroberten dich zurück, erst jene aus Athen, die dann mit den Spartanern um dich kämpfen mussten und verloren. Keiner vermochte dich zu halten. Du warst die wahre Helena, für die Helden in den Krieg zogen und zu deren Füßen sie starben. Jeden blendetest du mit deiner Schönheit, keinem gelang es, dir seinen Willen aufzuzwingen. Auch nicht dem römischen Adler, dessen Reich du als freie Stadt angehörtest. Erst als einer seiner Großen dich zu seiner Kaiserin machte, nahmst du seinen Namen an: die »Stadt des Konstantin«, Konstantinopel. Er brachte dir den neuen Gott, in dessen Zeichen er gesiegt hatte. Ihm errichtete einer seiner Nachfolger unweit jenes ersten Tempels die größte Kirche der damaligen Welt, die er »Heilige Weisheit« nannte, Hagia Sophia. Ihre gewaltige Kuppel, unter der alle Menschen der Stadt Platz fanden, wurde von Säulen aus grünem Porphyr getragen. Das Kreuz des Gottes war aus purem Gold, und die Gebete stiegen zusammen mit dem Geruch kostbaren Weihrauchs in die Höhe.*

*Von nun an herrschtest du über ein Weltreich. Aus Ägypten kam der Weizen, Gewürze aus Damaskus und Indien, Seide aus China. Gelehrte aus aller Welt trugen ihre Schriften in deine Mauern, und unten, am Hafen in der Bucht, tauschten die Händler die Kostbarkeiten des Ostens und des Westens. Du machtest sie reich, und so nannten sie die langgestreckte Bucht, in der sie ihre Schiffe beluden, »Goldenes Horn«.*

*Schon Konstantin, der erste Kaiser, umgab dich auf der Landseite mit einer Mauer. Später, als du wuchsest, errichtete Theodosius II.*

*jene gewaltige Wehranlage, die ein Jahrtausend lang allen Feinden trotzen sollte. Nicht sie waren es, die dich schändeten. Es waren Ritter des Abendlandes, Männer, die im Zeichen des Kreuzes kamen, die über den Hafen in die Stadt eindrangen. Sie raubten dir alles, was sie fassen konnten, und in deinen Straßen floss das Blut in Strömen. An diesem Tag hast du geweint, Byzanthion.*
*Hast du ihnen je vergeben? Hast du deinen Kaisern verziehen, dass sie ihre Stadt auf diese verheerende Weise verloren? Du warst geduldig, als sie zurückkamen. Aber Glück konntest du ihnen nicht mehr schenken. Nach und nach verloren die Kaiser ihr Reich, bis sie nur noch dich hatten. Verzweifelt klammerten sie sich an die alten, halb verfallenen Paläste, aber sie waren schwach und das Feuer ihrer Lenden erloschen. Du lächeltest ihnen nachsichtig zu, denn du wusstest, dass aus den Weiten der östlichen Steppen bereits ein neuer, ein junger Liebhaber nahte. Und du wusstest, dass auch er, wie einst Konstantin, einen neuen Gott mit sich bringen würde.*

# 1444 nach Christus

(847 der Hrdja)

*»Liebende begegnen sich nicht eines Tages,*
*irgendwo.*
*Sie sind immer schon einer im andern.«*

MEVLANA JALALUDDIN RÚMI

# Das Mädchen

Der Junge und das Mädchen umkreisten sich langsam. Schmale Lichtstreifen, die durch die Spalten zwischen den Brettern ins Innere der Scheune fielen, wanderten über ihre Körper und die erhobenen Stöcke in ihren Händen. Aufmerksam beobachtete das Mädchen jede Bewegung seines Gegenübers. Wie würde er beginnen? Mit einem geraden Schlag, entschied sie, aus der Schulter heraus. Und hielt sich bereit. Da verlagerte er auch schon sein Gewicht auf das rechte Bein und machte einen Ausfallschritt mit dem linken. Der Stock zielte auf ihren Arm. Sie konterte, indem sie mit einer Bewegung von unten seinen Stock nach oben schlug. Den Schwung nutzend, drehte sie sich um sich selbst und landete einen Treffer auf die Nieren.

»Aaah«, rief der Junge und rieb sich mit schmerzverzerrtem Gesicht über den unteren Rücken. »Das tat weh.«

»Pass besser auf«, meinte sie nur und hob den Stock wieder in Kampfhaltung. Sie sah, dass er wütend war. Sein nächster Schlag zielte auf ihren Kopf. Sie tauchte seitlich darunter hinweg. Als sie seinen ungeschützten Bauch vor sich hatte, wusste sie, dass dieser Fehler in einem wirklichen Kampf sein Ende gewesen wäre. Sie widerstand dem Impuls, ihm einen Stoß zu versetzen, der ihn für die nächsten Minuten beschäftigt hätte. Er war immerhin ihr Bruder. Und ihr Vater würde es sicherlich

nicht gutheißen, wenn sein Gjörgi mit schmerzverkrümmtem Leib aus der Scheune gehumpelt käme.
Er war jetzt vorsichtiger geworden, hatte vielleicht gemerkt, dass er sich mit dem letzten Ausfall eine Blöße gegeben hatte. War sich aber nicht sicher, ob sie diese Blöße wahrgenommen hatte. Wusste nicht, ob sie seinen Fehler übersehen hatte oder ihn vielleicht nur schonte. Dieser Verdacht, dass sie sich ihm überlegen fühlte, steigerte seinen Groll. So war es immer gewesen. Dabei war er ihr älterer Bruder. Doch obwohl ihn mehr als ein Jahr von ihr trennte, war sie bereits ebenso groß wie er. Und er wusste, dass sie mit ihrem hochgeschossenen, schlaksigen Körper genug Kraft hatte, um ein Schaf auf die Hinterbeine zu stemmen, wenn es geschoren werden sollte. Dennoch war sie ein Mädchen, und er ein Mann, zumindest würde er bald einer sein. Sie sollte zu ihm aufsehen, ihn respektieren und seinem Urteil vertrauen. Vielleicht hätte er ihre Frechheit gelassener nehmen können, wenn sie nicht so verdammt flink gewesen wäre.
»Was ist?«, fragte sie in leisem Spott, mit dem sie seinen Ärger verstärkte. »Willst du aufgeben?«
»Du kämpfst nicht ehrenhaft«, gab er zurück, den Stock, ebenso wie sie, mit beiden Händen umfassend. »Du kämpfst wie ein Mädchen.«
Sie lachte: »Vielleicht gewinne ich ja auch wie ein Mädchen. Oder glaubst du, dass die Ehre eines Mädchens darin besteht zu verlieren?«
Mit einem Mal wusste er, wie er ihr den Hochmut heimzahlen konnte. »Du wirst dir noch wünschen, deine Ehre zu verlieren«, sagte er mit höhnischem Triumph. »Aber es wird kein Stock sein, der sie dir nimmt. Zumindest keiner aus Holz.«
Augenblicklich verflog der Spott in den Augen des Mädchens. Sie wusste, was er meinte. Sie sah es tagein, tagaus, wenn die

Tiere einander besprangen. Bei den Menschen hatte sie es nie gesehen. Dieser Teil des Lebens war von einem unheilvollen Dunkel umgeben. Vage Geschichten von Schuld und Sühne verhüllten ihn. An die Mutter, die ihr Antwort auf diese Fragen hätte geben können, hatte sie keine Erinnerung mehr.
Doch sie wusste, dieser Teil des Lebens war Schmerz und Tod.
Dass ihr Bruder ihr ein solches Schicksal wünschte, erfüllte sie mit kaltem Zorn. Erst jetzt wurde ihr klar, dass auch er eines Tages einer Frau diesen Schmerz zufügen würde. So wie ihr Vater es getan hatte.
Ihr Vater.
Ansatzlos schnellte ihr Stock vor. Erst im letzten Moment gelang es Gjörgi, den Hieb abzuwehren. Sofort setzte sie nach. Schlag auf Schlag drang sie auf ihn ein. Verzweifelt bemühte er sich, ihre Angriffe zu parieren. Sie gönnte ihm keine Atempause. Mit einem harten, trockenen Knallen schlugen ihre Stöcke aufeinander. Von dem festgestampften Boden stieg Staub auf. Unzählige kleinste Weizen- und Gersteteilchen, die über Jahrzehnte hinweg von den Karren gerieselt waren, wirbelten durch die raschen Bewegungen der barfuss Kämpfenden hoch in die warme Luft. Sie setzten sich juckend auf ihrer verschwitzten Haut fest, legten sich auf die Schleimhäute ihrer heftig atmenden Münder und Nasen. Vermischten sich dort mit dem Geruch von Kuhdung und dem scharfen Urin der Tiere.
Das Mädchen, dem einst eine bis zu Tode erschöpfte Mutter den Namen »Thamar« über die blutige Stirn gehaucht hatte, nahm es nicht wahr. Ihre ganze Konzentration lag in den Bewegungen, mit denen sie die Deckung ihres Gegenübers zu durchbrechen suchte. Sie wusste, dass er stärker war als sie und dass ein gut plazierter Schlag sie von den Beinen holen würde. Aber sie wusste auch um ihre Schnelligkeit. Es verwunderte sie immer wieder, mit welcher Langsamkeit sich die Menschen be-

wegten. Es schien ihr manchmal, als wäre die Luft für die anderen dicker, als müssten diese mit jeder Geste einen Widerstand überwinden, der für sie nicht existierte.
Was sie nicht wusste, war, wie unheimlich sie auf ihren Bruder wirkte. Nicht etwa, weil sie wie ein Junge kämpfte und keiner Auseinandersetzung auswich. Oder nicht weinerlich wie andere Mädchen war. Nein, was ihn schreckte, war das Blau ihrer Augen, das in einem scharfen Kontrast zu den schwarzen Haaren und der bronzenen Hauttönung stand und das schon die Hebamme veranlasst hatte, drei eilige Kreuze zu schlagen.
Der Säugling, dessen Schreie nicht Qual, sondern Zorn auszudrücken schienen, war auch der Amme unheimlich gewesen. Sie gab ihm Milch, aber sie mied den Blick seiner eisblauen Augen, deren Farbe von einem hellen Graublau bis zu einem dunklen Azur wechseln konnte. Je nachdem welche unsichtbaren Kräfte das Kind bewegten. Der Bruder hatte erlebt, wie ihr Blick zu einer eisigen Flamme wurde, wenn jemand sie bedrohte. So wie jetzt, nachdem er sie verhöhnt hatte. Dann war es, als ergriffe ein anderes Wesen von ihr Besitz, dessen Anwesenheit sich zuerst in ihren Augen manifestierte. Kalt und grausam blickten sie dann, wie er es nur von wilden Tieren kannte, von Wesen, die nach der Lehre ihres Glaubens über keine Seele verfügten. Diese Augen im Gesicht eines zwölfjährigen Mädchens verstörten nicht nur ihn. Er wusste, dass auch seinem Vater davor graute.
All dies fuhr ihm durch den Kopf, während er ihr auswich. Unaufhörlich sprang das Mädchen vor und zurück, setzte zur Seite oder duckte sich, wenn einer seiner wenigen Konter auf sie zielte. Sie bewegte sich nicht nur, sie war Bewegung. Reine Bewegung. Es war längst kein Zorn mehr in ihr. Was sie spürte, war die pure Lust an der Schnelligkeit ihres Körpers. Und ihrer Wahrnehmung, die ihr, ohne dass sie überlegen musste, immer

verriet, was der Junge als Nächstes tun würde. Sie traf ihn etliche Male, aber auch ihm gelangen ein oder zwei Treffer. Keiner von ihnen beklagte sich. Der Junge, weil er keine Schwäche mehr zeigen wollte, das Mädchen, weil sie den Schmerz nicht spürte. Sie kannte keine andere Berührung als die einer harten Hand.

Mit einem Mal, als hätte der gemeinsame Kampf ihre Gedanken in Gleichklang gebracht, hielten sie inne.

Schwer atmend, mit dem erhobenen Stock in der Hand, standen sich die Geschwister gegenüber. Beide rangen mit dem Gefühl, dass aus dem Spiel Ernst geworden war. Beide suchten sie nun den Weg zurück in das Spiel. Denn sie waren ja keine wirklichen Feinde. Dem Jungen gelang es, dem Mädchen nicht.

»Ein guter Kampf«, sagte er mit mattem Lächeln.

Sie wollte ihm nicht weh tun. Der Aufprall ihres Stockes auf seinem Fleisch hatte ihr nicht um der Gewalt willen gefallen. Auch ging es ihr nicht darum, ihn zu besiegen. Wogegen sie sich sträubte, war, dass sie sich mit dem Ende des Kampfes in ein Mädchen zurückverwandeln würde. In eines dieser schwachen Geschöpfe, deren Bestimmung Unterwerfung hieß. Und dass sie die unbegreifliche Wachheit der Kämpfenden wieder verlassen würde. Wie ein Pendel schwankte sie zwischen zwei Welten. Das zwölfjährige Mädchen, das sie war, wollte zurück in die ihr vertraute Welt, in der die Handgriffe des täglichen Lebens ihr Halt gaben. Denn ihr Anderssein, um das sie sehr wohl wusste, machte sie manches Mal auf schmerzhafte Weise einsam. Dann wünschte sie sich nichts sehnlicher, als ein Teil eines Ganzen zu sein, von dem sie sich Wärme und Zuneigung erhoffte.

Aber der andere Teil in ihr, der sich erfuhr, wenn sie die Grenzen dessen überwand, was andere in ihr sahen; wenn sie Widerstände niederrang, Schlägen auswich, einen fallenden Krug im letzten Moment auffing, dieser Teil gab noch nicht auf. Dieser Teil, der mit jedem Zoll, den sie wuchs, an Kraft gewonnen hatte, dieser Teil maß immer noch ihr Gegenüber. Las in seiner Haltung, seiner Gestalt die Möglichkeiten, die sich ihr zum Angriff boten.

»Ein guter Kampf«, sagte sie mit kehliger Stimme, »hat ein Ende.«

Er lachte und schüttelte ungläubig den Kopf dabei: »Es ist schon spät. Wir sollten die Tiere heimholen.«

Ihr Mund verzog sich zu einem verächtlichen Lächeln. Sie war noch nicht bereit: »Wirst du auch die Tiere holen gehen, wenn die Türken kommen?«

Schlagartig verfinsterte sich sein Gesicht: »Niemand weiß, wann die Türken kommen.«

»Darum sollten wir immer bereit sein«, gab sie tonlos zurück und hob ihren Stock.

Er tat es ihr nach. »Was geschehen ist, ist geschehen«, sagte er. »Gott hat es so gewollt.«

»Gott?«, fragte sie leise. »Was hat Gott so gewollt? Was ist damals geschehen? Sag es mir. Du weißt es doch, oder?«

Ein Teil von ihr sah den Schmerz in seinen Augen, aber der andere Teil sah nur den Mann, der er einmal sein würde.

»Die Türken sind unsere Herren, Thamar«, flüsterte er, »wir müssen uns fügen.«

»Niemals«, gab sie ebenso leise zurück, »und jetzt kämpfe.«

»Du bist wie ein wildes Tier. Und hässlich. Nie wirst du einen Mann finden.«

Wieder stieg der Zorn in ihr hoch, wieder erfasste die unheimliche Kraft ihren zarten Körper, um ihn nach seinem Willen zu formen.

»Kämpfe«, stieß sie heiser hervor.

Er hob den Stock, zögernd, als wüsste er nicht, wie er dieses unbegreifliche Wesen, das seine Schwester war, nun angreifen sollte. Wusste nicht, ob es zu einem Schlagabtausch oder Schlimmeren kommen würde. Thamar ließ ihm Zeit. Langsam senkte sie ihren Stock, hielt ihn nur mit der Rechten seitlich von sich gestreckt, den ganzen Körper ungeschützt, eine Einladung, ihr den entscheidenden Schlag zu versetzen.

Dies alles hatte sie kalkuliert. Sie wusste mit absoluter Sicherheit, dass sein Schlag weit ausholend von oben kommen würde. Sie wusste, dass sie diesem Schlag mit nur einem Schritt zur Seite würde ausweichen können, um danach mit einer einzigen, entschlossenen Bewegung ihres rechten Armes seine Schulter zu treffen. Auch wusste sie, dass sie damit seinen Schulterknochen brechen würde. Es würde sehr leicht sein, aber die Folgen, und das wusste sie ebenfalls, würden sehr schwer wiegen. Es war ihr gleichgültig.

Als er ausholte, als sie sich schon bereitmachte, ihr Gewicht zu verlagern, als alles darauf zusteuerte, dass sie ihrem Bruder einen Knochen brach, da ging mit lautem Knarren das Scheunentor auf. Beide erstarrten in ihrer Bewegung und sahen erschreckt auf die kräftige Silhouette, die sich gegen das Tageslicht abzeichnete. Augenblicklich sank die Wut des Kampfes in Thamar zusammen und ließ nur das Kind zurück, das Mädchen, das die Strenge des Vaters fürchtete. Er hatte ihr den Stockkampf verboten. Ihr war klar, dass die Strafe nun auf dem Fuß folgen würde.

»Thamar!«, rief er in einem Ton, der keinen Widerspruch zuließ.

Gesenkten Kopfes ging sie ihm entgegen. Mit halbem Blick gewahrte sie das leuchtende Licht des Frühlingstages draußen im Hof. Sie meinte, den süßen Duft der Blüten in der Luft wahrzunehmen und den Gesang des Windes in den Feldern, die sich hinter dem kleinen Hof weit in das Land erstreckten. Es war ein Tag, an dem sich die jungen Weizenschösslinge der Sonne entgegenreckten. Ein Tag, an dem die Hunde ihre Schnauzen wohlig im frischen Gras rieben und die Männer auf dem Feld ihren Durst mit herbem Wein löschten. Es war ein warmer Tag im Mai in der fruchtbaren Ebene südlich der Donau, einen Tagesmarsch von Varna, der Stadt am Schwarzen Meer, entfernt. Es war der Tag, an dem ihre Kindheit endgültig zu Ende ging.

# *Der Blutmond*

Die Sonne senkte sich bereits auf die schroffen Höhen des Ilgaz Daglari hinab, als die Reisenden ihr Ziel erreichten: Amasia, die Perle des Osmanischen Reiches, tief im anatolischen Hinterland. Aus dem Hochland kommend, vereinigten sich hier der Jeschil-Yrmac-Fluss mit dem Cekerek Irmagi, bevor sie gemeinsam weiter nach Nordosten, dem Schwarzen Meer entgegen, strebten. Unterhalb der Anhöhe, auf der die drei Reiter reglos verharrten, strömte der Gebirgsfluss, dem sie bereits seit dem Morgen gefolgt waren, in das von hohen Felswänden umschlossene Tal. Zu jener Zeit, als die Osmanen noch ein kleines Grenzvolk des Seldschukenreiches gewesen waren, hatte man Kammern in die Felsen geschlagen, in denen die *Ghazi*-Fürsten ihre letzte Ruhestätte gefunden hatten. Seit dieser Zeit war Amasia der Ort, an dem die Sultane ihre Nachfolger erziehen ließen.

Die letzten Strahlen der Sonne färbten die Felsen, die Dächer und die Kuppeln der Stadt und verliehen sogar der fruchtbaren Erde ein ockriges Rot. Pfeilen gleich zielten die langen Schatten der drei Männer auf ihren erschöpften Pferden hinab ins Tal. Geduldig warteten sie auf das Ende des Zwielichtes, der heidnischen Stunde. Erst als das letzte Dämmerlicht verschwunden war, als auch das Blau des Himmels sich verdunkelte und die ersten Sterne am Firmament auftauchten, erklang aus dem Tal der ferne Ruf des Muezzin. Die drei Männer stiegen aus dem Sattel, um das *Maghrib*, das Abendgebet, zu vollziehen. Sie entrollten ihre Gebetsteppiche, streiften die Schuhe von den Füßen und knieten nieder. Da ihre Wasserflaschen leer waren, reinigten sie ihre Hände mit Sand und vollzogen die rituellen Bewegungen des *Wudu*. Dann sammelten sie mit geschlossenen Augen ihre Gedanken, bevor ihr Anführer als Erster die Stirn zu Boden senkte und anschließend die *Al-Fatiha* zitierte: »Im Namen Allahs, des Gnädigen und Allmächtigen ...« Seine Begleiter taten es ihm nach, wobei sie darauf achteten, ihre Stimmen nicht lauter klingen zu lassen als die ihres Herrn.

Qara Chidr Pascha hatte seine beiden Begleiter mit Bedacht für diese Aufgabe ausgewählt. Sie dienten ihm schon, seit sie mit vierzehn Jahren ihren griechischen Eltern weggenommen worden waren, um im Reiche des großen Sultans ein Leben im wahren Glauben zu führen. Chidr Pascha hatte sie zu Kriegern erziehen lassen, die den Tod nicht fürchteten.

Als die Männer sich von ihrem Gebet erhoben, waren im Tal nur noch die Umrisse der Stadt und die von vereinzelten Lichtern erleuchteten Mauern zu erkennen. Das alte Kastell kauerte in verdichteter Schwärze auf der Klippe oberhalb des Flusses. Darunter lag der Palast, aus dessen offenen Torbögen weiches Licht in den Garten flutete. Chidr Pascha betrachtete die friedvolle Stadt und wartete. Wartete auf die Nacht.

In seinem Herzen war es ruhig. Ein leichter Südwind, der dem fernen Meer entgegenwehte, strich über seine Haut. Er nahm den Duft der Maulbeerpflanzungen in der Luft wahr, des Ginsters, und selbst die Würze der fernen Zedernwälder vermochten seine erwachenden Sinne zu erspüren. Er schloss die Augen. Und nun vernahm er das Raunen von Stimmen, die ihm Geschichten aus der Vergangenheit seines Volkes erzählten. Jenem Volk, das aus den Tiefen der Steppe aufgetaucht war, um eine

Welt zu erobern. Er wurde sich, wie schon so oft zuvor, bewusst, dass er Teil dieser Welt war, eines Reiches, das neue Städte erbaut hatte und prächtige Paläste. Eines Reiches, das die übrigen Völker fürchteten und in dem die Worte des Propheten Gesetz waren. Den Mann mit dem weißen Turban und dem dunkelgrünen Mantel, in den kunstvoll verschlungene Muster eingewebt waren, erfüllte es mit Stolz, was sein Volk geschaffen hatte und dass er selbst ein Teil dieser Ruhmesgeschichte war, die Allah in das Buch des Lebens schrieb. Nur wenige waren wie er bestimmt, die Geschicke des Reiches zu lenken. Nur wenige waren dazu imstande, über ihre alltäglichen Bedürfnisse hinaus den Organismus des Staates zu erkennen und der Kraft, die Allah Seinem Volk verliehen hatte, eine Richtung zu geben. All sein Denken galt dem Wohl des Osmanischen Reiches.

Als Qara Chidr Pascha schließlich seinen Männern das Zeichen zum Aufbruch gab, war es bereits tiefe Nacht. Rasch näherten sie sich der still im Sternenlicht ruhenden Stadt, in der die Wachen bereits auf ihre Ablösung warteten. Bereitwillig wurden ihnen die Tore geöffnet, als einer seiner Männer den Chidr Pascha ankündigte. Sie schlugen den Weg zum Palast ein, wo sein Name nicht mehr genannt werden musste. Hier kannte man den Heerführer des Sultans. Erst als sie den Palastflügel erreichten, in dem die Schlafgemächer des Prinzen lagen, versperrten ihnen die Leibwächter des jungen Ali-Tschelebi den Weg.

»Öffnet die Tür«, befahl Qara Chidr Pascha den beiden kräftigen Wachen, die ihre Schwerter griffbereit an den Hüften trugen.

»Verzeiht, Herr«, gab der größere der beiden ruhig zurück, »aber wir haben Befehl, jeden Besuch anzukündigen.« Er wandte sich an seinen Waffenbruder: »Geh, und sage dem Prinzen, dass der Chidr Pascha ihn sprechen will.«

Es geschah in dieser Sekunde, da die beiden Leibwächter, einander zugewandt, die Besucher für einen kurzen Moment aus den Augen ließen, dass Qara Chidr Pascha seinen Begleitern mit einem kaum wahrnehmbaren Nicken das Zeichen gab. Sofort sprangen die beiden Männer vor. In ihren Händen blitzten die Klingen der Dolche, die sie zeitgleich von unten in die Kehlen der Leibwächter stießen. Danach fingen sie die beiden leblosen Körper auf und ließen sie zu Boden gleiten. Chidr Pascha hatte sie bereits vergessen, als er nun seinen Getreuen gegenüber den Befehl wiederholte: »Öffnet die Tür.«

Der lange Gang, der zum Schlafgemach des Prinzen führte, war von Öllampen erleuchtet, die in silbernen Haltern an der mit Marmor verkleideten Wand angebracht waren. Die Schritte der Männer verursachten kaum ein Geräusch auf den polierten Fliesen. Sie kannten den Weg. Kurz verharrten sie vor der prachtvollen Ebenholztür, hinter der der Prinz des Reiches schlief. Qara Chidr Pascha wusste, dass Ali-Tschelebi nicht nur ein kluger, sondern auch ein mutiger Mann war. Dies war auch der Grund, weshalb er sterben musste. Denn der erfahrene Jäger erlegte den Löwen, bevor dieser ihm gefährlich werden konnte. So öffnete Chidr Pascha selbst die Tür, um den erstgeborenen Sohn des Sultans zu töten.

Es waren auch seine Hände, die sich um die Kehle des arglos Schlafenden schlossen, während seine Männer den im Todeskampf Erwachenden festhielten. Er sah dem jungen Mann in die entsetzten Augen, als er dessen letzte Zuckungen spürte. Ein Teil in Qara Chidr Pascha bedauerte den Tod des Prinzen. Vielleicht wäre er ein großer Sultan geworden. Doch damit bedrohte er die Pläne Chidr Paschas, denn der Heerführer war von der Überzeugung durchdrungen, dass Allah ihm, Chidr Pascha, die Aufgabe zugewiesen hatte, für das Wohl des Reiches zu sorgen. Ein starker Sultan aber stand dieser Aufgabe im Weg.

Denn das Reich stand über allem. Und das Reich forderte dieses Opfer.

Doch noch war ihre Aufgabe nicht vollbracht. Und vor dem letzten Teil graute es selbst einem Mann wie Qara Chidr Pascha. Denn es reichte nicht, Prinz Ali aus dem Weg zu räumen, um die Erbfolge zu beeinflussen. Auch die Söhne des Prinzen mussten sterben. Fast widerwillig fanden Chidr Paschas Füße den Weg zurück über den Gang in die anderen Schlafgemächer. Diesmal verweigerten ihm seine Hände den Dienst. Aber seine beiden Getreuen wussten, was zu tun war.

Er blieb in der Tür stehen, als seine Männer in das Gemach einbrachen. Er sah die aufgerissenen Augen der Amme und ihren Mund, der sich zu einem Schrei öffnen wollte. Doch der Dolch ihres Mörders war schneller. Röchelnd und mit aufgeschlitzter Kehle brach sie zusammen. Mittlerweile hatte der andere das Kinderbett erreicht. Qara Chidr Pascha beobachtete, wie der Mann sich über die seidenen Decken beugte und den Einjährigen erdrosselte. Mit reglosem Gesicht und einer Stille im Herzen, die der des Todes glich, wandte er den Kopf in die andere Ecke des Raumes. Dort stand der Mann, der die Amme zum Schweigen gebracht hatte, vor einer Wiege. Zögerte er etwa? Chidr Pascha gab einen leisen Zischlaut von sich. Da streckte sich die kräftige Männerhand aus und verschwand in der Wiege. Nur am Spiel der Muskeln im Unterarm des Mannes erkannte Qara Chidr Pascha das Sterben des Säuglings. Es war kurz.

Keiner von ihnen sprach ein Wort, als sie den Palast wieder verließen. Den Gruß der Wachen am Außentor, die nichts von den Ereignissen im Inneren ahnten, erwiderten sie stumm. Auch das »möge Allah deinen Weg segnen« des Pferdeknechtes entlockte dem Qara Chidr Pascha keinen Laut. Ihn drängte es, diesen Ort zu verlassen. Ihn zog es zurück in die nächtlich stumme Weite

des Landes. Er wollte kein Licht mehr sehen außer dem der Sterne, keinen Laut mehr hören als den des Windes.
Erst als ihre Pferde die Anhöhe erklommen, die zur Hochebene führte und das nur noch dank einiger Lichter verortbare Amasia hinter sich ließen, erst da bemerkten die drei Mörder das merkwürdige Leuchten, das wie ein fernes Feuer die Nacht durchdrang. Es war einer der beiden Diener, der sich umwandte und zum Himmel emporsah. Sein erstickter Laut riss auch den Chidr Pascha aus seiner Versunkenheit. Dem Blick seines Untergebenen folgend, durchlief ihn ein Schauder. Über den Klippen im Osten des Tales erhob sich ein roter Mond. Der Blutmond.
Stumm schauten die drei Männer zu dem unheilvollen Fanal am Himmel empor. Es bedurfte keiner Worte. Sie begriffen, dass ihre Tat nicht ungesühnt bleiben würde.
»Allah sei uns gnädig«, murmelte der Mann neben Qara Chidr Pascha, der Mann, der den Säugling erwürgt hatte. Da bemerkte er, wie sich die Augen seines Herrn auf ihn richteten. Er wagte es nicht, dessen Blick zu erwidern, doch er spürte die Kälte, spürte den drohenden Tod darin. Er fürchtete den Tod nicht. Zu oft hatte er ihm im Kampf ins Auge gesehen. Aber er fürchtete den Tod durch die Hand seines Herrn. Es war das Einzige, was er fürchtete. Also senkte er den Kopf, bereit, die schrecklichste und letzte Gnade aus seiner Hand zu empfangen.
Das leise Schnauben der Pferde durchbrach die unheilvolle Stille. Chidr Pascha wendete sein Tier. »Weiter«, sagte er nur. Der zweite Mann, der nicht einen Moment gezögert hätte, seinen Waffenbruder auf Befehl ihres Herrn zu töten, fragte: »Wohin gehen wir jetzt?«
»Nach Edirne«, antwortete Qara Chidr Pascha und dachte an den verzogenen, schwächlichen Zwölfjährigen, der ganz gewiss kein starker Sultan werden würde. »Das Reich der Osmanen hat einen neuen Thronerben.«

# Platonische Liebe

Ihre Lippen hatten die Farbe von Rosen, auf denen der Morgentau glitzerte. Ihre Haut war so zart wie der Flügel eines Schmetterlings, und jede ihrer Bewegungen hatte die Anmut einer Göttin. Ciriaco konnte den Blick nicht von ihr wenden, als sie mit keusch gesenktem Haupt aus der Bankreihe trat und vor dem Priester niederkniete. Ihr kastanienbraunes Haar war unter einer Haube verborgen, die Kontur ihres schlanken Halses verursachte Ciriaco ein Kribbeln in den Fingern. In einem Bild, in dem sich Wirklichkeit und Traum überlagerten, sah er, wie sich seine Hand in ihren Nacken legte, wie ihr Kopf sich hob, so wie jetzt, da sie sich dem Priester zuwandte, um die Hostie zu empfangen. Ihr Mund öffnete sich für ihn, nicht für das trockene Mehlgebäck, das den Leib Christi verkörperte. Und als ihre rosa Zunge hervorkam, auf die des Paters dicke Finger das geweihte Brot legten, da schoss dem jungen Mann das Feuer durch die Brust. Schnell senkte er den Blick auf seine verkrampften Hände. Seine Wangen brannten vor Scham, als ihm die Heftigkeit seines Begehrens bewusst wurde. Lautlos betete er: Herr, gib mir Kraft. Dieser Leib ist zwar eine Hülle, aber er ist auch die Form Deines Willens. Und verzeih mir, Herr, aber ich liebe nicht nur ihre Seele, sondern auch ihre Gestalt. Als er den Kopf wieder zu heben wagte, hatte sie sich erhoben und wandte sich, den Schleier wieder über das Gesicht sen-

kend, ihrem Platz zu, wo ihre Mutter auf sie wartete. Sie ging hoch aufgerichtet und mit langsamen Schritten, in einer Haltung, in der sich Stolz und Demut vereinten. Ihre Hände waren noch immer wie im Gebet verschränkt. Sie ging wie die Heldin einer griechischen Tragödie. Ciriacos Sinne sogen geradezu jede ihrer Bewegungen in sich auf. Sie bemerkte es nicht. Kein einziges Mal in all den Monaten, die er ihr folgte, hatte sie ihn wahrgenommen.
Weder der anschließende Gesang noch die Segensworte drangen in sein Bewusstsein. Ciriaco de Pizzicolli, der in seinem dunklen, schlichten Gewand auch niemand anderem in der Kirche sonderlich auffiel, erwachte erst wieder aus seiner Versunkenheit, als die Besucher des Gottesdienstes sich scharrend und räuspernd von ihren Betstühlen erhoben. Ohne den Kopf zu wenden, bemerkte er aus den Augenwinkeln heraus, wie nun auch die junge Frau aufstand und ihrer Mutter den langen Gang entlang folgte. Reglos kniete er an seinem Platz, der weit genug von ihrem entfernt war, damit seine beobachtenden Blicke niemandem auffielen, der aber immer noch nah genug war, um alles an ihr ganz genau betrachten zu können, wenn sie die wenigen Schritte zum Empfang des Abendmahles tat. Erst als die letzten Geräusche hinter ihm verstummt waren und nur noch Stille das hohe Gewölbe füllte, sah er auf. Durch die oberen Seitenfenster fiel in schrägen Bahnen das Sonnenlicht in den Altarraum. Dort, wo sie gekniet hatte, schien die Luft zu flimmern, als teile sie Ciriacos Erregtheit. Es fiel dem jungen Mann nicht schwer, die in seinem Gedächtnis frisch verwahrten Bilder wieder zum Leben zu erwecken. Wie sie den Schleier hob. Wie ihre Lippen sich öffneten. Wieder und immer wieder.
Bianca.
Bianca Ferrucci.
Er hatte niemandem von seiner Liebe zu ihr erzählt. Nicht nur,

weil er die Missbilligung seines Vaters fürchtete oder den Spott seiner Freunde, sondern weil das, was er fühlte, zu groß war, als dass es sich in Worte fassen ließe. Dass gerade er einmal so denken würde, hätte er bis vor kurzem selbst nicht geglaubt. Schließlich war er derjenige, der selbst noch den schwierigsten Text von Cicero oder Vitruv auszulegen wusste. Doch gerade weil Ciriaco ein Kenner der Sprache war, wusste er um ihre Begrenztheit. Die Reaktion seines Bruders, der ihn einmal zufällig aus der kleinen Kirche im Rialto hatte kommen sehen, war der beste Beweis dafür.

»Sollte unser Philosoph den Weg zurück in den Schoß der Kirche gefunden haben«, fragte Francesco maliziös, wobei er das Wort »Schoß« mit einem kaum vernehmbaren Schmatzen aussprach. Natürlich hatte er sofort eine Liebelei vermutet, womit er einerseits richtig, andererseits nicht falscher hätte liegen können.

Der drei Jahre ältere Francesco war der Liebling aller Frauen. Und nicht nur der Frauen, auch ihr Vater setzte seine ganzen Hoffnungen in den Erstgeborenen, der über all jene Fähigkeiten verfügte, die sich Venedig von seinen Söhnen erhoffte. Francesco war mutig bis zur Verwegenheit, stets darauf vertrauend, dass Fortuna ihre schützende Hand über ihn hielt. Sein Geschick im Umgang mit dem Langschwert war legendär, selbst ihr gemeinsamer Fechtmeister hatte Mühe mit seinen kraftvollen Attacken. Doch Ciriacos Bruder besaß auch einen Instinkt für den Handel, jenes Gewerbe, dem die Stadt in der Lagune ihren Reichtum verdankte, ebenso wie ihm das Spiel der politischen Ränke lag, dem zweiten Pfeiler der venezianischen Macht. Francesco war all das, was Ciriaco nicht war.

Dennoch war der junge Mann nicht im mindesten neidisch auf seinen Bruder. Im Gegenteil, Ciriaco gönnte Francesco von Herzen die Rolle, die dieser im Leben ihrer Familie und der

Stadt einnahm. Und das nicht nur, weil Ciriaco sich mehr für Philosophie als für Getreidepreise interessierte, und für ihn in einem geometrischen Satz unendlich viel mehr Sinn und Weisheit enthalten war als in den Beschlüssen des Großen Rates der Stadt. Nein, was ihm, wäre er anstelle seines Bruders gewesen, am meisten zu schaffen gemacht hätte, war der Verlust der Zurückgezogenheit, des Für-sich-sein-Könnens. Francesco stand immer im Fokus der öffentlichen Aufmerksamkeit. Und er genoss es. Es belebte ihn wie einen Schauspieler das Publikum. Ciriaco hingegen liebte die stillen Stunden, in denen er las, rechnete oder schrieb. Oder eine Kirche vermaß.

Unmerklich wanderte das Licht über den mit einem violetten Tuch verhangenen Altar, färbte die Seiten der aufgeschlagenen Bibel in einem hellen Ockerton und glänzte auf den wie poliert wirkenden Füßen des Erlösers am Kreuz.

Auf einer seiner Wanderungen durch die Stadt hatte diese Kirche hinter der baufälligen Rialtobrücke Ciriacos Interesse geweckt. Es war ihre Schmucklosigkeit, die ihn gefangen nahm. Ihr unsymmetrisches Äußeres mit der angebauten Pfarrei und dem schlichten hölzernen Vorbau, der den Eingang beschattete. Er erfuhr, dass diese Kirche aus einer Zeit stammte, da Venedig noch um sein Bestehen hatte kämpfen müssen. Aus einer Zeit lange vor jenem großen Kreuzzug, der die »Serenissima« zur Großmacht erhob.

San Giacomo war eine Zunftkirche und weit entfernt von der Pracht San Marcos, wo die Familie der Pizzicolli mit den anderen Granden der Stadt den Gottesdienst besuchte und deren kunstvolle Ausstattung die Sinne geradezu erschlug. In der Einfachheit San Giacomos erkannte Ciriaco dagegen die Arbeit der Steinmetze, deren Schweiß noch an den Fundamenten zu haften schien. In ihr spürte er den Geist eines vergangenen Zeitalters, in dem des Menschen Werk noch über dem Men-

schen selbst stand. Wenn seine Hände über die narbigen Steine der Sockel tasteten, dann glaubte er den Klang der Hämmer und Meißel zu vernehmen, die dem Fels seine Form gaben. Diese Kirche war rauh und ehrlich, wie die Zeit, der sie entstammte. Er liebte diese Kirche, denn in ihr war er Bianca begegnet.
Er war lange vor dem Gottesdienst gekommen und hatte mit einem sechs Fuß langen Stock gerade den Innenraum der Kirche vermessen, als die Welt, wieder einmal, vor seinen Augen zersplitterte. Zuerst der Stab in seiner Hand. Ciriaco maß gerade das letzte Stück Boden bis zu der Säule, die das Seitenschiff vom Hauptschiff abgrenzte, als sich die gerade Reihe der Kerben, mit denen er sein Lineal versehen hatte, aus diesem herausschob. Verwundert sah er nun auf zwei Stäbe und zwei rechte Hände herab. Als ihm dämmerte, was geschah, hob er erschreckt den Blick. Auch die Steine in der Außenwand verschoben sich und veränderten ihre Abstände zueinander. Gleichzeitig war es, als würden alle Geräusche aus der Luft herausgesaugt und durch eine schwere, ölige Stille ersetzt. Ciriaco wusste, was er zu tun hatte. Aus seiner hockenden Stellung heraus kippte er nach hinten, bis er den harten Stein der Säule im Rücken spürte. Hände und Füße stützte er auf den schwankenden Steinen des Fußbodens ab. Mit einer vertrauten Mischung aus Schrecken und Faszination erwartete er den Anfall.
Als ihm das erste Mal widerfahren war, was seine Eltern fortan nur »den Schwindel« nannten, hatte der eilig herbeigerufene Arzt nicht das mindeste auf die Beteuerung des damals Zehnjährigen gegeben, dass bereits alles wieder in Ordnung wäre. Unter griesgrämig gemurmelten Sätzen, aus denen Ciriaco etwas heraushörte, was sich wie »zu viel heißes Blut« anhörte, hatte ihm der hagere Mann mit den langen, gelben Zähnen die Adern am Unterarm geöffnet. Das heraussprudelnde Blut hatte

alle beruhigt, den Arzt, die Eltern und selbst die Kinderfrau, die, wie Ciriaco mit schwindenden Sinnen feststellte, sogleich ein Dankgebet gen Himmel schickte. Ihm selbst ging es nach dem Aderlass keineswegs besser. Deshalb hatte er sich im Laufe der Zeit auch angewöhnt, seine Anfälle möglichst zu verbergen. Dankbar, dass es ihn nun allein in dieser abgelegenen Kirche traf, ließ Ciriaco das Unfassbare von seinen Sinnen Besitz ergreifen.

Während sich vor seinen Augen die Architektur der Kirche auflöste und in einem aberwitzigen Tanz unablässig neue Formen annahm, während sein heftiger Atem und das harte Pochen in seiner Brust die einzigen Geräusche waren, die zu ihm drangen, tat Ciriaco das, was, wie er wusste, die einzige Möglichkeit war, das Unvermeidliche zu ertragen, ohne bewusstlos zu werden: Er hörte auf zu denken.

Er spürte das Flattern der Angst in seinem Bauch, doch in seinem Geist wurde es ruhig. Mit dem Staunen eines Kindes betrachtete er das Zerbrechen der Welt. Waren es zuerst die Konturen gewesen, die den Gesetzen der Natur nicht mehr folgen wollten, so lösten sich als Nächstes die Dinge selbst auf. Die gegenüberstehende Säule wurde durchscheinend, als sei sie aus Glas. Auch die Außenmauer schien ihre Festigkeit zu verlieren. Zwar blieb sie erhalten, doch durchdrang sie mit einem Mal ein helles Glühen, als würde das Licht der Sonne sie durchdringen. Ein Teil von ihm wusste, dass die Sonne dort nicht sein konnte, dass sie sich beinah direkt hinter ihm befand. Deshalb hatte dieses unnatürliche Glühen auch nichts Bedrohliches für ihn. Es war eher so, als käme es aus einem fernen Land und riefe ihn nun zu sich. Seine Angst verging. Nur eine namenlose Sehnsucht erfüllte ihn noch. Sein Atem wurde wieder ruhiger, und er ahnte, dass der Anfall im Begriff war vorüberzugehen. Dass die Welt sich in Kürze wieder zusammensetzen würde. Und wie so oft schwang in seiner Erleichterung auch Bedauern mit.

Noch aber war es nicht so weit, noch hockte er hilflos in einer Ecke der Kirche. Wahrscheinlich hatte er die Augen weit aufgerissen und Speichel lief ihm aus dem Mund. Es war kein schöner Anblick, das wusste er. Darum durchfuhr ihn heiß der Schrecken, als sein wiedereinsetzendes Gehör den Klang leichter Schritte wahrnahm. Was er auf keinen Fall wollte, war, dass sich irgendjemand um ihn bemühte oder gar einen Arzt herbeirief, der ihm vermutlich nur wieder den Arm aufschneiden würde. Er wandte mühsam den Kopf und spähte um die Säule herum, um zu sehen, wer da zur Unzeit in die Kirche kam. Und spürte im nächsten Moment, wie ihn ein glühendes Schwert durchfuhr.

Gehörte das, was er den Gang entlangschweben sah, zu dieser Welt? Oder war es ein überirdisches Wesen, das durch die Trümmer der Wirklichkeit zu ihm herabgestiegen war? Das Licht, das durch den Halbbogen des Westfensters fiel, umgab ihre Gestalt mit einer schimmernden Aureole. Ja, es war, als trete sie gerade in diesem Moment aus dem Licht heraus, um mit jedem Schritt leibhaftiger zu werden. Dann blieb sie stehen, das fein geschnittene Gesicht zum Christusstandbild erhoben. Ciriaco, der immer noch nicht ganz wieder er selbst war, sah ihre sehnsuchtsvollen Augen und die Unschuld, mit der sie sich diesem vermeintlich unbeobachteten Augenblick hingab. Zum ersten Mal vergaß Ciriaco, den magischen Vorgang der zurückkehrenden Wirklichkeit bewusst zu erleben. Denn alle Wirklichkeit verdichtete sich nun in dieser einen Frau.

Später hatte er diesen ersten Moment unzählige Male in seinem Geiste neu auferstehen lassen. Hatte versucht, ihn zu ergründen und die Macht seines Zaubers verständlich werden zu lassen. Es war ihm nicht gelungen. Und auch das war ein Grund, warum er seine Liebe geheim hielt. Denn um sie zu erklären, hätte er gestehen müssen, dass ihn ein äußerst unchristliches Verständnis des Menschen leitete: Ciriaco war Platoniker. Und kaum etwas in den Schriften Platos hatte ihn so berührt, wie dessen Gleichnis von den zwei Hälften des Menschen, die, zu Beginn aller Tage voneinander getrennt, für immer sehnsuchtsvoll nacheinander suchten. Ciriaco war davon überzeugt, dass seine verlorengegangene Hälfte an diesem Nachmittag die Kirche von San Giacomo betreten hatte. Und dass es nun seine heiligste Aufgabe war, ihre Vereinigung zu verwirklichen.

Er zog Erkundigungen über sie ein. Biancas vor zwei Jahren verstorbener Vater war ein angesehenes Mitglied der Goldschmiedezunft gewesen. Er hatte seiner Frau und der Tochter genügend Mittel hinterlassen, um ihnen ein auskömmliches Leben zu ermöglichen. Doch für eine Heirat mit dem Sohn einer alten, adligen Familie würde Biancas Mitgift keineswegs ausreichen. Ciriaco war klar, dass dieser Umstand eine erhebliche Erschwernis auf dem Weg zu ihrer beider Glück darstellte. Ihm selbst war es zwar gleichgültig, doch er war sicher, dass sein Vater anders darüber denken würde. Wenn es denn überhaupt so weit käme, über eine Mitgift zu sprechen. Denn weit schwerer als die unzureichende finanzielle Lage der Ferruccis, wog die Tatsache, dass Biancas Familie nicht adlig war.

Die in den Statuten der Stadt festgelegten Regelungen, die dem Sohn einer politisch einflussreichen adligen Familie einen Sitz im Rat zusicherten, legten ebenso unmissverständlich fest, dass dieses Recht erlosch, sobald der Erbe eine Bürgerliche heiratete. Ein weiterer Grund, warum Ciriaco seinem Bruder dessen Vorzugsbehandlung nicht neidete. Francesco würde eines Tages den Platz seines Vaters einnehmen. Damit war Ciriaco frei. Das zumindest war der Schluss, zu dem er an diesem Nachmittag in der Kirche San Giacomo gekommen war. Leider gab es da noch ein anderes Problem. Die schöne Bianca Ferrucci wusste näm-

lich nichts von seiner Liebe zu ihr. Außerdem hatte er starke Zweifel, dass sie schon einmal von Plato und den geteilten Hälften des Menschen gehört hatte.
Nachdenklich kaute Ciriaco auf seiner Unterlippe. Ihm war klar, dass weder seine Sehnsucht noch die Philosophie ihre Vereinigung herbeiführen würde. Es war seine Aufgabe, ihr Herz zu erobern. Zwar hatte er in Gedanken schon tausendfach durchgespielt, wie er sich der Geliebten erklären und diese seinem Werben erliegen würde. Nur hatte er das Gefühl, dass bislang keine seiner Vorstellungen wirklich etwas taugte. Das verdross ihn.
Mit dieser lästigen Erkenntnis im Kopf erhob er sich von seiner Bank und schritt langsam den Gang zum Portal entlang. Es verstörte ihn, dass weder Plato noch irgendein anderer Philosoph sich über diesen praktischen Aspekt der Operation ausgelassen hatten. Was ihn aber schier in Verzweiflung stürzte, war die Befürchtung, dass ihm ein anderer, der sich besser auf die Sprache der Liebe verstand, zuvorkommen könnte.
Als er einmal vorsichtig seinen Bruder darauf ansprach und ihn um Rat bat, hatte der nur die Augen verdreht und ihn kurzerhand zu einer Kurtisane mitgenommen.
»Es wird Zeit, dass du deine Unschuld verlierst, Kleiner«, hatte er grinsend gesagt, als er ihm die Frau vorstellte. Erbost war Ciriaco aus dem Haus geflohen. Das Gelächter der beiden glaubte er noch unten auf der Straße zu hören.
Als er durch das Tor des von Säulen getragenen Vorbaus der Kirche trat und ihm die Hitze des späten Nachmittags entgegenschlug, blieb er stehen. Neben dem ungelösten Problem, wie er sich Bianca nähern sollte, gab es leider noch etwas, was sein Leben beeinträchtigte: Das Kreuzfahrerheer war in der Stadt.
Nun ja, nicht das ganze Heer, der größte Teil hatte auf der umliegenden *terra ferma* sein Lager aufgeschlagen. Aber es gab

noch immer genug von ihnen, die waffenklirrend und wichtigtuerisch durch die Straßen spazierten. Sie tranken die Tavernen leer und schliefen in den Straßen. Die ganze Stadt vibrierte vor Aufregung über den bevorstehenden Kriegszug. Den Huren war es recht. Man sah sie oft des vormittags bei den Geldwechslern, um fränkische, deutsche oder spanische Münzen zu tauschen. Die ehrbaren Frauen hingegen trauten sich kaum noch auf die Straße. Darum überraschte es Ciriaco umso mehr, als er Bianca vor dem Tor erblickte.

Der Marktplatz lag bereits fast völlig im Schatten des Palazzo dei Dieci Savi. Die meisten Kirchgänger hatten sich bereits zerstreut, nur eine Handvoll stand noch zwischen den wenigen Ständen herum.

Während er sich noch wunderte, dass Mutter und Tochter nicht wie sonst gleich nach Hause geeilt waren, erkannte er den Mann, mit dem sie sich unterhielten. Ciriaco hatte nicht gewusst, dass Monsignore Salvatore in der Stadt weilte. Wahrscheinlich war er mit dem apostolischen Legaten, Kardinal Condulmer, gekommen, der im Palast des Dogen Quartier bezogen hatte. Doch den Monsignore hier anzutreffen, war ungewöhnlich. Noch ungewöhnlicher war es, ihn mit Signora Ferrucci im vertrauten Gespräch zu finden. Aber vielleicht, so dachte Ciriaco, war der Geistliche ja früher, da er noch als einfacher Priester in Venedig gelebt hatte, ihr Beichtvater gewesen. Vielleicht hatte er sogar ihre Tochter getauft. So wie ihn, Ciriaco de Pizzicolli.

So wie ihn?

Mit einem Mal begriff er, dass dies die Gelegenheit war, nach der er so lange gesucht hatte. Der Monsignore war nicht nur sein Taufpate, er war auch mit seinem Vater befreundet. Nichts war natürlicher, als dass er nun zu ihm hinüberginge, um ihn zu begrüßen. Unweigerlich würde dieser ihn daraufhin der Signora vorstellen.

Und deren Tochter.
Ciriaco schlug das Herz in der Brust. Sein Mund fühlte sich trocken an, seine Hände waren feucht. Er wischte sie nervös an seiner Hose ab. In wenigen Augenblicken würde er ihr gegenüberstehen. Was sollte er sagen? Seine Gedanken rasten. Und produzierten Satzfetzen, die ganz gewiss nicht das Richtige für solch eine Begegnung waren. »Die Liebe zu Gott … in den Dingen … uns selbst gewinnen … in jenem einen Menschen … unser Wesen vervollständigt …« Mit Schrecken wurde ihm klar, dass ihn seine bisherigen Gedankenspiele nicht auf die Realität vorbereitet hatten.
Er tat einen Schritt, blieb wieder stehen. Was, wenn er jämmerlich versagte? Den Mund nicht aufbekam? Oder sich zum Narren machte? Statt ihre Gunst zu gewinnen, nur einen hochmütigen, ja verächtlichen Blick erntete? Und selbst wenn er die richtigen Worte finden würde, was wäre, wenn er ihr missfiele? Was, wenn mit dieser Begegnung nicht seine Zukunft begänne, sondern seine Träume auf das Grausamste zerplatzten? In dem Bewusstsein, dass ihn die nächsten Minuten in den Himmel oder die Hölle befördern könnten, nestelte er fahrig an seiner Weste, zupfte an seinem Ärmel, als er mit einem Mal ihren Blick bemerkte. Ein Blick, der ihn wie ein Blitz durchfuhr.
Aber es gab keinen Zweifel. Während ihre Mutter noch angeregt mit Monsignore Salvatore sprach, hatte Bianca ihm in unendlich anmutiger Bewegung ihr Gesicht zugewandt. Und es war kein gleichgültiger Blick, wie man ihn vielleicht irgendeinem Fremden schenkte. Es war ein Blick, der ihm verriet, dass er in all der Zeit, in der er ihr folgte, keineswegs unbemerkt geblieben war. Ciriaco verstand vielleicht noch nicht viel von der Liebe. Aber für die Sprache, in der sich Bianca ihm nun mitteilte, brauchte es keine Lehrbücher. Und auch keine klugen Ratschlä-

ge. Stumm und ohne dass es außer ihnen jemand bemerkte, erklärten sich die beiden jungen Menschen ihre Liebe.

Alle seine Zweifel schmolzen dahin. Und als ob sie es spürte, zog ein kleines Lächeln über ihr Gesicht. Es war mehr als nur ein Einverständnis, es war ein Versprechen. Er wusste nun, dass er nichts falsch machen würde. Er würde nur seinen Namen sagen, und darauf warten, dass ihre Stimme ihn zum ersten Mal berührte.

»Ciriaco!«

Der Ruf riß ihn hinweg von den Pforten des Paradieses.

»Ciriaco.«

Er sah, wie auch sie verstört auf die Nennung seines Namens reagierte und wusste, noch bevor er sich umwandte, dass es Marcello war, der ihn rief.

»Ciriaco, du wirst nicht glauben, wer in der Stadt ist.«

Und richtig, sein Freund Marcello, breit und gedrungen von Gestalt, kam aufgeregt auf ihn zugerannt. Ciriaco hatte zum ersten Mal Lust, jemanden zu erwürgen.

»Jetzt nicht«, wehrte er ihn mit erhobener Hand ab.

»Aber so hör doch. Landino ist in der Stadt.«

»Landino?«, wiederholte Ciriaco verwirrt. »Christoforo Landino?«

»Direkt aus Konstantinopel. Er hat dort im Auftrag der Medici alte Manuskripte vom Kaiser entgegengenommen. Und du wirst es nicht glauben, Ciriaco«, der Freund griff nach seinem Arm, »es ist ein platonischer Text dabei!«

Ciriaco hatte sich bereits wieder Bianca zugewandt, in deren Gesicht er nun Ratlosigkeit und Ungeduld lesen konnte. Bei Marcellos letzten Worten schnellte sein Kopf jedoch herum: »Plato? Ein Text von Plato?«

»Ja, doch, ein Text in Griechisch. Ich habe Landino erzählt, wie gut du diese Sprache beherrschst. Er will, dass du dir die Schrift anschaust.«

Bianca. Plato. Bianca. Mit der drängenden Hand auf seinem Arm zog es ihn auf den Platz. Er wollte zu ihr, wollte ihre Gegenwart, ihre Stimme, wollte ihr sein Herz zu Füßen legen. »So lass mich doch los, Marcello. Ich komme nach, später.« Er versuchte, seinen Arm aus dem Griff seines Freundes zu befreien. Doch der packte ihn nur umso fester.

»Später geht nicht, Landino reist morgen früh nach Florenz weiter. Verstehst du denn nicht? Ein Text von Plato. Wenn wir ihn jetzt nicht kopieren, werden wir ihn vielleicht nie wieder zu Gesicht bekommen.«

In heller Verzweiflung bemerkte Ciriaco, dass Biancas Mutter im Begriff war, sich von Monsignore Salvatore zu verabschieden. Er musste handeln. Sofort.

»Verdammt, Marcello, lass mich endlich los!«

Augenblicklich fiel Marcellos Hand herab, mit offenem Mund starrte der Freund ihn an: »Ciriaco, was ist los mit dir?«

Ciriaco befeuchtete seine trockenen Lippen mit der Zunge, sah, wie sehr er den Freund verletzt hatte, sah, wie die Signora knickste, die Hand seines Taufpaters küsste und Bianca diese Geste wiederholte. Er wollte auf den Platz stürzen, aber es war zu spät. Bevor Bianca sich abwandte und ihrer Mutter folgte, sah sie noch mal zu ihm herüber. Jetzt war keine Liebesglut mehr in ihren Augen. Verletzt und enttäuscht bedachte sie ihn mit einem letzten Blick. Ihre Lippen öffneten sich, als wollte sie ihn rufen. Doch dann wandte sie sich ab. Mit geradem Rücken und raschem Schritt schloss sie zu ihrer Mutter auf. Sie drehte sich nicht einmal mehr um.

Stumm sah Ciriaco ihr nach, bis sie hinter einer Hausecke verschwand. Dann schloss er verzweifelt die Augen.

»Ciriaco«, vernahm er die leise Stimme Marcellos an seiner Seite. Du dummer Narr, wollte er sagen, aber er schwieg. Es tat ihm sogar leid, dass er den Freund so angefahren hatte. Schließlich konnte der nicht ahnen, was ihn bewegte. Obwohl er alle seine Gedanken mit Marcello teilte, hatte er ihm doch nie von Bianca erzählt. Das unbestimmte Gefühl, dass der Freund ihm diese Leidenschaft, von der er ausgeschlossen war, verübeln könnte, hatte ihn davon abgehalten. Ciriaco wusste, dass der junge Mann, der mit ihm im Hause seines Vaters aufgewachsen war, ihn nicht nur bewunderte, sondern auch liebte. Und nicht zum ersten Mal kam ihm der Gedanke, dass Marcellos Ergebenheit ihm gegenüber auch eine Bürde sein konnte. Widerstrebend gestand er sich ein, dass es genau das war, was sein Vater meinte, wenn er von der Verantwortung sprach, die ihre Geburt ihnen auferlegt hatte.

»Also gut, Marcello«, sagte er schließlich und legte dem Freund die Hand auf die Schulter, »schauen wir, was uns der große Landino mitgebracht hat.«

Als sie den Weg in Richtung Brücke einschlugen, wandte er sich noch mal um. Er hatte sie nicht ansprechen können. Aber wenigstens wusste er nun, dass er ihr keineswegs gleichgültig war.

Der Mann mit der Brandnarbe auf der Stirn lehnte im Dunkel neben der Brücke an einer Wand und schaute zu den schwach beleuchteten Fenstern auf der anderen Seite des Kanals hinüber. Seit zwei Stunden schon wartete er darauf, dass der junge Mann, der dort oben seinen heimlichen Vergnügungen nachging, endlich wieder aus dem Palazzo herauskam. Das verwöhnte Bürschlein ließ sich Zeit. Nun, sollte er doch. Der Mann mit der Narbe verfügte über alle Zeit der Welt. Das Einzige, was ihn störte, war dieses stinkende Wasser. Es war allgegenwärtig. Wie konnte es auch anders sein in einer Stadt, die auf Pfählen im Schlick erbaut worden war. Wie konnte man nur in Häusern leben, die in einer stinkenden Brühe errichtet waren, fragte sich der Mann mit dem Brandmal und genoss die Abscheu, die ihn erfasste. Dieser Gestank war das Einzige, was seiner Geduld Grenzen setzte. Er freute sich darauf, diese Stadt wieder verlassen zu dürfen. Diese ganze mückenverseuchte Niederung, um in der klaren Luft des Meeres wieder frei durchatmen zu können. Vorher aber musste er seine Aufgabe erfüllen. In gewisser Weise freute sich der Mann im Dunkel auf das Kommende. Denn heute Abend würde er beweisen, dass sein Herr sich auf ihn verlassen konnte.

Von seinem Standort aus konnte er die beiden Männer, die sich auf der anderen Seite der Brücke verbargen, nicht sehen, aber er wusste, dass sie da waren. Es war eine Menge Gesindel in der Stadt. Der Mann mit der Brandnarbe schnaubte verächtlich aus, als er an die großen Worte dachte, mit denen die Hauptmänner dieses sogenannten Kreuzfahrerheeres ihre Leute in Stimmung hielten. Dabei waren die meisten von ihnen Diebe und Beutelschneider. Sie hofften auf reiche Beute, das war das Einzige, was sie antrieb. Nicht einem von ihnen traute er zu, in einem richtigen Kampf Mann gegen Mann zu bestehen. Es war ihm gleichgültig. Er hatte früh gelernt, worauf es im Leben ankam.

Ein Schatten bewegte sich im Licht hinter den Fenstern. Nanu, dachte er, während er, ohne seine Haltung zu ändern, erwartungsvolle Spannung in sich aufsteigen fühlte, sollte das Söhnchen endlich fertig sein? Schon seit Tagen beobachtete er ihn heimlich, wusste von dem Haus und den Dingen, die in ihm vor sich gingen. Ihm war klar, dass es hier passieren würde.

Als das Tor des Hauses auf der anderen Seite des Kanals sich öffnete, schaute er noch mal auf das Wasser, dessen leises Glucksen den fernen Wellengang des Meeres verriet. In der Stille vernahm er Schritte auf dem Pflaster, die sich der Brücke näherten, kurz verhielten, als suche der nächtliche Spaziergänger seinen Weg, und schließlich näher kamen. Der Mann strich mit dem Mittelfinger über die Narbe auf seiner Stirn und bekreuzigte sich anschließend, so wie er es immer tat vor einem Kampf. Dann stieß er sich mit einer sparsamen Bewegung von der Wand ab und schlich zum diesseitigen Ende der Brücke, wo er sich hinter einem Pfeiler verbarg. Aufmerksam spähte er auf den hölzernen Steg, auf dessen aufsteigendem Gang jede Gestalt vor dem Nachthimmel erkennbar sein würde.

Wie schon zuvor empfand der Mann mit der Brandnarbe diese letzten Sekunden vor dem Angriff mit unvergleichlicher Intensität. Es war, als würde das Leben, die Welt sich in diesen wenigen Sekunden zusammenziehen. So als gäbe es außer dem Leben und dem Tod nichts anderes mehr. Und das in vollendeter Dichte.

Er sah zuerst den Kopf, der im Rhythmus des Gehens den Bogen überragte. Schultern und Brust wuchsen nach. Auf dem höchsten Punkt, als die ganze Gestalt in beschwingtem Gang erkennbar war, als er sich schon fragte, ob die Männer drüben vielleicht eingeschlafen waren, hörte er trappelnde Schritte und sah, wie die Gestalt sich in einer raschen Bewegung dem Geräusch zuwandte. Er sah den Arm, der nach dem Schwert griff, sah das matte Licht der Sterne auf dem Metall aufblitzen. Und setzte sich langsam in Bewegung.

»Was wollt ihr?«, hörte er die Stimme von der Brücke. »Wer seid ihr?«

Ohne einen Laut zu verursachen, stieg der Mann mit der Narbe die Brücke hoch.

»Wollt ihr meine Börse? Kommt und versucht es.«

Der junge Hahn kann wacker krähen, dachte der Mann, als nun auch die beiden anderen Angreifer in sein Blickfeld traten.

»Nun los, ihr Schurken. Ich werde euch zeigen, was ein Pizzicolli mit dem Schwert vermag.«

Im Näherkommen schüttelte der Mann leicht den Kopf. Was für ein Theater.

»Ich werde euer Grinsen breiter machen. Bis zu den Ohren werdet ihr grinsen.«

Der Mann mit der Narbe verzog gequält das Gesicht und beschleunigte seine Schritte.

»Ihr Narren. Wisst ihr nicht, wen ihr vor euch habt? Was ist? Warum zögert ihr? Ist euch etwa euer Mut abhandengekommen?«

Er war es so leid. Diese dummen Großmäuler in ihren feinen Kleidern. Als er nur noch eine Armeslänge von dem Jungen entfernt war, bemerkte der, dass sich ihm auch von der anderen Seite jemand näherte. Sein Kopf fuhr herum, das Schwert folgte. Dann erkannte er den Näherkommenden. Mit einem erleichterten Lächeln schien er im Begriff, den vermeintlichen Verbündeten zu begrüßen, als der seine Klinge aus der Scheide zog und sie ihm in einer fließenden Bewegung in die Brust stieß. Ohne Widerstand glitt sie zwischen dem dritten und vierten Rippenbogen hindurch direkt ins Herz. Der Mörder sah seinem Opfer in die Augen, während die Intensität des Tötens sich seiner Sinne bemächtigte. Nur am Rande registrierte er, dass die beiden Männer, die er gedungen hatte, ihre Waffen wortlos wieder einsteckten. Ihre Aufgabe war leicht gewesen. Er konzentrierte sich ganz auf das Gesicht des Jungen, in dessen Augen unendliches Staunen stand. »Du?«, brach es kaum hörbar aus seinem Mund hervor. »Aber … warum?«

Als der Körper vor ihm in die Knie sackte, legte der Mann mit der Brandnarbe seinen Arm um den Sterbenden wie um eine geliebte Frau und ließ ihn sanft zu Boden gleiten.

»Einen schönen Gruß«, flüsterte er. Und als er sah, dass der Junge den Verrat begriff, als er spürte, dass im nächsten Moment das Verstehen im brechenden Blick des Opfers vergehen würde, fügte er hinzu: »Einen Gruß von Francesco Sforza.«

Dann war es vollendet.

# Das Konzil

Im Jahre 1437 trafen sich im norditalienischen Ferrara Vertreter der päpstlichen Kurie mit einer Delegation aus Konstantinopel, die von Kaiser Johannes VIII. Paläologos persönlich angeführt wurde. Ziel dieses Konzils war kein geringeres als die Vereinigung der seit Jahrhunderten voneinander getrennten ost- und weströmischen Kirchen. Im darauffolgenden Jahr war die Versammlung gezwungen, nach Florenz umzuziehen, weil eine rätselhafte Seuche die Stadt am Po heimsuchte. Da die Geistlichen immer noch mit komplizierten Verfahrensfragen beschäftigt waren, kam kaum einer der Beteiligten auf die Idee sich zu fragen, ob dieser Wechsel des Tagungsortes nicht dem Eingriff Gottes zu verdanken war. Aber unterlagen letztlich nicht alle Ereignisse der göttlichen Vorsehung? Wenigstens in diesem Punkt herrschte Einigkeit zwischen den einander misstrauenden Fraktionen. Tatsächlich konnte man von einer göttlichen Fügung sprechen, obwohl Papst Eugen IV., hätte er um die Folgen dieser Verlegung gewusst, einer solchen Deutung sicherlich nicht zugestimmt hätte.

Natürlich waren es nicht nur religiöse Gründe, die zu diesem Treffen geführt hatten. Das Herrscherhaus der Paläologen befand sich bereits seit geraumer Zeit in einer jämmerlichen Lage. Das Oströmische Reich, dessen Herrschaftsgebiet einst Dreiviertel des gesamten Mittelmeerraumes umspannt hatte, war auf kaum mehr als die Größe eines Stadtstaates zusammengeschrumpft. Lediglich auf der Halbinsel am Bosporus und auf einigen Inseln im Ägäischen Meer galt noch Konstantinisches Gesetz. Alle anderen Ländereien der ehemaligen Großmacht, von der Donau im Norden über das Schwarze Meer, Damaskus und Jerusalem, Ägypten und Tripolis bis zur Meerenge von Gibraltar und darüber hinaus, standen unter dem Banner des Halbmondes.

Die Gefahr war nicht neu. Schon die ersten Heere Mohammeds hatten die Mauern Konstantinopels berannt, waren allerdings gescheitert. Das hinderte die nachfolgenden Kalifate aber nicht daran, immer mehr Fleisch aus dem alten Reich herauszuschneiden. Eine Zeit lang hatten die muslimischen Herrscher dann mit den einfallenden Mongolen zu kämpfen, so dass Ostrom sogar einen Teil seiner einstigen Gebiete zurückerobern konnte. Dann aber bildeten sich in den Grenzregionen der islamischen Welt mit den assimilierten Steppenvölkern neue Machtverhältnisse. Die Grenzfürsten, die *Ghazi*, deren Aufgabe darin bestand, den wahren Glauben mit allen Mitteln zu verteidigen, waren das islamische Gegenstück zu den Kreuzrittern. Anfang des 14. Jahrhunderts zog in Anatolien einer dieser Ghazi aus und eroberte mit militärischem Geschick und Wagemut die Nachbarprovinzen. Sein Name war Osman.

Hundert Jahre später hatte das Osmanische Reich bereits den gesamten Balkan bis nach Bulgarien unterworfen. Lediglich die Donau bildete eine letzte natürliche, wenn auch keineswegs sichere Grenze. Mittendrin in diesem neuen Reich lag die alte Kaiserstadt, der letzte reife Apfel, den der regierende Sultan, Murad II., dessen war sich Johannes Paläologos sicher, gewiss in nicht allzu ferner Zeit pflücken würde. Der Kaiser des siechen Reiches brauchte dringend Hilfe.

Die Argumente, die er den europäischen Herrschern vortrug,

waren durchaus überzeugend. Konstantinopel war die letzte Bastion der Christenheit gegen die blutdürstigen Jünger Mohammeds. Fiele diese gut bewehrte Stadt, die in ihrer tausendjährigen Geschichte nur einmal erobert worden war, so gäbe es nichts mehr, was dem Vormarsch der muslimischen Heerscharen Einhalt gebieten könnte. Der Kaiser des Heiligen Römischen Reiches, Sigismund von Luxemburg, zeigte zwar Einsicht, hatte zu diesem Zeitpunkt aber mit den aufständischen Hussiten genug eigenen Ärger am Hals. Außerdem fühlte er sich gesundheitlich nicht auf der Höhe. Er verstarb, kaum dass das Konzil begonnen hatte. Und sein Schwiegersohn Albrecht, Herzog von Österreich, der ihm als Kaiser nachfolgen wollte, musste sich nicht nur mit der Königskrone von Ungarn begnügen. Der ungarische Adel vergällte ihm auch derart das Leben, dass er 1439 auf äußerst unschöne Weise an der Ruhr starb.

Für den französischen König, Karl VII., war es dringender, endlich den hundertjährigen Krieg mit England zu Ende zu bringen. Vielleicht hoffte er damit auch seine Alpträume loszuwerden, in denen er immer wieder eine junge Frau auf einem Scheiterhaufen brennen sah.

Die oberitalienischen Stadtstaaten wiederum, die ihren Reichtum dem Mittelmeerhandel verdankten, lavierten geschickt zwischen den großen Mächten und paktierten mit jedem, der ihren Interessen diente. Dabei kamen sich vor allem Venedig und Genua immer wieder in die Quere. Lediglich Ungarn, das die osmanische Macht auf der anderen Seite der Donau heranwachsen sah, war bereit, dem griechischen Kaiser zu Hilfe zu kommen. Doch für einen solchen Krieg bedurfte es mehr als nur Einsicht. Es half alles nichts, ein neuer Kreuzzug musste her. Dafür brauchte Johannes von Konstantinopel den Papst. Dass Eugen IV. für diesen heiligen Aufruf einen hohen Preis fordern würde, war dem Paläologen klar.

Die theologischen Differenzen zwischen den beiden großen christlichen Kirchen waren gravierend. Es ging um nichts weniger als die Energielehre, also um die Frage, ob der Heilige Geist vom Sohn ausgehe oder durch den Sohn gehe. Die Debatten waren anstrengend. Und ungleichgewichtig. Denn die Päpstlichen hatten ihre besten Rhetoriker in das Treffen geschickt. Anders Kaiser Johannes. Der hatte auf politischen Proporz Rücksicht nehmen müssen. Die Mitglieder seiner Delegation waren ehrenwerte Männer, doch hatten sie dem geschliffenen Wortschwall der Römer wenig entgegenzusetzen. Auch der Patriarch Joseph, ein liebenswürdiger alter Mann, der den Kaiser persönlich beriet, konnte sich nicht durchsetzen. Kurz nach seinem Redebeitrag, in dem er ausführte, dass es doch das Gleiche wäre, ob der Heilige Geist durch den Sohn oder von dem Sohn ausgehe, verstarb er. Was sonst, kommentierte einer der Lateiner diesen Vorfall, hätte er auch tun sollen, nachdem er die Präpositionen durcheinandergebracht hatte.

Der Einzige in der konstantinischen Delegation, der imstande war, bei der abstrakten, theologischen Diskussion mitzuhalten, war Georgios Gemistos Plethon. Der alte Gelehrte war ein begeisterter Anhänger der Lehren Platos und verachtete die päpstlichen Dogmatiker, doch er hielt sich mit seiner Kritik zurück. Für ihn waren die von politischer Ranküne geleiteten Wortklaubereien nichts weiter als Einengungen des freien Denkens. Zudem hatte Plethon während dieses nach Florenz verlegten Konzils Cosimo von Medici kennengelernt, den Mann, der seine Ansichten nicht nur teilte, sondern ihm auch gleich eine eigene Akademie zu ihrer Verbreitung einrichten wollte.

Das Konzil von Florenz endete mit einem vollständigen Sieg der päpstlichen Partei. 1439 erkannte Kaiser Johannes VIII. von Konstantinopel das Primat des Papstes an. Leider löste das seine Probleme nicht wirklich, denn weder die orthodoxe

Geistlichkeit noch die Schar der Gläubigen im Osten akzeptierten seine Entscheidung. »Lieber den Turban des Sultans als den roten Kardinalshut«, raunte es bald auf den Plätzen der alten Kaiserstadt. In Konstantinopel begann ein sich quälend hinziehender Kleinkrieg zwischen Puristen und Pragmatikern.
Mittlerweile hatte Papst Eugen der christliche Eifer gepackt. Im Vertrauen auf die Gültigkeit der mit Kaiser Johannes getroffenen Vereinbarung rief er zu einem Kreuzzug gegen die Ungläubigen auf. Diesen Ruf vernahmen die christlichen Könige wohl, doch Taten folgten erst, nachdem der Heerführer des neuen ungarischen Königs über die Donau gezogen war und in einem beispiellosen Siegeszug den Osmanen Wagenladungen voller Beute abgejagt hatte. Davon mussten die ungarischen Soldaten zwar einen Großteil zurücklassen, weil ihnen ein strenger Winter in die Quere kam. Doch die Gerüchte über die zu erwartenden Schätze machten schnell die Runde.
Im Frühjahr 1444 begannen sich die Heerlager an der Donau mit Abenteurern und Glücksrittern zu füllen. Ein Teil der Kreuzfahrer sammelte sich in Venedig, um von dort aus nach Konstantinopel zu segeln. Bevor sie an Bord der Schiffe gingen, hatten sie allerdings noch genug Zeit, die zu erwartende Beute im Voraus zu verteilen, da die Stadtväter der Lagunenstadt sich mit dem Papst nicht über die Kosten der Passage einigen konnten. Während also in Konstantinopel weiterhin über die Beschaffenheit des Erlösers debattiert wurde und Venedig mit Rom darüber stritt, wer die Reise bezahlen sollte, kam in der Gestalt des Gemistos Plethon auf leisen Pfoten die hintergründige Philosophie Platons nach Italien.
Und wurde zu einem jener Funken, die ein neues Zeitalter begründen sollten.

# Wandlung

Der Tross der Kinder kam nur langsam voran. Es war ein heißer Tag und seit dem Morgen hatten sie nichts mehr zu trinken bekommen. An den Händen zusammengebunden, schleppten sie sich den sandigen Weg entlang. Ihre ohnehin schon trockenen Gaumen wurden noch zusätzlich von dem Staub verklebt, der bei jedem Schritt von ihren nackten Füßen aufgewirbelt wurde. Und von den Pferden der Soldaten, die seitlich des Trosses auf und ab ritten und sie immer wieder mit scharfen Rufen antrieben. Thamar nahm sie kaum wahr.

Mit gesenktem Kopf sah sie auf die Beine des ihr Vorangehenden. Der Junge war größer als sie, seine Schritte griffen weiter aus. Weshalb es immer wieder geschah, dass das Seil, das an ihrem linken Handgelenk befestigt war, sie ruckartig nach vorne zog. Einmal hatte er sich umgewandt und sie wütend angeraunzt: »Geh schneller, oder soll ich dich den ganzen Weg ziehen.« Als er ihren müden Blick gewahrte, hatte er nur verächtlich ausgespuckt. Thamar spürte die Schmerzen an ihrem Handgelenk nicht. Ebenso wenig wie in ihren Füßen. Sie spürte überhaupt nichts, nicht einmal, dass die Sonne ihren ungeschützten Nacken verbrannte.

Ihr ganzes Fühlen und Denken war in dem Moment erstarrt, als ihr Vater hinter sie getreten war, um sie mit festem Griff bei den Haaren zu packen. Das letzte Geräusch, das sie in ihrem

Leben als Mädchen wahrgenommen hatte, war das unbarmherzige Schneiden der groben Schere gewesen. Jener Schere, mit der er im Frühjahr die Wolle der Schafe schnitt. Und seine Worte, die er in der kleinen Kammer mit rauher Stimme hervorgestoßen hatte. Sie tanzten in der Leere ihres Kopfes umher wie herrenlose Tiere: »Teufelskind ... Türkenbrut ... Schande!« Das Letzte, was sie gedacht hatte, war, dass sie nun die Wahrheit kannte. Dann hatte sie aufgehört, Thamar zu sein.

Der Tross der Kinder zog nach Osten. Vorbei an Feldern und kleinen Gehöften, manchmal blühten Mohnblumen am Wegrand und wurden von den Hufen der Pferde niedergetrampelt. Gegen Mittag legten sie eine kurze Rast ein. Die Soldaten gaben jedem der zwei Dutzend Kinder einen Kanten Brot und ein Stück Käse. Dann scheuchten sie sie weiter. Der Weg stieg an. Sie passierten Hügel, später schroffe Felsenzüge, die sich drohend um sie herum erhoben. Immer wieder wandten sich die Kinder um, ihre verstörten Blicke suchten das, was ihnen Heimat gewesen war. Dass sie diese nie wiedersehen würden, hatten die wenigsten begriffen. Thamar schaute sich nicht einmal um.

Thamar?

Es war ihr Name, ihr verlorener Name, der ihre Gedanken wieder in Gang setzte. Sie war nicht länger Thamar, sie war Gjörgi. Wie eine heiße Welle flutete diese Tatsache in ihr Bewusstsein und riß sie aus ihrer Betäubtheit. Augenblicklich erfasste sie Wut. Wut auf ihren Vater, der ihr das angetan hatte. Wut auf ihren Bruder, dessen Namen sie von nun an tragen sollte. Wut auf die türkischen Soldaten. Unwillkürlich stemmte sie sich gegen das Seil. Als der Junge vor ihr den Widerstand spürte, fuhr er herum. »Geh voran, du Milchgesicht«, raunzte er.

»Noch ein Wort und ich brech' dir die Nase«, zischte sie zurück.

Sein Mund öffnete sich in empörtem Erstaunen, aber das, was er in ihren Augen las, ließ ihn zögern. Ihre Reihe kam ins Stocken. Ein Soldat preschte heran und stieß dem Jungen mit heiserem Schrei den Fuß in den Rücken. Er stolperte weiter und zog Thamar mit sich, so wie sie wiederum ihren Hintermann mit sich zog. Als sie ihren Trott wiedergefunden hatten, wandte der Junge sich noch mal um. Sein wütender Blick sagte ihr, dass er diesen Vorfall nicht vergessen würde.

Irgendwann fiel ihr auf, dass der Weg einem Fluss folgte. Die Sonne stand bereits tief im Westen, als sich dessen Wasser zu einem See dehnte. Und da erblickte sie in der Ferne eine Stadt. Ihre Ausdehnung schien Thamar, die bisher nur ihr Dorf kannte, so gewaltig, dass sie gar nicht begriff, was sich jenseits der Stadt erstreckte. Zuerst glaubte sie, es seien Wolken, die über dem Land lagen. Aber so tief liegende Wolken hatte sie noch nie gesehen. Das letzte Stück des Weges konnte sie den Blick nicht mehr von der weiten, blauen Fläche wenden. Der Zug der Kinder hatte die befestigte Stadt Varna, am Schwarzen Meer, erreicht.

Eilig trieben die Soldaten sie jetzt voran, bis sie ein unterhalb der Stadtmauern errichtetes Zeltlager erreichten. Dass es jedoch nicht ihnen als Unterkunft dienen sollte, merkten sie schnell, als die Wachen sie in eine Umzäunung trieben, wo die meisten der Kinder sofort erschöpft zu Boden sackten. Die Soldaten lösten ihre Handfesseln, schlossen das Gatter hinter sich und führten ihre Pferde fort. Thamar bemerkte, dass bereits andere Soldaten zu ihrer Bewachung abgestellt waren.

Der Zaun war nur eine aus Ästen zusammengebundene Einfriedung, ähnlich jener, die man für Kühe oder Schafe verwendete. Darüber hinwegzuklettern wäre ein Leichtes. Doch die Wachen würden sicher nicht tatenlos dabei zusehen. Im Übrigen, wohin hätte sie fliehen sollen? Als sie merkte, dass dieser

Gedanke an das Unbegreifliche rührte, das sie hatte erfahren müssen, zwang sie sich rasch, ihre Umgebung weiter zu mustern.
Ihr fiel auf, dass die türkischen Soldaten in ihren weiten Hosen und engen Leibwesten alle bartlos waren. Nun hatte sie noch nicht viele Türken zu Gesicht bekommen. Sie waren bislang eine ferne Macht gewesen, die zwar ihr Leben bestimmte, aber für die Bewohner der kleinen Dörfer auf dem Land fast unsichtbar blieb. Nur einmal, im letzten Jahr, als sie nach der Ernte ihre Abgaben dem Priester übergeben hatten, war ihnen auf der Straße ein Trupp Soldaten begegnet, die den Steuereintreiber begleiteten. Staunend hatte sie die fremdartigen Gesichter mit den markanten Bärten betrachtet. Seither hatte sie immer, wenn von Türken die Rede war, Männer mit schwarzen, krausen Bärten vor Augen gehabt. Von den Soldaten, die das Lager bewachten, trug jedoch keiner einen Bart.
Sie ließ den Blick wieder zum Meer hinüberwandern. In der Flussmündung ankerten Schiffe. Ihre langen Masten ragten wie Pfeile in die Höhe. Jenseits davon erstreckte sich weites, flaches Land mit grünen Wiesen, die zum Meer hin in hohes schilfartiges Gras übergingen. In sanftem Gleichklang wogten die Halme im Wind, dem gleichen Wind, der weiter draußen helle Streifen in die unendliche Wasserfläche kräuselte. In gedankenlosem Staunen verlor sich Thamars Blick in dieser Weite.
Stimmen wehten sie an, Worte in jener ihr völlig fremden Sprache, die sie aus ihrer Betrachtung herausrissen und ihr mit einem Mal wieder ihre Einsamkeit zu Bewusstsein brachten. Das Gefühl, von allem getrennt zu sein, was ihr vertraut war, verdichtete sich zu einem Kloß im Hals, den sie mühsam herunterzuschlucken versuchte. Es gelang ihr kaum, dafür machte sich bohrender Hunger bemerkbar. Fast dankbar für diese Ab-

lenkung richtete sie ihre Aufmerksamkeit wieder auf das Zeltlager zu ihrer Rechten, aus dem der Geruch von Holzfeuer und Suppe herüberzog.

»Hey, Milchgesicht!«

Ohne sich umzuwenden, wusste sie, wem die Stimme gehörte. Sie hatte keine Lust, mit diesem Dummkopf zu reden.

»Bist du taub, Milchgesicht?«

Immer noch das Zeltlager beobachtend, entdeckte Thamar jetzt, dass einige Soldaten einen Schnauzbart trugen, der einen höheren Rang zu signalisieren schien.

»Das Muttersöhnchen ist nicht nur blöd, sondern auch noch taub.«

Sie blickte über die Schulter. Es war tatsächlich der Junge, der vor ihr in der Reihe gegangen war. Anscheinend hatte er bereits Freunde gefunden. Drei andere Burschen, allesamt kleiner als er, standen feixend neben ihm. Erst da ging ihr auf, dass er sie Söhnchen genannt hatte. Natürlich hielt er sie für einen Jungen. Die ungewohnten Hosen hatten bereits ihre Haut wundgescheuert.

»Doch nicht taub? Hör mal, Milchgesicht, ich bin es leid, dich den ganzen Weg zu ziehen. Wolltest du mir nicht die Nase brechen, versuch es doch einmal.«

Er stand drei Schritte von ihr entfernt, etwas breitbeinig, die Fäuste in die Hüften gestützt. Thamar war müde und hatte Hunger.

Jetzt zog ein Grinsen über seine plumpen Gesichtszüge. »Die Türken mögen solche Milchbubis wie dich. Sie nehmen sie als Lustknaben mit in ihre Betten. Da kannst du dann ihre Schwänze lutschen.«

Etwas Eisiges zog durch ihre Brust. Etwas, das ihren Schmerz wachrief und ihre Wut entfachte.

»Aber vorher bekommst du noch ein paar Ohrfeigen.« Er

machte einen Schritt auf sie zu, seine Freunde lachten in Erwartung des Schauspiels.
Es ging sehr schnell. Kaum dass er das letzte Wort ausgesprochen hatte, fuhr sie herum und trat ihm mit voller Wucht in den Schritt. Mit einem gurgelnden Laut sackte er zusammen. Sie musterte nacheinander seine Begleiter, die mit offenem Mund erst sie anstarrten, dann ihren gekrümmt auf dem Boden liegenden Anführer.
»Hey!« Einer der Wachen kam auf der anderen Seite des Zaunes auf sie zu. Thamar wunderte sich über den Zuruf. Er klang nicht türkisch.
Der Soldat erfasste mit einem Blick die Situation. Die Gruppe von Jungen, die sich jetzt langsam zurückzogen, den am Boden Liegenden und schließlich Thamar, die ihn ungerührt über den Zaun hinweg ansah. Sie war sicher, dass er sie schlagen würde. Vielleicht würde er sie auch einsperren oder sogar umbringen. Vielleicht war das sogar das Beste, was ihr geschehen konnte. Zu ihrem Erstaunen aber verzogen sich seine Lippen zu einem kleinen Lächeln.
»Wie heißt du?«, fragte er in ihrer Sprache, wenn auch mit kehligem Akzent.
»Gjörgi«, antwortete sie und nannte so zum ersten Mal den Namen, unter dem ihr Vater sie bei den türkischen Soldaten abgeliefert hatte.
»Also gut, Gjörgi«, sagte der Mann, »hör auf, die anderen Kinder zu verprügeln. Zum Kämpfen wirst du noch Gelegenheit genug bekommen.«
Thamar betrachtete nachdenklich den Fremden, den der Vorfall nicht im mindesten aufzuregen schien. Im Gegenteil, sie hatte sogar den Eindruck, dass es ihm gefallen hatte. Sie war erst seit einem Tag ein Junge, und schon entdeckte sie, welchen Vorteil ihr dies bot: Sie durfte ungestraft andere Jungen schlagen.

Der Soldat nickte ihr zu und ging wieder zurück auf seinen Posten. Thamar legte die Hände auf das Gatter und sah ihm nach. Es gab noch etwas, was sie beschäftigte. Das meiste, was sie von den Türken wusste, kannte sie nur aus Erzählungen anderer. Doch in einem Punkt waren sich alle einig gewesen. Die Haare der Türken waren so schwarz wie die Nacht. Nun war zwar der Kopf dieses Soldaten bis auf einen dünnen geflochtenen Zopf, der unter dem Turban hervorragte, geschoren. Dieser Zopf aber war blond, ebenso wie die Augenbrauen. Thamar fragte sich, was es zu bedeuten hatte, dass dieser türkische Soldat kein Türke war.

Am nächsten Tag trafen weitere Kinder ein. Es wurde enger in der Umzäunung. Unter denen, die mit Thamar gekommen waren, hatten sich bereits Gruppen gebildet. Einige kannten sich offenbar aus den Dörfern, aus denen sie geholt worden waren, andere suchten einfach nur Schutz bei Älteren oder Stärkeren, so wie die drei, die immer in der Nähe des Jungen blieben, der ihr seit dem gestrigen Abend aus dem Weg ging. Doch sie bemerkte immer wieder seinen finsteren Blick, wenn sie einander begegneten. Es war ihr egal, solange er sie in Ruhe ließ.
Dreimal am Tag brachten die Soldaten einen großen Kessel mit Suppe oder Grießbrei, den sie mit einer Kelle verteilten. Tags zuvor hatten sie jeder eine Schale bekommen, auf die, so wurde ihnen eindringlich gesagt, sie von nun an zu achten hätten. Weil sie sonst ihren Brei vom Boden fressen müssten, hatten die Soldaten mit lautem Lachen hinzugefügt. Demnach gab es noch andere unter ihnen, die sich mit den Kindern in deren Sprache verständigen konnten. Wenn sie aber unter sich waren, sprachen sie türkisch. Thamar hielt immer wieder Ausschau nach dem blonden Soldaten, konnte ihn jedoch nirgends mehr entdecken. Dass sie zu einem Fremden, der zudem noch

ein türkischer Soldat war, so etwas wie Zutrauen empfand, kam ihr merkwürdig vor. Vielleicht weil er sie angelächelt hatte, dachte sie, oder wenigstens über ihr Verhalten gelächelt hatte. Sie versuchte sich zu erinnern, ob ihr Vater sie jemals angelächelt hatte, aber da brauchte sie nicht lange nachzudenken. Ihr Vater hatte nie gelächelt. Seit jenem Tag in der kleinen Kammer, in der er sie geschoren hatte, wusste sie auch warum.
Die Erinnerung an seine Worte geisterte immer noch in ihrem Kopf herum. Es war nicht schwer gewesen, sich einen Reim aus ihnen zu machen: »Türkische Soldaten ... die Mutter.« Ihre Hände krampften sich so fest zusammen, dass die Fingernägel schmerzhaft in ihr Fleisch drückten. Nein! Sie wollte nicht daran denken.
Wie immer saß sie am Rande, an die Umzäunung gelehnt, und schaute auf das Meer hinaus. Das helle Mittagslicht glitzerte auf den Wellen und verlor sich unter dem gewölbten Blau eines fernen Himmels. Wie weit es wohl sein mag, fragte sie sich und spürte, wie die Anspannung von ihr wich.
Thamar gehörte zu keiner der Gruppen, die sich im Laufe des Tages gebildet hatten. Es schien auch niemand Interesse an ihr zu haben. Der Tritt am Abend zuvor hielt ihr nicht nur den Jungen, von dem sie mittlerweile wusste, dass er Petar hieß, vom Leibe. Offenbar hatte sich danach rasch herumgesprochen, dass es nicht ratsam war, in ihre Nähe zu kommen. Viele Kinder warfen ihr scheue, ängstliche oder auch nur abweisende Blicke zu. Ihr war es nur recht. Die anderen konnten nicht ahnen, wie wenig sie mit ihnen gemein hatte. Schon als ihr Vater sie den türkischen Soldaten übergab, hatte sie daran gedacht, diesen ihre wahre Natur zu enthüllen. Dass sie ein Mädchen war, und dass sie nicht Gjörgi hieß, sondern Thamar. Ihr Vater wäre bestraft worden, und das wäre ihm recht geschehen.
»Sie kommen und holen die Jungen«, hatte er ihr mit finsterer

Miene erklärt. »Sie sammeln sie ein und treiben sie wie Vieh in ihre verruchten Städte als Diener für ihren Götzen. Diesmal wollen sie meinen Sohn haben. Doch du wirst an seiner Stelle gehen.«

Im Nachhinein wunderte sie sich, dass sie geschwiegen hatte. Aber an diesem Tag war sie wie betäubt gewesen. Außerdem hatte er ihr unmissverständlich klargemacht, was das bedeutet hätte. »Wenn du dich verrätst«, hatte er gesagt, während seine Hand ihren Arm schmerzhaft presste, »werde ich dich an die Soldaten verkaufen. Sie werden dich einer nach dem anderen schänden. Und wenn du es überlebst, wirst du mit einem ihrer Bälger im Bauch herumlaufen.«

Seine Augen waren voller Wut gewesen. »Du hast den Teufel im Leib. Drum geh hin und misch dich unter die anderen Teufel, damit mein Sohn mir erhalten bleibt.«

Vielleicht hatte sie deswegen geschwiegen. Weil er nicht ihr Vater war.

Allerdings war sie nicht darauf gefasst gewesen, mit welchen Schwierigkeiten sie nun zu kämpfen hatte. Sie spähte mit zusammengekniffenen Augen zu der hinteren Ecke der Einpferchung hinüber, wo eine langgezogene Grube als Abort diente. Es standen schon wieder ein halbes Dutzend Jungen davor und pinkelten hinein. Sie konnte sich unmöglich neben sie hocken. Dabei tat ihr bereits der Bauch weh, so voll war ihre Blase. Das letzte Mal war sie im Morgengrauen zu der Grube geschlichen. Jetzt war es bereits Mittag. Sie war versucht, einfach in die Hose zu machen. Aber der Spott, der sich über sie ergießen würde, war schlimmer als der Schmerz. Außerdem konnte sie nicht jedes Mal in die Hose machen. Es musste einen anderen Weg geben.

Die rettende Gelegenheit bot sich, als die Soldaten das Essen brachten. Sofort rannten alle Kinder zum Eingang und drängten sich um den dampfenden Kessel. Keiner achtete darauf, dass sie zu der Grube eilte und sich niederhockte. Und selbst wenn jemand sie sehen würde, wäre dies nicht auffällig. Schließlich mussten sich auch die Jungen manchmal hinhocken. Solange niemand neben ihr stand, war sie sicher.

Unendlich erleichtert, ihre Blase entleert zu haben, stellte sie sich mit ihrer Schale am Ende der Schlange an. Dieses Problem war fürs Erste gelöst. Sie musste nur bis zur Essensausgabe warten. Dennoch war ihr bewusst, wie schwierig es werden würde, ihren Betrug aufrechtzuerhalten.

Am späten Nachmittag wurde eine weitere Gruppe Kinder in die Umzäunung gebracht. Thamar, die nicht weiter zählen konnte, als sie Finger an den Händen hatte, kam es mittlerweile so vor, als wären alle Kinder des Landes zusammengetrieben worden. Die meisten rollten sich nach dem Abendessen einfach auf dem Boden zusammen und schliefen ein. Ein paar von den Älteren, die anscheinend besser Bescheid wussten, begannen Schauergeschichten über das zu erzählen, was sie erwartete. Dankbar, dass sie von ihren eigenen Gedanken abgelenkt wurde, lauschte sie den Worten, die im Dunkel zu ihr herüberklangen.

»Sie verteilen uns auf die türkischen Bauern. Dann werden wir wenigstens genug zu essen bekommen.«

»Ich werde zu den Soldaten gehen.« Sie erkannte Petars prahlerische Stimme. »Dort bekomme ich ein Schwert und ein Pferd.«

»Aber erst werden sie uns zu Moslems machen.«

»Wie geht das?«, fragte eine dünne Stimme.

»Du musst einen Schwur leisten und dich auf den Boden werfen.«

»Mehr nicht?«

»O doch, sie werden dir …«

»Hey, kleiner Kampfhahn.«

Thamar fuhr erschreckt herum, als sie die raunende Stimme hinter sich hörte. Es war der blonde Soldat. Er hockte auf der anderen Seite des Gatters und nickte ihr zu.
»Was sitzt du hier alleine herum?«, fragte er. »Machst dir wohl Sorgen, was?«
»Bist du Türke?«, platzte Thamar mit der Frage heraus, die sie seit dem vorherigen Abend beschäftigte.
Der Soldat lachte leise. »Nein, ich komme aus Thessalien. Ich bin Grieche. Oder besser gesagt, ich war es. Als ich so alt war wie du, haben sie auch mich geholt. Damals hatte ich genauso viel Angst wie du. Aber sie haben mich gut behandelt. Jetzt bin ich Soldat.«
Angst? Hatte sie Angst? Ihr fiel auf, dass ihre größte Furcht darin bestand, entdeckt zu werden.
»Werde ich auch Soldat?«, fragte sie.
Der Mann zuckte mit den Achseln. »Vielleicht. Das liegt nicht in deiner Hand. Vielleicht kommst du auch in den Palast des Sultans. Vertraue auf Allah.«
»Allah? Wer ist das?«
Der Soldat lachte. »Das ist Gott, du Dummkopf.«
Thamar fragte sich, ob Gott oder dieser Allah schon bemerkt hatte, dass sie ein als Junge verkleidetes Mädchen war.
»Du bist in Seiner Hand«, fuhr der Soldat nun fort. »Vielleicht will er, dass du kämpfen lernst, um für den wahren Glauben zu streiten. Dann werden wir uns vielleicht in einer Schlacht wiedersehen und Waffenbrüder sein.«
Die Vorstellung, an der Seite des blonden Soldaten in den Kampf zu ziehen, gefiel Thamar.
»Dann hoffe ich, dass er mich zu einem Soldaten macht.«
Wieder lachte der Fremde. »Das hat aber auch einen Nachteil«, fuhr er fort. »Wir dürfen nicht heiraten. Wir müssen ohne Frau leben.«

»Das stört mich nicht«, antwortete Thamar schnell.
»Noch nicht. Weil du noch zu jung bist. Aber wenn du älter wirst, wird es dich mächtig jucken.« Demonstrativ griff er sich in den Schritt und rieb sein Geschlecht. »Aber keine Sorge, auch wenn wir nicht heiraten dürfen, die Frauen derer, die wir erobert haben, gehören uns, wenn auch nur für eine Nacht.«
Es war dieser Moment, da sie begriff. Da die Worte, die ihr Vater ihr ins Gesicht geschleudert hatte, mit ganzer Wucht wieder in ihr Bewusstsein drangen. Es waren türkische Soldaten gewesen, die ihre Mutter geschändet hatten. Die sie besprungen hatten wie Tiere. Ihr Vater hatte zusehen müssen und danach die Brut gehasst, die in ihrem Bauch heranwuchs. Es waren Männer gewesen wie der blonde Grieche, der ihr, nur durch das Gatter getrennt, gegenüberhockte. Wie eine heiße Woge spürte sie die Wut in sich hochsteigen.
»Wirst schon sehen«, sagte der Soldat jetzt, »es ist ein gutes Leben.« Er erhob sich, um wieder seinen Posten zu beziehen.
Thamars Kehle war wie zugeschnürt.
»Ich kann es dir ja ruhig sagen«, sagte er noch, bevor er sich endgültig abwandte. »Einmal werden sie dir ein bisschen weh tun.«
Sie war immer noch unfähig zu sprechen.
»Wenn du Moslem wirst, werden sie dich beschneiden.«
Beschneiden? Thamar dachte an das Geräusch, als ihr Vater ihr die Haare abschnitt.
»Meine Haare sind schon ab«, sagte sie mit heiserer Stimme.
Nun lachte der Soldat. »Nicht die Haare, du kleiner Dummkopf. Sie werden dir die Vorhaut abschneiden.«
Sie hatte keine Ahnung, was er meinte. Er schien ihre Ratlosigkeit selbst im Dunkeln zu bemerken.
»Dein Schwanz«, erklärte er, »sie schneiden dir ein Stück Haut

von deinem Schwanz ab. Das tut ein wenig weh. Aber du wirst es verkraften.« Immer noch lachend zog er fort.
Thamar sah ihm nach. Ein Stück Haut vom Schwanz? Jetzt bekam sie es tatsächlich mit der Angst zu tun.

Am Morgen des dritten Tages begann die Einschiffung der Kinder. Für den Weg von der Einpferchung bis zum Anleger banden die Soldaten sie wieder zu Gruppen von zwanzig zusammen. Zwar waren die meisten viel zu verängstigt, um fortzulaufen, aber ihre Bewacher wussten, dass in diesem Moment, da sie ihren Heimatboden endgültig verlassen würden, die Verzweiflung noch mal über ihre Angst siegen konnte. Sie wussten auch, dass, rannte erst einmal einer, dies auch bei den anderen einen Fluchtimpuls auslösen konnte. Und fast noch mehr als vor einer Schlacht graute ihnen davor, eine Horde wieselflinker, panischer Jungen wieder einzufangen. So scheuchten sie die gefesselten Kinder eiligst an Bord der Schiffe. Dort wurden sie sogleich unter Deck gebracht, damit sie den Ruderern nicht in die Quere kamen oder gar über Bord sprangen. Im Dunkel des Schiffsbauches würden sie schnell in Apathie versinken.
Thamar gehörte zu der letzten Gruppe, die durch das Gatter hinaus den Weg zum Hafen antrat. Sie hätte man nicht zu fesseln brauchen. Das Mädchen, das als Junge verkleidet war, hatte nicht die Absicht zu fliehen. In diesen drei Tagen im Lager von Varna hatte sie mehr über sich und das Leben nachgedacht als je zuvor. Und sie hatte einen Pakt geschlossen. Zwar war es ein kindlicher Pakt, doch war er deshalb nicht minder bindend.
Außer an jenem Abend mit dem blonden Soldaten hatte sie mit niemandem gesprochen. Während die anderen Kinder sich aneinander drängten oder auf dem Boden hockten und weinend vor und zurück wippten, während sich in dieser kleinen, abge-

schlossenen Gesellschaft bereits Rangordnungen herausbildeten, wobei die Anführer ihre eigene Angst durch Worte, die Mitläufer sich durch banges Zuhören beruhigten, während ein jeder auf seine Weise hoffte und sich von dieser Hoffnung weitertragen ließ, hatte Thamar sich dem Unausweichlichen gestellt.

Das zwölfjährige Mädchen mit den gestutzten schwarzen Haaren und den blauen Augen, dessen Leben sich bisher in einer strohgedeckten Hütte, einer windschiefen Scheune und auf den Feldern des kleinen Hofes abgespielt hatte, war noch nie in eine Situation gekommen, in der sie über ihr Tun entscheiden musste. Alles, was sie kannte, war ein Leben, das vom Rhythmus der Arbeit bestimmt war. Noch vor Sonnenaufgang hatte sie den Ofen angeheizt, um danach ihrem Vater und ihrem Bruder auf dem Feld zu helfen. Mit vier konnte sie Kühe melken, mit sechs wusste sie, aus Kohl und Knochen eine Suppe zuzubereiten. Abends, wenn Vater und Bruder schweigend am Feuer saßen, hatte sie das Geschirr gesäubert oder Hemden geflickt. Wann ihre Träume begonnen hatten, konnte sie nicht sagen. Aber sie hatten nach und nach den Raum gefüllt, den nicht nur ihr Vater, sondern auch andere Menschen mit ihrer abweisenden Art um sie herum geschaffen hatten.

Thamar war nicht klar, dass sich in diesen Träumen ihre Sehnsucht abbildete, die, da sie unerfüllt blieb, immer intensivere Bilder schuf. Ihr erwachender Körper trug schließlich dazu bei, dass manche Träume von verstörender Wildheit waren. Dass sie einfach nur Zuwendung brauchte, dass sie eines Menschen bedurfte, der ihr Bedürfnis nach Vertrauen und Liebe stillte, konnte die Zwölfjährige nicht wissen. Sie war es nicht gewohnt, über Dinge nachzudenken, die außerhalb ihrer unmittelbaren Erlebniswelt lagen.

Jetzt aber war alles anders. Binnen weniger Stunden war ihre Welt, mochte sie noch so ungeliebt gewesen sein, zusammengebrochen. Sie hatte einen ganzen Tag gebraucht, um diese Tatsache zu erfassen. Doch schon nach dem Gespräch mit dem griechischen Soldaten hatte sie sich der Wahrheit nicht länger verschließen können: In ihren Adern floss das Blut türkischer Eroberer. Vielleicht war ihr Vater ebenfalls ein Grieche gewesen oder irgendein anderer Landsmann, der in den türkischen Dienst gezwungen worden war. Sie würde es nie erfahren. Dass sie lebte, war die Folge einer brutalen, schändlichen Tat. Das Gefühl, dass sie anders war als die, unter denen sie aufwuchs, hatte sie nicht getrogen. Und das, was sie ersehnt hatte, war nichts anderes als der Ruf ihres verdorbenen Blutes. Doch was sollte sie mit dieser Erkenntnis anfangen?

Anders als die anderen Kinder, die im Inneren ihres Herzens immer noch hofften, dass ihre Eltern kämen, um sie aus diesem Alptraum zu befreien, verschwendete Thamar keinen einzigen Gedanken an diese Möglichkeit. Niemand würde kommen. Niemand würde ihr helfen. So einfach war das.

Als Erstes hatte sie erwogen, ob es sinnvoll wäre, den Soldaten nun ihre wahre Natur zu offenbaren. Vielleicht dem Griechen, von dem sie nicht glaubte, dass er ihr etwas antun würde. Vielleicht fände sie hier in der Stadt eine Familie, die sie aufnähme. Sie könnte wieder ein Mädchen sein. Sie könnte wieder Thamar sein. Aber, wollte sie das?

Als sie begriff, dass der Verrat des Mannes, den sie für ihren Vater gehalten hatte, sie in die Lage gebracht hatte, selbst entscheiden zu können, was sie sein wollte, ließ das Ungeheuerliche dieser Möglichkeit sie schwindelig werden. Sie beobachtete die Männer in dem Zeltlager. Sie benahmen sich auf eine Weise, wie es einem Mädchen oder einer Frau nie möglich gewesen wäre. Aber wenn sie sich entschied, weiterhin ein Junge zu sein, wäre das nicht Sünde? Verschrieb sie sich damit nicht dem Teufel?

Sie versuchte zu beten, um von Gott oder Jesus eine Antwort zu erhalten. Doch sie vernahm nichts außer den nächtlichen Stimmen und dem fernen Rauschen der Wellen. Den ganzen folgenden Tag lang hockte sie ratlos am Gatter der Einpferchung und starrte hinaus auf das Meer. Zwar glaubte sie nicht, dass von dort eine Antwort käme, dennoch konnte sie den Blick nicht lösen von dieser lichten Weite. In ihren Gedanken sah sie sich schon das Gatter durchschreiten und dort hingehen, wo die Wiesen in das wogende Schilfmeer übergingen. Mit einem Mal gab es keine Türken und keinen verräterischen Vater mehr. Mit einem Mal gab es nur noch sie, das Meer und den Wind, der ihr über die Haut strich. Und in ihrer Vorstellung sah sie weiter, als sie es in Wirklichkeit vermochte. Sie erkannte ferne Berge auf der anderen Seite des Meeres. Von dort kam der Wind. Er flüsterte ihr Geschichten ins Ohr, von Wäldern und Gewürzen. Von Früchten, deren Süße sie nicht kannte und von Menschen, die waren wie sie. Sie begriff, dass der Wind ihr Freund war und ließ ihn ein in ihr Herz. Und so erzählte er ihr von einem Leben, in dem sie das finden würde, was ihr immer gefehlt hatte.

Am Morgen, bevor die Soldaten sie auf die Schiffe trieben, war sie zu einem Entschluss gekommen. Sie würde ein Junge bleiben und dorthin gehen, wo sie offenbar herkam: in das Land der Türken. Natürlich war ihr klar, dass dieser rätselhafte Ritus, den der blonde Soldat Beschneidung genannt hatte, unweigerlich ihre wahre Identität aufdecken würde. Aber daran konnte sie nichts ändern. Doch der Soldat hatte noch etwas anderes gesagt. Sie sei in den Händen Allahs. So nannten die Türken ihren Gott. Sie kannte nur den Gott, von dem der Priester immer gesprochen hatte. Dieser Gott aber hatte zugelassen, dass ihr das hier widerfuhr. Sie hatte kein großes Zutrauen zu diesem Gott. So schloss sie ihren Pakt mit dem anderen Gott. Wenn

Allah ihr zu einem neuen Leben verhalf, wenn er ihr einen Weg zeigte, diesem Schrecken zu entkommen, dann würde sie zu ihm beten. Eines war ihr dabei klar, leicht würde es nicht werden. Götter machten es den Menschen nie leicht.
Als sie mit den anderen Jungen zum Anleger hinunterlief und das weite Meer vor sich sah, da war sie innerlich ruhiger als die verängstigte Schar, in der sie sich befand. Als Einzige hatte sie begriffen, dass es keine Rückkehr mehr gab. Sie hatte keine Vergangenheit mehr und noch keine Zukunft. Und als sie zum ersten Mal das schwankende Deck des Schiffes betrat, da empfand sie die Ungewissheit, die darin lag, als wohltuend. Alles, alles war besser als das, was sie hinter sich ließ.
So begann das Mädchen aus der bulgarischen Ebene ihren Weg als Kriegerin.

# *Das Auge der Macht*

Als Ciriaco aus der Tür auf die dunkle Uferstraße trat, glaubte er einen Moment lang, den Boden unter sich schwanken zu spüren, auch wenn er wusste, dass das nicht sein konnte. Die Pfosten, auf denen die Stadt ruhte, waren hart wie Fels. Dennoch schien es ihm manchmal, als treibe sie dahin. Weniger von einem Ort zum nächsten als durch die Zeit. Vielleicht war aber auch nur er derjenige, der durch die Zeiten wanderte. Denn die vergangenen Stunden hatte er in einer anderen Welt verbracht.

Eine platonische Akademie. Es hatte ihm die Sprache verschlagen, als Christoforo Landino von dem Projekt erzählte, das der greise Plethon zusammen mit Cosimo de Medici zu verwirklichen gedachte. Eine Akademie, an der die klügsten Geister des Landes die Philosophie Platons studieren sollten. Bei den nächsten Worten Landinos aber machte sein Herz einen Satz: »Und du, Ciriaco, wirst dabei sein.«

Schon seit Stunden hatten sie zusammen an dem griechischen Text gearbeitet, den Landino aus Konstantinopel mitgebracht hatte, den Kommentar zum »Symposium«. Ciriaco hatten die Hände gezittert, als er die in Dialogform verfassten Sätze zu lesen begann. Hinterher wusste er nicht mehr, wie viel Zeit vergangen war bis zu jenem magischen Satz: »Und du wirst dabei sein.« Aber sie hatten gestritten, um jedes einzelne Wort. Als

er nun auf das im Sternenlicht matt schimmernde Wasser hinabsah, das nur wenige Meter weiter im Dunkel unter der Brücke zu verschwinden schien, ging ihm erst richtig auf, dass er mit dem großen Landino gestritten hatte.
Tief atmete er die milde Nachtluft ein. Stimmen wehten heran, fern und unverständlich. Heiseres Singen, helles Lachen, an- und wieder abschwellend, als käme es durch die Tür einer Taverne, die sich immer wieder öffnete und schloss. Mit besonderer Intensität nahm Ciriaco die Gerüche wahr, das Holz der Brücke und das Aroma des Meeres, voller Salz und Weite. Sie ließen ihn, der gerade noch die Weisheit eines vergangenen Zeitalters gekostet hatte, um unmittelbar darauf eine Zukunft geschenkt zu bekommen, den Augenblick wie eine Kostbarkeit erfahren. Jeder Moment, so dachte er, war nur die Station einer Reise und wollte dennoch um seiner selbst willen gelebt sein. In einem stummen Gebet dankte er Gott, dass es ihm vergönnt war, in einer Zeit des Aufbruchs zu leben.
Er schlug den Weg zur Brücke ein und dachte dabei an Florenz, die Stadt, die ein geistiges Leben ohne Schranken verhieß. Ein Leben, das nicht darauf ausgerichtet war, nur den Wert und den Zins der Waren zu ermitteln, die von den Schiffen seines Vaters aus dem Osten gebracht wurden, um sie an fränkische oder deutsche Kaufleute weiterzuverkaufen. Ein Leben, in dem er teilhaben durfte an den Schätzen jener Zeit, da die Gedanken der alten Philosophen ihre Schwingen ausbreiteten. Ein Leben …
… mit Bianca?
Am Aufgang der Brücke blieb er stehen. Mit einem Schlag kam ihm zu Bewusstsein, dass er seit dem Moment, da er das Manuskript in die Hände genommen hatte, kein einziges Mal mehr an seine Angebetete gedacht hatte. Aufbruch bedeutete auch immer Abschied. Was würde aus seiner Liebe zu Bianca wer-

den? Wenn er nach Florenz ginge … herrje, er hatte ein Problem. Er dachte an den Blick, mit dem sie ihn vor der Kirche bedacht hatte. Die Sicherheit, die er in jenem Moment empfunden hatte, war schon fast wieder verschwunden. Verflixt auch, wenn nur Marcello nicht dazwischengekommen wäre.

Er kaute nachdenklich auf seiner Unterlippe. Die Aussicht auf ein Leben in der Akademie kam ihm auf einmal weitaus weniger verlockend vor. Zumindest ohne Bianca. Er konnte sie ja schlecht bitten zu warten. Worauf auch? Er hatte ihr ja noch nicht einmal seine Liebe erklärt. Ganz zu schweigen davon, dass sie sich ihm versprochen hatte.

Etwas unwillig gestand er sich ein, dass etwas passieren musste. Er musste Biancas Familie vorgestellt werden. So wie es der Anstand gebot. Durch seine Familie. Durch seinen Vater. Kurz befiel ihn ein Gefühl des Unbehagens, als er daran dachte, wie er seinem Vater nur all die Gedanken und Hoffnungen gestehen sollte, die er so lange im Geheimen gehegt hatte. Wenn er es recht bedachte, war ihm sein Vater sogar fremder als alle anderen Menschen, die er kannte. Aber es ging nicht anders. Vielleicht würde er sogar froh sein, wenn der jüngste Sohn, dessen Schwächeanfälle nicht nur ein steter Grund zur Sorge waren, sondern es auch erschwerten, eine passende Partie zu machen, nun eine gesunde, junge Frau gefunden hatte. Und zudem zusammen mit den größten Denkern Italiens eine neue Zukunft entwerfen sollte. Vielleicht wäre es eine Erlösung für ihn. Fast kam es Ciriaco jetzt so vor, als wäre die Berufung an die Akademie einer göttlichen Hilfe zu verdanken. Mit ihr erlangte er die Achtung seiner Familie wieder. Er hatte bereits vor Augen, wie ihn sein Vater Signora Ferrucci vorstellte: »Dies ist mein jüngster Sohn Ciriaco, künftiges Mitglied der Platonischen Akademie zu Florenz.«

Schon formten sich in seinem Kopf die Worte, mit denen er die

Situation seinem Vater erklären wollte. Frischen Mutes stieg er die Brücke empor. Mit jedem Schritt wuchs in ihm die Gewissheit, dass auch er, auf andere Weise als sein begabter Bruder, zum Ruhme Venedigs beitragen würde. Am Scheitelpunkt der Brücke hielt er inne, weil er plötzlich ein Geräusch hinter sich hörte. Aber als er sich umwandte, sah er nur eine fette Ratte über das Holz trippeln. Mit einem Achselzucken setzte er seinen Weg fort. Er hatte es auf einmal eilig, nach Hause zu kommen.

Als er dort eintraf, erkannte er sofort, dass etwas nicht stimmte. Erkannte es nicht nur an den Nachbarn, die sich vor dem Haus versammelt hatten, ihre Gespräche unterbrachen und betreten zu Boden schauten, als sie ihn bemerkten. Und als ihm in der Halle ihre Dienerin Margerita mit tränenüberströmtem Gesicht entgegeneilte, hatte er bereits begriffen, dass der Tod zugeschlagen hatte. Mit drei Sätzen sprang er die Treppe in den ersten Stock empor. Dort kam ihm Monsignore Salvatore mit ernstem Gesicht entgegen. »Was ist passiert?«, stieß Ciriaco hervor. Der Geistliche legte ihm die Hand auf die Schulter.
»Mein Junge, du musst nun deiner Mutter beistehen.«
»Mein Vater? Was ist mit ihm?«
Der Monsignore schüttelte den Kopf. »Auch dein Vater braucht nun deine Unterstützung. Es ist Francesco. Er ist …«
»Francesco?«
Mit schon grober Unhöflichkeit drängte er sich an dem Gottesmann vorbei. Das Zimmer, das er atemlos betrat, war abgedunkelt. Eisige Kälte kroch ihm in die Glieder, als er die dunkle Gestalt seiner Mutter erblickte, die neben dem Bett kniete, den Oberkörper und den Kopf ganz nah an der Gestalt, die reglos auf den Laken ruhte. Wie er langsam näher trat und das, was er nicht glauben wollte, immer deutlicher vor seinen Augen er-

stand, wie er den Bruder erkannte, dessen Gesichtszüge der Tod hatte erstarren lassen, da ahnte Ciriaco trotz der Betäubtheit, die seinen Verstand umfangen hielt, dass da mehr als nur ein Leben zerbrochen war.

Langsam ließ er sich neben seine Mutter auf die Knie sinken. Er bemerkte, dass sie ihre Finger im Leibhemd des Toten verkrallt hatte, als wolle sie etwas festhalten, das längst nicht mehr da war. Doch wann genau verließ die Seele den Sterbenden, fragte sich Ciriaco in merkwürdiger Nüchternheit, derer er sich sogleich zu schämen begann. Aber sein geschulter Verstand ließ es nicht zu, diese Frage unbeantwortet zu lassen. Sowohl die Heilige Schrift als auch die Kirchenväter blieben in diesem Punkt recht ungenau. Entwich die Seele im gleichen Moment, da das Herz zu schlagen aufhörte? Oder verblieb sie noch eine unbestimmte Zeit in dem Leib, der ihr Heimat gewesen war? Hatte sie sich vielleicht vom Körper gelöst, blieb aber noch in dessen Nähe, um Abschied zu nehmen?

Unwillkürlich wanderte Ciriacos Blick durch den von schweren Schatten erfüllten Raum, als mit einem Mal eine vage Kontur aus dem Dunkel hervortrat. Für einen Herzschlag fuhr der Schrecken durch seine Glieder, weil er dachte, dass der Geist Francescos ihm erschiene. Dann aber erkannte er seinen Vater, der, von ihm unbemerkt, offenbar am Kopfende des Bettes gestanden hatte. Noch mehr als sonst fragte Ciriaco sich, was hinter seiner hohen Stirn wohl vor sich gehen mochte. Oder welche Gefühle ihn bewegten. Doch das Gesicht seines Vaters zeigte wie immer keine Regung, und seine Augen waren wie dunkle Höhlen, die nichts von dem preisgaben, was er fühlte.

Dann legte der Vater ihm die Hand auf die Schulter. Mit leiser Stimme sagte er nur zwei Worte: »Mein Sohn«, und es klang wie: »Mein einziger Sohn«. Da schämte Ciriaco sich, dass er angenommen hatte, seinen Vater rühre nichts auf dieser Welt.

Sie blieben die ganze Nacht in der von zwei Kerzen beleuchteten Kammer und hielten die Totenwache. Mit halber Aufmerksamkeit hatte Ciriaco mitbekommen, dass von einer Händelei die Rede war und dass man seinen Bruder mit dem Schwert in der Hand gefunden hatte. So ging er, ohne weiter darüber nachzudenken, von einem Streit mit einem Nebenbuhler aus, dem Francesco unterlegen war. Schließlich war der älteste Sohn der Pizzicolli bekannt dafür, dass er die Hand schnell an der Klinge hatte. Diesmal aber war ein anderer schneller gewesen. Ciriaco erwartete ganz selbstverständlich, dass es eine Anklage, eine Verhandlung und schließlich ein Urteil geben würde. Als aber in den folgenden Tagen, da sie die Bestattung vorbereiteten, nichts dergleichen geschah, ja, nicht einmal ein Wort darüber verloren wurde, begann er sich zu wundern. Er nahm sich vor, seinen Vater danach zu fragen, sobald der Leichnam zu Grabe getragen war. Die Gelegenheit dazu ergab sich, als ihn sein Vater einen Tag nach der Beerdigung zu sich rufen ließ.

Giancarlo de Pizzicolli war Mitglied im Rat der Stadt, jenem Gremium, das die Geschicke Venedigs lenkte. Zwar stand ihnen formal der Doge vor, doch tatsächlich hatten die adligen Familien, denen per Geburt ein Sitz im Rat zustand, die Regierungsgewalt inne. Ihren Beschlüssen konnte der Doge nicht widersprechen. Normalerweise jedenfalls. Francesco Foscari, der im Jahre 1423 den Krönungseid geleistet hatte, sollte einer der wenigen Dogen bleiben, die die Politik Venedigs entscheidend beeinflussten. Allerdings nur von seinem Palast aus, den er mit der Ausnahme von großen Festen bis zu seinem Tode nicht mehr verlassen würde. Auch waren ihm keine Handelsgeschäfte erlaubt. Den Männern des Großen Rates hingegen schon. So waren sie es, die nicht nur die Politik, sondern auch den Handel lenkten.

Der Diener geleitete Ciriaco in den Saal im ersten Stock, in dem sein Vater seine Handelsgeschäfte zu erledigen pflegte. Als der junge Mann den Raum betrat, durch dessen Fenster gedämpftes Tageslicht auf die Steinfliesen fiel, erfasste ihn eine düstere Vorahnung. Ihm war in den vergangenen Tagen klargeworden, dass seine Zukunftspläne höchst gefährdet waren. Der plötzliche Tod seines Bruders hatte ihn in die Rolle gebracht, um die er Francesco nie beneidet hatte: die des einzigen und somit erstgeborenen Sohnes.

Sein Vater stand aufrecht hinter einem Tisch, auf dem mehrere Papiere ausgebreitet waren. »Tritt näher, Ciriaco«, waren seine Begrüßungsworte.

»Vater, ich wollte …«, setzte Ciriaco an, aber sein Vater hob nur die Hand. Die nächsten Worte trafen ihn wie ein Schlag in die Magengrube.

»Dein Bruder ist ermordet worden.«

»Ermordet? Aber wer … Ich dachte …«

»Wir haben zwei gedungene Mörder gefasst. Sie starben, ohne ihren Auftraggeber zu verraten. Aber ich habe keinen Zweifel, dass die Genuesen dahinterstecken.«

Während sich die Gedanken in seinem Kopf noch überschlugen, verspürte Ciriaco eine leichte Übelkeit. Genua, Venedig. Der Kampf um Handelsrechte. Sei es in der Ägäis, der Levante oder im Schwarzen Meer, immer wieder prallten die Interessen der beiden großen Gegenspieler aufeinander. Die Welt der politischen Gewalt erfasste ihn schneller als erwartet.

»Aber warum sollte irgendjemand in Genua Francescos Tod wollen? Er hat doch niemandem etwas Böses getan.« Außer vielleicht dem einen oder anderen Ehemann, fügte Ciriaco in Gedanken hinzu. Aber das waren seines Wissens nach alles Venezianer gewesen. Er konnte sich nicht erinnern, dass Francesco ihm je von einer genuesischen Eroberung erzählt hatte.

Sein Vater nahm offenbar wahllos eines der Papiere vom Tisch in die Hand und ließ es gleich wieder fallen. Er sah seinen nun einzigen Sohn lange an, atmete einmal tief durch, wandte sich schließlich um und trat an eines der Fenster, von dem aus er auf den Canale Grande hinaussah.

»Hast du deine Mutter heute schon gesehen?«, fragte er mit hohler Stimme.

»Ja«, antwortete Ciriaco. »Sie betet. So wie sie es seit drei Tagen tut.«

Mit einem Mal kam ihm sein Vater gebeugt vor. Der Tod Francescos musste ihn schwer getroffen haben. Die nächsten Worte bestätigten diesen Gedanken.

»Nichts kann so schmerzhaft sein wie der Verlust eines Kindes. Es ist gegen die Natur, denn die Jungen sollten die Alten überleben. Auch ich bete, Ciriaco. Jede Nacht bete ich um das Seelenheil meines geliebten Sohnes. Aber am Tag …«

Er wandte sich um, eine entschlossene, schwarze Gestalt vor dem Hintergrund des Fensters.

»Am Tag bin ich ein Diener Venedigs.«

Ciriaco spürte den Blick seines Vaters, als dieser fortfuhr: »Vielleicht hast du geglaubt, dass ich Francesco dir vorgezogen habe. Dass ich ihn mehr liebte als dich. Aber so war es nicht, Ciriaco. Dein Bruder war mutig, ja, aber er war auch leichtsinnig. Seine Mörder wussten, dass er regelmäßig eine Frau in San Polo besuchte, eine Kurtisane, die ihren Leib gegen Geld darbot. Vielleicht war sie sogar diejenige, die ihn verriet. Die Schwächen deines Bruders sind ihm zum Verhängnis geworden. Nun wirst du seinen Platz einnehmen müssen.«

Seinen Platz? Ciriaco merkte, wie ihm der Mund trocken wurde. Wie konnte er auch nur annähernd die Lücke ausfüllen, die Francescos Tod hinterlassen hatte?

»Ich frage mich, ob Gott mich nicht strafen will wegen der

Nachgiebigkeit, die ich dir gegenüber walten ließ«, sagte Giancarlo de Pizzicolli mit leiser Stimme. »Als Kind warst du …«, er zögerte kurz, »… manchmal kränklich. Deine Mutter und ich waren sehr froh, als du nach Jahren von deinen Schwindelanfällen geheilt warst. Du …«, erneut zögerte er, »… bist doch geheilt, nicht wahr?«
Geheilt? Nein, geheilt war er nicht. Jedenfalls nicht in dem Sinne, wie sein Vater es meinte. Und bei diesem Gedanken begriff Ciriaco, welcher Ausweg sich ihm bot. Er brauchte jetzt bloß zu sagen, dass er immer noch unter Schwindelanfällen litt. Damit könnte er alles abwenden, was sein Vater für ihn plante. Was immer das auch war. Keine Rede wäre mehr davon, dass er Francescos Platz einnehmen würde, er, von dem man nie wusste, wann er das nächste Mal die Augen verdrehte und vom Stuhl fiel. Und das Beste wäre, er bräuchte nicht einmal zu lügen. Er bräuchte nur die Wahrheit zu sagen und könnte sein Leben weiterleben wie bisher. Nur die Wahrheit. Aber warum fühlte es sich dann so falsch an?
Ciriaco hatte keine Zeit, die Situation so gründlich zu durchdenken, wie er es gewohnt war. Aber er kam zu dem Schluss, dass die Wahrheit der falsche Weg und die Lüge der richtige war. Es schien ihm absurd und widersprach allem, was er gelernt und erfahren hatte. Doch er hatte vor langer Zeit entschieden, seinen Makel zu verbergen. Ihn nun wieder hervorzuholen, nur um einer ungeliebten Pflicht zu entkommen, wäre ein Akt der Feigheit gewesen. Wie seltsam, dachte er, dass in diesem Fall die Lüge mehr Mut erforderte als die Wahrheit.
»Ja, Vater«, sagte er, »ich bin geheilt.«
Giancarlo de Pizzicolli atmete tief durch, bevor er fortfuhr: »In meiner Sorge um dich ließ ich dir vielleicht mehr Freiheiten, als gut für dich war. Diese Schwäche rächt sich nun, denn ich muss dir eine Aufgabe übertragen, auf die du nicht vorbereitet bist.«

»Vater, ich habe mit Christoforo Landino gesprochen. Er will mich an die Akademie zu Florenz berufen. Nur die Besten des Landes werden …«
»Das ist ausgeschlossen«, unterbrach ihn sein Vater schroff.
»Aber die Medici …«
Wieder unterbrach ihn sein Vater: »Die Medici dienen Florenz. Du wirst von nun an Venedig dienen.«
Ciriaco hatte es geahnt, seit dem Moment, da er seinen Bruder auf dem Totenbett hatte liegen sehen. Und er hatte sich vor wenigen Augenblicken bewusst dagegen entschieden, aus seiner Verantwortung zu fliehen. Dennoch traf ihn die Konsequenz seines Entschlusses mit schmerzlicher Wucht. Wie aus weiter Ferne vernahm er die Worte, die alle seine Pläne vernichteten.
»Du wirst noch diesen Monat nach Konstantinopel reisen. Und zwar noch bevor die Flotte mit den Kreuzfahrern aufbricht.«
Nach Konstantinopel? Ciriaco konnte sich kaum einen Ort denken, der weiter von alldem entfernt war, was sein Herz ersehnte.
»Die Kreuzfahrer«, wiederholte sein Vater in einem verächtlichen Ton. »Eine Bande von Habenichtsen und Tagedieben. Es wird nicht ihnen zu verdanken sein, wenn die Osmanen geschlagen werden. Doch das soll nicht deine Sorge sein. In ein bis zwei Wochen wird ein Konvoi auslaufen. Zwei unserer Schiffe werden dabei sein. Du wirst unsere Interessen vertreten. In Konstantinopel wirst du bei unserem Vetter wohnen, er wird dir alles Weitere erklären. Es ist wichtig, dass du diese Reise unternimmst. Wichtig für die Familie, wichtig für Venedig.«
»Aber ich weiß doch gar nicht …«
»Du wirst«, unterbrach ihn sein Vater hart, »alles lernen, was du für das Geschäft wissen musst. Vielleicht wirst du auch mit den Vertretern der Osmanen verhandeln müssen. Deine

Sprachkenntnisse werden dir dabei zweifellos von großem Nutzen sein.«

Alles in Ciriaco begehrte gegen das Diktat seines Vaters auf. Er spürte, wie sich seine Hände zu Fäusten ballten, wie sich ein Ring um seine Brust legte, den er in seiner verzweifelten Wut mit einem Schrei zersprengen wollte. Doch er wagte nicht zu widersprechen, alles, was er sagen konnte, war: »Aber ich spreche ihre Sprache doch gar nicht.«

Giancarlo de Pizzicolli winkte ab: »Das ist auch nicht nötig. Dein Griechisch wird reichen. Sollte es dazu kommen, wird unser Vetter Theophilos dich mit allen nötigen Informationen versorgen. Es geht um neue Handelswege, um Vereinbarungen, die uns entscheidende Vorteile gegenüber Genua verschaffen. Mein Junge«, er stützte sich mit den Fäusten auf den Tisch, »die Verhandlungen, die du führen wirst, sind äußerst wichtig für Venedig. Und …«, nun hob er den Kopf und sah Ciriaco scharf an, »… sie sind äußerst geheim. Du wirst zu niemandem darüber sprechen. Es ist anzunehmen, dass genau dies deinem Bruder zum Verhängnis geworden ist. Die Frau, bei der er war …«, er machte eine vage Geste mit der Hand, »sie wird zu dieser Stunde im Palast befragt.«

Ciriaco zog sich bei diesen Worten der Magen zusammen. Über die Befragungen im Palast des Dogen gab es viele Geschichten, ebenso wie über die Zellen unter den Bleidächern. Auch wenn die Frau vielleicht mitschuldig am Tode seines Bruders war, tat sie ihm leid.

»Außerdem wirst du in Begleitung eines Mannes reisen, der mein Vertrauen genießt. Er wartet im Vorzimmer auf dich. Du wirst noch heute mit dem Unterricht beginnen.«

Ciriaco sah seinen Vater stumm an. Der erwiderte den Blick mit unbewegtem Gesicht, bis er schließlich mit leiser Stimme sagte: »Es ist für Venedig, mein Sohn.«

»Ja«, antwortete Ciriaco, »für Venedig.«
Der Diener, der regungslos im Hintergrund gewartet hatte, öffnete Ciriaco die Tür. Als sie hinter seinem Rücken wieder ins Schloss fiel, war dem jungen Mann, als fiele die Tür zu seinem bisherigen Leben zu. Er trat an das Fenster und schaute durch die kleinen in Blei gefassten Scheiben auf den Kanal hinaus. Erst jetzt, da er seinem Vater nicht mehr gegenüberstand, spürte er die Verzweiflung in sich aufsteigen. Er sollte Italien verlassen, auf eine Reise gehen, die ihn für Monate fernhalten würde von der Stadt in der Lagune. Von seinen Freunden und Büchern. Von Florenz, der Akademie. Und von Bianca.
Seit dem Abend, da er Francescos leblosen Körper auf dem Bett gesehen hatte, lauerte in seinem Hinterkopf die Erkenntnis, dass sein Vater dieser Verbindung von nun an niemals mehr zustimmen würde. Eine Heirat mit einer Bürgerlichen wäre das Ende der Macht der Pizzicolli. Bislang hatte sein Bruder die Bürde dieser Macht getragen, mit leichtem Herzen und einem Schulterzucken. Aber Francesco war nicht mehr. Zum ersten Mal spürte Ciriaco die Last seiner Herkunft.
Während er auf das Wasser hinabsah, auf dem in matten Reflexen dunstig verschleiertes Sonnenlicht spielte, dachte er über die neue Rolle nach, die ihm das Schicksal zugeteilt hatte. Vielleicht hätte Francesco den Mut gehabt, seinem Vater die Stirn zu bieten, aber auf eine widerstrebende Weise begriff Ciriaco dessen Haltung sogar. Seine Leidenschaft für die Webfäden der Geschichte ließ ihm keine andere Wahl als auch die Geschichte Venedigs und, mit ihr verbunden, die seiner Familie klar zu erkennen. Dennoch war er nicht bereit, seine eigenen Ambitionen so ohne weiteres aufzugeben. Auch wenn Neigung und Pflicht einander auszuschließen schienen, vertraute er auf sich und seine Fähigkeiten, die ihn eine Lösung für dieses Problem finden lassen würden. Doch dazu musste er zual-

lererst eine Verbindung zu Bianca herstellen und diese auch während seiner Reise aufrechterhalten. Er würde ihr schreiben, und kein anderer als Marcello sollte der Überbringer dieser Briefe sein. Immerhin hatte der, wenn auch unabsichtlich, verhindert, dass er ihr vorgestellt worden war.

Immer noch das Wasser des Kanals betrachtend, das, wie er ohne nachzudenken wusste, zu dieser Stunde gen Meer strömte, kam ihm diese Lösung geradezu folgerichtig vor. Hieß es nicht von den Göttern der Hellenen, dass sie den Menschen die Liebe neideten? Und dass sie ihnen alle möglichen Hindernisse in den Weg legten, um sie zu prüfen. Ja, es war eine Prüfung. Und Ciriaco war entschlossen, sie zu bestehen. Er atmete tief durch, als er mit einem Mal ein Räuspern hinter sich vernahm. Erschreckt fuhr er herum und sah einen hochgewachsenen Mann, der sich von einem Stuhl in der Ecke erhob und mit einer leichten Verbeugung vortrat.

»Junger Herr«, sagte er mit einer Stimme, die rauh und melodisch zugleich klang. »Mein Name ist Luca. Luca Gozzi. Euch zu Diensten.«

Erst jetzt fiel Ciriaco wieder ein, dass sein Vater von einem Vertrauten gesprochen hatte, der ihn in seine Aufgaben einweisen sollte. Mit einem Gefühl des Widerstrebens betrachtete er den Mann, der ihm von nun an Lehrer und Begleiter sein sollte. Aber dann rief er sich wieder zur Ordnung. Dieser Luca trug keine Schuld daran, dass er von einem anderen Leben geträumt hatte.

»Nun gut«, sagte er ergeben, »mein Vater wünscht, dass ich die Geheimnisse des Geschäftes erlerne. Dass ich Wert und Zins von Silber und Seide kennenlerne. Dass ich rede und denke wie ein Händler. Aber ich muss dich warnen, Luca Gozzi, du hast einen rechten Dummkopf vor dir.«

»Das kann ich nicht glauben, junger Herr«, erwiderte sein neuer Lehrer mit einem feinen Lächeln. »Das Eingeständnis der eigenen Unwissenheit ist sicher kein Zeichen von Dummheit, sondern, wie man mir sagte, der erste Schritt zur Weisheit.«

Jetzt bedachte Ciriaco, der noch immer in seiner Enttäuschung gefangen gewesen war, den Mann mit einem etwas genaueren Blick. Denn seine Bemerkung war nicht gerade die eines Kaufmanns. Luca war von hagerer, aber kräftiger Gestalt. Er schien viel Zeit an der frischen Luft verbracht zu haben, seine Haut war gebräunt, beinah gegerbt.

Seine Haut!

Erst jetzt bemerkte Ciriaco, dass das Gesicht des Mannes entstellt war. Er sah genauer hin, während Luca ungerührt der Musterung standhielt. Er schien es gewohnt zu sein. »Ich hatte noch Glück«, sagte er ruhig.

Ciriaco nickte. Da hatte der Mann recht. Die Wunde, von der die Brandnarbe stammte, hatte die halbe Stirn und die rechte Augenbraue zerstört. Viel hätte nicht gefehlt und er wäre erblindet.

»Also dann, Luca«, meinte er schließlich, »beginnen wir mit dem Unterricht.«

# Mahmuds Klage

◆ ◆ ◆

*Im Namen Allahs, des Gnädigen, des Barmherzigen. O schenke mir, dem Geringsten Deiner Diener Einsicht. Auf dass ich teilhabe an Deiner unendlichen Weisheit. Und lass mich nicht zu Schanden kommen, weil ich an Deinen ewigen Gesetzen gefehlt habe. Es war doch nur ein Moment der Unachtsamkeit. Und die Lateiner, diese ungläubigen Hunde, siehe, ich spucke auf sie, mögen sie verflucht sein bis in alle Ewigkeit. Sie haben mich belogen und getäuscht. Und als die Schande über mich kam, waren ihre schwarzen Herzen voller Spott. O Allah, warum lässt Du zu, dass meine schlimmsten Feinde mich verhöhnen. Sie sagten, es wäre Beerensaft, und ich nahm doch nur einen Schluck. Doch halt, vor Dir, o Allah, will ich keinen Schatten auf meinem Herzen lassen. Mögen es zwei Schluck oder gar drei gewesen sein, doch es muss ein Zauber darin gewesen sein. Sieh, ich werfe mich auf den nackten Boden dieses Kerkers, denn ich habe kein Tuch mehr, das ich ausbreiten kann. O Allah, ich flehe Dich an, niemals wären diese Worte über meine Lippen gekommen. Der Teufel hat sie mir auf die Zunge gelegt. Denn der Teufel ist mit den Lateinern, diesen unseligen Kreuzanbetern, deren fetter Papst in Wollust schwelgt und unreines Fleisch frisst. Teuflisch sind auch die Tücken der Lateiner, und ihre Frauen, diese Huren, deren Haut wie weiße Seide schimmert, deren Brüste … nein, verschwindet, ihr grässlichen Bilder. Es war nicht ich, der sie berührte. O Allah, sie gaben mir vergifteten Wein, und ich bin daran verdorben. Niemals, niemals hätte ich über unseren Padischah diese Dinge sagen können, wenn ihre Hexenkräfte nicht Gewalt über mich gewonnen hätten. O Gnädiger, o Barmherziger, Meister des Gerichtstages, Herr der Welten, ich will Dein niedrigster Diener sein, aber lass mich nicht in diesem kalten Verlies zuschanden kommen. Rühmen will ich von nun an Deinen Namen jeden Tag. Und rühmen will ich unseren Padischah, möge ihm ein langes, ruhmreiches Leben geschenkt sein. O Allah, errette mich aus meiner Schande, und ich gehöre Dir und unserem Padischah mit jedem Atemzug, o Allah!«*

# *Der Sheik*

Der Bote hastete den Gang entlang. Dabei hatte er Mühe, auf den unebenen, aber glattpolierten Steinen nicht auszugleiten. Drei Tage hatte er im Sattel verbracht, seinen Muskeln und Gelenken war das Laufen ungewohnt geworden. Sie schmerzten. Jetzt dachte der Mann nur noch daran, seine Botschaft zu überbringen, sich zu waschen und auszuschlafen.

Als er in das Tor zum Hof einbog, rutschte sein linker Fuss weg. Er verlor das Gleichgewicht und schlug mit der Schulter gegen die Mauer des Torbogens. Ein derber Fluch entfuhr ihm. Dann erschrak er, als ihm einfiel, an welchem Ort er sich befand. Gehetzt schaute er in den Garten, um zu sehen, ob der Mann, dem er die Botschaft überbringen sollte, diese Respektlosigkeit vernommen hatte. Doch im gleichen Moment, da seine Augen die Szenerie erfassten, erstarrte er verblüfft.

Dabei war es nicht allein die Fülle und die Pracht der Pflanzen, die ihn überraschte. Er hatte schon viele Gärten hoher Herren gesehen; sie alle waren von paradiesischer Schönheit. Dieser Garten aber kam ihm unwirklich vor. Der Maulbeerbaum, der sich in seiner Mitte erhob, war größer, als in dieser Gegend zu erwarten war. Sein üppiges Blattwerk beschattete ein Gras von frischem Grün, und rundum an den Mauern wucherte wilder Eukalyptus empor. Doch all dies nahm der Bote nur wie eine Umrahmung wahr. Was seine Augen beinahe überwältigte, war das leuchtende Rot des Rosenbusches, der, aufgefaltet wie ein Fächer, seine Blüten ins Sonnenlicht reckte. Ihre Farbe war von makelloser Reinheit und erinnerte ihn, ohne dass er darüber nachdenken musste, an des helle Blut des Krieges.

Ein leichter Windstoß bewegte die Blätter des Baumes, strich über das Gras, ließ die Rosen erzittern und raschelte leise im Eukalyptus. Den Körper des Mannes überzog ein leichtes Frösteln. Denn einen solchen Garten dürfte es hier gar nicht geben.

Vielleicht im Westen, an den Hängen der Berge, wo die Regenwolken ihre Last entluden. Oder in den unzähligen Tälern, in denen die Flüsse dem Boden Feuchtigkeit spendeten. Doch hier, auf der kargen Hochebene, wo selbst die Schafe mühsam ihr gelbes Gras suchen mussten, schien dem Boten eine solche Üppigkeit unnatürlich und ließ ihn schaudern.

Eine Bewegung unter dem Baum ließ den Mann zusammenfahren. Jetzt erst erkannte er, dass dort jemand saß, und mit heißem Schrecken erinnerte er sich an den Zweck seines Hierseins. Langsam und voller Ehrfurcht näherte er sich nun der Steinbank, die seitlich des Stammes stand. Dabei verstärkte sich mit jedem Schritt sein Unbehagen. Ihm war, als ginge die unnatürliche Fruchtbarkeit des Gartens unmittelbar von der reglosen Gestalt aus, die dort saß und vollkommen in die Betrachtung der Rosen versunken war.

»Herr«, sagte er, nachdem er sich in einer Entfernung von drei Schritten verbeugt hatte und auf die Knie gesunken war, »ich bringe Nachricht aus Edirne.«

Der Mann auf der Steinbank schien ihn nicht zu hören. Mit gebeugtem Kopf schielte der Bote zu ihm hoch, um zu sehen, ob der Mann vielleicht schliefe. Doch dessen Augen waren geöffnet, betrachteten unverwandt die Rosen.

Der Bote hatte schon viel von dem Sheik gehört und den unheimlichen Kräften, die man ihm zuschrieb. Sah er vielleicht etwas, was ihm, dem einfachen Soldaten, verborgen blieb? Er habe das zweite Gesicht, hieß es. Er könne die Zukunft lesen, wie andere sich der Vergangenheit erinnerten. In der Welt der Geister bewege er sich wie andere in ihrem Garten. Der Garten!

Mit einem Seitenblick beäugte der Bote den Rosenbusch. Hielt sich zwischen den Blättern und Blüten etwa eines jener Wesen verborgen, die ihre Anwesenheit nur den Eingeweihten offenbarten? Unwillkürlich beugte er seinen Körper ein Stück von dem Busch fort. Gegen einen Dschinn konnten weder Mut noch Schwert etwas ausrichten. Als er die leise, dunkle Stimme vernahm, zuckte der Soldat zusammen.

»Sie tragen den Duft des Propheten, du Narr.«

Der Kopf des Boten ruckte herum, als er gewahrte, dass die Worte aus dem Munde des Sheiks kamen. Der hatte mittlerweile seine Augen, die so dunkel wie die Nacht waren, auf ihn gerichtet. Rasch senkte der Bote wieder den Kopf: »Herr, ich …«

»Einst waren sie nichts als ein Dorngestrüpp«, unterbrach ihn die Stimme leise und doch so eindringlich, dass ihr Klang dem Boten Pein bereitete. »Doch als der Prophet seine *miradsch* antrat, fiel ein Schweißtropfen von seiner Stirn in ihr Gezweig. Seither trägt jede ihrer Blüten den unvergänglichen Duft des Propheten. Gib mir die Botschaft!«

Mit einer fließenden Bewegung hatte der Sheik die Hand ausgestreckt. Des Boten zitternde Finger übergaben ihm die Lederrolle. Der Sheik legte sie in seinen Schoß und wandte sich wieder den Rosen zu.

»Geh!«, raunte er und der Körper des Boten reagierte wie auf einen Peitschenhieb. Ehe er auch nur begriff, dass er aufgestanden war, eilte er schon davon. Als er im Gang wieder außer Sicht des

Sheiks war, stützte er sich mit der Hand an die Mauer und wischte sich über das Gesicht. Dann schüttelte er den Kopf, um die Beklemmung der vergangenen Minuten loszuwerden. Er hatte seinen Auftrag erfüllt. Der Mann im Garten mochte mit den Dschinn verkehren. Doch dies war nicht seine, des Boten, Welt. Ein Pferd zwischen den Schenkeln, ein Schwert in der Hand. Der Gesang der Kameraden. Die Schreie der Frauen.
Er wischte sich wieder über das Gesicht und stapfte den Gang entlang. Frauen würde er in der *zawiya* dieses Derwischordens sicher nicht zu sehen bekommen. Doch es war nicht das Geschlecht, das ihn juckte, es war sein Magen, der knurrte. Und dieses Knurren wischte die Erinnerung an die Begegnung mit Sheik Ak Schemseddin fort.

Der Mann im Garten saß immer noch unbewegt auf der Steinbank. Doch die Stille in seinem Inneren war verschwunden. Ebenso wie die Innigkeit, mit der ihn der Duft der Rosen umhüllt hatte, um ihn für wenige kostbare Stunden die Unruhe vergessen zu lassen, die ihn seit Tagen aufwühlte. Er blickte auf die Lederrolle in seinen Händen hinab, deren Inhalt, wie er wusste, die Zeit der Abgeschiedenheit in der *zawiya* beenden würde. Er hatte es gespürt, mehr noch, es war ihm gezeigt worden. Doch ein Teil dessen, was er in seinen Träumen gesehen hatte, war rätselhaft geblieben. Immer noch die verschlossene Rolle in der Hand haltend, sah er sich noch mal um in seinem Garten, der durch ein ausgeklügeltes Bewässerungssystem zu einem Ort des Schattens und der Schönheit geworden war. Der Geruch des Mannes, der ihm die Botschaft überbracht hatte, war wie eine hässliche Wolke darin eingebrochen. Schließlich löste der Sheik den Knoten, der die Lederrolle verschloss.
Als er las, was ihm von einem Bruder seines Ordens aus der Hauptstadt übermittelt wurde, brach die große Welt endgültig

in seine Einsamkeit ein. Ak Schemseddin las den Brief mit der gleichen Aufmerksamkeit, mit der er sich der Betrachtung seines Gartens hingegeben hatte.

Sultan Murad hatte einen Waffenstillstand mit dem ungarischen König geschlossen und war nun mit seinem Heer auf dem Weg nach Anatolien. Den Prinzen hatte er in Edirne zurückgelassen.

Der Prinz.

Sheik Ak Schemseddin schloss die Augen, das Papier aus der Lederrolle sank zurück auf seine Knie. In seinen Träumen hatte er den jungen Mehmed von drohenden Gestalten umgeben gesehen. Sie trachteten nicht nach seinem Leben, sie begehrten seine Seele. Doch die Seele des Prinzen war mehr als die Seele eines einzelnen Menschen. Und die Bedrohung weitaus gefährlicher, als der Sultan ahnen konnte.

Murad dachte vor allem anderen daran, das Reich zu schützen. Dessen Feinde verortete er außerhalb der Landesgrenzen, sei es bei den Christen oder in der Gestalt Ibrahim-Begs, des Emirs von Qaraman, gegen den der Sultan nun offenbar erneut zu Felde zog. Dass aber die größten Feinde der Osmanen im eigenen Palast saßen, wäre dem Herrscher nie in den Sinn gekommen. Diese Feinde fürchteten Murad, doch sie würden nicht zögern, dessen Sohn für ihre Zwecke zu missbrauchen. Es war seine, Ak Schemseddins, Aufgabe, dafür Sorge zu tragen, dass der Geist des Prinzen diesen tückischen Kräften zu widerstehen lernte. Denn Prinz Mehmed war mehr als ein Thronfolger, er war der Träger einer Vision, die nur durch ihn Wirklichkeit werden konnte. Er durfte nicht scheitern.

Der Sheik, dessen Sicht weit mehr als das gegenwärtige Geschehen umfasste, begriff, dass der große Plan, dem er diente, in ernster Gefahr war. Er wusste, dass es an der Zeit war, seine *zawiya* zu verlassen. Doch es gab noch etwas anderes, das ihn beschäftigte: Wer war der andere Junge in seinem Traum?

Ak Schemseddin hatte sein Gesicht nicht erkennen können; er schien aus weiter, aus dunkler Ferne zu kommen. Aber sein Weg würde über kurz oder lang den des Prinzen kreuzen. Ob zum Guten oder Schlechten, wusste der Sheik nicht zu sagen. Und das beunruhigte ihn.

Der Sheik kannte die Bürde seiner Berufung. Er träumte nicht wie die anderen Menschen. Und in seinem Traum hatte er gesehen, dass von dem fremden Kind ein Licht ausging. Ein blaues Licht, hell wie ein Stern. Der Sheik, dem prophezeit worden war, dass er an der Seite des nächsten Sultans die als unüberwindlich geltende Mauer Konstantinopels erobern sollte, konnte sich keinen Reim auf diesen Traum machen. Doch er wusste, was das Schicksal nun von ihm forderte. Er hatte nun das Versprechen zu erfüllen, das er dem Sultan gegeben hatte. Er musste Prinz Mehmed schützen.

Der Bote hatte seine Mahlzeit noch nicht beendet, als Ak Schemseddin schon ein Pferd satteln ließ. Mit offenem Mund kauend, sah der Mann den Sheik vom Hof reiten. Ein wenig wunderte es ihn, dass dieser bei Hofe so angesehene Derwisch ohne Eskorte reiste. Aber dann zuckte er gleichgültig mit den Achseln. Er war nur ein einfacher Soldat. Die Belange der hohen Herren gingen ihn nichts an.

# Die Taufe

Am zweiten Tag auf See wäre es beinah schiefgegangen. Es stank erbärmlich unter Deck des Schiffes. Einige der Kinder waren seekrank geworden, und der säuerliche Geruch des Erbrochenen hing wie eine klebrige Wolke in der abgestandenen Luft. Der Eimer, der ihnen als Abort diente, machte die Sache auch nicht leichter. Wenigstens stand er im Halbdunkel unter der Treppe, die nach oben führte. Thamar konnte allein und weitgehend ungesehen ihr Geschäft verrichten, wenngleich ihr der Vorgang jedes Mal Herzklopfen bereitete. Sie wäre gerne wieder einmal pinkeln gegangen, ohne dabei nervös ihre Umgebung im Auge behalten zu müssen. Sie hätte auch gerne wieder einmal frei geatmet und auf das Meer geschaut. Am zweiten Tag der Überfahrt sollten diese letzten beiden Wünsche in Erfüllung gehen.

Sie saß gerade in der hintersten Ecke, als die Luke aufging und zwei Männer herabgestiegen kamen. Sie griffen sich die vordersten fünf Kinder und scheuchten sie nach oben. Unter den Jungen brach Unruhe aus. Verängstigte Rufe und leises Wimmern erklang im Halbdunkel des Schiffsbauches. Thamar wunderte sich zwar, doch anders als die anderen glaubte sie nicht, dass man sie den Fischen zum Fraß vorwerfen würde. Dann vernahmen sie von oben schrille Schreie, begleitet von höhnischem Gelächter. Ein helles Klatschen erklang, als fiele ein

Körper ins Wasser. Jetzt drängten sich die Kinder noch weiter von der Luke fort. Thamar spürte zitternde Beine und Arme an ihrem Körper. »Sie ertränken uns«, jammerte einer, und andere griffen den Satz auf. Dann tropfte Wasser durch die Planken des Decks.

Ehe sie begriffen, was es damit auf sich hatte, öffnete sich die Luke wieder, und die fünf Jungen kletterten hastig die Leiter wieder hinunter. Sie waren nackt, ihre Kleider hielten sie in einem Bündel vor den Bauch gepresst. »Sie waschen uns«, rief einer, halb erleichtert, halb erschrocken. »Sie sagen, wir stinken wie die Schweine und schütten uns Wasser über den Kopf.«

Mit einem Schlag wich die Furcht aus den Gesichtern der Kinder. Einige lachten, die Großen unter ihnen reckten sich und beteuerten, dass sie das gleich gewusst hätten. So wie sie sich eben noch verkrochen hatten, so drängten sie nun zur Leiter, um hinauf an die frische Luft zu kommen. Nur Thamar blieb wie erstarrt in der Ecke hocken.

Während sich die ersten fünf ihre Kleider wieder überstreiften, wurden die nächsten an Deck geholt. Diesmal schrie niemand mehr, nur ein Prusten war zu hören, bevor das Wasser durch die Planken tropfte. Die nächsten Jungen mussten nicht mehr geholt werden, sie drängten sich bereits an der Treppe. Jeder wollte nun der Nächste sein, als ob er den anderen damit seinen Mut beweisen könnte. Thamar sah mit wachsender Verzweiflung die Gruppe der Ungewaschenen immer kleiner werden. Sie kauerte sich in ihrer Ecke zusammen, versuchte unsichtbar zu werden. Vielleicht, so ihre ganze Hoffnung, würde sie auf diese Weise übersehen. Da hatte sie allerdings nicht mit Petar gerechnet.

»Das Milchgesicht hat wohl Angst vor Wasser«, übertönte dessen Stimme die aufgeregten Gespräche der anderen Jungen. Nach und nach verstummten sie und schauten zu ihr hinüber.

Thamar bemerkte geradezu körperlich, wie ihre Ausgelassenheit in eine feindselige Stimmung umschlug. Und diese Feindseligkeit galt ihr. Mehr noch als die Tatsache, dass alle diese Kinder, denen sie nichts getan hatte – außer Petar –, sich auf einmal gegen sie wandten, wunderte sie, dass diese Veränderung ihre Verzweiflung nicht noch zusätzlich verstärkte, sondern ihren Geist auf wohltuende Weise klärte. Sie begriff augenblicklich, dass es mit dem Verstecken vorbei war. Die Jungen würden nicht zulassen, dass sie als Einzige der Waschung entging.
Ohne sich zu rühren, sah sie zu Petar hinüber, dessen feixendes Gesicht sie über den Köpfen der anderen erkennen konnte. Die merkten anscheinend, dass sich da ein neues Duell anbahnte und traten langsam beiseite. Der ältere Junge hatte seine Sachen noch nicht wieder angezogen. Thamar musterte seine bleiche Haut und betrachtete aufmerksam sein schrumpeliges Geschlecht, das nicht größer war als ein Spatz. Das also war es, weswegen sie so viel Aufsehen machten.
Als sie sich mit einer geschmeidigen Bewegung aus der Hocke erhob, wichen die ihr Zunächststehenden zurück. Langsam, aber zielsicher ging sie auf Petar zu, den Blick noch immer auf den von spärlichen Haaren umkränzten Auswuchs zwischen seinen Schenkeln gerichtet. Der Junge, der ihren Blick bemerkte und der den Tritt, den sie ihm in Varna versetzt hatte, nicht vergessen hatte, hielt sich unwillkürlich sein Kleiderbündel vor den Schoß. Sein Grinsen verkrampfte sich, als ihm aufging, dass die anderen keineswegs auf seiner Seite standen, sondern nur ein neues Schauspiel witterten.
Thamar blieb einen Schritt vor ihm stehen und sah ihm in die Augen. Er war fast einen Kopf größer als sie und mit Sicherheit kräftiger. Trotzdem wusste sie, dass er seiner körperlichen Überlegenheit keineswegs traute. Sie hatte allerdings auch nicht die Absicht, sich mit ihm zu prügeln. Genau genommen wusste sie

nicht einmal, was sie jetzt tun sollte. Sie wusste nur, dass sie in wenigen Minuten an Deck stehen würde. Man würde sie zwingen sich zu entkleiden. Und dann? Dann würde alles offenbar werden. Das Einzige, das sie wirklich fürchtete, würde eintreten. Sie stünde nackt vor einer Horde von türkischen Seeleuten. Und alle würden sehen, dass ihr dieses lächerliche Etwas fehlte, ein Mangel, der über ihr Leben entschied. Und sie hatte keine Ahnung, wie sie es verhindern sollte. Darum hörte sie auf, darüber nachzudenken.

»Geh mir aus dem Weg, du Kröte«, zischte sie, bereit, dem Jungen, der beide Hände brauchte, um seine Blöße zu bedecken, einen Schlag oder einen Tritt zu verpassen.

Petar versuchte, sein Gesicht zu wahren. »Dann los, Milchgesicht. Du stinkst wie ein Schwein«, gab er giftig zurück, während er gleichzeitig beiseitetrat.

Thamar beachtete ihn nicht mehr und trat an die Stufen, die nach oben führten. Bald würde sie wissen, ob ihr neuer Gott etwas taugte.

Sie brauchte nicht lange zu warten. Die Luke öffnete sich und fünf nackte und triefende Jungen kamen nach unten gestolpert. Sie stieg als Erste die Stufen hoch, das halbe Dutzend, das noch übrig geblieben war, folgte ihr zögernd.

Sie sah nicht das Schiff, nicht die Männer, die gelangweilt herumlungerten. Sah nicht die bereitstehenden Eimer, mit denen sie ihnen den Schweiß und den Geruch von Erbrochenem vom Leib spülen wollten. Sie hörte auch nicht den barschen Befehl, der sie aufforderte, ihre Hemden und Hosen auszuziehen. Alles, was sie sah, war die glitzernde Weite. Und mit einem Mal wusste sie, was sie zu tun hatte.

Ohne noch einen Moment nachzudenken, rannte sie los, vorbei an den verblüfften Männern. Mit einem Satz war sie auf der Reling, breitete die Arme aus und sprang.

Überraschte Rufe, erschrecktes Brüllen, sie schlug auf. Gurgelndes Rauschen in ihren Ohren, dann war es still. Die Augen fest geschlossen, spürte Thamar, wie sie sank. Sie wollte nicht sterben, aber vor allem wollte sie sehen. Also öffnete sie die Augen. Es tat nicht weh. Sie war noch nie unter Wasser gewesen, ohne Grund unter ihren Füßen zu haben. Erstaunt blickte sie in die konturlose Weite um sich herum. Winzige Körnchen tanzten vor ihren Augen. Sie sah nach unten, in die zunehmende Dunkelheit und begriff die Bedrohung durch die Tiefe. Schaute hoch, sah eine helle Fläche, den Schatten des Schiffes in gebrochenen Umrissen. Er entfernte sich. Ihre Beine begannen zu strampeln, Wasser zu treten. Ihre Hände schlugen nach unten. Sie trieb aufwärts. Aber nicht genug. Sie wusste, dass sie dort hinmusste. Denn dort war Luft. Und sie brauchte Luft. Der Druck in ihrer Brust wurde immer stärker, ebenso wie das Verlangen zu atmen. In ihr stieg Panik auf. Sie merkte, dass sie höher kam, wenn sie Beine und Hände gleichzeitig benutzte. Aber je mehr sie kämpfte, umso dringender wurde die Gier nach Luft. Sie zwang sich zu langen entschlossenen Bewegungen, gewann Höhe. Aber es reichte immer noch nicht. Den Kopf empor gereckt, bemerkte sie, wie sich ein Schatten vom Schiff löste. In schäumendem Wirbel schlug ein Körper auf dem Wasser auf. Ein Mann tauchte zu ihr herab. Sie gewahrte noch, wie geschickt er seine Gliedmaßen benutzte, um zu ihr zu gelangen. Dann packte sie eine Hand am Hemd und zog sie aufwärts.

Als ihr Kopf an die Wasseroberfläche schoss, sog sie mit aufgerissenem Mund die Luft in ihre Lungen. Der Mann, der sie gerettet hatte, hielt sie am Kragen fest und zog sie mit sich. Ein Seil klatschte ins Wasser. Er band es ihr mit festem Knoten um die Brust. Dann hing sie in der Luft. Die anderen Seeleute zogen sie über die Reling. Das Seil erschlaffte und sie prallte hart auf die Planken. Wütende Gesichter beugten sich über sie und schimpften auf sie ein. Sie wollte ihnen sagen, dass sie sie nicht verstand, aber ihre Lungen waren noch viel zu sehr mit Atmen beschäftigt. Schließlich schwang sich der Mann, der sie gerettet hatte, über die Reling. Mit finsterem Gesicht blickte er auf sie herab. Immer noch nach Luft schnappend, wollte sie sich bei ihm bedanken. Aber sie wusste nicht, wie sie in seiner Sprache danke sagen sollte.

Zwei andere Männer griffen sie unter den Armen und schleppten sie zur Luke. Sie befürchtete schon, dass sie sie die Treppe hinunterwerfen würden. Doch der Stoß, den ihr einer der beiden in den Rücken gab, war beinah sanft. Als sie die Stufen hinabstieg, mussten ihre Augen sich erst wieder an das Halbdunkel gewöhnen. Kurz wunderte sie sich über die Stille unter Deck. Bis sie bemerkte, dass die Jungen sie alle anstarrten. Sie wichen vor ihr zurück, als sie tropfend und mit verklebten Haaren unten ankam. Verwundert musterte Thamar die Kinder um sich herum. Sie sahen sie an wie einen Geist. Erst jetzt begriff sie so recht, was sie getan hatte. Sie hatte es geschafft. Sie war nicht entdeckt worden. Und als sie nun die anderen Jungen betrachtete, wurde ihr klar, dass keiner von ihnen sich ihr mehr in den Weg stellen würde.

Ohne ein Wort zu sagen, ging sie zurück in ihre Ecke, ließ sich nieder und schlang die Arme um die Knie. Sie brauchte jetzt Zeit zum Nachdenken. Aber was immer auch dabei herauskäme, eines hatte sie bereits beschlossen: Sie wollte schwimmen lernen. Sie wollte lernen, sich so im Wasser zu bewegen wie der Seemann, der sie gerettet hatte. Und als sie an das finstere Gesicht des Mannes dachte, nachdem er sie aus dem Wasser gezogen hatte, nahm sie sich noch etwas vor: Sie musste die Sprache der Türken lernen.

Damit sie wenigstens danke sagen konnte.

# Der Schatten des Obelisken

Reglos stand Ciriaco auf dem sandigen Platz und beobachtete seinen Schatten. Dann wanderte sein Blick zu dem Jungen, der am Ende des anderen Schattens stand und, den Pflock in der Hand, erwartungsvoll zu ihm herüberschaute. Er schüttelte leicht den Kopf. Noch war es nicht so weit. Das Ende seines Schattens war noch eine gute Handlänge von der gebogenen Linie entfernt, die er in den Sand gezeichnet hatte. Ein perfektes Kreissegment. Der alte Thales wäre zufrieden gewesen.

Als ein Windstoß über den Platz fuhr, kniff er die Augen zusammen. In dem leicht verschwommenen Ausschnitt, den er nun durch den schmalen Schlitz seiner Lider wahrnahm, tanzte ein Luftwirbel wie ein verspielter, gedankenloser Geist an ihm vorbei. Ciriaco, der um die Zerbrechlichkeit der wirklichen Welt wusste, machte dieser Geist keine Angst. Wenn es einen Platz gab, der eines Geistes würdig war, dann diese Arena im Herzen von Konstantinopel.

Immer noch blinzelnd, versuchte er sich vorzustellen, wie es einst gewesen war, als die vierspännigen Wagen hier ihre Rennen fuhren. Auf den Zuschauerrängen, die nun verwaist und zum Teil baufällig das längliche Oval umgaben, hatten die Bewohner der Stadt ihren Favoriten zugejubelt. Auf über dreihundert Schritte schätzte Ciriaco eine Bahnlänge, bevor sie in einer engen Kurve auf der anderen Seite der Spina, jener Mauer, die die Bahnen voneinander trennte, wieder zurückführte und dabei die Kaiserloge passierte. Auf deren Balustrade hockten zwei Raben, die die beiden verloren wirkenden Menschen unten auf der Sandbahn zu beobachten schienen. Die Vögel wurden selten gestört. Die Loge war schon lange nicht mehr benutzt worden. Das Hippodrom, die Rennbahn auf dem höchsten Punkt der alten Kaiserstadt, war ein verlassener Ort.

Eine sterbende Stadt, hatte der Kapitän ihres Schiffes Konstantinopel genannt. Doch Ciriaco fand nicht, dass die Stadt im Sterben lag. Ihm kam sie höchst lebendig vor, wenn auch wie in einem Traum gefangen. Vom ersten Moment an, da er die gezackte Silhouette ihrer Türme und Paläste am Horizont hatte auftauchen sehen, war sie ihm wie eine schöne, geschmückte Frau erschienen. Auf einer Halbinsel gelegen, vom Meer umspült, vom Wind liebkost, wartete sie schlafend und träumend auf die Rückkehr ihres Geliebten. Und würde erst mit seinem Kuss erwachen. So zumindest empfand es Ciriaco.

Er hob den Kopf zu dem hoch aufragenden Mauerwerk über den Ställen zu seiner Rechten. Dort oben hatten einst die bronzenen Rosse der Quadriga ihren Platz gehabt, jener Skulptur, die jetzt bereits seit über zweihundert Jahren in Venedig stand. Und obwohl es nichts mit ihm zu tun hatte, kam er sich vor wie ein Räuber. Konstantinopel war auch eine geschändete Stadt.

Ciriaco blinzelte wieder auf seinen Schatten und die gekrümmte Linie hinab, die nur noch eine Handbreite voneinander getrennt waren. Der Junge wurde bereits ungeduldig. »Wir müssen noch ein wenig warten, Michael«, rief er ihm zu.

»Reicht es nicht jetzt schon?«, fragte der.

»Nein, die Geometrie liebt die Genauigkeit. Gedulde dich.«

Ciriaco hielt sein Gesicht in den Wind, der die Frische und Kühle des Schwarzen Meeres mit sich brachte, aber auch ferne

Rufe an sein Ohr trug. Bruchstückhaft und gedämpft von den hohen Bäumen und den Villen der reichen Stadtbewohner, die hier oben, nahe des alten Kaiserpalastes wohnten. Drei Tage war es her, dass sie in der Stadt am Bosporus eingetroffen waren. Das Schiff hatte gleich nach der Einfahrt in das Goldene Horn die Mole angesteuert. Dahinter erstreckten sich, wie Luca ihm erklärte, die Lateinerviertel. »Der größte Teil davon gehört natürlich Venedig. Und dort drüben«, er wies auf den vorspringenden Teil des Ufers, der nahe der Hafeneinfahrt lag, »haben die Pisaner ihre Kontore. Wir kommen ganz gut mit ihnen aus. Den Genuesen hingegen gehört Pera.« Jetzt zeigte er hinüber auf die andere Seite des Hafens, wo Ciriaco über den niedrigen Häusern am Ufer stattliche Villen am Hang des Hügels erkennen konnte.

»Da sie nicht innerhalb der Stadtmauern leben, brauchen sie keine Zölle zu zahlen und können einen Großteil des Handels an der Stadt vorbeilenken. Das gefällt den Griechen natürlich nicht. Umso weniger, als sie vor zwanzig Jahren mit Hilfe osmanischer Truppen versucht haben, Konstantinopel einzunehmen.«

Ciriaco spähte mit einem feindseligen Gefühl nach Pera hinüber. Seit sein Vater ihm mitgeteilt hatte, dass sein Bruder einem genuesischen Mordkomplott zum Opfer gefallen war, hegte er eine nahezu an Hass grenzende Abneigung gegen Venedigs großen Konkurrenten. Ihm gefiel es noch weniger als den Griechen, dass Genua die andere Seite des Hafens beherrschte.

Zwar hatte Konstantinopel auch im Westen, an der Küste des Marmarameeres Häfen, doch die dienten in erster Linie militärischen Zwecken oder waren, wie der Bukoleon-Hafen in früheren Zeiten, der Familie des Kaisers und ihren Gästen vorbehalten. Am Goldenen Horn hingegen wurden die Waren in die Stadt gepumpt. Und flossen von hier aus weiter. Chinesische

Seide lag neben ungewaschener türkischer Wolle. Honig und Reis, Feigen und Safran, Käse, Kümmel, Henna und Kastanien; in den Lagerhäusern am Goldenen Horn fand sich alles, was in der östlichen und westlichen Welt einen Wert darstellte. Mochte die Stadt am Bosporus politisch auch zu einem Zwerg geschrumpft sein, so war sie doch immer noch die Drehscheibe des Handels zwischen Asien und Europa, zwischen dem Schwarzen Meer und dem Mittelmeer.

Bestünde Konstantinopel nur aus den Lateinervierteln, Ciriaco hätte bereits nach zwei Stunden genug von diesem Ort gehabt. Er war sich nicht sicher, was er erwartet hatte. Aber zumindest hatte er die Stadt immer mit Größe und, damit verbunden, mit Würde gesehen. Was er aber antraf, als er den Fuß an Land setzte, war ein einziger großer Basar. Jeder kleinste Winkel zwischen den niedrigen Häusern entlang des Hafens unterlag dem Gesetz des Feilschens und Wucherns. Vielleicht lag es daran, dass der Raum knapp bemessen war, und jedem der Händler nur eine begrenzte Fläche für seine Waren zur Verfügung stand. Die Gassen waren eng und jene, in denen die reicheren Händler ihre Kontore hatten, waren zudem mit einem Dach versehen, das den Blick nach oben verwehrte. In dieser Enge war alles dem Geschäft geweiht. Selbst in den Tavernen, in die ihn Luca später führte, drehten sich die Gespräche fast nur um Gewinn oder Verlust. Zwar wurde auch über den drohenden Krieg mit den Osmanen hitzig debattiert, doch ging es dabei stets um geschäftliche Vor- oder Nachteile, die eine solche Auseinandersetzung mit sich bringen würde. Ciriaco hatte von der Stadt des großen Konstantin anderes erwartet. Er war froh, als er die hitzige Atmosphäre des Hafens wieder verlassen konnte.

Die Familie der Pizzicolli unterhielt bereits seit mehreren Generationen eine Niederlassung in Konstantinopel. Einer der Vorfahren Ciriacos hatte sogar in eine vornehme griechische

Familie eingeheiratet, die wiederum, wenn auch nur entfernt, mit dem Kaiser verwandt war. Der Vater des jetzigen Oberhauptes der Jagaros war Oberhofkämmerer im kaiserlichen Palast gewesen. Aber auch Theophilos Jagaros verfügte über zuverlässige Beziehungen in den Blachernenpalast des Kaisers. Ciriaco trug ein Schreiben seines Vaters bei sich, als er im Stadtpalast seiner angeheirateten Verwandten unweit des Konstantinforums ankam. Er wurde so herzlich aufgenommen wie ein lange vermisster Sohn.

Jetzt hatte sein Schatten die Linie fast erreicht. Ciriaco hob die Hand, um dem Jungen zu signalisieren, dass es gleich so weit war, und wandte den Blick nicht mehr ab von der unmerklich wachsenden dunklen Fläche im Sand. Als der Schatten die Linie berührte, fiel seine Hand nach unten. Der Junge hatte sich bereits gebückt und hielt den Pflock bereit. Auf Ciriacos Zeichen hin rammte er ihn am äußeren Ende des größeren Schattens in den Sand.

»Sehr gut, Michael«, lobte Ciriaco ihn. »Bald werden wir das Geheimnis des Obelisken gelüftet haben.«

Mit dem Stab, den er sich von einem Tuchhändler ausgeliehen hatte, begann er nun die Länge des Schattens bis zum Sockel der vierkantigen Säule zu bestimmen: fast fünfzig Ellen. Er hatte vorher bereits den Sockel des Obelisken vermessen und wusste daher, dass er vier Ellen hinzurechnen musste.

Der Junge, der sein Tun neugierig verfolgt hatte, konnte sich nicht länger zurückhalten: »Aber der Schatten ist doch immer anders. Wie kannst du denn damit die Höhe messen?«

»Weil der Schatten der Sonne gehorcht. Und die behandelt alle Dinge gleich. So wie Gott«, antwortete Ciriaco. Aber der Junge schüttelte nur verständnislos den Kopf.

»Vor langer Zeit«, erklärte Ciriaco, während er Linien in den Sand zeichnete, »lebte ein Mann namens Thales. Ein Grieche übrigens. Er hat die Gesetze der Geometrie studiert. Eines Tages stand er vor den Pyramiden in Ägypten und fragte sich, wie hoch sie wohl seien. Diese Frage konnte ihm niemand beantworten. Also begann er selbst darüber nachzudenken. Den ganzen Tag saß er da und beobachtete diese gigantischen Bauwerke der alten Welt. Er sah, wie sie in der Morgensonne einen langen Schatten warfen, der sich gegen Mittag hin verkürzte und danach wieder wuchs. Und ihm fiel auf, dass mit seinem Schatten genau das Gleiche geschah.«

Ciriaco wies auf die Zeichnung, die er in den Sand gemalt hatte, eine Sonne, den Obelisken und die Figur eines Menschen.

»Es ist ganz einfach. Der Schatten aller Dinge steht immer im Verhältnis zur Größe des Objektes, von dem er ausgeht, egal ob groß oder klein, ob Mensch oder Obelisk. Meine Größe kenne ich, sechs Fuß, also nicht ganz vier Ellen. Das habe ich ausgemessen und markiert.« Ciriaco wies auf die Linie, die er in den Sand gezogen hatte. »Dann haben wir warten müssen, bis mein Schatten diese Markierung erreicht. In dem Moment war er so lang wie meine Größe. Das Gleiche muss nun auch für den Obelisken gelten. Deswegen war es so wichtig, dass du im richtigen Moment den Pflock einschlägst, damit wir die Länge des Schattens messen konnten. Nun wissen wir, dass der Obelisk vierundfünfzig Ellen hoch ist.«

Michaels Blick wanderte vom Obelisken zu dessen Schatten. Ciriaco konnte geradezu sehen, wie es hinter der Stirn des Jungen arbeitete. Er hatte den aufgeweckten Sohn des Theophilos vom ersten Tag an ins Herz geschlossen. Und der bewunderte den Vetter aus Venedig.

Mit einem Mal bemerkte Ciriaco eine schlanke Gestalt, die sich ihnen von den Pferdeställen her näherte. Es war Michaels Schwester, mit der es sich etwas schwieriger verhielt als mit ihrem Bruder. Nicht dass er Anna nicht mochte, doch er wuss-

te nie so recht, was in ihrem Kopf gerade vor sich ging. Sie war für ihn so rätselhaft wie eine ägyptische Katze.
»Da seid ihr ja«, rief das junge Mädchen mit den dunklen gelockten Haaren. »Ich habe euch schon überall gesucht.«
Michael gab ein unwilliges Brummen von sich. Ciriaco hatte den Eindruck, dass die Geschwister miteinander um seine Gunst wetteiferten. Er war es nicht gewohnt, derartig umworben zu sein.
Anna warf einen neugierigen Blick auf die Zeichnungen im Sand: »Was macht ihr da?«
Während Ciriaco ihr von Thales und dem Obelisken erzählte, ließ sie ihn nicht einen Moment aus den Augen. Ihr hübsches, ovales Gesicht mit dem kirschroten Mund war ihm zugewandt wie eine Blüte der Sonne. Sie war sechzehn Jahre alt und von einer Schönheit, die Helden erschaffen oder vernichten konnte. Ciriaco wusste nicht, ob ihr das bewusst war. Zumindest aber ließ sie keine Gelegenheit aus, ihre Wirkung auf das männliche Geschlecht zu erproben.
»Wie klug du bist«, sagte sie mit einem langsamen Augenaufschlag. Dabei reckte sie sich ihm ein wenig mehr entgegen, wodurch sich der Stoff über ihren Brüsten spannte. Ciriaco wusste nicht, ob er sich geschmeichelt fühlen sollte oder peinlich berührt. Annas Bruder hingegen wandte sich mit einem verächtlichen Schnauben von ihnen ab und stieß seine Fußspitze in den Sand.
»Was gibt es denn so Dringendes?«, fragte Ciriaco.
»Vater schickt mich«, sagte Anna mit einem kleinen Lächeln. »Er hat wichtige Nachrichten erhalten.«
»Also gut«, meinte Ciriaco, »gehen wir.«
Bevor sie das Hippodrom verließen, ließ er das weite Rund der Arena noch mal auf sich wirken. Er hatte ihn immer geliebt, den Duft der Jahrhunderte. Hier in der Kaiserstadt war dieser

Duft so intensiv wie vielleicht an keinem anderen Ort der Welt. In seiner Phantasie begann er die Ränge mit Zuschauern zu füllen, die ihren jeweiligen Favoriten zujubelten. Das Donnern der Hufe, das Knarren von Zaumzeug und Deichsel, die knallenden Peitschen, die über den Rücken der Pferde züngelten. Und über alldem der Kaiser, vielleicht Theodosius II., der die große Mauer erbaute, oder Justinian I., der die Tochter eines Bärentreibers heiratete. Despoten waren gestürzt worden und Bauernsöhne hatten die Krone errungen. Diese Steine, die nun langsam verfielen, hatten sie alle gesehen, und wie so oft wünschte er sich, dass er ihren Geschichten lauschen könnte.

»Die Armee des Sultans hat den Bosporus überquert. Murad höchstpersönlich führt seine Truppen an.«

Ciriaco sah seinen Gastgeber ratlos an. »Und was bedeutet das?«

Theophilos Jagaros blieb stehen und neigte den Kopf: »Was das bedeutet? Junger Freund, das bedeutet, dass bald irgendwo ein Krieg stattfindet. Schließlich setzt niemand zum Spaß eine Armee in Bewegung.«

Sie waren über die Terrasse in den Garten hinabgestiegen. Der von Gras überwucherte Weg führte zu einem runden Becken, in dessen Mitte eine umgestürzte Säule lag. Wenn Ciriaco den Kopf schief legte, konnte er an deren ehemals oberen Ende eine Fratze erkennen, die die Zunge herausstreckte. Er nahm an, dass aus der Mundöffnung einst ein Wasserstrahl hervorgesprudelt war. Allerdings konnte sich niemand in der Familie mehr daran erinnern, wann das gewesen war. Es schien auch keinen zu kümmern. Anscheinend waren die Bäume und Sträucher schon seit Generationen nicht mehr gestutzt worden. Efeu und dornige Ranken hatten die Skulpturen und Mauern zurückerobert. Der ganze Garten ähnelte eher dem

Zugang zu einem verwunschenen Reich als dem Park eines Palastes.

»Seid Ihr auf dem Laufenden über die Ereignisse der letzten Monate?«, fragte Jagaros nun.

»Meint Ihr den bevorstehenden Kreuzzug?«

»Den Kreuzzug? Ob der wirklich bevorsteht, wird sich noch zeigen. Findet Ihr es nicht seltsam, dass der Sultan mit seiner Armee nach Anatolien zieht, wo doch angeblich ein Kreuzfahrerheer auf dem Weg ist?«

»Vielleicht wissen die Türken ja nichts von dieser Streitmacht.«

Theophilos Jagaros schnaubte hörbar aus. »Wenn der ungarische König niest, schickt ihm Sultan Murad ein Schnupftuch. Mein guter Ciriaco, lasst uns ein wenig ausruhen, das Gehen fällt mir schwer. Mit jedem Winter kriecht die Gicht tiefer in meine Gelenke.« Jagaros wies auf eine Steinbank im Schatten einer Platane. »Ich sehe, ich muss Euch ein wenig mehr erzählen.«

»In seinem Brief«, fuhr der Ältere fort, nachdem sie sich gesetzt hatten, »hat mir Euer Vater berichtet, dass Ihr es vorgezogen hättet, Euer Leben der Gelehrsamkeit zu widmen.«

»Das ist …«, begann Ciriaco überrascht. Er hatte nicht gedacht, dass sein Vater derartige Informationen über ihn preisgeben würde. »Das stimmt, aber als mein Bruder Francesco ermordet wurde, änderte sich alles. Nun muss ich eine Aufgabe übernehmen, von der ich nicht weiß, ob ich ihr gewachsen bin.«

»Oh, darüber sorgt Euch nicht. Ich bin ganz sicher, dass Ihr dieser Aufgabe gewachsen seid. Vielleicht sogar besser als Euer Bruder. Zumindest was Anna betrifft.«

»Anna? Was hat Anna damit zu tun?«

»Nun, ganz einfach, Euer Vater und ich hatten beschlossen,

dass Euer Bruder, möge seine Seele in Frieden ruhen, meine Tochter heiraten sollte.«

Das verschlug Ciriaco die Sprache. Theophilos beobachtete ihn aufmerksam. Ihm schien die Situation großes Vergnügen zu bereiten.

»Ich glaube nicht …«, brach es schließlich aus Ciriaco hervor, doch der Ältere hob bereits die Hand.

»Ja, ja, ich weiß, sie ist noch ein wenig mager. Aber in einem Jahr wird das schon ganz anders aussehen. Ihr solltet aber wissen, dass Anna Euch herzlich zugetan ist. Und im Vertrauen«, er beugte sich etwas zu Ciriaco, »ich glaube, es wird Zeit, dass sie einen Mann bekommt. Ihr wisst, was ich meine. Was haltet Ihr davon, wenn wir Eure Verlobung bekanntgeben, sobald Ihr aus Edirne zurück seid?«

»Edirne?« Verlobung? Ciriaco hatte das Gefühl, den Boden unter den Füßen zu verlieren.

Theophilos schlug sich mit der Hand vor die Stirn: »Mein Gott, jetzt habt Ihr mich ganz durcheinandergebracht. Hatte ich das noch nicht gesagt?«

»Nein!«, rief Ciriaco verzweifelt. »Und das mit der Verlobung …«

»Die muss leider erst einmal warten. Also, das Dumme an diesem ganzen politischen Hin und Her ist, dass man nicht mehr anständig planen kann. Und für einen Kaufmann ist es nun einmal notwendig zu wissen, mit wem er im nächsten Jahr verhandeln wird. Euer Vater und ich haben einen großen Teil unseres Vermögens in den Schwarzmeerhandel investiert. In unserer Niederlassung in Trapezunt, am Schwarzen Meer, füllen sich die Lagerhäuser mit Waren aus China und aus Indien. Noch dieses Jahr, vor den Herbstwinden, wird ein Schiffskonvoi diese Waren herbringen. Und von hier aus weiter nach Venedig. Gegen die Piraten wird er gerüstet sein, doch was von entscheidender Bedeutung sein wird, ist die Frage, wer dann den Bosporus kontrolliert.«

»Und Ihr glaubt, dass die türkische Armee deswegen ausgezogen ist? Um den Schiffsverkehr im Bosporus zu überwachen?«

»Das glaube ich nicht. Sultan Murad hat ganz andere Probleme.« Er legte Ciriaco die Hand auf den Arm und senkte seine Stimme: »Was ich Euch jetzt erzähle, ist äußerst geheim. Hütet Euch, irgendjemandem etwas davon zu sagen.«

Der König von Ungarn, so berichtete Theophilos Jagaros, hatte ein heimliches Bündnis mit dem Emir von Qaraman getroffen. Jenem Ibrahim-Beg, dessen Herrschaftsgebiet in Südwestanatolien an das Reich der Osmanen grenzte, und der sich nun gegen den Sultan erheben und somit dessen Aufmerksamkeit nach Süden lenken sollte. So hätte das Kreuzfahrerheer, das an der Donau wartete, kaum Widerstand auf seinem Weg bis nach Konstantinopel zu erwarten.

»Ich verstehe«, sagte Ciriaco, »dann scheint doch alles so zu laufen, wie es geplant ist.«

»Vielleicht. Vielleicht auch nicht. Murad hat ganz gewiss seine Spitzel im ungarischen Ofen. Was, wenn er von der Vereinbarung mit Ibrahim-Beg erfahren hat? Außerdem ist der neue König, Wladislaw, schwer zu durchschauen. Ich bekam heute die Nachricht, dass vor kurzem eine Abordnung der Ungarn in Edirne war. Was hatten sie dort zu besprechen? Kurz darauf sind sie mit einem türkischen Gesandten nach Ofen gereist. Und Murad ist sogleich mit seinem Heer aufgebrochen. Das ist etwas, das ich nicht verstehe. Wieso zieht er seine Streitkräfte aus dem Norden ab, wenn er doch weiß, dass sich dort ein Kreuzfahrerheer bereitmacht? Was ist geschehen, das ihm die Sicherheit gibt, seine Hauptstadt Edirne schutzlos zurücklassen zu können?«

Ciriaco, der immer noch nicht ganz verdaut hatte, dass er als

Ehemann für die Tochter des Hauses eingeplant war, sammelte seine Gedanken.

»Aber wie kann ich Euch dabei helfen? Ich kenne niemanden in Edirne, den ich fragen könnte.«

»Nein, Ihr nicht. Aber ich. Leider kann ich ihn nicht selbst aufsuchen.« Er seufzte und hielt seine Hände mit den knotigen Gelenken hoch. »Ich komme nicht einmal mehr auf ein Pferd. Also werdet Ihr statt meiner reiten. Ich werde Euch einen Brief mitgeben. Im Gegenzug, so hoffe ich, werdet Ihr dann einen Brief für mich erhalten, der mir Antwort auf diese Fragen gibt. Ihr solltet allerdings diskret vorgehen. Es braucht niemand zu wissen, wen Ihr in Edirne trefft. Wir haben viele Feinde, vor allem den Genuesen ist nicht zu trauen. Glaubt Ihr, dass Ihr Euch auf Euren Diener verlassen könnt?«

»Absolut«, antwortete Ciriaco. Tatsächlich hatte er sich vom ersten Tag an auf Luca verlassen. Er war es auch, der sich um die Waren kümmerte, während Ciriaco die Stadt erkundete.

»Gut, dann solltet Ihr ihn mitnehmen. Ihr werdet einen Freund brauchen. Dennoch, sagt ihm nur das Nötigste. Und vor allem, geht allein, wenn Ihr unseren Freund aufsucht.«

Ciriaco schwieg eine Weile. Dann fragte er: »Was ist mit dem Kaiser? Wäre es nicht seine Aufgabe, sich um diese Dinge zu kümmern?«

»Der Kaiser?« Theophilos verdrehte die Augen. »Der wird sich hüten, irgendjemandem auf die Füße zu treten. Wahrscheinlich hat er sowohl einen Brief an König Wladislaw als auch an den Sultan geschickt, in denen er beiden eine gute Reise wünscht.«

Ciriaco musterte stumm seinen Gastgeber, der, anscheinend völlig ungerührt über diese abfällige Bemerkung, seinen Garten inspizierte.

»Es ist einfach so, mein junger Freund«, fuhr er fort, »dass die großen Zeiten Konstantinopels vorbei sind. Einst hat die halbe Welt auf uns gehört. Heute sind wir nur noch die fetteste Henne im Hühnerstall. Und da draußen«, er wies in einer unbestimmten Geste nach Norden, »lauern eine Menge hungriger Wölfe. Wir können es uns nicht erlauben, auf irgendjemand anders zu vertrauen als auf uns selbst.«

Ciriaco wusste nicht so recht, was er von der ganzen Sache halten sollte. Doch er wusste, dass er seinem Gastgeber dessen Bitte kaum würde abschlagen können. Dennoch wunderte es ihn, dass gerade er, der von all diesen Dingen am wenigsten verstand, diese Aufgabe übernehmen sollte. Außerdem war das nun schon das zweite Mal, dass er von jemandem in der Welt herumgeschickt wurde. Dabei dachte er an seinen Vater, der ihm nicht einmal erzählt hatte, was er und Theophilos für ihn geplant hatten. Es trug nicht gerade zu seiner Stimmung bei, dass er wie ein dummer Junge behandelt wurde.

»Wenn ich recht verstehe«, fragte er etwas zweifelnd, »soll ich also nur einen Brief abgeben und das darauffolgende Antwortschreiben zurückbringen?«

»So ist es, mein Freund. Es ist zwar nur ein Brief, aber ich brauche jemanden, dem ich absolut vertrauen kann. Im Übrigen wäre es auch interessant zu wissen, was sonst noch so in Edirne passiert.«

»Wie meint Ihr das?«

»Nun«, der Alte schwenkte die Hand unbestimmt in der Luft, »was man sich so erzählt. Ob es noch viele Soldaten dort gibt? Wer die Stadt regiert? Haltet einfach ein wenig die Augen auf.«

»Die Augen aufhalten? Für mich hört sich das so an, als ob ich die Osmanen ausspionieren soll.«

»Aber nein, ich möchte einfach nur von Eurer Beobachtungsgabe profitieren. Manchmal sind es gerade die kleinen Dinge, die uns am meisten weiterhelfen.«

Ciriaco musterte Theophilos ein wenig skeptisch. »Also gut«, meinte er schließlich. »Aber ich muss Euch noch sagen, dass es wegen der Verbindung mit Anna ein Problem gibt.«

»Ein Problem?« Theophilos betrachtete ihn von der Seite. »Ich verstehe. Aber ich versichere Euch, dass dies, solange Ihr diskret vorgeht, kein Hindernis sein soll.«

Ciriaco starrte den Älteren mit offenem Mund an. »Wovon redet Ihr?«

»Nun, die alten Philosophen, nicht wahr? Gewiss, sie bevorzugten eine Kost, die heute ein wenig anrüchig ist. Aber ich denke, solange Ihr Anna nicht ganz vernachlässigt, wird sich niemand beschweren.«

Ciriaco fragte sich mit wachsender Verzweiflung, ob er oder der Alte den Verstand verloren hatte. Offenbar sah der ihm seine Ratlosigkeit an.

»Ich meine«, sagte er jetzt mit leisem Zweifel, »die Philosophen ... die Knaben ...?«

Die Knaben? In jähem Verstehen schnappte Ciriaco nach Luft.

»Nein!«, rief er. »Ich bin nicht ... ich meine ...«

»Nicht?« Theophilos sah ihn erleichtert an und schlug ihm mit der gichtigen Hand auf den Schenkel. »Na, da bin ich aber froh. Wisst Ihr, so etwas lässt sich nur schwer verheimlichen. Ihr seid also ein richtiger Mann?«

»Aber ja doch.«

»Gut, dann ist das kein Problem. Hin und wieder eine Geliebte zu haben, ist keine Schande. Als Mann hat man halt so seine Wünsche, nicht wahr. Das braucht Anna ja nicht zu wissen. Nun, wann könnt Ihr abreisen? Morgen?«

»Was?« Ciriaco war noch immer durcheinander. »Ja, ich meine ...«

»Fein«, rief Theophilos gut gelaunt und erhob sich. »Sehr gut.

Dann sollten wir jetzt essen. Es gibt Schweinelende. Ihr solltet tüchtig zulangen.«

»Warum?«, fragte Ciriaco, während er seinem Gastgeber folgte, der bereits den Weg hochstapfte.

»Weil Ihr«, antwortete der, ohne innezuhalten, »vermutlich für lange Zeit kein Schweinefleisch mehr bekommen werdet.«

# *Das Gebet*

Im Jahre 1396 war das Bulgarische Reich endgültig unter osmanische Herrschaft geraten. Während dies für den letzten bulgarischen Zaren und seinen Adel eine Katastrophe darstellte, merkte die einfache Landbevölkerung kaum einen Unterschied. Steuern musste sie eh zahlen, und wie zuvor entrichtete sie ihren jährlichen Obolus beim örtlichen Priester. Der gab ihn an die neuen Herrscher weiter. Ansonsten mischten sich die Statthalter des Sultans wenig in das Leben ihrer neuen Untertanen ein. Sie regierten die neue Provinz von ihren Festungen und Militärstützpunkten aus, die in einem locker geknüpften Netz über das ganze Land verstreut waren. Deren wichtigster war die befestigte Stadt Varna am Schwarzen Meer. Von diesem Hafen aus konnten die Stützpunkte im nördlichen Teil des Landes versorgt werden. Denn der Landweg von Edirne nach Varna führte über die östlichen Ausläufer der Montes Haemus, eines gewaltigen Gebirgszuges, der sich quer durch das Land zog und den die Osmanen »Balkan« nannten, was einfach nur Gebirge oder Bergwald bedeutete. Über dieses Gebirge führte auch die uralte Heerstraße von Belgrad nach Konstantinopel, auf der im vorherigen Winter die Ungarn überfallartig vorgerückt waren. Der eisige Wind auf den Pässen, die zudem durch Barrikaden versperrt waren, ließ den Vormarsch stocken. In den entlaubten Buchenwäldern der Sredna Gora stießen die ungarischen Truppen dann auf den erbitterten Widerstand der osmanischen Verteidiger. Kälte und Nachschubmangel zwangen sie schließlich zum Rückzug. Doch sie hatten bewiesen, dass die Osmanen nicht unbesiegbar waren.

Der Haemus oder Balkan war kein leicht zu überwindendes Gebirge. Auch für die Kinder, die die *sürüdschü*, die Treiber der Osmanen, in der Donauebene eingesammelt hatten, war der Weg über die Berge zu mühsam. Daher brachten die *sürüdschü* sie mit Schiffen nach Pyrgos, einer kleineren Festung südlich des Haemus, um von dort nach Edirne ins Landesinnere zu marschieren. Diese alte byzantinische Stadt an der Heerstraße nach Konstantinopel war den Osmanen bereits im Jahre 1365 auf ihrem Vormarsch nach Europa in die Hände gefallen. Dass sie dann dort ihre neue Residenz errichteten, ließ keinen Zweifel mehr an den Ambitionen der Sultane. Spätestens jetzt hatte der Kaiser Ostroms begriffen, was die Stunde geschlagen hatte. Die Kinder, die im Bauch der Schiffe nach Süden gebracht wurden, wussten von alldem nichts. Sie waren nichts weiter als ein Tribut, der von den besetzten Gebieten erhoben wurde. Diese »Knabenlese« führte dem Osmanischen Reich beständig neue Kräfte für sein Heer zu. Weder der Sultan noch seine *sürüdschü* wären je auf die Idee gekommen, dass sich bei diesen Knaben ein Mädchen eingeschlichen haben könnte.

Am Vormittag des dritten Tages begann das Wiegen des Schiffes langsam nachzulassen. Heisere Befehle erklangen, und über den Köpfen der Kinder trappelten Füße über die Planken. Knarrende Geräusche verrieten, dass Seile das Schiff festzogen. Als die Luke geöffnet wurde, lag das Schiff bereits still. Thamar kam als eine der Letzten die Stufen hoch und stellte fest, dass sie bereits erwartet wurde. Offenbar wollte man nicht noch mal riskieren, sie aus dem Wasser fischen zu müssen. Zwei der Matrosen nahmen sie sogleich an den Armen und ließen sie nicht mehr los, bis sie wieder eine Schnur am Handgelenk hatte, die sie mit den anderen Kindern verband. Sie schaute suchend über das Deck und erkannte schließlich den Mann, der sie aus dem Wasser gezogen hatte. Er beobachtete sie mit einem etwas amüsierten, fragenden Blick. Da sie immer noch nicht wusste, was Danke hieß, nickte sie ihm nur zu. Er erwiderte ihre Geste und legte dabei die Hand auf seine breite Brust. Thamar glaubte so etwas wie Anerkennung in seinem Verhalten zu lesen. O ja, es gefiel ihr, ein Junge zu sein.

Während sie in einer langen Reihe die Planke hinabgingen, die sie an Land führte, sah sie sich um. Die Festung, vor der sie angelegt hatten, war deutlich kleiner als die von Varna. Am Ufer zogen sich Häuser entlang. Sie entdeckte Ziegen, Schafe und einige Bauern, die neugierig zu dem Schiff herüberschauten. Als sie sich umwandte, stellte sie fest, dass sie sich in einer weit geschwungenen Bucht befanden. Im Süden, jenseits einer weiten Ebene, erhoben sich ferne Berge. Die ganze Landschaft wirkte so fremd wie die unbekannten Küsten, von denen sie im Lager von Varna geträumt hatte.

Die Soldaten brachten sie auf eine Wiese unweit der Festung. Zwar gab es dort Wachen, aber keine Einpferchung. Offenbar glaubte niemand mehr, dass einer von ihnen nun noch die Flucht ergreifen würde. Sie mussten sich in einer Reihe aufstellen, um gezählt zu werden. Dann kam ein Mann mit einem weißen Turban, unterzog ihre Augen und Ohren einer Musterung und schob ihre Lippen auseinander, um die Zähne zu untersuchen. Sie bekamen einen Eintopf, der nach Hammelfleisch schmeckte und sehr fettig war. Danach ließ man sie endlich in Ruhe. Als die Sonne untergegangen war, lag Thamar auf dem Rücken im Gras und schaute zu den Sternen hinauf. Obwohl die anderen Kinder den Umgang mit ihr immer noch mieden, fühlte sie sich nicht einsam. Vielleicht, weil sie Teil einer Gruppe war, die, zumindest vorerst, durch ein gemeinsames Schicksal vereint war. Trotz aller Ungewissheit, was sie erwartete, fühlte sie sich auf eine gewisse Weise geborgen. Das wunderte sie, aber ehe sie darüber nachdenken konnte, war sie auch schon eingeschlafen.

Am nächsten Morgen brachen sie früh auf. Thamar warf noch einen letzten Blick zurück auf das Meer und fragte sich, ob sie es wohl wiedersehen würde. Dann richtete sie ihren Blick nach vorne. Sie marschierten bis kurz vor Sonnenuntergang. Nahe eines Dorfes schlugen die Soldaten ein Lager auf. Offenbar waren sie bereits erwartet worden, denn es dauerte nicht lange, bis die Suppe kam, die sie heißhungrig verschlangen.

Marschieren, essen, schlafen, so ging es die nächsten Tage weiter. Die Eintönigkeit des Tagesablaufes hatte eine beruhigende Wirkung auf die Kinder. Nur nachts, wenn sie im Gras lagen oder im wärmenden Heu eines Gehöftes, hörte Thamar manchmal ein leises Schluchzen, das aber bald wieder verstummte, weil die Müdigkeit ihren Tribut von den jungen Körpern forderte. Doch auch dem Mädchen kamen in diesen Nächten Zweifel. Bisher hatte sie Glück gehabt. Oder vielleicht war es auch Allah, der ihr geholfen hatte. So genau wusste sie das noch nicht zu sagen. Doch sie ahnte, dass ihr Versteckspiel schwieriger werden würde, wenn sie ihr Ziel erreicht hatten. Was für ein Ziel das auch immer sein mochte.

Sie tastete ihren Oberkörper ab und spürte die Ansätze der weichen Wölbungen, die dort zu wachsen begannen. Ihr war klar, dass, selbst wenn sie dieser seltsamen Beschneidung entging, ihr Körper sie über kurz oder lang verraten würde. Sie versuchte sich vorzustellen, was dann geschehen würde. Man würde sie bestrafen, ohne Zweifel. Aber worin würde die Bestrafung bestehen? Würde man sie schlagen? In den Kerker werfen? Würde

sie vielleicht nie mehr die Sonne sehen und den Wind auf ihrer Haut spüren? Bei diesem Gedanken erfasste sie unendliche Trauer, jedoch keine Angst. Das wunderte sie sehr.
Den Blick in den Sternenhimmel gerichtet wie schon in den Nächten zuvor, versuchte sie herauszufinden, wovor sie wirklich Angst hatte. Welcher Schrecken für sie der größte war. Sie brauchte nicht lange nach einer Antwort zu suchen. Ein eisiges Frösteln durchzog ihren Körper, als sie an die hasserfüllten Worte ihres vermeintlichen Vaters dachte. Dass man ihr das Gleiche antun könnte wie ihrer Mutter, das war das Schlimmste. Obwohl sie sich nicht vorstellen konnte, dass es dazu käme, zwang sie sich, diese schlimmste Demütigung zu durchdenken. Was würde sie tun? Sollte sie sich vorher töten?
Unwillkürlich hatte sie das Messer vor ihrem inneren Auge, mit dem ihr Vater einst einem verletzten Lamm den Hals durchgeschnitten hatte. Erschreckt schnappte sie nach Luft. Nein, sie wollte nicht sterben. Sie wollte leben. »O Gott, was soll ich nur tun?«, flüsterte sie in die Nachtluft. Dann, mit einem Mal, fiel ihr der Pakt wieder ein, den sie geschlossen hatte. Nein, nicht Gott, Allah musste sie um Hilfe bitten. Also faltete sie ihre Hände zum Gebet, schloss die Augen und flüsterte: »Lieber Allah ...« Sie stockte. Wie betete man zu Allah? In der Kirche waren sie immer niedergekniet, hatten die Hände gefaltet und den Kopf gesenkt. Machte man das bei Allah auch so? Sie wusste es nicht. Also richtete sie sich auf, blickte sich aufmerksam um, ob sie vielleicht von jemand beobachtet wurde. Aber um sie herum hörte sie nur tiefes und erschöpftes Atmen. Sie hockte sich auf ihre Knie und überlegte. Wenn sie es recht bedachte, dann mussten Gott und Allah ziemlich miteinander verfeindet sein. Zumindest war das bei den Menschen so, die an den jeweiligen Gott glaubten. Also würde Allah vermutlich eine andere Form des Gebetes wünschen. Sie erinnerte sich daran, wie die Solda-

ten mehrfach am Tag niedergekniet waren, sich verbeugt und wieder aufgerichtet hatten. Sie wusste aber nicht, wann sie sich verbeugen und wieder aufrichten sollte. Also tat sie kurzerhand das, was ihr in den Sinn kam. Auf ihren Knien hockend, schaute sie in den Himmel und breitete die Arme aus.

»Lieber Allah«, begann sie wieder, dachte kurz nach und fuhr dann flüsternd fort: »Leider spreche ich noch nicht Deine Sprache, aber vielleicht verstehst Du mich ja trotzdem. Alle halten mich für einen Jungen und werden bestimmt ziemlich böse sein, wenn sie die Wahrheit erfahren. Aber als Mädchen wollte der alte Gott mich nicht. Zumindest glaube ich das, denn er hat es nicht verhindert. Es gefällt mir auch viel besser, als Junge herumzulaufen. Auch wenn es schwierig ist, vor allem …« Sie biss sich auf die Lippen. Es interessierte Allah wohl wenig, dass sie ihr Geschäft lieber unbeobachtet erledigen wollte. Einen Gott sollte man damit nicht behelligen.

»Also«, fing sie erneut an, »worum ich dich bitten wollte, ist, dass ich nicht in den Kerker muss oder dass mich Deine Soldaten schänden. Alles andere ist nicht so schlimm. Vielleicht hast du ja einen Platz für mich in Deiner Welt. Es braucht nicht viel sein, nur ein Platz zum Schlafen und etwas zu essen.«

Sie hielt inne und überlegte erneut. Eigentlich hatte sie schon noch ein paar Wünsche. Aber wäre das nicht anmaßend? Zuletzt entschied sie, dass sie bei diesem ersten Gebet ehrlich sein sollte.

»Ich würde auch gerne fremde Länder sehen und auf dem Meer reisen. Ob als Mann oder Frau ist mir egal. Nur eingesperrt mag ich nicht sein.«

Sie beschloss, es dabei zu belassen. Schließlich ging es erst einmal darum, dass sie heil aus dieser Geschichte herauskam. Allerdings wusste sie, dass es mit Wünschen allein nicht getan war.

»Ich weiß ja noch nicht, welchen Platz ich in Deinem Reich einnehmen kann. Aber ich kann arbeiten, auf dem Feld, im Stall und in der Küche. Außerdem kann ich ganz gut kämpfen. Die meisten Jungen haben Angst vor mir. Und ich kann lernen. Ich werde Deine Sprache lernen. Ich kann lesen und schreiben lernen. Dann kann ich Deinen Namen in den Sand malen, wann immer Du das willst.«
Sie überlegte angestrengt, was sie noch in die Waagschale werfen konnte. Da fiel ihr ein, was der Priester immer über Gott gesagt hatte. Vielleicht traf das ja auch auf Allah zu.
»Und ich kann Dich lieben«, sagte sie, »aber nur, wenn Du mich nicht im Stich lässt.«

# *Briefe*

Seit seiner Abreise aus Venedig war kein Tag vergangen, an dem Ciriaco nicht an Bianca gedacht hatte. Und keine Nacht, in der ihm nicht ihr Gesicht erschienen wäre. Den ersten Brief schrieb er, kaum dass die Silhouette des Campanile am Horizont verschwand. Es fiel ihm nicht leicht, er wusste ja nicht, woran er anknüpfen sollte. Schließlich hatte er noch nie ein Wort mit ihr gewechselt. Alles, was er hatte, war ein Blick und das Gefühl einer tiefen Verbundenheit. So erzählte er von dem, was er erlebte, erzählte von bergigen Küsten und Pinienwäldern, vom Licht über dem Meer und von kreideweißen Inseln. Es wurden lange Briefe, denn er konnte sie nur in jenen Häfen abgeben, die Venedig unterstanden. An der oberen Küste der Adria war das kein Problem. Doch ab Griechenland wurden die Abstände größer. Seit sie die Häfen von Cerigo und Keos hinter sich gelassen hatten, waren sie auf direktem Weg durch die Dardanellen nach Konstantinopel gesegelt. Der Brief, den er unten im Hafen einem venezianischen Kapitän mitgegeben hatte, war besonders dick. Dass dieser Brief, so wie alle anderen, sein Ziel erreichen würde, dessen konnte er sicher sein. Marcello hatte ihm bei seinem Blut geschworen, ihr jede Nachricht unverzüglich zu überbringen. Ciriaco wusste, dass er sich auf die Treue seines Freundes verlassen konnte. Marcello würde auch ihre Briefe an ihn weiterleiten.

Die aber konnten erst mit dem nächsten Schiff aus Venedig eintreffen.

Am Abend nach dem Gespräch mit Theophilos verließ er voller Unruhe das Haus der Jagaros und wanderte hinüber zum Augusteion, vorbei an der Hagia Sophia, durch den Pinienwald zu den Ruinen der alten Akropolis. Dort ließ er sich auf einer Stufe des Tempels nieder und schaute auf das Meer hinaus, wie er es schon oft getan hatte, um die ankommenden Schiffe zu beobachten. Doch auch heute war keines dabei, das die venezianische Flagge trug. Wie oft hatte er sich vorgestellt, Biancas Zeilen zu lesen, ihren Brief in den Händen zu halten. Nun sollte er die Stadt schon wieder verlassen. Der Gedanke, dass er nicht hier wäre, wenn ihr Brief einträfe, ließ ihn schier verzweifeln. Und nun auch noch diese Geschichte mit Anna. Hatte sich denn alles gegen ihn verschworen?

Er hatte nicht gewusst, wie er Theophilos von Bianca erzählen sollte. Ihm war ja selbst klar, dass alles gegen ihre Verbindung sprach. Dennoch war er davon überzeugt, dass sie seine fehlende Hälfte war, und dass sich trotz aller Hindernisse alles zu seinen Gunsten wenden würde. Damit stand es nun deutlich schlechter. Er dachte daran, wie Anna ihn während des Essens angeschaut hatte, mit leuchtenden Augen und geröteten Wangen, als wüsste sie nicht nur, was ihrer beider Väter planten, sondern wäre auch mehr als einverstanden damit. Ciriaco wusste nicht, wie er ihre Hochzeit abwenden sollte, ohne größtes Unglück zwischen ihren Familien herbeizuführen.

Als das letzte Tageslicht verblasst war und der tiefstehende Mond der hellste Lichtpunkt am Himmel war, vernahm er Schritte hinter sich. Ohne sich umzuwenden, wusste er, dass es Luca war, der ihn, wie jeden Abend, hier oben aufsuchte.

»Was gibt es Neues?«, fragte Ciriaco, weil er hoffte, dass vielleicht im Laufe des Tages ein Schiff eingetroffen war, das Nachricht aus Venedig brachte.

»Nicht viel«, antwortete Luca, als er sich neben Ciriaco niederließ. »Safran und Zimt sind im Preis gestiegen. Dafür sind russische Pelze günstig zu haben. Mit unserem englischen Tuch stehen wir gut da. Ich möchte aber noch etwas warten. Aus Trapezunt wird bald ein Konvoi kommen. Wenn wir Filetseide bekommen, können wir ein gutes Geschäft machen. Hier kostet von dem Wein, ich habe ein paar Fässer davon angeboten bekommen.« Er hielt Ciriaco eine dickbauchige Karaffe hin.

Ciriaco entkorkte sie und nahm einen Schluck. Würziger Kümmel, rauchiges Holz und der Duft nie gesehener Berge.

»Hmmh«, machte er, »ein wenig schwer, aber er trägt Sonne im Blut. Für die Venezianer zu melancholisch, aber den Deutschen wird er schmecken.«

Luca lachte lautlos. »Ihr werdet noch ein echter Kaufmann werden.«

In den Tagen und Wochen, die sie zusammen auf dem Schiff verbracht hatten, war ihm Luca mehr und mehr vertraut geworden. Ciriaco, der es nicht gewohnt war, dass er sein inneres Erleben mit jemandem teilen konnte, hatte mit wachsendem Erstaunen festgestellt, dass dieser zurückhaltende, aber nicht unterwürfige Mann über ein Empfindungsvermögen und eine gedankliche Klarheit verfügte, wie er sie niemals bei einem Diener seines Vaters vermutet hätte. Es war an einem jener Abende auf See gewesen, als der Wind nachließ und nur noch das rhythmische Eintauchen der Ruderblätter die Stille störte, da Luca ihm seine Geschichte erzählt hatte.

»Ich komme aus der Gegend von Ancona«, berichtete der Mann mit der Brandnarbe auf der Stirn. »Meine Familie bewirtschaftete einen Olivenberg. Ich war der jüngste Sohn. Eines Tages arbeitete ich mit meinen Brüdern am Berg, da kam eine festlich gekleidete Gruppe junger Mädchen auf dem Weg zur Stadt vorbei. Ich lud gerade einen Korb Oliven auf den Karren. Da sah ich sie. Ihre Augen waren so dunkel wie die Oliven, die ich erntete, ihre Haut so zart, wie die eines jungen Pfirsichs, und ihre Lippen hatten das Rot wilder Kirschen. Als sie mich anlachte, war es, als schlüge der Blitz in mich ein.«

Bei diesen Worten fühlte Ciriaco sich wieder in jenen Moment zurückversetzt, da ihm Bianca das erste Mal begegnet war. Seine eigenen Empfindungen aus dem Mund eines anderen Mannes zu hören, der wiederum von einer ganz anderen Frau sprach, verwirrte ihn einerseits, gleichzeitig aber fühlte er sich Luca auf eine Weise verbunden, wie sie nur zwischen Gleichgesinnten möglich war. Doch die Geschichte, die der Mann aus Ancona erzählte, war längst Vergangenheit. Ungeduldig wartete er darauf, dass Luca fortfuhr.

»Ich erfuhr, dass sie die Tochter des Grundbesitzers war. Der hatte allerdings andere Pläne mit ihr. Vom Sohn eines Olivenbauern wollte er nichts wissen. Also trafen wir uns heimlich. Dann wurde sie schwanger.«

Luca sah gedankenverloren auf die dunkle See hinaus. Ein trauriges Lächeln spielte um seine Lippen. »Wir waren jung«, sagte er leise. »Wir glaubten, dass unsere Liebe einzigartig war. Wir wollten zusammen fliehen, nach Florenz gehen, ein neues Leben beginnen. Was für eine Narretei.«

Nach Florenz? Wieder fiel Ciriaco die Parallele in ihrer beider Leben auf. Die Schwangerschaft war allerdings eine Komponente, mit der sich Lucas Geschichte deutlich von der seinen unterschied. Als er daran dachte, wie es wäre, mit Bianca in einer Weise zusammen zu sein, die die Zeugung eines Kindes als Resultat hätte, begann er innerlich zu glühen. Das Unerhörte ließ sein Herz schneller schlagen. »Was geschah dann?«, fragte er mit belegter Stimme.

Luca zuckte mit den Achseln: »Ihre Familie kam natürlich dahinter. An dem Abend, an dem wir uns treffen wollten um zu fliehen, erwarteten mich ihre Brüder an unserem Treffpunkt. Sie prügelten mit Knüppeln auf mich ein. Es waren eigentlich gut erzogene Jungen. Sie rechneten nicht mit Gegenwehr. Sie konnten nicht wissen, dass selbst meine eigenen Brüder mir aus dem Weg gingen, wenn ich in Wut geriet. Am Ende lagen sie alle drei am Boden. Einer stand nicht mehr auf. Sein Schädel war gebrochen. Mir war klar, dass Kerker und Henker auf mich warteten. Noch in der gleichen Nacht verließ ich meine Heimat, aber nicht mit meiner Geliebten, sondern allein.« Er richtete den Blick zum Himmel empor, über den sich das glitzernde Band der Milchstraße zog. »Seit diesem Tag folge ich den Sternen. Sie führten mich nach Venedig, das zu dieser Zeit mit Mailand im Krieg war und Francesco Sforza mit seinen Söldnern unter Vertrag hatte. Ich schloss mich ihnen an. Vor den Mauern von Mailand traf mich brennendes Öl. Bei der Plünderung war ich nicht dabei. Vielleicht war das auch gut so. Später wechselte Sforza die Seiten. Ich lief immer noch mit einer schwärenden Wunde herum und blieb in Venedig. Euer Vater hat sich meiner schließlich angenommen.«
Es schien Ciriaco, als verwöbe sich in Lucas Schicksal sein eigenes Leben und das seines Bruders. Mit seinem heißen Blut, der Geschicklichkeit mit dem Schwert und der Art, das Schicksal herauszufordern, ähnelte er Francesco. Doch Luca hatte nur eine Frau geliebt, wie er, Ciriaco.
»Was ist aus ihr geworden?«, fragte er.
Luca schüttelte nur den Kopf. »Ich weiß es nicht«, sagte er leise und strich dabei mit dem Mittelfinger über die Narbe auf seiner Stirn. »Ich habe sie nie wiedergesehen. Ich bin auch nicht mehr der junge Mann von damals. Aber eine andere Frau habe ich nie geliebt.«

Seit diesem Abend nahm Luca Gozzi in Ciriacos Herzen den Platz ein, den sein ermordeter Bruder innegehabt hatte.
Er trank aus der Flasche und reichte sie Luca, der sich ebenfalls bediente.
»Es ist also nicht viel zu tun im Kontor?«, fragte Ciriaco schließlich.
Luca schüttelte den Kopf: »Wir warten.«
»Langweilst du dich?«
»Ein wenig.«
»Dann wird es wenigstens dich freuen, dass wir eine neue Aufgabe haben.«
Luca bedachte ihn mit einem fragenden Blick. Ciriaco zuckte mit den Schultern: »Bis vorhin wusste ich auch noch nichts davon. Aber wir müssen nach Edirne.«
»Nach Edirne? Warum, wenn ich fragen darf?«
»Du darfst, aber so richtig kann ich dir das auch nicht erklären. Ich werde mit einem Vertreter des *Divan*, das ist der dortige Hofrat, über den Handel in den osmanischen Häfen reden. Aber es geht auch um eine Armee in Anatolien, um einen Kreuzzug, einen jungen König und einen Sultan, der vielleicht schlauer ist als alle anderen. So ganz habe ich es nicht verstanden, aber wir sollen die Augen offen halten. Ach ja, und wir müssen vorsichtig sein.«
Luca schwieg, ganz offensichtlich erstaunt, dann nahm er einen Schluck aus der Karaffe und gab sie mit einem Grinsen zurück. »Das riecht nach einem Abenteuer. Wusste ich doch, dass Ihr es im Blut habt, junger Herr.«
Ciriaco schüttelte den Kopf. »O Luca, da täuschst du dich. Ich bin ein verdammt schlechter Abenteurer. Ich habe nur leider keine andere Wahl.«
Er trank von dem Wein und sah auf das Meer, auf das der Mond seine seidig schimmernde Bahn warf. Eine Möwe durchflog hell

leuchtend dieses Licht und verschwand wieder im benachbarten Dunkel. Ciriaco bemerkte nicht, wie sein Diener ihm einen neugierigen Blick zuwarf. Er dachte an Venedig und Bianca, wie sie ihn vor der Kirche angesehen hatte. Dann sah er wieder Annas Gesicht und dachte daran, dass er sie und nicht Bianca heiraten sollte. Er wusste wirklich nicht mehr, ob er sich eine baldige Rückkehr aus Edirne wünschen sollte oder nicht und beschloss daher, dass es das Beste war, sich nur um den nächsten Schritt zu kümmern.

»Kannst du reiten?«, fragte er daher seinen Diener.

»Gibt kein Pferd, das ich nicht reite«, gab der zurück.

»Das ist gut«, sagte Ciriaco. »Ich kann es nämlich nicht.«

Am Abend schrieb Luca Gozzi bei Kerzenlicht in seiner Kammer einen Brief, den er mit »Lieber Vetter …« begann. Darin berichtete er von den schönen Griechinnen, die sein Auge und auch seine anderen Sinne erfreuten. Erzählte von den vorzüglichen Weinen, die auf Verladung warteten und dass er bald die Musik des Orients zu hören bekommen würde. Er schloss seinen Brief mit den Worten: »… und was den jungen Hund angeht, auf den zu achten du mir aufgetragen hast, so sei versichert, dass ich ihn fest an der Leine habe.«

Er versiegelte den Brief, versah ihn mit dem Namen eines Kaufmannes aus Pisa und lehnte sich entspannt zurück. Morgen würde er den Brief einem pisanischen Kapitän mitgeben. Der Kaufmann, an den er überbracht werden würde, würde ihn ungeöffnet weiterleiten, an sein eigentliches Ziel: Mailand.

# Mahmuds Hoffnung

*O Herr, habt Gnade. Seht, ich werfe mich Euch zu Füßen. Ihr weicht zurück? Ja, mir ist selbst übel von meinem Geruch. Es ist der Gestank der Sünde, denn ich wurde verführt, und meine Schande ist … Wie? Ob ich die Sprache der Ungläubigen spreche? Niemals wieder wird eines dieser verfluchten Wörter über meine Lippen kommen. Ich schwöre, dass … Ämh, ich verstehe, Herr. Natürlich, zum Wohle des Padischah, ach ich werde alles tun, um unserem geliebten Padischah … Ja, wenn Ihr es wünscht, kann ich die schweinischen Grunzlaute der Ungläubigen auch schreiben. Oh, aber wäre es nicht viel schöner, wenn ich in der Sprache des Propheten schriebe? Die Schönheit seiner heiligen Verse priese? … Aah, lesen. Ja, Herr natürlich kann ich ihre Schrift auch lesen, die griechische, die lateinische, selbst von den Worten der Franken weiß ich … O Herr, ich schwöre, ich werde Euch dienen, treuer als ein Hund. Und die Hand soll mir abfaulen, wenn ich auch nur … Was? Herr, ich verstehe nicht. Oh, lasst mich Euer niedrigster Diener sein, mit Freuden will ich die Latrinen in Eurem Haus säubern. Ich werde auf Steinen schlafen und von Küchenabfällen leben. Aber ich bitte Euch, nicht das. Nicht … der Diener … eines Christen.*

## *Der Geist*

Die Unruhe wuchs, als sie sich der Stadt näherten. Nicht dass es einer der Soldaten erwähnt hätte, doch Thamar fiel auf, dass die Abstände zwischen den Dörfern immer geringer wurden. Auch wurden sie immer häufiger von Fuhrwerken mit Getreidesäcken oder Fässern überholt. Wo so viele Lebensmittel unterwegs waren, mussten viele Menschen auf einem Haufen leben. Dann, eines Abends fiel den Kindern die Ausgelassenheit ihrer Bewacher auf. Ihr Lachen war lauter, ihr Gesang freudiger. Als sie am nächsten Morgen in aller Eile aufbrachen, kaum dass sie ihr Frühstück verzehrt hatten, und zwei der Soldaten dem Tross vorausritten, da begriffen die Jungen, dass sie ihr Ziel bald erreicht haben würden. Allen war es recht, sie waren das Marschieren leid, ebenso die Ungewissheit über das, was sie erwartete. Nur Thamar nicht. Sie wäre gerne einfach weitergelaufen, hätte die Ungewissheit dem Ziel vorgezogen. Denn trotz ihres Paktes mit dem neuen Gott, trotz ihres Gebetes und den Versprechen, die sie abgelegt hatte, fühlte sie sich keineswegs sicher. Nicht dass sie eine klare Antwort erwartet hätte oder gar so etwas wie ein Einverständnis Allahs, gewissermaßen einen Handschlag. Das hatte sie schon begriffen, dass ein Gott, sei es Jesus oder Allah, den Menschen nicht unmittelbar antwortete. Manchmal aber war das Schweigen der Götter schwer zu ertragen.

Die Landschaft hatte sich verändert. Aus der Küstenebene mit ihren Seen, Flüssen und Schilfufern, aus denen abends die Mückenschwärme aufstiegen, waren sie in sanften Steigungen in ein hügeliges Hochland gelangt, auf dessen Kuppen Schafe weideten, während in den von schattigem Grün geschmückten Senken das Wasser schmaler Bäche über glattpolierte Steine sprang. Eine solche Senke war es denn auch, der sie folgten und die sich nach und nach zu einem Tal verbreiterte, in dem sie schließlich die Dächer einer Stadt im Mittagslicht glänzen sahen.

Wieder fühlte sich Thamar wie auf einem schmalen Steg, der sie über schwankenden Grund führte. Wieder herrschte in ihrem Inneren eine Stille, von der sie noch nicht wusste, dass sie stets dem Kampf vorausging, und wieder waren alle ihre Sinne auf das Höchste angespannt.

Sie erreichten das Stadttor, wo ihre Bewacher sie auf einem Platz zusammentrieben. Während sie in der prallen Sonne warteten, beobachtete Thamar die Menschen, die durch das Tor ein und aus gingen. Ihr wurde bewusst, dass dies die erste türkische Stadt war, die sie sah. Alle Männer trugen Turbane auf dem Kopf, ihre Gewänder waren viel farbiger, als sie es aus ihrem Dorf kannte. Am meisten erstaunten sie jedoch die Frauen. Zwar waren auch hier manche dunkel gekleidet und schritten mit gesenktem Kopf einher, viel häufiger jedoch kamen sie gut gelaunt in Gruppen den Weg hoch, scherzten mit den Torhütern oder schauten neugierig zu den Kindern herüber. Von den meisten waren allerdings nur die dunklen Augen zu sehen, da sie den unteren Teil ihrer Gesichter mit einem Tuch verbargen.

Als offenbar alle Formalitäten erledigt waren, trieben ihre Bewacher sie durch das Tor in die Stadt. Und wieder hatte Thamar das Gefühl, einen Schritt zu tun, der sie ihrem Schicksal näher brachte. Sie liefen eine breite Straße entlang, die von Gärten mit hohen Bäumen gesäumt war. Dahinter ragten Mauern auf. Tore verrieten, dass dort Menschen lebten. Dann wurde die Straße schmaler, statt Mauern reihten sich Werkstätten und Läden aneinander. Männer schauten von ihrer Arbeit auf, Frauen durch geöffnete Türen, und Halbwüchsige stoben beiseite, als der Tross der Christenkinder die Straße entlang zog. Schließlich erreichten sie einen weiten Platz, der von Marktständen umgeben war. Zu ihrer Rechten führten breite Stufen einen Hang empor. Pappeln bildeten eine Allee, an deren Ende die staunenden Kinder einen Palast erblickten. Doch die Soldaten trieben sie weiter auf ein breites Gebäude zu, das auf der anderen Seite des Platzes, dem Palast gegenüberlag. Dieses Gebäude hatte eine offene Vorhalle, in dessen Schatten ihre Bewacher sie niederhocken ließen. Dicht gedrängt zwischen den anderen Kindern sitzend, rätselte Thamar über den Zweck des Hauses. Sie konnte keine Fenster entdecken, dennoch war das Innere lichtdurchflutet, zumindest soweit sie das durch das geöffnete Tor erkennen konnte. Oder besser die beiden Tore, denn das Gebäude hatte zwei Eingänge. Die Wand zwischen dieses Toren war von einer merkwürdigen Malerei verziert. Schwarze, geschwungene Linien, deren Sinn sich ihr nicht erschloss, die aber voller Kraft waren, so als wollten sie im nächsten Moment zu tanzen beginnen. Während sie noch die fremdartige Schönheit dieser Malerei bewunderte, kam ein Mann in einem blauen Gewand aus dem Haus. Er sprach voller Autorität mit ihren Bewachern, die die Kinder daraufhin in kleine Gruppen aufteilten. Die erste Gruppe wurde zu einer steinernen Rinne an der Wand des Hauses geführt, wo sie sich Hände und Füße wuschen. Danach wurden sie ins Innere gebracht. Thamar selbst war in der dritten Gruppe.

Als sie das Gebäude betrat, glaubte sie sich in eine Traumwelt versetzt. Nie zuvor hatte sie so etwas Schönes gesehen. Der Raum war riesig und bis auf zwei Säulenreihen vollkommen

leer. Das Licht fiel von oben herein, und als sie den Kopf hob, entdeckte sie gläserne Kuppeln, die sich jeweils zwischen einem Säulengeviert wölbten. Während sie noch mit offenem Mund das Spiel des Lichtes verfolgte, drang eine andere Wahrnehmung in ihr Bewusstsein, die von ihren nackten Füßen ausging. Erst jetzt bemerkte sie, dass sie auf einem Teppich stand, der weich wie das Moos an einem Flussufer war. Am liebsten hätte sie sich hingelegt, so wie sie es auf den Wiesen getan hatte, und träumend in die luftige Höhe der Kuppeln geschaut. Doch das wagte sie nicht, denn bei aller Schönheit hatte der Raum auch etwas Ehrfurchtgebietendes.
Langsam schaute sie sich um. Den anderen Kindern, die in ihren jeweiligen Gruppen beieinanderstanden, schien es ähnlich zu gehen. Alle bestaunten mit großen Augen die Weite zwischen den Säulen. Thamar fiel auf, wie winzig sie alle in diesem Raum wirkten. Nun erkannte sie auch einzelne Männer, die, anscheinend willkürlich verteilt, auf dem Teppich knieten und ihr Gebet verrichteten, so wie sie es von ihren Bewachern kannte. Sie hatte es schon geahnt, aber nun war sie sich ganz sicher: Dies war das Haus von Allah.
Ihr Herz klopfte heftig in der Brust. Wahrscheinlich hatte Allah viele solche Häuser, es gab ja auch viele Kirchen. Aber dieses war eben das erste Allahhaus, das sie kennenlernte, und es war viel schöner als die Kirche in ihrem Dorf. Die war ein düsterer Raum gewesen, mit harten Kniebänken und einem muffigen, fauligen Geruch in der Luft. Der Priester hatte seltsame Kräuter verbrannt, deren Rauch ihr bald den Atem genommen hatte. Hier dagegen war alles frisch und klar, und von der hohen Decke schien die Stille geradezu herabzurieseln.
Da bemerkte sie, dass die Wände von ähnlichen Malereien bedeckt waren, wie sie sie schon draußen gesehen hatte. Plötzlich wusste sie mit absoluter Gewissheit, dass es Schriftzeichen wa-

ren, Worte in jener Sprache, in der Allah mit den Seinen zu verkehren pflegte. Sie wusste zwar immer noch nicht, wie sie sich in diesem Gotteshaus verhalten sollte, da ihr aber niemand irgendwelche Vorschriften machte, trat sie langsam auf das ihr nächste Schriftbild zu.

Als sie vor den Schriftzeichen stand, von denen einige länger waren, als sie von Kopf bis zu den Füßen maß, war sie sich nicht bewusst, dass sie das einzige Kind war, das den Schutz der Gruppe verlassen hatte. Den anderen, die viel zu sehr mit ihren eigenen Eindrücken beschäftigt waren, fiel es nicht auf. Nur einer der anderen Betenden, ein Mann in einer einfachen Wollkutte, wandte langsam den Kopf.

Thamar war wie gebannt von den Linien, die vor ihren Augen die glatte Wand zu erklimmen schienen. Je länger sie darauf schaute, desto mehr war ihr, als würden sie sich bewegen. Sie wurden lebendig und zuckten auf dem Stein, als warteten sie darauf, dass die Lesende sie erkannte und damit aus ihrer Starre erlöste. Thamar merkte kaum, dass sie langsam in die Knie sank und ihre Hände sich flach neben sie auf den Teppich legten. Immer noch hielt sie den Kopf erhoben und musterte jede feine Krümmung der Schrift. Wie gerne hätte sie das Geheimnis erkannt, das sich in ihr verbarg. Wie gerne würde sie die Worte ihres neuen Gottes verstehen können.

Als sie mit einem Mal ein Raunen vernahm, schloss sie die Augen. Ja, dachte sie, sprich zu mir. Und sie vernahm eine dunkle, kehlige Stimme, die immer wieder die gleichen Laute wiederholte. Allerdings kam diese Stimme nicht von Allah, sondern von jemandem hinter ihr. Sie drehte verärgert den Kopf, um zu sehen, wer sie da störte. Aber als sie in die Augen des Mannes blickte, der zwei Schritte hinter ihr kniete, verflog ihr Ärger. Sie waren so klar und so voller Weite wie der Sternenhimmel, in den sie geschaut hatte.

»La ilaha il-lal-lahu- Muhammad-ur- Rasul-ul-lah«, sagte der Mann wieder und betrachtete sie mit einer Intensität, als gäbe es außer ihr nichts anderes in der Welt.
»Was heißt das?«, flüsterte sie.
Der Mann schien ihren Worten zu lauschen.
»Es gibt keinen Gott außer Gott, und Muhammad ist sein Gesandter und Diener«, sagte er schließlich.
Thamar sah wieder zu den Zeichen auf. »Das steht da?«, fragte sie.
»Ja«, antwortete der Mann.
»Sag' es mir noch mal, so wie es da steht.«
»La ilaha il-lal-lahu- Muhammad-ur- Rasul-ul-lah.«
Sie begann, es zu wiederholen, aber ihre Zunge überschlug sich bei den ungewohnten Lauten. Der Mann hinter ihr blieb geduldig. Stück für Stück lehrte er sie den Satz, der in diesen wunderschönen Linien an der Wand vor ihr geschrieben stand. Bis es ihr endlich gelang: »La ilaha il-lal-lahu- Muhammad-ur-Rasul-ul-lah.«
»Gut«, nickte der Mann.
»Wer bist du?«, fragte sie, ohne sich umzuwenden.
»Ich bin ein *mursid*«, sagte der Mann.
»Was ist ein *mursid*?«, fragte sie mit leiser Stimme, weil sie die ganze Zeit das Gefühl hatte, dass ihr etwas Besonderes widerfuhr, etwas, von dem kein anderer etwas wissen sollte.
»Das ist jemand, der sich auf dem Pfad von der Dunkelheit ins Licht befindet.«
Thamar dachte nach. Sie hätte gerne gewusst, ob auch ihr Weg sie ins Licht führen würde. »Bin ich denn auch ein *mursid*«, fragte sie nach einer Weile.
Als sie keine Antwort bekam, wandte sie sich um. Vielleicht hatte der Fremde sie nicht verstanden. Aber hinter ihr war niemand mehr. Rasch suchte sie den Raum ab, sah die anderen

Kinder in Gruppen dastehen, sah die Betenden. Sie musterte jeden Einzelnen, auch die, die gerade die Kirche verließen. Doch keiner ähnelte dem Mann, der ihr die ersten Worte in Allahs Sprache beigebracht hatte. Stirnrunzelnd wandte sie sich wieder der Schrift zu. War etwa ein Zauber in diesen Linien? Hatte sie jemanden gesehen, den es gar nicht gab? War es ein Geist gewesen? Erst jetzt fiel ihr auf, dass der Mann, der wie ein Türke gekleidet gewesen war, ihre Sprache gesprochen hatte. Vielleicht hatte sie ja auch geträumt? Sie wusste es nicht. Aber wenn das, was der Geist ihr gesagt hatte, tatsächlich die Zeichen an der Wand erklärte, dann war es ein Geist, den der neue Gott ihr geschickt hatte.

# *Der Prinz*

Die Augen des Jungen begannen zu leuchten, als der Sheik die Bibliothek betrat. Ak Schemseddin sah dem Jungen an, dass der am liebsten aufgesprungen wäre, um ihm entgegenzulaufen. Doch Prinz Mehmed hatte gelernt, dass sich dies nicht mit der Würde seiner Herkunft vertrug. So waren es nur die Augen, die seine Freude verrieten. Dann erkannte der Sheik den Mann, der auf einem Kissen vor dem Prinzen hockte und dem die Reaktion des Prinzen nicht entgangen war.

Jetzt wandte sich Mehmed an den Mann, mit dem er sich offenbar gerade beraten hatte: »Du kannst dich zurückziehen, Qara Chidr Pascha.«

Der Mann erhob sich, verbeugte sich noch mal mit vor dem Leib verschränkten Händen und trat zurück. Als er an Ak Schemseddin vorbeikam, um den kleinen Pavillon im Hof des Palastes zu verlassen, kreuzten sich die Blicke der beiden Männer. Der Sheik spürte den kalten Hass, der ihm entgegenschlug. Dann war er mit seinem Schüler allein.

Er trat näher und ließ sich auf dem Kissen nieder, auf dem eben noch Chidr Pascha gesessen hatte.

»Mein Herz ist froh, dass du wieder bei mir bist, *baba*«, sagte der Prinz.

»Das Herz eines Sultans sollte ein Zentrum der Ruhe sein. So wie ein Sultan das Zentrum des Staates ist.«

Ein mutwilliger Funke blitzte in den Augen des Prinzen auf. »Kaum bist du hier, schon tadelst du mich.«
Ak Schemseddin neigte leicht den Kopf.
»Was ich tue, geschieht zu deinem Nutzen.«
»Das weiß ich«, seufzte Mehmed und lehnte sich in seinen Kissen zurück. »Ich kann wohl froh sein, dass du nicht mit der Rute in der Hand vor mir stehst.«
Der Sheik verkniff sich ein Lächeln. Es war eine Anspielung auf ihre erste Begegnung vor vier Jahren gewesen, zumindest der ersten, von der der Prinz wusste. Ganz bewusst hatte Ak Schemseddin sich in den frühen Lebensjahren des Jungen zurückgehalten. Trotzdem verfolgte er aufmerksam dessen Entwicklung. Wie man ihm berichtete, konnte kaum ein Kind störrischer sein als der junge Mehmed. Keinem seiner Lehrer gelang es, ihn zum Studium des Korans zu bewegen. Als er mit acht Jahren kaum mehr als die erste Sure zu zitieren imstande war, ließ der ratlose Sultan jenen Sufi zu sich rufen, von dem Sheik Haçi Bayram einst verkündet hatte, dass er dem Prinzen zur Seite stehen würde. Der alte Sheik war mittlerweile gestorben und Ak Schemseddin sein Nachfolger geworden.
Der Sultan berichtete ihm von den Schwierigkeiten mit dem Jungen, der im anatolischen Maghnisa seine Erziehung erhielt. »Wie soll er seinem Volk ein Vorbild sein mit seinem Jähzorn und seinem Ungehorsam«, fragte Murad den neuen Sheik.
»Wird nicht der ehemalige Räuber, der sich bekehrt, zum besten Wächter?«, gab Ak Schemseddin zu bedenken. »Denn er weiß, worauf er achten muss.«
»Und wie willst du ihn bekehren«, fragte der Sultan.
»Sein Starrsinn zeugt von großer Kraft. Doch diese Kraft muss gebändigt werden, wenn sie nicht zerstören soll.«
»Was brauchst du, Sheik Ak Schemseddin?«
»Nichts weiter als eine Rute«, gab der Sheik ruhig zurück.

Und so trat er dem Jungen einige Tage später gegenüber. Als Ak Schemseddin ihn aufforderte, eine Sure zu lesen, wandte Mehmed sich nur hochmütig ab. Da zog der Sheik die Rute hervor. Von diesem Tag an hatte der junge Prinz zu lernen begonnen.

»Wie man mir berichtete«, sagte Ak Schemseddin jetzt, »bist du nun der Regent in Edirne.«

»Das stimmt«, Mehmed lächelte zufrieden, »und fast so mächtig wie der Sultan. Manche sagen sogar, ich wäre der neue Sultan.«

Den Sheik durchzog ein eisiges Gefühl. Was nur hatte Murad bewogen, dem Halbwüchsigen diese Macht in die Hände zu geben.

»Aber doch nur, solange der Sultan mit seiner Armee in Anatolien ist.«

»Ja, aber wer weiß«, erwiderte der Prinz mit einem Eifer, der den Sheik beunruhigte. »Mein Vater ist der Macht schon lange müde. Es wäre sein größter Wunsch, seine Tage in einer *zawiya* zu verbringen.«

»Und wäre das dein Wunsch? Diese Macht zu tragen und auszuüben?«

»Aber ja«, sagte der Prinz erstaunt, »dafür bin ich doch geboren.«

Der Sheik bemühte sich, seine Gedanken zu sammeln. Es war schlimmer, als er befürchtet hatte. Der Prinz erlag bereits der Versuchung der Macht. Er war noch zu unerfahren um zu erkennen, dass er nur benutzt wurde. Das aber war bei weitem nicht die größte Gefahr. Ein falsches Wort, dem Sultan überbracht, würde genügen, um diesen denken zu lassen, dass sich sein Sohn gegen ihn erheben wollte. Murad hätte dann keine andere Wahl, als den Prinzen zu enterben. Oder gar Schlimmeres.

War es das, was die Schlangen beabsichtigten?
Ak Schemseddin fiel der Mann ein, der bei dem Prinzen gewesen war.
»Was wollte Qara Chidr Pascha?«, fragte er.
»Ach«, der Prinz winkte ab, »die Janitscharen wollen einen höheren Sold.«
»Ein merkwürdiger Zeitpunkt, um mehr Geld zu fordern.«
»Nicht wahr«, lächelte der Prinz. »Sie denken, ich würde leichter nachgeben als mein Vater. Doch da täuschen sie sich.«
»Also lehnst du ihre Forderung ab?«
»Natürlich. Wie sollen sie mich denn respektieren, wenn ich ihnen sofort nachgebe.«
»Was hat Chidr Pascha dir geraten?«
»Nichts, er hat auf mein Urteil vertraut.«
Und somit die Verantwortung auf den Prinzen geschoben, da eine solche Entscheidung durchaus zum Weisungsbereich von Chidr Pascha gehörte. Doch nun war es der Prinz, der statt seiner die Janitscharen vor den Kopf stieß. Die aber waren die treueste Truppe des Sultans. Das zwischen ihnen bestehende Bündnis hatte damit seinen ersten Riss bekommen. Nur was bezweckte der Heerführer damit? Ak Schemseddin wurde klar, dass hier ein Spiel gespielt wurde, das hochgefährlich war. Für den Prinzen. Für den Staat. Und damit auch für das, was ihm aufgetragen war.
Der Sheik begriff, dass es nur einen Weg gab, um den Jungen vor diesen verderblichen Einflüssen zu bewahren. Er musste ihm die Wahrheit enthüllen. Es schmerzte den Lehrer, dass er seinem viel zu jungen Schüler ein Wissen aufbürden musste, für das es die Schultern eines erwachsenen Mannes bedurft hätte. Er musste alles tun, um ihn auf diesen Schritt vorzubereiten. Dafür hatte er nur das Wort. So begann er den Koran zu zitieren:

»Allah lässt irregehen, wen er will, und leitet zu sich, wer sich reumütig bekehrt.«
Augenblicklich fielen sie zurück in die Vertrautheit von Lehrer und Schüler.
»Diejenigen, welche glauben und deren Herzen im Gedenken an Allah in Frieden sind«, fuhr der Prinz fort.
Immer im Wechsel zitierten sie die *ar-Ra'd*. Ak Schemseddin hoffte, dass die heiligen Worte die Seele des jungen Prinzen klären würden. Dass ihre Magie die Lügen, die Gier und alle Falschheit aus ihr vertreiben würde. Damit sein Herz bereit wäre für jene Worte, deren Klang durch die Jahrhunderte hindurch hallte, und die zu erfüllen dem Prinzen aufgetragen war: Für die Prophezeiung des Eyüp.
Während er Mehmed zuhörte, der in höchster Konzentration die Silben zitierte, dachte Ak Schemseddin an den anderen Jungen, den, den er in der Moschee die ersten Worte des Korans gelehrt hatte. Er erinnerte sich an die Einfalt und das Entzücken, das die blauen Augen zum Strahlen gebracht hatte, als ihm die Worte in der rechten Weise über die Lippen kamen. Offenbar war er eines der Christenkinder, das bald sein Bekenntnis zum wahren Glauben ablegen würde. In diesem Fall, dachte der Sheik, ließ auch dieser Junge das Dunkel der Unwissenheit hinter sich. Und da durchfuhr ihn mit einem Mal die Erkenntnis: ein Kind aus dem Dunkel, ein blaues Licht wie ein Stern!
Der Junge in der Moschee war die Gestalt aus seinem Traum gewesen.

# Die Karawanserei

Ciriaco stand etwas breitbeinig und leicht gekrümmt im Hof der Karawanserei und sah dem Wirt hinterher, der die Pferde in den Stall brachte.

»Ich schwöre dir, Luca«, stieß er hervor, »ich werde nie wieder in einen Sattel steigen.«

Der Mann aus Ancona kratzte sich hinter dem Ohr. »Wir werden aber Schwierigkeiten haben, hier ein Boot zu finden«, meinte er dann.

Aber Ciriaco war nicht nach Witzen zumute. Er war in den vergangenen fünf Tagen zu dem Schluss gekommen, dass es Menschen gab, die für das Reiten geschaffen waren, und andere, auf die das ganz und gar nicht zutraf. Und er gehörte eindeutig der letzteren Kategorie an.

»Vielleicht bekommen wir ein Kamel«, schlug Luca vor.

Ciriaco riss entsetzt die Augen auf: »Ein Kamel? Bist du verrückt? Warum nicht gleich einen Elefanten?«

»Zu teuer«, gab Luca ernsthaft zurück. Dann legte er Ciriaco die Hand auf die Schulter: »Macht Euch keine Gedanken. In ein paar Tagen werdet Ihr ganz wild darauf sein, wieder auf einem Pferd zu sitzen. Ich kümmere mich um unser Zimmer, danach schauen wir, dass wir ein Badehaus finden. Dort wird man Euch die Muskeln so weichkneten wie bei einem Kapaun.«

Er nickte Ciriaco noch mal aufmunternd zu und folgte dann

dem Wirt, dessen Gehilfe bereits mit dem Gepäck vorausgeeilt war. Da sie keine Waren mit sich führten, brauchten sie auch keinen Lagerraum zu mieten, sondern nur einen Schlafraum mit zwei Betten. Theophilos Jagaros hatte Ciriaco geraten, unauffällig zu reisen. In einem Geleitschreiben wies er den jungen Pizzicolli als seinen Beauftragten aus, der mit den Ratgebern des Sultans die Frage der Vertiefung ihrer Handelsbeziehungen erörtern sollte. Was das denn heißen solle, hatte Ciriaco gefragt.

»Das ist völlig egal«, hatte Theophilos geantwortet. »Es reicht, dass das Wort Handel darin steht. Den Türken ist alles, was mit Handel zu tun hat, heilig. Fast so heilig wie ihr Koran.«

Er hatte Ciriaco noch einen zweiten Brief mitgegeben.

»Diesen Brief«, hatte er gesagt, »darf niemand sehen, nur der Mann, für den er bestimmt ist. Ihr müsst zum Palast gehen und nach ihm fragen. Vielleicht wird man Euch nicht gleich vorlassen, doch gebt den Brief nicht aus der Hand, ehe Ihr nicht sicher seid, den Richtigen vor Euch zu haben.«

Das klang nach Geheimnistuerei. »Schon gut«, meinte Ciriaco, »aber nennt Ihr mir nun endlich den Namen dieses Mannes?«

Kurz schien es, als zögere Theophilos, schließlich sagte er: »Also gut, aber denkt daran, niemandem sonst diesen Namen zu sagen. Der Mann, dem Ihr diesen Brief übergeben werdet, heißt Qara Chidr Pascha.«

Ciriaco wiederholte leise den Namen, um ihn sich zu merken.

»Er ist der *beylerbey*, der Heerführer der Truppen diesseits des Bosporus«, fuhr Theophilos fort. »Gebt ihm den Brief und wartet auf eine Antwort. Dann kehrt umgehend zurück.«

Ciriaco ließ sich im Schatten des Stalles auf einer Bank nieder, fuhr aber sofort wieder hoch, als sein Hinterteil das Holz berührte. Bestimmt war es hilfreich, sich von den Sklaven im Badehaus durchkneten zu lassen, allerdings waren seine Muskeln nicht unbedingt das größte Problem. Er setzte sich vorsichtig wieder, lehnte den Rücken an die Stallwand und musterte träge die Umgebung.

Es war früher Nachmittag. In dem rechteckigen Hof roch es nach Pferdekot und Gewürzen, eine Mischung, die in der gestauten Hitze eine betäubende Wirkung entfaltete. Ein Teil der Zimmer und Lagerräume, die sich beidseits des Hofes erstreckten, schien belegt, doch außer einem Knecht, der im Stall ihre Pferde absattelte, war niemand zu sehen. Nur ein paar dicke Fliegen surrten umher. Und selbst die bewegten sich träge in der heißen Luft.

Die Karawanserei lag unweit des Stadttores. Von der Straße aus hatte Ciriaco in der Ferne Zinnen und schlanke, spitze Türme erkennen können. Trotz seiner Erschöpfung brannte er darauf, die Stadt zu erkunden. Nach tagelangem, mühsamem Ritt war er endlich im Herzen des Osmanischen Reiches angekommen. Die Welt, die ihn hier umgab, war fremder als alles, was er bisher gesehen hatte. Doch neben den Menschen in ihren weiten muselmanischen Gewändern oder den Gebäuden, die ihm mit ihren verschlossen wirkenden Mauern und den vergitterten Fenstern eine noch nie gesehene Architektur vorführten, war es vor allem ein gefühltes Anderssein, das ihn in Aufregung versetzte. Jedes Detail, jeder Duft, jeder Laut der fremden Sprache flüsterte ihm lockend von den Geheimnissen des Orients. Dass er, ein Student aus Venedig, bald vor dem Palast eines Sultans stehen würde, schien ihm immer noch unfassbar. Was gäbe er dafür, diesen Moment mit Bianca teilen zu können.

Kaum dass er die Erinnerung an die geliebte Frau herbeirief, fiel ihm das Malheur wieder ein, das ihn in Konstantinopel erwartete. Würde er, sobald er seinen Auftrag erledigt hatte und wieder zurück war, Annas Verlobter sein? Der Gedanke machte ihn ganz unruhig. Ciriaco, der es gewohnt war, selbst die kompliziertesten philosophischen Ideen zu durchdenken, konnte nicht begreifen, dass es ihm nicht gelingen wollte, sich der geliebten Frau zu erklären, während ein junges Mädchen, dem er sich niemals erklärt hatte, als seine künftige Ehefrau angesehen wurde.

In einem Anflug von Verzweiflung fragte er sich, ob er nicht einfach weiterreiten sollte. Nach Norden, oder nach Osten, egal wohin. Hauptsache, er entkäme der Falle, die zwei alte Männer ihm gestellt hatten. Aber er wusste natürlich, dass das unmöglich war. Müde von den immer gleichen Grübeleien schloss er die Augen.

Das Badehaus war nicht weit von der Karawanserei entfernt. Ein unglaublich dicker Mann in weitem Gewand empfing sie in der Eingangshalle, nahm ihre Wünsche entgegen und führte sie in eine Kammer, in der sie ihre Kleider ablegten. Zwei Jungen nahmen sie ihnen sogleich ab, um sie zu reinigen. Nur mit einem Tuch um den Leib folgten sie dem Dicken in einen großen Raum, der von einem Wasserbecken beherrscht wurde. Auf den Stufen, die ins Wasser führten, saßen bereits andere Gäste, die ihre Haut vom Wasser aufweichen ließen. Diener eilten zwischen ihnen umher, seiften einen Rücken ein oder rieben schaumige Creme ins Haar.

Ciriaco und Luca legten ihre Tücher ab und stiegen ein paar Stufen ins Wasser hinab. Als sie sich setzten und die kühle Flüssigkeit bis über ihre Hüften reichte, seufzte Ciriaco genussvoll auf. Zwei Badediener kamen herbei und schöpften Wasser über ihre Schultern.

»Ich komme mir vor wie eine Pflanze, die begossen wird«, sagte Ciriaco.

»Und die es auch bitter nötig hat«, führte Luca seinen Gedanken fort. Sie hatten italienisch gesprochen, was ihnen die Aufmerksamkeit der anderen Gäste sicherte. Der Mann neben Ciriaco sprach sie an. »Genua? Venedig?«, fragte er mit starkem griechischem Akzent.

»Wir sind Venezianer«, antwortete ihm Ciriaco auf Griechisch. Der Mann lächelte erfreut.

»Mein Name ist Dimitrios, ich komme aus Korfu.«

Ciriaco stellte sich und Luca vor und erzählte, dass sie im Auftrag seines Vetters aus der Kaiserstadt angereist waren.

»Dann seid Ihr zum ersten Mal in Edirne?«, fragte Dimitrios.

»Das ist richtig«, antwortete Ciriaco. Bevor der Grieche ihm nun aber weitere Fragen stellte, die ihn vielleicht in Verlegenheit bringen konnten, fragte er ihn, worauf er sich als Neuling einstellen müsste.

»Ihr kommt zu einem ungünstigen Zeitpunkt«, begann Dimitrios bereitwillig zu erklären. »Der Sultan hat die Stadt mit seinem Heer verlassen und die Regentschaft dem Prinzen übergeben.« Er beugte sich zu ihnen und fügte mit einem leichten Kopfschütteln hinzu: »Ein zwölfjähriger Junge sitzt auf dem Sultansthron.«

»Das muss nicht heißen, dass er auch die Entscheidungen trifft«, wandte Ciriaco ein.

»Sicherlich nicht. Die Entscheidungen werden im Divan getroffen. Doch die Wesire sind sich nicht immer grün. Es heißt, der Großwesir hat die Macht. Aber wer weiß das schon. Sie werden es einem Christen nicht erzählen. Doch es gibt andere Zeichen, die darauf hindeuten, dass nicht alles zum Besten steht.«

»Was denn für Zeichen?«, fragte Ciriaco, während der Badediener ihm die Haare einseifte.

»Auf den ersten Blick fällt es vielleicht nicht auf. Habt Ihr bei Eurer Ankunft die Arbeiten an der Stadtmauer bemerkt?«

Ciriaco und Luca wechselten einen Blick und schüttelten dann verneinend den Kopf.

»Die Mauern werden ausgebessert und verstärkt. Es sieht so aus, als ob sich die Stadt für einen Angriff rüstet. Trotzdem scheinen die Türken nicht viel Vertrauen in ihre Wehranlagen zu haben. Es gibt auffallend viele leere Paläste. Einige der adligen Familien haben die Stadt verlassen. Und das bestimmt nicht nur, weil sie den Sommer am Meer verbringen wollen. Die fettesten Ratten gehen zuerst von Bord. Dafür kommen die Geier.«

»Die Geier?« Ciriaco schloss die Augen, als der Diener ihm Wasser über den Kopf schöpfte. Ihm fiel ein, dass er selbst ebenfalls zum Adel gehörte, wenn auch zum venezianischen. Aber das würde vermutlich ausreichen, um in den Augen des Griechen als Ratte zu gelten. Wahrscheinlich sogar als fette Ratte. Nun fragte er sich, wer denn wohl die Geier waren. Als er sich Dimitrios wieder zuwandte, reckte der ihm sein Gesicht entgegen. Die kohlschwarzen Augen dramatisch rollend, raunte er unheilverkündend: »Die Derwische sind in der Stadt.«

»Derwische?« Ciriaco rieb sich das Wasser aus den Augen. »Was ist das?«

»Hah«, machte der Grieche und schlug sich klatschend auf den Schenkel. »Unglücksraben. Totenvögel. Heuschreckenfresser.«

Ciriaco fand, dass das jetzt langsam genug Beispiele aus dem Bestiarium waren.

»Um Himmels willen, Mann, redet so, dass ich Euch verstehe.«

»Den Derwischen ist nicht zu trauen«, rief Dimitrios. »Sie leben in der Wüste, ernähren sich von Insekten und Dornen. Sie predigen die Armut und den Verzicht. Sie haben keine Achtung vor dem Eigentum, und Geschäfte sind ihnen Teufelswerk.« Der Mann aus Korfu schnaubte empört aus. »Wo immer sie auftauchen, ist das Unglück nicht fern. Hütet Euch vor den Derwischen.«

Ciriaco hatte den Eindruck, dass Dimitrios dabei war, sich in Rage zu reden. Daher war er erleichtert, als ihn einer der Diener an der Schulter berührte und nach hinten wies. Obwohl er die türkischen Worte nicht verstand, begriff er, dass es Zeit für die Massage war. Er stieß Luca an und beide erhoben sie sich aus dem Wasser.

»Hütet Euch vor den Derwischen«, rief ihnen der Grieche noch mal nach, als sie dem Diener in den hinteren Raum folgten.

»Hast du verstanden, was es mit diesen Derwischen auf sich hat?«, fragte er Luca, als sie sich auf einer Marmorbank ausstreckten, die mit Wasser überspült war. Luca zuckte ratlos mit den Achseln.

»Keine Ahnung, aber wenn ich einen sehe, schaue ich ihn mir genauer an«, bemerkte er trocken.

»Komischer Kerl«, murmelte Ciriaco und schloss die Augen, als kräftige Hände seine Haut mit duftendem Öl einrieben. Dann ergab er sich völlig den geübten Griffen des Dieners, der mit unendlicher Geduld einen Muskel nach dem anderen durchknetete. Dabei dachte er darüber nach, was Dimitrios über die Wehranlagen und den Sultan erzählt hatte. Er stellte sich vor, was Theophilos zu diesen Neuigkeiten sagen würde. Vielleicht gab er ja doch einen ganz passablen Spion ab.

# *Tok-Kilitsch*

Fackeln beleuchteten den Platz. Schwaden hell erglühenden Rauches zogen über die Köpfe der Menschen, als seien es Geister aus einer fremden Welt, die sich zum nächtlichen Treiben der Menschen eingeladen fühlten. Die Gesichter der Jungen, die in einer langen Reihe warteten, schimmerten rötlich, ihre Augen wirkten unnatürlich groß. Alle hatten sie Angst vor dem, was ihnen bevorstand, und keiner verstand so recht den Sinn dieser Prozedur. Alles, was sie wussten, war, dass ihr neues Leben als Moslem mit Blut und Schmerzen beginnen würde.

Thamar war wie betäubt. Ihr war, als hätte der Schock, der sie gepackt hatte, als ihr Vater hinter sie trat, nie aufgehört. Als hätte sie alles, was dazwischen lag, nur geträumt. Die Festung von Varna und den blonden Soldaten, die Schiffsreise, ihren Sprung ins Wasser und den Pakt mit dem neuen Gott.

Der Pakt.

An diesem Tag war er besiegelt worden. Sie waren niedergekniet in dem großen Gotteshaus mit den weichen Teppichen und den Schriften an der Wand. Danach sprachen sie alle zusammen den Satz, der sie zu Moslems machte. Es war der Satz, den Thamar von dem Fremden gelernt hatte.

Drei Tage lang hatten die türkischen Lehrer mit ihnen diesen Satz eingeübt. Es hatte Thamar gewundert, dass es den anderen

Kindern so schwerfiel, sich die Klangfolge zu merken und zu wiederholen. Der Mann mit dem blauen Turban und dem strengen Blick, der sie im Chor immer wieder die Worte sagen ließ, war zwischen ihnen einhergegangen, um ihre Aussprache zu kontrollieren. Mehr als einmal hatte er die Gerte benutzt, wenn einer der Jungen sich besonders dumm anstellte. Sie hingegen hatte nicht die geringsten Schwierigkeiten gehabt. Ja, den ersten Satz in einer ihr fremden Sprache auszusprechen, bereitete ihr mittlerweile sogar Freude. Sie begann seinem Klang nach zu spüren, variierte die Betonung und den Rhythmus, so wie sie es von ihrem Lehrer hörte.

Dann, am Morgen des vierten Tages, hatte man ihnen weiße Hemden gegeben, die für ihre schmalen Oberkörper viel zu weit waren. Ihre Lehrer hatten sie zu dem Gotteshaus geführt, vor dem sie, wie immer, ihre Füße wuschen, bevor sie eintraten. Während sie in der feierlichen Stille den Satz wiederholten, der sie zu Anhängern Allahs machte, betrachtete Thamar erneut die geschwungenen Linien an der Wand, von denen sie nun wusste, dass es die gemalten Wörter eben dieses Satzes waren. Sie empfand eine tiefe Ehrfurcht vor der Magie dieser Schrift. Doch als man sie dann am Abend zum Platz führte, um die Beschneidung zu vollziehen, war von diesem Gefühl nichts mehr vorhanden.

Menschen wandelten auf dem Platz umher und beäugten sie neugierig, Händler verkauften geröstetes Brot oder Tee aus großen metallenen Kannen, die sie in einer Halterung auf dem Rücken trugen. Wenn sie einen Kunden gefunden hatten, zogen sie eine Schale hervor, hielten sie unter ein Röhrchen, das vom unteren Teil der Kanne nach vorne führte und ließen daraus Tee in die Schale fließen. Thamar zwang sich, alles was auf dem Platz geschah, ganz genau zu beobachten, nur um nicht auf die andere Seite hinüberschauen zu müssen. Dorthin, wo die

Reihe der Kinder vor einem niedrigen Haus endete, in das die Jungen einer nach dem anderen hineingeführt wurden.

Die feierliche und fröhliche Stimmung unter den umherwandelnden Menschen stand in unheimlichem Kontrast zu der Angst, die die Jungen erfasst hatte, und die sich steigerte, je näher sie zur Hütte aufrückten, in der das Schreckliche passieren würde. Für Thamar aber war es mehr als nur die Angst vor Schmerz. Es war der drohende Sturz in die Hölle.

Wieder bewegte sich die Reihe der Jungen, wieder rutschte auch Thamar auf den Knien ein Stück näher an die Tür heran, durch deren Öffnung ein rötliches Licht fiel, als brenne dort eine unheimliche Glut, die alles verzehrte, was in ihre Reichweite kam. Verzweifelt hielt sie nach Rettung Ausschau, ohne zu wissen, wie diese Rettung aussehen sollte. Aber hatte sie nicht gebetet, hatte sie nicht Allah ihr Leben versprochen? Er konnte sie doch unmöglich bei dieser ersten Gelegenheit im Stich lassen. Er musste doch etwas tun, musste diese Reihe, in der sie sich auf die Türöffnung zubewegte und die immer kürzer wurde, durchtrennen. Es konnte doch nicht sein, dass auch dieser Gott sie verließ.

Der Junge neben ihr, ein blonder, schmächtiger Bursche namens Andon, robbte weiter. Sie folgte, obwohl alles in ihr in die entgegengesetzte Richtung drängte. Nur noch ein Dutzend Jungen trennten sie von dem Haus, das sie sich erst jetzt genauer ansah. Zwei kräftige Wachen standen vor dem Eingang. Sie waren es auch, die auf ein für Thamar unsichtbares Zeichen hin den nächsten Jungen ins Haus führten. Dabei fiel ihr auf, dass sie bisher nur gesehen hatte, wie die Jungen hineingingen, aber nicht wie sie wieder herauskamen.

»Wohin werden wir hinterher gebracht?«, flüsterte Andon, dem anscheinend gerade die gleiche Idee gekommen war.

Thamar reagierte nicht. Sie entschied, dass diese Frage für sie keine Dringlichkeit besaß. Ihr Problem war der Moment, nachdem man sie durch die Tür geführt hatte. Der Moment, in dem sie ihre Hose ausziehen musste, um einem Mann mit einem Messer in der Hand ein Geschlecht zu präsentieren, das dieser ganz bestimmt nicht erwartete. Und es war immer noch nicht ersichtlich, dass irgendetwas zu ihrer Rettung geschah.

»Sie bringen alle in ein anderes Haus, wo wir bleiben, bis wir nicht mehr bluten«, gab ein anderer Junge flüsternd die Nachricht an sie weiter, die er von irgendwoher aufgeschnappt haben musste. Thamar war es egal, sie würde man sicherlich nicht in dieses andere Haus bringen.

Nun begriff sie auch endlich, dass niemand kommen würde, um ihr zu helfen, kein Mensch und schon gar kein Gott. Was hatte sie denn geglaubt? Dass ein Engel auf einer Wolke dahergeritten käme? Wie hatte sie nur so dumm sein können? Dieser Allah taugte genauso wenig wie Jesus. Sie erkannte mit erschreckender Klarheit, dass sie allein war. So war es immer gewesen. Sie hatte es nur nicht glauben wollen.

Die Wachen winkten den nächsten Jungen mit herrischer Geste herbei. Der rührte sich nicht. Der größere der beiden Männer rief etwas, trat vor, ergriff den winselnden Jungen am Arm und stieß ihn durch die Tür. Grinsend wechselte er ein paar Worte mit dem anderen Wächter, dann standen beide wieder ruhig mit verschränkten Armen da. Doch ihre Gesichter schauten nun finsterer, drohender auf die wartenden Jungen herab, als wollten sie ihnen damit klarmachen, dass es nicht ratsam war, ihren Befehlen nicht sofort Folge zu leisten. Thamar beobachtete die beiden sehr genau.

Es war nicht etwa so, dass sie eine Idee hatte oder irgendeinen Plan. Sie tat das, was sie gelernt und erfahren hatte im Angesicht einer Bedrohung: Sie suchte die Schwachstelle, die sie vielleicht für sich nutzen konnte. Das zwölfjährige Mädchen wusste noch nicht, dass es eine Situation war, in der ihre Instinkte die Kontrolle über ihr Handeln gewannen. In der ihre kämpferische Natur erwachte, um ihr Überleben unter allen, wirklich allen Umständen zu gewährleisten. Sie selbst empfand den Übergang vom erschreckten Verharren zu einer Haltung, die es ihr erlaubte, im nächsten Moment wie ein wütendes Raubtier loszuspringen, nicht als Veränderung. Ihr Bewusstsein glitt einfach von einem Zustand in den nächsten. Und dieser neue Zustand, der augenblicklich ihr gesamtes Denken umfasste, ließ für ein Vergleichen zwischen jetzt und davor keinen Raum mehr.

Sie musterte die beiden Wachsoldaten, um abzuschätzen, was sie tun musste, um die Gefahr zu umgehen. Die Gefahr wartete in dem Haus auf sie, und die Wachen würden sie zwingen, dort hineinzugehen. Drinnen aber wäre ein Entkommen kaum noch möglich, also musste sie verhindern, dass man sie überhaupt erst hineinbrachte. Es würde ihr aber auch nicht helfen, wenn sie jetzt aufspränge und fortliefe. Wenn die Wachen sie nicht zu fassen bekämen, würden es die anderen Menschen tun, die sich auf dem Platz schon beinah drängten. Immerhin befand sie sich mitten im Land der Türken. Wo sollte sie hinlaufen?

Nein, zum Fortlaufen war es längst zu spät. Es gab keinen Ausweg. Dennoch würde sie niemand wie ein Schaf zur Schlachtbank führen. Sie würde das tun, was sie immer tat, wenn sie nicht weiterwusste: Sie würde angreifen! Also hörte sie auf zu denken und bereitete sich darauf vor zu handeln.

Die Wachen!

Sie studierte die Körper und die Haltung der Männer, schätzte ihre Stärke und auch ihre Schwäche ein, die eindeutig in ihrer Selbstsicherheit lag. Keiner der beiden erwartete irgendeine Gefahr von den Jungen. Für sie waren es nur ein paar harmlose Kinder.

Jetzt vernahm sie einen Ruf aus dem Inneren des Hauses. Der Wachmann, der zuvor den Jungen hereingezerrt hatte, schnippte nur mit dem Finger, und der Nächste erhob sich. Erst jetzt bemerkte Thamar, dass es sich um Petar handelte, den Jungen, mit dem sie nun schon zweimal aneinandergeraten war. Mit gesenktem Kopf und hochgezogenen Schultern trottete der ältere Junge durch die Toröffnung. Wieder rückten die zwei verbliebenen und auch sie ein Stück weiter. Kurz darauf vernahmen sie ein leises Wimmern im Inneren des Hauses, das in ein Weinen überging. Danach einen erstickten Schrei und ein paar Stimmen, die türkische Worte riefen. Schon war der Nächste an der Reihe.

Jetzt war nur noch Andon zwischen ihr und der Türöffnung. In Thamar wurde nun alles still. Es war der Moment vor dem Kampf, der Moment, da alle ihre Sinne erwacht waren und ihren Körper in äußerste Spannung versetzten. Sie hielt den Kopf gesenkt. Die Hände lagen auf den Oberschenkeln. Gleichmäßig und tief sog sie die Luft ein. Die Geräusche um sie herum klangen gedämpfter, als senkte sich eine Wand zwischen ihnen und ihr herab. Der Platz mit den Menschen, den Händlern, Schlenderern und Tänzern schien zurückzuweichen, und selbst die bewegten Schatten wischten nur noch langsam über den Boden.

Sie sah aus den Augenwinkeln, wie der Junge neben ihr aufstand und aus ihrem Blickfeld verschwand. Langsam hob sie den Kopf. Gestalten bewegten sich vor ihr, Blicke trafen sie. Da war ein Raunen, ein Knacken, heiseres Atmen. War es ihr Atem?

Sie richtete ihren Blick auf den Wächter, den stärkeren von den beiden. Er erwiderte ihren Blick. Wartete auf den Befehl, der ihn in Bewegung setzen würde, mit einem Ausdruck im Gesicht, als ob er sich darüber freute. Als wäre dies etwas, über das am Ende alle lachen könnten. Er wusste nicht, dass auch sie wartete.

Alles Weitere geschah, als sei es in zähflüssiges Öl getaucht. Bis auf sie selbst. Sie hörte den dumpfen Laut aus dem Inneren des Hauses, sah, wie der Kopf des Wächters sich in Richtung der Stimme neigte. Registrierte, wie er sich ihr zuwandte. Sah, wie der kräftige, harte Männerkörper sich anspannte, als sie dem Befehl nicht sofort Folge leistete. Und sprang auf.

Mit einem Satz war sie bei dem anderen Wächter und riss ihm den Säbel aus dem Gürtel. Sie bemerkte seine erschreckt aufgerissenen Augen, wusste, dass sie viel zu schnell für ihn war. Den Säbel in der Hand schwang sie herum. Der kräftige Soldat war im Begriff, auf sie zuzuspringen. Sie sah seinen ausgestreckten Arm, das Bein, mit dem er ausschritt. Sie zögerte nicht, hielt einfach nur den Säbel hin, dessen Spitze in den Oberschenkel des Mannes glitt. In ihrer Schwerthand spürte sie den Widerstand seines Fleisches, und im gleichen Moment, da sie erkannte, dass sie einen anderen Menschen verletzt hatte, durchzog sie ein eisiger Schreck.

Mit einem dumpfen Schrei wich der Soldat zurück und sackte in die Knie, die Hand auf die Wunde gepresst. Das Blut an ihrer Säbelspitze funkelte im Fackellicht, als sie instinktiv herumfuhr und die Waffe auf den anderen Soldaten richtete, der nun aus seiner Erstarrung zu erwachen schien. Als er aber die Klinge auf seinen Bauch gerichtet sah, zögerte er.

Jetzt vernahm sie die Schreie, den Tumult um sie herum. Die Menschen auf dem Platz liefen herbei, aus dem Haus kamen zwei weitere Soldaten gestürmt. Während die, halb ungläubig, halb erstaunt, auf den Mann herabschauten, der blutend auf dem Boden hockte, suchte Thamar den Schutz des Hauses, die Wand in ihrem Rücken. Mit keuchendem Atem und hämmerndem Herzen richtete sie den Säbel, mit beiden Händen haltend, den Soldaten entgegen.

Widerstrebende Impulse durchtobten sie. Sie wollte sich verteidigen, wollte verhindern, dass die Männer ihr das Unsägliche antaten. Doch gleichzeitig wusste sie mit aller Klarheit, dass das, was sie tat, falsch war. Sie sah das Blut an ihrer Säbelspitze, begriff, dass sie einen Menschen verletzt hatte, und empfand Scham. Es war das Gegenteil dessen, was sie gefühlt hatte, als sie sich ihrem neuen Gott anvertraut hatte.

Schon ließ die Anspannung in ihr nach, schon war sie im Begriff, den Säbel fallen zu lassen, als der, dessen Gefährten sie gerade verletzt hatte, ungläubig den Kopf schüttelte und lachte. Sie verstand nicht, was er sagte, aber nun lachten auch seine beiden Freunde. Andere aus der sie umstehenden Menge griffen die Worte auf. Sie erkannte, dass man sie verhöhnte. Augenblicklich peitschte der Zorn in ihr hoch und wischte alle Zweifel beiseite. Ihr war klar, dass man sie überwältigen würde. Doch der Erste würde die Klinge zu spüren bekommen. Und wer weiß, ob nicht auch noch der Zweite. Jeder Gedanke an das, was ihr widerfahren würde, oder das, was sie anderen zufügen würde, war verschwunden. Das Einzige, was sie erfüllte, war kalte Wut. Mit überlegener Ruhe zogen die Soldaten ihre Säbel und drängten langsam näher.

Thamars Klinge zuckte von einem zum anderen. In ihrem Inneren war es nun still. Kein Gedanke mehr an ein Danach oder an einen Gott. Kein Gott, kein Mensch. Kein Vater mehr. Kein Bruder. Sie allein. Gegen alle. Gegen die ganze Welt.

*»DUR!«*

Der herrische Befehl durchbrach die angespannte Stille. Sofort hielten die Soldaten inne und drehten sich um. Auch Thamar versuchte den Urheber dieses Wortes ausfindig zu machen. Doch alles außer den drei Soldaten verschwamm vor ihren Augen. Sie kniff sie zusammen, vernahm ihren Atem und ein Rauschen in den Ohren. Schließlich erkannte sie zwei Männer, die aus der Menge hervortraten. Einer von ihnen trug einen weißen Turban und ein helles, mit Stickereien durchwirktes Gewand. Der andere, deutlich jünger, stützte sich auf den Arm des Älteren, als sei er krank oder verletzt. Da fiel das Licht der Fackeln auf sein Gesicht und als Thamar seinem Blick begegnete, verflog auf einen Schlag alle Wut in ihr. Ihr war, als fiele sie direkt hinein in diese Augen, und mit einem Mal durchfuhr sie ein Prickeln. Etwas erzitterte in ihrem Bauch und ihr Kopf war so leicht, dass ihr schwindelig wurde. Sie merkte nicht einmal, wie ihre Hände mit dem Säbel nach unten sanken.

Ohne sie dabei aus den Augen zu lassen, sagte der Mann etwas zu seinem älteren Begleiter. Der wirkte erstaunt, betrachtete dann Thamar mit scharfem Blick und nickte schließlich langsam. Er rief den Wachen ein paar Befehle zu, woraufhin die etwas unwillig, aber folgsam von ihr zurückwichen. Darauf sah er wieder Thamar an und sagte etwas, das sie nicht gleich verstand. Erst als die Soldaten, ebenfalls an sie gewandt, das Wort wiederholten, hörte sie es deutlicher, allerdings ohne es zu verstehen. Als sei es eine Lektion aus ihrem mehrtägigen Lernen als Moslem, wiederholte sie es leise:

*»Tok-Kilitsch.«*

# Der Schwarze

Erzählt mir von Venedig«, sagte der Osmane in fließendem Griechisch und stützte sein Kinn leicht auf die Hand. »Erzählt mir von der Stadt, die auf dem Wasser erbaut ist. Der Stadt, die einst sogar über Konstantinopel herrschte.«

Ciriaco saß mit Qara Chidr Pascha in einem kleinen Pavillon, der im inneren Hof der Palastanlage zwischen kunstvoll angelegten Blumenbeeten erbaut worden war. Die tiefstehende Sonne zeichnete lange, scharf konturierte Schatten in den Hof und beleuchtete den Eingang zu den Sultansgemächern, die dem Pavillon gegenüberlagen. Zwei mit Spießen und Schwertern bewaffnete Männer bewachten das Tor. Nicht jedem war der Zutritt erlaubt, schon gar keinem Ungläubigen. Das waren jedenfalls die Worte des Hauptmanns der Wache gewesen, der ihn hierhergebracht hatte, nachdem Ciriaco dem Offizier sein Anliegen vorgetragen hatte.

Sie waren nicht allein. Der Hof schien ein Bereich zu sein, in dem Beamte und Würdenträger zu Beratungen zusammentrafen. Auf den sauber geharkten Wegen zwischen den Beeten schlenderten Männer mit prächtigen Bärten und langen Gewändern. Manchmal, wenn eine Gruppe am Pavillon vorbeikam, streiften neugierige Blicke den Christen, der mit einem der mächtigsten Männer des Staates zusammensaß.

»Keine andere Stadt der bekannten Welt gleicht der Serenissi-

ma«, erklärte Ciriaco. »Jedes Jahr feiern wir ein großes Fest, in dem wir unseren Bund mit dem Meer erneuern. Denn ihm verdanken wir unseren Reichtum.«
»Hmmh, das Meer.« Die Miene des Osmanen nahm einen versonnenen Ausdruck an. »Es heißt, das Meer sei wie eine Frau, schön und launisch zugleich, unendlich betörend und im nächsten Moment von tödlicher Grausamkeit.«
»Das ist ein sehr guter Vergleich«, gab Ciriaco zurück. »Eine Frau wird ihrem Geliebten vieles verzeihen. Solange er sie liebt. Was sie ihm jedoch niemals verzeihen wird, ist Gleichgültigkeit. Darin gleicht die Frau dem Meer.«
»Eure Jugend scheint Euch nicht daran zu hindern, die Weisheit zu schätzen.«
»Die Seefahrt und die Liebe sind beides Künste, die in Venedig hoch angesehen sind. Das Meer hat uns Reichtum und Macht geschenkt. Man kann nicht gleichzeitig das Meer lieben und die Frauen verachten.«
»Wir Osmanen haben unser Reich auf dem Rücken der Pferde erobert. Es waren männliche Tugenden, die uns zu dem machten, was wir heute sind.«
Sie saßen bequem zurückgelehnt auf einer gepolsterten Bank, vor sich einen niedrigen Tisch, auf dem eine Schale mit kandierten Früchten stand. Daneben lag der noch ungeöffnete Brief, den Ciriaco für Chidr Pascha mitgebracht hatte. Der Osmane hatte einen flüchtigen Blick auf ihn geworfen, ihn beiseitegelegt und seither nicht mehr beachtet. Umso mehr schien er die Unterhaltung mit dessen Überbringer zu genießen. Ciriaco hatte so viel Aufmerksamkeit nicht erwartet. Genauso wenig, wie er erwartet hatte, dass der Brief, um den er ein solches Geheimnis hatte machen müssen, für Chidr Pascha nicht spektakulärer zu sein schien als eine Warenliste.
»Wie lange werdet Ihr in Edirne bleiben?«, fragte er, wobei er

mit spitzen Fingern ein helles Stück Frucht aus der Schale pflückte und es Ciriaco reichte. »Hier, kostet dies, es kommt von der Küste des Schwarzen Meeres.«

Ciriaco nahm die Frucht entgegen. Sie war süß und säuerlich zugleich.

»Nun, ein paar Tage. Ich sollte auf Antwort …«

Chidr Pascha legte ihm die Hand auf den Arm: »Habt Ihr schon von den Orangen gekostet? Sie haben die Sonne Anatoliens gespeichert. Man sieht es ihnen nicht an, nicht wahr? Keiner von denen, die hier im Hof umhergehen, würde auf die Idee kommen, dass sie etwas Besonderes sind. Sie sehen aus wie beliebige Orangen. Das liegt daran, dass wir ihnen keine besondere Aufmerksamkeit schenken. Die menschlichen Sinne werden stets durch das Außergewöhnliche erregt.«

Der Osmane hatte ihn scharf ins Auge gefasst bei diesen Worten. Es war nicht schwer zu verstehen, was er ihm damit sagen wollte. Die Achtlosigkeit, mit der er den Brief zwischen ihnen liegen ließ, machte ihn zu etwas Gewöhnlichem. Es wäre sicherlich weitaus auffälliger gewesen, wenn er ihn mit einer verstohlenen Geste in seinem Gewand verborgen hätte. Ciriaco begriff, dass er als Spion noch einiges zu lernen hatte.

»Und das Gewöhnliche beruhigt die Sinne«, ergänzte er die Bemerkung des Türken. »Ich werde so lange in Edirne bleiben, wie es nötig ist.«

Chidr Pascha lehnte sich zurück, ein kleines Lächeln spielte um seine Lippen.

»Ihr seid ein bemerkenswerter junger Mann«, meinte er. »Eine anregende Gesellschaft zu finden, ist so selten. Wollt Ihr mich nicht zu dem Fest begleiten, das heute Abend unten vor der Moschee stattfindet?«

»Mit dem größten Vergnügen«, erwiderte Ciriaco. »Was für ein Fest ist es denn?«

»Ein Beschneidungsfest«, erklärte der Osmane. »Von Knaben aus den Provinzen des Reiches, die hierher gebracht wurden, um in einer großen Feier ihr Opfer für den Glauben zu bringen.«

»Und das geschieht öffentlich?«, fragte Ciriaco voller Unbehagen.

Chidr Pascha lachte: »Nein, natürlich nicht. Doch wir wollen mit der Feier ihren Mut ehren. Es ist für einen Knaben sicherlich beängstigend, ein Messer an dieser Stelle zu spüren.«

»Das will ich meinen«, stimmte Ciriaco ihm zu. Unwilkürlich hatte er die Beine etwas zusammengepresst.

»Dann lasst uns gehen.« Chidr Pascha erhob sich, nahm den Brief und schob ihn in eine Tasche in seinem mantelartigen Gewand. »Es ist bald Zeit für das Abendgebet. Wenn es Euch recht ist, so begleitet mich doch. Wart Ihr schon einmal in einer Moschee?«

Ciriaco verneinte.

»Ich hoffe, es ist Euch nicht verboten?«, fragte der Osmane und lud Ciriaco mit einer Geste ein, ihm zu folgen.

»Ich glaube nicht«, meinte der, wobei er sich allerdings nicht ganz sicher war.

Als sie den Pavillon verließen, schlossen sich ihnen zwei Männer an, die Ciriaco bereits aufgefallen waren. Ihre ruhige Wachsamkeit sowie die Säbel in ihrem Gürtel ließen ihn vermuten, dass es sich um die Leibwächter Chidr Paschas handelte.

Die Moschee, die den Marktplatz unterhalb des Palastes beherrschte, ähnelte in keinerlei Weise den Gotteshäusern, wie Ciriaco sie kannte. Keine Turmspitze ragte in die Höhe, kein Halbmond wies hocherhoben auf die Bedeutung dieses Ortes hin. Dem geschulten Blick des Venezianers fielen allerdings die Kuppeln auf dem Dach auf. Er vermutete, dass sie im Inneren des Gebäudes von Säulen gestützt wurden.

Unter der Vorhalle der Moschee hatten sich bereits die Gläubigen versammelt. Respektvoll traten sie beiseite, als Qara Chidr Pascha mit seinen Begleitern eintraf. Ciriaco fiel ein, dass sein momentanes Auftreten alles andere als unauffällig war, wie Theophilos Jagaros es ihm geraten hatte. Er nutzte daher den Moment, in dem sein Gastgeber von einem anderen Würdenträger angesprochen wurde, um sich etwas zurückzuziehen und so der allgemeinen Aufmerksamkeit zu entgehen.
Mittlerweile war das letzte Tageslicht verblasst. Ciriaco wusste, dass das Abendgebet unmittelbar nach Sonnenuntergang abgehalten wurde. Er folgte dem Beispiel der anderen Gläubigen und legte seine Schuhe ab. Dann betrat er die Moschee.
Sofort zog ihn der Zauber des orientalischen Gotteshauses in seinen Bann. In warmes Licht getauchte Weite, Säulen, die dem gewaltigen Raum Maß und Ruhe verliehen. Kostbare Teppiche, die jeden Laut dämpften. Die Eindrücke fluteten auf Ciriaco ein, ohne ihn zu überwältigen. Er stellte sich seitlich des Eingangs an die Wand, stellte sich vor, wie er mit ihr verschmolz, um unsichtbar zu werden und nur noch beobachten zu können.
Von irgendwoher ertönte nun jener klagende Ruf, von dem Ciriaco wusste, dass es die muslimische Variante der Kirchenglocke war. Jetzt kamen auch jene, die draußen in der Vorhalle noch ihre Angelegenheiten besprochen hatten, so wie dies auch bei christlichen Gottesdiensten der Fall war. Keiner beachtete ihn, auch Chidr Pascha nickte ihm nur zu und ging zu den vorderen Reihen. Dabei fiel Ciriaco auf, dass am anderen Ende des Raumes, etwas seitlich, eine Art Loge hervorragte. Gitter umschlossen sie, so dass er nicht erkennen konnte, was in ihrem Inneren vor sich ging. Doch ließ ihre kostbare Gestaltung vermuten, dass es die Sultansloge war. Neugierig spähte Ciriaco zu der verschlossenen Balustrade. Wenn seine Annahme zutraf, nahm dort gerade der Prinz seinen Platz ein.

Eine Weile beobachtete Ciriaco die Betenden, die in langen Reihen auf dem Teppich knieten. Ihr leises Raunen erfüllte die weite Halle. Es war eine zurückhaltende Feierlichkeit ohne Weihrauch und Gesang, ohne Pomp und Wichtigtuerei. Entspannt ließ Ciriaco seinen Blick über die Wände wandern, die mit arabischen Schriftzeichen geschmückt waren. Etwas versonnen musterte er eines dieser verschlungenen Wortgebilde zu seiner Linken, als ihm mit einem Mal war, als hätte sich eine der Linien bewegt. Er fokussierte den geschwungenen Strich, aber der blieb natürlich unverrückbar an Ort und Stelle. Da geschah es, dass eine andere der Linien zu zucken begann. Und noch eine an einer weiteren Stelle. Immer wenn er den Blick darauf richtete, blieb sie ein Strich an der Wand, doch dafür fing eine andere Linie am Rand seines Blickkreises an zu vibrieren. Er begann sich schon zu fragen, ob vielleicht ein fremder Zauber diesen Schriftzeichen Leben verlieh, als das Begreifen ihn wie eine heiße Woge durchflutete. Nein, schrie es in ihm, lass es nicht jetzt, lass es nicht hier passieren.
In einem Reflex tasteten seine Hände nach der Wand in seinem Rücken. Sein Verstand begann sofort, die Umgebung auf ihren Gefahrengrad hin abzuschätzen. Er stand an der Westseite der Moschee, nahe des Eingangs. Alle Betenden hatten sich mit dem Gesicht nach Osten gewandt, standen oder knieten also mit dem Rücken zu ihm. Keiner blickte zu ihm hin. Wenn es ihm gelang, die Moschee unauffällig zu verlassen, könnte er sich draußen vielleicht einen ruhigen Platz im zunehmenden Dunkel suchen und dort abwarten, bis der Anfall vorbei war. Sogleich konzentrierte er sich auf seinen Körper. Gehorchte der ihm noch? Würde er die wenigen Schritte gehen können? Erst in diesem Moment fiel ihm auf, dass etwas anders war als sonst.
Immer noch ungesehen von all den Menschen, die sich mit ihm in der Moschee aufhielten, stellte er fest, dass seine Hände

und Knie zwar zitterten, dass er aber keineswegs die Kontrolle über seinen Körper verloren hatte. Kurz zweifelte er sogar daran, dass ihn sein altes Leiden befallen hatte. Doch dann bemerkte er, dass die Geräusche um ihn herum eine Tonlage tiefer gesackt waren, als wäre die Luft dicker geworden. Das Licht der Kerzen, die rundum in ihren Halterungen steckten, wurde satter, rötlicher, intensiver. Die Welt veränderte sich. Doch sie brach nicht auseinander.

Heftig sog er den Atem ein. Das Blut rauschte in seinen Ohren, während er beobachtete, was mit ihm geschah. Er versuchte zu schlucken. Es gelang ihm, wenn auch nur mühsam. Er brauchte also nicht zu befürchten, dass ihm Speichel aus dem Mund tropfte. Vorausgesetzt, es würde nicht doch noch schlimmer werden, könnte er sich vielleicht so weit beherrschen, dass niemandem seine Schwäche auffiel. Außerdem befand er sich in einer völlig fremden Umgebung. Sein merkwürdiges Verhalten würde hier weniger auffallen als unter Menschen, die ihn kannten. Dieser Gedanke beruhigte ihn etwas. So beschloss er, zu bleiben, wo er war, statt in die Nacht hinauszutaumeln. Vielleicht wäre ja auch schon alles ausgestanden, bevor der Gottesdienst vorbei war.

Nachdem dies entschieden war, tat Ciriaco das, was er vor langer Zeit als das einzig Richtige erkannt hatte: Er ließ geschehen, was unausweichlich war. Was werde ich diesmal lernen, sprach er noch mit lautloser Stimme zu sich selbst. Dann ließ er sich von den Bildern, die sein Inneres überfluteten, mitreißen. Jetzt hielt er sich nicht mehr damit auf, an der Beweglichkeit der arabischen Schriftzeichen zu zweifeln. Nun entdeckte er, dass sie voller Leben waren. In seiner Wahrnehmung waren sie es, die den Raum beherrschten. In ihrer Schwärze wirkten die Linien fast wie Körper. Ihre Bedeutung, ihr Klang drängte nach vorne. Ihretwegen, so bildete sich ein Gedanke in ihm, war alles leise und zurückhaltend. Denn das, was sie zu verkünden hatten, durfte durch nichts gestört werden. Natürlich konnte er die Zeichen an der Wand nicht lesen. Es war die Schrift der Muselmanen, der Gegner der Christen. Doch kamen sie ihm keineswegs feindlich vor. Im Gegenteil, ihr Ebenmaß und ihre innere Harmonie erzählten von einer Schönheit, die nicht begriffen, sondern bewundert sein wollte. Ciriaco empfand diesen Zeichen gegenüber die gleiche Ehrfurcht wie gegenüber den ersten Worten in Griechisch, die er vor Augen gehabt hatte. Und aus denen sich ihm eine völlig neue Weisheit erschlossen hatte.

Schon seit einigen Minuten hatte er die Betenden nicht mehr beachtet. Dass sie sich hin und wieder aus ihrer knienden Haltung erhoben, gehörte anscheinend zum Ablauf des Gebets. Allerdings nicht, dass sie sich umwandten und zum Ausgang strebten. Der Schrecken kehrte zurück, als ihm klarwurde, dass das Abendgebet zu Ende war.

Er zwang sich zur Ruhe. Anders als früher war er nicht zu Boden gesackt. Er stand noch aufrecht an der Wand. Vorsichtig verlagerte er sein Gewicht, bewegte seine Beine, löste erst die eine, dann die andere Hand von der Wand. Er schwankte nicht. Noch ein wenig unsicher begegnete er den Blicken der Vorübergehenden. Niemand riss entsetzt die Augen auf. Offenbar merkte man ihm nichts an. Das Einzige, was ihn verstörte, war, dass er immer noch in der intensiven Wahrnehmung eines Anfalls befangen war. Immer noch waren die Geräusche gedämpft und die Farben von einer körperlichen Präsenz. Am Befremdlichsten aber waren die verlangsamten Bewegungen der Menschen. Der Lidschlag eines Mannes dauerte genauso lang, wie das Umschlagen einer Seite in einem Buch. Die Welt der Dinge hingegen ruhte. Selbst die Inschriften schienen ihre Flügel angelegt zu haben. Dennoch spürte er ihr Leben, und er wusste,

jeden Moment könnte ihr Tanz von neuem beginnen. Dann erblickte er den Qara Chidr Pascha.
Der Osmane näherte sich inmitten einer Gruppe Männer, von denen einer nachdrücklich auf ihn einsprach. Ciriaco erkannte das Geduckte, Unterwürfige in der Haltung des Mannes. Und die Niedertracht, die in ihm wohnte. Auch die anderen Männer kamen ihm durchsichtig vor. Er glaubte in ihren Seelen all die kleinen Schäbigkeiten lesen zu können, die sie sich nach außen hin so sehr zu verbergen mühten. Sogleich fragte er sich mit leisem Zweifel, ob er sich das alles nicht nur einbildete. Oder hatte er jetzt etwa das zweite Gesicht bekommen?
Doch ehe er diese Frage entscheiden konnte, konzentrierte sich seine Aufmerksamkeit auch schon auf seinen Gastgeber. Augenblicklich spürte er, wie ein eisiger Windzug seine Haut frösteln ließ. In dem Mann namens Chidr Pascha war nichts als Leere. Eine bodenlose Schwärze, die er eigenartigerweise als Gegensatz zu den schwarzen Linien an der Wand empfand. Jene bargen ein Geheimnis, waren Fülle. In Qara Chidr Pascha war dagegen nur der Tod.
»Was ist mit Euch?« Der Osmane war vor Ciriaco stehen geblieben und sah ihn scharf an.
»Ein kleiner Schwindel«, gab der heiser zurück.
Chidr Pascha entließ seine Begleiter mit einer knappen Handbewegung und nahm Ciriaco am Arm. »Kommt, ein wenig frische Luft wird Euch guttun.«
Ciriaco ließ sich nach draußen führen. Tatsächlich klärte die milde Abendluft seine Gedanken. Die verwirrenden Eindrücke, die ihn soeben noch beherrscht hatten, verloren an Kraft. Er empfand die zurückhaltende Fürsorge seines Gastgebers als wohltuend und fragte sich, welcher Sinnestäuschung er nur gerade erlegen war.
Mittlerweile hatte sich der Platz mit Menschen gefüllt. Unter

den Platanen standen kleine Schmorküchen, vor denen hungrige Gottesdienstbesucher standen. Die meisten aber sammelten sich auf der anderen Seite, wo ein langgezogenes, niedriges Gebäude den Platz begrenzte. Auch Chidr Pascha führte Ciriaco in diese Richtung.

Obwohl die Schwäche in seinen Gliedern mit jedem Schritt nachließ, hatte Ciriaco immer noch das Gefühl, dass die Welt um ihn herum einen Takt langsamer schlug als gewöhnlich. Das Licht der Fackeln und Kohlebecken pulsierte in der Luft. Das Stimmengewirr einer fremden Sprache, die Menschen in ihren weiten Gewändern und Turbanen und sogar der schillernde Sternenhimmel umgaben ihn dicht und nah und kompakt wie selten zuvor.

Obwohl ein Rest Furcht in ihm verblieben war, empfand er Dankbarkeit. Das Unberechenbare war gnädig mit ihm gewesen. Hatte ihn nicht in einen lallenden Idioten verwandelt, sondern ihn auf eine Weise beschenkt, wie er es bisher nur erlebt hatte, wenn sich ihm die Weisheit eines uralten Manuskriptes offenbart hatte.

»Dort sind die Jungen«, unterbrach die Stimme Chidr Paschas seine Gedanken.

Sie hatten die andere Seite des Platzes erreicht. Die Menschen traten respektvoll beiseite, als sich der osmanische Würdenträger näherte.

»Woher kommen sie?«, fragte Ciriaco. Es hockten noch etwa drei Dutzend in einer Reihe vor dem Eingang des Hauses. Sie wurden von Soldaten bewacht, obwohl keiner von ihnen Anstalten machte fortzulaufen. Gerade winkte einer der beiden Soldaten am Eingang den vordersten Jungen zu sich. Als der sich erhob und mit gesenktem Kopf ins Haus trottete, glaubte Ciriaco seine Furcht beinahe körperlich spüren zu können.

»Aus Bulgarien und Thrakien«, antwortete Chidr Pascha.

Das verwunderte Ciriaco. Er hatte angenommen, dass es sich um Kinder aus Edirne handelte.
»Aber wieso hat man sie hierher gebracht?«, fragte er.
»Es sind Christenkinder«, antwortete Chidr Pascha ruhig. »Sie sind ihren Eltern fortgenommen worden, um im wahren Glauben erzogen zu werden.«
Nur langsam sickerte die Bedeutung dieser Worte in Ciriacos Gehirn. »Christenkinder? Heißt das, dass sie gegen ihren Willen hier sind?«
Der Osmane beobachtete ihn von der Seite. »Natürlich. Sie sind eine Art menschliche Steuer, die das Reich in den besetzten Gebieten erhebt. Wir werden sie zu Soldaten ausbilden und zu treuen Dienern des Reiches machen.«
»Aber … warum?«, fragte Ciriaco fassungslos.
Chidr Pascha legte seine Hand auf Ciriacos Schulter. Sein Lächeln war freundlich, doch seine Augen kalt wie die eines Raubvogels. »Es hat seinen besonderen Grund, dass ich Euch mit hierhergenommen habe, mein junger Freund.« Er machte eine kleine Pause, als wolle er die Wirkung seiner nächsten Worte besonders auskosten.
»Ihr sagt, Ihr seid wegen eines Briefes gekommen. Doch das glaube ich Euch nicht. Ihr seid hier, um das Maß unserer Stärke und Macht abzuschätzen, mit der wir Eure mächtigen Städte bedrohen und Eure Mauern und Paläste zum Einsturz bringen können. Ihr zählt die Kanonen und die Divisionen. Ihr sucht nach den Schwächen in unseren Reihen, damit Ihr um Euer Leben schachern und Eure Reichtümer in Sicherheit bringen könnt. Und nun steht Ihr hier.« Er machte eine Geste, die den Platz, die Menschen, die Stadt umfasste.
»Es gibt keine Schwäche«, fuhr er fort, »und unsere Stärke habt Ihr noch nicht annähernd begriffen. Das Wissen um die Zahl unserer Kanonen wird Euch nicht weiterhelfen. Dort«, er wies

auf die knienden Jungen, »wächst eine Macht heran, die alle Eure Sicherheiten hinwegfegen wird. Diese Kinder werden es sein, die Euch besiegen.«

Ciriaco starrte seinen Begleiter mit offenem Mund an. In seinem Kopf überlagerten sich widersprüchliche Eindrücke. Die freundliche Fürsorge, mit der Chidr Pascha ihn empfangen hatte; das eisige Gefühl, als er während der gesteigerten Wahrnehmung seines Anfalls die tiefe Schwärze seines Wesens erkannt hatte. Und nun diese Worte, die weniger als eine Drohung denn als tödliche Gewissheit daherkamen.

Der Osmane sah auf die Knaben herab. Gerade wurde der Nächste in das Haus gebracht. »Ein altes Sprichwort sagt, dass ein Sklave besser ist als hundert Söhne. Denn der Sohn wünscht des Vaters Tod, der Sklave aber wünscht sein Heil. Diese Jungen werden in ein paar Jahren, wenn ihre Erziehung abgeschlossen ist, nicht mehr daran denken, woher sie gekommen sind. Sie werden ihre Eltern und ihre Geschwister vergessen haben. Und auch ihren Christus. Alles, was sie sind, werden sie dann durch uns geworden sein. Sie werden die treuesten Diener des wahren Glaubens sein. Und sie werden ohne zu zögern für ihre Herren in den Tod gehen.«

Der nächste Junge, den die Wachen ins Haus riefen, war klein und schmächtig. Es zerriss Ciriaco fast das Herz bei seinem Anblick. Der Schnitt, der auf dieses Kind wartete, würde mehr abtrennen als nur ein Stück Haut. Was mussten diese Jungen erlitten haben, und in welcher Hoffnungslosigkeit lebten sie? Auch der übernächste, der ins Haus gebracht werden würde, war ein zierlicher Kerl. Er hielt den Kopf gesenkt, seine schwarzen, struppigen Haare hingen ihm in die Stirn. Ciriaco wusste nicht, ob es die Empörung oder die noch anhaltende Verwirrung war, die ihn handeln ließ. Er wandte sich dem Osmanen zu, der ihn immer noch mit leichtem Spott betrachtete.

»Es sind Sklaven, sagtet Ihr?«
Chidr Pascha nickte.
»Dann lasst mich den dort kaufen«, er wies auf den letzten Jungen in der Reihe.
Damit hatte er den Chidr Pascha überrascht. »Kaufen? Mein Freund, dies ist kein Sklavenmarkt. Diese Kinder gehören dem Sultan.«
»Dann lasst mich mit dem Sultan verhandeln.« Ciriaco wusste nicht, was ihn antrieb. Die Stimme der Vernunft riet ihm, den Mund zu halten. All dies ging ihn nichts an. Er war nur der Überbringer eines Briefes, egal, was der Osmane sonst noch von ihm dachte. Mit seiner Forderung handelte er sich nur Schwierigkeiten ein. Doch er konnte nicht anders. In ihm war ein Zorn erwacht, der in krassem Widerspruch zu seiner körperlichen Schwäche stand. Wieder einmal benutzte ihn jemand für seine Pläne, unterstellte ihm Absichten, die er nicht hatte, versuchte ihn für seine Zwecke einzusetzen.
Hinzu kam, dass er das Leid der Jungen umso schwerer ertrug, als sein vorangegangener Anfall die Intensität seiner Empfindungen noch mal vertieft hatte. Aber es war auch die wiedergewonnene Klarheit, die ihn antrieb. Es war der kostbare Moment, in dem die Kraft in ihm wieder zunahm und er sich seiner selbst sicher sein konnte. Was immer er in diesen Augenblicken gedacht oder beschlossen hatte, war zu einer klaren Gewissheit seiner inneren Welt geworden.
Der Chidr Pascha erkannte seine Entschlossenheit. Kein Spott war mehr in seinen Augen. Jetzt war da wieder die Kälte und Grausamkeit, die Ciriaco als das Wesen dieses Mannes erkannt hatte.
»Mein junger Freund«, sagte er leise, als ein erschreckter Laut sie beide herumfahren ließ. Der Junge mit dem schwarzen Haar war auf einen der Soldaten losgegangen und hatte ihm mit ei-

ner blitzschnellen Bewegung den Säbel aus dem Gürtel gezogen. Der andere Soldat wollte den Burschen packen, doch der war schneller.

War die ganze Beschneidungsprozedur auf dem nächtlichen Markt bis eben noch in geduckter Stille und Ängstlichkeit verlaufen, wurde sie von der Revolte des Jungen nun mit einer Heftigkeit unterbrochen, die alle überraschte. Das Überraschendste aber war, dass dessen Bewegungen die Verlangsamung aller Abläufe, die Ciriaco immer noch empfand, durchbrach. Der Junge schnellte in das Geschehen, als wäre er nicht von dieser Welt. Ciriaco sah den rasanten Schwung des Säbels und wie die Klinge im Schenkel des Soldaten verschwand. Wie dieser zusammenbrach. Sah den Jungen einen Lidschlag später herumwirbeln, den anderen Soldaten entgegen, die nun herbeistürmten. Der Junge wich an die Wand des Hauses zurück, den Säbel mit beiden Händen hoch erhoben. Die Soldaten umringten ihn. Dann schien den Soldaten aufzugehen, wen sie da vor sich hatten. Einer von ihnen warf den Kopf zurück und lachte. »Da hat aber jemand Angst um sein Schwänzchen«, rief er seinen Kameraden auf Griechisch zu. Die begannen nun zu grinsen. Einige aus der Menge der Zuschauer nahmen den Spott auf.

»Sagt ihm, dass er es überstehen wird.«

Ciriaco erkannte, was die Soldaten und die Lacher anscheinend übersahen: Der Junge war entschlossen zu töten. Oder getötet zu werden. Er wandte sich an Chidr Pascha.

»Haltet die Soldaten zurück«, stieß er hervor.

Der Osmane sah ihn erstaunt an. Gerade wollten die Männer sich auf den Jungen stürzen, da rief Chidr Pascha: *»Dur!«*

Die Männer hielten sofort inne, wandten sich um. Als sie den Chidr Pascha erkannten, senkten sie ihre Säbel. Auch der Junge war jetzt auf sie aufmerksam geworden. Seine blauen Augen reflektierten das Licht der Fackeln und leuchteten wie Edelsteine. Er schien verwundert, fast unwillig über diese Störung. Dann kreuzten sich ihre Blicke und Ciriaco traf es wie ein Schock. Ihm war, als würde er den Jungen kennen.

In seinem Kopf wirbelte es durcheinander. Irgendetwas weitete seine Brust, durchströmte ihn, und vertrieb die letzten Reste seiner nebulösen Schwäche. Ciriaco hatte niemals zuvor einen klareren Willen gesehen.

Er wandte sich an Chidr Pascha: »Wenn Ihr fortfahrt, wird er sich töten lassen.«

Der Osmane betrachtete ihn ungläubig. Dann musterte er wieder den Jungen. Der hatte den Säbel sinken lassen und starrte sie mit weit aufgerissenen Augen an. Blut tropfte von der Spitze seiner Klinge in den Sand.

»Ich kann Euch diesen Jungen nicht geben«, sagte er dann leise zu Ciriaco.

»Aber …«

»Nein!« Die Stimme Chidr Paschas ließ keinen Widerspruch zu. »Er hat osmanisches Blut vergossen. Jetzt gehört er uns. Wie alle anderen bekommt er einen neuen Namen.«

Er hob die Hand und sagte deutlich in die Stille: »Tok-Kilitsch.«

Die Soldaten wiederholten das Wort: »Tok-Kilitsch.« Es klang wie ein Schlachtruf.

»Was heißt das?«, fragte Ciriaco seinen Begleiter.

Der musterte immer noch den Jungen, der zunehmend verwirrt in die Runde schaute.

»Blutiger Säbel«, antwortete Chidr Pascha. »Tok-Kilitsch heißt blutiger Säbel.« Er sah Ciriaco fest in die Augen. »Das wird der Name des Jungen sein, nachdem wir einen Kämpfer für den wahren Glauben aus ihm gemacht haben.«

Weder dem Chidr Pascha noch Ciriaco war aufgefallen, dass in der sie umgebenden Menge zwei Männer standen, die sie sehr aufmerksam beobachteten.
»Wer ist der Osmane?«, fragte Luca seinen Begleiter.
»Das?« schnaubte Dimitrios, der Mann aus Korfu, »das ist jemand, dem Ihr nicht in die Quere kommen solltet. Sein Name ist Qara Chidr Pascha. Er ist der *beylerbey* von Rumelien.«
»Was ist ein *beylerbey*?«, fragte Luca.
»Ein General«, erklärte Dimitrios. »Obwohl, der da ist noch mehr. Er ist der Oberbefehlshaber aller Streitkräfte diesseits des Bosporus.«
Der Mann mit der Brandnarbe schloss mit einem tiefen Atemzug die Augen, so sehr genoss er den Triumph über diese Nachricht. Sein junger Hund war wirklich ein Goldstück. Dass der Gesandte Venedigs mit dem Oberbefehlshaber der osmanischen Streitkräfte verhandelte, war mehr als er zu hoffen gewagt hatte. Diese Neuigkeit wäre für den Mann in Mailand von allergrößtem Interesse. Nun musste Luca nur noch einen Weg finden, sie seinem Hauptmann zu überbringen.

# *Das Komplott*

Sie begriff nicht, was mit ihr geschah. Nie zuvor war ihr so etwas widerfahren. Verwirrt bemühte sie sich, ihre Empfindungen zu verstehen. Immer noch war sie hellwach, wie der Kampf es erforderte. Gleichzeitig begann etwas in ihr zu schwimmen und diffus zu werden. Sie erlebte das verstörende Bedürfnis, wieder ein Mädchen zu sein. Ein Mädchen? Oder sogar mehr als das?

Sie zwang ihre Gedanken in die Wirklichkeit zurück. Wer waren die beiden Fremden? Der eine war ganz offensichtlich ein Türke. Und zwar ein reicher. Sie erkannte es am Turban, dem Bart und dem mantelartigen Gewand, das vor der Brust von kostbaren Schnüren gehalten wurde. Doch was war mit dem anderen?

Sie ertrug die Intensität seines Blickes nicht länger und senkte den Kopf. Dennoch konnte sie nicht anders, als ihn mit verstohlenem Auge zu mustern. Er sah nicht aus wie ein Türke. Er sah aus wie ein reicher Mann aus der Stadt. Sie hatte einmal eine Kutsche gesehen mit Fremden. Die hatten ebensolche Kleidung getragen, ein verziertes Wams mit gepolsterten Schultern und einem weißen Hemdkragen. Aber was tat er hier? Und warum half er ihr? Nie zuvor hatte ihr jemand geholfen. Ob Türke oder Christ. Waren sie von Allah geschickt worden? Aber warum schickte Allah einen Türken und einen Christen? Sie verstand es nicht, aber die Soldaten griffen sie nicht an.

Wie er sie ansah, der Fremde. Es kam ihr so vor, als könnte er in sie hineinsehen und in ihrem Inneren etwas berühren, das nicht wusste, ob es sich ihm öffnen oder vor ihm zurückzucken sollte. Sie bemerkte nicht einmal, dass die Soldaten ihr den Säbel aus der Hand nahmen.
Noch nie hatte ihr jemand geholfen!
Dann packten zwei Wachen sie am Arm und nahmen sie mit. Es war ihr egal, Hauptsache, sie kam fort von diesem Haus, in dem das Schreckliche auf sie gewartet hatte. Die beiden reichen Fremden, der Türke und der andere, gingen vorweg über den Markt und durch die schwach beleuchteten Straßen. Thamar war immer noch wie betäubt. Alles war so unwirklich. Sie hatte einen Mann mit einem Säbel verletzt. Aber sie war nicht bestraft worden.
Sie erinnerte sich an das Gefühl, als die Klinge in das Fleisch des Soldaten gedrungen war. Und an den Schreck, den sie danach empfunden hatte. Dann war der Fremde wie ein Wunder aus dem Nichts aufgetaucht und hatte verhindert, dass man sie niederschlug und Schlimmeres mit ihr anstellte. Allah musste ein sehr mächtiger Gott sein. Und sie war froh, dass sie sich mit ihm geeinigt hatte.
Sie erreichten ein Tor mit zwei Flügeln. Das Licht der Fackeln in ihren eisernen Halterungen ließen es golden schimmern. Als es geöffnet wurde, blickte sie in einen Hof, der ebenfalls von Fackeln erleuchtet war. Ohne zu wissen warum, ahnte sie, dass sie ihr Ziel erreicht hatte.

Der Junge verwirrte Ciriaco. Aber er schrieb das, was auf dem Markt geschehen war, seinen veränderten und nunmehr abklingenden Sinneseindrücken während des Anfalls zu. Der Drang, ihm zu helfen, das Gefühl der Vertrautheit, die Intensität seines Blickes. Trotzdem war es seltsam. Widerstandslos hatte der kleine Kerl, der vorher so wild um sich geschlagen hatte, sich den Säbel abnehmen lassen. Jetzt stand er zwischen den beiden Leibwächtern, die ihn an den Armen gepackt hielten, und schaute sich neugierig, aber auch ungerührt im Hof der Privatresidenz um, so als wäre er nur zu Besuch hier.

»Ich kann Euch den Jungen nicht überlassen«, sagte der Osmane wieder.

»Warum nicht?« Ciriaco war nicht bereit, sich mit dieser Antwort abzufinden. »Es ist nur ein Junge, Ihr habt noch hundert andere.«

Chidr Pascha betrachtete ihn nachdenklich. Dann ging er zu dem Jungen hinüber, der aufsah und den Blick eines der mächtigsten Männer des Landes ohne Furcht erwiderte.

»Hat er nicht seltsame Augen«, bemerkte Chidr Pascha. »Dort, wo ich herkomme, werden Kinder mit blauen Augen manchmal getötet, weil man glaubt, dass sie vom Teufel kommen. Vor allem, wenn es ein solches Blau ist. Wie von einem Himmel aus Eis.«

Der Junge legte den Kopf etwas schief, immer noch hingen seine Arme in den derben Händen der Wachen.

»Versteht er uns?«, fragte Ciriaco.

»Nein, der Hauptmann der *sürüdschü* sagte, er käme aus der Gegend um Varna, am Schwarzen Meer. Er ist nur ein dummer Junge, aber er hat Mut. Wollt Ihr ihn deswegen haben?«

Ciriaco antwortete nicht. Er verstand es selbst nicht. Immer noch bemühte er sich die Geschehnisse dieses Abends einzuordnen. Erst der verwirrende Moment in der Moschee, der Anfall, der so ganz anders gewesen war als alle vorangegangenen. Der Markt mit seiner Fremdartigkeit, Chidr Pascha, der ihn durchschaut und beschuldigt hatte zu spionieren. Und nun, mit einem Mal, der Junge.

Einerseits hatte Ciriaco das Bedürfnis ihn zu schützen, andererseits ging von ihm etwas Beunruhigendes aus. So als sei er ein Teil des Unwirklichen, in das Ciriaco hineinglitt, wenn die Welt um ihn herum zersplitterte. Vielleicht empfand er die Begegnung aber auch so aufwühlend, weil es ihm so erging wie damals, als er Bianca zum ersten Mal gesehen hatte. Diese Übereinstimmung verwirrte ihn und störte die Einzigartigkeit, die er bisher damit verbunden hatte.

»Genug davon.« Chidr Pascha gab seinen Männern einen Wink, und die führten den Jungen in ein Haus nahe des Tores. Machtlos schaute Ciriaco ihm nach. Kurz bevor sie im Eingang verschwanden, traf ihn noch mal ein Blick aus den blauen Augen. Wieder drängte es ihn, dem kleinen Kerl zu Hilfe zu kommen. Doch ihm fiel nichts mehr ein, was er noch hätte tun oder sagen können. Dann verschwand der Junge im Haus.

»Der Junge wird in meinem Haus bleiben«, sagte der Osmane. »Es wird ihm gutgehen, davon könnt Ihr Euch jederzeit überzeugen. Und die notwendige Prozedur seiner Einweihung wird auf schonende Art und Weise vollzogen werden. Doch nun lasst uns speisen, ich habe Wichtiges mit Euch zu besprechen.«

Chidr Pascha führte Ciriaco schnellen Schrittes durch ein von Marmorsäulen flankiertes Tor in das Hauptgebäude. Als sie die Halle betraten, eilten sofort zwei schwarze Diener auf sie zu und knieten vor ihrem Herrn nieder. Er raunte ihnen knappe Anweisungen zu, woraufhin der eine aufsprang und davoneilte, während ihnen der andere vorausging.

Das Licht der Lampen an der Wand tanzte leicht im Luftzug, den die Männer im Vorbeigehen erzeugten. Sie kamen in einen zweiten, kleineren Hof, der anders als der karge äußere, mit Zierpflanzen, im Halbdunkel leuchtenden Blumen und einem Wasserspiel aufwartete. Mit einem Mal glaubte Ciriaco leise Stimmen zu hören. Als er sich suchend umschaute, bemerkte er hoch oben in der Seitenmauer vergitterte Fenster, durch die

gedämpftes Licht nach außen fiel. Geschichten von den Frauengemächern der Osmanen fielen ihm ein und dass niemand sie je zu Gesicht bekam. Auf der Reise nach Edirne hatte er Luca nach den Gebräuchen der Türken befragt.
»Soweit ich das erlebt habe«, hatte der Mann mit der Brandnarbe geantwortet, »sind sie gar nicht so anders wie wir. Sie halten uns für die Heiden und sich für die Rechtgläubigen. Im Handel sind sie fast immer ehrlich. Man kann sich auf ihr Wort verlassen. Man darf nur nie, niemals, etwas mit ihren Frauen anfangen.«
»Das habe ich nicht vor, aber was geschieht, wenn man es tut?«
»Wenn man Glück hat, schlagen sie einem nur den Kopf ab.«
Während Ciriaco dem Osmanen durch den Garten folgte, nahm er sich vor, besser nicht nach den vergitterten Fenstern zu fragen.
Sie betraten einen hell erleuchteten Raum, dessen Wände mit Teppichen verkleidet waren. Chidr Pascha wies auf eine der Liegen, die neben einem niedrigen Tisch standen und ließ sich ihm gegenüber nieder. Sofort brachten ihnen Diener Schalen mit Wasser, in denen Blütenblätter schwammen. Ciriaco folgte dem Beispiel seines Gastgebers, wusch seine Hände und trocknete sie anschließend an dem duftenden, weichen Tuch ab, das der Diener ihm reichte. Während das Essen aufgetragen wurde, zog der *beylerbey* den Brief, den Ciriaco ihm mitgebracht hatte, aus dem Gewand, brach das Siegel auf und begann zu lesen.
Als nacheinander kleine Teller und Schalen mit Früchten, gebratenem oder gedünstetem Gemüse und in Soße getränkte Fleischstückchen auf den Tisch gestellt wurden, zog sich Ciriaco der Magen zusammen, so sehr rumorte der Hunger in seinen Eingeweiden. Erst jetzt fiel ihm auf, wie lange er nichts mehr gegessen hatte. Er konnte sich kaum konzentrieren, so sehr verlangte ihn danach, etwas zu essen. Dabei war ihm klar, dass er

äußerst wachsam und all seine Sinne auf das nun folgende Gespräch richten musste. Er beobachtete den Osmanen, der immer noch den Brief las. Ciriaco traute sich nicht, ohne dessen Aufforderung zuzugreifen. Misstrauisch fragte er sich, ob es vielleicht Absicht war, ihn hungern zu lassen, um seine Aufmerksamkeit zu schwächen. Da blickte Chidr Pascha auf.

»Ihr müsst hungrig sein«, bemerkte er, als hätte er Ciriacos Gedanken gelesen. »Kostet hiervon.«

Er reichte Ciriaco ein Stück Melone, eine Geste, die Ciriaco als Einladung begriff, mit dem Essen zu beginnen. Also griff er zu und spürte mit jedem Bissen, wie es ihm besserging.

Chidr Pascha ließ von den Dienern Tee einschenken und reichte auch diesmal seinem Gast die Tasse.

»Meint Ihr nicht«, fragte er dann, »dass wir offen miteinander umgehen sollten?«

»Warum nicht?« Ciriaco nahm einen Schluck. »Ihr wart ja bereits sehr offen mit mir. Wenn ich Euch recht verstanden habe, betrachtet Ihr mich und die Meinen bereits als künftige Beute Eurer Kriegszüge.«

Der Osmane sah ihn nachdenklich an, das Kinn in die Hand gestützt.

»Was hat Euer Schwiegervater Euch erzählt?«, fragte er.

Ciriaco, der sich gerade ein Stück Fleisch genehmigen wollte, hielt inne. Schwiegervater? Dieser verfluchte Jagaros, dachte er. Demnächst würde er noch dem Papst mitteilen, dass Ciriaco seine Tochter heiraten würde. Aber es hatte keinen Sinn, seinem Ärger hier und jetzt Luft zu machen.

»Er sagte mir nur, dass ich Euch den Brief geben und eine Antwort abwarten soll.«

Chidr Pascha zog eine Augenbraue hoch. »Ihr seid ein Briefbote? Mehr nicht?«

»Genau«, gab Ciriaco kauend zurück. »Ein Briefbote. Mehr

nicht. Wisst Ihr, Eure Kriege und Eroberungen gehen mich nichts an. Ich bin Venezianer, ich bin Kaufmann. Ihr wollt Konstantinopel einnehmen? Bitte, nur zu. Ihr habt es ja schon ein paarmal ohne Erfolg versucht. Venedig hat es dagegen nur einmal versucht. Und es ist ihm gelungen.«
Ciriaco war sich nicht sicher, ob diese Gesprächstaktik wirklich klug war. Diplomatisch war sie jedenfalls ganz sicher nicht. Immerhin hatte er sich gerade über die militärischen Fähigkeiten seines Gastgebers lustig gemacht. Der schien aber nicht im mindesten beleidigt.
»Eure Truppen hatten Glück«, erwiderte er nur, nahm sich eine Hühnerkeule und lehnte sich zurück. »Eure Schiffe ankerten bereits im Hafen. Ihr hattet leichtes Spiel.« Er lächelte Ciriaco amüsiert an, während er das Fleisch vom Knochen nagte.
»Glück?« Ciriaco fischte sich ein Stück Paprika aus einer Schale und schnupperte daran. »Hinterher ist es immer Glück gewesen. Was ist das für ein Öl, in dem das Gemüse geschmort wurde?«
»Rosenöl«, gab der Osmane zurück und legte den abgenagten Knochen beiseite. »Wisst Ihr, warum ich den Jungen in meinem Haus behalte?«
Mit diesem Themenwechsel hatte er Ciriaco überrascht. »Nein, warum?«
»Ich bin Soldat«, gab der Osmane zur Antwort. Er spülte seine Finger in der Schale mit Wasser, trocknete sie ab und wies nach kurzer Suche auf eine andere Speise, die der Diener ihm sofort reichte. »Manchmal muss ich schnell entscheiden, und von dieser Entscheidung hängt das Wohl unseres Reiches ab. Glücklicherweise hat Allah mir die Fähigkeit geschenkt, das innere Wesen der Menschen zu erkennen. Dieser Junge wird einmal ein Krieger werden, wie es ihn selten gibt. Ich will, dass er für mich kämpft. Ich will seine Loyalität. Und darum werde ich

ihn alles lehren, was er dazu braucht. Und mit Euch geht es mir ähnlich.«

»Mit mir?« Ciriaco verschluckte sich beinah. »Da täuscht Ihr Euch aber. Ich bin kein Krieger. Und meine Loyalität gehört Venedig.«

Chidr Pascha wischte diesen Einwand mit einer Geste beiseite: »Das meine ich nicht. Was ich Euch zu verstehen geben will, junger Freund, ist, dass Ihr mehr seid als ein einfacher Bote. Ob Eurem Vater oder Eurem Schwiegervater das klar war, oder ob es Zufall ist, dass man Euch geschickt hat, weiß ich nicht. Aber eines ist gewiss, Eure Aufgabe ist eine weitaus komplexere, als Ihr Euch vorstellt. Der wesentliche Punkt ist, wir haben keine Zeit, um sie mit Spielereien zu vertändeln. Und darum bat ich Euch um Offenheit. Ich muss wissen, wie weit Ihr zu gehen bereit seid.«

Ciriaco fand nicht, dass sich das gut anhörte. Er war keineswegs bereit, weiter zu gehen, als er bereits gegangen war. Er wollte zurück nach Konstantinopel und anschließend auf ein Schiff, um nach Venedig heimzukehren. Zu Bianca und Plato. Zu Landino, Florenz und der Akademie. Andererseits interessierte es ihn sehr wohl, was der Osmane vorhatte. Deshalb beschloss er, es dieses Mal mit einer diplomatischen Antwort zu versuchen: »Ich werde alles tun, was nötig ist, um Venedig und meine Familie zu schützen.«

Chidr Pascha nickte befriedigt: »Nichts anderes hatte ich von Euch erwartet. Es gibt nämlich eine Angelegenheit von allerhöchster Dringlichkeit zu erledigen, und ich glaube, dass Allah Euch gesandt hat, um diese Aufgabe zu erfüllen.«

Ciriaco verging langsam der Appetit, aber er schwieg, und während er sich die Hände wusch und abtrocknete, setzte sein Gastgeber ihn ins Bild.

»Ihr wisst ja, dass der Sultan mit seinem Heer in Anatolien

weilt.« Dort, so berichtete er, galt es den aufrührerischen Emir von Qaraman zu bekämpfen. Doch in der Hauptstadt, die nun von dem zwölfjährigen Sultanssohn regiert wurde, kam Unruhe auf.

»Habt Ihr schon einmal von Derwischen gehört?«, fragte Chidr Pascha. Ciriaco, der entschied, dass es besser war, das Gespräch mit Dimitrios zu verschweigen, verneinte.

»Das sind religiöse Träumer und Phantasten. Sie legen den Koran auf eine Weise aus, die jeder Rechtgläubige verurteilen muss. Sie wiegeln die Menschen auf und predigen ihnen Ungehorsam. Sich selbst bezeichnen sie als Sufis, und ihre Anführer nennen sich Sheik. Einigen ist es gelungen, das Ohr des jungen Prinzen zu gewinnen. Der Thronfolger hat ein weiches Herz, und sein Geist ist noch zu wenig gefestigt, um den Einflüsterungen dieser Fanatiker zu widerstehen. Es ist meine Aufgabe, das Reich und das Haus Osman zu schützen.«

Nun habe aber der Sultan unmittelbar vor seinem Aufbruch Verhandlungen mit dem König von Ungarn geführt, die einen zehnjährigen Frieden und eine Bestandsgarantie für Konstantinopel in Aussicht stellten. »Das«, so betonte Chidr Pascha, »sollte im Sinne von Venedig und Euren Angehörigen sein.«

Ciriaco stimmte ihm voll und ganz zu.

»Seht Ihr, und dieser Friedensvertrag ist nun in Gefahr. Die Fanatiker im Serail versuchen alles, um eine Vereinbarung mit den Christen zu verhindern. Für die Derwische seid ihr nichts weiter als ungläubige Hunde, die zu erschlagen den Eintritt ins Paradies verspricht. Dass der Sultan diesen Frieden wünscht, interessiert sie nicht. Sie werden alles tun, um den Vertrag zu hintertreiben.«

Auf eine Geste Chidr Paschas hin trugen die Diener das Essen ab und brachten eine Wasserpfeife.

»Der König von Ungarn muss umgehend von den zersetzenden

Bemühungen der Derwische erfahren. Und er muss die Gewissheit erhalten, dass das Wort des Sultans gilt.«

Chidr Pascha sog behutsam am Mundstück der Pfeife, wobei er Ciriaco nicht aus den Augen ließ.

»Nun«, meinte der, »warum schickt Ihr ihm nicht einfach eine Botschaft?«

»Ganz recht«, erwiderte Chidr Pascha leise, »doch halte ich es für außerordentlich wichtig, dass der Überbringer dieser Botschaft auch jemand ist, der sie glaubwürdig bestätigen kann.«

Es dauerte ein paar Herzschläge, ehe Ciriaco begriff. »Ihr wollt, dass ich …?« Er richtete sich halb auf. »Das ist nicht Euer Ernst.«

Das Gesicht des *beylerbey* verhärtete sich.

»Mäßigt Euch!«, sagte er mit einer Kälte in der Stimme, die Ciriaco durch und durch ging.

»Verzeiht, wenn ich mich ungebührlich verhalten habe, aber Euer Vorschlag … die Überraschung …, ich meine, ich kann die Botschaft selbstverständlich nach Konstantinopel bringen. Theophilos Jagaros wird sicher einen Weg finden, sie nach …«

»Dafür ist keine Zeit«, unterbrach ihn der Osmane ruhig, nahm einen weiteren Zug aus der Pfeife und stieß den bläulichen Rauch aus. »Ihr werdet bereits morgen früh aufbrechen müssen. Ihr werdet Euch nach Ragusa begeben, dort erwartet Euch ein Schiff. Euer Diener wird einen Brief an Jagaros überbringen, in dem ich ihm die Umstände erkläre.«

»Aber wie soll ich ohne Luca …?« Diesmal unterbrach Ciriaco sich selbst, weil ihm aufging, dass er bereits in einer Weise argumentierte, als hätte er sich einverstanden erklärt. Er legte den Kopf in beide Hände und atmete tief durch. Dann sah er wieder auf: »Hört doch. Ich bin nur ein Kaufmannssohn. Ich hätte es alleine nicht einmal bis nach Edirne geschafft. Ganz gewiss bin ich der Falsche für diese Aufgabe.«

»Das kann nicht sein, mein junger Freund.«
»Aber wieso?«
»Ihr könnt nicht der Falsche sein. Denn es gibt keinen anderen.« Chidr Pascha legte das Mundstück der Wasserpfeife beiseite und beugte sich vor.
»Bitte, glaubt mir«, sagte er in beschwörendem Ton, »wenn die Botschaft nicht rechtzeitig an den ungarischen Hof gelangt, werden viele unschuldige Menschen sterben. Ihr habt die Gelegenheit, den Lauf der Geschichte zu beeinflussen. Ich glaube, es ist Eure Pflicht, diesen Auftrag zu übernehmen.«
Ciriaco hatte das Gefühl auf einem Floß zu sitzen, das in die falsche Richtung trieb. Tausend Gegenargumente schossen ihm durch den Kopf: Biancas Brief, die Akademie, die Ware aus Trapezunt, die er nach Venedig bringen sollte. Aber all dies galt nichts angesichts der Dringlichkeit, mit der der Osmane sein Anliegen vorbrachte. Mit hilfloser Verzweiflung machte er sich klar, dass er wieder weiterziehen sollte. Wenigstens, so dachte er, lag Ungarn näher an Venedig als Konstantinopel.
Konstantinopel?
Anna?
Mit einem Mal fragte er sich, ob dieser Auftrag nicht eine Möglichkeit war, einem ungewollten Schicksal zu entgehen. Wenn er nicht nach Konstantinopel zurückkehrte, würde er auch nicht die Tochter von Theophilos Jagaros heiraten müssen. Zumindest nicht in nächster Zeit. Vom ungarischen Ofen aus würde er mit Sicherheit direkt nach Venedig zurückkehren. Und zwar als Held und Retter. Nun ja, wenn er es denn überhaupt schaffte, nach Ofen zu kommen.
»Aber wie soll ich ohne meinen Diener den Weg nach Ragusa finden?«, fragte er.
»Spricht Euer Diener denn türkisch?«
Ciriaco verneinte.

»Dann nützt er Euch nicht. Euer Diener überbringt eine Nachricht an Euren Schwiegervater. Ich gebe Euch einen meinen Männer zur Begleitung mit. Dann fallt Ihr nicht so auf.«

»Wieso auffallen?«, fragte Ciriaco verwundert. »Ich meine, wieso soll ich nicht auffallen?«

Chidr Pascha überlegte einen Moment, ehe er antwortete: »Es gibt unterschiedliche Interessen im Serail des Sultans. Einige mächtige Familien würden eine Schwächung des Hauses Osman begrüßen. Darum werden sie vielleicht versuchen, Eure Mission zu verhindern.«

»Verhindern? Wie meint Ihr das, verhindern?«

»Keine Sorge«, beschwichtigte ihn Chidr Pascha. »Euch wird nichts geschehen. Allerdings solltet Ihr nicht gerade als Venezianer reisen.«

»Nicht als Venezianer?«, fragte Ciriaco verblüfft. »Aber als was soll ich denn sonst reisen?«

Qara Chidr Pascha lehnte sich auf seiner Liege zurück und nahm einen neuen Zug aus der Pfeife. »Ich denke«, sagte er dann mit leisem Spott in der Stimme, »dass Ihr einen prächtigen Mönch abgeben werdet.«

# Die Sünnet

Der Arzt eilte die Straße entlang. Dabei schaute er sich immer wieder um. Zwar spendeten die Fackeln, die in unregelmäßigen Abständen an den Eingängen und Toren der Mauern in eisernen Haltern vor sich hin flackerten, genug Licht, um den Weg erkennen zu können, doch zwischen den einzelnen unmittelbar von ihnen erhellten Bereichen herrschte Dunkelheit. Und auch wenn der *tabip* nicht wirklich damit rechnete, dass ihm jemand nach dem Leben oder auch nur nach dem Geldbeutel trachtete, gab es in dieser Zeit, da der Sultan fernab der Hauptstadt das Reich verteidigte, doch genügend obskures und fremdländisches Gesindel in der Stadt, um sein ängstliches Gemüt in jedem Schatten einen gottlosen Räuber vermuten zu lassen.

Lautlos schimpfte er vor sich hin, während er den Weg zum Palast des *beylerbey* einschlug. Er hatte einen harten Tag hinter sich. Dutzenden von Knaben hatte er die Vorhäute von den Schwänzen geschnitten. Kaum einer war dabei gewesen, der nicht gejammert hätte. Was ohne Zweifel daran lag, dass sie im christlichen Irrglauben aufgezogen worden waren. Wie anders waren doch die Kinder aus osmanischen Familien. Stolze Jungen, die mit leiser Stimme den Koran zitierten, während er ihr jungfräuliches Geschlecht zum Bluten brachte. Der *tabip* fragte sich, ob wohl dereinst im Paradies den Mutigen höhere Ehren zuteilwerden würden als den wehleidigen Konvertiten. Doch das zu entscheiden, oblag Allah. Er, der demütige Diener des Allmächtigen, erfüllte lediglich seine Pflicht. Dennoch verstand er nicht, wieso er sich wegen eines Jungen nun die halbe Nacht um die Ohren schlagen sollte. Zumal dieser Junge, wie er erfahren hatte, zu den Christenkindern gehörte. Wäre es nicht sinnvoller gewesen, die *sünnet* unten am Markt mit den anderen zu vollziehen? Doch anscheinend hatte der Qara Chidr Pascha ein besonderes Interesse an diesem Knaben und wünschte eine Sonderbehandlung. Dem konnte der *tabip* natürlich nicht widersprechen. Über die Motive des *beylerbey* wagte der Arzt nicht zu spekulieren. Aber er wusste, dass es der Gesundheit außerordentlich abkömmlich sein konnte, einem Befehl des Chidr Pascha nicht umgehend Folge zu leisten.

Als er schließlich den Palast erreichte, schluckte er deshalb seinen Ärger über den Aufwand, den man wegen dieses einen Jungen betrieb, hinunter. Er hob die Hand, um gegen das Tor zu pochen, als es sich im selben Moment öffnete und ihm ein Mann entgegentrat, der nicht wie ein Osmane gekleidet war. Der Arzt war so überrascht, einem offenkundigen Christen gegenüberzustehen, dass er vergaß, die erhobene Hand zu senken. Erst als der andere nun seinerseits verblüfft innehielt, wurde sich der *tabip* bewusst, wie seine Geste wirken musste. Rasch senkte er die Hand, trat mit einer kleinen Verbeugung beiseite und murmelte einen Gruß, den der Fremde mit einem Nicken erwiderte, bevor er an dem Arzt vorbei in die Nacht entschwand.

Immer noch verwundert darüber, dass ein Ungläubiger zu dieser Stunde den *beylerbey* besuchte, trat der *tabip* durch das Tor. Er mochte die Christen nicht. Für ihn waren sie so unrein wie Hunde. Daher empfand er auch den Schnitt, den er den Knaben zuzufügen hatte, wie eine Befreiung. Erst dadurch wurden sie zu vollwertigen Menschen. Auch dem jungen Mann, dem er gerade begegnet war, würde ein solcher Schnitt guttun. Während er durch den Hof schritt, vergnügte er sich kurz bei dem Gedanken, dem Fremden die Eichel freizulegen. Dann führte ihn ein Diener zum Qara Chidr Pascha.

Thamar hockte auf dem Boden, den Rücken an die Wand gelehnt. Die beiden Wachen, die sie hierhergebracht hatten, kümmerten sich nicht mehr um sie. Sie saßen an einem niedrigen Tisch und hantierten abwechselnd mit kleinen bunten Steinen, die sie auf einem Brett zwischen sich hin und her schoben. Thamar war froh, dass man sie in Ruhe ließ. Sie war furchtbar müde. Dennoch ließen sie die Ereignisse des Abends keinen Schlaf finden. Es war das erste Mal gewesen, dass sie einen echten Säbel in der Hand gehalten hatte. Er war deutlich schwerer als ein Stock, aber ihre Hand hatte sofort gewusst, wie sie diese Waffe zu führen hatte. Die Soldaten waren vor ihr zurückgewichen. Jetzt kannte Thamar die Macht des Schwertes. Es war ein gutes Gefühl, das sie noch öfter haben wollte. Aber das war es nicht, was sie nun beschäftigte. Sie dachte an den Fremden.

Sie schloss ihre Lider, um sich besser an sein Gesicht erinnern zu können. Aber sosehr sie sich auch mühte, alles, was vor ihrem inneren Auge auftauchte, war der Blick, mit dem er sie angeschaut hatte. Ein Blick voller Sanftheit und Schmerz, voller Tiefe und Schönheit. Ob er wohl in dem großen, prachtvollen Haus auf der anderen Seite des Hofes wohnte? Sie hatte nicht verstehen können, worüber er sich mit dem Türken unterhalten hatte. Aber sie glaubte nicht, dass die beiden Freunde waren. Der Türke war ganz anders. Seine Augen blickten hart und grausam. Es war bestimmt nicht seine Idee gewesen, ihr zu helfen. Nein, dass sie hierher gebracht worden war, lag an dem anderen, dem mit den schönen Augen. Wenn er das große Haus bewohnte, dann war alles gut. Dann meinte Allah es gut mit ihr.

Als sie gerade eine etwas bequemere Position einzunehmen versuchte, um vielleicht doch noch ein wenig zu schlafen, als sie gerade begann, sich sicher zu fühlen, schwang die Tür auf. Ein Mann, dessen dunkler Oberkörper im Licht der Kerzen glänzte, sagte etwas zu den Wachen. Die erhoben sich sofort, traten zu ihr und zogen sie auf die Beine. Thamar hatte nichts dagegen, dass die Soldaten sie am Arm hielten. Sie war so müde, dass sie sonst vielleicht zusammengesackt wäre. So ließ sie zu, dass man sie mehr trug als führte.

Qara Chidr Pascha spazierte nachdenklich durch seinen Garten und registrierte nur am Rande, wie seine beiden Getreuen den Jungen ins Innere des Palastes brachten. Das Verhalten des Venezianers war merkwürdig gewesen, hatte ihn aber immerhin auf den Jungen aufmerksam werden lassen, ein Glücksfall, wie er fand. Überhaupt hatte dieser launische Tag einige Überraschungen für ihn parat gehabt. Leider war die erste von der übelsten Sorte gewesen. Dass dieser Sheik aus seiner dornigen Einsiedelei auftauchen würde, hatte er nicht erwartet. Der Mann war sein Feind, das wusste Chidr Pascha seit langem. Und er hatte großen Einfluss auf den Prinzen. Trotzdem war er sicher, dass er Mittel und Wege finden würde, diesen Derwisch auszuschalten. Der Feind, den Qara Chidr Pascha fürchtete, war noch nicht geboren worden.

Er war wütend gewesen, dass er den Prinzen mit dem Sheik hatte allein lassen müssen. Aber dann war der Venezianer gekommen. Und der Verstand Chidr Paschas hatte blitzschnell geschaltet. Der junge Italiener war ein Geschenk des Himmels. Wenn er seine Aufgabe erfüllte – und Chidr Pascha zweifelte nicht daran, dass ihm dies gelänge –, wäre die Macht des Sultans gebrochen. Er spürte den Hunger, den dieser Gedanke in ihm weckte. Endlich, nach all den Jahren und Opfern, die er gebracht hatte, wäre er am Ziel seiner Wünsche: er allein besäße die Macht in Rumelien. Und später auch in Anatolien. Dann wäre er es, der über den Zugang zum Schwarzen Meer und …

»Herr!«

Verärgert wandte Chidr Pascha sich dem Soldaten zu, der hinter ihm auf die Knie gesunken war. »Was ist?«

»Der Junge, er ist … bitte kommt und schaut selbst.«

Der *beylerbey* von Rumelien blickte unwillig auf seinen Getreuen herab. Der Überraschungen war heute offenbar noch kein Ende.

Was war das für ein komischer Mann? Thamar verstand nicht, was sie hier sollte. Zuerst war sie wie erschlagen von der Pracht im Inneren des Palastes gewesen. Aber dann hatten die beiden Soldaten sie zu diesem kleinen, dicken Mann geführt, der auf einem niedrigen Hocker saß. Neben ihm, auf einem Tisch, stand eine Schale Wasser und eine kleinere Schale, in die er nun eine bräunliche Flüssigkeit aus einer Flasche träufelte. Sie sah das Tuch mit der schmalen, scharfen Klinge. Und begriff jäh.

Nein! Das konnte nicht sein. Wo war der Mann mit den sanften Augen? Der, der sie gerettet hatte. Sie versuchte, sich dem Griff der Soldaten zu entziehen. Doch die hatten schon mit ihrem Widerstand gerechnet, denn sie waren dabei gewesen, als sie auf dem Markt den Soldaten verletzt hatte, und deshalb nun besonders wachsam.

Sie stemmte die Füße in den Boden. Doch die beiden zogen sie einfach weiter. Der kleine, dicke Mann sah verärgert auf. Er

sagte etwas, das sie nicht verstand. Aber sie ahnte, was es war. Er konnte ja nicht wissen, dass es hier nicht nur um ein Stückchen Haut ging. Seine Geste mit der Hand signalisierte ihr, dass sie die Hose ausziehen sollte. Sie bäumte sich auf.
Jetzt waren die Soldaten verärgert. Sie versuchten, sie festzuhalten und ihr gleichzeitig die Sachen vom Unterleib zu ziehen. Aber sie wehrte sich wie eine Katze, der man das Fell abziehen will. Sie versuchte, in die Hand zu beißen, die ihren Arm festhielt. Eine harte Hand schlug ihren Kopf weg. Sie trat aus, versuchte erneut, den Männern ihre Zähne ins Fleisch zu schlagen, keuchte und zischte und fauchte wie ein wildes Tier. Die Männer fluchten. Der dicke Mann sprang schimpfend auf, griff nach ihren Hosenbeinen und zerrte daran. Für einen quälenden Moment hing sie waagerecht in der Luft. Dann spürte sie, wie sich die Hose von ihren Hüften löste. Der Dicke verlor das Gleichgewicht und fiel mit den Hosen in der Hand nach hinten. Mit empörtem Gesicht wollte er sich gerade wieder aufrappeln, als sein Blick auf ihren Unterleib fiel. Seine Augen weiteten sich entsetzt, der Mund schnappte nach Luft, und sein bebender Zeigefinger wies mit einem erschreckten Schrei auf ihr entblößtes Geschlecht.
Der Alptraum war Wirklichkeit geworden.

# *Huren und Heilige*

Es war wahrscheinlich gar keine schlechte Idee gewesen, das venezianische Hemd unter einer Mönchskutte zu verbergen, denn die Ragusäer standen nicht auf besonders gutem Fuß mit den Venezianern. Dafür mochte es viele Gründe geben, nur hatte Ciriaco sich nie sonderlich dafür interessiert. Für ihn war Ragusa bisher nur eine jener Städte an der Adria gewesen, die sich gegen Venedig zu behaupten suchte. Sein Vater hätte die Stadt an der dalmatinischen Küste als einen der vielen Hunde bezeichnet, die den venezianischen Löwen anbellten. Ihn aber dennoch fürchteten.

Dass er als vermeintlicher Franziskaner reiste, ersparte ihm sicherlich Komplikationen. Und natürlich allzu großes Aufsehen. Immerhin war er als geheimer Gesandter unterwegs. Das war wesentlich bedeutsamer als ein Spion. Leider hatte seine Beförderung nicht dazu geführt, dass sie sich ein komfortableres Transportmittel leisten konnten. Genau genommen waren sie die meiste Zeit zu Fuß gegangen. Dass er jetzt auf der harten Bank eines Fuhrwerks saß, war nur dem frommen Sinn des Kutschers zu verdanken. Der Mann ahnte ja nicht, dass seine Mildtätigkeit ihm keineswegs den Dank des Himmels einbringen würde. Das drückte ein wenig auf Ciriacos Gewissen. Doch brauchte er sich nur umzuwenden und einen Blick auf seinen neuen Diener werfen, der dem Fuhrwerk mit finsterer Miene folgte, um gleich wieder bessere Laune zu bekommen. Dass die Einladung, auf dem Kutschbock Platz zu nehmen, seinen Begleiter nicht mit einschloss, befriedigte ihn sehr.

Ihr Aufbruch aus Edirne war überstürzt verlaufen. Doch Qara Chidr Pascha hatte überzeugende Gründe dafür angeführt. Die Karawane, die Edirne Richtung Ragusa verlassen sollte, wäre auf absehbare Zeit die letzte. Der Freistaat an der Adriaküste hatte zwar sowohl vom Papst als auch von seinem Schutzherrn, dem ungarischen König, die Erlaubnis bekommen, mit den Osmanen Handel zu betreiben. Doch galt dieser Freibrief nur für Friedenszeiten. Schon der Aufruf zum Kreuzzug hatte die Händler aus Ragusa, die in Edirne eine Faktorei betrieben, alarmiert. Sie räumten ihre Lager, tätigten letzte Geschäfte und verluden alles, was sie hatten, auf Pferde, Esel und Karren, um in ihre Heimatstadt aufzubrechen. Dass ein Mönch sich ihnen anschloss, um seine Brüder im dortigen Franziskanerkloster aufzusuchen, wunderte niemanden. Nur der Begleiter, mit dem der fromme Bruder in der ragusäischen Niederlassung auftauchte, hatte so manche Augenbraue nach oben zucken lassen. Ciriaco hatte dem Anführer der Karawane etwas von der Gnade der Einfalt zugemurmelt und sich dabei mit einer verstohlenen Geste an den Kopf getippt. Daraufhin ließ man sie in Ruhe.

Es war ihm ein Rätsel, was Chidr Pascha sich dabei gedacht hatte, als er ihm diesen Mahmud schickte. In allen denkbaren Sprachen sei er bewandert, überaus gottesfürchtig, mit zahlreichen Gaben gesegnet und treu bis in den Tod. Mit allem Möglichen hatte Ciriaco gerechnet, nur nicht mit einem dicken, krummbeinigen Glatzkopf, dem man seine schlechte Laune nicht nur ansah, sondern der sie auch noch auszuschwitzen schien, selbst wenn er sich überhaupt nicht bewegte.

»Das ist Euer neuer Diener?«, hatte Luca entgeistert gefragt. Der Mann aus Ancona war ohnehin nicht begeistert davon gewesen, Ciriaco alleine weiterreisen zu lassen. »Ich bitte Euch inständig, Euren Entschluss noch mal zu überdenken. Kommt mit mir zurück nach Konstantinopel.«

»Das geht leider nicht, Luca.« Ciriaco fiel der Abschied wahrlich nicht leicht. Und der Anblick des mürrischen Mahmud machte die Sache nicht besser.

»Aber dieser fette Tölpel kann doch nicht einmal einen Hund von der Straße scheuchen.«

Es war dieser Moment gewesen, da Mahmud zum ersten und bisher letzten Mal einen längeren Satz sprach. Und zwar in fehlerfreiem Italienisch.

»Du räudiger Sohn einer Hure und eines leprösen Heiden sollst an deiner Zunge ersticken, sonst stopfe ich sie dir mitsamt deinen verfaulten Eiern in den Rachen.«

Luca und Ciriaco starrten beide mit offenem Mund auf den kleinen Mann, der sein schlecht rasiertes Kinn vorgereckt hatte und sie mit einer Abscheu betrachtete, als wolle er sich jeden Moment vor ihnen erbrechen. Luca hatte das Schwert schon halb aus der Scheide, als Ciriaco ihm in den Arm fiel.

»Nicht, Luca«, rief er beschwörend, dann stellte er sich vor seinen neuen Diener. »Und du, Mahmud, hüte du lieber deine Zunge, sonst werde ich sie deinem Herrn zurückschicken. Aber ohne dich.«

Es war kein guter Anfang gewesen. Und seither hatte dieser Mahmud nicht mehr viel von sich gegeben. Ab und zu hörte Ciriaco ihn irgendetwas grummeln, aber wenn er dann nachhakte, starrte der Türke nur mürrisch vor sich hin. Als Übersetzer taugte er jedenfalls gar nichts. Glücklicherweise war das bisher auch nicht nötig gewesen. Die Leute aus Ragusa betrieben schon seit Jahrhunderten Handel mit den Städten jenseits der Adria. Außerdem unterstanden sie, anders als das serbische

Hinterland, der römischen Kirche. Das Italienische war ihnen ebenso vertraut wie ihre slawische Muttersprache.
Wieder führte seine Reise Ciriaco in eine neue Welt, auch wenn er es nicht gleich bemerkte. Denn in den ersten Tagen dominierte der Schmerz. Schmerzen in den Füßen. Was mussten die Franziskaner auch in so dünnen Sandalen herumlaufen? Schmerzen in den Waden. Wieso überhaupt laufen? Der Rest seines Körpers protestierte der Einfachheit halber mit. Die Sonne brannte ihm auf den Kopf und der Staub, den die Karawane aufwirbelte, bildete zusammen mit dem Schweiß eine klebrige Schicht auf seiner Haut, verstopfte ihm die Nase und reizte seine Augen. In diesen ersten Tagen bildeten sie ein feines Paar, der mürrische Franziskaner und sein ebenso schlechtgelaunter Begleiter.
Dann aber ließen sie die karstige Hügellandschaft hinter sich. Die Straße führte durch Täler, in denen klares Wasser über runde Steine sprang. Baumkronen wölbten sich über dem Weg und kühler Schatten erfrischte die Luft. Auch wenn der Weg immer wieder bergan ging, kamen sie gut voran. Die Straße von Konstantinopel nach Edirne und weiter nach Ragusa existierte schon seit Jahrhunderten. In den Ortschaften entlang der Strecke fanden sie immer eine Karawanserei, in der die Händler mit ihrer Ware sicher übernachten konnten.
Als die ersten Berge des serbischen Hochlandes am Horizont auftauchten, hatte Ciriaco sich an das Laufen gewöhnt. Da er sich nur wenig unterhalten konnte – ein Gespräch mit den Ragusäern vermied er möglichst, weil er sich nicht verraten wollte, und sein neuer Diener schien jedes Mal Höllenqualen zu leiden, wenn Ciriaco auch nur das Wort an ihn richtete –, war er auf sich und seine Gedanken zurückgeworfen. Was ihm nicht unangenehm war. Im Gegenteil, ohne von irgendjemandem abgelenkt zu werden, konnte er seine Sinne der neuen Umge-

bung öffnen. Sein junger Körper begann, sich an der Bewegung zu freuen und seine Kräfte wuchsen mit jedem Tag.
Abends, wenn die anderen beim Wein zusammensaßen und Mahmud in irgendeiner Ecke schmollte, trat er manchmal in den Hof der Karawanserei hinaus und hielt ein stilles Zwiegespräch mit den glitzernden Lichtern am Firmament. Fragte sie, was das für ein seltsames Schicksal war, das sie ihm bereiteten. Er, der doch der Philosophie hatte dienen wollen, bereiste nun, als Mönch verkleidet, ferne Länder. Paläste und Moscheen lagen auf seinem Weg, Meere und Berge überquerte er und die Düfte des Orients wehten ihn an. Ihm war klar, dass er das Leben lebte, das für seinen Bruder vorgesehen gewesen war. Doch nun lag es an ihm, dessen Aufgaben zu erfüllen. Immer noch empfand er sich als einen unvollkommenen Ersatz für Francesco, den Wagemutigen, den Abenteurer. Allerdings, so fand er, hielt er sich bislang nicht schlecht, und manchmal hatte er sogar das Gefühl, dass der Geist seines Bruders auf ihn herabsah, nicht verächtlich oder gar erzürnt, sondern mit leisem Stolz, als wunderte er sich, dass der kleine Bruder doch noch zum Mann wurde.
Das änderte nichts daran, dass er täglich mit schmerzhafter Sehnsucht an Bianca dachte, an seine Studien und die Akademie in Florenz. Dennoch musste er sich eingestehen, dass sein Leben, das mittlerweile die Züge einer Odyssee angenommen hatte, ihn keineswegs unglücklich machte. Auch wenn er so manches Mal über sein Los schimpfte, fühlte er sich doch auf eine Weise lebendig, wie er es bisher nicht erfahren hatte.
Jeden Abend, wenn er seine müden Knochen auf der Liege ausstreckte, rief sich Ciriaco Biancas Bild vor Augen. Worte der Liebe, die er ihr nie gesagt hatte, geisterten ihm durch den Sinn. Und manchmal, kurz vor dem Einschlafen, wenn sein Wille die Herrschaft schon beinah an die Traumwelt abgege-

ben hatte, dachte er auch an den Jungen auf dem Marktplatz in Edirne. Und an dessen Augen, diese merkwürdig leuchtenden Augen, die solch eine Unruhe in ihm ausgelöst hatten. Ihr Licht nahm er mit in seine Träume, als wären es zwei blaue Sterne, die vom Himmel auf seine Lider herabgesunken waren. Aber am nächsten Morgen hatte er sie wieder vergessen.

*O Allah, gib mir Kraft, diese Schande zu ertragen. Du hast meine Gebete erhört und mein Leben gerettet. Aber welche Strafe bürdest Du Deinem untertänigsten Diener auf? Einem ungläubigen Hund soll ich das Wasser reichen, ihn betten und für ihn sorgen. O Allah, das ist zu viel für mein Herz. Ich schaffe es nicht. Doch nein, es muss sein. Peinige mich, denn Du bist gerecht. Und meine Sünde verlangt nach Schande. Ja, ich bin weniger als ein Schwein, das sich im Dreck suhlt. Doch selbst ein Schwein braucht sich nicht von einem Diener des Teufels beschimpfen zu lassen. Dieser Gefährte des Christen, den wir in Edirne zurückließen, ist schlimmer als ein Hund. Er stinkt nach den Feuern der Hölle, die ihn auch im Gesicht gebrandmarkt haben. Oh, hätte er mich doch getötet. Aber der christliche Götzenanbeter hat ihn daran gehindert. Möge er verflucht sein. So muss ich meine Strafe weiter ertragen, und dem Schändlichsten der Niedrigsten ein Diener sein. O Allah …*

Der Freistaat Ragusa erstreckte sich über ein langgezogenes Gebiet an der dalmatinischen Küste. Seine ersten Bewohner waren Fischer gewesen, die auf einer felsigen Insel am Fuße des späteren Monte Vergato lebten. Es war nur ein schmaler Wasserkanal, der sie vom Festland trennte, doch er bot Schutz gegen mögliche Angreifer. Als die Ansiedlung heranwuchs, befanden die Bewohner, dass es mehr als einen Kanal brauchte, um ihr Hab und Gut zu schützen. So schloss das junge Ragusa Bündnisse mit den umliegenden serbischen Völkern. Die Stadt begann, sich auf dem Festland auszubreiten. Und sie spielte eine zunehmende Rolle im Seehandel. Damit allerdings kam sie einer anderen Stadt in die Quere: Venedig.

Ragusa versuchte, sich durch ein Schutzbündnis mit Piraten zur Seeseite hin abzusichern. Doch denen war nicht zu trauen. Wer wusste schon, ob sie es nicht selbst auf die Stadt abgesehen hatten. Guter Rat tat not, denn daran, dass die Serenissima zu allem entschlossen war, gab es keinen Zweifel. Und das Kämpfen war der Ragusäer Sache nicht. In dieser Situation zögerte der Himmel nicht, der Stadt an der dalmatinischen Küste zu Hilfe zu eilen.

Die christliche Zeitrechnung näherte sich der Jahrtausendwende, als Blasius, ein Heiliger, der im vierten Jahrhundert den Märtyrertod gestorben war, einem Pfarrer aus der Kirche des heiligen Stephan im Traum erschien, um die Ragusäer vor einem Überfall der Venezianer zu warnen. Praktischerweise verriet der heilige Blasius auch gleich den genauen Ort und Zeitpunkt des zu erwartenden Angriffs. Mit so viel Beistand fiel es schon leichter sich zu verteidigen. Der heilige Markus, der es mit Venedig hielt, musste passen. Und der venezianische Löwe zog sich, seine Wunden leckend, in die Lagune zurück. Ragusa hatte seinen Schutzheiligen gefunden.

In den folgenden zwei Jahrhunderten zeigten sich der heilige Blasius und der heilige Markus hin und wieder die Zähne, ohne dass es zu einer Entscheidung zwischen ihnen gekommen wäre. Doch Heilige haben ein langes Gedächtnis. Als dann im Jahre 1204 Konstantinopel eine Zeit lang unter venezianische Hoheit geriet, schlug Markus erneut zu. Und diesmal fand Blasius keinen Pfarrer, dem er die Pläne des Feindes verraten konnte. Es sollte 150 Jahre dauern, bis Ragusa sich wieder von dem venezianischen Joch befreien konnte, allerdings zu einem fürchterlich hohen Preis.

Im Oktober 1347 kehrten nämlich zwei genuesische Schiffe aus dem Schwarzmeerhafen Kaffa, auf der Krim, nach Sizilien zurück. Die Schiffe hatten nicht nur Waren an Bord, sondern auch das, was die Geißel des 14. Jahrhunderts werden sollte: die Pest.

Zwei Jahre lang tobte der Schwarze Tod durch Europa. Ein Drittel der Bevölkerung, so hieß es, sei von ihm dahingerafft worden. Und besonders schlimm traf es die Hafenstädte. Ragusa nutzte die Schwäche seiner herrischen Schwesterstadt und stellte sich unter den Schutz des ungarischen Königs. Der ließ sie machen, was sie wollte. Als dann die Osmanen zur alles beherrschenden Macht auf dem Balkan aufstiegen, erkauften sich die Ragusäer auch deren Schutz. Und ganz nebenbei die Erlaubnis, die umliegenden Gold- und Silbervorkommen auszubeuten.

Zwar war den Muselmanen ebenso wenig zu trauen wie den Piraten, aber sie erwiesen sich als vortreffliche Geschäftspartner. Der Handel florierte. Und nicht einmal der Erzbischof von Ragusa störte sich daran, dass sich neben dem ungarischen König und dem Papst auch ein Sultan für die Rechte der Stadt verbürgte. Im Freistaat an der Adria trafen die unterschiedlichen Welten aufeinander.

»Dubrovnik.«

Marius, der Kutscher, auf dessen Fuhrwerk Ciriaco saß, hatte sein Gespann angehalten und wies auf die Stadt an der felsigen Küstenlinie hinab. Sie hatten gerade eine Anhöhe passiert, als sich mit einem Mal das türkis leuchtende Meer unter ihnen erstreckte. Ciriaco war wie gebannt von dem Anblick, der sich ihm bot. Die grünbewaldeten Hänge der Berge, die schillernde Fläche des Wassers mit der hellen Gischt an der zerklüfteten Kruste des Landes und mittendrin die Stadt, die mit ihren ro-

ten, verschachtelten Dächern wie ein Rubin wirkte. Die ganze Szenerie schien einem Traum der alten griechischen Götter entstiegen.
»Dubrovnik?«, fragte er. Den Namen hatte er in den vergangenen Tagen schon häufiger aufgeschnappt, aber immer angenommen, dass es sich dabei um eine Nachbarstadt von Ragusa handeln müsse.
»Dubrovnik«, wiederholte Marius. »Ragusa. Ragusa, Dubrovnik. Alles das Gleiche. Wir sind wie Janus, ein Gesicht zeigt aufs Meer, das andere ins serbische Hinterland.«
Während sich die Karawane die gewundene Straße hinabbewegte, konnte Ciriaco seinen Blick nicht von der im Sonnenlicht glitzernden Wasserfläche wenden. Erst jetzt bemerkte er, wie sehr ihm das Meer gefehlt hatte. Seine Weite und Klarheit, sein würziger Duft, den ein frischer Wind den Hang hinauftrieb, und seine Bedingungslosigkeit, die von denen, die ihm dienten, das Beste forderte. Und ihnen das Beste gab. Sein Reichtum und seine Grausamkeit. Ciriaco dachte an das Gespräch mit Chidr Pascha. Das Meer war wirklich wie eine Frau, wie eine unendlich leidenschaftliche Frau. Und anscheinend liebte er es, denn er empfand pures Glück bei seinem Anblick.
Allerdings begann seine Euphorie nachzulassen, als sie sich der Stadt näherten. Denn nun drängte sich ein Problem in den Vordergrund, das bereits seit ihrer Abfahrt aus Edirne an ihm nagte, das er jedoch bisher immer wieder aus seinen Gedanken verbannt hatte. Es ging schlicht und einfach um die Frage, wie es nun weitergehen sollte.
Qara Chidr Pascha war in diesem Punkt, wie er im Nachhinein feststellte, etwas ungenau gewesen. Er solle ein Schiff nach Norden nehmen, lautete der Plan. Damals hatte er angenommen, dass der angekündigte Gehilfe über die Details des weiteren Vorgehens Bescheid wüsste. Ciriaco wandte sich nach Mahmud um,

der wie immer dem Fuhrwerk hinterhertrottete. Der kleine Kerl wirkte etwas mitgenommen. Kein Wunder, er war praktisch den ganzen Weg von Edirne hierher gelaufen. Fast hatte Ciriaco Mitleid mit ihm. Aber das half ihm jetzt auch nicht weiter. Von Mahmud jedenfalls erhoffte er sich keine Hilfe.
Die Karawane wurde freudig begrüßt. Ein Trupp Soldaten kam ihnen entgegengeritten und geleitete sie in die Stadt. Als sie im Hof einer großen Faktorei hielten, wandte Marius sich Ciriaco zu.
»Hier muss ich mich von Euch verabschieden, Pater«, sagte er. »Das Kloster findet Ihr nicht weit von hier, in der Nähe der Mauer.« Er wies in Richtung Osten, wo die Stadt sich bis an den Fuß des Berges erstreckte.
Ciriaco dankte ihm, nahm ihr Bündel und sprang vom Wagen. Vor dem Tor der Faktorei blieb er stehen, warf Mahmud ihr Gepäck zu und fuhr sich ratlos über seine Bartstoppeln. Der Moment der Wahrheit war gekommen. Sie konnten unmöglich zu den Franziskanern gehen. Bei den Händlern mochte er ja noch als Mönch durchgehen, aber die echten Mönche würden ihn sofort durchschauen, dessen war er sich sicher. Er wusste zwar nicht, was man mit ihm machen würde, wenn seine Tarnung aufflog, wollte diese Erfahrung aber erst gar nicht machen müssen. Verflixt, was sollten sie tun?
»Müssen ein Schiff nehmen«, brummte Mahmud.
Ciriaco sah ihn missmutig an. »Was du nicht sagst, du Schlaukopf.«
»Schiffe liegen im Hafen. Also müssen wir zum Hafen.«
Da war allerdings etwas dran. »Und dann?«, fragte er. »Sollen wir auf jedem Schiff fragen, wo es hinfährt? Wir wissen doch nicht einmal, in welche Stadt wir wollen.«
»Spalato«, meinte sein Diener, schulterte den Beutel mit ihren Sachen und stapfte los.

»Heh«, rief Ciriaco, als er Mahmud nacheilte. »Wieso Spalato?«
»Müssen nach Spalato«, wiederholte sein Diener unbeirrt.
Ciriaco packte ihn am Arm. »Moment mal. Antworte gefälligst, wenn ich dich etwas frage.«
Mahmud blieb stehen und sah ihn wütend an. »Spalato. Spalato. Spalato.« Es hörte sich an wie eine Schimpfkanonade. »Bring den Christen nach Spalato. Warum? Weil der König der Serben dort ist. Pass auf ihn auf, Mahmud, dass ihm nichts geschieht. Und dass er heil dort ankommt. Oh, dem Ungläubigen geschieht nichts. Er fährt auf einem Wagen, während Mahmud durch den Staub laufen muss. Der Christ ist ein feiner Herr und Mahmud nur der Hund, den er treten kann, wenn es ihm gefällt. Aber Mahmud weiß, wo es langgeht. Und der Christ weiß nichts.«
Ciriaco starrte seinen Diener verblüfft an. Sie standen sich gegenüber, leicht nach vorne gebeugt, alle beide. Ihre Gesichter nur eine Handlänge voneinander entfernt.
»Aha«, sagte Ciriaco nach einer Weile, »und weiß Mahmud auch, wie wir ein Schiff finden, ohne dass ganz Ragusa auf uns aufmerksam wird?«
Ein paar Leute waren bereits stehen geblieben und beobachteten sie neugierig.
»Hmmh«, brummte sein Diener, während sie beide langsam weitergingen. »Kapitän Grandinetti bringt uns nach Spalato.«
»Grandinetti?« Ciriaco war beeindruckt. »Und wo finden wir diesen Kapitän?«
»In einer Taverne«, antwortete der Mann mit dem kahlen Kopf. »In einer Taverne mit Frauen. Dort müssen wir hin.«
»Na großartig«, befand Ciriaco, »da sind wir ja genau die Richtigen. Ein Mönch und ein Moslem auf dem Weg in ein Hafenbordell.«

Der Reiter, der oberhalb der Küste die Anhöhe passierte, hatte keinen Sinn für die Schönheit der Landschaft. Seit fast zwei Wochen saß Luca jetzt im Sattel, um den jungen Pizzicolli nicht aus den Augen zu verlieren. Das war zwar mühsam gewesen, aber nicht schwer. Jetzt sah die Sache allerdings anders aus. In Ragusa musste er vorsichtig sein, damit er den beiden nicht über den Weg lief. Andererseits würde es wohl nicht allzu schwierig sein, einen Mönch zu verfolgen, der einen krötengesichtigen Osmanen als Begleitung hatte. Wenn er nur wüsste, was die beiden vorhatten.
Dem Brief, den er für Theophilos Jagaros mitbekommen hatte, war jedenfalls nicht viel zu entnehmen. Luca hatte das Siegel erbrochen, kaum dass er die Stadtmauern von Edirne hinter sich gelassen hatte. Leider war sein Griechisch nicht das Beste, alles, was er verstand, war, dass der Bote, also Ciriaco, noch mit einer anderen Aufgabe beschäftigt sei. Und das wusste er schon.
Dass »sein Herr« ihn nach Konstantinopel zurückschickte, passte Luca gar nicht. Natürlich hatte er schon einiges in Erfahrung gebracht. Die Venezianer hatten einen Verbindungsmann in Edirne, einen osmanischen General. Schön und gut, aber was sollte sein Auftraggeber damit anfangen? Luca hatte noch nie eine Sache halb erledigt. Also hatte er nicht lange überlegt. Sein Instinkt sagte ihm, dass er Ciriaco folgen musste. Letztlich hatte der Hauptmann aus Mailand ihm freigestellt, auf welche Weise er den Einfluss Venedigs schwächen sollte. Zuallererst natürlich als Spion. Zu wissen, was der Gegner plante, bedeutete meist schon den halben Sieg. Was aber, wenn er die Kontrolle über den jungen Hund verlor? In diesem Punkt war Francesco Sforza eindeutig gewesen. Wenn ein Rivale nicht mehr berechenbar war, war es besser, ihn zu beseitigen.

Luca lenkte sein Pferd den Weg hinab. Persönlich hatte er nichts gegen den jungen Pizzicolli. Im Gegenteil, er mochte ihn. Ciriaco war ein aufgeweckter Bursche und keineswegs so unerträglich wie die meisten Söhne aus gutem Hause. Sie hatten schöne Gespräche geführt und manchen Becher Wein zusammen geleert. Aber sie kämpften nun einmal nicht für die gleiche Sache. Darum würde Luca auch nicht einen Moment lang zögern, den Jungen zu töten, wenn es sein musste. Was er nun entscheiden musste, war, ob Ragusa bereits der Ort war, an dem er sich seines verlorengegangenen Schützlings entledigen sollte oder nicht.

# Feldherren

Wenige Tage nach Ciriacos Abreise aus Konstantinopel war die Kreuzfahrerflotte aus Venedig am Bosporus eingetroffen. Dort erfuhr der päpstliche Legat, Kardinal Francesco Condulmer, der die Truppen kommandierte, dass Sultan Murad mit seiner Armee nach Anatolien übergesetzt hatte. Der Kardinal begriff sofort, was das bedeutete: Der Emir von Qaraman hatte Wort gehalten und lenkte die Streitmacht der Osmanen nach Süden. Deren Hauptstadt, Edirne, war nahezu ungeschützt. Die Geheimvereinbarung zwischen Ungarn und Qaraman trug Früchte. Jetzt galt es, schnell zu handeln.

Der Kardinal schickte umgehend eine Botschaft an Kardinal Cesarini, der im ungarischen Ofen den jungen König militärisch beriet. Die Streitmacht an der Donau solle unverzüglich in Bewegung gesetzt werden, während die venezianischen Schiffe die Dardanellen blockieren würden, um eine Rückkehr der osmanischen Armee zu verhindern. Wenn sie jetzt handelten, so die beschwörenden Worte des Legaten, könnte das Abendland ein für alle Mal die muslimische Geißel besiegen. Und Ostrom würde seine alte Größe zurückgewinnen, selbstverständlich unter Anerkennung der päpstlichen Hoheit. Tatsächlich hatte Kardinal Condulmer allen Grund für seinen Optimismus. In diesem Sommer des Jahres 1444 stand die Macht des Osmanischen Reiches auf der Kippe.

Inzwischen war die Nachricht von der Ankunft der Kreuzfahrerflotte auch in Edirne eingetroffen und Qara Chidr Pascha begriff, dass er nun handeln musste. Dabei machte ihm die Flotte im Marmarameer die geringsten Sorgen. Die würde ihm den Sultan vom Leib halten. Was er fürchtete, war die Streitmacht, die an der Donau lauerte. Er hatte im vergangenen Jahr erfahren, wozu der Heerführer des ungarischen Königs, Johannes Hunyadi, fähig war. Da war es ihm nur mit Mühe gelungen, die Armee der Christen abzuwehren, bevor sie Edirne erreichten. Jetzt aber war die Hauptstadt der Osmanen weitaus gefährdeter. Das Heer Hunyadis musste um jeden Preis aufgehalten werden. Nur wie? Chidr Pascha traute dem Frieden nicht, den Sultan Murad mit den Abgesandten des ungarischen Königs getroffen hatte. Was galt schon das Wort eines Ungläubigen?
Chidr Pascha grübelte lange über dieses Problem nach. Als sich die Lösung in seinem Geist abzuzeichnen begann, konnte er anfangs selbst kaum glauben, dass er sie tatsächlich in Erwägung zog. Doch die Idee ließ ihn nicht mehr los, und nachdem er seine Bedenken beiseitegeschoben hatte, wunderte er sich, wieso er nicht schon vorher draufgekommen war. Die Lösung für sein Problem befand sich direkt vor seiner Nase, allerdings durch Mauern geschützt, die noch keiner bezwungen hatte. Die Lösung befand sich im Harem des Sultans.
Einige Jahre zuvor hatte Murad von dem ihm tributpflichtigen serbischen Despoten, Georg Brankovich, dessen Tochter für seinen Harem gefordert. Brankovich hatte empört abgelehnt. Er änderte seine Meinung, als kurz darauf das osmanische Heer an seine Tore klopfte. Die sechzehnjährige Mara Brankovich zog voller Furcht in den Harem des Sultans ein. Ein Jahr später war sie seine Favoritin.
Dem serbischen Despoten nützte das wenig. Murad nahm ihm nach der Tochter auch noch sein Land. Brankovich floh nach

Ungarn und traf dort just zu dem Zeitpunkt ein, da die Entscheidung anstand, wer der neue König von Ungarn werden sollte. Leider setzte der Serbe auf das falsche Pferd und stimmte gegen den jungen Polen. Wladislaw III. erwies sich als nachtragend, er nahm dem Despoten die wenigen Besitzungen, die der Sultan ihm gelassen hatte, inklusive seines Palastes in Ofen. Georg Brankovich war obdachlos.

Als dann Johannes Hunyadi seinen Feldzug gegen die Osmanen unternahm, war Brankovich sofort mit dabei. Zwar blieb der Feldzug auf den eisigen Pässen des Haemus stecken, doch dass er überhaupt so weit gekommen war, lag zu einem beträchtlichen Teil an den Ortskenntnissen des entmachteten serbischen Despoten.

Auch in dem Heer, das sich nun an der Donau gesammelt hatte, war Brankovich ein wichtiges Glied in der Kette der Angreifer. Allerdings auch das schwächste.

Qara Chidr Pascha beabsichtigte, den Serben auf seine Seite zu ziehen. Dafür würde der *beylerbey* dem Despoten das bieten, was dieser am meisten begehrte: ein Königreich. Zumindest sollte Brankovich das glauben. Und das würde er tun, wenn ihm eine Person, der er absolut vertraute, die Ernsthaftigkeit dieses Angebots versicherte. Diese Person war seine eigene Tochter Mara, die Favoritin des Sultans.

Natürlich hatte Chidr Pascha keinerlei Zugang zum Harem. Aber der Prinz. Der *beylerbey* würde nicht nur Mara Brankovich, sondern auch Mehmed für seine Pläne benutzen müssen. Er hatte keinen Zweifel, dass ihm dies gelingen würde. Eine Weile spekulierte er mit der Idee, welche Möglichkeiten er hätte, wenn er über den Harem Einfluss auf den Sultan nehmen könnte. Es wäre der perfekte Weg. Leider war der Harem besser geschützt als der Staatsschatz. Chidr Pascha wusste, dass es praktisch unmöglich war, das Geschehen im Harem zu manipu-

lieren. Dennoch mochte er sich nicht ganz von dieser Idee verabschieden. Im Moment allerdings galt es, Dringlicheres zu bedenken: Wen sollte er damit beauftragen, den von Mara Brankovich verfassten und von Prinz Mehmed gegengezeichneten Brief zum serbischen Despoten zu bringen?
Er konnte kaum einen seiner Soldaten schicken oder gar einen seiner Offiziere. Seit der Sultan die Stadt verlassen hatte, belauerten sich die mächtigen Familien, um jede Schwäche der jeweils anderen zu ihrem Vorteil zu nutzen. Sein Vorhaben musste absolut geheim bleiben. Also brauchte er jemand Außenstehenden. Gleichzeitig musste dieser Jemand eine vertrauenswürdige Person sein. Jemand, der Brankovich als Fürsprecher überzeugen würde. Genauer gesagt: ein Christ.
Noch während Chidr Pascha überlegt hatte, wo er solch eine Person finden konnte, hatte ihm der Hauptmann der Palastwache den Besuch eines Boten aus Konstantinopel gemeldet. Als der *beylerbey* von Rumelien dem jungen Venezianer gegenüberstand, wusste er, dass Allah auf seiner Seite war.

»Es war in jenem Jahr, da Mohammed nach Medina kam. Dort empfing man ihn wie einen verlorenen Königssohn, der den Weg in die Heimat gefunden hatte. Alle Häuser, alle Paläste standen ihm offen, und die Würdenträger der Stadt wetteiferten darum, wer den Propheten beherbergen sollte. Doch Mohammed wollte niemanden kränken. So stieg er vor den Toren der Stadt von seinem weißen Kamel und gab ihm die Zügel frei. Dort, wo es sich niederließe, verkündete er, wollte auch er sein Haupt betten.«
Der Prinz lauschte mit geschlossenen Augen. Aber all seine anderen Sinne waren weit geöffnet. Der Klang der Worte fügte sich ein in die friedlichen Geräusche des frühen Abends. Die Blüten im Garten des Sultans begannen sich zu schlie-

ßen, doch ihr Duft schwebte noch in der Luft wie der unsichtbare Schleier eines Dschinn. Es war die Stunde vor dem Gebet.

»Sprich weiter, *baba*«, sagte der Prinz leise, »was geschah, als der Prophet sein Kamel freiließ?«

Ak Schemseddins Stimme fuhr ebenso leise fort. Sie beide liebten den Zauber der Stille.

»Das Kamel suchte sich den Hof eines einfachen Soldaten, Eyüp Eusari, der daraufhin Fahnenträger in der Armee des Propheten wurde. Und dies ist seine Geschichte.«

Der Sheik beobachtete eine Taube, die sich auf der Mauer des Gartens niederließ. Ihr Gefieder schimmerte rötlich im verglühenden Licht. Da musste er mit einem Mal an seinen Garten und den Rosenbusch in seiner *zawiya* denken. Wie sehr er die Reinheit jenes Ortes vermisste.

»Eyüp war achtzig, als das Heer aufbrach«, erzählte er weiter, »um Konstantinopel, die Stadt, die der Prophet ihnen verheißen hatte, zu erobern. Alle Versuche, ihn von der Teilnahme an dem Feldzug abzuhalten, schlugen fehl. Er war der Bannerträger des Propheten, und so wie Mohammed bis zu seinem letzten Atemzug für den Glauben gekämpft hatte, so würde auch er seine Aufgabe erfüllen.

Die Armee, die bis dahin noch nie eine Niederlage erlebt hatte, scheiterte vor den unüberwindbaren Mauern der Stadt am Bosporus. Viele gaben ihr Leben hin. Auch Eyüp traf ein Pfeil. Vielleicht hätte ein jüngerer Mann überlebt, doch der Bannerträger wusste, dass seine Stunde gekommen war. Als die Soldaten ihn mitnehmen wollten, wehrte er ab. Dies war der Ort, an dem er sterben wollte.«

»Also begruben sie ihn vor der Stadt?«, fragte der Prinz.

»Ja«, sagte der Sheik, »doch mit seinen letzten Worten verkündete er ihnen, dass eines Tages das Banner des Propheten über den Mauern dieser Stadt wehen und so seine Gebeine in geweihter Erde ruhen würden.«

»Wo ist das Grab von Eyüp?«

»Das weiß niemand. Nachdem sie ihn begraben hatten, ließen die Soldaten ihre Pferde über die Erde trampeln, um die Stelle unkenntlich zu machen. Als sie abzogen, schworen sie im Angesicht der Mauern, dass sie wiederkommen würden. Und dass Eyüps Prophezeiung sich erfüllen sollte.«

Mehmed sann über diese Worte nach. Der Sheik störte ihn nicht. Schließlich wandte sich der Sohn des Sultans ihm zu. Seine dunklen Augen waren tief und weich.

»Warum warst du so lange fort, *baba*?«

»Aus Liebe zu dir, mein Prinz«, antwortete Ak Schemseddin leise. »Von uns beiden hast du das schwerere Los. Wenn ich bei dir geblieben wäre, könnte ich versucht sein, dir dein Schicksal zu ersparen. Und dir damit einen schlechten Dienst erweisen.«

»Und was ist mein Schicksal, *baba*?« Der Junge hatte sich vorgebeugt. »Was hat Allah vor mit mir?«

Der Ältere wusste, dass der Moment der Wahrheit gekommen war.

»Du wirst der Mann sein, der die Prophezeiung erfüllt. Es ist deine Bestimmung. Du wirst die Mauern von Konstantinopel bezwingen, du wirst das Banner des Propheten in die Stadt tragen.«

Der Sheik sah, wie die Augen des Jungen sich weiteten. Ehe er ihn mit Fragen bestürmen konnte, forderte Ak Schemseddin ihn auf, das Gebet zu vollziehen. Während sie die rituellen Gesten vollzogen, dachte der Sheik daran, dass diese Neuigkeit die Eitelkeit und den Hochmut des Jungen noch mehr befördern würde. Aber das war nicht zu vermeiden gewesen. Es würde an ihm sein, dafür zu sorgen, dass der Prinz das Trügerische dieser Gefühle erkannte. Um ihnen nie wieder zu erliegen. Mehmed wusste es noch nicht, aber für ihn hatte eine Lehrzeit begonnen, die weitaus schmerzhafter sein würde, als die, in der er einst Bekanntschaft mit der Rute gemacht hatte.

Der Sheik war in großer Sorge. Es bedurfte keiner besonderen Gaben, um die Gefahren zu sehen, die nicht nur den Jungen, sondern auch den Staat bedrohten. Ein Kreuzfahrerheer, das bereit war, jederzeit die Donau zu überschreiten und nun auch noch Gerüchte über eine feindliche Flotte im Marmarameer. Die Armee des Sultans war in Anatolien, und in der Stadt selbst herrschte eine Atmosphäre nervöser Unruhe. Die Unzufriedenheit der Janitscharen, von denen die Sicherheit der Stadt abhing, war nur ein Anzeichen dafür. Und es gab noch andere, die jenen, die hier lebten, vielleicht gar nicht mal auffielen. Doch dem Sheik, dessen Sinne in der Zurückgezogenheit der *zawiya* geschärft worden waren, entgingen sie nicht.

Er hatte nicht einmal einen Tag gebraucht, um zu erkennen, dass der *Divan* untereinander zerstritten war, und der Großwesir die rivalisierenden Fraktionen nicht mehr kontrollieren konnte. Neid und Missgunst herrschte unter den mächtigen Familien, das Netz der Intrigen war kaum noch zu entwirren. Doch was den Sheik besonders beunruhigte, waren einige Vorfälle, die keinen unmittelbaren Sinn ergaben. Und er wusste, dass es oft solche Ereignisse waren, hinter denen das Böse lauerte.

Dass Qara Chidr Pascha, dem die Armee unterstand, einen Boten aus Konstantinopel empfing, war seltsam genug. Doch es mochte eine Erklärung dafür geben. Was der Sheik aber nicht im mindesten verstand, war, wieso irgendjemand dem *tabib* der Moschee in einer dunklen Gasse die Kehle durchschnitten hatte.

Qara Chidr Pascha nahm einen Zug aus der Wasserpfeife, ließ den kühlen Rauch seine Zunge umspielen und hauchte ihn wieder aus. Dann lehnte er sich zurück und lauschte den Geräuschen des Abends. Gedanken durchzogen seinen Geist, so weich und langsam wie der Tabakrauch die Luft. Natürlich wusste der *beylerbey*, wie riskant sein Vorgehen war und dass er sein Leben aufs Spiel setzte. Aber Chidr Pascha dachte nicht wie andere Menschen. Dabei war er kein Hasardeur, der sich mutwillig in Gefahr brachte. Heldenmut zählte für ihn ebenso zu den Torheiten wie Feigheit. Er selbst betrachtete jede Situation nur daraufhin, welchen Vorteil sie ihm bringen konnte. Was ihn von anderen Menschen unterschied, war seine Fähigkeit, Möglichkeiten zu erkennen, die andere noch nicht einmal zu denken gewagt hätten. Und, eine kühne Idee entschlossen umzusetzen. Der Plan, den er nun verfolgte, war in doppelter Hinsicht von äußerster Kühnheit.

Schon der Venezianer war ein Geschenk des Himmels gewesen. Jung und leidenschaftlich, vertrauensselig und unendlich hungrig nach Anerkennung, war er leicht zu lenken gewesen. Dass der Christ selbst ihm dann aber noch ein zweites Geschenk in den Korb legen würde, war schon fast zu viel des Guten. Ein Mädchen, das als Junge verkleidet das Glaubensbekenntnis abgelegt hatte. Der Chidr Pascha lachte lautlos in sich hinein, als er an den Moment zurückdachte, da sein Diener ihn zu dem völlig aufgelösten Arzt geführt hatte. Selbst als er es dann mit eigenen Augen gesehen hatte, konnte er es nicht fassen. Aber das kahle Nest zwischen ihren Schenkeln war tatsächlich leer.

Die Augen des Mädchens waren vor Entsetzen geweitet, sie zitterte am ganzen Körper. Er gab seinen Männern ein Zeichen, sie loszulassen. Er war sicher, dass sie sich in einer Schreckstarre befand. Und selbst wenn nicht, wo sollte sie hin? Dann ging er langsam um sie herum. Ihr Körper war dünn, ihr Hintern der eines Jungen. Es würde noch dauern, bis sie die Formen einer Frau annahm. Als er wieder vor ihr stand und sie seinen Blick heftig atmend erwiderte, erkannte er mit einem Mal, dass sie keineswegs vor Angst erstarrt war, sondern dass hinter ihrer Scham Wut brodelte.

Die Szene auf dem Markt trat ihm wieder vor Augen. Ein Arm mit einem Säbel, schnell wie eine Viper. Ihre Entschlossenheit gegenüber den Soldaten. Dieses Mädchen hatte als Junge verkleidet eine Moschee betreten und das Glaubensbekenntnis abgelegt. Es hatte gegen alle Gesetze verstoßen, auch die der Christen. Nun stand es einem Mann gegenüber, dessen Macht sie allen Grund hatte zu fürchten. Und dennoch las er in ihren Augen, dass sie dazu bereit war, ihm im nächsten Moment an die Kehle zu gehen.

Chidr Pascha konnte es kaum fassen. Es durchfuhr ihn wie Feuer, als er erahnte, was aus diesem Mädchen werden könnte. Seine Gedanken überschlugen sich, suchten nach Möglichkeiten. Ertasteten das Undenkbare, verwarfen es. Dann griff er es erneut auf und handelte ohne zu zögern.

Wieder nahm er einen Zug aus der Pfeife und blickte dem Rauch hinterher. Es würde nicht einfach sein. Und jeder normale Mensch hätte es als Wahnsinn bezeichnet. Doch Chidr Pascha war kein normaler Mensch.

Als der Geschmack des Tabaks an Schärfe zunahm, legte er den Schlauch beiseite. Angenehme Wärme strömte durch seine Glieder. Es war an der Zeit, den nächsten Schritt zu tun. Er winkte den Diener herbei.

»Bringt sie jetzt zu mir!«, befahl er.

Während er auf die Rückkehr des Dieners wartete, überdachte er noch mal sein Vorgehen. Es konnte nur gelingen, wenn er das Mädchen vollkommen in der Hand hatte, sie aber nicht zerbrach. Es gab nur einen Menschen, der diese Aufgabe erfüllen konnte.

Als sie eintrat, hob er den Kopf. Sie war immer noch die Schönste seiner Frauen.

»Mein Gebieter«, sagte sie, als sie vor ihm in die Knie gesunken war.

Qara Chidr Pascha nickte zufrieden. Er war sicher, dass er das perfekte Werkzeug gefunden hatte.

# Auf See

Sein erster Gedanke war, dass irgendetwas fürchterlich schiefgelaufen war. In seinem Kopf dröhnte der Schmerz, als hätte ihn jemand mit einer Eisenstange niedergeschlagen. In seinen Gliedern war keine Kraft mehr, er lag ausgestreckt auf dem Boden, von irgendwoher stieg säuerlicher Geruch in seine Nase, und er spürte, wie der Inhalt seines Magens in Richtung Kehle drängte. Als Nächstes begriff er, dass der Boden unter ihm schwankte.

Ciriaco versuchte, seine Augen zu öffnen, aber die Lider schienen wie festgeklebt. Als ihm schließlich doch ein Blinzeln gelang, stellte er fest, dass er sich an einer dunklen Örtlichkeit befand. Die Luft war stickig. Panik stieg in ihm auf, als er an die Bleikeller des Dogenpalastes dachte. Etwas Schreckliches musste ihm widerfahren sein. Er wollte sich aufrichten, doch bereits die kleinste Bewegung schickte heftige Schmerzwellen durch seinen Schädel. Was, um Himmels willen, war geschehen?

Erneut zwang er sich, die Augen zu öffnen. Die Decke des niedrigen Raumes bestand aus Bohlen, durch deren Ritzen spärliches Licht fiel, das ihn seine Umgebung erkennen ließ. Er lag auf einem Holzboden. Um ihn herum waren prallgefüllte Jutesäcke gestapelt. Als er sich mühsam aufrichtete, entfuhr ihm ein Stöhnen, so sehr hämmerte der Schmerz gegen seine Stirn.

Schon von dieser einfachen Bewegung erschöpft, lehnte er sich gegen die Säcke und wartete, bis Schmerz und Übelkeit etwas nachließen. Langsam sah er an sich herab und gewahrte die Mönchskutte. Im gleichen Moment wusste er auch, dass er nicht in Venedig war. Konstantinopel, Edirne. Der Weg nach Ragusa. Die Stadt an der Adria. Doch mit diesem Bild endete seine Erinnerung. Verzweifelt sah er sich um. Offenbar befand er sich auf einem Schiff. Doch wie war er hierhergekommen?
Ihm war klar, dass er keine Antworten auf seine Fragen finden würde, wenn er nichts unternahm. Also trotzte er dem Schmerz und der Übelkeit und rappelte sich auf. Als er einen Stapel Säcke umrundete, entdeckte er den schmalen Aufgang, auf dessen Stufen von oben Licht fiel. An einem seitlich auf Brusthöhe befestigten Seil zog er sich empor. Das gleißende Licht des Tages stach ihm in die Augen und verstärkte den Schmerz in seinem Kopf. Blinzelnd beschattete er mit der Hand sein Gesicht. Das Schiff, auf dem er sich befand, lag keineswegs an der Hafenmole, wie er gehofft hatte, sondern befand sich auf hoher See. Es war eine offene Barke, mit einem Segel und jeweils zwei Ruderern auf den Bänken. Die Männer saßen mit dem Rücken zu ihm.
»Heh, Mönch!«
Der Ruf kam von hinten. Ciriaco wandte sich um und schaute zu dem Aufbau am Heck hoch. Das Gesicht des Mannes, der, mit den Armen auf die Brüstung gestützt, zu ihm herabsah, kam ihm vage bekannt vor. Als er die Stufen zur Brücke hochstieg, grinste ihm der Mann entgegen. Bilder drängten in Ciriacos Bewusstsein, ohne dass er sie genauer bestimmen konnte. Doch er wusste, dass dieser Kopf mit dem schwarzen, gekräuselten Bart und dem verstümmelten Ohr in ihnen vorkam.
»Guten Morgen, Mönch«, sagte der Mann jetzt lachend, »dein Freund hat dem Meer bereits sein Opfer dargebracht.«

Ciriacos Blick folgte der Geste des Mannes. An der Reling hockte, in sich zusammengesunken, ein dicker, kahler Mann. Mahmud schien es nicht besser zu gehen als ihm selbst.
Mahmud!
Mit einem Schlag kam die Erinnerung zurück.
Wie eine heiße Woge stieg die Scham in ihm auf. Und die Wut.
»Du!«, rief er und machte einen Schritt auf seinen Diener zu.
Mahmud hob den Kopf. Doch ehe er irgendetwas tun konnte, bemerkte Ciriaco, dass noch etwas ganz anderes in ihm aufstieg. Mit einem Satz war er an der Reling, und mit dem Lachen des Kapitäns in den Ohren würgte er sich die Seele aus dem Leib.
Als es endlich vorüber war, ließ er sich zu Boden sinken. Er saß keine Armeslänge von Mahmud entfernt, der finster vor sich hin starrte.
»Du sollst verflucht sein, Mameluck«, keuchte Ciriaco mühsam.
»Mögest du in der Hölle braten, Hurenmönch«, knurrte sein Diener zurück.

Den Weg zum Hafen von Ragusa zu finden, war nicht schwer gewesen. Aber damit war Ciriaco auch schon am Ende mit seinem Latein. In dem weiten rechteckigen Hafenbecken lagen gut zwei Dutzend Galeeren und Lastkähne vor Anker. Auf der Mole stapelten sich Säcke, Fässer und Kisten. Dutzende von Packern schleppten die Waren hin und her, sei es auf die Schiffe, sei es in die Kontore und Lagerhäuser, die sich rund um die gepflasterten Kais erhoben. Ohne sich um das Menschengewirr zu kümmern, steuerte Mahmud zielsicher auf eine der Gassen zu, die sich zwischen den Faktoreien öffnete. Dort fanden sie das andere Ragusa.
Es war nicht so, dass Ciriaco diese Welt nicht kannte. Schließlich war auch Venedig eine Hafenstadt. Doch hatte er die Ta-

vernen und Spelunken stets gemieden. Die trunkene Fröhlichkeit, die dort herrschte, hatte für ihn immer etwas Verzweifeltes gehabt. Ähnlich jenen Festen zu Zeiten der Pest, mit denen die Menschen ihre Angst vor dem Tod zu besiegen suchten. Ciriaco hatte keine Ahnung, wie sie hier ihren Kapitän finden sollten.

»Und nun?«, fragte er.

Mahmud sah sich missmutig um. »Müssen suchen«, sagte er.

»Was soll das heißen? Suchen? Ich denke, du weißt, wo wir den Kapitän finden.«

»Der Herr denkt«, äffte Mahmud ihn nach. »Wir sind nicht in einem Hafen der Rechtgläubigen, sondern bei den schändlichen Kreuzesanbetern. Ich habe uns hierher geführt. Nun muss der Herr, statt nur zu denken, auch etwas tun. Er muss in eine Taverne gehen und nach Kapitän Grandinetti fragen.«

»Mahmud, schau mich an. Ich bin ein Mönch. Eine solche Kaschemme ist der letzte Ort, an dem ich mich blicken lassen sollte.«

»Aber Mönche trinken Wein«, beharrte Mahmud mürrisch.

»Ja schon, aber …«

»Mahmud trinkt keinen Wein. Jemand, der in einer Taverne keinen Wein trinkt, fällt mehr auf als ein Mönch, der dort Wein trinkt.«

Ciriaco hatte das Gefühl, dass sie so nicht weiterkamen. Sie würden so oder so auffallen. Daher war es am besten, die Sache so schnell wie möglich hinter sich zu bringen.

»Also gut, aber du kommst mit. Man sieht dir nicht gerade an, dass du ein Moslem bist. Und mir ist es egal, ob du Wein oder Ziegenmilch trinkst.«

Ciriaco marschierte los, blieb aber stehen, als er sah, dass Mahmud ihm nicht folgte.

»Was ist los?«, fragte er.

Sein Diener begutachtete finster das niedrige Haus mit der offen stehenden Tür vor ihnen und murmelte etwas Unverständliches vor sich hin. Ciriaco breitete in einer fragenden Geste die Arme aus. Mit einem angewiderten Ausdruck im Gesicht setzte sich Mahmud in Bewegung.

Sie erregten weniger Aufsehen, als Ciriaco erwartet hatte. Offensichtlich war es nicht ungewöhnlich, dass sich jemand in den Tavernen nach einem Kapitän erkundigte, selbst wenn dieser Jemand ein Mönch in Begleitung eines etwas merkwürdig aussehenden Dieners war. Schon bald wurden sie fündig.

»Sitzt jeden Abend hier«, gab einer der Wirte ihnen schließlich Auskunft.

»Aha«, meinte Ciriaco und schaute sich in dem von geschwärzten Balken gestützten Raum um, in dem nur ein paar vereinzelte Gäste an den Tischen saßen. Nach einem Kapitän sah keiner von ihnen aus.

»Ist noch zu früh«, lieferte der Wirt gleich die Erklärung hinterher. »Wollen Sie sich denn nicht setzen, Pater?«

»Hmh«, zögerte Ciriaco. »Ja, gut. Wir haben Hunger, Wirt.«

»Wir haben Hammelfleisch und ein hervorragendes Nierenragout von der Sau.«

Als Ciriaco bemerkte, dass Mahmud sich neben ihm versteifte, beeilte er sich zu sagen: »Wir nehmen den Hammel.«

»Also gut, zweimal Hammel.« Der Wirt schien unzufrieden, warf Mahmud einen misstrauischen Blick zu und verschwand dann durch eine Tür hinter dem Tresen.

Ciriaco überlegte gerade, an welchem Tisch sie sich niederlassen sollten, als ihm auffiel, dass seitlich des Tresens, im Halbdunkel eine Frau mit langem, gelocktem Haar saß, die zu ihnen herüberschaute. Sie war sicher kein Gast, denn sie war allein und gehörte daher wohl eher zum Haus. Er wandte rasch den Blick ab, um sie nicht herauszufordern.

»Na los«, sagte er zu Mahmud, und schob ihn zu einem Tisch in der Ecke, wo sie einigermaßen ungestört waren. Seit sie mit ihrer Suche begonnen hatten, war der Osmane wieder in sein mürrisches Schweigen zurückgefallen

»Wie wäre es, wenn du mir erzählst, wie es weitergeht«, schlug er seinem Diener vor, nachdem sie sich gesetzt hatten.

»Das weiß nur Allah«, gab Mahmud zurück.

Ciriaco lehnte sich zurück und verschränkte die Arme vor der Brust.

»Na, das ist genau das, was ich jetzt hören wollte«, murmelte er. »Wie habt ihr Osmanen es bloß geschafft, aus euren Dörfern rauszukommen?«

»Bin kein Osmane«, knurrte Mahmud.

Ciriaco beugte sich vor. »Kein Osmane?«

»Nein.«

»Was bist du dann, Mahmud von der kahlköpfigen Schweigsamkeit?«

Sein Diener bedachte ihn mit einem giftigen Blick. »Ich bin Mameluck«, stieß er hervor. »Mein Volk hat seinen Ursprung in den Weiten jenseits von Samarkand. Es waren meine Vorfahren, die im Dienste des Propheten das Blut der Mongolen von ihren Schwertern leckten. Und es sind meine Brüder, die nun auf dem Kalifenthron von Kairo herrschen. Mein Blut ist edler als deines, Christ, und wären wir in meinem Land, dann wärest du mein Diener.«

»Und wieso lassen deine Brüder auf dem Kalifenthron dann zu, dass du nun nicht nur den Osmanen, sondern auch noch mir dienen musst?«, fragte er.

Damit hatte er offenbar einen empfindlichen Punkt berührt, denn Mahmud begann heftig zu schnauben, sein Oberkörper hob und senkte sich im Rhythmus der Atemzüge. Ciriaco fürchtete bereits, dass sein Diener im nächsten Moment platzen würde, als die Frau mit dem gelockten Haar an ihren Tisch kam und einen Krug mit zwei Bechern darauf abstellte. Dabei musterte sie Ciriaco wieder ungeniert, die Mönchskutte schien sie nicht zu beeindrucken. Während Ciriaco versuchte, ihrem Blick auszuweichen, bemerkte er, dass sein Diener sich wieder beruhigt hatte. Vielleicht war es ja wegen der Frau, dachte er, die anscheinend auf die Aufforderung wartete, sich zu ihnen setzen zu dürfen. Das allerdings passte Ciriaco gar nicht. Er legte ihr die Hand auf den Arm.

»Danke, mein Kind«, sagte er so würdevoll, wie es ihm für einen Mönch geraten schien.

Die Frau schenkte ihm ein spöttisches Lächeln und machte einen übertriebenen Knicks.

»Immer zu Diensten, Herr Pfarrer«, raunte sie und ließ sie wieder allein.

Ciriaco war etwas beunruhigt. Ob sie ihn nun durchschaut hatte, oder einfach nicht ernst nahm, dumm war sie jedenfalls nicht. Er verzog das Gesicht, als er sich seinen Becher vollschenkte. Hoffentlich kämen sie bald von hier fort. Erst einmal aber brachte der Wirt ihr Essen. Als die Schüssel mit dem dampfenden Fleisch und dem Gemüse zwischen ihnen stand, meinte Ciriaco in versöhnlichem Ton zu Mahmud: »Was immer uns trennt, Mahmud, jetzt essen wir beide von einem Teller. Du, der Moslem, und ich, der Christ. Wie wäre es, wenn wir Frieden schließen, wenigstens für die Zeit, in der wir zusammen unterwegs sind? Danach können wir uns ja gegenseitig die Köpfe einschlagen.«

Mahmud zögerte misstrauisch. Schließlich aber brummte er zustimmend und griff nach einem der beiden Löffel.

»Sehr gut«, nickte Ciriaco zufrieden und langte ebenfalls zu. »Schade, dass du keinen Wein trinkst, sonst könnten wir jetzt darauf anstoßen.«

»Nun«, meinte der, »Allah wird mir sicher vergeben, wenn ich einem Christen die Höflichkeit eines wahren Moslems zeige.«

»Recht so«, erwiderte Ciriaco und goß ihm Wein ein.

Mahmud griff nach dem Becher, leckte sich über die Lippen und stieß mit Ciriaco an. Dem fiel auf, dass der erste Schluck recht kräftig geriet.

»Hmmh«, brummte Mahmud schließlich, als er den Becher abstellte. Schmunzelnd schenkte Ciriaco ihm nach.

Während sie das Hammelfleisch verzehrten, das mit Bohnen und Zwiebeln zubereitet war, und dabei kräftig dem Wein zusprachen, taute Mahmud langsam auf. Als Ciriaco ihn weiter nach seiner Herkunft befragte, erzählte sein Diener schmatzend und trinkend seine Geschichte. Ciriaco verstand nicht alles, vor allem auch deswegen, weil Mahmud zwischendurch in wilde Schimpfkanonaden gegen irgendwelche abgrundtief bösen Menschen ausbrach, die immer wieder teuflische Intrigen gegen ihn gesponnen hatten. Anscheinend aber kam er aus Damaskus, hatte dort mit Gewürzen gehandelt. Oder mit Stoffen. Oder Datteln. Irgendwann jedenfalls wurde er betrogen und ging nach Aleppo. Dort tat er sich mit einem osmanischen Händler zusammen, dem er nach Gallipoli folgte. An diesem Punkt wurde die Geschichte etwas undeutlich.

Der Osmane beschuldigte Mahmud fälschlicherweise des Betruges, der sich daraufhin zur Flucht gezwungen sah. Nach einer bemerkenswerten Odyssee, die ihn nach Konstantinopel, Trapezunt, auf die Krim und in ein Derwischkloster führte, kam er schließlich nach Edirne, wo er dem Qara Chidr Pascha wegen seiner Sprachkenntnisse auffiel. Leider hielt sich mittlerweile auch sein alter Geschäftspartner aus Gallipoli in der Hauptstadt auf, der sein Ansehen niederträchtigerweise mit falschen Anschuldigungen zu ruinieren trachtete. Beinah wäre es ihm gelungen, doch dank der Weisheit des Qara Chidr Pascha hatte

die Gerechtigkeit gesiegt. Dennoch habe er dem Propheten geschworen, sich so lange sein Haupthaar und den Bart zu scheren, bis sein Ruf vollständig wiederhergestellt sei.
Nach diesem entschieden vorgetragenen Schlusssatz leerte Mahmud seinen Becher und knallte ihn auf den Tisch. Ciriaco, der von dem Lebenslauf seines Dieners einigermaßen beeindruckt war, griff nach dem Krug, um nachzuschenken, doch der war leer. Er winkte der Frau zu, damit sie ihnen einen neuen brachte.
»Und wie kommt es«, fragte er Mahmud, »dass du so viele Sprachen sprichst?«
Der Mameluck schaufelte sich die letzte Portion Bohnen in den Mund. Er fuchtelte mit der Hand herum und wies nach oben: »Weil Allah mich gesegnet hat.«
»Mich hat er auch gesegnet«, sagte Ciriaco, verbesserte sich dann aber: »Also nicht Allah, ich meine natürlich Gott.«
Mahmud stierte ihn an. Ciriaco beugte sich vor und legte die Ellbogen auf den Tisch. Dabei stieß er einen herzlichen Rülpser aus. Im nächsten Moment entfuhr Mahmud ein knatternder Furz. Sie sahen sich an und brachen gleichzeitig in brüllendes Gelächter aus.
Die Frau stellte den neuen Krug auf den Tisch. Ciriaco fand, dass sie ein hübsches Lächeln hatte.
»Der Kapitän ist da«, sagte sie.
Verständnislos fragte Ciriaco: »Welcher Kapitän?«
»Kapitän Grandinetti, nach dem Ihr Euch erkundigt habt.« Sie wies über die Schulter zum Tresen. Dort stand ein Mann mit schwarzem Bart, der zu ihnen herübersah.
Natürlich, der Kapitän. Ciriaco sammelte seine Gedanken.
»Bitte ihn doch an unseren Tisch. Wir würden ihn gerne zu einem Wein einladen«, wies er die Frau an.
Kapitän Grandinetti hatte eine wettergegerbte Haut und klare

Augen. Als er sich an ihrem Tisch niederließ, bemerkte Ciriaco, dass dem Seemann das halbe rechte Ohr fehlte.

»Pater«, begrüßte der Kapitän ihn. »Was verschafft mir das Vergnügen?«

»Wir suchen ein Schiff, das uns nach Spalato bringt«, gab Ciriaco zurück.

Grandinetti nickte langsam. »Gibt viele Schiffe, die dort hinfahren. Warum gerade meines?«

»Weil dieses Schiff auf uns gewartet hat«, antwortete Mahmud.

»So?«

»Ja.«

»Wer sagt das?«

»Der Mann, der Euch letzten Winter eine Menge Geld für Eure Schiffsladung gezahlt hat.«

Ciriacos Kopf ruckte verwirrt zwischen den beiden Männern hin und her, die zwar völlig ruhig, aber mit gefletschten Zähnen einander gegenübersaßen. Die Frau kam zurück und stellte einen Becher vor dem Kapitän ab. Der lehnte sich zurück und umfasste ihre Hüfte.

»Maria«, meinte er dann, »ich möchte dir meine neuen Freunde vorstellen. Wir werden morgen in See stechen, aber heute wollen wir feiern. Und zwar mit dir. Setz dich zu uns.«

Ab diesem Zeitpunkt wies Ciriacos Erinnerung Lücken auf. Kapitän Grandinetti und Mahmud versuchten, sich gegenseitig unter den Tisch zu trinken. Soweit Ciriaco sich entsinnen konnte, gab es keinen klaren Gewinner. Aber einen klaren Verlierer, nämlich ihn.

Dass niemand, aber auch wirklich niemand auf seine Kutte Rücksicht nahm, gab ihm im Nachhinein zu denken. Vielleicht waren doch etliche Mönche menschlicher, als ihr Orden es ihnen erlaubte. Während er nun im gleißenden Tageslicht neben

Mahmud an der Reling hockte und gegen seinen pochenden Kopfschmerz und die Übelkeit ankämpfte, stiegen die Bilder der vergangenen Nacht wieder in ihm auf. Ihre Runde hatte sich rasch vergrößert. Zu jedem der Neuankömmlinge wusste Grandinetti eine Geschichte zu erzählen, und jede Geschichte endete damit, dass sie auf ihrer aller Glück anstießen, und dass immer eine Handbreit Wasser unter ihrem Kiel verbliebe.

Mahmud erwies sich als großer Kenner von italienischen und griechischen Seemannsliedern. Das wiederum lockte noch mehr Gäste an ihren Tisch. Bald wogte ein wildes, johlendes Gedränge um sie herum. Ciriaco erinnerte sich, dass Mahmud, angefeuert von den begeisterten Zuhörern, auf den Stuhl und schließlich auf den Tisch gestiegen war, um von dort aus seine zotigen Weisen zum Besten zu geben. Danach begann er zu tanzen.

Anfangs war es nur ein wildes Gestampfe, mit dem er seine Lieder begleitete. Mit einem Mal aber geschah etwas Merkwürdiges. Ohne einen erkennbaren Anlass erstarrte Mahmud in seiner Bewegung. Sein Mund stand offen, ohne dass ihm noch ein Laut über die Lippen kam, seine Augen stierten ins Nichts. Alle hielten verblüfft inne und schauten zu dem kleinen, dicken Mann empor, der aussah, als hätte er einen Geist erblickt. Auch Ciriaco war wie gebannt von der plötzlichen Reglosigkeit seines Dieners.

Die Spannung stieg, irgendetwas musste doch geschehen. Da hoben sich, wie von unsichtbaren Bändern gezogen, die Arme des Mamelucken. In einer ungewohnt anmutigen Geste hielt er sie geöffnet, als wolle er die Welt umarmen. Sein Kopf neigte sich ein wenig zur Seite. Dann begann er, sich langsam im Kreis zu drehen.

Er drehte sich auf dem linken Fuß, der rechte schwang in gleichmäßigem Rhythmus herum, um ihm immer wieder neuen

Schwung zu geben. Die Beherrschtheit seiner Bewegung stand in krassem Gegensatz zu der Wildheit, mit der er eben noch herumgetobt war. Immer schneller wurden seine Drehungen. Doch nicht einmal verlor er die Balance. Wie eine lebendige Skulptur, die fest in der Senkrechten verankert war, wirbelte sein Körper um die eigene Achse. Ciriaco konnte den Blick nicht von ihm abwenden, obwohl ihm bereits schwindelig wurde von den schnellen Drehungen. Das Drehen schien ein Geräusch zu erzeugen, ein ansteigendes Summen, das in Ciriacos Schädel vibrierte. Mit einem Keuchen kam ihm die Erkenntnis, dass der Tanz seines Dieners die Welt aufriss. Dass dort vor seinen Augen willentlich das vollbracht wurde, was ihm stets als das Willkürlichste aller Erscheinungen widerfahren war.

Ciriaco spürte, wie er sich innerlich von seiner Haut löste. Nahm wahr, wie das Licht sich verdunkelte, wie die Geräusche ins Dumpfe glitten. Und in seinem Inneren stieg die pure Verzweiflung auf. Doch Maria hielt ihn.

Maria.

Sie saß auf seinem Schoß und drückte sein Gesicht an ihre Brüste. Unendlich dankbar ließ er es zu. Sie war fest, sie war weich. Sie war Leben. Sie war hier. Sie roch nach Schweiß und etwas anderem, Süßlich-Fruchtigem, das ihn fortzog von dem Riss und seinen Ungewissheiten.

»Komm, mein kleiner Mönch«, raunte ihr heißer Atem in sein Ohr, »ich zeige dir das Paradies.«

Sie zog ihn mit sich. Er folgte, voller Sehnsucht nach der Wirklichkeit, die sie verhieß. Die Geräusche kehrten zurück. Er vernahm wieder das rhythmische Klatschen der Hände, die den Tanz begleiteten, den Mahmud immer noch aufführte. Ciriaco sah nicht mehr hin. Folgte nur der Hand, die ihn mit sich zog. Körper drängten sich zwischen sie. Männer griffen nach ihr. »Maria, lass mich deinen Acker pflügen.« Lachend schob sie alle beiseite. Dann schloss sich eine Tür hinter ihnen, schlagartig dämpfte sich der Lärm. Halbdunkel. Eine aufflackernde Kerze. Ihre Finger, die das Mieder aufknüpften und die helle Haut ihres Körpers, auf die das weiche Licht der Kerzenflamme zuckende Schatten zeichnete.

Sie zog ihn zu sich auf das schmale Lager, zerrte an seiner Kutte und an seinem Hemd. Er erinnerte sich genau an das Gefühl, als seine Haut die ihre berührte, an die Wonne, die ihn dabei durchflutete. Erinnerte sich an ihre Hand, die ihn umschloss und zu sich führte. Was dann folgte, war so überwältigend gewesen, dass er keine Worte dafür fand. All sein Fühlen, sein ganzes Sein konzentrierte sich in seinen Lenden. Und in ihrem Schoß. Ihrer beider keuchender Atem, in den hinein sie ihre Worte stammelte: »Reite mich, mein Mönch, reite mich fest.« Noch jetzt spürte er die Schenkel, die ihn umschlossen hatten, die Hände, die sich in seinen Nacken krallten. Dann kam die Woge.

Er nannte es so, weil er keinen anderen Namen dafür hatte. Es war wie eine Welle gewesen, die auf das Ufer zurollte und sich schäumend brach. Nur war diese Woge sehr viel mächtiger gewesen. Als sie über ihm zusammenschlug, löschte sie alles andere aus. Hatte er geweint? Hatte er geschrien? Er wusste es nicht mehr. Nur ein Gefühl des Schwebens war geblieben, etwas wie ein leises Wiegen, beinah wie das, das er noch jetzt auf dem Schiff verspürte. Doch die Wonne in ihm war längst zerronnen. Alles, was er jetzt noch denken konnte, war, dass er seinen Körper entweiht hatte. Er hatte Bianca betrogen. Die Frau, die er liebte.

Luca merkte es sofort. Die Hure wusste etwas. Da war ein Flackern in ihrem Blick, ganz kurz nur, doch es war ihm nicht entgangen. Nein, hatte sie gesagt und dabei gelacht, Mönche würden hier nicht verkehren. Aber das Lachen war nicht echt gewesen, und ihr Blick hatte sie verraten. Er bestellte etwas zu trinken, wartete ab und beobachtete sie.

Sie ließ sich nicht mit jedem ein. War anscheinend das beste Pferd im Stall. Die beiden anderen Frauen leckten sich schon über die Lippen, wenn einer der Gäste nur eine Münze über den Tisch rollen ließ. Sie hingegen nahm in den zwei Stunden, die er an seinem Tisch saß und trank, nur einen Freier mit in den Gang, der wohl zu ihrem Zimmer führte. Doch sie brachte ihm den Wein und das Essen. Jedes Mal lächelte er sie an und bedankte sich. Als schließlich das Misstrauen aus ihren Augen gewichen war, sagte er ihr, dass er nur diese eine Nacht in der Stadt war und eine schöne Erinnerung mitnehmen wollte. Dabei spielten seine Finger mit einem Golddukaten. Die Hure, die dafür nicht die Beine breit machte, musste noch geboren werden.

Die Kammer war ein dreckiges Loch. Sie streifte ihr Kleid von den Schultern und trat mit einem Lächeln vor ihn. Ihre Brüste waren voll und rund, ihr Schoß ein dunkler Busch, den sie ihm mit einer kecken Bewegung darbot. Der Schlag, den er ihr verpasste, ließ ihr das Blut aus der Nase spritzen.

Sie war zu Boden gegangen. Er kniete vor ihr nieder. Sie spuckte einen Zahn aus und wischte sich das Blut aus dem Gesicht.

»Wo ist der Mönch?«, fragte er mit leiser Stimme.

Er sah die Angst in ihren Augen und wusste, dass sie singen würde wie eine Nachtigall. Als sie ihm alles erzählt hatte, rieb er sich nachdenklich das Kinn. Dieser kleine venezianische Hurenbock war ihm entwischt. Er gab der Hure noch ein paar Ohrfeigen, aber sie wusste anscheinend wirklich nicht, warum der junge Hund nach Spalato gefahren war. Er überlegte kurz, was er nun mit ihr machen sollte, aber sie interessierte ihn nicht mehr. Trotzdem fickte er sie.

Es war keinen Golddukaten wert.

# Leila und Aziyadeh

Cabbar saß im Schatten des Wachhauses, schnitt sich ein Stück Melone ab und biss in das saftige Fruchtfleisch. Mit vollem Mund kauend blickte er wieder über den Hof, wo unter der Platane der Junge saß und sich über das Papier auf dem Schreibbrett beugte. Sogar aus dieser Entfernung erkannte der Soldat die angespannte Haltung von Schultern, Armen und Händen. Halb hinter ihm hockte der Lehrer und spähte immer wieder über die Schulter seines Schülers. Die Rute wippte locker in seiner Hand. Cabbar war sicher, dass sie bald wieder auf dem Rücken des Jungen landen würde.

Der Junge.

Wieder biss Cabbar ein Stück aus der Melonenscheibe. Dieser Junge war das Seltsamste, was er, der dem Qara Chidr Pascha nun schon so lange diente, je erlebt hatte. Denn in Wirklichkeit war er kein Junge. Aber das wusste niemand außer ihm selbst, seinem Kampfgefährten Civan und natürlich ihrem Herrn. Cabbar spie ein paar Kerne aus und dachte an den Arzt, der in jener Nacht dabei gewesen war. Aber der würde es nicht mehr weitererzählen. Dafür hatte er persönlich gesorgt.

Jetzt bemerkte er, wie die Hand des Jungen nach oben zuckte. Er wusste, was das bedeutete. Ihm war ein Buchstabe misslungen. Und Papier war kostbar. Die schmalen Schultern beugten sich kaum merklich vor in Erwartung dessen, was nun folgen

würde. Und richtig, die Rute in der Hand des Lehrers sauste auf den Rücken herab. Der Schlag war sicherlich schmerzhaft, doch der Junge ließ sich nichts anmerken. Der Junge, der kein Junge war, nahm den Schmerz hin, ohne eine Reaktion zu zeigen. Das war es, was Cabbar beeindruckte. Das und noch einige andere Besonderheiten. Zum Beispiel der Hieb mit dem Stock, den der vermeintliche Junge ihm verpasst hatte.
Der Soldat wischte sich die Finger an den Hosen ab und blickte zum Himmel empor. Die Zeit des Mittagsgebetes war nicht mehr fern. Danach wäre sie seine Schülerin. Nein, *er* wäre sein Schüler, korrigierte er sich in Gedanken. Denn die Worte ihres Gebieters waren unmissverständlich gewesen. Sie war ein Junge. Und sollte wie einer behandelt werden. Das andere durften sie nicht einmal denken. Es fiel Cabbar nicht leicht. Als sie ihm das erste Mal gegenüberstand, den erhobenen Stock in der Hand, musste er immer wieder an ihren nackten, grazilen Körper denken. Und dass das, was nun unter der weiten Hose und dem viel zu großen Hemd verborgen war, in wenigen Jahren den Männern jene Wonnen schenken würde, von denen nicht nur er jede Nacht träumte. Er konnte diesen falschen Jungen nicht mit der gleichen Härte behandeln, wie die Schüler, die er vorher gehabt hatte. Zumindest so lange nicht, bis sie ihm den ersten Schlag verpasst hatte, der ihm bis ins Mark ging.
Er war nachlässig gewesen, hatte einen Moment nicht aufgepasst. Diese Schwäche hatte sie sofort erkannt und ausgenutzt. Dabei hätte er gewarnt sein müssen. Schließlich hatte er sie auf dem Markt erlebt. Aber seine Reflexe hatten versagt. Nachdem sie ihm allerdings den Stock mit voller Kraft in die Seite gezogen hatte, war er wachsamer geworden. Schon bei der nächsten Attacke hatte er sie von den Beinen geholt. Da hatte sie ihn ein weiteres Mal beeindruckt. Denn sie war ohne einen Klagelaut wieder aufgestanden und hatte sich ihm mit erhobenem

Stock wieder gegenübergestellt. Außerdem war da noch ihr Blick gewesen. Er hatte die kalte Entschlossenheit in ihren Augen gesehen. So sollte ein Mädchen nicht schauen. Seit diesem Tag war sie für ihn tatsächlich der Junge. Gjörgi.
Der Ruf des Muezzin rief sie alle zum Gebet. Sie verrichteten es im Hof. Hinterher ließ er ihr Zeit, sich in der Küche zu stärken. Schließlich stand sie ihm gegenüber. Sie hatte wie selbstverständlich nach dem Stock gegriffen und erwartete, dass sie sich nun im Schwertkampf übten. Cabbar schüttelte den Kopf.
»Nein«, sagte er und wählte die Worte, von denen er wusste, dass sie sie verstand. »Heute lernst du etwas anderes.«
Er zeigte ihr einen schlanken Dolch mit schmaler, gerader Klinge.
»Dies wird deine Waffe sein«, sagte er rauh. »Aber erst, wenn du sie beherrschst.«

Manchmal wusste sie nicht, ob sie wach war oder immer noch in einem Traum gefangen. Einem Traum, dessen Schrecken in jener Nacht die Grenze zur Wirklichkeit durchbrochen hatte. Nie war sie verletzlicher, nie hilfloser gewesen als in jenem Moment, da der Mann mit dem weißen Turban und den grausamen Augen langsam auf sie zukam. Hatte sie Furcht empfunden? Sie wusste es nicht mehr. Wenn sie sich an diesen Moment zu erinnern versuchte, war ihr, als wäre alles Fühlen ausgelöscht. Irgendetwas in ihr gab auf in jener Nacht, da ihr neuer Herr ihr Fleisch begutachtete wie das eines Tieres.
Sie begriff, dass er es in der Hand hatte, sie leben oder sterben zu lassen. Das war es auch, was er ihr sagte, später, als sie seine Sprache hinreichend gelernt hatte. Willst du leben, fragte er sie, oder willst du in Schande und Qual zugrunde gehen? Seine Stimme war leise, wenig mehr als ein Flüstern. Und dennoch nahm sie die tödliche Entschlossenheit in ihr wahr.

Seine Worte waren Gesetz, ein Gesetz, das sie ohne Widerspruch annahm. Es bot ihr ein Leben, in dem alles seinen Platz hatte. Sie schlief, sie stand auf. Sie betete, aß und lernte. Sie brauchte nicht zu fragen, warum. Denn es gab kein Warum. Sie hatte einen Gott um ein Leben gebeten. Er hatte es ihr gegeben.

Es war diese Eindeutigkeit, die ihr Ruhe gab. Die den Zweifel und die Ungewissheit in ihrem Leben beendete. Auch brauchte sie keine Entdeckung mehr zu fürchten. Sie war entdeckt worden, und sie hatte es überlebt. Sie war das, was ihr Herr ihr befahl. Das gefiel ihr. Es gab ihr das Gefühl, noch mal ganz neu beginnen zu können. Und das alte Leben, das ihr wenig Freude beschert hatte, zu vergessen. Das war es auch, was ihr Herr ihr befohlen hatte: »Du wirst vergessen, was du warst.«

Jeder Tag verlief im gleichen Rhythmus. Es war noch dunkel, wenn der klagende Gesang die Gläubigen zum Frühgebet rief. Sein Klang verlieh den Tagen ihren Takt. Anfangs wiederholte sie kniend jene Worte, die sie als erste gelernt hatte. Bald kamen neue hinzu, denn sie begriff schnell, und ihr Lehrer war ungeduldig, die Hand mit der Rute verzieh keine Fehler.

Doch sie lernte noch mehr. Bei allem, was sie tat, hatte sie Regeln zu beachten. Wie sie lief und sich verbeugte. Wie sie den Mantel ihres Herrn anhob, wie sie schaute oder einfach nur dastand und schwieg. Bald reichte sie ihrem Herrn die Speisen, wenn der zu Tisch saß, oder lief hinter Cabbar und Civan neben der Sänfte her, die ihn in den Palast brachte. Und dort, in einem großen Garten voller Bäume und Blumen, sah sie eines Tages den Prinzen.

Es war ein Festtag, sie wusste aber nicht aus welchem Anlass. Der Garten war voller Menschen, ihr Herr saß inmitten anderer Würdenträger im Schatten eines Baldachins. Cabbar und sie hatten sich, zusammen mit anderen Dienern, dahinter zurückgezogen. Als der Prinz mit seinem Gefolge unter den Baldachin trat, staunte sie. Denn er war ein Junge, nicht älter als sie selbst. Sein Gesicht war schmal und seine Nase spitz. In seinem weißen Gewand sah er aus wie ein kleiner Engel. Dann bemerkte sie den Mann, der sich neben ihm niederließ. Es war der Geist, dem sie an ihrem ersten Tag in der Moschee begegnet war. Der Mann, der sie die ersten Worte in der Sprache ihres neuen Gottes gelehrt hatte. Erstaunt, ihn in dieser Umgebung wiederzusehen, vergaß sie, dass es sich für einen Diener keineswegs gehörte, einen hohen Herrn anzustarren. Mit einem Mal, als hätte er ihren Blick gespürt, wandte der vermeintliche Geist den Kopf und sah direkt in ihre Richtung. Sofort senkte sie den Kopf. Niemand tadelte sie für ihr Verhalten, vermutlich weil es niemandem aufgefallen war. Doch die Begegnung wühlte sie auf und brachte ihre innere Ordnung durcheinander.

Schließlich gehörte der Geist, der also doch kein Geist war, sondern ein Vertrauter des Prinzen, zu den Dingen, die ihr widerfahren waren, bevor sie in das Haus ihres Herrn gekommen war. Sollte sie das etwa auch vergessen, fragte sie sich später am Abend, als sie längst wieder heimgekehrt waren. Und wenn nicht, was war dann mit dem anderen, dem Fremden, der sie in dieses Haus gebracht hatte. Sie entschied, dass es kein Verrat an ihrem Herrn war, wenn sie diese Erinnerungen bewahrte.

Während sie über den dunklen Hof zu der Tür ging, hinter der sie sicher schon erwartet wurde, dachte sie wie jede Nacht an das Gesicht des Mannes, dessen sanfte Augen ihr so viel Hoffnung geschenkt hatten. Was wohl aus ihm geworden war, fragte sie sich, als sie an die Tür klopfte. Sie hatte ihn nie mehr wiedergesehen.

Sie stupste Tankut in den dicken Bauch, als er sie einließ. Der Eunuch schnaubte in gespielter Empörung und versuchte, ihr einen Schlag zu versetzen. Sie entwischte ihm mühelos. Als sie in Leilas Zimmer trat, schaute diese auf. Ein Lächeln verschönte ihr trauriges Gesicht. Das Mädchen, das einst Thamar hieß und nun als Junge erzogen wurde, kniete zu Füßen seiner Freundin nieder und legte ihr den Kopf in den Schoß. Sie schloss die Augen, als die zarten Hände ihr über das Haar strichen, und wartete auf jenen anderen Namen, den Namen der Nacht.

»Bist du endlich wieder bei mir?«, vernahm sie die vertraute Stimme. »Ich habe dich vermisst, meine kleine Aziyadeh.«

# Ofen

»Das Wort, das einem Heiden gegeben wurde, verpflichtet Eure Majestät in keinster Weise.«
Der Kardinal hatte sich vorgebeugt und redete eindringlich auf den jungen König ein.
»Es war klug, mit dem Sultan zu verhandeln, um ihn in Sicherheit zu wiegen. Nur auf diese Weise war er bereit, gegen seinen Schwager zu Felde zu ziehen und die Hauptstadt zu entblößen. Nach unseren Informationen hat er nicht mehr als sechstausend Mann zum Schutz von Edirne zurückgelassen.«
Giuliano Cesarini sprach den Namen der osmanischen Hauptstadt aus, als ekele ihm sogar vor dem Klang des Wortes. Ciriaco fragte sich, warum der Kardinal nicht den alten Namen Adrianopel verwendete, wenn ihm der neue Name so sehr missfiel. Aber vermutlich lag das daran, dass es ihm noch mehr widerstrebte, den christlichen Namen im Zusammenhang mit der osmanischen Herrschaft zu verwenden.
»Verehrter Kardinal Cesarini«, erhob sich die dröhnende Stimme von Georg Brankovich, dem Despoten von Serbien, »erlaubt, dass ich Euch widerspreche, aber ein *recte et fideliter sine aliquo dolo* beschränkt sich nicht auf Christen. Gott sei mein Zeuge, dass ich allen Grund habe, den Osmanensultan zu hassen. Doch er hat immer sein Wort gehalten. Und er hat uns zehn Jahre Frieden versprochen.«

»Zehn Jahre, in denen er seine Macht festigen wird«, giftete der Kardinal zurück. »Zehn Jahre, in denen er Festungen bauen und Heere aufstellen kann. Zehn Jahre, in denen er den Reichtum Thrakiens ausbeuten wird. Zehn Jahre, in denen er das Kreuz Christi in den Staub tritt. Mein König«, wandte er sich dann wieder an den jungen Herrscher, der ihren Disput schweigend verfolgte, »aus allen Ländern der Christenheit sind tapfere Ritter zusammengekommen, um unter Eurer Führung das Land von dem türkischen Joch zu befreien. Sie dürsten in frommer Leidenschaft nach dem Blute der Ungläubigen. Enttäuscht sie nicht! Führt sie an mit der Kraft und dem Feuer Eurer Jugend. Nur wenigen ist es vergönnt, ein strahlendes Heer im Namen Christi anzuführen.«

Der junge König in seinem schwarzen Brokat straffte sich. Die Worte des Kardinals schienen ein inneres Feuer in ihm zu entfachen.

Ciriaco glaubte schon, dass König Wladislaw im nächsten Moment aufspringen und mit gezückten Schwert den Krieg ausrufen würde, als eine schleppende Stimme die gespannte Stille durchbrach.

»So wie damals in Nikopol?«

Johannes Hunyadi, der Oberbefehlshaber der ungarischen Streitkräfte hatte sich bequem in seinem Stuhl zurückgelehnt. Er brauchte nicht die Stimme zu erheben, um seiner Autorität Geltung zu verschaffen. Der Wojwode von Siebenbürgen, der dem aus Polen stammenden Wladislaw als Heerführer diente, genoss höchste Wertschätzung im Rat des Königs.

»Teuflische List und feige Tücke waren es, dem die Ritter erlagen.«

»Verzeiht, Kardinal, wenn ich Euch widerspreche«, sagte Hunyadi ruhig, »aber es war einfach nur Hochmut und militärisches Ungeschick, das den Kreuzzug von 1396 in eine verheerende Niederlage verwandelte. Ein Krieg bedarf tapferer Männer und entschlossener Führer. Aber er braucht auch kluge Planung. Ein zweites Nikopol wäre das Ende der christlichen Herrschaft über das gesamte Gebiet zwischen der Adria und dem Schwarzen Meer.«

Kardinal Cesarini setzte gerade an, dem Heerführer Paroli zu bieten, als der Mann, der neben dem König saß, die Hand hob. Kardinal Oleschnicki hatte als Vormund des Königs, der im Alter von zehn Jahren auf den polnischen Thron gekommen war, die Regentschaft innegehabt. Niemandem vertraute Wladislaw so sehr wie seinem väterlichen Freund.

»Was beunruhigt Euch, Wojwode?«, fragte er den Heerführer.

Hunyadi beugte sich vor und stützte die Ellbogen auf den Knien ab.

»Nicht der Kampf selbst«, antwortete er langsam. »Ich habe mit den Osmanen viele Schlachten ausgetragen. Sie sind wild und tapfer, aber sie sind nicht unbesiegbar. Wir kennen ihre Stärken, und wir kennen ihre Schwächen. Es waren nicht die Osmanen, die unseren letzten Feldzug aufgehalten haben, es war der Haemus. Es war das Eis und der Hunger. Die Pässe des Haemus nützen den Osmanen, denn sie sind schwer zu erobern, aber leicht zu verteidigen.«

Ciriaco, der hinter Brankovich stand, bemerkte, wie der Despot die Schultern straffte.

»Ein Heer von fünfundzwanzigtausend Mann braucht Nahrung«, mischte er sich nun ein. »Mein Volk ist ausgeblutet von den Kriegen und den Türken. Wenn wir über die Berge gehen, werden wir hungrig vor den Toren von Edirne stehen.«

»Dein Volk?«, äußerte der König sich zum ersten Mal in dem Gespräch.

Ciriaco spürte förmlich, wie Brankovich die Hände zu Fäusten ballte.

»Verzeiht, mein König«, raunte er, »ich meinte natürlich Euer Volk.«
Ciriaco hatte Mitleid mit dem gedemütigten Herrscher der Serben. Vier Jahre zuvor, nach König Albrechts Tod, war auf dem Burgberg an der Donau ein Erbstreit ausgebrochen. Albrecht hinterließ zwei Töchter. Und eine schwangere Witwe. Doch der ungarische Adel zeigte nur wenig Neigung, ein ungeborenes Kind zu krönen. Zumal er damit einer langen Regentschaft der Mutter hätte zustimmen müssen, und Elisabeth von Luxemburg war nicht wohlgelitten in der ungarischen Metropole. Einen Ausweg bot die Wahl des befreundeten polnischen Königs Wladislaw aus dem Geschlecht der litauischen Dynastie der Jagellonen. Der war zwar noch unmündig, doch sein Regent, Kardinal Oleschnicki, verfügte über alle Qualitäten, die der ungarische Adel angesichts der osmanischen Bedrohung für notwendig erachtete. So war es auch der greise Kardinal gewesen, der Hunyadi zum Heerführer ernannt hatte. Doch es war Wladislaw, der dem Serben seine Ländereien nahm. Brankovich war ein Parteigänger der Königinwitwe gewesen. Das allein hätte zwar noch nicht ausgereicht, ihm seine Besitzungen abzusprechen, doch unglücklicherweise hatte sich Elisabeth nach der Wahl des Jagellonen aus dem Staub gemacht. Nicht dass sie groß vermisst wurde, nur dass sie die Kronjuwelen mitgenommen hatte, vergrätzte den jungen König. Der serbische Despot hatte das Pech, genau in dem Moment aufzukreuzen, als König Wladislaw wutschnaubend nach einem Schuldigen suchte.
»Dennoch muss ich Euch von diesem Feldzug abraten«, bestand der Serbe auf seinem Standpunkt. »Das Land braucht Frieden, keinen Krieg. Zehn Jahre Frieden sind kostbar. Auch wir können in diesen zehn Jahren Festungen bauen und Heere aufstellen. Ich kenne Sultan Murad. Er ist des Krieges leid. Er

wird sein Wort halten. Ich bitte Euch inständig, mein König, den Frieden nicht zu verraten.«

»Verraten?« Kardinal Cesarini spuckte das Wort geradezu aus. »Was für ein Wort aus dem Munde des Mannes, der dem heidnischen Fürsten einst Vasallentreue schwor.«

Der Kardinal hatte offenbar das Temperament eines Kettenhundes. Ciriaco beobachtete dessen scharfkantiges Gesicht mit den tiefliegenden Augen möglichst unauffällig, um nicht seine Aufmerksamkeit zu erregen. Aber der Kardinal nahm ihn genauso wenig wahr, wie die anderen Sekretäre oder Adjutanten, die ein paar Schritte hinter den Ratsmitgliedern standen, jederzeit bereit, ihrem Herrn auf einen Wink hin zu Diensten zu sein.

Brankovich hatte den Kopf vorgeschoben, so als wollte er den Kardinal jeden Moment attackieren. Doch bevor er auf die Anschuldigung reagieren konnte, schaltete sich der Vormund des Königs ein: »Ich bitte Euch, Kardinal, wir sollten zu einer gemeinsamen Haltung kommen.«

Dann wandte er sich an Hunyadi: »Nehmen wir einmal an, die Verpflegung wäre gesichert. Und die Bergpässe bezwungen, was spräche noch gegen einen sofortigen Feldzug?«

»Der Sultan selbst«, antwortete der Wojwode. »Er wird es erfahren, wenn sich unser Heer in Bewegung setzt. Und sein Weg ist kürzer als der unsere. Was, wenn er vor uns wieder in Thrakien ist?«

»Er wird nicht nach Thrakien kommen«, verkündete Kardinal Cesarini.

»Woher wollt Ihr das wissen?«, fragte der Heerführer.

»Von Kardinal Condulmer. Er hat mir eine Nachricht übersandt. Die Flotte der Kreuzfahrer blockiert die Dardanellen. Kein osmanisches Schiff wird nach Gallipoli übersetzen können. Die Armee der Barbaren ist von ihrer Hauptstadt abgeschnitten.

König Wladislaw«, wandte er sich in eindringlichem Ton an den Monarchen, »dies ist der Moment, auf den die Christenheit so lange gewartet hat. Wir müssen jetzt zuschlagen.«

Ciriaco stellte fest, dass selbst er, der als Friedensbote zum serbischen Despoten gekommen war, nun ins Nachdenken kam. Seit er Brankovich in Spalato gegenübergetreten war, fragte er sich, welches Interesse der Serbe daran haben könnte, dass der Status quo für weitere zehn Jahre erhalten bliebe. Serbien war weitgehend in osmanischer Hand. Wäre es nicht viel naheliegender, dass Brankovich alles unternahm, die Türken aus seinem Land zu vertreiben? Ciriaco nahm an, dass diese Frage auch die anderen Mitglieder des königlichen Rats beschäftigte. Sie wussten allerdings nichts von dem Brief, den er dem Despoten überbracht hatte und dessen Inhalt er selbst nicht kannte. Er wusste nur, dass das Schreiben mit dem Siegel des Sultans versehen gewesen war.

Die Hände auf dem Rücken verschränkt, den Kopf leicht gesenkt, beobachtete Ciriaco die Mitglieder des Rates, die nach den leidenschaftlichen Worten des Kardinals in Schweigen versunken waren. Seiner Einschätzung nach würde der König auf seinen Vormund hören. Und der vertraute dem Urteil Hunyadis. Wie würde der Wojwode entscheiden?

Johannes Hunyadi hatte sich wieder in seinem Stuhl zurückgelehnt, die Beine lässig ausgestreckt. Mit den Fingern zupfte er versonnen an seinem Bart. Er wirkte völlig in seine Gedanken versunken. Bis er mit einem Mal aufschaute und Ciriaco direkt in die Augen sah.

Es war ein Blick unter schweren Lidern hervor, dennoch war er so scharf wie der eines Raubvogels. Ehe Ciriaco reagieren und seinerseits den Blick senken konnte, war es auch schon vorbei. Hunyadi saß wieder in sich gekehrt, fast gelangweilt in seinem Stuhl. Nun schien der König unruhig zu werden. Auf seiner

Stirn bildete sich eine senkrechte Falte. Er wandte sich an seinen Vormund und raunte ihm eine knappe Bemerkung zu.
»Wir werden unsere Beratungen in drei Tagen fortsetzen«, verkündete daraufhin Kardinal Oleschnicki.
Alle erhoben sich von ihren Stühlen, als König Wladislaw aufstand, und verbeugten sich. Ciriaco verließ mit Brankovich den Saal. Schweigend traten sie in den Innenhof des u-förmig angelegten Palastes, als der ungarische Heerführer sie einholte. Hunyadi hatte den serbischen Despoten bereits vor der Ratssitzung begrüßt und Ciriaco hatte festgestellt, dass die beiden den sehr vertrauten Umgang von Männern miteinander pflegten, die zusammen im Krieg gewesen waren und den Geruch von Schweiß und unzähligen Lagerfeuern geteilt hatten.
»Ich habe nicht den Eindruck, dass die Ratsversammlung nach Euren Wünschen verlaufen ist«, begann Hunyadi das Gespräch, während sie langsam über das Pflaster schritten. Ciriaco blieb ein wenig zurück, ebenso der Hauptmann, der den Heerführer begleitete.
Brankovich schnaubte aus. »Wer lässt sich schon gerne einen Verräter nennen?«
»Der Kardinal«, sagte Hunyadi mit Bedacht, »ist ein sehr eifriger Diener unseres Papstes. Wir alle teilen seine Sorge um die Christenheit, doch meine Aufgabe ist es, Ungarn zu schützen. Was treibt Euch an, Brankovich?«
Der Serbe blieb stehen und sah dem Wojwoden offen ins Gesicht. Sie waren beide gleich groß und von kräftiger Statur. Auch das Grau, das ihre Bärte und Schläfen durchzog, machte sie einander ähnlich. Dennoch gab es etwas, das sie unterschied. Der eine war ein Sieger, der andere ein Verlierer.
»Ist das so schwer zu verstehen?«, fragte Brankovich leise.
»Serbien, nicht wahr?«, gab Hunyadi ebenso leise zurück. Der Despot nickte.

Ciriaco hatte den Eindruck, dass in diesen wenigen Worten noch etwas anderes mitschwang. Wer gibt es mir wieder, mein Serbien, schien der Despot zu fragen. Und: Ich verstehe deine Not, mein Bruder, schien der Wojwode zu antworten. Doch nichts davon kam über ihre Lippen.

Schließlich nickte Hunyadi und sagte: »Ich muss es wissen. Werdet Ihr mit uns gehen, wenn wir nach Edirne marschieren?«

Der Serbe atmete einmal tief durch und ließ seinen Blick über den Burghof schweifen, dessen Mauern in den letzten Jahren massiv verstärkt worden waren. Seit jener schrecklichen Niederlage im bulgarischen Nikopol hatte Kaiser Sigismund den Burgberg am Nordufer der Donau zu einer Festung ausgebaut. Die neuen, mehrfach gestaffelten Mauern umfassten die gesamte Bürgerstadt. Angesichts der osmanischen Bedrohung war Ofen zur Grenzfestung der Christenheit geworden.

Endlich wandte sich Brankovich wieder seinem Waffengefährten zu.

»Nein«, sagte er nur.

Hunyadi atmete einmal tief durch und ließ seinen Blick ebenfalls über die Mauern der ungarischen Festung wandern.

»Dann müssen wir einen anderen Weg nehmen«, murmelte er nachdenklich. Er richtete sich wieder an den Serben: »Euer Schwert wird uns fehlen. Wir werden nicht gegeneinander kämpfen müssen, nicht wahr?«

»Nein«, antwortete Brankovich ohne Zögern, »niemals.«

»Gut.« Hunyadi lächelte grimmig. »Werdet Ihr mir noch einen letzten Gefallen erweisen, alter Freund?«

»Alles, was in meiner Macht steht.«

»Euer Freund …«, meinte er und deutete mit einer leichten Kopfbewegung in Ciriacos Richtung. Brankovich wandte sich um. Ciriaco erstarrte.

»Ein Venezianer«, erklärte der Despot, »Ciriaco de Pizzicolli.

Sein Vater hat eine gewichtige Stimme im Rat von San Marco.«

»Ich will ihn in meinem Heer.«

Ciriaco schnappte nach Luft, auch Brankovich war überrascht.

»Herr«, begann Ciriaco und verbeugte sich vor dem ungarischen Heerführer, »ich bin Kaufmann, kein Soldat.«

»Was genau Ihr seid, weiß nur Gott«, antwortete der Wojwode kühl, »aber ich kann Euch sagen, was ich bin. Ich bin jemand, der nur auf das vertraut, was er sieht und was er weiß. Von Euch weiß ich sehr wenig. Deshalb ist es mir lieber, wenn ich weiß, wo Ihr Euch aufhaltet. Brankovich«, wandte er sich an den serbischen Despoten, »Ihr seid mir noch etwas schuldig.«

Brankovich sah auf Hunyadi, dann auf Ciriaco, der sofort begriff, dass er gerade fallengelassen wurde.

»Ich bin einverstanden«, antwortete der Serbe.

Auf dem Weg in seine Unterkunft war Ciriaco immer noch wie betäubt. Das konnte doch alles nicht wahr sein. Er sollte in den Krieg ziehen? Er, Ciriaco, der Philosoph? Er hatte noch nie in seinem Leben gekämpft. Natürlich hatte er Fechtunterricht bekommen und wusste mit einem Schwert umzugehen. Aber bisher hatte er nur gegen Strohpuppen gefochten. Und nun sollte er in eine Schlacht ziehen? Er blieb schwer atmend stehen, als ihm die Angst das Rückgrat hochkroch. Er musste sich an einer Mauer abstützen, um nicht zusammenzubrechen.

»Warum?«, stöhnte er verzweifelt in den Himmel. »Warum tust du mir das an?«

Er blieb lange dort stehen, mit dem Rücken an der Mauer und geschlossenen Augen. Flucht, dachte er, und wusste zugleich, dass dies nicht möglich war. Er trug keine Mönchskutte mehr. Seit Spalato war er wieder er selbst. Nun wünschte er sich nichts sehnlicher als die vorher verhasste Verkleidung. Doch es war zu spät. Er konnte sich der Aufforderung Hunyadis kaum entziehen. Nicht an dem Kreuzzug teilzunehmen war eine Sache. Die Teilnahme zu verweigern, wenn der Oberbefehlshaber dieses Kreuzzuges es ausdrücklich wünschte, war etwas ganz anderes. Auch wenn er sich in den vergangenen Wochen so manches Mal wie ein streunender Vagabund gefühlt hatte, war er doch der Sohn eines der mächtigsten Männer Venedigs. Seine Weigerung wäre ein Politikum. Ciriaco war genau jener Welt zum Opfer gefallen, die er sein Leben lang hatte meiden wollen.

Mit einer Mischung aus Wut und Verzweiflung machte er sich klar, dass er einmal mehr keine Wahl hatte. Er musste mit dem Heer ziehen. Inständig betete er zu Gott, dass ihm die Schlacht erspart bliebe. Genau genommen war das gar nicht so unwahrscheinlich. Bisher war schließlich nichts so verlaufen, wie es geplant worden war. Warum sollte sich das ausgerechnet jetzt ändern? Dieser Gedanke war es, der ihn seinen Weg fortsetzen ließ. Als er das Haus des venezianischen Botschafters erreicht hatte, war er schon fast wieder guter Dinge. Vielleicht wüsste ja Giovanni Reguardati einen Ausweg aus dieser unerfreulichen Lage. Sein Optimismus hielt nur so lange, bis die Magd ihm die Tür öffnete.

»Gott sei Dank, dass Ihr hier seid«, stieß sie atemlos hervor.

»Wieso? Was ist denn los?«, fragte er unwillig. Weitere Schwierigkeiten konnte er nun wirklich nicht gebrauchen.

»Euer Diener«, jammerte sie, »Euer Diener.«

Ciriaco schloss gequält die Augen. »Also gut«, sagte er ergeben. »Was hat er diesmal angerichtet?«

»Er hat sich im Keller eingeschlossen. Und droht jedem, der sich ihm nähert, den Schädel zu spalten.«

»Im Keller?«, fragte Ciriaco missmutig. »In was für einem Keller?«

»Na, im Weinkeller.«

Ciriaco stöhnte auf.

# *Der brennende Derwisch*

*Einst um Liebe, die Peri, hat der Dschinne Schmerz gefreit;*
*Damals trug er Lichtgewand und noch nicht sein Feuerkleid.*

Adam erhielt neun Buchstaben, Abraham vierzehn, Mohammed, der Prophet, erhielt achtundzwanzig. Fadlallah aber ist mit der Kenntnis von zweiunddreißig Buchstaben begnadet worden.«

Während sie der heiseren Stimme lauschte, fiel ihr auf, dass sie von sich selbst immer noch als Thamar dachte. Wie seltsam, da sie seit langem niemand mehr so genannt hatte. Sie dachte nur noch selten an das Mädchen, das sie einst gewesen war. Ihr war, als wäre es zusammen mit den Haaren von ihr abgeschnitten worden und zurückgeblieben in jenem Dorf, von dem ihr erst jetzt auffiel, dass es ein Dorf ohne Namen war. Es war immer nur das »Dorf« gewesen.

»Euer Gesicht ist wie die Schrift des Korans, die die Feder des Geschicks ganz aus Moschus geschrieben hat.«

Wenn sie aber nicht mehr Thamar war, wieso war dann dieser Name noch in ihr? Sie war Gjörgi. Doch nur am Tage. Sobald die Nacht anbrach, wurde sie zu Aziyadeh.

Es war Leila gewesen, die sie zu sich nahm, in jener Nacht, da der Schrecken seinen Höhepunkt erreichte. Sie wusch sie mit duftender Seife und kämmte ihr die Haare. Sie befanden sich in einem wunderschönen Raum mit einem Wasserbecken. Der Fußboden und die Bank, auf der Thamar saß, waren aus glattem Stein. Ihre Hand fuhr über die polierte Oberfläche und zeichnete deren Maserung nach. Die Frau wollte etwas von ihr, aber sie verstand nicht, was. Die Fremde sah mit ihren traurigen Augen auf sie herab und strich ihr sanft über die Wange. Dann drückte sie sie mit der Hand nach hinten, so dass Thamar ganz ausgestreckt auf der Bank lag. Während die Frau beruhigend auf sie einsprach, öffnete sie ihr die Beine. Thamar spürte ihre Hand an ihrem Geschlecht. Als ein Finger suchend zwischen ihre Hautfalten glitt, schnappte sie erschreckt nach Luft und wollte aufspringen. Aber da löste sich die Hand wieder von ihr und die Frau nickte ihr mit einem zufriedenen Lächeln zu.

»Eure Augen und eure Münder sind Verse, und eure Augenbrauen sind das *madda*.«

Anfangs hatte sie nicht begreifen können, was Leila sie lehrte, denn sie kannte noch keine Worte in der neuen Sprache. Aber das war ihr gleich. Sie wollte nur dem Klang der sanften Stimme lauschen und die weiche Hand an ihrer Wange spüren. Dann aber wiederholten sich bestimmte Wendungen. Sie begann, deren Bedeutung zu erfassen, Bilder tauchten in ihrem Geist auf. Worte, die zu einer Geste gehörten, Klänge, die ein Lächeln oder ein Lachen auslösten. Andere legten einen Schleier der Sehnsucht in Leilas Augen. Sehnsucht? Wonach? Das Mädchen Aziyadeh begann genauer hinzuhören, viel genauer als bei dem Sprachlehrer von Gjörgi. Sie erkannte Rhythmus in den Worten ihrer Lehrerin. Sie erahnte, dass die Sehnsucht nach dem Unbekannten eine besondere Form in der Sprache bildete. Um diese Form zu begreifen, brauchte es keinen Zwang und keine Rute. Sie glitt auf leichten Schwingen in ihr Inneres und erfüllte sie mit Klang. Erst summte das Mädchen nur, dann ließ sie einfach zu, dass ihr Mund die Laute wiederholte. So begannen die beiden Frauen die neue Sprache zu singen.

»*Alif* ist der *khatt-i istiwa*, der Äquator, der, wie die Nase, das menschliche Gesicht teilt. *Alif* kommt von Ali.«

Vielleicht dachte sie deswegen von sich selbst immer noch als Thamar, weil der Junge, der am Tage lernte, wie eine Klinge anzusetzen war, damit diese mit einem Stich die Halsschlagader durchtrennte, nichts zu tun hatte mit Aziyadeh, die nach dem Abendgebet in eine Welt voller Zärtlichkeit und Wärme eintauchte. Eine Welt, in der etwas aufbrach in ihr. Etwas, von dem sie nicht gewusst hatte, dass sie es in sich trug.

»Eure Augen sind das *ain*, euer Mund ist das *mim*, und so seid ihr erkannt in der Wohlverwahrten Tafel, der *lauh-al mahfuz*.«

Sie erfuhr, dass in dem Teil des Palastes, in dem Leila wohnte, noch andere Frauen lebten, die wie sie ihrem Herrn gehörten. Auch Kinder gehörten anscheinend dazu. Aber weder die Frauen noch die Kinder sprachen mit ihr. Und wenn sie sich ihr doch einmal näherten, scheuchte Leila sie fort. Sie wusste nicht, warum dies alles geschah. Aber das musste sie auch nicht. Sie hatte einen Pakt geschlossen. Ihr neuer Gott hatte seinen Teil eingehalten. Sie hatte überlebt. Nun war es an ihr, ihren Teil zu erfüllen. So lernte sie. Um zu verstehen. Aber im Moment gab es etwas, das sie überhaupt nicht verstand. Sie wandte sich an Cabbar, der neben ihr stand.

»Was erzählt er denn da?«, flüsterte sie ihm zu.

Der Leibwächter ihres Herrn lauschte mit gerunzelter Stirn. »Ich weiß es nicht«, raunte er zurück. »Aber meine Nase ist ein Äquator.«

»Was ist ein Äquator?«

»Ich weiß es nicht«, sagte Cabbar wieder.

Ob die Menschen, die mit ihnen auf dem Marktplatz standen und dem fremden Prediger lauschten, wussten, was ein Äquator

war, war nicht zu erkennen. Aber sie hörten dem hageren Mann im Wollgewand mit weit aufgerissenen Augen zu.
»Jeder einzelne Mensch hat seine Bestimmung vor Allah. Darum ist keiner dem anderen überlegen. Allah sehnt sich nach euch. Weist ihn nicht zurück.«
»Komm, kleiner Freund«, sagte Cabbar. »Es ist besser, wenn wir gehen. Dieser Mann verkündet Unheil. Auch wenn ich ihn nicht verstehe.«
Cabbar nannte sie immer: kleiner Freund. Sie mochte das. Einmal hatte er sie gefragt: »Was wirst du tun, wenn unser Herr dir befiehlt, mich zu töten?«
Zuerst war sie erschrocken bei diesen Worten. Doch dann wusste sie, welche Antwort er hören wollte.
»Ich werde es tun«, antwortete sie.
»Du bist ein guter Schüler, kleiner Freund«, hatte er gesagt.
»Was will der Prediger?«, fragte sie, als sie den Markt verließen.
Cabbar ließ sich Zeit mit seiner Antwort. Sie hatten das Haus ihres Herrn schon fast erreicht, als er endlich antwortete.
»Was er will? Er will, dass die Menschen ihm folgen. Ich weiß nicht warum. Aber ich glaube nicht, dass ihm noch viel Zeit bleibt.«
»Warum nicht?«, fragte sie, als sie vor dem Tor hielten.
»Weil ich glaube«, antwortete ihr Waffenlehrer, »dass sein Weg ihn in den Tod führt. Es wird sich zeigen, wer ihm dann noch folgt.«

*Als die reizende Peri sich dem Freier abgewandt,*
*Ward sein Glanz verzehrende Glut und blieb es seit der Zeit.*

Vielleicht wäre dem Prediger, der zum Orden der *Hurufi*-Derwische gehörte, ein weniger spektakuläres Schicksal widerfahren, wenn im Sommer 1444 die politische Situation in der osmanischen Hauptstadt nicht so brisant gewesen wäre. Es gärte in der Stadt. Gerüchte kursierten in den Gassen. Ein Angriff der Christen stünde unmittelbar bevor; der Sultan in Anatolien sei seinem Widersacher unterlegen; die Armee kurz vor der Meuterei, der *Divan* zerstritten und den Launen eines zwölfjährigen Regenten ausgeliefert. Wie ein Rudel ängstlich jaulender Hunde in einer winddurchtosten Nacht schenkte das Volk jedem Glauben, der ihm Trost versprach. Und mochte dieser auch noch so trügerisch sein.

Das allein wäre aber noch kein Grund gewesen, gegen den Prediger vorzugehen. Als sich dessen exzentrische Ansichten dann aber unter den Janitscharen zu verbreiten begannen, wurde die Obrigkeit hellhörig. Die Macht dieses Elitekorps, das nur auf den Sultan eingeschworen war, war dem osmanischen Adel ohnehin ein Dorn im Auge. Es nun dem zersetzenden Einfluss eines religiösen Eiferers ausgesetzt zu sehen, ließ den fremden Prediger zu einem bedrohlichen Faktor werden, und als dann auch noch Prinz Mehmed den *Hurufi*-Derwisch empfing, war das Maß voll. Großwesir Chalil war davon überzeugt, dass das Reich in Gefahr war. Er beriet sich mit dem Großmufti, Molla Fachr ed-Din, und gemeinsam fassten die beiden Männer einen Plan.

Der Großwesir ließ dem Prediger, noch während der im Palast weilte, eine Nachricht zukommen. Darin versicherte er dem Fremden sein Interesse an den kühnen Gedanken seines Ordens. Seine Seele dürste nach den Worten des Sufis, und er wäre beglückt, wenn dieser ihn in seinem Haus besuchen würde, um ihn mit seiner Weisheit zu erfreuen.

Geschmeichelt von den Ehren, die ihm zuteilwurden, betrat der Prediger den Palast des Großwesirs. Dort empfing ihn sein Gastgeber mit aller Höflichkeit. Es geschah nicht oft, dass man ihn, den Asketen, dazu einlud, auf weichen Kissen zu ruhen und erlesene Speisen zu kosten.

»Berichte mir von deinem Orden«, bat ihn schließlich der Großwesir.

Der warmherzige Empfang und das köstliche Essen hatten dem Prediger das Herz geöffnet. Bereitwillig erzählte er von Sheik Fadlullah, der den Orden einst gründete, und wie ihr Glaube sich seither immer weiter ausgebreitet hatte.

Großwesir Chalil fragte nach den Grundsätzen dieses Glaubens und lauschte jedem Detail mit höchster Aufmerksamkeit. Der Prediger sonnte sich in dem Interesse seines Gastgebers. Sie saßen beide, von Kissen gestützt, auf weichen Teppichen, in die der Sufi immer wieder, ohne dass es ihm gewahr wurde, seine nackten Zehen grub. Das weiche Licht der Öllampen erfüllte den Raum, dessen Wände ebenfalls von Teppichen bedeckt waren. Nur ihnen gegenüber verschloss ein dunkler, schwerer Vorhang den Zugang zu einem weiteren Raum. Der Prediger nahm an, dass der Großwesir es vorzog, mit seinem Gast unter vier Augen zu sprechen.

»Doch wie halten es eure Weisen«, fragte Chalil nun und beobachtete den Prediger dabei durch halb geschlossene Lider, »wie haltet ihr es mit den Christen? Sind diese Gottesleugner nicht unsere Feinde seit jeher? Müssen wir nicht alle Kraft aufbieten, sie zu besiegen?«

»Keineswegs, edler Herr«, gab der Prediger zurück. »Ist nicht der Mann, den sie Christus nennen, einer der Propheten Allahs? Heißt es nicht, er sei der Prophet der Liebe?«

»Warum kämpfen sie dann immer wieder gegen uns?« In den Augen des Großwesirs glimmte ein Feuer auf.

»Weil sie irregeleitet sind.« Den Prediger packte die Aufregung. War dies die Gelegenheit, dem gegenseitigen Morden ein Ende zu bereiten? »Sie sind irregeleitet von ihren gierigen Fürsten und verstockten Kirchenführern. So wie auch unsere Muftis und Rechtsgelehrten nicht sehen wollen, was uns verbindet.

Dabei stehen die Weisen unter den Christen dem Wesen Allahs oftmals näher als manch einer der starrgläubigen Muftis.«

»GENUG!«

Der Prediger schrak zusammen bei diesem Aufschrei. Der Vorhang wurde beiseitegerissen, und mit glühendem Gesicht stürmte der Mufti, Fachr ed-Din, auf den Sufi zu.

»Verräter«, brüllte er, »schändlicher Teufel. Ich werde dich mit eigenen Händen …«

Doch der Prediger war bereits aufgesprungen und rannte mit wehender Kutte davon.

»Wachen!«, rief der Mufti. »Haltet ihn! Haltet den Ketzer!«

Während der Mufti dem Prediger hinterherlief und laute Rufe über den Hof schallten, lehnte der Großwesir sich in seinen Kissen zurück. Es war besser, wenn er sich von nun an zurückhielt. Dies war die Stunde der Eiferer.

*Sich verzehren wollt' er selbst, doch unsterblich fühlt' er sich;*
*Und die reizende Peri zu versehren, that ihm leid.*

Als sich am Morgen die Sonne über der Hauptstadt der Osmanen erhob, war sie von einem leichten Dunstschleier getrübt. Die Menschen ließ das fahle Licht nicht gleichgültig. Mit gesenkten Häuptern schlichen sie zum Frühgebet, stiller als sonst war ihre Andacht und als der Mufti Fachr ed-Din die Moschee betrat, warfen sie sich bedrückte Blicke zu.

Der Mufti ließ sie nicht lange im Unklaren. Mit heiseren Worten schilderte er die Vergehen des fremden Predigers. Von Verrat und der Gefahr des Untergangs sprach er, und dass Allah die Gläubigen zu sich rief. Später standen die Menschen auf dem Marktplatz in Gruppen beisammen und tauschten sich über die neue Bedrohung aus. Die Leute des Muftis eilten zwischen ihnen hin und her, um immer wieder eindringlich auf den Kern des Übels hinzuweisen. War es nicht erst seit dem Eintreffen des Fremden über sie gekommen? Wer säte Zweifel? Wer wollte sie an die Barbaren verkaufen? Und ihr Padischah?

Hatte es ihr Sultan, der in Anatolien um ihrer aller Wohl kämpfte, verdient, dass sie sich in seiner Abwesenheit dem Feind in die Arme warfen? War der Prediger nicht erst aufgetaucht, als ihr geliebter Padischah die Stadt verlassen hatte? Und nun hatte der böse Geist sich im Palast eingenistet und vergiftete das Herz des Prinzen. Mussten sie nicht alles tun, um den Prinzen zu schützen?

Vom Marktplatz aus verteilten sich die Anhänger des Muftis über die ganze Stadt. In allen Gassen und Höfen redeten sie auf die beunruhigten Menschen ein. Unter einem verschleierten Himmel verbreitete sich das Gerücht, dass das Böse unter ihnen war, wie eine Flamme im trockenen Sommergras. Es dauerte nicht lange, bis es auch den Palast erreicht hatte.

Dort wartete im Hof vor den Sultansgemächern der fremde Prediger. Angsterfüllt sah er immer wieder zu der Pforte hinüber, deren Durchgang ihm nun versperrt war. Immer wieder hatte er die Wachen bedrängt, ihn zum Prinzen vorzulassen. Sein Leben sei in Gefahr. Doch die hatten ihm mit ausdruckslosem Gesicht den Zutritt verweigert.

Vor einer Weile war ein ihm unbekannter Würdenträger in den Palast geeilt. Ihm hatten die Wachen sofort Platz gemacht. Dieser Mann schien über große Macht zu verfügen. Nun wartete der Prediger auf dessen Rückkehr, um sich ihm zu Füßen zu werfen und um sein Leben zu flehen. Als er schließlich auftauchte, sprang der Prediger auf. Aber ehe er einen Schritt tun konnte, hatte der Würdenträger den Wachen schon einen Befehl erteilt. Die kamen daraufhin auf ihn zu, und in ihren unbarmherzigen Gesichtern erkannte der Sufi sein Schicksal.

Sie ergriffen ihn an den Armen und schleiften ihn über den Hof. Der Prediger protestierte, jammerte und flehte. Vergebens, die Wachen zerrten ihn durch das Haupttor und stießen ihn die Stufen hinunter. Als er sich aufrappelte und umsah, blickte er in hämische Gesichter. Die Anhänger des Muftis hatten bereits auf ihn gewartet.

*Ab ihr wenden wollt' er sich, über sich vermocht' er's nicht;*
*Wo sie hin sich wendete, gab er ihr von fern Geleit.*

So wie der Säbel Kraft und Wucht, bedeutete der Dolch Tanz und Leichtigkeit. Niemals hätte sie gedacht, dass eine Waffe ihren Fähigkeiten so entsprechen könnte, wie diese schlanke Klinge. Thamar begriff, dass es nicht zwangsläufig Kraft, Wut oder Körpergröße war, die einen Kampf entschieden. Genauso gut konnten Schnelligkeit und Geschicklichkeit die Entscheidung herbeiführen. Mit dem Dolch war sie imstande, blitzschnell zu reagieren. Wenn Cabbar sie mit einem Säbel attackierte, tauchte sie unter seinen Schlägen hindurch und setzte in spielerischer Geschwindigkeit den Dolch an seine Kehle, an sein Herz oder streifte die Sehnen seiner Gelenke. Sie begriff, was für ein großes Vertrauen er in sie setzte, indem er sie eine scharfe Waffe führen ließ. Und sie begriff, dass es notwendig war, kämpfte sie doch auf eine Weise, die nicht gestellt werden konnte. Und das hatte der erfahrene Soldat in ihm erkannt.
Dann zeigte er ihr, wie sie mit dem Dolch einen Gegner aus größerer Entfernung bekämpfen konnte.
»Lerne die Kehle zu treffen. Sie ist die empfindlichste Stelle am menschlichen Körper und schwierig zu schützen. Sie ist aber auch schwierig zu treffen und du hast nur einen Versuch, kleiner Freund. Entweder du triffst, oder du bist tot.«

Schon nach wenigen Tagen verfehlte kaum noch ein Wurf von ihr sein Ziel. Cabbar nickte anerkennend. »Es ist deine Waffe«, sagte er beinah ungläubig.
Das war an dem Tag, an dem sie den Prediger verbrannten.

*Durch geheimen Zauber nun so verbunden sind die zwei;*
*Wo sich nur das eine zeigt, ist das andre auch nicht weit.*

Wieder war der Marktplatz voller Menschen, möglicherweise den gleichen, die noch vor wenigen Tagen dem Prediger entzückt gelauscht hatten. Nun witterten sie ein anderes Spektakel.
Cabbar und Thamar standen abseits, zwischen den Bäumen am Rande des Platzes. Zu heftig war ihnen das Gedränge weiter vorne. Zu laut die skandierten Sprechchöre, zu wütend die einpeitschenden Parolen der Männer des Muftis.
»Siehst du, kleiner Freund«, sagte Cabbar, »ich habe recht behalten.«
Thamar beobachtete erstaunt die wogende Menschenmasse, die den freien Platz in der Mitte umdrängte. Sie hatte bereits mit dem Tag abgeschlossen und sich auf den Abend gefreut. Auf die Stunde, in der Leila sie die süße Poesie der Nacht lehrte.

*Wann die Rose öffnen will ihre Brust dem Himmelsstrahl,*
*Sprenget die verschlossene Knosp' ihr Trieb mit Schmerzlichkeit.*

»Warum sind sie so wild? Wie eine Herde Schafe, wenn es blitzt und donnert.«
»Schau gut zu, kleiner Freund. So können die Menschen sein, wenn sie aufgehetzt werden. Dann sind sie zu allem fähig. Es ist wie ein Rausch.«

An diesem Tag, Anfang September 1444, wurde ein verzweifelter Mann durch die johlende Menschenmenge getragen und auf den Scheiterhaufen gebunden, den die Männer des Muftis dort aufgetürmt hatten. Fackeln flackerten in den Händen der Umstehenden. Aber noch scheuten sie sich, das Feuer zu entfachen. Alle brüllten, liefen auf und ab, schienen voller Entschlossenheit. Und doch blieb der Raum um den Scheiterhaufen frei, als begriffen sie selbst in ihrem Wahn das Unerhörte des eigenen Tuns.

Dennoch, der Prediger musste sterben. Die aufgeheizte Stimmung ließ keine andere Möglichkeit zu. Cabbar und Thamar, die am Rande des Platzes das grausame Ereignis verfolgten, obwohl die Menschenmenge ihnen oftmals den Blick versperrte, erlebten das Geschehen mit einem Gefühl der Unwirklichkeit. Es erstaunte sie kaum noch, als schließlich der Mufti selbst nach vorne stürmte, einem der Männer die Fackel entriss und sie an den Scheiterhaufen hielt. Er mühte sich lange vergeblich, die Scheite zum Brennen zu bringen, denn das Holz war feucht geworden in der kühlen Luft. Währenddessen wurde das Gejohle der Menschen immer lauter. Dazwischen mischten sich die schrillen Schreie des Gefesselten. Schließlich hockte der Mufti vor dem Holzhaufen und stocherte mit der Fackel darin herum, bis mit einem Mal eine Flamme emporschoss und nicht nur das Holz, sondern auch den Mann mit der Fackel ansprang.

Gleich einem Dämon loderte das Feuer augenblicklich auf und stieg zusammen mit den kreischenden Rufen des Verurteilten gen Himmel. Im gleichen Moment sprang der Mufti zurück, dessen Kleidung in Brusthöhe gleichfalls Feuer gefangen hatte. Die ihn umgebenden Menschen wichen beiseite. Eine Gasse bildete sich, die direkt auf die Stelle zuführte, an der Cabbar und Thamar standen. In stummem Entsetzen sahen sie den Mufti mit brennendem Bart auf sich zurennen.

Seine Hände versuchten den Brandherd auf seiner Brust zu ersticken und seine Augen rollten wild, als er in Panik an ihnen vorbeieilte.
Thamar verfolgte noch, wie er funkensprühend in der Moschee verschwand.
Dann wandte sie sich wieder dem wütenden Feuer zu, das den Platz erleuchtete und auf dem die Schreie des Predigers längst verstummt waren.
»Sie haben einen Mann verbrannt und sich darüber gefreut«, sagte sie.
»Merk es dir gut«, gab Cabbar zurück, »so sind die Menschen.«

*Wann des Lebens Schmetterling in der Puppe Tod erwacht,*
*Zeuget die geborstene Hülle, wie ihn Schmerz befreit.*

Es war nicht das letzte Feuer in dieser Nacht. Als die Nachricht von der Hinrichtung des Predigers die Lager der Janitscharen erreichte, brach dort Unruhe aus. Die *Bektaschi*-Sheiks versuchten, die Soldaten zu beruhigen. Doch es schien, als hätte das Feuer, das den *Hurufi*-Prediger verbrannt hatte, Funken geschlagen, die die Wut der Soldaten wie Zunder entfachten.
Die Getreuen des Sultans verließen in dieser Nacht ihre Lager und nahmen die Stadt in Besitz. Der Anblick des Scheiterhaufens auf dem mittlerweile menschenleeren Marktplatz, entfesselte ihren ganzen Zorn. Erst brannten nur Marktstände, dann Warenlager und schließlich auch Häuser. In dieser Nacht beherrschten Wut, Gewalt und Verzweiflung die Hauptstadt der Osmanen.
Edirne brannte, ohne dass ein einziger christlicher Pfeil abgeschossen worden war.

*Mache Wiesen frisch von Kräutern und von Sprossen Haine jung,*
*Hauch der Liebe, deine Traumdüft' unterm Flieder mache neu!*

»Sie haben heute auf dem Markt einen Mann verbrannt.«
Sie lagen auf weichen Kissen. Leila hatte ihren Arm um Thamar geschlungen und sah sie nun aus ihren dunklen Augen an.
»Warum geschehen diese schrecklichen Dinge?«, fragte das Mädchen.
Leila zeichnete mit den Fingern ihre Augenbrauen nach, ihre Nasenflügel und ihre Oberlippe.
»Weil das Schreckliche und das Schöne die beiden Seiten des Lebens sind.«
Thamar legte ihren Kopf in die Armbeuge der Freundin.
»Können wir nicht auf der Seite des Schönen leben?«, fragte sie.
»Nein«, antwortete Leila, »aber wir können das Schreckliche mit dem Schönen heilen. Komm, kleine Aziyadeh, heute hast du den Tod gesehen. Darum werde ich dich belohnen und dich etwas Neues lehren.«
»Was denn?«, fragte Thamar und wandte sich ihrer Freundin vertrauensvoll zu.
Deren Gesicht senkte sich über sie.
»Ein Geheimnis«, hauchte sie ihr über die Stirn. »Schließ die Augen.«
Thamar tat, was Leila ihr befahl. Dann spürte sie deren Lippen an ihren Schläfen, ganz leicht und zart. Sie glitten zu ihren Augen, berührten die Lider. Eine Hand hob ihren Kopf an, sie folgte der Bewegung. Da legten sich die Lippen der Freundin auf die ihren. Eine unbekannte Sehnsucht zog durch ihren Kör-

per und wollte mehr von diesem Gefühl. Doch sie wusste nicht wie.
»Hör nicht auf«, bat sie, als die Lippen sich von ihr lösten.
»Es hört nie auf«, flüsterte Leila und neckte ihre Unterlippe.
»Was tust du?«
»Ich heile deinen Schmerz«, sagte Leila, und ihrer beider Atem floss ineinander.

*Reben ringeln sich an Ulmen zur Verehrung Gottes auf,*
*Siehe, jede Zeitgeburt reißt nicht ohne Schmerz sich los;*
*Wäre Liebe ohne Schmerz die Geburt der Ewigkeit?*

# *Die Armee aus dem Dunkel*

Ich will ein Pferd.«

Für einen Moment war Ciriaco sprachlos. »Ein Pferd?«, echote er verdutzt.

»Ein Pferd«, bekräftigte Mahmud entschieden.

Sie saßen auf einer steinernen Bank außerhalb der Palastmauern. Nicht weit von ihnen brieten Frauen frisch gefangenen Fisch über glühender Holzkohle. Ciriaco lief das Wasser im Mund zusammen, als der Geruch zu ihnen herüberwehte. Das Licht der Nachmittagssonne glitzerte auf den Wellen der Donau.

»Darf es ein besonderes Pferd sein?«, fragte er sarkastisch. »Vielleicht ein schwarzes oder ein Schimmel?«

Mahmud winkte großmütig ab: »Das ist egal. Ein gutes Pferd.«

»Ein gutes Pferd, so, so. Dann hör zu, du krummbeiniger Mameluck, du kannst schon froh sein, wenn ich dich gerade einmal auf einem Esel reiten lasse.«

Mahmud beugte sich angriffslustig vor: »Mahmud bekommt ein Pferd. Wenn ich schon gegen meine osmanischen Brüder in den Krieg ziehen soll …«

»Deine osmanischen Brüder? Ich höre wohl nicht richtig. Seit Ragusa ist kein Tag vergangen, an dem du den Osmanen nicht die Pest an den Hals gewünscht hast.«

»Es sind betrügerische Feiglinge, aber sie sind meine Glaubensbrüder. Allah will nicht, dass wir gegeneinander kämpfen.«

»Da sind Allah und ich uns endlich einmal einig. Ich habe dir gesagt, dass wir nicht mit in den Kampf ziehen.«

»Aber wir ziehen mit dem Heer der Ungläubigen gegen die Osmanen.«

»Wir haben nur die gleiche Richtung«, antwortete Ciriaco, allerdings mit einem etwas unbehaglichen Gefühl, denn er wusste immer noch nicht so recht, was er davon halten sollte, dass der Oberbefehlshaber des Christenheeres, Johannes Hunyadi, ihn bei dem Feldzug dabeihaben wollte.

»In Varna besteigen wir ein Schiff, das uns nach Süden bringt«, fuhr er fort. »Du kannst dir aussuchen, ob du von da aus nach Edirne zurückwillst, um auf der Seite deiner Glaubensbrüder gegen die Christen zu kämpfen oder mit mir nach Konstantinopel kommst. Meine Familie betreibt Handel im Schwarzen Meer und in der Levante. Ein Mann mit deinen Sprachkenntnissen könnte uns von Nutzen sein. Vorausgesetzt, du lässt die Finger vom Wein.«

Mahmud richtete sich empört auf und reckte Ciriaco die Faust entgegen: »Du lügnerischer Hund. Der Blitz soll mich treffen, wenn ich je …«

»Hier ist der Fisch für die Herren.«

Die Frau hielt ihnen ein Brett mit zwei knusprigen, unterarmlangen Sandbarschen hin. Mahmud stierte auf den Fisch und wischte sich über den Mund.

»Nun setz dich schon«, sagte Ciriaco, nachdem er die Frau bezahlt hatte. Er wusste mittlerweile, dass Mahmuds Zorn so schnell verrauchte, wie er kam. Vor allem, wenn es etwas zu essen gab.

Während sie sich über den Fisch hermachten, dachte Ciriaco an die Begegnung mit dem Wojwoden von Siebenbürgen. Es war spürbar gewesen, dass der Mann ihm misstraute, ihn vielleicht sogar für einen Spion der Osmanen hielt. Ciriaco konnte es ihm nicht verdenken. Seine Rolle in dem ganzen Spiel kam ihm mittlerweile selbst dubios vor. Anfänglich hatte er geglaubt, einen feierlich beschworenen Frieden zu festigen, indem er den guten Willen des Qara Chidr Pascha bezeugte. Doch er hatte nicht den Eindruck gehabt, dass Georg Brankovich viel auf seine Worte gab. Erst als der Serbe den versiegelten Brief, den Ciriaco ihm überreichte, aufbrach und las, weiteten sich seine Augen.

»Wer, sagtet Ihr, hat Euch diesen Brief übergeben?«, fragte er.

»Ein Mann namens Qara Chidr Pascha, er ist der Oberbefehlshaber der osmanischen Streitkräfte, solange der Sultan in Anatolien weilt.«

»Und dieser Pascha hat Zugang zum Serail?«

»Soviel ich weiß, berät er den Regenten, Prinz Mehmed.«

In den folgenden Tagen fragte Ciriaco sich oft, was es mit diesem Brief wohl auf sich hatte, denn Brankovich war sofort aufgebrochen. Ciriaco und Mahmud begleiteten den Tross auf seinem raschen Ritt quer durch Serbien nach Ofen. Wenn sie rasteten, rief der serbische Despot ihn häufig zu sich und befragte ihn über die Verhältnisse im Serail von Edirne. Darüber wusste Ciriaco herzlich wenig zu berichten, und Brankovich ließ ihn seine Enttäuschung darüber spüren. Dennoch beharrte er darauf, dass Ciriaco bei ihm blieb. So als wäre diese Verbindung zur Hauptstadt der Osmanen, so unbefriedigend sie auch war, für den Serben lebensnotwendig. Aber darin hatte er sich offenbar getäuscht, da Brankovich ihn, ohne zu zögern, hatte fallenlassen. In Ciriaco wuchs langsam der Unwille darüber, dass alle ihn nur für ihre Zwecke benutzten und danach weiterreichten.

Er blickte über den Fluss nach Südosten. Irgendwo dorthin würde sein Weg ihn führen, noch weiter fort von Venedig. Er dachte an Bianca, und wieder mischte sich Scham und Reue in

seine Erinnerung. Er fragte sich, ob Gott ihn vielleicht dafür strafen wollte, dass er seine Liebe in jener Nacht in Ragusa verraten hatte. Und es ihm deswegen nicht gelang, nach Hause zu fahren. So, wie es einst bei Odysseus gewesen war.
Ganz traute er dieser Vorstellung aber nicht. Dass Gott sich so viel Mühe gab, um die Verfehlung eines einzelnen Menschen zu rächen, war ihm schon immer merkwürdig vorgekommen. Offenbar war das bei den griechischen Göttern anders gewesen, die hatten sich in alles eingemischt.
Mahmuds Rülpsen unterbrach seinen Gedankengang. Er betrachtete seinen Begleiter, der gerade die letzten Stücke Fleisch von den Gräten lutschte und sich dabei wenig Gedanken über sein Schicksal zu machen schien. Dabei wurde er mindestens genauso hin und her getrieben wie Ciriaco. Wahrscheinlich hing er deswegen so an seinem seltsamen Diener.
»Also gut«, meinte Ciriaco und wischte sich die Finger an der Hose ab. »Es wird nicht einfach, aber ich versuche, ein Pferd für dich zu bekommen.«
Mahmud nickte nur. Danke zu sagen, war seine Sache nicht. Er pulte eine Gräte zwischen seinen Zähnen hervor, schnippte sie vom Finger, schmatzte noch ein paarmal und sagte:
»Und ich will ein Schwert.«
Ciriaco schüttelte ungläubig den Kopf, murmelte dann aber nur: »Das darf doch nicht wahr sein.«

Am 4. August 1444 hielt Kardinal Giuliano Cesarini in Ofen eine Messe. Anschließend verlas er eine Urkunde, in der Wladislaw III. sowie die Großen seines Reiches beim Heil ihrer Seelen, bei der Heiligen Dreifaltigkeit, der Jungfrau Maria und einigen weiteren Heiligen schworen, noch im selben Jahr, die Türken aus Europa zu vertreiben. Danach setzte sich das Heer der Christen in Bewegung.

Mit dem jungen König, dem Kardinal und Johannes Hunyadi an der Spitze überquerten Anfang September fünfundzwanzigtausend Soldaten, Reiter und Fußtruppen die Donau. Hunyadi hatte sich zu einem anderen Vorgehen als im Vorjahr entschieden. Er war sicher, dass die Türken, sobald sie vom Vorrücken der Kreuzzügler erfuhren, alle Kräfte aufwenden würden, um die Pässe des Haemus zu blockieren. Da die Ungarn diesmal auf den Despoten Brankovich und seine ortskundigen serbischen Reiter verzichten mussten, entschloss sich der Wojwode, nach Südosten zu ziehen, zum Schwarzen Meer. Dorthin hatten sie mehrere Schiffe der venezianischen Flotte geordert, unter deren Schutz sie die Küste entlang nach Süden marschieren wollten.
Ciriaco hatte sich nie klargemacht, welchen Aufwand es bedeutete, eine Armee von über zwanzigtausend Menschen zu führen. Während der schwerfällige Haupttross sich langsam Richtung Thrakien bewegte, waren ständig Reitertrupps unterwegs, um das vor ihnen liegende Terrain zu erkunden. Andere sorgten für die Verproviantierung, sei es in den Dörfern, die sie passierten, oder in den Wäldern, in denen sie Rotwild und Schwarzkittel jagten.
Wenn dann abends endlich die Lager aufgebaut, die Zelte errichtet und die Wachen aufgestellt waren; wenn in den Töpfen die Suppe kochte und über der Glut am Spieß das Fleisch rotierte; wenn alles endlich seinen Platz gefunden hatte, waren die Anstrengungen des Tages schnell vergessen. Die Soldaten, die in den vergangenen Monaten in den Lagern rund um Ofen auf das Signal zum Aufbruch gewartet hatten, waren froh gewesen, als es endlich losging. Nun erzählten sie sich am Lagerfeuer Geschichten vom Feldzug des vergangenen Jahres, und von den Beutestücken, die sie dabei gemacht hatten. Die wurden mit jeder Wiederholung prächtiger. Dass sie alles hatten zurücklassen müssen, als sie ihren Rückzug durch Schnee und Eis

hatten antreten müssen, verhinderte, dass irgendjemand den Wahrheitsgehalt ihrer Geschichten überprüfen konnte. Doch in einem waren sich alle einig: Diesmal würde die Beute noch großartiger ausfallen. Denn diesmal würden sie die Hauptstadt selbst plündern.

Ciriaco ritt mit dem Proviantmeister, einem Venezianer namens Angelo Jacobi, an den ihn Giovanni Reguardati verwiesen hatte.

»Wir Venezianer müssen zusammenhalten«, hatte der Botschafter in Ofen entschieden und Ciriaco zugesichert, die Briefe, die dieser ihm anvertraute, unverzüglich nach Hause zu befördern. Es waren nicht nur Briefe an Bianca, in denen er von seiner Reise berichtete – wobei er die Ereignisse in Ragusa schlechten Gewissens unterschlug –, es war auch ein Brief an seinen Vater dabei.

In ihm hatte er sich bemüht, zu erklären, wie es dazu gekommen war, dass er an dem Feldzug nach Edirne teilnahm. Aber er hatte schnell gemerkt, dass das ziemlich schwierig war, verstand er es doch selbst nicht so recht. Außerdem merkte er beim Schreiben, dass er immer noch Groll gegen seinen Vater hegte, weil dieser ihm vor seiner Abreise wichtige Informationen vorenthalten hatte. Zum Beispiel, dass für ihn eine Heirat mit Anna Jagaros vorgesehen war. Und so hatte er am Ende nicht viel mehr erzählt, als dass er mit dem Heer des ungarischen Königs gegen die Türken zog und hoffte, zum Weihnachtsfest wieder daheim zu sein. Ciriaco war klargeworden, dass er sich nicht nur von Venedig entfernt hatte, sondern dass auch er selbst seither ein anderer geworden war. Dies erzählte er eines Abends Angelo Jacobi.

»Das wundert mich nicht«, gab der gleichmütig zurück. »Wo immer Eure Reise Euch hinführt, nehmt Ihr ein Stück mit, von dem, was Ihr erlebt. Aber Ihr lasst auch ein Stück zurück.« Er legte Ciriaco in einer väterlichen Geste die Hand auf die Schulter. »Es fällt Euch nicht immer sofort auf, aber wenn Ihr irgendwann zurückschaut, seht Ihr das, was Ihr einmal wart. Und nie wieder sein werdet.«

Angelos Einsichten waren das Ergebnis seiner langjährigen Erfahrung als Proviantmeister vieler Heere. Sie besaßen nicht immer philosophische Tiefe, trafen die Dinge jedoch stets auf den Punkt.

Ciriaco hatte sich in den ersten Tagen des Marsches bemüht, zu Hunyadi vorgelassen zu werden. Der Gedanke, dass der Wojwode ihn der Spionage verdächtigen könnte, nagte an seinem Ehrgefühl. Immerhin verstand er sich durchaus als Vertreter Venedigs und hätte gerne in einem offenen Gespräch erklärt, wie es zu seiner Verstrickung in die Politik gekommen war.

Aber der Heerführer hatte keine Zeit für ihn. Das war einerseits zwar mehr als verständlich. Einen solchen Feldzug zu führen, war sicher keine Aufgabe, die man nebenbei erledigte. Andererseits wurde Ciriaco jedoch das Gefühl nicht los, dass Hunyadi ihn mit Absicht nicht empfangen wollte und dass er zudem unter ständiger Beobachtung stand.

Es waren immer die zwei selben Soldaten, die in seiner Nähe ritten, obwohl sie ganz offensichtlich zu den Boten gehörten, die den Heeresteilen sonst unablässig die Befehle des Feldherrn überbrachten. Ciriaco spürte ihr Interesse an seiner Person geradezu körperlich. Das machte ihn mit der Zeit so empfindlich, dass er schon glaubte, Gespenster zu sehen.

Als er nämlich eines Abends wieder einmal vergeblich bei den Wachen des Heerführers vorgesprochen hatte und entsprechend verdrießlich zu seinem Lager zurückkehrte, glaubte er einmal mehr zu spüren, dass ihn jemand beobachtete. Er wandte sich um und schaute über die Lagerfeuer hinweg in ein Gesicht, das er zu kennen glaubte. Rasch trat er zwischen die Feuer, aber ein paar Männer versperrten ihm die Sicht.

Es war eine Eigentümlichkeit des Lagerlebens, dass der Raum um eine Feuerstelle eine beinah familiäre Zone bildete. Es waren immer dieselben Männer, die sich dort einfanden, und kam einmal ein anderer dazu, war es wie ein Besuch. Als Ciriaco nun an das Feuer trat, an dem er das ihm bekannte Gesicht zu sehen gemeint hatte und sich suchend umschaute, sahen die, die dort saßen, fragend zu ihm auf. Er räusperte sich etwas verlegen, weil er sich wie ein Eindringling vorkam und ging wieder seines Weges. Es war zweifellos ein Irrtum gewesen. In einem Heer wie diesem gab es sicher viele Männer mit einer Brandnarbe auf der Stirn.

Anfang November gelangte das Heer der Christen an die Schwarzmeerküste. Ciriaco roch das Meer bereits, lange bevor sie es erreicht hatten. Dann sahen sie in der Ferne die Mauern einer Festung aufragen.

»Das ist Varna«, erklärte Angelo Jacobi Ciriaco. »Dort werden wir auf unsere Schiffe treffen.«

Ciriaco wechselte einen Blick mit Mahmud, der wie immer hinter ihnen ritt. Sein Diener hatte es während des ganzen Marsches über vorgezogen, den Mund zu halten. Als Mohammedaner in einem Kreuzzugsheer mitzureiten, war alles andere als ungefährlich. Wenn Hunyadi schon ihn, Ciriaco, der Spionage verdächtigte, was würde er erst bei Mahmud vermuten? Dass der gar kein Osmane, sondern Mameluck war, würde kaum jemanden beeindrucken. Ciriaco war sich bewusst, dass ihre Situation mehr als brisant war.

Und so wusste er es durchaus zu schätzen, dass Mahmud während der gesamten Reise nicht nur auf Wein, sondern auch auf seine Gebete verzichtet hatte. Er hatte nicht einmal gemurrt, wenn Ciriaco ihn mit einem anderen Namen ansprach.

Seltsamerweise hatte Ciriaco nie ernsthaft in Erwägung gezogen, Mahmud zurückzulassen, was für ihn sicher besser, weil weniger riskant gewesen wäre. Aber auch wenn der Mameluck ihm manches Mal auf die Nerven ging, hätte er niemals einen Gefährten – und zu einem solchen war Mahmud geworden – um seines eigenen Vorteils willen fortgeschickt. Dafür wurde ihm, je näher sie den Mauern von Varna kamen, immer klarer, dass es an der Zeit war, sich von diesem Heer zu trennen.

Seine Absicht war es, einen Platz auf einem der Schiffe zu finden. Damit befände er sich gewissermaßen auf venezianischem Territorium. Wenn das Heer dann irgendwann wieder landeinwärts Richtung Edirne zog, könnte er mit den Schiffen nach Konstantinopel zurückkehren. Ein etwas wackeliger Plan, wie er sich selbst eingestand. Denn kein venezianischer Kapitän würde sich vor ihn stellen, sollte der Heerführer der Christen seinen Kopf fordern. Sein Vorhaben konnte nur unter der Voraussetzung gelingen, dass er das Einverständnis Hunyadis dafür besaß. Den aber hatte er immer noch nicht sprechen können.

Ciriaco bekam langsam ein mulmiges Gefühl, das sich nochmals verstärkte, als sie erfuhren, dass kein einziges venezianisches Schiff, geschweige denn eine Flotte in der Bucht ankerte. Sofort schossen die Spekulationen ins Kraut. Hatten sie ihr Ziel vielleicht einfach nur zu früh erreicht? Oder war die Nachricht an Kardinal Condulmer, der die Flotte befehligte, von den Türken abgefangen worden? Was, wenn sie von osmanischen Galeeren aufgehalten worden war? Diese Fragen stellten sich offenbar nicht nur die einfachen Soldaten. Während das Lager an der landeinwärts gelegenen Seite der Stadt errichtet wurde, preschten Erkundungstrupps über die Dünen nach Süden. Noch wagte es keiner auszusprechen, aber was wäre, wenn die Schiffe ausblieben?

Eine Woche lang warteten sie vergeblich auf deren Eintreffen, eine Woche, in der Ciriaco jeden Tag versuchte, beim Heerführer vorzusprechen, und jedes Mal wieder abgewiesen wurde. Am Abend des siebten Tages nahm ihn Mahmud beiseite.

»Mein rechter Fuß juckt«, sagte er düster.

»Findest du nicht, dass wir dringendere Probleme haben. Wenn dein Fuß juckt, liegt es wahrscheinlich daran, dass er dreckig ist. Wasch dich halt.«

Mahmud schüttelte den Kopf. »So wie er jetzt juckt, juckte er auch, bevor ich aus Gallipoli fliehen musste. In Aleppo war es genauso und in Damaskus. Glaub mir, Christ, es liegt Unheil in der Luft. Wir müssen fort. Noch heute Nacht.«

»Wir können nicht fort«, gab Ciriaco zurück. »Man beobachtet uns. Wenn wir jetzt versuchen, uns davonzumachen, wird man uns als Spione hinrichten.«

Mahmud schüttelte missmutig den Kopf.

»Böse Sache«, sagte er.

Eigenartigerweise nahm Ciriaco die Bedenken seines Dieners ernst, vielleicht weil er ihn noch nie so sorgenvoll hatte dreinschauen sehen.

»Hör zu, ich werde noch mal versuchen, mit Hunyadi zu sprechen. Vielleicht können wir uns danach auf den Weg machen.«

Als Ciriaco sich abwandte, hörte er seinen Diener noch murmeln: »In einem Heer voller Gottesleugner, wie soll ich das Allah erklären?«

Schon von weitem erkannte Ciriaco die Aufregung vor den Zelten des Heerführers und seiner Hauptleute. Die Boten schienen sich gegenseitig über den Haufen zu reiten. Pferde wurden gesattelt, Rüstungen geschnürt, das gesamte Offizierskorps befand sich offenbar im Aufbruch. Ciriaco entdeckte Johannes Hunyadi, dem gerade sein Pferd zugeführt wurde. Aber die Soldaten hinderten ihn daran, sich dem Wojwoden zu nähern. Als der jedoch im Sattel saß, fiel sein Blick über die Köpfe seiner Leute hinweg auf den seltsamen Venezianer, der den serbischen Despoten begleitet hatte. Als sich die Gesichtszüge Hunyadis verhärteten, befürchtete Ciriaco schon, in Ketten gelegt und abgeführt zu werden. Doch der Heerführer erteilte einen knappen Befehl, auf den hin ihn die Wachen sofort passieren ließen.

»Venezianer«, sagte der Wojwode mit knarriger Stimme, »ich habe mich in dir getäuscht. Du bist kein Spion der Türken.« Er wandte kurz den Kopf: »Ein Pferd für den Mann.«

Ciriaco hatte keine Zeit zu begreifen, was geschah. Ein Soldat brachte ihm ein Pferd und drückte ihm die Zügel in die Hand. Er saß auf. Der Wojwode nickte ihm zu und galoppierte dann mit seinen Hauptleuten davon. Ohne groß zu überlegen, folgte Ciriaco dem Trupp.

Sie ritten landeinwärts. Zu ihrer Linken verbreiterte sich der Fluss zu einem langgezogenen See, dessen Ufer sie folgten. Jenseits dieser Senke erklommen sie eine Anhöhe. Dort hielten die Pferde des Wojwoden und seiner Soldaten an. Ciriaco erreichte die Kuppe nur wenige Augenblicke später. Hunyadi winkte ihn zu sich.

»Seht hin«, rief er und zeigte auf die weite Ebene, die sich vor ihnen erstreckte. »Das ist der Grund, weshalb Ihr kein Spion der Türken sein könnt. Denn dann wäret Ihr nicht hier.«

Ciriacos Blick folgte der Richtung, in die Hunyadi wies. Es war eine helle Nacht. Hinter ihnen, im Osten, hatte sich der Mond über dem Meer erhoben und ließ die Konturen des Landes in scharfen Schattierungen hervortreten. Zu ihrer Linken wand sich der silbrige Fluss dem Meer entgegen. Ein dunkler Saum verriet die Weiden und Linden, die an seinem Ufer wuchsen.

Aber das war es nicht, was Ciriacos Blick einfing. Es waren die Feuer.

Auf der gesamten Ebene bis hin zum Horizont bewegte sich eine dunkle Masse wie Maden auf einem Stück Fleisch. In dieser Masse leuchteten allerdings unzählige Feuer auf. Es dauerte eine Weile, bis Ciriaco begriff. Er kannte diese Art von Feuer. Seit Wochen sah er sie jeden Abend über die weite Fläche ihres Lagers verteilt. Es waren Kochfeuer, um die herum Soldaten saßen und sich Geschichten erzählten. An denen sie sich von der Erschöpfung des Tagesmarsches erholten. Es waren die gleichen Gruppen, die sich dort bildeten und vielleicht einander besuchten, bevor sie sich in ihre Decken rollten und in einen tiefen Schlaf sanken. Nur war es nicht ihr Lager.

»Das«, meinte Johannes Hunyadi nun ruhig, »ist das türkische Heer.«

»Aber«, fragte Ciriaco bestürzt, »es sind so viele. Wie kann das sein?«

Ein Reiter hielt auf den Wojwoden zu und machte Meldung. Ciriaco hörte nicht hin. Als Hunyadi wieder das Wort ergriff, war ihm, als kämen die Laute aus einer anderen Welt.

»Unsere Späher haben die Feuer gezählt. Wir müssen davon ausgehen, dass da unten achtzig- bis hunderttausend Mann lagern. Das heißt, dass sie uns zahlenmäßig vierfach überlegen sind. Aber das ist noch nicht alles.«

Ciriaco war sich nicht sicher, ob er noch mehr wissen wollte. In seinem Inneren hörte er eine Stimme, die ihm unablässig befahl, das nächste Mal doch besser auf seinen Diener zu hören.

»Dort in der Mitte«, fuhr der Wojwode unbarmherzig fort, »steht das Zelt des Sultans. Das heißt, dass Murad persönlich dieses Heer anführt. Es ist die ganze verdammte osmanische Armee. Die Armee, von der man uns versichert hat, dass sie in

Anatolien die Revolte von Qaraman niederschlägt und zudem die Dardanellen nicht überqueren kann.«

Lange Zeit sagte niemand etwas. Nur die Pferde schnaubten nervös und tänzelten hin und her, als wüssten sie, welches Schicksal sie erwartete.

»Und was bedeutet das?«, fragte Ciriaco schließlich.

Hunyadi antwortete zunächst nicht. Schließlich sagte er:

»Das bedeutet, dass wir morgen einen sehr schweren Tag haben werden.«

# Güßel Hisar

Ibrahim-Beg hatte sich überschätzt. Wieder einmal. Als die Armee des Emirs von Qaraman auf die Streitmacht des Sultans traf, zeigte sich schnell, welches Heer das diszipliniertere war. Die berittenen *Akindschi* der Osmanen und die Fußtruppen der *Azapen* zermürbten schnell die Kräfte des Gegners. Als die Janitscharen in den Kampf eingriffen, war die Entscheidung über den Ausgang der Schlacht längst gefallen.

Während der Emir unvernünftigerweise immer noch hoffte, das Schlachtenglück wenden zu können, überlegte Murad bereits, wie er mit seinem Widersacher verfahren sollte. Der Sultan war die Querelen mit dem Groß-Qaraman endgültig leid. Nicht nur, dass Ibrahim-Beg immer wieder um die Vorherrschaft im anatolischen Herzland mit ihm stritt, scheute er sich offenbar auch nicht davor, ein Bündnis mit den Christen einzugehen, um seine Ziele zu erreichen. Denn seine Spione hatten dem Sultan natürlich zugetragen, dass es zu einer Absprache zwischen dem Emir und dem ungarischen König gekommen war. Was auch der Grund dafür gewesen war, dass Murad seinerseits Wladislaw ein zehnjähriges Friedensangebot unterbreitet hatte.

Dem Sultan war klar gewesen, wie gefährlich die Situation für ihn war. Seine Armee konnte nur auf einer Seite des Bosporus kämpfen. Konzentrierte er sich auf das Heer der Christen, verlor er das anatolische Hinterland. Nahm er hingegen die Herausforderung aus Qaraman an, riskierte er seine Hauptstadt. Dieses Dilemma war mit militärischen Mitteln allein nicht zu lösen gewesen. Deshalb hatte er seine Emissäre ins ungarische Ofen entsandt. Er wollte Zeit gewinnen.

Seine Rechnung war nur halb aufgegangen. Zwar unterzeichnete der Ungar den Friedensvertrag, doch seine Berater trieben ihn in den Krieg. So ging der Plan der Christen und Qaraman, das türkische Heer in die Zange zu nehmen, letztlich doch noch auf. Nur hatten die Ungarn nicht erwartet, dass das Heer Ibrahim-Begs so schnell kapitulieren würde.

Anders als der Emir befürchtete, hatte Murad aber nicht die Absicht, dessen Verrat mit dem Tod zu bestrafen. Wenn er Ibrahim-Beg jetzt tötete, würde dessen Sohn, als sein Nachfolger, das Emirat übernehmen. Angetrieben von seinen ehrgeizigen Wesiren wüchse auf diese Weise eine neue unberechenbare Macht heran. Und so wusste der Sultan, noch ehe die Schlacht entschieden war, dass er den Verlierer schonen würde. Dies war der Moment, in dem ihm ein Bote die besorgniserregenden Neuigkeiten aus Edirne überbrachte.

Der Emir von Qaraman begriff kaum, wie ihm geschah. Als er mit seinen Beratern Sultan Murad gegenübertrat, hatte er sich auf langwierige, komplizierte Verhandlungen eingestellt, in denen nicht nur seine Herrschaft, sondern auch sein Hals gerettet werden sollte. Um ganz sicherzugehen, gedachte er sogar, dem Sultan eine seiner Töchter zur Ehe anzubieten. Er war einigermaßen verblüfft, als der ihm unumwunden erklärte, dass er Hals und Titel behalten dürfe, allerdings für eine gewisse Zeit unter Aufsicht gestellt würde. Die Tochter möge ihm nach Edirne nachgeschickt werden. Noch ehe einer der spitzfindigen Gelehrten des Emirs auch nur ansetzen konnte, Einwände zu erheben, hatte Murad das Zelt schon wieder verlassen. Die Abordnung aus Qaraman hatte Mühe, es ihm gleichzutun, so schnell wie die Teppiche unter ihren Füßen eingerollt und die Stoffbahnen vom Gestänge gezogen wurden. Verblüfft mussten sie mit ansehen, wie die Armee, die noch eben ihre Soldaten niedergemetzelt hatte, im Eiltempo unter Trommelwirbeln abzog. Murad hatte die Brisanz der Situation sofort erkannt. Edirne brannte, die Kreuzfahrer des ungarischen Königs waren auf dem Weg dorthin; wenn sein Sultanat nicht mit einer totalen Niederlage enden sollte, musste er schneller sein als der heiße Wüstenwind. Es galt, ein Reich zu retten.

Die Armee des Sultans bewegte sich in Eilmärschen nordwärts, um bei Gallipoli die Dardanellen zu überqueren. Zwei Tage bevor sie die Meerenge erreichten, überbrachten Boten die Nachricht, dass eine Flotte christlicher Schiffe die Passage versperrte.

Murad wusste, dass das Schicksal seines Reiches auf Messers Schneide stand. Seine Armee, die vielleicht mächtigste der ganzen Welt, stand hilflos auf der anatolischen Seite des Marmarameeres und musste mit ansehen, wie ihre Hauptstadt in die Hände des Feindes fiel. Während seine Berater um ihn herum erregt aufeinander einbrüllten, schien der Sultan ganz und gar in sich selbst versunken zu sein. Beunruhigt warfen sie ihm immer wieder Blicke zu. Da sie um seine widersprüchliche Natur wussten, befürchteten sie, dass er sich diese Niederlage vielleicht sogar wünschte. Dass er den Untergang des Reiches einfach hinnehmen würde, um endlich seinen eigentlichen Neigungen folgen zu können.

Schließlich verwies Murad alle Berater des Zeltes. Die gehorchten sofort, denn er war noch immer der Sultan, der Garant des Reiches, der gottgewollte Stellvertreter des Propheten. Nur er selbst wusste, wie wenig das manchmal bedeutete. Ganz allein sank nicht der Herrscher, sondern der Mensch Murad auf seinem Gebetsteppich in die Knie. Lange sammelte er seine Gedanken, ehe er sich demütig verbeugte und Gottes Namen anrief. Als er sich von seinem Gebet erhob, wusste er, was zu tun war. Er rief den *beylerbey* von Anatolien zu sich und befahl ihm, die Armee in Marsch zu setzen.

»Und wohin wollt Ihr sie führen, mein Sultan?«, fragte der Mann, nachdem er sich aus seiner Verbeugung aufgerichtet hatte, nach.

Murad bedachte ihn mit einem kühlen Blick.

»Nach Osten«, sagte er. »Wir marschieren nach Güßel Hisar.«

Güßel Hisar, die »Weiße Festung«, lag an der engsten Stelle des Bosporus, knapp außerhalb der Sichtweite von Konstantinopel. Sultan Bajezit hatte sie 1395 auf der asiatischen Seite der Meerenge bauen lassen. Dorthin wollte Murad seine Armee führen. Es war ein gewagtes Unterfangen. Der Weg führte an der Südküste des Marmarameeres entlang, was den Spähern der christlichen Flotte nicht verborgen blieb. Zumal Kardinal Condulmer diese Möglichkeit bereits in seine Überlegungen mit einbezogen hatte. Er wusste, dass Murads Heer nur über die Dardanellen oder den Bosporus nach Europa gelangen konnte. Der Kardinal gab den Befehl, dem osmanischen Heer sofort zu folgen. Die Meerenge des Bosporus konnten die venezianischen Schiffe noch leichter blockieren als die bei Gallipoli. Francesco Condulmer war zufrieden, es bedurfte schon göttlichen Beistandes, wollte der Sultan dieser Falle entkommen. Gott aber, da war sich der Kardinal ganz sicher, war auf der Seite der Christen.

Auf göttlichen Beistand setzte allerdings auch der Sultan, und tatsächlich stand ihm Allah in dieser Situation bei. Zwei Umstände verschafften Murad den entscheidenden Vorteil. Der erste war das Wetter, der zweite die Genuesen.

Dass ein Sturm aufkommen würde, der die venezianischen Schiffe daran hinderte, durch die Dardanellen ins Marmarameer zu gelangen, war nicht vorherzusehen gewesen. Er verschaffte der osmanischen Armee einen Vorsprung. Das allein hätte aber nicht ausgereicht. Es war die Unterstützung Genuas, die den Wettlauf entschied.

Um seine Truppen überzusetzen, bevor die venezianische Flotte eintraf, brauchte der Sultan Schiffe. Die konnten ihm nur die Händler aus Pera stellen. Nun galt deren Loyalität natürlich dem Kaiser, dem Papst und dem Christentum im Allgemeinen. Die Genueser schoben ihre Bedenken allerdings beiseite, als sie das Angebot des Sultans hörten: ein Goldstück für jeden Soldaten, den sie transportierten.

Es war eine mondlose Nacht Ende Oktober 1444, als das gesamte osmanische Heer bei Güßel Hisar über den Bosporus setzte. Murad ließ die Soldaten unverzüglich weitermarschieren. Er selbst warf noch einen letzten Blick zurück auf die dunkle Strömung der Meerenge. Dabei dachte er an die Prophezeiung des alten Sheiks und dass Allah ihm nun erlaubte, seinen Sohn zu retten. Seinen Nachfolger, der als Sultan Mehmed II. die Mauern von Konstantinopel bezwingen würde.

»Steh auf, kleiner Freund!«

Sie hob den Kopf von dem Koranvers, den sie gerade las.

»Was ist denn, Cabbar?«

»Komm mit.«

Noch ganz in Gedanken versunken, folgte sie ihrem Waffenlehrer. Sie hatte in der 3. Sure gelesen, der *Ali Imran*: »Siehe die Ungläubigen, sie sind Brennstoff des Feuers.« Vielleicht klangen diese Worte nur deshalb in ihr nach, weil sie den Geruch des Feuers während der Unruhen so oft in der Nase gehabt hatte. Daher traf sie der Schlag völlig unvorbereitet.

Sie stürzte vornüber auf die Knie, nahm den Schwung der Bewegung aber sofort auf und stand mit gezogenem Dolch wieder auf den Beinen. Cabbar sah sie finster an.
»Was soll das?«, fragte sie überrascht, aber kampfbereit.
»Von nun an kannst du es dir nicht mehr leisten, unaufmerksam zu sein.«
Sie begriff immer noch nicht, was er meinte. Dann fiel ihr auf, dass er zuletzt hinter ihr gestanden hatte, ihr zuvor aber vorausgegangen war. Sie war so in Gedanken gewesen, dass sie gar nicht bemerkt hatte, dass er zurückgeblieben und sie an ihm vorbeigegangen war. Trotzdem war das kein Grund, sie zu schlagen.
»Ich wusste nicht, dass der Unterricht jetzt auch in den Pausen stattfindet«, fauchte sie.
Er betrachtete sie mit traurigem Blick, aber dann strafften sich seine Gesichtszüge und waren so ausdruckslos wie immer.
»Es gibt keine Pausen mehr, kleiner Freund«, gab er zurück. »Von nun an musst du bei jedem Atemzug wachsam sein.«
»Warum?«
Wortlos ging er wieder voraus. Sie folgte ihm, diesmal aber ließ sie ihn dabei kein einziges Mal aus den Augen. Er führte sie vor das Tor. Erst jetzt bemerkte sie die Unruhe, die die Stadt ergriffen hatte. Die Bedrücktheit der vergangenen Tage war verschwunden. Alle schienen es eilig zu haben. Frauen scheuchten ihre Kinder über die Straßen, schwer bepackte Esel wurden von ihren Besitzern mit hektischen Stockhieben angetrieben, ein Trupp staubiger Soldaten preschte an ihnen vorbei.
»Was ist los?«, fragte sie.
»Der Sultan ist in der Stadt«, antwortete Cabbar.
»Der Sultan? Du meinst …?«
»Ja. Sultan Murad. Vor den Toren lagert die Armee. Sie wird morgen in aller Frühe weiterziehen.«

Erst jetzt fielen ihr die vielen Soldaten auf, die in den Straßen zu sehen waren.
»Aber was hat das mit uns zu tun?«
Cabbar ließ sich Zeit mit der Antwort. Schließlich sagte er: »Unser Herr wird mit dem Sultan ziehen. Das heißt, dass auch wir ihn begleiten. Und das ist der Grund, warum du von nun an jeden Moment wachsam sein musst.«
Er warf ihr einen Seitenblick zu, und wieder meinte sie, einen Hauch von Trauer in seinen Augen zu erkennen.
»Weil wir in den Krieg ziehen«, ergänzte er mit rauher Stimme.

# *Das weiße Kamel*

Am Morgen des 10. November 1444, dem Sankt-Martins-Tag, standen sich auf der Ebene vor Varna die Heere der Christen und Osmanen gegenüber. Johannes Hunyadi hatte es gerade noch geschafft, die Truppen in Stellung zu bringen, bevor das Licht der aufgehenden Sonne erst die weißen und roten Banner der Osmanen und danach die weiß-blauen der Christen traf. Über ihnen wölbte sich ein Himmel von lichtem, heiterem Blau. Keine Wind kräuselte das Meer und auch der langgezogene See südlich der beiden Heere lag noch völlig unbewegt unter zarten Dunstschleiern. Es war ein Tag, an dem der Herbst sich noch mal in seiner ganzen Schönheit zeigte. Es sollte der Tag des großen Sterbens werden.

Das Kreuzfahrerheer hatte keine andere Wahl, als sich dem zahlenmäßig überlegenen Gegner zu stellen. Ihre Position ließ ihnen keine Möglichkeit auszuweichen. Hinter ihnen lagen die Festung und das Meer, zu ihrer Linken erstreckte sich ein See, der im Westen von einem Fluss gespeist wurde. Und im Norden lag die unwirtliche Steppe der Dobrudscha.

Die Osmanen hatten es günstiger getroffen. Ein Stück seitlich, halb hinter den beiden Flügeln des Heeres erhoben sich Berge. Ein Angriff über die Seiten war somit leicht abzuwehren.

Dennoch sah Johannes Hunyadi die Lage keineswegs als aussichtslos an. Er wusste, wie die Türken kämpfen würden, und

hatte mit dem König und Kardinal Cesarini die Strategie, nach der sie vorgehen sollten, besprochen. Dabei waren allerdings erste Differenzen offenbar geworden.
Das kam nicht unerwartet. Im Gegensatz zum Marsch des Vorjahres, den er alleine befehligt hatte, musste Hunyadi sich diesmal nicht nur dem Kommando eines unerfahrenen Königs unterstellen, sondern seine Befehlsgewalt auch noch mit dem Kardinal teilen. Der heißblütige Wladislaw konnte den Kampf gar nicht abwarten. Und auch Cesarini brannte darauf, den Türken entgegenzutreten. Des Wojwoden überlegte Art war ihnen beiden zu zögerlich.
Außerdem hatten Hunyadis erfolgreiche Kämpfe gegen die Türken sowohl den Ehrgeiz des Königs als auch des Kardinals geweckt. Der misstrauische Wladislaw fürchtete um seine Krone, falls Hunyadi ein zweites Mal siegreich heimkehren würde. Vielleicht war ihm dieser Gedanke auch von Cesarini eingeflüstert worden, der seinen Einfluss am ungarischen Hof durch den Wojwoden bedroht sah. Hunyadi hatte sich nicht die Mühe gemacht, diesen Verdacht zu entkräften, denn er bestand durchaus zu Recht.
Der Wojwode, der den linken Flügel befehligte, ließ sein Pferd ein paar Schritte nach vorne gehen und spähte über die Reihen seiner Männer zum Standort des Königs hinüber, der mit seinen polnischen Soldaten das Zentrum ihrer Schlachtordnung bildete. Er wandte leicht den Kopf. »Melder«, befahl er knapp.
Sofort winkte der Hauptmann Ciriaco herbei, der ein Stück hinter den Offizieren auf seinen Einsatz wartete. Hunyadi hatte ihn, als er begriff, dass der Venezianer nicht nur keine Kampferfahrung, sondern auch keine Rüstung hatte, als Melder eingeteilt. Er ließ Ciriaco einen Helm geben. Von einem deutschen Soldaten erstand der noch ein Kettenhemd, das zwar beschä-

digt war, aber immerhin noch Schultern und Rücken schützte. Nun lenkte Ciriaco sein Pferd an die Seite des Wojwoden.

»Eine Nachricht an König Wladislaw: Keinesfalls vorrücken, auch nicht, wenn der Feind attackiert.«

Ciriaco wartete, ob noch etwas käme, doch Hunyadi murmelte nur: »Ich habe es ihm zwar schon gesagt, aber vielleicht hat er es ja vergessen.«

Ciriaco, der wusste, dass dieser letzte Satz nicht mehr Teil der Nachricht war, riss sein Pferd herum und galoppierte zum König. Er hatte bereits mitbekommen, dass zwischen König Wladislaw und seinem Heerführer ein angespanntes Verhältnis herrschte.

Ciriaco verblüffte es, dass große Ereignisse manchmal von solch belanglosen Unstimmigkeiten beeinflusst wurden. Und es verblüffte ihn, auf welch unerwartete Weise das Schicksal manchmal in das Leben der Menschen eingriff. Als Hunyadi ihm in der vergangenen Nacht das Lager der Osmanen gezeigt hatte, war ihm sofort klar gewesen, dass es für ihn und Mahmud kein Entkommen mehr gab. Die Vorstellung, dass ihnen hunderttausend Krieger gegenüberstanden, von denen ihn jeder Einzelne, ohne zu zögern, töten würde, war ihm wie ein Alptraum vorgekommen. Geschockt hatte er nach Mahmud gesucht, um ihm ihre Lage zu offenbaren, als er mit einem Mal einem Mann gegenüberstand, den er sehr gut kannte.

»Luca?«, brach es verblüfft aus ihm hervor.

Der Mann aus Ancona schien ebenso überrascht wie er.

»Teufel auch, hier finde ich Euch?«

Unendliche Erleichterung durchflutete ihn. Luca war ein erfahrener Kämpfer. Allein, ihn hier zu wissen, machte Ciriaco Mut. Sie saßen noch lange zusammen.

»Ich konnte Euch nicht im Stich lassen. Verzeiht, dass ich Euren Befehl missachtete, aber ich bin Euch gefolgt. Irgendwann aber verlor ich Euch aus den Augen. Also stieß ich in Ofen zum Heer. Der Kreuzzug war ganz nach meinem Geschmack.«

Ciriaco erzählte in kurzen Worten, wie es ihm ergangen war. Dann berichtete er von dem osmanischen Heer. Lucas Blick war ernst.

»Wenn es zum Kampf kommt«, meinte er schließlich, »dürft Ihr nicht zögern. Niemals! Denn sonst seid Ihr tot.«

Diesen Rat hatte Ciriaco nicht vergessen. So dachte er nicht mehr an die tödliche Bedrohung, sondern nur noch an das, was zu tun war.

Als er dem König die Nachricht des Wojwoden übermittelt hatte, schnaubte der junge Wladislaw verächtlich aus.

»Will er die Türken etwa im Sitzen vertreiben? Noch ehe dieser Tag vorbei ist, werde ich mein Schwert in Türkenblut tauchen. Reite daher zurück, Soldat, und melde, dass die Polen zum Kampf bereit sind.«

Ciriaco preschte auf dem gleichen Weg zurück, auf dem er gekommen war. Dabei dachte er an Luca, der bei den polnischen Reitern kämpfte. Es beruhigte ihn unendlich, den Gefährten in der Nähe zu wissen. Langsam stieg die Sonne empor, vertrieb die letzten Nebel der feuchten Nacht und wärmte das Gras, das bald von Tausenden Füßen und Hufen zerstampft werden sollte. Beide Heere standen sich weiterhin unbeweglich gegenüber. Hunyadi wollte aus seiner unterlegenen Position keinen Angriff riskieren, und der Sultan der Osmanen wartete darauf, dass genau dies passierte. Auch Murad kannte seine Gegner. Die Kreuzzügler waren leidenschaftliche Kämpfer. Dabei vergaßen sie oft die einfachsten Lehren der Kriegskunst. Hier allerdings stand ihm ein Mann gegenüber, dem dieser Fehler nicht unterlaufen würde. Hunyadi war ein Mann, den Murad nicht unterschätzen durfte.

Die Berater des Sultans wurden unruhig. »Wir sind ihnen vielfach überlegen. Treiben wir sie einfach ins Meer.«

Doch der Sultan reagierte nicht. Die Zeit war auf der Seite der Osmanen. Noch heute würde es zur Schlacht kommen. Nur wer machte den ersten Zug? Wie zwei Schachspieler belauerten sich der Oberbefehlshaber der Türken und der Heerführer der Christen. Es war wieder einmal der Himmel, der die Ereignisse ins Rollen brachte.

Ohne Vorwarnung zog über den Bergen im Westen ein Unwetter auf. Anfangs merkten die aufeinander fixierten Kontrahenten nichts davon. Erst als ein tiefes Grollen zu hören war, schauten sie auf. Über ihnen türmten sich schwarzgraue Wolken am Himmel. Blitze zuckten in ihrem Inneren und die Luft schien zu knistern.

Unruhe durchfuhr beide Heere. War es Gott oder Allah, der ihnen dieses Unwetter schickte? War es ein böses oder ein gutes Zeichen? Auf beiden Seiten überboten sich die Zeichendeuter mit Interpretationen. Gott strafe die Mohammedaner, hieß es auf christlicher Seite. Denn der Sturm dräue über ihren Köpfen. Allah sei auf ihrer Seite, hieß es auf der anderen Seite, denn der Wind blies den Gottesleugnern ins verräterische Gesicht.

Der Sturm entschied zu Ungunsten der Christen. Seine ganze Wucht entlud sich über dem Kreuzfahrerheer. Binnen kurzem waren alle Fahnen und Feldzeichen ihren Trägern entrissen, flatterten über den Helmen der Soldaten und wurden von den aufgeschreckten Pferden in den Dreck gestampft. Das osmanische Heer jubelte. Obwohl Murad diesem göttlichen Eingriff nicht ganz traute, konnte er sich dem Drängen seiner Berater nicht länger erwehren. Er befahl den Angriff.

In vollem Galopp stürmten die *Akindschi* über das freie Feld. Mit voller Wucht griffen sie den rechten Flügel an, der von Kardinal Cesarini befehligt wurde. Gleichzeitig rückten die Fußtruppen der *Azapen* gegen das Zentrum der christlichen Armee vor.

Schon dieser Angriff machte den Ungarn und ihren Verbündeten schwer zu schaffen. Zwar gelang es, die *Akindschi* zurückzuwerfen, doch die *Azapen* bedrängten zäh die Reihen der polnischen Soldaten. Hunyadi widerstand der Versuchung einzugreifen, um dadurch nicht die linke Flanke zu schwächen. Der König und seine Reiter kämpften sich mühsam durch die heranrollende Angriffswelle. Dadurch entging ihnen die Gefahr, die sich auf ihrer Rechten bildete.

Dort drangen *Sipahis* auf ihren Pferden vor, um in die Flanke des rechten Flügels einzufallen. Überrascht von diesem Angriff, brachen die Reihen des Kardinals ein. Jetzt drohte das christliche Heer von der Seite her aufgerollt zu werden. Hunyadi erkannte die Gefahr.

»Der König zur rechten Flanke«, schrie er Ciriaco zu und stürmte auch schon mit einigen hundert Reitern in Richtung Kampfzone davon.

Ciriaco rauschte das Blut in den Adern, als er sich den schwer kämpfenden Reitern des Königs näherte. Er zog sein Schwert hervor. Nicht zögern, dachte er.

In vollem Galopp ritt er durch die Masse kämpfender Männer. Er wich Angriffen aus und tauchte unter Säbeln hinweg. Er hörte Schreie, und den Klang von Metall, wenn Schwerter aufeinanderprallten. Er sah aufgerissene Pferdemäuler und das irre Rollen ihrer Augäpfel. Es schien Ciriaco, als ob alle Teufel der Hölle ausgebrochen wären. Doch unbeirrt hielt er auf den König zu, der inmitten der wogenden Masse sein Schwert schwang.

»Der rechte Flügel fällt!«, brüllte er ihm im Schlachtenlärm entgegen.

Der König wandte sich ihm zu. In diesem Moment attackierte ihn ein Türke. Beinah nachlässig wehrte er ihn ab und gab seinem Standartenführer danach das Zeichen auszuweichen. Zur

rechten Flanke. Als die Reiter vorpreschten, erblickte Ciriaco Luca.
»Auf, junger Herr«, rief der ihm zu, »jetzt kosten wir Türkenblut.«
Ciriaco zog es einfach mit.
Später versuchte er immer wieder, sich an den nun folgenden Kampf zu erinnern. Aber es war nicht das Aufeinanderprallen der Klingen, nicht das Aufbäumen der Pferde angesichts der tödlichen Begegnung, nicht die verzweifelte Wut des Kampfes, die sich in Ciriaco einbrannten. Es war das Gesicht jenes ersten Osmanen, dem er seine Klinge in den Leib stieß, das ihm im Gedächtnis haftenblieb. Das Gefühl in seinem Arm, als er menschliches Fleisch durchschnitt, die entsetzt aufgerissenen Augen des anderen, in denen er das Wissen um den Tod las, das Fallen des Körpers, der nie wieder über Felder und Wiesen wandern würde. Erst viel später sollte Ciriaco die Tragweite dieses Augenblickes erkennen.
Der Kampf war hart und währte lang. Aber am Ende war der Angriff der *Sipahis* abgewehrt. Noch ehe sich Ciriaco Schweiß und Blut aus dem Gesicht wischen konnte, ordneten die Hauptmänner mit rauhen Befehlen auch schon wieder ihre Reihen. Ciriaco schloss gerade zu Hunyadi auf, als sich der rechte Flügel des osmanischen Heeres in Bewegung setzte. Sofort galoppierte der Wojwode mit seinen Männern zurück, während der König wieder seine alte Position in der Mitte des christlichen Heeres bezog.
Von nun an war Ciriaco ständig in Bewegung. Immer wieder eilte er knapp hinter der Kampfzone hin und her, um den Kontakt zwischen den Befehlshabern zu halten und auf diese Weise die Gegenangriffe aufeinander abzustimmen.
Zäh zog sich der Kampf über die Stunden. Schließlich aber begannen die christlichen Kämpfer, Terrain zu gewinnen. Ciriaco

entging nicht, dass das taktische Vorgehen Hunyadis erfolgreicher war als die hitzige Kampfweise des Königs. Die Soldaten des Wojwoden rückten schneller vor. Der Gegner wankte.

Das wiederum spornte die Christen an. Immer heftiger bedrängten sie jetzt die osmanischen Linien. Auch Ciriaco drängte nun in die vorderste Kampflinie. Niemals zögern, hämmerte es in seinem Kopf. Und wieder riss es ihn mit.

Als der Widerstand brach und sich der rechte Flügel des gegnerischen Heeres auflöste, erhob sich wildes Triumphgeschrei unter den Christen. Es schien, als könne den Kreuzfahrern der Sieg nicht mehr genommen werden. Alle erwarteten nun den endgültigen Schlag. Umso mehr wunderte sich Ciriaco daher über den besorgten Blick Hunyadis. Er folgte dem Feldherrn, als dieser sich zum König begab.

»Überrennen wir sie«, schlug Wladislaw vor. »Nutzen wir den Moment. Der Sultan wird von seinen letzten Mannen geschützt.«

»Diese letzten Mannen sind aber die Janitscharen. Sie kämpfen wie die Teufel.«

»Dann wird es Zeit, diese Teufel vom Antlitz der Erde zu tilgen«, geiferte der Kardinal, der es irgendwie geschafft hatte, den Zusammenbruch seiner Truppe zu überleben.

»Wir wissen nicht, wie viele es sind«, gab der Wojwode zu bedenken und ließ seinen Blick über das Schlachtfeld wandern, das von Tausenden gefallener Leiber übersät war. Die Schreie der Sterbenden und Verwundeten erfüllten die Luft. Erst jetzt nahm Ciriaco den durchdringenden Geruch des Blutes wahr, das den Boden tränkte. Er zwang seinen Blick auf die andere Seite, zum Rest des osmanischen Heeres. Über den hohen, grünen Kopfbedeckungen der Soldaten erkannten sie das rote Banner des Sultans, doch wie weit sich dessen Reihen in der Tiefe erstreckten, war nicht auszumachen.

»Ordnen wir erst unsere Truppen«, meinte Hunyadi und blinzelte in den Himmel, wo die Sonne ihren Zenit bereits überschritten hatte. »Die Männer sind erschöpft.«

Der König gab nach, wenn auch widerwillig, und Ciriaco folgte Hunyadi zurück zu dessen Soldaten. Da wies einer der Hauptmänner in Richtung der osmanischen Stellungen und rief: »Sie fliehen!«

Jetzt sahen sie es auch. Die Janitscharen begannen, sich in eine Schlucht zwischen den hinter ihnen liegenden Bergen zurückzuziehen.

»Setzen wir nach?«, fragte der Hauptmann.

»Auf keinen Fall«, sagte der Wojwode. Er rief Ciriaco zu sich. »Sage dem König: Auf keinen Fall angreifen. Die Schlucht ist eine Falle.«

Noch während Ciriaco über das Feld zu den polnischen Kämpfern galoppierte, konnte er jedoch beobachten, wie Wladislaw aufsaß und den Arm mit dem Schwert in die Luft reckte. Sofort sammelten sich seine polnischen Reiter. Dann stieß der Arm nach vorne, in Richtung der Türken. In donnerndem Galopp stürmten an die fünfhundert Reiter über das Feld auf das Banner des Sultans zu.

Ciriaco zögerte nicht. Er lenkte sein Pferd schräg nach vorn, um dem König den Weg abzuschneiden. Nach dem, was er heute erlebt hatte, war er sicher, dass Hunyadi mit seiner Einschätzung recht hatte und dass Wladislaw ein tödliches Risiko einging. Er musste ihn aufhalten, ihn auf jeden Fall erreichen, bevor die Polen auf die Osmanen trafen. Er hieb seinem Pferd die Sporen in die Flanken, dass es erschreckt nach vorne sprang. Schaumflocken stoben von seinem Maul, als es im gestreckten Galopp über das Schlachtfeld auf den ungarischen König zujagte.

Und auf die Osmanen.

Thamar bewachte die Kamele. Jedenfalls hoffte sie, dass sich diese riesigen, aber gutmütigen Tiere anstandslos von ihr bewachen lassen würden. Von ihr und Yavuz, dem anderen Kameljungen.

Yavuz kam aus Anatolien. Da er einen für Thamar ungewohnten Dialekt sprach, konnten sie nicht viel miteinander reden, was ihr nur recht war. Doch er wusste über Kamele Bescheid und zeigte ihr, wie man sie führte und auf welche Befehle sie hörten.

Thamar mochte die Kamele. Sie waren genügsam und schauten in die Welt, als hätten sie schon hundert Jahre gelebt. Mit ihrem Höcker, den langen Beinen und dem seltsam geformten Kopf waren sie nicht wirklich schön, bewegten sich aber außergewöhnlich anmutsvoll. Von den drei Kamelen ihres Herrn mochte sie das mit dem hellen Fell am liebsten. Sie nannte es Schneeflocke, und es verstand sie. Wenn sie seinen Namen rief, wandte es sich ihr immer zu. Manchmal neigte es den Kopf und stupste sie an. Wenn sie ihm dann lachend über das Maul strich, entzog es sich ihr mit stolzer Grazie, beobachtete sie aber weiterhin aus seinen schönen dunklen Augen.

Manchmal, wenn sie nicht gleich einschlafen konnte oder sich einsam fühlte, fand sie Trost in der Gesellschaft des Tieres. Dann setzte sie sich neben ihm in den Sand, wenn es auf dem Bauch lag, lehnte sie sich gegen die warme Flanke und erzählte ihm aus ihrem Leben. Von Cabbar und dem Lehrer. Und von Leila, die ihr die Liebste war.

Schneeflocke war auch das Lieblingstier ihres Herrn. Darum trug es auch einen Kopfschmuck, einen dunkelgrünen Federbusch. Diese Farbe wies es als das Tier des Qara Chidr Pascha aus. Thamar hatte auf den Federbusch zu achten. Abends nahm sie ihn dem Kamel ab, säuberte und kämmte ihn, um ihn anschließend zu verwahren. Am Morgen war es dann eine ihrer

ersten Handlungen, Schneeflocke seinen prächtigen Hut wieder aufzusetzen.
In der letzten Nacht hatte sie nicht viel geschlafen. Yavuz, der offenbar besser informiert war als sie, erklärte ihr mit Händen und Füßen, dass eine Schlacht bevorstünde. Von der hatte sie bisher nichts gesehen. Der Platz, an dem die Kamele angebunden waren, lag hinter dem Heer. Aber sie hörte die Trommeln und die wilden Schreie. Das Klirren der Waffen und manchmal ein Aufheulen aus vielen Kehlen. Sie wusste, dass dort draußen Menschen starben, aber das alles war unwirklich. Sie hoffte nur, dass Cabbar und Civan nicht sterben mussten, die an der Seite ihres Herrn kämpften. Und natürlich auch, dass ihr Herr nicht starb. Ihm hatte sie schließlich alles zu verdanken. Ihm und jenem Fremden mit den sanften Augen, an den sie oft dachte, wenn Leila ihr abends Lieder vorsang.
Sie merkte es zuerst am Verhalten der Kamele, dass etwas nicht stimmte. Schneeflocke hatte sich unruhig erhoben, zog an seinem Seil und äugte immer wieder in Richtung des Heers. Sie strich ihm über den Hals und raunte ihm beruhigende Worte zu. Aber es half nichts. Auch die anderen Kamele tänzelten jetzt auf ihren langen Beinen umher. Yavuz und sie hatten alle Hände voll zu tun. Auf einmal stürmten mit Bogen bewaffnete Soldaten an ihnen vorbei und erklommen die Hänge der Schlucht. Sie ahnten, dass die Schlacht nun zu ihnen kam.
»In die Schlucht. Schnell!« Die Soldaten waren in großer Eile. Ohne die beiden Jungen groß zu beachten, banden sie die Kamele los und zogen sie fort, hinein in das Tal zwischen den mit Büschen und Gestrüpp bewachsenen Hängen.
Einer der Soldaten riss Thamar Schneeflockes Zügel aus der Hand und zerrte daran. Aber das Kamel, das diese Behandlung nicht gewohnt war, sträubte sich. Der Soldat schlug es mit einem Stock.

»Nicht!«, rief Thamar und wollte dem Mann den Stock aus der Hand reißen. Der aber stieß sie mit einer Handbewegung so heftig von sich, dass sie stürzte. Am Boden liegend, sah sie die rollenden Augen des Kamels, das sich nun mit einem Ruck losriss und davonstob.

Entsetzt sprang Thamar auf. Der Soldat, der von dem durchgehenden Tier beiseitegestoßen worden war, rappelte sich fluchend wieder auf. Schneeflocke rannte an den Soldaten vorbei, die sich nun eilig, mit der gesamten Ausrüstung und allem Gerät in die Schlucht zurückzogen. Daraufhin machte das Kamel kehrt. Da aber stand der Soldat. Mit hoch erhobenen Armen schrie er auf das Tier ein. Das brach zur Seite aus. Thamar rannte hinterher.

Sie rief seinen Namen: »Schneeflocke!«, doch das Tier hörte nicht mehr. In weiten Sätzen galoppierte es nach Süden, dem Berghang entgegen. Thamar dachte an nichts anderes mehr, als Schneeflocke wieder einzufangen. Schnell wie der Wind rannte sie ihm hinterher, konnte es aber nicht einholen.

Während das ganze Heer jetzt in die Schlucht drängte, sprang Thamar den Hang empor und versuchte an der Steigung entlang dem fliehenden Tier zu folgen. Zwar blieb sie auf diese Weise noch weiter hinter ihm zurück, doch die erhöhte Position erlaubte ihr, Schneeflocke im Auge zu behalten. Und jetzt sah sie auch, was sich dort draußen, in der Ebene abgespielt hatte. Es waren keine Steine, die dort zuhauf umherlagen, es waren Körper. Und über diese Ebene kam nun mit donnernden Hufen eine schwarze Masse Reiter galoppiert. Zwischen ihnen und ihr entdeckte sie jetzt den wippenden grünen Federbusch.

»Schneeflocke!«, schrie sie und ein Schluchzen stieg in ihr auf. Sie rannte den Hang wieder hinab, fiel hin, überschlug sich und zerkratzte sich Arme und Gesicht. Dennoch blieb sie nicht

stehen, obwohl sie wusste, dass sie das Kamel unmöglich vor den feindlichen Reitern erreichen konnte. Dann aber bemerkte sie, dass Schneeflocke nach rechts ausbrach. Die heranstürmende Horde hatte ihm Angst eingejagt.
Thamar fasste wieder Zuversicht. Vielleicht konnte sie das Tier ihres Herrn doch noch einfangen. Sie hielt sich ebenfalls rechts und wich dadurch den Reitern aus, die es sicherlich sowieso nicht auf sie abgesehen hatten. Vielleicht bemerkten sie sie nicht einmal. Überall trotteten verletzte Pferde umher. Verwundete versuchten, kriechend oder humpelnd außer Reichweite des Feindes zu kommen. Einmal streckte sich ihr sogar ein blutiger Arm entgegen. Sie wich ihm mit einem Sprung aus und lief weiter, achtete nicht auf die grauenvollen Verletzungen der Männer rings um sich und schaute nur noch auf den grünen Schopf, der immer langsamer wippte, als die Panik des Tieres nachließ und es erst in Trab, dann in Schritt verfiel. Bald würde sie es erreichen. Da entdeckte sie die Reiter.
Sie kamen von der anderen Seite des Feldes und folgten dem Haupttrupp, der die Schlucht fast erreicht hatte. Plötzlich aber schwenkte einer der Reiter ab und hielt genau auf das Kamel zu. Der andere folgte ihm. Thamar packte der Zorn. Niemand würde Schneeflocke stehlen. Ihre Hand tastete nach dem Dolch, der an ihrer Hüfte steckte. Sie würde nicht zulassen, dass dem Tier etwas geschah.

Luca fluchte zum vielleicht hundertsten Mal. Er hatte wirklich lausiges Pech. Schon dass er dem Venezianer in der letzten Nacht über den Weg gelaufen war, hatte ihn über alle Maßen geärgert. Noch hatte der junge Pizzicolli keine Fragen gestellt. Aber wenn das hier vorbei war, würde ihm mit Sicherheit auffallen, dass Lucas Geschichte an den Haaren herbeigezogen war.

Außerdem war er es leid, diesem jungen Hund nachzulaufen. Und eine Schlacht war eine prächtige Gelegenheit, um jemanden unauffällig einen Kopf kürzer zu machen. Er hatte es mehrfach versucht, als sie zusammen in Kampfhandlungen geraten waren. Aber es war wie verhext gewesen. Wann immer Luca versuchte, an den Venezianer heranzukommen, war ein Osmane dazwischengekommen.
Nicht dass er es nicht genossen hätte. Sein Schwert hatte heute tüchtig Türkenblut gekostet. Doch eine Schlacht war nicht seine bevorzugte Art des Tötens. Zum einen wurde man oft genug von Hauptmännern in den Kampf getrieben, die nichts vom Kriegshandwerk verstanden. Zum anderen war eine Schlacht wirklich nur ein einziges großes Schlachten. Luca hingegen bevorzugte es, aus dem Töten eine Kunst zu machen.
Als der König mit den anderen Dummköpfen auf die osmanische Armee zustürmte, hielt er sich wohlweislich zurück. Im Krieg überlebten nur kühle Köpfe. Dann aber glaubte er, seinen Augen nicht zu trauen. Aus dem linken Flügel löste sich ein einzelner Reiter und jagte den Polen hinterher. Luca erkannte den Venezianer. Und er erkannte auch, dass Ciriaco die Reiter nicht einholen konnte. Das war die Gelegenheit, auf die er gewartet hatte. Freudig hieb er seinem Pferd die Sporen in die Weichen. Vielleicht hätte er an diesem Tag ja doch noch Glück.

Es geschah, noch bevor er richtig begriff, dass er den polnischen König nicht mehr rechtzeitig erreichen würde. In seinem verzweifelten Bemühen, Wladislaw zu warnen, kam er sich vor wie in einem jener Alpträume, in dem das Vorankommen trotz aller Anstrengung immer zäher wird. Doch erst als das Hämmern der Hufe ebenso wie die Schreie der Männer in einen dumpfen

Grundton versackten, durchfuhr ihn heiß das Wissen, dass die Welt um ihn herum ein weiteres Mal zerbrach.

Nein!, schrie es in ihm, doch es war unabwendbar. Reflexartig presste er die Beine an den Leib des Pferdes, klammerte sich an die Mähne des Tieres und trieb es damit noch heftiger voran. Aber das war falsch. Er musste zurück, fort von den Kämpfen. So hilflos wie er war, könnte ein Kind ihn erschlagen. Aber seine Glieder verkrampften sich bereits und seine Wahrnehmung wurde unscharf. Er war nicht einmal mehr imstande, das Pferd anzuhalten. Irgendwann würde er fallen und zwischen den Sterbenden liegen.

Da tauchte in der zersplitternden Welt mit einem Mal ein Wesen von makelloser Reinheit auf. Es war weiß mit einer grünen Krone, und seine Anmut ließ Ciriaco alle Angst vergessen. Ohne dass er es seinen Händen befehlen musste, lenkten sie das Pferd in Richtung der seltsamen Erscheinung.

Luca hatte das Kamel bereits vor Ciriaco ausgemacht. Es sah kostbar aus und der Kopfschmuck war auf jeden Fall etwas Besonderes. Vielleicht gehörte es sogar dem Sultan. Und es war herrenlos. Das Glück schien ihm doppelt hold. Er beschloss, sich das Tier zu holen, sobald er die Sache mit dem jungen Hund erledigt hatte. Es wäre eine feine Kriegsbeute. Als er dann sah, dass auch Ciriaco sein Pferd in Richtung des Kamels lenkte, hätte er beinah in die Hände geklatscht vor Vergnügen. Bis ihm das seltsame Verhalten des Venezianers auffiel.

Obwohl sein Pferd langsamer wurde, saß er immer noch flach vornübergebeugt im Sattel. Offenbar war er verletzt. Und hoffentlich nicht zu schwer, wünschte sich Luca. Er wollte, dass der Junge mitbekam, was ihm bevorstand. Dessen Pferd blieb unmittelbar vor dem Kamel stehen. Immer noch flach auf dem Rücken des Tieres liegend, sackte der Venezianer langsam zur Seite. Luca

verlangsamte sein Pferd, um das Kamel nicht zu vertreiben. Doch das schien an den Ereignissen vollkommen uninteressiert. Luca stieg ab. Der junge Pizzicolli hockte auf den Knien, die Schultern vorgebeugt. Die Hände lagen mit den Handflächen nach oben auf der Erde. Als er nähertrat, hob der Venezianer mühsam den Kopf. Luca bemerkte, dass ihm der Mund offen stand und dass sein Blick getrübt war. Dennoch schien er ihn zu erkennen, denn ein wimmernder Laut entrang sich seiner Kehle. Luca beugte sich zu ihm herab und schaute ihm ins Gesicht. Wieder wimmerte der Junge.
»Das ist doch nicht zu fassen«, lachte er ungläubig. »Das reiche Kerlchen hat einen Dachschaden.«

Es war so wunderschön. Ciriaco wusste natürlich, dass die Erscheinung ein Kamel war. Aber eben nicht nur, es war auch ein Wesen, das aus purer Liebe bestand. Warum er das wusste, hätte er nicht sagen können. Er wusste es einfach, weil es ihm die Angst nahm. Denn der Bezwinger der Angst war die Liebe. Dann kippte er vom Pferd.
Den Aufprall spürte er nicht, aber er verlor das schöne Tier aus den Augen. Verwirrt mühte er sich, kam auf die Knie, richtete sich auf. Aber der Kopf, er musste noch den Kopf heben. Da fiel ein Schatten auf ihn. Er sah auf zwei Stiefel, richtete den Blick nach oben. Und wusste, dass er gerettet war.
»Luca«, sagte er. »Ich bin so froh, dass du da bist.«
Luca beugte sich zu ihm herab und schaute ihn verwundert an. Ciriaco fiel ein, dass der andere ja nichts von seinen Anfällen wusste.
»Du musst mir helfen«, sagte er. »Ich kann jetzt gar nichts tun, aber das geht vorbei. Hilf mir auf. Schau, das Kamel.«
Luca lachte ihn an. Gleich würde er ihm helfen, das Kamel wiederzufinden.

»Das Kerlchen hat einen Dachschaden.«

Was sagte er da? Ciriaco wollte seinen Diener zurechtweisen. Da fragte der ihn: »Verstehst du mich?«

Ciriaco nickte. Natürlich verstand er. Was sollte diese dumme Frage?

Luca schnaubte aus.

»Du kleiner blöder Hund hast mir eine Menge Ärger bereitet.«

Was hatte das zu bedeuten? Ciriaco spürte, wie sich eine Klammer um seine Brust legte.

»Ich hätte natürlich zu gerne gewusst, was du mit dem Osmanen im Schilde geführt hast. Aber wie du aussiehst, kannst du wahrscheinlich nicht einmal mehr amen sagen.«

Während Ciriaco diesen ungeheuerlichen Worten lauschte, merkte er, wie die Töne wieder eine Nuance klarer wurden. Der tiefste Punkt seines Leidenstales war durchschritten.

»Darum werde ich es kurz machen«, fuhr der Mann mit der Brandnarbe fort, zog sein Schwert, stieß es mit der Spitze in den Boden und stützte sich darauf ab.

»Weißt du, es tut mir sogar ein wenig leid. Bist kein so schlechter Kerl, nicht so wie dein Bruder.«

Ciriaco stieß keuchend den Atem aus.

»Hatte ich das noch nicht erwähnt?«, fragte Luca spöttisch. »Der schöne Francesco, der Liebling aller Frauen, Hurenbock und Großmaul, er war ein Mäuschen, als es ans Sterben ging. Jedenfalls hat er nur leise gefiept, als er meine Klinge kostete. Ja, kleiner Hund, ich habe deinem Bruder den Todeskuss verpasst. Und nun wirst du ihm folgen.«

Er klatschte mit der Hand an sein Schwert.

»Du bekommst den Königskuss: mein Schwert in deinem Herzen.«

Luca richtete sich auf.

»Bist du bereit?«

Ciriaco versuchte seine Kräfte zu bündeln. Fühlte, wie sie in seinen benommenen Körper zurückkehrten. Doch die Zeit würde nicht reichen. Nur der Verstand, der war da, hellwach. Er hatte alles verstanden und das Grauen angesichts seiner Hilflosigkeit wurde noch mal verstärkt durch das Wissen um diesen schamlosen Verrat. Er hatte Luca sein ganzes Vertrauen geschenkt. Luca, dem Mörder seines Bruders.
Er sah, wie der Mann aus Ancona sein Schwert zur Probe durch die Luft schwang. Von ferne drang Schlachtenlärm zu ihnen. Luca wandte sich um. Als er seinen Blick wieder auf Ciriaco richtete, erkannte der die grausame Entschlossenheit darin. Der Mann mit der Brandnarbe hob die Klinge, zielte mit der Spitze auf Ciriacos Brust. Jetzt zog ein Ausdruck genüsslicher Lust über seine Züge. Doch da flirrte etwas durch die Luft. Ein hässliches Geräusch und in Lucas Kehle steckte ein Dolch.
Der Mann aus Ancona riss die Augen auf, sein Unterkiefer klappte auf und zu, als schnappe er nach Luft. Entsetzt stierte er auf etwas hinter Ciriaco. Dann verzerrte sich sein Gesicht und das Schwert fiel ihm aus der Hand. Mit der Linken tastete er nach der osmanischen Klinge, die ihm schräg von vorne in den Hals gedrungen war. Luca sackte auf sein linkes Knie. Ein letzter hasserfüllter Blick traf Ciriaco. Dann kippte der Mann mit der Brandnarbe nach hinten.
Ciriaco, dem es nun wieder gelang, seine Glieder zu bewegen, drehte den Kopf nach hinten. Dort war das Kamel und sah ihn gütig an. Dann aber verwandelte es sich in eine zierliche Gestalt, die langsam auf ihn zutrat. Sie hatte die wundervollsten blauen Augen, die er jemals gesehen hatte. Nein. Das stimmte nicht. Er hatte diese Augen schon einmal gesehen. Nur wo? Er wollte sich bedanken, aber da geschah etwas Seltsames. Die blauen Augen kamen näher und näher, bis sie sich zu einem azurfarbenen See auswuchsen.

Vielleicht wäre sie einfach weitergestürmt, als sie die beiden Reiter auf Schneeflocke zukommen sah. Hätte sie angeschrien, mit dem Dolch in der Hand. Und wäre vermutlich getötet worden. Aber dann entdeckte sie etwas, das ihr den Atem nahm und sie abrupt innehalten ließ. Die Festung!

Im Osten, hinter den Linien der Feinde, erhoben sich die Mauern einer Festung, die sie kannte. In Thamar wirbelten die Gedanken durcheinander. Es gab keinen Zweifel, dies war die Festung von Varna. Der Stadt am Meer. Dort hatte man sie in einen Pferch gesperrt. Dort hatte sie den blonden Soldaten getroffen. Und hier in der Nähe lag auch ihr Dorf. Ihr Dorf?

Grenzenlos verwirrt sah sie den ersten Reiter näher kommen. Er lag mehr auf dem Pferd, als dass er saß. Er hielt vor Schneeflocke an und starrte mit unendlicher Verwunderung auf das Tier. Dann fiel er vom Pferd.

Thamar rührte sich nicht. Nach der Sichtung der Festung war das Erscheinen dieses Mannes der zweite Schock für sie. Es war der Mann mit den sanften Augen, der sie auf dem Markt in Edirne gerettet hatte. Vorsichtig trat sie näher. War er verwundet? Sie erreichte Schneeflocke und strich ihm beruhigend über den Hals. Bevor sie jedoch auf den Mann zugehen konnte, kam der zweite Reiter.

Sie verstand nicht, was der Fremde sagte. Er hatte ein hässliches Brandmal im Gesicht und der Klang seiner Stimme war trügerisch. Sie musste die ganze Zeit den anderen betrachten, der zusammengesunken am Boden hockte. Es tat ihr unendlich leid, ihn so geschwächt zu sehen. Vielleicht würde der zweite Soldat ihm ja helfen. Aber dem war nicht so. Der zog nämlich sein Schwert aus der Scheide. Thamar spürte ein Kribbeln in ihrem Nacken.

Sie begriff nicht, was zwischen den beiden Männern vorging, aber als der hässliche Mann vortrat, hatte sie den Dolch bereits in der Hand. Sie dachte nicht darüber nach, dass sie im Begriff war, einen Menschen zu töten. Sie dachte nur daran, den Mann mit den sanften Augen zu schützen. Als der Fremde sein Schwert hob, trat sie hinter Schneeflocke hervor. Ihr Arm machte die gleiche, präzise Bewegung wie schon hundertmal zuvor. Schon als der Dolch ihre Hand verließ, wusste sie, dass er sein Ziel treffen würde. Als die Klinge in den Hals des Gegners fuhr, verspürte sie lediglich die Befriedigung angesichts eines gelungenen Wurfes. Dann fiel der Mann, und der Kniende wandte sich langsam um. Die Verletzlichkeit, die sie in seinen Augen las, durchfuhr sie wie ein Stich. Es war die Klarheit des Kampfes, die sie erfüllte, als sie sich ihm gegenüber ebenfalls auf die Knie niederließ. Und so wie im Kampf wusste sie, was sie zu tun hatte, um ihn zu heilen. Sie tat das, was Leila sie gelehrt hatte. Sie beugte sich vor und küsste ihn.

# *Der Kopf des Königs*

Der Mann, der König Wladislaw in der Schlucht bei Varna den Kopf von den Schultern hieb, stammte aus dem griechischen Morea. Als Junge war er seinen Eltern genommen worden, um dem Sultan zu dienen. Er wurde als Janitschar ausgebildet und kam zur Palastwache, in die nur die Treuesten und Verlässlichsten aufgenommen wurden. Dass er dem Sultan das Haupt des Jagellonenkönigs brachte, trug ihm nicht nur Ruhm und Ehre ein, sondern auch eine Beförderung.

Nachdem die polnischen Reiter bis auf den letzten Mann niedergemacht worden waren, marschierten die Janitscharen mit dem auf einen Speer gespießten Kopf dem Heer der Christen entgegen. Die verloren angesichts dieser schrecklichen Trophäe allen Mut, und noch in der gleichen Nacht zerstreute sich das Heer der Kreuzfahrer.

Makabererweise erreichte nur der Kopf das Ziel, das sein Besitzer sich vorgenommen hatte: Er wurde nach Edirne gebracht und dort feierlich durch die Stadt getragen. Zu diesem Zeitpunkt war Hunyadi bereits mit seinen Ungarn nach Norden geflohen. Er kehrte in die königlose ungarische Hauptstadt zurück und übernahm dort die Statthalterschaft.

Als am Morgen nach der Schlacht die Janitscharen vor die Stadt Varna rückten, waren keine Kreuzzügler mehr da. Das osmanische Heer hatte einen überwältigenden Sieg errungen.

Das hatte natürlich unangenehme Folgen für diejenigen, die während der Schlacht geflohen waren. Der Sultan verzieh keine Fahnenflucht.
Eine kleine Gruppe *Sipahis* verschlug es auf einen kleinen Hof im Landesinneren. Sie schlachteten das Vieh und plünderten den Hausrat. Danach suchten sie die Frauen. Der Bauer und sein Sohn konnten ihre Fragen nicht zu ihrer Zufriedenheit beantworten. Deshalb hängten die Sipahis sie an einen Baum und zündeten unter ihren Füßen ein Feuer an. Thamar erfuhr nie, dass ihr vermeintlicher Vater ihr das Leben gerettet hatte, indem er sie den Türken übergab.
Der desaströse Ausgang dieses Kreuzzuges paralysierte die gesamte Christenheit. Nun war endgültig klar, dass dies der letzte Versuch gewesen war, die Osmanen aus Europa zu vertreiben. Albanien, Serbien und selbst Ungarn waren von jetzt an abhängig von der Gnade des Sultans.
Und Konstantinopel?
Kaiser Johannes VIII. war dem Sultan aufgrund komplexer Verträge verpflichtet. Seine Unterstützung für das ersehnte Christenheer war daher halbherzig ausgefallen. Nun war das Christenheer geschlagen, und die Situation so bedrohlich wie nie zuvor. Sorgenvoll schaute er aus seinem Palast auf die tausendjährigen Mauern. Ihm blieb nur noch, auf Gott zu hoffen.
Zu diesem Zeitpunkt waren Ciriaco und Mahmud bereits auf dem Weg nach Süden.
Der Mameluck hatte keine Fragen gestellt, als sein Herr verdreckt und erschöpft bei den Proviantwagen eintraf. Der Venezianer warf den Helm beiseite, zog sich das zerfetzte Kettenhemd von den Schultern und legte sein Schwert ab.
»Weißt du, wie wir hier herauskommen?«, fragte Ciriaco.
»Alle fliehen nach Norden, wir gehen nach Süden. Zwei Män-

ner, zwei Pferde. Ich habe einen Mann gefunden, der uns über den Fluss bringt.«

Ciriaco nickte müde.

»Gib ihm Bescheid. Wir brechen auf.«

Während sein Diener davoneilte, ließ er sich auf einer Kiste nieder. Das Schwert senkrecht zwischen den Knien haltend, senkte er sein Haupt auf die um den Griff geballten Hände. Er war so müde, dass er in dieser Stellung hätte einschlafen können. Doch das durfte er nicht.

Ciriaco hatte noch nie an dem gezweifelt, was ihm während dem Auseinanderbrechen der Welt offenbart worden war. Anfangs war es oft unverständlich gewesen. Doch irgendwann hatte es sich ihm erklärt. Er hatte Wissen empfangen, sogar Weisheit. Und er hatte die Schönheit Biancas gesehen. Doch nun zweifelte er, ob er das, was er heute erfahren hatte, jemals begreifen würde.

Bei Bianca war sein Herz entflammt, bei Maria, der Hure, hatte er die Sünde entdeckt. Nun aber war ihm inmitten tausendfachen Sterbens eine Göttin erschienen, hatte ihn gerettet und dann geküsst. Woher er wusste, dass es eine Göttin war? Weil er nie zuvor eine ähnliche Empfindung gehabt hatte, wie die, die ihm ihre Lippen geschenkt hatten. Das allein hätte schon gereicht, einen normalen Mann um den Verstand zu bringen. Was ihn aber vollends verwirrte, war, dass sie ihn in der Gestalt eines Kamels gerettet hatte.

Und geküsst in der Gestalt eines Jungen.

# Zwischenzeit

*»Ob Sultan, Heiliger, Taschendieb,*
*einen jeden packt die Liebe beim Schopf.«*
MEVLANA JALALUDDIN RÚMI

# Der Schleier der Erkenntnis

B*aba*«, fragte verzweifelt der Junge, der einst Sultan sein würde, »*baba*, was habe ich getan?«

Sheik Ak Schemseddin sah die Not in Mehmeds Augen und überlegte seine Antwort gut.

»Du hast gefehlt, mein Prinz«, meinte er dann. »Nun weißt du, was das bedeuten kann.«

Er hatte ihm diesen Schmerz nicht ersparen können. Als einer der wenigen wusste der Sheik, welche Kraft in diesem zarten Körper steckte. Er wusste um die Größe, die dieser Junge bald entfalten würde. Und er wusste um die Gefahren, die ihm drohten. Denn außer ihm, seinem Lehrer, waren es vor allem die kleinen Geister, die das Außergewöhnliche früh erkannten. Und zu zerstören suchten.

»Ein Sultan ist kein Mensch wie die anderen. Ein Wort von ihm kann einen Sturm entfachen. Und ein falsches tausend Menschenleben kosten. Allah hat dir große Macht geschenkt. Die Weisheit aber, sie gut und gezielt auszuüben, musst du dir selbst erwerben.«

Der junge Prinz dachte über diese Worte nach. Dann fragte er: »Wo finde ich diese Weisheit?«

»Im Koran.«

»Aber ich habe ihn studiert und dennoch war mein Handeln falsch.«

»Gib nicht der Weisheit die Schuld, wenn du sie nicht erkennst. Du hast am richtigen Ort gesucht, doch du warst nicht der Richtige.«

»Ich verstehe nicht, was du meinst, *Baba.*«

Ak Schemseddin wusste, dass der Junge nun bereit war, seine Lehren aufzunehmen. All sein Stolz und all seine Leidenschaft waren unter dem Schrecken der vergangenen Ereignisse zusammengebrochen. Der Sheik wählte seine Worte sorgfältig, denn sie mussten dem Prinzen lange dienen.

»Besinne dich darauf, was wir einst waren. Wir waren ein Volk in der Wüste. Ein Volk ohne Gott, doch in der Wüste haben wir die Demut gelernt, die uns erst empfänglich machte für die heiligen Worte. Derjenige, der den Stamm durch die Wüste führte, wusste, dass ein einziger Fehler den Tod aller bedeuten konnte. Denn die Wüste verzeiht keinen Fehler.«

Der Sheik schloss einen Moment die Augen, besann sich und fuhr fort:

»Lies den Koran nicht mit dem Herzen eines Prinzen in seidenen Gewändern. Lies ihn als das, was du bist: Du bist derjenige, der sein Volk durch die Wüste führt. Nur du kannst sie zu der Oase bringen, die ihre Leiber erfrischen und ihre Seelen laben kann.«

Er ließ seine Worte lange wirken, bevor er dem künfigen Sultan den Weg wies:

»Du hast gefehlt. Lass es nie wieder geschehen!«

# *Der Schleier der Vernunft*

Im Februar 1445, drei Monate nach der Schlacht von Varna, traf eine *mude*, ein Verbund venezianischer Galeeren, in Konstantinopel ein. Eines dieser Schiffe gehörte Giancarlo de Pizzicolli. Außer englischem Tuch, venezianischem Glas, Hornwaren aus deutschen Landen und diversen anderen Artikeln transportierte es noch eine ganz besondere Post.

Kaum dass die Schiffe im Goldenen Horn angelegt hatten, übergab der Kapitän dem jüngsten seiner Offiziere einen Brief und befahl ihm, die Nachricht im Hause des Theophilos Jagaros abzugeben. Auf die Frage, wo dieses Haus denn zu finden sei, knurrte der Kapitän nur: »Im oberen Teil der Stadt.«

Nun war dieser junge Offizier zum ersten Mal in Konstantinopel. Die levantinische Sinnlichkeit, die ihn umfing, sobald er seinen Fuß an Land gesetzt hatte, verwirrte in außerordentlich. Er kam keine hundert Schritte weit, da schleppten ihn auch schon Landsleute von ihm in eine Taverne ab. Bei Wein und Würfeln verlor er den Sold der letzten drei Wochen. Eine Griechin machte ihm schöne Augen, doch als er ihr gestand, dass er keinen Soldi mehr in der Tasche hatte, verlor sie das Interesse an ihm. Nur diesem Umstand war es zu verdanken, dass der Brief aus Venedig noch am gleichen Tag das Haus der Jagaros erreichte.

Theophilos Jagaros gab dem Venezianer eine Münze als Lohn

und betrachtete nachdenklich den Brief. Er war an Ciriaco gerichtet, doch von dem hatte Theophilos seit seiner Abreise nach Edirne nichts mehr gehört. Er hatte sich bereits heftige Vorwürfe gemacht, dass er den letzten Sohn seines geschätzten Vetters und noch geschätzteren Geschäftspartners womöglich in sein Verderben geschickt hatte. Die Ereignisse der vergangenen Monate waren weitaus turbulenter verlaufen, als er es sich hatte vorstellen können. Es betrübte ihn zutiefst, dass der junge Mann, der seine Tochter ehelichen sollte, verschollen war.

Anna war darob über die Maßen verzweifelt. Kein Tag verging, da sie nicht weinend oder leeren Blickes durch den Garten irrte. Theophilos zweifelte nicht daran, dass im schlimmsten aller Fälle, wenn Ciriaco also ein frühes Ende ereilt hätte, seine Tochter den Schleier nehmen würde. Schwer atmend sah er nun auf den Brief herab und entschied, dass es seine Pflicht war, dieses Schreiben zu öffnen. Der Inhalt übertraf seine schlimmsten Ahnungen.

»Lieber Sohn«, eröffnete Giancarlo de Pizzicolli seinen Brief und verlieh sogleich seinem Erstaunen Ausdruck, dass Ciriaco ins Heer der Kreuzfahrer eingetreten war.

Ins Heer der Kreuzfahrer?

Theophilos glaubte, seinen Augen nicht zu trauen. Bestürzt las er weiter.

»Unser Botschafter in Ofen, Giovanni Reguardati, hat mir in löblichsten Worten von der Wertschätzung berichtet, die der oberste Heerführer des ungarischen Königs, Johannes Hunyadi, für dich bezeugt hat.«

Dass seine Gebete mit ihm seien. Dass er und Ciriacos Mutter seinetwegen täglich den Herrn um einen glücklichen Ausgang der ungarischen Unternehmung anflehten. Theophilos Jagaros ließ den Brief sinken und starrte betrübt durch das Fenster in den Garten hinaus. Die schlimmste Befürchtung war wahr geworden. Der arme Ciriaco war dabei gewesen, als das Heer der Christen zerrieben worden war. Er war einer der namenlosen Leiber auf dem Feld der Ehre. Theophilos Jagaros überlegte bereits, wie er seiner Tochter beibringen sollte, dass ihr Geliebter nicht mehr war, während er den Rest des Briefes nur noch mit halber Aufmerksamkeit zu Ende las. Es handelte sich um Belanglosigkeiten. Er kannte diesen Marcello nicht, von dem Ciriacos Vater erzählte. Und dass dieser brüderliche Freund sich verlobt hatte mit einer gewissen Bianca Ferrucci, interessierte ihn herzlich wenig.

# *Der Schleier der Sehnsucht*

Heftig atmend erreichte Ciriaco den Gipfel und blieb staunend stehen. Unter ihm überzog niedriges Buschwerk den hellen Fels des Berges. Weiter unten im Tal standen Weinstöcke in geordneten Reihen. Rauch stieg von irgendwoher auf, und in der Ferne konnte er das Meer glitzern sehen. Unwillkürlich suchte er nach einem Segel. Doch die weite Fläche schien so glatt und unberührt, als wäre sie nie von einem Schiff befahren worden.

Obwohl nirgendwo ein Mensch oder eine Behausung zu sehen war, zog es ihn noch weiter in die Einsamkeit. Ohne zu rasten oder den Ausblick zu genießen, setzte er seinen Weg fort. Er hoffte, bald wieder auf eine Ruine zu stoßen, es wimmelte geradezu von Ruinen auf der Krim, der Halbinsel im Schwarzen Meer. Die Stille dieser Orte war ihm weitaus lieber als die lärmende Gesellschaft seiner Mitmenschen.

Er stieg den Hang hinab, überquerte, auf nassen Felsen balancierend, einen Bach und kam auf eine Wiese, auf der vereinzelte knorrige Eichen wuchsen. Immer noch zog es ihn weiter, als gäbe es ein Ziel für ihn. Doch er hatte kein Ziel. Dass er dennoch etwas suchte, stellte er erst fest, als er auf ein Dorf stieß.

Er fand einen Brunnen und schaute sich suchend um, weil er nicht ohne zu fragen Wasser schöpfen wollte. Da sah er eine junge Frau den Platz überqueren, und irgendetwas an ihr versetzte ihm einen Stich.

Er ging ihr nach, wollte ihr Gesicht sehen, wagte es aber nicht, sich ihr zu nähern. Mit raschen Schritten lief sie auf ein Tor zu. In ihm wuchs die Verzweiflung. Wenn sie durch das Tor trat, würde er es nie erfahren.

Was erfahren?

Du Narr, schalt er sich, sie ist nicht das, was du suchst. Trotzdem konnte er nicht anders, er sprach sie an. Sie blieb stehen und musterte ihn erstaunt. Sie hatte ein rundes Gesicht und dunkle Augen. Im ersten Moment schien sie erschreckt, denn sie kannte ihn nicht. Dann aber las sie etwas in seinem Gesicht, das sie milde stimmte.

»Ja?«, fragte sie.

Stumm schaute er sie an. Sie war eine Fremde, dennoch glaubte er etwas an ihr zu kennen. Er sehnte sich danach, sie zu berühren, und es hätte nicht viel gefehlt, dass er vor ihr auf die Knie gesunken wäre. Da lächelte sie, und er empfing dieses Lächeln wie ein Geschenk der Götter.

Später schenkte sie ihm noch mehr. Doch das, was er gesucht hatte, fand er nicht. Von da an suchte er es in allen Frauen. Und dafür liebten sie ihn.

# *Der Schleier des Begehrens*

Theophilos' Tochter Anna hatte den verwilderten Garten der Jagaros längst verlassen. Sie stand im Hippodrom, nicht weit entfernt von dem Obelisken, den Ciriaco einige Monate zuvor vermessen hatte. Doch es war nicht die ägyptische Säule, die sie das alte Stadion hatte aufsuchen lassen. Auch nicht die wehmütige Sehnsucht nach ihrem verschollenen Verlobten. Anna Jagaros interessierte sich vielmehr für die Reiter, die auf dem Sandplatz ein wildes Polospiel veranstalteten.

Das Hippodrom, in dem einst die besten Wagenlenker des Reiches miteinander gewetteifert hatten, war zu einem Spielplatz für die Söhne reicher Familien geworden. Mit unten verdickten Stöcken schlugen sie ein zusammengeschnürtes Lederknäuel über die Sandbahn. Dabei ging es zwar ziemlich ruppig zu, doch außer Beulen, blauen Flecken oder einer gebrochenen Hand kam keiner der Spieler groß zu Schaden. Einer von ihnen war Markos aus der Familie der Notaras.

Dem jungen Mann war das Mädchen mit den dunklen Haaren, das ihnen seit einigen Tagen zuschaute, bereits aufgefallen. Er versuchte ihre Aufmerksamkeit auf sich zu lenken, indem er sich besonders anstrengte. Als ihm an diesem Tag ein besonders guter Schlag gelang, der seiner Mannschaft den Sieg eintrug, sah er sie begeistert in die Hände klatschen. Noch erhitzt von dem Spiel lenkte er sein Pferd zu ihr hinüber, grüßte sie galant und bedankte sich für ihre Unterstützung, die zweifellos zu seinem Erfolg beigetragen hätte.

Mit einem Neigen ihres Kopfes erwiderte sie artig seinen Gruß. Dann schenkte sie ihm ein Lächeln, das ihn durchfuhr wie ein heißer Windstoß und augenblicklich wildestes Verlangen in ihm entfachte.

Anna sah nur seine leuchtenden Augen und seine wirren Locken. Sah das Hemd an seinem verschwitzten Oberkörper kleben und wie seine kräftigen Schenkel das nervöse Pferd dirigierten. Die Tochter von Theophilos Jagaros war weit davon entfernt, an ein Leben unter dem Schleier zu denken.

# *Der Schleier der Liebe*

Sie lag in Leilas Armen. Es hatte lange gedauert, bis die schwarze Sklavin ihr den Schmutz von der Haut gewaschen, ihre blauen Flecken mit Salbe versehen und ihre Haut mit Öl eingerieben hatte. Nun roch sie so frisch, als wäre sie neu auf die Welt gekommen.

»Warum bist du so traurig?«, fragte Leila sie und strich ihr das zarte Tuch von der Wange, in das die Freundin sie schließlich eingehüllt hatte. Thamar wusste es selbst nicht.

»War das, was du gesehen hast, so schrecklich?«, vernahm sie die raunende Stimme Leilas an ihrem Ohr. Auf der Wand gegenüber ihrer Liege, die mit weichen Kissen gepolstert war, zeichnete das Licht der Nachmittagssonne die hohen Fensteröffnungen als leuchtende Flecken in einer schrägen Linie auf den dunklen Stoff. War es schrecklich gewesen?

»Weißt du noch, was ich dir gesagt habe?«, fragte Leila leise. »Dass es für jeden Schrecken in der Welt etwas Schönes gibt?«

Nein, das hatte sie vergessen.

»Du musst es nur finden. Der Tod hat das Leben, der Schmerz hat die Wonne, und für die Einsamkeit gibt es die Liebe.«

Die Einsamkeit kannte sie, sie war ihr so vertraut wie das Atmen. Aber die Liebe?

»Bald wirst du eine Frau sein, Aziyadeh, dann wirst du erfahren, dass du für beides geschaffen bist. Für den Schmerz ebenso wie für das Glück. Und dass das eine nicht ohne das andere bestehen kann.«

Ja. Vielleicht war es das, was sie erlebt hatte. Den Tod und die Liebe.

»Ich habe einen Mann getötet«, sagte sie mit leiser Stimme, denn sie konnte es nicht vergessen. Und einen anderen hatte sie geküsst. Diesen Kuss spürte sie immer noch. Aber das sagte sie nicht.

Leila atmete schwer ein.

»So früh schon«, flüsterte sie.

Thamar dachte an ihren Dolch. Sie hatte es nicht über sich gebracht, ihn sich zurückzuholen. Sie hatte nicht einmal mehr hinschauen können. War es falsch gewesen, was sie getan hatte? Aber sie hatte doch den Mann mit den sanften Augen retten müssen. Wie konnte etwas richtig und gleichzeitig falsch sein?

»Dann ist es nun Zeit für dich, etwas Neues zu lernen.«

»Was denn?«, fragte Thamar und schaute zu ihrer Freundin auf. Deren Gesicht befand sich nun dicht über ihrem. Leila streifte das Tuch von Thamars Körper. Wie eine Feder strichen die Finger der Älteren über ihre Haut.

»Ich werde dich das lehren, was Allah nur den Frauen geschenkt hat.«

Es war in dieser Nacht und in vielen folgenden, dass Thamar das erfuhr, was Leila den »kleinen Tod« nannte.

Und endgültig zu Aziyadeh wurde.

# 1451 nach Christus

(854 der Hrdja)

*»Und die Dschinn erschufen Wir*
*zuvor aus dem Feuer des glühenden Windes.«*
SURE 15, TEIL 27

# Der Dschinn

Ein Windstoß fuhr unter den Baldachin, hob den hellen Stoff an und ließ die seitlichen Tücher leicht über den Boden schleifen.

»Wie heiß es ist«, flüsterte Ece. »Und wie angenehm der Wind die Haut kühlt.«

»Doch wie selten er weht«, fügte Ünay verträumt an, »die Haut sehnt sich nach ihm. Aber wenn er dann kommt, ist es so schnell vorbei, dass nur die Erinnerung und die Hoffnung auf mehr bleibt.«

Ece lachte leise, rollte sich auf die Seite und betrachtete Ünay, die neben ihr in den weichen Kissen lag, unter halb gesenkten Lidern: »Sprichst du vom Wind oder von etwas anderem?«

Ünay errötete, was ihr ovales Gesicht noch schöner und sinnlicher aussehen ließ. Statt ihrer antwortete Kamile: »Der letzte Wind hat dir ein wenig mehr beschert als ein Kitzeln auf der Haut, nicht wahr, Ünay?«

Kamile hatte sich auf dem Ellbogen aufgestützt und ein Bein angewinkelt. Wie ihre Freundinnen trug sie nur ihr *gömlek*, das Unterkleid aus Seide, das den Wind ungehindert die erhitzte Haut kühlen ließ. Die Frauen unter dem Baldachin hatten keine fremden Blicke zu fürchten.

Ece beugte sich vor und strich mit den Fingerspitzen über Ünays zart gewölbten Bauch. In ihrer Stimme, die so oft spöttisch

klang, schwang ein wenig Ehrfurcht mit: »Der Wind hat dir Regen gebracht, und der Regen hat deinen Schoß befruchtet.«
Ünay fuhr sich mit der Zunge über die Lippen und lächelte glücklich: »Es fühlt sich so wundervoll an. Als hätte die Erde mich geküsst, und der Kuss nie vergehen würde.«
Wieder hob der Wind die weißen Tücher an und trug den Duft des nahen Wassers heran. Das leise Fließen der Tundscha klang wie das Glucksen aus der Kehle einer zufriedenen Frau. Wie gerne hätte Aziyadeh ihre Füße ins kühle Wasser getaucht.
»Vielleicht wünschen wir uns deswegen so sehr ein Kind zu empfangen, weil dadurch etwas entsteht, was von uns bleibt und uns stets neue Freude schenkt.« Kamile wandte sich an die jüngste Frau des Sultans, die in der Beuge des Armes ihr schlafendes Kind hielt. »Ist es dir auch so ergangen, Aische?«
»Ich weiß nicht, was ich mir gewünscht habe«, antwortete Aische, »ich war so unglücklich, als ich hierherkam und habe viel geweint.« Sie lehnte sich an Aziyadeh, die halb hinter ihr saß.
»Ich hatte nur schlimme Geschichten über meinen Gebieter gehört. So war ich voller Angst, als er mich zu sich rief. Aber er war sanft und geduldig, so dass ich meine Furcht vergaß. Doch ohne Aziyadeh hätte ich nicht gewusst, wie ich mich verhalten sollte.«
Sie nahm die Hand ihrer Freundin und legte sie an ihre Wange.
»Sie war auch diejenige, die mir erklärte, dass mein Unwohlsein keine Krankheit war, sondern dass ein Kind in mir heranwuchs. Und nun«, sie sah voller Liebe auf ihren Sohn herab, »ist jeder Tag voller Glück, weil ich meinen Kütschük Ahmed habe.«
Die schwangere Ünay stieß einen kleinen Seufzer aus, während Ece und Kamile einen verstohlenen Blick tauschten.
»Wie alt ist er jetzt?«, fragte Kamile.
»Sieben Monate. Und schon jetzt kann ich in seinen Gesichtszügen den Vater erkennen.«

»Gibst du ihm noch Milch?« Ece hatte sich aufgerichtet. Dabei legte sie ihre Hand an Ünays Brüste, die sich, durch die Schwangerschaft angeschwollen, unter der zartblauen Seide wölbten.
»Aber ja. Solange ich ihn mit meiner Milch satt bekomme. Manchmal schmerzt es, wenn er an mir saugt, aber gleichzeitig empfinde ich auch Wonne dabei.«
»Schmerz und Lust sind miteinander vermählt«, meinte Kamile. »Und das, was wir fürchten, kann sich als das größte Glück offenbaren.«
Aische hatte sich ausgestreckt. Ihr Kopf ruhte in Aziyadehs Schoß, so wie das Kind an ihrer Seite ruhte. Sie boten ein Bild vollkommener Vertrautheit. Wieder tauschten Ece und Kamile einen Blick. Sie ahnten, woraus sich diese Verbundenheit speiste.
Wenn die jungen Frauen das erste Mal mit ihrem Ehemann zusammenkamen, waren sie meist zu unerfahren, um ihm die Genüsse zu schenken, die er von ihnen erwartete. Doch neben all den Eifersüchteleien unter den Frauen bildeten sich auch immer wieder Freundschaften, in denen Ältere die Jüngeren unterwiesen. So hatte Kamile sich einst um Ece gekümmert, und die hatte dann ihr Wissen an Ünay weitergegeben. Diese Hilfe wurde nicht nur aus uneigennützigen Gründen gewährt. Mit der möglicherweise neuen Favoritin im Bund konnte die Ältere ihren Einfluss wahren. Bei Aische und ihrer Vertrauten lagen die Dinge aber anders.
Aziyadeh gehörte nicht zum Harem des Sultans. Sie war eine ehemalige Christin, die der *beylerbey*, Qara Chidr Pascha, als sein Mündel aufgenommen hatte. Doch deshalb betrachteten die Frauen sie noch keineswegs als eine der ihren. Eines Tages aber war Sultanin Mara auf das junge Mädchen aufmerksam geworden und hatte es in ihre Obhut genommen. Offenbar, so mutmaßten die anderen Frauen, weil auch sie einst als Christin

aufgewachsen war. Nach und nach stieg Aziyadeh dann zur Vertrauten der Sultanin auf und wurde dadurch zu einem Machtfaktor im Serail.

Dass Sultanin Mara großen Einfluss auf die Entscheidungen des Sultans hatte, war allen bekannt. Die Tochter des serbischen Despoten war die einflussreichste Frau in der Stadt und somit des Osmanischen Reiches. Das allerdings rief den Neid der adligen Familien hervor, und diese unsichtbare Trennlinie zwischen vererbter und erworbener Macht verlief auch durch das Zelt auf der Tundscha-Insel. Sowohl Kamile als auch Ece und Ünay gehörten vornehmen Familien an. Und auch wenn Aisches Familie nicht osmanisch war, galt sie doch als ebenbürtig. Das traf auf Aziyadeh nicht zu.

Die Frauen hätten in ihr gerne nur eine einfache Dienerin gesehen. Doch sowohl ihre Freundschaft zur Favoritin des Sultans als auch ihre Stellung bei dessen jüngster Frau, ließen das nicht zu. Den Frauen war es ein Rätsel, wie die Konvertitin aus dem Hause Chidr Paschas eine solche Position hatte einnehmen können. Aziyadeh war ihnen unheimlich, ein Gefühl, das durch ihre intensiven, blauen Augen noch verstärkt wurde. Indem sie sie an ihren Geheimnissen teilhaben ließen, sie aber niemals in ihre Gespräche mit einbezogen, gaben sie ihr auf subtile Weise zu verstehen, dass sie nicht zu ihnen gehörte. Sie konnten nicht wissen, dass es Aziyadeh vollkommen gleichgültig war, was die anderen von ihr dachten.

Nur mit halber Aufmerksamkeit folgte sie den Gesprächen der Frauen. Bequem in die Kissen zurückgelehnt, sah sie durch die Zeltöffnung hinaus auf die mit kleinen Blüten getüpfelte Wiese. Insekten tanzten glitzernd im Sonnenlicht, und unter den Fächerpalmen schritt würdevoll ein Pfauenpaar durch das Gras. Weiter hinten, am Ufer der Tundscha erhoben sich Weiden, deren Zweige bei jedem Windstoß sachte hin und her schwan-

gen. Das lebendige Grün umgab das Zelt wie ein geheimnisvoller Zauber, dessen Ursprung weit jenseits der sichtbaren Welt lag.
Ohne dass sie es hätte erklären können – oder wollen, fühlte Aziyadeh sich vom Zauber der Natur weit mehr angezogen als von der Vertrautheit im Inneren des Zeltes. Und das nicht nur, weil sie nicht gänzlich mit einbezogen war in diese Innigkeit, sondern auch, weil sie manchmal zu spüren glaubte, dass dort draußen etwas existierte, das die Antwort auf eine Frage war, die sie noch nicht hatte stellen können. Vielleicht war sie deshalb imstande, das namenlose Etwas, das nun von dort herannahte, in seiner ganzen Macht zu erkennen.
Für die anderen war es nämlich nur eine weitere Windbö, die über das Land strich. Doch die junge Frau wusste sofort, dass es weit mehr als nur der Wind war. Sie spürte es, noch bevor es Form annahm. Erschauernd begriff sie, dass es ihretwegen kam.
Im gleichen Maße, wie es sich näherte, wurden die Stimmen der Frauen in ihrer Wahrnehmung schwächer. Ihr war, als könne sie das kraftvolle Wesen, das sich im Wind verbarg, trotz seiner Unsichtbarkeit erkennen. So sah sie ihn über den Fluss kommen, sah, wie er die Weidenzweige beiseiteschob. Dann war er da. Schlug das Tuch, das den Eingang des Zeltes halb verdeckte, beiseite und kam herein.
Augenblicklich schienen kleine Fünkchen in der Luft zu tanzen. Zarte Seide glitt von erhitzter Haut, begleitet von kleinen Seufzern, mit denen die Frauen den Fremdling unwissentlich begrüßten. Aziyadeh war sicher, dass ihm das gefiel, denn er liebte die Frauen.
Woher wusste sie das?
Sie schloss die Augen, atmete tief ein und nahm ihn so in sich auf.

Wer bist du?, fragte sie ihn in Gedanken.

Du weißt, wer ich bin, sagte die körperlose Stimme. Ich habe über dich gewacht, wenn du schliefst. Erinnerst du dich?

Es stimmte. Sie hatte ihn tausendmal gespürt.

Aber ich schlafe doch gar nicht.

Doch. Und ich bin gekommen, um dich zu wecken.

Das verstehe ich nicht.

Ich habe dir etwas mitgebracht, raunte die Stimme in ihr.

Was denn?, fragte sie.

Flügel, hauchte er über ihr Gesicht, ich habe dir Flügel mitgebracht. Denn ich will, dass du mit mir kommst.

Ehe sie auch nur einen weiteren Gedanken fassen konnte, wurde sie leicht wie eine Feder. Er hob sie in die Luft, ins Licht, der Sonne entgegen, doch sein Schatten schützte sie vor der Glut. Unter ihr verschwand das Zelt, die Insel, die Stadt. Sie sah das grüngesäumte Band des Flusses, und auf den erdigen Hügeln die Büsche wie dunkle kleine Flocken. Weiter stieg sie empor. Und da, weit im Osten, lag es: das Meer. Schon flog es heran, schneller als ein Vogel, schneller als der Wind. Sie sank herab, unter ihren Füßen kräuselte sich das Schilf. Wellen leckten ans Ufer und die würzige Luft drang ihr in alle Poren. Gischtschleier wehten sie an, und die Schreie der Möwen hallten in ihr wider. Ihre Sehnsucht drohte sie schier zu zerreißen.

Warum hast du mich hergebracht?, flüsterte sie verzweifelt. Ich hatte es doch schon vergessen. Nun werde ich von neuem leiden müssen. WARUM?

Weil du dein Wort gegeben hast, Thamar, raunte seine Stimme in ihr, und als sie ihren alten Namen vernahm, durchrieselte sie die Erinnerung.

Dann wurde die Stimme streng und hart: Dachtest du, du könntest mich betrügen? Dachtest du, ich würde dich nicht finden zwischen den weichen Kissen?

Was willst du?, fragte sie atemlos.
Jetzt kam er ganz nah an sie heran, strich ihr mit unsichtbaren Fingern über die Wange und den Hals – und zog sich wieder zurück. Erschreckt sah sie das Meer zurückweichen, spürte sich selbst wie von einem Sturmwind zurückgeschleudert, fort von der Küste und der Gischt und den Möwen. Spürte bereits die Kissen in ihrem Rücken und den Oberkörper ihrer Freundin, die sich wohlig an sie schmiegte, als sie noch einmal die ferne Stimme vernahm:
Ich will dich kämpfen sehen, Thamar. Ich will dich aufrecht im Sturm sehen. Dann, das verspreche ich dir, wirst du es wiedersehen, dein geliebtes Meer.
Das Meer? Ja, das Meer.
Aber was ist mit ihm, rief sie in die leere Weite, die sich ihr mehr und mehr entzog. Was ist mit ihm, dem meine Liebe gehört? Ich warte doch schon so lange, dass er mich findet. Warum kommt er nicht?
Doch der Fremdling war wieder fort. Und noch bevor das Summen der Insekten und die Stimmen der Frauen wieder in ihr Bewusstsein drangen, begriff sie, dass alles sich ändern würde.
»Was mag in den Männern vorgehen, wenn sie Kinder zeugen?«
Aziyadeh schlug die Augen auf. Ihr Atem ging schwer. Aische schaute lächelnd zu ihr auf.
»Du bist eingeschlafen«, flüsterte sie.
Aziyadeh strich ihr nur zärtlich über die Stirn. War sie wirklich eingeschlafen? Oder war sie aufgewacht?
»Fühlen sie Liebe, wenn es geschieht?«, sinnierte Ünay weiter.
»Männer lieben nicht wie wir.« Kamile nahm eine Feige aus der Obstschale und lutschte an dem Fruchtfleisch.
»Männer lieben den Krieg und das Töten ebenso sehr wie die Vereinigung mit einer Frau«, fuhr sie nachdenklich fort. »Auf

eine Weise, die wir nicht begreifen können, hängen diese Dinge miteinander zusammen.«

»Das stimmt«, meinte Ece nachdenklich. »Wenn mein Gebieter aus dem Krieg zurückkehrt, ruft er mich immer so bald wie möglich zu sich. Sein Verlangen ist größer in dieser Zeit. Beide Kinder, sowohl den Sohn als auch meine Kleine zeugte er nach einem Feldzug.«

»Ja«, stimmte Kamile ihr zu, »wenn Männer Kriege führen, zeugen sie hinterher gerne Kinder. Nach alldem Blutvergießen stehen sie in der Schuld des Lebens und wollen einen kleinen Teil zurückzahlen.«

Durch den halb geöffneten Eingang des Zeltes beobachtete Aziyadeh eine Taube, die im Sinkflug über die Wiese glitt. Immer noch verwirrt von ihrem Erlebnis, meinte sie jede kleine Bewegung des Vogelkörpers, mit der er seinen Flug steuerte, nachempfinden zu können. Sie wusste, dass eine solche Perfektion mühsam erlernt werden musste. Und mit einem Mal spürte sie, wie sich ihr Körper an das zurückerinnerte, was er einst gelernt hatte. Wie sich das Gewicht des Dolches in der Hand anfühlte und dass zuerst der Wille das Ziel traf, bevor die Klinge folgte. All das wusste sie. Ebenso wie sie wusste, dass auch sie in der Schuld des Lebens stand.

»Unsere Fähigkeit, ihnen neues Leben zu schenken, macht uns den Männern kostbar«, sagte Aische nun. »Aber ich frage mich, ob sie ihnen nicht gleichzeitig auch unheimlich ist. Vielleicht sind wir für sie genauso rätselhaft wie sie für uns.«

Aziyadeh blickte auf ihre Freundin herab. Aische war nicht mehr das verängstigte Mädchen, das ihr vor über einem Jahr im Sultanspalast gegenübergestanden hatte. Die Sultanin selbst hatte sie gebeten, sich der neuen Frau ihres Herrn anzunehmen. Alle hatten erwartet, dass Sultanin Mara Aische als Rivalin und Bedrohung ansehen würde. Dass dem jungen Mädchen

schon nach kurzer Zeit etwas zustieße. Ein rätselhaftes Fieber vielleicht oder dass sie einfach nur vom Sultan ignoriert und ein liebloses und verachtetes Dasein fristen würde.
Doch Mara Brankovich überraschte die Intriganten des Serails. Wie schon so oft. Mit Aziyadehs Hilfe gewann Aische die Zuneigung des Sultans. Nach der Geburt des neuen Prinzen war ihre Stellung gesichert, und ganz wie Sultanin Mara es vorhergesehen hatte, nahm die junge Frau voller Dankbarkeit den Platz ein, den die Ältere für sie vorgesehen hatte.
Aziyadeh hatte ihre Aufgabe mehr als erfüllt. Sie befand sich im Zentrum der Macht, ohne dass der Inhaber dieser Macht, der Sultan, sie auch nur einmal wahrgenommen hätte. Sultanin Mara ließ sie an ihren Gedanken teilhaben, vor allem an jenen, von denen sie wollte, dass sie an das Ohr des Qara Chidr Pascha gelangten. Und umgekehrt holte sie gerne Aziyadehs Meinung ein, die, wie sie wusste, durch die Gespräche der jungen Frau mit ihrem Herrn geformt worden war.
Niemals hätten der *beylerbey*, Chidr Pascha, und die Sultanin direkt miteinander kommunizieren können. Schon der indirekte Kontakt über Aziyadeh war riskant. Doch Mara Brankovich war mittlerweile viel zu erfahren in der Politik, als dass sie nur Ratgeberin ihres Mannes sein wollte. Sie wandelte auf dem schmalen Grat der Loyalität gegenüber ihrem Gatten und der Besorgnis um das Wohlergehen ihrer Familie in Serbien. Der *beylerbey*, der Befehlshaber der osmanischen Truppen in Rumelien, konnte für die serbische Mara viel erreichen. Dafür gab sie ihm die osmanische Mara in die Hand. Und diese Hand war Aziyadeh. Doch indem die Sultanin ihr die Erziehung der vermeintlichen Rivalin anvertraut hatte, war sie über das hinausgegangen, was notwendig war. Aziyadeh war entschlossen, dieses Vertrauen nicht zu enttäuschen.
»Ich glaube, du hast recht«, meinte Ece und gab ihrer Freundin

Ünay ein Stück Melone zu naschen. »Darum lieben sie es auch, unsere Brüste zu berühren. Weil sie in ihnen die Quelle des Lebens sehen.«

Ünay kicherte: »Dann habe ich aber eine kleine Quelle.«

Ece schob den Stoff über Ünays Brüsten beiseite.

»Deine Brüste sind zwar klein«, sagte sie, und Aziyadeh erkannte an dem dunklen Klang ihrer Stimme, dass die Ältere Gefallen an diesem Spiel fand. »Doch deine Brustwarzen sind groß«, fuhr Ece fort, »und wenn ich sie ein wenig kneife wie jetzt, werden sie gleich spitz und hart.«

Ein tiefer Seufzer entfuhr der jungen Frau. Mit einem Mal schien die Luft noch ein wenig wärmer zu werden. Auch Aische streckte sich wohlig. Ihre Angst war schnell gewichen damals, als Aziyadeh sich ihrer anzunehmen begann. Zum ersten Mal war sie die Lehrerin gewesen und zeigte einer anderen Frau, was Leila ihr beigebracht hatte. Sie erklärte ihr, wie sie die Gunst des Sultans erwerben konnte. Dass die Männer an den Frauen das Weiche liebten und die zarte Haut. Dass langes Haar sie genauso erregen konnte wie lächelnder Gehorsam und Sehnsucht in den Augen.

Auch von dem, was einen Mann ausmachte, erzählte sie Aische. Zeigen konnte sie es ihr nicht, denn im Sultansharem gab es keinen Tankut. Der Eunuch aus dem Hause Chidr Paschas hatte sich bereitwillig Leilas Wünschen gefügt, als diese ihn zu ihren Unterweisungen hinzuzog. Zwar besaß Tankut nicht mehr die Fähigkeit, ein Kind zu zeugen. Doch seine Reflexe waren die eines normalen Mannes gewesen. Er war nicht nur Aziyadeh mehr als ein Freund gewesen.

Ihre Gedanken kehrten in die Gegenwart zurück, als das Kind sich rührte. Der kleine Ahmed schmatzte und bewegte die Arme vor dem Gesicht. Aische beugte sich sogleich zu ihm und hielt ihm den kleinen Finger an den Mund. Sofort öffneten

sich die Lippen und der Kleine saugte hingebungsvoll an dem Finger.
Fasziniert schaute Aziyadeh auf das Kind herab. Sie hatte der Hebamme geholfen, es auf die Welt zu bringen. Tränen waren ihr über das Gesicht geflossen, als sie Aische den zarten, blutigen Körper in den Arm legte. Damals glaubte sie, dass sie ihre Schuld an das Leben beglichen hätte. Aber das stimmte natürlich nicht.
Als sie nun das Kind im Arm ihrer Freundin betrachtete, durchzog sie die Liebe wie ein Schmerz. Ja, dachte sie, manchmal sind Liebe und Schmerz vereint. Und sofort tauchte das Bild des weiten Meeres wieder in ihr auf. Bitte, lass es mich wiedersehen, dachte sie und schaute durch den Zelteingang nach draußen. Da sah sie eine Gestalt über die Wiese laufen.
»Ich glaube, wir bekommen Besuch«, sagte sie. Die Frauen merkten auf.
»Ach, lass es Tankut sein«, rief Ünay, »der uns Tee bringt. Und Hunger habe ich auch. Aah, ein Stück gegrilltes Fleisch, saftig, mit etwas Chili. Und warmes, knuspriges Brot, in Olivenöl getränkt und …«
»Es ist wirklich Tankut«, sagte Aziyadeh, »aber er sieht nicht so aus, als wenn er uns Essen bringen will.«
Der Eunuch des Qara Chidr Pascha, der Aziyadeh auf die Palastinsel begleitet hatte, schlug das Tuch im Eingang beiseite. Schwer atmend blieb er vor den Frauen stehen. Seine Augen waren aufgerissen, sein Mund öffnete und schloss sich rhythmisch wie bei einem Fisch, der an Land gespült worden war.
»Tankut!«, rief Aziyadeh. »Im Namen des Allmächtigen, was ist geschehen?«
Tankut schien sie nicht zu erkennen. Jetzt sah sie, dass sein Gesicht von Tränen überströmt war.
»Der Erhabene Sultan …«, stammelte er.

»Was ist mit ihm?«, rief Aziyadeh. Doch Tankut antwortete nicht. Stattdessen begann er am ganzen Leib zu zittern. Als würde dies seinen Gliedern den letzten Halt rauben, sackte er in die Knie, fiel vornüber und barg sein Gesicht in den Händen.

Aische hatte sich aufgerichtet. »So sprich doch«, rief sie. »Was ist mit unserem Herrn?«

»Der Sultan«, drang die verzweifelte Stimme von den Händen gedämpft zu ihnen, »er ist ... Allah ... auf der Brücke ... über dem Fluss ...«

»Ja, was denn?«, rief Aziyadeh ungeduldig. »Nun sag schon!«

»Der Sultan«, rief Tankut stockend, »ist tot.«

Einen Augenblick lang herrschte atemlose Stille. Dann brachen die Frauen in Schreie aus. Aische sackte wie von einem Schlag getroffen zusammen. Kamile schlug beide Hände vor ihren Mund. Ece und Ünay hielten einander fest, als säßen sie auf einem sinkenden Floß. Nur Aziyadeh zeigte keine Reaktion.

Den Oberkörper gerade aufgerichtet, hockte sie auf den Knien neben der jungen Sultansfrau und hielt deren bebenden Oberkörper. Als erneut ein Windstoß unter den Baldachin fuhr und das Tuch im Eingang beiseiteschlug, blickte sie auf die Wiese hinaus, sah die Insekten über das Gras tanzen. Sah, wie einer der Pfauen ein prächtiges Rad schlug. Sah das Licht und die Fülle. Und wusste nun, dass ihre Ahnung sie nicht getäuscht hatte.

In ihrem Inneren wehte immer noch der Duft des fernen Meeres. Doch der Geist, der ihn ihr gebracht hatte, war längst wieder fort. Die Leichtigkeit, die sie gerade noch empfunden hatte, war der kühlen Erkenntnis gewichen, welche Folgen der Tod des Sultans hätte. Der jungen Frau, die vor langer Zeit einen anderen Namen getragen hatte, war klar, dass von nun an nichts mehr sein würde wie zuvor. Der Sultan war tot.

Ihre Zeit war gekommen.

# *Der Falke*

Die Nachricht vom Tode seines Vaters erreichte Prinz Mehmed in Bursa, als er gerade auf Falkenjagd war. Der Bote des Großwesirs hatte einen beträchtlichen Umweg machen müssen, um den Prinzen zu finden. Dessen Residenz lag im westanatolischen Maghnisa. Also hatte der Bote den Weg über die Dardanellen genommen. In Maghnisa hatte ihm der Oberste Eunuch mitgeteilt, dass sein Herr in Bursa weilte. Als der Bote dort schließlich eintraf, war bereits mehr als eine Woche seit dem Tod des Sultans vergangen.

Er übergab dem Prinzen einen versiegelten Brief von Großwesir Chalil, der neben der Trauerbotschaft auch die Information enthielt, dass bis zu diesem Zeitpunkt weder die Armee noch die Bevölkerung über die Ereignisse informiert waren. Der Prinz begriff den Hinweis sofort. Ein Thronwechsel verlief nie reibungslos. Die Kräfte des Reiches ordneten sich neu. Der junge Mann wusste, dass in Edirne bereits der Kampf um Macht und Einfluss begonnen hatte. Das aber war das kleinere Problem.

Das Reich war von Feinden umgeben. Die Ungarn schickten den Osmanen beinah jährlich ein Heer entgegen. Ibrahim-Beg, der Emir von Qaraman, lauerte im Süden nur auf eine Schwäche seines Erzfeindes. Den Seemächten, Venedig und Genua, war ebenso wenig zu trauen. Und alle waren sie jederzeit dazu bereit, ihre Streitigkeiten untereinander beizulegen und sich zu verbünden, wenn es darum ging, den osmanischen Riesen zu Fall zu bringen. Davor konnte das Reich nur eine einzige Macht schützen, und das war seine Armee.

In den Kasernen der Janitscharen lag die wirkliche Macht des Osmanischen Reiches. Für den verstorbenen Sultan wären sie jederzeit in den Tod gegangen. Gleiches galt aber nicht für seinen Sohn.

So bedingungslos die Treue der Janitscharen auch war, so musste sie doch erst errungen werden. Die Ereignisse einige Jahre zuvor, als Mehmed vorübergehend die Regentschaft in Edirne übernommen hatte, waren den Elitesoldaten in schlechter Erinnerung geblieben. Dabei war es weniger der Umstand, dass er ihre Forderungen nach mehr Sold brüsk abgelehnt hatte, der sie gegen den Thronfolger eingenommen hatte, sondern sein Hochmut. Die Janitscharen lebten und starben im Bewusstsein ihrer Einzigartigkeit. Dass der Prinz sie wie gewöhnliche Soldaten behandelte, verletzte sie zutiefst. Die Hinrichtung des Derwisches war nur der letzte Funke gewesen, der ihre Kränkung in Wut verwandelt und die Hauptstadt der Osmanen seinerzeit in Brand gesetzt hatte.

In höchster Verzweiflung hatte der Großwesir auf dem Höhepunkt der Krise den Vater des Prinzen beschworen, die Regierungsgeschäfte wieder selbst zu übernehmen. Damit war Chalil ein beträchtliches Risiko eingegangen. So wenig wie die Janitscharen die Demütigung durch einen Zwölfjährigen verziehen hatten, genauso wenig würde Mehmed vergessen, wer für seine Absetzung und sein anschließendes anatolisches Exil verantwortlich gewesen war. Als Murad starb, war Großwesir Chalil klar, dass er sich vor dem Nachfolger in den Staub werfen musste, wenn er überleben wollte.

Der Prinz ließ den Brief sinken und blickte über den von niedrigem Buschwerk bewachsenen Hang des Uludaq. Es war noch

früh am Morgen, die Luft war frisch und duftete nach Tau und Erde. Die Sonne stieg in einen klaren Himmel empor. Es versprach, ein schöner Tag zu werden. Es war der Tag, auf den er gewartet hatte.
Mehmed streckte dem Falkner seinen von einem Lederschutz umhüllten Arm entgegen. Der Raubvogel, dessen Augen von einer Haube verdeckt waren, wechselte vorsichtig seinen Platz. Er hatte gelernt, diesen Schritt blind zu tun. Während der Prinz dem Falken nun behutsam über das Brustgefieder strich, spürte er die Spannung, die das Tier vibrieren ließ. Das war es, was er an seinen Jagdfalken liebte und bewunderte: Die Stille und die Konzentration, in der sie warteten. Bis er ihnen die Haube abnahm und sie sich von einem Moment zum nächsten emporschwangen, um unbarmherzig ihre Beute zu verfolgen und zu schlagen. So hatte auch er gejagt in den vergangenen Jahren. Aber das wussten nur die Männer an seiner Seite. Und natürlich Gülbehar.
Seine Geliebte war es auch gewesen, die ihn gedrängt hatte, sich mit dem Vater zu versöhnen.
»Er ist der Sultan«, hatte sie gesagt. »Du musst ihm gehorchen. Unsere Liebe wird es nicht zerstören.« So hatte er sich gefügt, als der Sultan eine standesgemäße Frau für ihn aussuchte.
Er gab dem Falkner den Vogel zurück und wandte sich an seine Männer, die ihn aufmerksam beobachteten.
»Bringt die Pferde«, befahl er.
Während sein Diener, der junge Ali-Beg, ihm den weißen Araberhengst brachte, dachte der Prinz daran, was ihm Sheik Ak Schemseddin damals, als er die Hauptstadt verlassen musste, gesagt hatte: »*Wenn du rauben musst, raube. Wenn du töten musst, töte. Doch die wirkliche Größe eines Sieges geschieht durch das Wort. Denn das Wort ist mächtiger als das Schwert.*«
Die Scham über seine Niederlage hatte wie Feuer in ihm gebrannt. Anfangs war ihm Maghnisa, die Stadt in den Bergen,

wie ein Gefängnis erschienen. Alle hatten ihn verlassen, auch der Sheik war in die *zawiya* seines Ordens zurückgekehrt. Unruhig und voller Zorn war Mehmed in dem ungeliebten Palast hin und her gelaufen wie ein wildes Tier im Käfig. Keine Zerstreuung vermochte ihn aufzumuntern, kein Spektakel seine Sinne abzulenken. Mit zunehmender Intensität drehten sich seine Gedanken im Kreis. War er nicht der Erbe Roms? War es nicht an ihm, die alte Stadt am Bosporus zu neuer Größe zu führen? Lautete so nicht die Prophezeiung? Wie konnten die Zweifler es wagen, sich seiner Bestimmung entgegenzustellen?

Oder war dies alles nicht wahr? Verhöhnte ihn der Allmächtige? War er nur eine Figur in einem grausamen Spiel? Er ertrug es nicht mehr, suchte Erlösung in der Jagd. Zuerst war es nur die Falkenjagd, die seine Seele beruhigte und aus der er Kraft schöpfte. Eine Kraft, aus der wiederum die Idee erwuchs, sich mit den Piraten zu verbünden.

Er sandte Ishaq-Pascha aus, den wildesten seiner Untergebenen. Der schloss in seinem Namen einen Pakt mit arabischen Filibustern. Diesen Freibeutern der Meere versprach er Schutz und Rückzugshäfen an der anatolischen Küste, wenn sie sich darauf beschränkten, christliche Schiffskonvois und Städte zu plündern. Ein Teil der Beute floss in die Schatzkammer von Maghnisa. Was als Geschäft begann, entwickelte sich schnell zu einem Bündnis zwischen Gleichgesinnten. Zwischen Räubern.

Immer noch trieb den jungen Prinzen das glühende Feuer der Wut. Es ließ seine Muskeln schwellen und seine Schwerthand schneller werden. Bald reichte es ihm nicht mehr, die Beute nur in Empfang zu nehmen. Zusammen mit Ishaq-Pascha und einer Handvoll Getreuen ging er mit den Piraten auf Jagd. Und erlernte das Handwerk des Todes.

Drei Monate lang zog die Piratenflotte plündernd durch die Ägäis. Das reichte dem Prinzen. Doch die Vorstellung ins abgelegene Maghnisa zurückzukehren, war dem immer noch unruhigen jungen Mann unerträglich. So ging er mit seinen Männern an der thrakischen Küste von Bord, um über Land nach Edirne zu gelangen. Gekleidet wie ein einfacher Soldat zog der künftige Sultan durch das Land der Rum, wie seine arabischen Piratenfreunde die Christen bezeichnet hatten. Auf einem abgelegenen Waldweg standen sie mit einem Mal einem Ritter gegenüber, dessen etwas abgerissen aussehenden Leute eine ganz besondere Beute mit sich schleppten.

Der Ritter war ebenso überrascht wie sie. Er war der letzte Nachkomme eines Geschlechtes, das an der Seite der byzantinischen Kaiser gekämpft hatte. Mittlerweile war die Kampfeskraft der Familie jedoch so weit geschwächt, dass sich ihr letzter Wappenträger damit begnügte, hin und wieder ein paar albanische Dörfer zu überfallen. Von einem solchen Raubzug kehrte er gerade zurück. Außer einigen Karren voll Gerümpel schleppten seine Männer auch ein junges Mädchen an einem Seil mit sich. Es hatte braune Locken. Unter der Schmutzschicht auf ihrem Gesicht leuchtete eine Haut wie frische Sahne, und ihre Lippen hatten die Signatur der Liebe. Den Prinzen traf es unvorbereitet. Dennoch entschied er sofort. Er forderte von dem Ritter die Frau. Der machte den Fehler, höhnisch zu lachen. Das Letzte, was er sah, war das helle Blitzen eines Säbels. Dann fiel sein Kopf zu Boden. Die erste Geste, die Mehmed aus Liebe vollzog, war ein Schwerthieb.

Er schickte einen Boten nach Edirne, um sein Kommen anzukündigen. Über diese Eigenmächtigkeit war der Sultan nicht erfreut. Er stand kurz vor einem Feldzug und konnte keine Unruhen unter den Janitscharen gebrauchen. Außerdem hatte er seinem Sohn befohlen, in Maghnisa zu bleiben. Nun konnte er ihn aber auch nicht einfach wegschicken. Das hätte des Prinzen Ansehen geschwächt und ihr ohnehin schon schwieriges Verhältnis nicht gerade verbessert. So kam er auf die salomonische Lösung, ihm die Überquerung der Maritza zu untersagen. Jenseits dieses Flusses, einige Meilen westlich von Edirne, lag die Burg von Dimotika, die Murad seinem Sohn als Unterkunft anbot.

Nun war Mehmed nicht mehr der dreizehnjährige Junge, der eine solche Zurückweisung einfach hinnahm. Prinzen sterben entweder jung oder werden früh erwachsen. Dieser Prinz hatte getötet, eine Frau beschlafen und gelernt, seinen Zorn zu zügeln. Er gehorchte seinem Vater und ließ ihn dennoch seinen Widerstand spüren. Er blieb zwar in der Festung von Dimotika, lebte dort aber ungeniert seine Mesalliance mit der albanischen Sklavin aus. Der Sultan begriff und schwieg – vorerst.

Als Gülbehar ein Jahr später in den Wehen lag, war kein Arzt zur Stelle. Ihre Schreie, als ihre Finger sich in seinen Arm krallten, lehrten Mehmed den Preis seiner Lust, und seine Entschlossenheit wuchs angesichts der Schmerzen seiner Geliebten. Das Blut, das seinen Sohn in die Welt schwemmte, taufte den jungen Vater von neuem. Als der Sultan ihn kurz darauf aufforderte, eine angemessene Verbindung einzugehen, wies der Prinz dies schroff zurück. Er kehrte nach Maghnisa zurück und wartete auf seine Stunde. Erst mit der Zeit gelang es Gülbehar, ihn davon zu überzeugen, dass für ihn als Thronerbe eine Eheschließung zuallererst politischen Überlegungen genügen musste. Als er nun von dem Tod seines Vaters erfuhr, war er froh, dass Gülbehar ihn zu der Versöhnung gedrängt hatte. Prinz Mehmed hatte in seinem jungen Leben den Kampf und die Liebe, Geburt und Tod kennengelernt. Und sein feuriges Temperament hatte von der Frucht namens Demut gekostet. Er war bereit.

*»Denn die wirkliche Größe geschieht durch das Wort.«*

Als der junge Ali-Beg niederkniete und seinem Herrn die Zügel des Pferdes entgegenhielt, dachte Mehmed wieder an die Worte des Mannes, der ihm mehr Vater gewesen war, als der Sultan dies je vermocht hatte. Er schwang sich in den Sattel und wandte sich seinen Männern zu, die ihre Pferde am Zaumzeug hielten und auf seine Befehle warteten. Er wusste, dass sie ihm vollkommen ergeben waren.

»Der Sultan ist tot«, verkündete er.

Keiner der Männer rührte sich, keiner sagte ein Wort.

»Möge seine Seele ihren Frieden im Paradies finden«, fuhr der Prinz fort. »Sein Name wird unvergessen bleiben.« Nervös tänzelte sein Pferd. Er nahm es hart am Zügel, während in ihm die Worte seines Sheiks nachklangen:

*»Allah offenbarte sich in der Wüste. Nicht nur dem Propheten Mohammed, auch den Juden erschien ihr Gott in der Wüste. Und selbst dem, den die Christen anbeten, brannten sich die Worte seines Gottes in der Wüste ein. Willst du wissen warum, mein Prinz?«*, hatte Ak Schemseddin gefragt, um sogleich selbst die Antwort zu geben: *»Weil die Wüste keinen Zweifel kennt. Man lebt, oder man stirbt. Man siegt oder geht unter. Man begreift oder ist verdammt. Nur in der Wüste konnte Er sagen: Ich bin der Eine Gott.«*

»Es gibt eine Zeit zu trauern«, rief der Prinz, »und eine Zeit zu handeln.« Das war die Sprache, die seine Männer verstanden. »Trauern werden wir später, jetzt handeln wir.«

*»Schaffe dir einen Kreis von Männern, die dir bedingungslos folgen. Die an dich glauben und dir vertrauen. Du aber wirst niemandem mehr vertrauen dürfen. Was immer du tust, entscheide es selbst. Alles geschieht durch dich. Wenn du das vergisst, wirst du alles verlieren.«*

»Von nun an werden wir nicht mehr zurückweichen. Von nun an werden wir kämpfen. Von nun an werden wir siegen.«

Er wartete, damit seine Worte in ihren Herzen wirken konnten. Dann fuhr er fort. Es war nur ein Flüstern, aber gerade deswegen blieb es nicht ungehört.
»Denn wir haben nichts zu fürchten.«
Unruhig schnaubte sein Pferd. Es wollte rennen.
»Nichts außer der Schande«, rief er. »Und die Schande ist schlimmer als der Tod. Seid ihr bereit?«
»JA!«, scholl es ihm wie aus einem Mund entgegen. Die Männer sprangen auf ihre Pferde.
»Wohin geht es, mein Sultan«, fragte Ishaq-Pascha mit einem Grinsen unter seinem struppigen Bart, das so breit war wie der Bosporus.
»In die Hauptstadt, mein Freund. Wir reiten nach Edirne.«
Ishaq-Pascha riss den Säbel aus der Scheide und reckte ihn in die Luft. »Nach Edirne«, brüllte er.
»Nach Edirne«, kam die vielstimmige Antwort.
Und als der Prinz seinem Araberhengst endlich die Zügel frei ließ, da war ihm, als wäre er der Falke und als hätte Allah selbst die Lederhaube von seinen Augen gerissen.

# *Lesbos*

Herzog Dorino Gattilusi eilte durch die Halle seiner Burg, das Papier in seiner linken Hand zornig zerknüllt. Bei jedem zweiten Schritt schlug sein Stock hart auf dem Marmorboden auf. Als ihm ein Diener entgegenkam, die Arme voller Holzscheite für das abendliche Kaminfeuer, fuhr der Herzog ihn an: »Wo ist er?«

Der Diener zuckte zusammen und hätte beinah seine Last fallen gelassen. Mit offenem Mund starrte er seinen Herrn an. Als er gewahrte, dass dessen buschige Augenbrauen sich drohend zusammenzogen, stotterte er: »Wer .... ist ... wo, Herr, ich ...«

»Du Wurm«, bellte Dorino, »wen meine ich wohl, wenn ich ›er‹ sage? Hier sind doch sonst nur Weiber und Schwachköpfe.«

Jetzt begriff der Diener, wen sein Herr meinte. Er wollte mit der Hand in eine Richtung weisen, merkte aber, dass auf diese Weise das Holz auf den Boden poltern würde, was ihm sicherlich Schlimmeres als nur taube Ohren einbrächte. Beinah hätte er mit dem Kinn die Richtung gewiesen, was auch nicht besser geendet hätte. »Draußen«, rang er sich schließlich ab, während er ängstlich auf den Stock in der Hand seines Herrn schielte, »draußen, auf der Hafenseite der Terrasse.«

Dorino Gattilusi schnaubte verächtlich aus und marschierte an seinem Diener vorbei. Der stieß erleichtert die Luft aus. Wenn den Herzog die Gicht plagte, konnte jeder noch so kleine Fehler einen Wutanfall auslösen. Der Diener beschloss, das Feuer gleich zu entfachen und dann wieder nach unten in die Küche zu verschwinden. Dort war er zumindest außer Reichweite des Stockes.

Der Burgherr trat durch das Tor auf die Terrasse hinaus. Ein frischer Nordostwind wehte ihn an und fuhr ihm kühl unter das Hemd. Doch die Wärme der Sonne wirkte augenblicklich wohltuend auf seine Gelenke. Nach dem Regen und den Stürmen der vergangenen Wochen hoffte er nun auf Linderung seiner Schmerzen. Er sah zur Nordseite der Terrasse hinüber, wo unter schattenspendenden Platanen Stühle und ein Tisch aufgestellt waren. Dort entdeckte er die reglose Gestalt seines Gastes. Er hätte es sich denken können. Der junge Pizzicolli saß mal wieder einfach nur da und starrte auf das Meer hinaus. Nur der Teufel wusste, was er da sah. Wahrscheinlich irgendein Weibsbild, dachte der Herzog, während er über die unebenen Steinplatten zu den Platanen hinüberstapfte. So ein versponnenes Frauenzimmer, von der er durch irgendwelche widrigen Umstände getrennt war.

»Ciriaco«, rief er und wedelte mit dem Papier in der Luft.

Ciriaco wandte den Kopf, mit einem Lächeln erhob er sich aus seinem Stuhl.

»Dorino, was ist passiert, dass du wie ein Zwanzigjähriger durch die Gegend rennst.«

»Spotte nur«, erwiderte der Herzog und ließ sich auf einen Stuhl sacken, »irgendwann wirst auch du deine Gelenke knacken hören. Und dann ist Schluss mit dem Herumvagabundieren. Nimm dir lieber bald eine Frau, aber nicht so eine magere, schwindsüchtige, sondern eine, die zupacken kann und setze ein paar kleine Pizzicollis in die Welt. Dein Philosophieren bringt dir nichts ein, und vom Träumen ist noch kein Mann satt geworden.«

»Donnerwetter«, meinte Ciriaco erstaunt, während auch er sich wieder setzte, »in so knappen Worten hat mir noch keiner gesagt, was ich mit meinem Leben anfangen soll.«

»Das ist es ja, du solltest es längst selbst wissen. Aber statt ein Haus zu bauen und einen Weinberg zu bestellen, ziehst du mit einem krummbeinigen Sarazenen durch die Lande. Na, wenigstens wird der Teufel es schwer haben, dich zu kriegen, wenn du dereinst deine Seele aushauchst. Ehe er dich gefunden hat, bist du längst im Himmel.«

»Das ist gut, dass du das sagst. Ich war mir bisher nicht so sicher, wo ich landen werde.«

»Ach, Junge, ich mache mir halt Sorgen um dich. Bist ein guter Kerl und hast Mut für zehn. Gibt keine Jungfrau auf der ganzen verdammten Insel, die nicht davon träumt, das Brautbett mit dir zu teilen. Aber irgendetwas treibt dich um. Weiß nicht was, geht mich auch nichts an. Aber das Grübeln führt zu nichts. Der Herrgott hat schon alles bedacht.«

Ciriaco wiegte den Kopf: »Vielleicht hast du ja recht, und unser Schicksal steht von Anfang an fest. Ich glaube aber nicht so recht daran.«

Der Herzog nickte langsam. Dann legte sich seine Stirn in Falten und seine Augenbrauen zogen sich zu einem schwarzen, drohenden Strich zusammen.

»Ich hätte zumindest nicht geglaubt, dass unser Schicksal einmal von einem Sultan abhängen würde!«

Ciriaco zuckte mit den Schultern: »Ich dachte, du stündest in gutem Einvernehmen mit dem Sultan.«

Dorino beugte sich vor und knallte das Papier auf den Tisch: »Mit Sultan Murad ja. Nur leider ist der gerade gestorben.«

Ciriaco griff nach dem Brief und glättete das zerknitterte Papier.

»Ein heiliger Mann, der ihn auf dem Weg zum Palast erwartete?

Der ihm sein nahes Ende vorhersagt? Der Sultan, der daraufhin mit einem Seufzer sein Leben dahingibt?«

»Alles Unsinn«, grummelte Dorino. »Der Gute war kein Kostverächter und ist wahrscheinlich betrunken von der Brücke in den Fluss gefallen. Aber er war ein Ehrenmann. Hat immer Wort gehalten. Und er hasste es, wenn man ihn verriet. Dass der ungarische König damals erst Frieden schwor und dann Krieg gegen ihn führte, hat ihn mächtig erbost. Na ja, hat Wladislaw ja auch den Kopf gekostet. War ein böses Schlachten in Varna. Aber sag mal, warst du nicht dabei?«

»Ja«, antwortete Ciriaco knapp. Was sollte er sonst sagen? In jenem Sommer war seine Welt zerbrochen und er hatte sie nie wieder ganz zusammenflicken können.

Der Herzog betrachtete ihn mit zusammengekniffenen Augen, dann nickte er langsam.

»War jedenfalls ein harter Hund, der Sultan«, meinte er schließlich. »Hat der Christenheit das Leben ganz schön schwergemacht. In Rom werden sie vermutlich ein Fass aufmachen.«

»In Ofen und einigen anderen Städten auch.«

Dorino nickte: »Auf alle Fälle haben wir jetzt einen neuen Sultan in Edirne. Wahrscheinlich wird er als Erstes die Abgaben erhöhen. Schließlich muss irgendjemand das große Krönungsfest bezahlen.«

»Ich nehme an, dass Prinz Mehmed ihm nachfolgen wird.«

»Richtig. Kennst du den Prinzen?«

Ciriaco schüttelte den Kopf. »Der war längst in Maghnisa, als ich den Sultan traf. Wie ich hörte, gab es böses Blut zwischen den beiden. Mehmeds Regentschaft mehrere Jahre zuvor war eine Katastrophe. Beinahe hätten die Osmanen alles verloren.«

Der Herzog schnaubte. »Wie gut, dass der Sultan nicht wusste, dass du in Hunyadis Heer warst und gegen ihn gekämpft hast.«

Ciriaco sah den Herzog schweigend an. Der wurde unsicher.
»Er hat es doch nicht gewusst, oder?«
»Ich habe es ihm gesagt.«
»WAS? Und er hat dir nicht den Kopf abgeschlagen?«
»Ich glaube, er hatte genug vom Köpfe abschlagen«, gab Ciriaco zurück. »Ich war neugierig auf den Mann, der das christliche Heer niedergekämpft hat. Darum habe ich mich einer venezianischen Delegation angeschlossen, als es um den Friedensvertrag zwischen Venedig und Edirne ging. Da ich mittlerweile ganz gut türkisch spreche, konnte ich mich nützlich machen.«
»Und was hast du von ihm gehalten?«
Ciriaco legte den Kopf etwas schief. »Irgendwie habe ich ihn gemocht«, sagte er nachdenklich.
»Gemocht?«
»Ja. Anfangs war alles sehr förmlich, du kennst das ja. Dann, mitten in den Verhandlungen, zitierte er auf einmal unseren Meister Eckhart. Dem Übersetzer war das nicht klar und den anderen Venezianern auch nicht. Ich war wohl der Einzige, der das Zitat kannte. So habe ich ihm auf Türkisch geantwortet. Nach den Verhandlungen rief er mich dann in seine Privatgemächer. Wir haben uns lange unterhalten. Er erzählte mir vom Glauben der Sufis, von denen ich schon gehört hatte. Und wir stellten fest, dass manche ihrer Ideen den Lehren Meister Eckharts sehr ähnlich waren.«
»Teufel auch, jetzt nehmen sie uns auch noch die Heiligen.«
Ciriaco lächelte: »Du würdest staunen, wenn du wüsstest, wie verwandt die Vorstellungen der Muslime und Christen einander sind.«
»Junge«, rief Dorino, »pass auf, was du da sagst. Es sind schon Menschen wegen weniger auf dem Scheiterhaufen gelandet.«
»Das ist leider wahr«, gab Ciriaco zu. »Trotzdem sollten wir uns ab und zu daran erinnern.«

»Immerhin weiß ich jetzt«, brummte der Herzog, »wozu die Philosophie nützen kann. Ich hoffe, dass dir das mit seinem Nachfolger ebenso gut gelingt.«

»Das wird sich zeigen. Fürs Erste glaube ich aber nicht, dass …«

Erst jetzt gewahrte Ciriaco den Blick, mit dem Dorino ihn bedachte. »Moment mal, was willst du damit sagen?«

»Ach«, der Herzog machte eine wegwerfende Bewegung, »mit meiner Gicht ist das Reisen kein Vergnügen mehr. Aber irgendjemand muss für mich nach Edirne, dem neuen Großherrn meine Aufwartung machen. Und wer eignete sich dafür besser als du? Du kennst die Stadt doch. Nimm dir mein bestes Schiff«, er wies hinunter zum Hafen, den sie von ihrem Platz aus überschauen konnten, »und gehe als mein Abgesandter. Du wirst dem Sultan in süßen Worten erklären, dass wir glücklich sind, unter seiner schützenden Hand zu leben, und ihm einen Haufen Geschenke zu Füßen legen. Ich will doch nichts als meine Ruhe haben.«

»Deine Ruhe?« Ciriaco schaute auf das Meer hinaus, wo in der Ferne die anatolische Küste zu erkennen war. Von dort war die Piratenflotte gekommen, die einige Jahre zuvor den Hafen erobert und die Lagerhäuser geplündert hatte. »Dafür hast du dir aber einen merkwürdigen Platz ausgesucht.«

»Nun sag schon, wirst du das für mich tun?«

Ciriaco überlegte nicht lange, er mochte den Alten wirklich sehr.

»Natürlich«, sagte er.

»Prächtig. Vielleicht kannst du hinterher dann auch noch nach Konstantinopel fahren. Ich habe ein paar Schiffsladungen Alaun dort liegen. Es wäre mir lieb, wenn du dich darum kümmern würdest.«

»Dann bin ich also nicht nur dein Gesandter, sondern auch dein Handelsbeauftragter?«

»So ist es. Ach, Junge, ich beneide dich. Konstantinopel ist eine großartige Stadt.«
»Da hast du recht, ich hatte dort einmal eine Verlobte.«
»Aha, wusste ich es doch. Und? Hat sie dich wegen eines anderen verlassen?«
»So könnte man sagen.«
»Und du liebst sie noch heute?«
»Um Gottes willen, nein!«
»Hmh, gut so. Weißt du, eine Frau, die nicht zu dir hält, taugt nichts. Ach, Ciriaco, ich werde dich vermissen. Bist ein guter Junge, auch wenn du aus Venedig kommst.«
Ciriaco schmunzelte, die Familie des Herzogs stammte aus Genua. Doch auch, wenn es deswegen zwischen ihnen immer wieder zu kleinen Sticheleien kam, spielte die Feindschaft zwischen ihren Geburtsstädten schon längst keine Rolle mehr für sie. Es hatte einmal eine Zeit gegeben, in der Ciriaco alle Genuesen gehasst hatte. Doch diesen Hass hatte er, wie so manches andere, auf dem Schlachtfeld zurückgelassen. Damals hatte er geschworen, sich nie wieder auf etwas anderes als sein eigenes Urteil zu verlassen. Und diese Haltung hatte der junge Venezianer mit dem alten Herzog aus Genua gemein.
Beide Männer schwiegen nun. Es war ein Moment des Friedens, wie es ihn vielleicht nur gibt, wenn ein Abschied bevorsteht. Ein leichter Wind wehte von Nordosten und ließ das Laub der Platanen leise knistern. Ciriaco schloss die Augen. Zuerst nahm er den Geruch des Meeres wahr, intensiv und voller Fruchtbarkeit. Dann offenbarte sich ihm das nahe anatolische Festland mit seinem Duft von Ginster und Gewürzen. Und mehr noch erzählte ihm der Wind.
In seinem Inneren formten sich Bilder von fernen Küsten und fremden Städten, die eine unbändige Sehnsucht in ihm weckten. Wie oft schon war er dieser Sehnsucht gefolgt? Gemein-

sam mit Mahmud hatte er die Ägäis bereist, die Levante und das Schwarze Meer, aber immer hatte es ihn weitergetrieben, zu einer neuen Küste, einem neuen Ort. Manches Mal hatte er nicht zu sagen gewusst, ob er etwas suchte oder vor etwas davonlief.

Was ihm damals widerfahren war, hatte er nie ganz begreifen können. Das Glück in den Armen eines Jungen? Verzweifelt hatte er später diese Empfindungen bei den Frauen gesucht. Doch es hatte sich nie wieder eingestellt. Als er deshalb schon bereit gewesen war, seine Andersartigkeit anzunehmen, musste er feststellen, dass ihn der männliche Körper nicht im mindesten lockte. Irgendetwas war falsch an dem, was ihm widerfahren war an jenem grausamen Tag auf dem Schlachtfeld von Varna.

Ihm war, als hätte sich an diesem Tag der Riss, aus dem heraus Liebe und Verrat, Verzweiflung und Glück in sein Leben eingebrochen waren, nie wieder ganz geschlossen. Vielleicht war das der Grund, dass die Welt nicht mehr vor seinen Augen zerbrach. Weil sie sich seit der Schlacht von Varna nicht mehr zusammengefügt hatte.

Ciriaco wusste, dass der Herzog recht hatte, dass er ein Heim gründen und einen Weinberg bestellen sollte. Doch seine Sehnsucht würde er damit nicht stillen können. Und wenn er die Suche aufgäbe, würde sein Herz – davon war er überzeugt – auf der Stelle aufhören zu schlagen.

So hatte er nichts dagegen, für den Herzog nach Edirne zu fahren. Die Monate in Dorinos Schloss hatten ihm gutgetan. Doch seit einiger Zeit war die Unruhe, das drängende Gefühl aufbrechen zu müssen, wieder in ihm gewachsen.

Bevor der Herzog zu ihm auf die Terrasse gekommen war, hatte er an Venedig gedacht. Hatte von dem weichen Licht über der Lagune geträumt, von den Kirchen, den Palästen und den fröhlichen, verrückten Menschen, die dort lebten. Er hatte sich vorgestellt, wie es wäre, endlich wieder heimzufahren. Aber das hatte er schon oft getan, und es war ihm nie sehr ernst damit gewesen. Denn sonst hätte er es längst in die Tat umgesetzt. Irgendwann in den vergangenen sieben Jahren, seit er Venedig im Auftrag seines Vaters verlassen hatte.

# *Der kleine Bruder*

Der Schreiber des Qara Chidr Pascha spürte die Gegenwart der Frau, noch ehe er sie sah. Es verstärkte schlagartig das Unbehagen, das ihn ohnehin schon den ganzen Tag über quälte. Sein Herr war in keiner guten Stimmung heute. Das war umso unverständlicher, als die ganze Stadt am Feiern war. Immerhin war ein neuer Sultan im Serail eingezogen. Allah sei gepriesen. Da sollte doch ein jeder glücklich sein. Dass den Qara Chidr Pascha die Sorgen des Regierens plagten, konnte der Schreiber ja noch verstehen. Doch was hatte die Unwürdige dabei verloren?

Er warf einen verstohlenen Seitenblick zu der schlanken Gestalt im Eingang hinüber. Unwillkürlich verkrampften sich seine Schultern. Auch sein Herr hatte die Besucherin wahrgenommen. Mit einer Geste bedeutete er dem Schreiber, sich zurückzuziehen. Der raffte die Dokumente zusammen, erhob sich und verließ, rückwärts gehend, mit gebeugtem Oberkörper den Raum. Dabei vermied er es, die junge Frau anzusehen. Nicht dass er befürchtete, missverstanden zu werden. Er gehörte zu den Verschnittenen im Hause seines Herrn, und eine Frau hatte für ihn nicht mehr Reiz als eine unscheinbare Pflanze. Doch diese Frau war anders.

Vor einem Jahr war der Schreiber aus Amasia nach Edirne gekommen. Sein Glaube und seine Sicht der Welt waren in den kargen Bergen Anatoliens geformt worden. Und dort galten blaue Augen als ein Werk des Teufels. Oder der Barbaren, was so gut wie auf das Gleiche hinauslief. In dem Dorf nahe der Provinzhauptstadt, in dem er aufgewachsen war, wurden Kinder mit blauen Augen noch in der Stunde ihrer Geburt ertränkt. Deshalb war es auch ein Schock für ihn gewesen, diese Frau im Harem seines Herrn zu erblicken.

Ihre Augen waren nicht nur blau, sie glühten geradezu in einem eisigen, dämonischen Feuer, einem Feuer, dem seine Seele, dessen war er sicher, keinen Augenblick standhalten würde. Seit ihrer ersten Begegnung hatte er nie wieder einen Blick mit ihr ausgetauscht. Es gehörte für den Mann aus Anatolien zu den unergründlichen Rätseln dieser Welt, dass gerade dieses Geschöpf, das ganz sicher von einem Dschinn gezeugt und einer Barbarin empfangen worden war, das Vertrauen seines Herrn genoss.

Aziyadeh wartete, bis der verängstigte Eunuch an ihr vorbeigeeilt war, bevor sie das Gemach ihres Herrn betrat. Sie ließ sich vor ihm auf die Knie nieder und verbeugte sich. »Mein Gebieter«, sagte sie leise und hob erst wieder den Kopf, als Chidr Pascha sie ansprach.

»Die Stadt feiert den neuen Sultan«, meinte er scheinbar gleichmütig. Doch Aziyadeh spürte seine Anspannung. Nach Murads Tod hatte er ihr aufgetragen, Aische und ihrem Sohn nicht mehr von der Seite zu weichen. Danach waren beunruhigende Gerüchte an ihre Ohren gedrungen. Von einer Verschwörung war die Rede gewesen und von Blut, das geflossen war. Sultanin Mara war fürchterlich aufgebracht gewesen.

»Alle waren froh, als der Erhabene Sultan endlich im Serail war. Doch ich habe ihn nicht gesehen, die Sultanin schickte mich fort.«

Chidr Pascha betrachtete sie nachdenklich. »Wann wird sie mit ihm zusammentreffen?«

»Noch heute Nachmittag. Zuerst empfängt er die Wesire, dann die Frauen seines Vaters.«

Er legte die Finger zusammen. Obwohl seine Augen immer noch auf sie gerichtet waren, schien er mit seinen Gedanken weit fort zu sein. Sie wartete.

»Wirst du erfahren, was geschieht?«, fragte er schließlich.

»Wenn du es wünschst.«

Sie wusste, dass er gerne erfahren hätte, wie sie das bewerkstelligen wollte. Doch er würde nicht fragen. Er verließ sich auf das, was sie ihm berichtete. Davon ging sie zumindest aus, denn er ließ sie nie irgendwelche Zweifel spüren.

Es hatte eine Zeit gegeben, da sie sich gefragt hatte, warum er sie nicht in sein Bett rief. Nach allem, was Leila sie gelehrt hatte, hatte sie genau das erwartet. Stattdessen hatte er sie in das Leben des Serails eingeführt, ohne ihr zu verraten, aus welchem Grund er dies tat. Aber als sie ihm von der Begegnung mit der Sultanin berichtete, hatten seine Augen aufgeleuchtet. Seit diesem Tag hatte er begonnen, sie an seinen Überlegungen teilhaben zu lassen. Er beendete seine Ausführungen mit der Bemerkung, dass es dies wäre, was er Sultanin Mara raten würde. Und so trug sie seine Worte weiter.

Aziyadeh war sich bewusst, welches Vertrauen diese beiden Menschen, die sie mehr als alle anderen schätzte, in sie setzten. Sie war entschlossen, sie nicht zu enttäuschen.

»Worauf soll ich achten?«, fragte sie.

»Auf alles. Wie wird er die Wesire behandeln? Will er sich an Chalil rächen? Wird er ihn absetzen? Der Wesir Zaganos Pascha war immer auf der Seite des Prinzen. Welchen Rang wird er nun einnehmen? Jedes Detail ist von Wichtigkeit. Wer sitzt dem Sultan am nächsten? Wem erteilt er das Wort? Wem hört er zu? Merke dir alles.«

Chidr Pascha schwieg einen Moment, bevor er fortfuhr: »Mehmed war der Sultanin immer sehr ergeben. Er wird sicher eine Entscheidung treffen, die zu ihrem Wohle ist. Natürlich wäre es gut, wenn sie die jüngste Frau des verstorbenen Sultans und den kleinen Prinzen bei sich hätte. Welch schöneren Trost gibt es für eine trauernde Witwe als das Lachen eines Kindes.«

Aziyadeh erkannte die Botschaft, die sie weiterzugeben hatte. Sie kam ihr klug und vernünftig vor, wie immer. Dennoch hatte sie auch diesmal das Gefühl, dass dem Gesagten noch ein anderer, verborgener Sinn innewohnte. Niemals verfälschte sie eine der Botschaften, die sie weiterzutragen hatte. Niemals stellte sie eine Anordnung in Frage. Doch seit dem Tod des alten Sultans bemühte sie sich, die Absichten zu begreifen, die sich hinter diesen Botschaften verbargen. Denn ihr wiedererwachter Instinkt sagte ihr, dass dieses Wissen wichtig für sie sein konnte.

Sie wartete, ob ihrem Herrn noch etwas einfiele, aber er schien bereits wieder ganz in Gedanken versunken zu sein. So erhob sie sich und wandte sich zum Gehen. Sie hatte den Raum schon fast verlassen, als er seine Stimme erhob: »Achte vor allem auf die Frau und das Kind.«

Sie nickte. Draußen ließ sie sich von einem Diener den *ferace* geben, den sie über ihrem Gewand trug, wenn sie den Palast verließ, und befahl ihm, Cabbar zu ihr zu schicken, denn sie wollte so schnell wie möglich ins Serail. Sie wusste nun, was sie zu tun hatte.

Qara Chidr Pascha hasste Überraschungen. Und in den letzten Wochen hatte es für seinen Geschmack einige zu viel davon gegeben. Dabei war der Tod des Sultans noch die vorteilhafteste gewesen. Aber schon die Entschlossenheit, mit der Großwesir Chalil Prinz Mehmed unterstützte, traf den *beylerbey* unvorbereitet. Nicht dass er sich dem Thronfolger entgegenstellen wollte, doch er hätte sich einen deutlich bescheideneren Auftritt des neuen Sultans gewünscht. Leider hatten ein paar hitzköpfige Janitscharen alles verdorben.

Zwar war der Unmut unter den Elitesoldaten zu seinem Vorteil gewesen. Solange sich der neue Sultan dieser Truppe nicht sicher war, blieb seine Herrschaft instabil. Doch Chidr Pascha hatte die Stimmung in den Kasernen unterschätzt. Kaum hatten erste Gerüchte vom Tod des Sultans kursiert, waren bereits einige Offiziere offen für den jüngsten Prinzen eingetreten. Chalil hatte sie sofort niedermachen lassen.

Nicht dass es schade um die Dummköpfe gewesen wäre, aber damit war die Drohung, die Prinz Ahmed darstellte, weitgehendst entschärft. Zudem war jetzt zu befürchten, dass der neue Sultan seinen jüngsten Bruder in den entferntesten Winkel Anatoliens und somit außer Reichweite bringen würde. Daher sollte Sultanin Mara ihren ganzen Einfluss geltend machen, um die junge Aische und ihren Sohn in ihrer Obhut behalten zu können. Dann hätte Chidr Pascha über seine schöne und gefährliche Dienerin weiterhin die Kontrolle über das Haus Osman.

Aziyadeh. Es erstaunte ihn immer wieder, mit welcher Vielseitigkeit diese begabte Spionin einsetzbar war. Ursprünglich hatte er sie auf Prinz Mehmed ansetzen wollen. Doch der Sultan war ihm mit seiner frühzeitigen Rückkehr dazwischengekommen. Und um die Leidenschaft des Prinzen zu wecken, war Aziyadeh noch zu jung gewesen. Als ihr Körper dann später seine verführerische Form angenommen hatte, war der Prinz bereits seiner albanischen Sklavin verfallen, mit der er in Dimotika herumhurte. So hatte er Aziyadeh der Sultanin anvertraut. Auf diese Weise hatte sie sich weitaus nützlicher gemacht. Sie war nicht nur seine Spionin, sie besaß auch die Fähigkeit zu töten. Doch das wusste niemand außer ihm.

Chidr Pascha rieb sich die brennenden Augen. Manchmal war Aziyadeh selbst ihm unheimlich. Zwar war ihre Ergebenheit absolut, und sie würde jeden seiner Befehle befolgen, ohne einen Moment zu zögern. Aber manchmal spürte er eine Kraft in ihr, die sich durch nichts beherrschen ließ. Noch war sie sich dieser Kraft nicht bewusst. Doch wenn es einmal dazu käme, würde sie auch für ihn eine Gefahr darstellen. Qara Chidr Pascha wusste, dass es in diesem Fall von entscheidender Wichtigkeit war, schneller zu sein. Da er es gewohnt war, vorauszuplanen, hatte er Vorkehrungen getroffen. Aziyadehs Tod war längst beschlossen. Allein über den Zeitpunkt entschied Allah.

Und der Mann, dessen Klinge Seinen Willen vollziehen würde.

»Warum stehen meine Wesire so weit entfernt?«

Der neue Sultan wandte sich an Shihab-ed-Din, der hinter ihm stand: »Sage dem Großwesir Chalil, dass er seinen gewohnten Platz einnehmen möge. Und auch die anderen Wesire sollen näher treten.«

Shihab-ed-Din, der als Oberster der Verschnittenen bisher dem Prinzen in Maghnisa gedient hatte, wies die Wesire an, ihre Plätze einzunehmen. Etwas zögerlich, aber sichtlich erleichtert, näherte sich Chalil dem Sultan.

»Erhabener Hüter des Glaubens«, sagte der Großwesir und fiel vor seinem Herrn auf die Knie. Der reichte ihm die Hand, die dieser küsste, um dann den Platz zur Rechten des neuen Sultans einzunehmen. Nacheinander wiederholten alle anderen Wesire den Ergebenheitsgruß und nahmen ihre Plätze ein.

Danach bestätigte Mehmed jeden von ihnen in seinem Amt. Ausdrücklich betonte er, dass vor allem Großwesir Chalil in den vergangenen Jahren eine Stütze des Reiches gewesen sei.

Als Nächstes ließ er sich von allen Wesiren über die Staatsgeschäfte informieren. Sultan Mehmed lauschte aufmerksam einem jeden von ihnen. Er lobte sie und hielt sie an, ihre Aufgabe mit der gleichen Umsicht zu erfüllen, mit der sie dies bisher getan hatten. Zuletzt befahl er Ishaq-Pascha zu sich.
Mit stolzgeschwellter Brust, die Hände vor dem Bauch zusammengelegt, trat der Gefährte der vergangenen Jahre vor. Ishaq-Pascha hatte seinen Bart in Form bringen lassen. Nun reichte er wie ein flauschiger Teppich bis auf seine Brust herab. Auch seine Kleidung hatte nichts Piratenhaftes mehr. Unter seinem Kaftan, der mit Zierlitzen über der Brust verschlossen war, schaute ein mit goldenen Fäden durchwobenes Unterkleid hervor. In dem mit Silberappliken geschmückten Gürtel steckte ein Dolch, dessen Griff in Gold eingelegt war. Sein weißer Turban mit der roten Spitze des *kavuk* wies ihn als hohen Würdenträger aus. Er war kaum wiederzuerkennen.
»Mein Herr«, dröhnte seine Stimme viel zu laut, als er sich vor dem Sultan verbeugte.
»Für dich«, verkündete der Sultan, »habe ich eine Aufgabe, die ich niemandem sonst anvertrauen kann.«
Im Saal herrschte gespannte Stille. Alle wussten, dass Ishaq-Pascha der Kampfgefährte des neuen Sultans war. Was würde er ihm auftragen? Die Palastwache zu übernehmen? Eine Armee auszurüsten? Oder würde Ishaq-Pascha gar das Oberkommando über die Flotte bekommen? Mit der nächsten Entscheidung würde Mehmed seine Absichten offenbaren.
Der neue Sultan beugte sich vor.
»Du, Ishaq-Pascha, sollst den Leichnam meines Vaters nach Bursa bringen. Dort wirst du als Statthalter von Anatolien über die Gräber meiner Vorfahren wachen.«
Ishaq-Pascha legte die rechte Faust auf sein Herz und verbeugte sich.

»Ja, mein Sultan«, sagte er nur.
Die Wesire atmeten erleichtert auf. Die schärfste Waffe des neuen Sultans blieb demnach in der Scheide stecken. Dass Mehmed Ishaq-Pascha nach Anatolien schickte, bedeutete nichts anderes, als dass alles beim Alten blieb. Die Wesire nickten sich zu, ihre Befürchtungen waren unbegründet gewesen. Keiner von ihnen sah, dass Ishaq-Pascha sich von seinem Herrn mit einem Grinsen in seinem gestutzten Bart verabschiedete. Sie sahen auch nicht, dass als Antwort die rechte Augenbraue des Sultans kurz zuckte. Nichts von dem bemerkten die Wesire in ihrer Selbstzufriedenheit. Nur der jungen Frau, die in drei Metern Höhe hinter einem Gitter in der Wand kauerte, entging das kleine Schauspiel nicht.

Aziyadeh wusste, dass sie ein beträchtliches Risiko einging. Sie hatte diesen Beobachtungsposten durch Zufall entdeckt. Als die Sultanin sie das erste Mal in ihren Gemächern empfangen hatte, war ihr aufgefallen, dass ein Luftzug einen Teppich an der Wand leicht bewegte. Das war zwar nichts Besonderes, nur schien der Luftzug aus der Wand herauszukommen. Sie hatte sich nichts anmerken lassen, aber bei nächster Gelegenheit hinter den Teppich geschaut. Er verbarg einen schmalen Gang, an dessen Ende eine gewundene, enge Treppe in eine Kammer führte, die mit Kissen ausgestattet war. Der Treppe gegenüber fiel Licht durch ein im Arabeskenmuster geformtes Gitter. Von dorther war auch der Luftzug gekommen. Aziyadeh staunte nicht schlecht, als sie durch das Gitter spähte und den Ratssaal des *Divan* unter sich liegen sah.
Sie brauchte nicht lange zu rätseln, wer hier den Beratungen der Wesire lauschte, denn die Kissen verströmten einen ihr bekannten Duft. Dass die Sultanin auf diese Weise die Regierungsgeschäfte überwachte, war nur auf den ersten Blick ver-

wunderlich. Sultan Murad war des Regierens müde gewesen. Immer häufiger blieb er auf der Tundscha-Insel, um sich in der dortigen Abgeschiedenheit der Poesie und Philosophie zu widmen. Und, wie es hieß, einigen anderen, weniger erhabenen Genüssen. Es war auch bekannt, dass er sich vor seinen Entscheidungen stets mit Sultanin Mara beriet. Aziyadeh imponierte es, wie die Tochter des serbischen Despoten ihre Möglichkeiten nutzte.

Seit jenem ersten Mal hatte sie den Gang hinter dem Wandteppich nie wieder benutzt. Dazu hatte es keinen Anlass gegeben, außerdem wollte sie das Vertrauen der Sultanin nicht verlieren. Von ihrem Kopf einmal ganz abgesehen. Mit der Ankunft des neuen Sultans hatte sich die Situation jedoch verändert. Sie hatte das ganze Serail in Aufregung versetzt, und alle versuchten, einen Blick auf Mehmed zu werfen. So war es Aziyadeh ein Leichtes gewesen, in einem unbeobachteten Moment ihren Lauschposten hinter dem Gitter zu beziehen. Sie brauchte nicht zu befürchten, dass Sultanin Mara sie hier überraschte. Die wartete mit ihren Dienerinnen darauf, vorgelassen zu werden.

Das Kinn in die Hände gestützt, beobachtete Aziyadeh Mehmeds Audienz. Sie hatte ihn das letzte Mal als Jungen gesehen, schmal und mit noch weichen Gesichtszügen. Nun war er ein Mann, immer noch schlank, aber kräftig. Seine Bewegungen wirkten kontrolliert, seine Stimme war klar und wohlmoduliert. Kein Funken von Unsicherheit schwang in seinen Worten mit. Seine Augen unter den buschigen Brauen beobachteten alles mit einer bohrenden Intensität. Das Bemerkenswerteste aber war die Nase. Sie bog sich wie der Schnabel eines Raubvogels herab, und es fehlte nur wenig, dass sie den Mund berührte. Der wiederum stand in verwirrendem Kontrast zu der scharfgratigen Nase und den dunklen Augen. Sein Mund war

klein und seine Lippen perfekt gezeichnet. Es war der Mund einer Frau.
Aziyadeh verfolgte die Zusammenkunft im Ratssaal mit nur mäßigem Interesse, so wie ein merkwürdiges Spektakel, das nicht alle Tage stattfand, aber mit ihr nichts zu tun hatte. Bis sie den Blick, den der Sultan mit Ishaq-Pascha tauschte, bemerkte. Sie richtete sich auf, beobachtete die Situation aufmerksamer. Dort unten geschah offenbar mehr, als auf den ersten Blick ersichtlich war.
Jetzt erst, mit verschärfter Wahrnehmung, erkannte sie die angespannte Körperhaltung des Sultans und seinen Willen, den zu bändigen, ihm nur mit Mühe gelang. Jetzt erst betrachtete sie ihn wie einen Mann. Und wie einen möglichen Gegner.

Die Beratung mit den Wesiren zog sich in die Länge. Shihab-ed-Din, der die Ungeduld seines Herrn kannte, wartete bereits auf dessen Zeichen. Als Mehmed ihm zunickte, verkündete der Eunuch, dass die Audienz nun beendet sei. Die Wesire erhoben sich und verließen, nachdem sie sich vor ihrem Sultan verbeugt hatten, einer nach dem anderen den Saal. Als sie allein waren, wandte sich Ishaq-Pascha an seinen Herrn.
»Sie haben dir alle die Hand geleckt, mein Sultan«, sagte er verächtlich.
Mehmed hatte sich auf seinem Thron zurückgelehnt, die Arme lagen auf den Lehnen. Der vergoldete Thronsessel war um drei Stufen erhöht, so dass der Kopf des Sultans einen Mann auch dann überragte, wenn der vor ihm stand.
»Traue keinem Hund, nur weil er dir die Hand leckt«, gab er ruhig zurück. »Glaubst du, dass sie beruhigt sind?«
»Mehr als das«, bestätigte Ishaq-Pascha. »Sie sind dankbar. Ich habe es in ihren Augen gesehen.«
»Ich will keine Dankbarkeit in ihren Augen sehen, sondern

Furcht«, erwiderte der Sultan und wandte sich an den Eunuchen: »Shihab!«

»Herr?«

»Sind die Frauen bereit?«

»Sie warten darauf, dich zu sehen. Soll ich sie kommen lassen?«

»Noch nicht. Ist Sitt-Chatun bereits eingetroffen?«

Ishaq-Pascha sog bei dieser Frage überrascht die Luft ein, während Mehmed dem Eunuchen auf dessen Nicken hin beschied: »Bring sie zu mir.«

Shihab-ed-Din eilte hinaus.

Ishaq-Pascha trat vor. »Herr, diese Frau …«

»Ja?«, fragte Mehmed lauernd.

Ishaq-Pascha ballte die Hände zu Fäusten und senkte den Blick.

»Es ist … verzeih mir, es ist die Sorge um deine Sicherheit.«

Nachdenklich musterte Mehmed seinen Getreuen. Schließlich sagte er: »Du wirst sehen, dass diese Sorge unbegründet ist. Und die Hunde, die meine Hand geleckt haben, werden noch heute begreifen, dass es besser ist, diese Hand nicht zu beißen.«

In diesem Moment kam Shihab-ed-Din wieder in den Saal zurück. Ihm folgte eine Frau, bei dessen Anblick Ishaq-Paschas Gesicht versteinerte.

Aziyadeh hielt unwillkürlich den Atem an. Die Frau, die quer durch den Saal auf den Sultan zukam, bewegte sich so geschmeidig und sinnlich wie eine Katze. Bei jedem Schritt wiegten sich ihre Hüften unter dem roten Mantelkleid, das vorne bis zu der schräg gebundenen Taillenschärpe offen stand. Ihr weißes Unterkleid aus *kemha*-Seide schloss sich erst knapp oberhalb ihrer Brüste, so dass die Perlen ihrer Halskette wie Tautropfen auf der makellosen Haut schimmerten. Ihr langes, glänzend schwarzes Haar war zu einem Zopf geflochten, an dem

direkt über dem obersten Knoten mit einem goldenen Band der Schleier befestigt war, der ihr über die Schultern bis zu den nackten Unterarmen floss. Ihr Gesicht war unbedeckt, denn vor dem Sultan verbarg keine Frau ihr Antlitz.
Die dunklen, mandelförmigen Augen in ihrem ovalen Gesicht waren unverwandt auf Mehmed gerichtet, während sie langsam den Saal durchquerte. Vor dem Thron angekommen, sank sie in die Knie und verbeugte sich tief.
»Mein Sultan«, sagte sie mit dunkel vibrierender Stimme. Dann blickte sie auf. Ihre vollen, wie reife Kirschen leuchtenden Lippen verzogen sich zu einem kleinen Lächeln, als sie leise hinzufügte: »Mein Bruder.«
Aziyadeh sah wie gebannt auf die Frau herab. Ihre Sinne nahmen sie mit einer Intensität wahr, wie sie sie bisher nur im Kampf erlebt hatte. Sie spürte in diesem makellosen Körper eine tödliche Kälte. Was hatte sie gesagt? Mein Bruder?
Mehmed bedeutete der Frau aufzustehen, doch seine Haltung verriet weiterhin eine Distanz, die von brüderlicher Zuneigung weit entfernt war.
»Es ist so weit«, sagte der Sultan. »Du weißt, was du zu tun hast?«
Die Frau richtete den Oberkörper auf, blieb aber auf den Knien hocken. Ihr Blick verriet, dass sie sogar in ihrem Bruder den Mann sah.
»Weißt du denn noch, was du mir versprochen hast?«, raunte sie.
Der Sultan beugte sich vor: »Achte auf deine Zunge, Sitt-Chatun«, sagte er so leise, dass Aziyadeh ihn kaum verstehen konnte. Aber das Lächeln im Gesicht der Frau erlosch, und es schien, als flackerte für einen winzigen Moment Unsicherheit in ihren Augen auf. Dann senkte sie die Lider. Mehmed stützte sein Kinn in die Hand.

»Auf der anderen Seite des Flusses, in Dimotika, steht eine Burg. Sie wird dir alle Bequemlichkeit bieten. Und die Abgeschiedenheit, die du für dein Vergnügen brauchst. Doch vorher tu, was ich dir aufgetragen habe.«
»Dimotika? Eine Burg? Du willst mich also nicht bei dir haben?«
»Du wirst diesen Ort ohne meine Erlaubnis nicht verlassen.«
»Was ist mit meinem Gefolge?«
»Du bekommst alles, was du brauchst. Geh jetzt, Ali-Beg erwartet dich. Er wird dich auch nach Dimotika begleiten.«
»Ali-Beg?« Die Frau lächelte wieder. »Ein hübscher Junge. Aber willst du mir nicht lieber einen Mann als Begleiter mitgeben?«
Mit einem langsamen Augenaufschlag richtete sie ihren Blick auf Ishaq-Pascha. Als der ihre Worte hörte, zuckte seine Hand unwillkürlich zu dem Dolch in seinem Hüfttuch. Ein Ausdruck grenzenlosen Abscheus trat auf sein Gesicht.
»Herr, ich ...«
Der Sultan hob die Hand.
»Geh jetzt, Sitt-Chatun«, sagte er kalt, »und lass mich meine Entscheidung nicht bereuen.«
Die Frau erhob sich. Bevor sie sich zurückzog, schenkte sie Ishaq-Pascha noch mal ein Lächeln. Der sah aus, als würde er sie am liebsten auf der Stelle erwürgen.
»Der arme Junge«, stieß er hervor, als die Frau fort war.
Der Kopf des Sultans fuhr herum. »Wie kannst du es wagen?«, zischte er.
»Herr«, stammelte Ishaq-Pascha erschrocken, »ich meinte doch nicht ... ich meinte Ali-Beg. Er hat dir treu gedient.«
»Er hat geschworen, sein Leben für mich zu geben«, gab der Sultan gleichmütig zurück. »Zumindest diesen Preis wird er nicht zahlen müssen.«

Dann wandte er sich an den Eunuchen. »Shihab, lass jetzt die Sultanin kommen. Und auch die andere, Aische, die Tochter des Ibrahim-Beg.«

Aziyadeh hatte keine Zeit, um das, was sie gehört hatte, zu überdenken. Die Schwester des Sultans, die Burg von Dimotika. Sie hatte Chidr Pascha einiges zu berichten. Nur hatte sie leider nicht verstanden, worum es in dem Gespräch wirklich gegangen war. Aber eines wusste sie, diese Frau war gefährlich. Nie zuvor hatte sie so viel Bosheit und Niedertracht wahrgenommen. Und das in einer Frau, die schöner war, als alles, was Aziyadeh bisher gesehen hatte.

Noch immer halb in Gedanken bei der Schwester des Sultans, registrierte sie, wie Mehmed sich erneut in einen anderen Menschen zu verwandeln schien. Den Wesiren gegenüber hatte er sich freundlich und aufmerksam, aber auch bestimmt und voller Autorität verhalten. Seiner Schwester hatte er kalt Befehle erteilt. Und nun, da Sultanin Mara den Raum betrat, zeigte er sich geradezu überschwenglich.

Er trat vor, als sie vor ihm niederkniete und ergriff ihre Hände, worauf sie sich gegenseitig ihre unendliche Trauer um den Verlust des Gatten und Vaters beteuerten. Mehmed fragte Sultanin Mara, ob sie nach Serbien zurückkehren wolle. Aziyadeh bemühte sich, dem Gespräch zu folgen, doch immer wieder kehrten ihre Gedanken zu der Frau in dem roten Kleid zurück. Eine Unruhe hatte sie ergriffen, ein unbestimmtes Gefühl von Gefahr, das mit jeder Minute stärker wurde.

»Ich habe in diesem Land«, sagte Mara jetzt zu dem neuen Sultan, »mein Glück gefunden. Es hat mir so viel gegeben, dass es mir unredlich erschiene, nun fortzugehen. Ich möchte zurückgeben, was mir geschenkt wurde.«

Aziyadeh rekapitulierte das Gespräch, das sie belauscht hatte.

Irgendetwas daran war merkwürdig gewesen. Hatte die Frau sie vielleicht bemerkt? Hatte sie ihre Gegenwart gespürt? Aziyadeh traute ihr durchaus tierhafte Instinkte zu. Würde gleich die Wache in ihrem Versteck erscheinen? Unwillkürlich drehte sie sich um. Aber das war es nicht, was sie beunruhigte. Es war etwas, was die Frau gesagt hatte, sie oder der Sultan.

»Ich freue mich, dass du bei uns bleibst, Mara. Dir soll es an nichts fehlen.«

Die Burg von Dimotika. Abgeschiedenheit für ihr Vergnügen? Sie hatte keine Ahnung, was das zu bedeuten hatte. Und was meinte der Sultan mit den Worten: Tu, was ich dir aufgetragen habe? Aziyadeh konnte sich keinen Reim darauf machen. Vor allem verstand sie nicht, wieso sie dieses Gespräch derartig alarmierte. Sie hatte schließlich nichts zu befürchten. Und ihr fiel auch niemand ein, um den sie sich sorgen sollte. Schon gar nicht um die Sultanin. Mehmed überschüttete sie geradezu mit Freundlichkeiten.

»Nun lass mich schauen, wen du mitgebracht hast«, sagte er soeben zu ihr. Sultanin Mara winkte Aische herbei.

»Dies ist die jüngste Frau deines Vaters, Aische aus Qaraman«, stellte sie die junge Frau vor. Die sank zu Boden und bettete in einer demütigen Geste ihren Kopf auf die Hände.

Aische? Als sie ihre Freundin vor dem Sultan niederknien sah, durchfuhr sie ein Schreck. War es etwa Aische, die in Gefahr war?

»Erhebe dich, Aische aus Qaraman«, sagte der Sultan.

Nein, nicht Aische. Aber sie wusste, dass sie nah dran war. Was hatte der Sultan gesagt? Nein, es war nicht der Sultan. Es war … Mit einem Mal fiel es ihr ein. Es war Ishaq-Pascha gewesen. Er hatte gesagt … was war es noch?

Der arme Junge!

Damit meinte er Ali-Beg, den Diener des Sultans, doch der

hatte offenbar geglaubt, dass Ishaq-Pascha einen anderen Jungen meinte. Die Frau. Der arme Junge. Aische. Aziyadeh schnappte erschreckt nach Luft, als sie begriff. Sie sprang auf, wobei sie dennoch darauf achtete, kein Geräusch zu machen, und eilte die Treppe hinunter. Bevor sie den Teppich beiseiteschlug, hielt sie inne und lauschte. Da vernahm sie Atemzüge auf der anderen Seite, Schritte. Jemand war in den Gemächern der Sultanin, lief hin und her, war erregt, wie sie am heftigen Atmen erkannte.

Was sollte sie tun? Es drängte sie weiterzueilen. Doch wenn sie jetzt hinter dem Teppich hervorkam, wäre sie entdeckt. Wer befand sich dort auf der anderen Seite? Da vernahm sie die Stimme eines Mannes.

»Na endlich«, drängte er.

Sie hörte ein leises Lachen. Dann raunte eine Stimme etwas. Sie konnte nicht verstehen, was, aber sie erkannte die Stimme der Schwester des Sultans. Jetzt entfernten sich beide eilig. Ein letztes kehliges Lachen, dann war es still. Aziyadeh schlüpfte hinter dem Teppich hervor. Mit klopfendem Herzen lauschte sie. Alles war still, niemand war zu sehen. Sie lief zu dem Zimmer, das Aische bewohnte. Aische und ihr Sohn, Kütschük Ahmed. Es war leer.

Wo war das Kind? Ihr Blick fiel auf den Durchgang zum Bad. Langsam ging sie weiter. Denn sie wusste es. Nicht erst, als sie die Amme am Boden liegen sah oder wegen des Blutgeruches. Sondern weil die Unruhe, die sie hierhergetrieben hatte, auf einen Schlag erloschen war. Als sie nun neben der Dienerin auf dem hellen Marmor niederkniete, war es still in ihr, eine Stille, in die auch das Grauen nicht einziehen konnte.

Die Amme lag mit angezogenem Bein halb auf dem Bauch. Aziyadeh drehte sie herum. Die Augen starrten blicklos nach oben. Der Tod hatte einen Ausdruck unendlichen Staunens auf

ihr Gesicht gelegt. Die Hände hatte sie über der Wunde in der Brust verkrampft. Das Blut hatte die ganze Vordersite ihres Gewandes getränkt. Aziyadeh schloss ihr die Augen.
Sie sah sich um. Es war ein Raum voller Schönheit und Anmut. Eine hohe Decke, mit kleinen, kreisrunden Löchern, durch die das Licht einfiel. Ein großes Becken in der Mitte des Raumes, kleinere an der Seite; durch Torbögen abgetrennt, geheime Nischen. Ein kunstvoll mit blauen Kacheln verzierter Gebetsraum, Teppiche, Messingtische für Tee und Gebäck, der Hamam war ein Ort der Freude und Sinnlichkeit. Doch nun war er geschändet.
Unwillkürlich streifte Aziyadeh die Schuhe von den Füßen, wie sie es immer getan hatte, wenn sie hierhergekommen war. Dann sah sie das Kind.
Es schwamm in dem Becken, in dem Aische und sie es oft gemeinsam gewaschen hatten. Sein Glucksen, seine zarte Haut, sein Duft, es hatte sie beide glücklich gemacht. Nun würde es nie mehr lachen. Es trieb kopfunter auf dem Bauch.
Aziyadeh stieg in das Becken und nahm den kleinen Körper, in dem kein Leben mehr wohnte, in die Arme, wie sie es oft getan hatte. Sein Kopf ruhte an ihrem Hals. Doch kein Atem wärmte mehr ihre Haut, keine kleinen Finger krallten sich schmerzhaft in ihre Wangen. Sie presste das Kind an sich und schloss die Augen, weil sie den Schmerz nicht mehr ertrug.
Sie stand bis über die Knie im Wasser und wiegte das tote Kind hin und her. Ihr Mund öffnete und schloss sich, als müsste sie ersticken. In ihr war ein Schrei, der hinauswollte. Er drängte mit aller Gewalt hervor und konnte doch nicht. Denn sie war gefangen.
Nur ein leises, unendlich gequältes Stöhnen verließ ihre Lippen. Dann gerann die Zeit.
Später legte sie das Kind auf einer Decke ab. Sie bemerkte die

roten Male in seinem Nacken. Kütschük Ahmed war ersäuft worden wie eine Katze. Als Aziyadeh an die Frau dachte, die diese Tat begangen hatte, schlug ihr Schmerz in eisigen Zorn um. Sie wusste, dass er nicht vergehen würde, solange Sitt-Chatun ungestraft blieb. Und etwas in ihr, von dem sie geglaubt hatte, dass sie es besiegt hatte, war entschlossen, diese Frau zu töten.

Als sie das Serail wieder verließ und in Begleitung von Cabbar heimkehrte, war sie immer noch wie betäubt von den Ereignissen. Erst langsam setzte ihr Denken wieder ein, und sie versuchte zu begreifen, dass im gleichen Moment, da der neue Sultan im Ratssaal die Mutter umarmte, seine Schwester deren Sohn getötet hatte.

Sie hätte es vorhersehen können. Ihr Herr hatte sie gewarnt, und sie hatte die tödliche Bedrohung durch die Frau gespürt. Aber ihre Sinne waren durch das satte Leben des Serails abgestumpft. Nun kreisten alle ihre Gedanken um die eine Erkenntnis:

Dass sie versagt hatte.

# Gesandte

Mit der Beseitigung seines Halbbruders verschaffte sich der Sultan auf einen Schlag Respekt im osmanischen Adel. Die Wesire, die bisher angenommen hatten, es mit einem sanftmütigen Herrscher zu tun zu haben, verunsicherte diese Tat, von der Mehmed keineswegs abstritt, sie beauftragt zu haben. Zwar drang nichts über die genauen Umstände von Kütschük Ahmeds Tod aus dem Serail. Dennoch kursierten Gerüchte. Und wie so oft, war deren Wirkung weitaus effektiver, als es die Wahrheit hätte sein können.

Die grausame Tat sei als Warnung gedacht an all jene, die vielleicht im Geheimen Pläne schmiedeten, um dem Sultan zu schaden.

Umso unheimlicher war, dass Mehmed weiterhin allen Würdenträgern umgänglich und voller Geduld begegnete. Doch auch dies wurde als Botschaft aufgenommen. Seid ihr auf meiner Seite, schien der Sultan damit zu sagen, so werdet ihr belohnt. Doch wenn ihr gegen mich seid, werde ich euch ohne jede Vorwarnung vernichten.

Dass Mehmeds Pläne viel weiter griffen, erkannte in der Hauptstadt noch niemand. Deshalb sah auch niemand, dass alle seine Maßnahmen darauf ausgerichtet waren, diese Pläne konsequent und ohne zu zögern umzusetzen. Der neue Sultan verschwendete keinen Gedanken mehr an den begangenen Mord. Er beab-

sichtigte, das Osmanische Reich neu zu ordnen. Und begann damit im eigenen Haus.
Sultanin Mara war klug genug, ihm keine Vorhaltungen zu machen. Dennoch konnte sie nicht in Mehmeds Harem bleiben. Zwei Favoritinnen waren eine zu viel. Er überließ ihr einen prächtigen Witwensitz in Saloniki. Seine Großzügigkeit ging allerdings nicht so weit, ihr Aische dorthin mitzugeben. Die jüngste Frau seines Vaters, die gerade ihr Kind verloren hatte, bedurfte einer anderen Form von Kontrolle. Mehmed gab sie kurzerhand Ishaq-Pascha zur Frau. Innerhalb weniger Tage hatte der Sultan sein Haus in Ordnung gebracht und seine Autorität im *Divan* durchgesetzt. Die nächste große Hürde war die Armee. Doch vorher empfing er die Gesandtschaften der Fürsten und Könige. Eine der ersten, die im Serail von Edirne erschien, kam aus Konstantinopel, wo nach dem Tod von Johannes Paläologos zwei Jahre zuvor dessen Bruder den Thron bestiegen hatte. Der neue Kaiser, der noch nicht wusste, dass er der letzte sein würde, trug den gleichen Namen wie jener Kaiser, der die Stadt einst zu seiner Residenz erwählte: Konstantin.
Dort, am Goldenen Horn war die Erleichterung über Murads Tod groß. Im Rat des Kaisers herrschte die einhellige Meinung, dass der neue Sultan unmöglich schlimmer sein konnte als sein Vater. Zwar gab es Stimmen, die nach einem sofortigen Kreuzzug riefen, aber sowohl Konstantin als auch der Papst sowie die meisten Könige waren die ewige Kreuzzüglerei leid.
Folglich übermittelte der Kaiser dem neuen Sultan sein Beileid über den Tod des Vaters sowie seine Glückwünsche zur Thronbesteigung. Sodann schwor er dem neuen Sultan, dass er alle Verträge, die Konstantinopel mit dem Vorgänger eingegangen war, in vollem Umfang zu erhalten gedachte, und Gleiches auch vom Osmanenherrscher erhoffte.

Die Antwort, die Mehmed dem Gesandten des Kaisers mit wölfischem Lächeln auf den Weg gab, bestätigte den Kaiser in seiner Annahme, dass er von den Osmanen nichts zu befürchten hatte. Der Sultan schwor »bei Allah und seinen Propheten, bei Engeln und Erzengeln«, dass er sich zeit seines Lebens nicht an der Hauptstadt und an den sonstigen Besitzungen des Kaisers vergreifen werde.

Es verging kein Tag, an dem nicht ein neuer Gesandter erschien. Dem Botschafter der Walachei folgten die Herren von Chios. Die Genuesen aus dem Konstantinopel gegenüberliegenden Pera kamen gleich darauf und bemühten sich, den Vertretern Venedigs aus dem Weg zu gehen. Der Großmeister von Rhodos traf auf die Mönche der Athosklöster. Die Gesandten von Ragusa kamen mit sehr viel Geld, um den Sultan bei Laune zu halten. Selbst Hunyadi schickte einen Vertreter. Dass der Gesandte des Herzogs Dorino Gattilusi als einer der Letzten vor dem Sultan erschien, lag nicht an Ciriaco.

Sondern an Mahmud.

Es fing schon auf Lesbos an. Mahmud, der allen Burgen und Palästen misstraute, hatte sich in Mytilini einquartiert. Dort freundete er sich mit einem freien Bauern an, der sich bisher damit begnügt hatte, seine Ziegen zwischen die Olivenbäume scheißen zu lassen. Mahmud überzeugte ihn davon, dass einer seiner Südhänge sich hervorragend zum Weinanbau eignen würde. Der Bauer beteuerte, keine Ahnung vom Weinanbau zu haben, worauf ihm Mahmud ein Geschäft vorschlug. Er würde nicht nur das dafür notwendige Wissen beisteuern, sondern auch für den Verkauf des Weins sorgen. Der Bauer bräuchte lediglich ein wenig pflanzen, gießen und ernten. Der Mann schlug ein.

Es lief nicht wirklich gut. Genau genommen kamen sie nicht einmal dazu, Rebstöcke zu kaufen. Meist saßen sie vor der Hütte herum und tranken den Wein der Nachbarn, die oft abends vorbeikamen, um den Geschichten des seltsamen Muselmanen zu lauschen. Den Rest der Zeit überboten sich die beiden mit Ideen, wie sie den Wein des Jahrhunderts anbauen würden. Als Ciriaco auftauchte und verkündete, dass ein Schiff auf sie wartete, stand Mahmud sofort auf, legte dem Bauern die Hand auf die Schulter und sagte: »Mein begnadeter und einfältiger Freund, ich muss weiterziehen. Gerne würde ich bei dir bleiben, aber ein unerbittliches Schicksal …« Ciriaco zog ihn fort.

»Du hast doch nur eine Bleibe gesucht«, warf er dem Mamelucken vor.

»Willst du entscheiden, was Allah für uns vorgesehen hat?«

»Nein, aber ich sehe, dass Allah den armen Kerl ziemlich ratlos zurücklässt.«

In diesem Punkt täuschte Ciriaco sich. Der Bauer brauchte zwar noch einige Monate intensiven Nachdenkens, während der seine Ziegen weiterhin die Olivenbäume düngten, aber schließlich entschloss er sich, tatsächlich einen Weinberg anzulegen. Er gewann den Herzog für sein Vorhaben, der ihm das Geld für die Weinstöcke vorschoss. Nun waren die Weinbauern von Lesbos verständlicherweise nicht erbaut von der Idee, dass es einen weiteren Konkurrenten geben sollte, und weigerten sich, ihm ihre Stöcke zu verkaufen. Also setzte der Bauer nach Samos über, wo er willige Verkäufer fand. Und die willige Tochter eines der Verkäufer. Zusammen schafften es die beiden, binnen fünf Jahren einen exzellenten Roten zu keltern. Der Herzog von Lesbos konnte das Ergebnis seines Darlehens leider nicht mehr genießen. Ihn raffte drei Jahre später ein Fieber dahin. Als Ciriaco sich von ihm mit einer Umarmung verabschiedete, wusste er nicht, dass es ein Abschied für immer wäre.

Und als Mahmud das Ziel ihrer Reise erfuhr, wäre er beinahe über Bord gesprungen.

»Ich gehe nicht nach Edirne«, rief er.

Sein Diener hatte mittlerweile eine unerklärliche Abneigung gegen seine osmanischen Glaubensbrüder entwickelt.

»Dann lass es doch«, gab Ciriaco gleichmütig zurück, »du kannst weiter nach Pera fahren und dich um das Alaun kümmern.«

»Du willst alleine nach Edirne?«, fragte der Mameluck ungläubig.

»Ja, Mahmud, ich reise gerne alleine. Es ist mir sogar lieber. Es ist viel unkomplizierter. Ich gerate auch seltener in Schwierigkeiten. Eigentlich komme ich alleine bestens zurecht.«

»Du glaubst, dass ich dich in Schwierigkeiten bringe?«

»Na ja, ehrlich gesagt, schon.«

»Ich habe dir jedes Mal aus deinen Schwierigkeiten herausgeholfen.«

»Ja, nachdem du mich zuvor hineingebracht hast.«

Mahmud betrachtete ihn mit einem schläfrigen Blick.

»Natürlich«, sagte er langsam, »so wie auf Rhodos, nicht wahr?«

Ciriaco sah ihn empört an. »Auf Rhodos?«

»Sicher, die arabische Hure hätte dich bis auf das Hemd ausgezogen. Wenn ich nicht gewesen wäre ...«

»Wenn du nicht gewesen wärst, wäre ich niemals in dieser Spelunke gelandet.«

»Natürlich, du hättest im Kloster übernachtet. Hast du eigentlich immer noch diese komische Mönchskutte? Ich finde, sie steht dir.«

Die Zeit bis Gallipoli verging wie im Fluge. Dort entschied Mahmud, dass er nicht mit dem Schiff weiterfahren, sondern Ciriaco nach Edirne begleiten müsste, um ihn zu beschützen. Aber dann ereignete sich ein rätselhaftes Vorkommnis nach dem anderen, wodurch sich ihre Reise immer wieder verzögerte. Als Erstes gab es Schwierigkeiten mit ihren Passierscheinen, die verschwunden waren. Glücklicherweise besaß Ciriaco noch ein Beglaubigungsschreiben des verstorbenen Sultans, das ihm uneingeschränkte Bewegungsfreiheit auf dem gesamten osmanischen Territorium gewährleistete. Kaum war dieses Problem gelöst, tauchte das nächste auf. Zwei ihrer Pferde bekamen eine Kolik. Als schließlich der Anführer ihrer Eskorte wegen Falschspiels im Kerker landete, knöpfte Ciriaco sich seinen Diener vor.

»Das ist doch kein Zufall«, sagte er zu Mahmud.

»Allah hält seine Hand über uns.«

»Apropos Allah, wie kann es sein, dass du allen Muslimen misstraust. Überall, wo wir hinkommen, verstehst du dich prächtig mit jedem. Nur von deinen Glaubensbrüdern nimmst du immer das Schlimmste an.«

»Weil ich sie besser kenne als du. Die Christen haben mich jedenfalls noch nie in den Kerker geworfen.«

»Niemand wird dich in den Kerker werfen. Wir sind Gesandte. Man wirft keine Gesandten in den Kerker.«

Mahmud starrte missmutig vor sich hin.

»Nun sag schon«, meinte Ciriaco versöhnlich, »was ist los?«

»Wir sollten nicht nach Edirne reiten.« Er sah Ciriaco finster an und sagte dann betont: »*Du* solltest nicht nach Edirne reiten.«

»Wieso nicht? Juckt dir etwa wieder der Fuß?«

Langsam machte Ciriaco sich tatsächlich Sorgen. Bei all seinen Verrücktheiten hatte sein Diener doch manchmal ein erstaunliches Gespür für Gefahr, das sie – auch wenn er es nie zugeben würde – schon mehr als einmal vor einem schlimmen Schicksal bewahrt hatte. Deshalb hoffte Ciriaco inständig, dass es sich diesmal um keine dieser Vorahnungen handelte. Mahmuds nächste Worte allerdings bewiesen das Gegenteil.

»Gesandter oder nicht«, grollte er, »wenn wir weiterreiten, wartet Ärger auf uns. Und zwar mehr, als wir uns vorstellen können.«

# Die Moschee

Binnen weniger Tage war ihr Leben vollkommen aus den Fugen geraten. Ihr Herr war wütend gewesen, sehr wütend. Er schrie nicht, verfluchte sie nicht, aber Aziyadeh spürte seinen eisigen Zorn, als sie ihm berichtete, was sich im Serail zugetragen hatte. Seit jenem Tag hatte Chidr Pascha sie nicht mehr empfangen. Doch damit nicht genug, ließen auch die Wachen am Sultanspalast sie nicht mehr ein. Ob diese Anordnung von Mehmed kam oder ob auch Sultanin Mara sie nicht mehr sehen wollte, wusste sie nicht. Die Ungewissheit quälte sie zusätzlich zu der Schande, ihre beiden Gönner enttäuscht zu haben. Und zu dem Schmerz über den Tod des Jungen. Sie konnte sich ihr Versagen nicht verzeihen.

Und als sei dies nicht genug, schien sich die Verachtung ihres Herrn auch auf die Dienerschaft zu übertragen. Selbst der Schreiber, der sich bisher immer voller Furcht gekrümmt hatte, wenn er ihr begegnete, trotzte ihr nun mit Überheblichkeit. Aziyadeh fühlte, wie der sicher geglaubte Boden unter ihren Füßen zu schwanken begann. Dennoch war sie nicht auf das gefasst, was Leila ihr eines Abends eröffnete.

»Dir wird etwas Wunderbares widerfahren«, sagte die Freundin. Doch der Blick, mit dem sie Aziyadeh bedachte, widersprach dem Inhalt ihrer Botschaft. Die junge Frau schwieg und wartete.

»Ach, Aziyadeh, ich werde dich so sehr vermissen«, fuhr Leila dann mit Tränen in den Augen fort.
»Unser Herr wird dich verheiraten«, sagte sie mit leiser Stimme. »Er wird dich dem Feldherrn Turachan-Beg aus Thessalien zur Frau geben.«
Aziyadeh sah ihre Freundin ungläubig an. »Turachan-Beg ist fast siebzig Jahre alt.«
Leila biss sich auf die Lippen. »Du musst deinem Herrn gehorchen.«
Gehorchen!
Cabbar blieb ihr Freund. Als sie ihm alles erzählte, las sie in seinen Augen Sorge und Mitleid.
Ihr alter Waffenlehrer wusste, was es hieß, die Achtung seiner Mitmenschen zu verlieren. Zwei Jahre zuvor waren Cabbar und Civan ihrem Herrn auf einen Feldzug gegen die Albaner gefolgt. Es war wieder das Amselfeld, auf dem es zur Entscheidungsschlacht kam. Zwar konnte sich das osmanische Heer behaupten, doch die Verluste waren enorm. Civan blieb auf dem Feld zurück, und Cabbar hatte seinen linken Arm verloren. Nun verrichtete er Arbeiten im Haus, Aufgaben, die sonst nur Eunuchen erfüllten.
Cabbar begleitete sie, als sie erneut im Serail vorsprach. Nur Sultanin Mara konnte ihr jetzt noch helfen. Doch die Wache wies sie erneut ab. Die Frau des verstorbenen Sultans sei abgereist.
»Nimm deinen Krüppel und verschwinde«, sagte der Hauptmann.
Die Beleidigung ihres Freundes traf Aziyadeh tief. Sie spürte Zorn in sich aufsteigen, der sich angesichts ihrer Hilflosigkeit noch verstärkte. Sie ergriff Cabbars Arm, als sie aus dem Haupttor traten.
»Er ist ein Dummkopf«, stieß sie hervor.

Cabbar schüttelte den Kopf: »Er spricht es nur aus.«
Aziyadeh zog ihr Tuch fester über das Gesicht, als ein Windstoß ihnen feinen Sand entgegentrieb. Immer noch aufgewühlt und zornig, sah sie auf den Marktplatz hinab. Er wirkte fremd im Mittagslicht.
»Weißt du noch?«, fragte sie ihren Begleiter. »Der Prediger? Dort haben sie ihn verbrannt.«
Jetzt blickte auch ihr Waffenlehrer auf den Platz hinab.
»Ja, kleiner Freund«, flüsterte er.
Kleiner Freund. Ein warmes Gefühl durchrann sie, als sie den vertrauten Namen hörte. Er hatte sie schon lange nicht mehr so genannt.
Gehorchen?
Das Wort verursachte ihr ein Kribbeln auf der Haut, so als stieße es an andere Worte, deren Bedeutung sie vergessen hatte und die nun blind in ihrem Inneren umherirrten.
»Ich möchte beten«, sagte sie aus einem Impuls heraus und setzte sich auch schon in Richtung der Moschee in Bewegung. Cabbar folgte ihr stumm.
Als sie unter das schattige Vordach trat und ihr Blick auf die schwarzen Schriftzeichen an der Wand fiel, da war ihr, als würde sie schrumpfen. Und als sie über die Schwelle trat, da fühlte sie sich wieder wie das Mädchen von einst, das, als Junge verkleidet, verzweifelt nach einem Gott suchte, der sie befreien würde. Ging es ihr heute nicht ähnlich?
Sie war durch den Eingang für die Frauen eingetreten, doch es drängte sie zu jenem Platz, an dem sie damals Antwort gefunden hatte. Und weil sich kaum jemand im Inneren der Moschee aufhielt, ging sie hinüber auf die Männerseite. Mit jedem Schritt ihrer nackten Füße auf dem weichen Teppich vermeinte sie sich jenem Moment zu nähern, in dem sie einst staunend vor den geschwungenen Linien der Schrift gehockt hatte. Dann

war sie wieder dort, wo alles begonnen hatte. Sie schloss die Augen und sammelte sich. Strich sich mit den Händen über ihr Gesicht und kniete nieder zum Gebet.

Wieder sprach sie jenen Satz, den sie als Ersten gelernt hatte: »La ilaha il-lal-lahu Muhammed-ur Rasul-ul-lah«, wiederholte ihn immer wieder, um allen Ärger und alle Sorgen auszulöschen, und merkte gar nicht, wie ihr dabei die Tränen über das Gesicht liefen.

Die reinen Worte des Koran zogen durch ihren Geist wie ein Wind, der Gewohntes fortfegte und Verborgenes aufdeckte. Und so sah sie sich zweimal. Einmal als die, die einst aus der Wüste ihrer Kindheit aufgebrochen war. Und einmal als die, die den Mächtigen in ihren Palästen hinterherspionierte. Sie war die, die einen Schatz von unermesslichem Wert suchte: das Leben. Und sie war die, die irgendwann vergessen hatte, wieso sie auf dem Weg war.

Sie fasste keinen Entschluss in dieser nicht messbaren Zeit des Gebetes, aber sie fand zurück in die Klarheit, die sie auch bei ihrem allerersten Besuch in diesem Gotteshaus empfunden hatte. Nun bat sie Allah, dem sie einst unter einem weiten Sternenhimmel ein Versprechen gegeben hatte, um Vergebung. Denn dass sie ihn vergessen hatte, war nicht weniger als ein Verrat. Als sie die Moschee verließ, wusste sie wieder, dass sie nur einem Herrn Gehorsam schuldete. Sie hatte ihren Schwur erneuert.

So ganz und gar erfüllt war sie von der Erkenntnis, die sie im Gebet gefunden hatte, dass sie gar nicht merkte, wie sie den falschen Ausgang nahm. Sie hatte sich noch nicht einmal ihr Tuch wieder umgebunden, als sie mit einem Mal einem Mann gegenüberstand. Der Fremde war genauso verblüfft wie sie. Dann durchfuhr es sie wie ein Schlag, als sie ihn erkannte. Und auch seine Augen weiteten sich ungläubig.

Er war der Mann, der sie hier, auf diesem Platz, gerettet hatte. Der sie in die Obhut Chidr Paschas gegeben hatte, der Mann mit den sanften Augen. Er war der, dem sie auf dem Schlachtfeld von Varna wiederbegegnet war und den sie nicht mehr hatte vergessen können. Der Mann, für den sie getötet und den sie geküsst hatte. Er war der, auf den sie seit sieben Jahren wartete.

# Der Einarmige

Mahmud fluchte leise vor sich hin. Er hatte gewusst, dass irgendetwas schiefgehen würde. »Wir treffen uns da vorne, auf dem Platz«, hatte Ciriaco gesagt.

»Wann?«

»Ich weiß nicht, wie lange die Audienz dauert. Ich kann wohl schlecht zum Sultan sagen, dass ich los muss, weil ich mit meinem Diener verabredet bin. Warte einfach auf mich.«

Was Mahmud natürlich nicht gemacht hatte. Was sollte er hier herumstehen? Viel zu dicht am Palast. Das gefiel ihm nicht. Zu viele Soldaten, zu viele Wachen. Und alle beäugten ihn komisch.

Stattdessen war er in einen Hamam gegangen. Waschen, rasieren, eine Massage, das war ein Leben. Was sollte er auch im Palast, wo man schon in den Kerker kam, wenn man nur im falschen Moment rülpste?

Wenigstens stimmte die Unterkunft. Als Gesandte des Herzogs Gattilusi waren sie bei den Genuesen untergekommen. Das waren zwar auch Halunken, aber wenigstens ehrliche. Nur wo blieb denn nun Ciriaco?

Er lief jetzt schon seit einer Stunde auf dem Marktplatz hin und her. Bald ging die Sonne unter. Er müsste doch längst hier sein. Vielleicht war er bei den Genuesen. Mahmud machte sich auf den Weg. Doch die erzählten ihm, dass die Audienz beim Sultan schon lange vorbei war. Ob die Wachen ihn vielleicht eingesperrt hätten, fragte er. Die Männer lachten.

»Niemand sperrt einen Gesandten ein, du Dummkopf.«

Mahmud lief wieder zum Markt hinunter. Mittlerweile hingen Lampen an den Ständen, und in Kupferkesseln glühte Holzkohle. Er ging alles ab, schaute auch in die Moschee. Sein Herr ließ ja nichts aus. Doch er konnte ihn nirgendwo finden. Dann begann er die gesamte nähere Umgebung abzusuchen. Ging die Teehäuser und Garstuben ab. In der Taverne eines Sizilianers fand er schließlich den Gesandten von Lesbos.

»Mahmud?«, fragte Ciriaco verwundert. Vor ihm standen ein Krug und ein Becher. Mahmud schaute sich um. Zwei Tische weiter saßen drei Soldaten beim Essen, wahrscheinlich von der Palastwache, und etwas weiter abseits von ihnen ein einarmiger Mann. Sonst war alles friedlich. Er ließ sich Ciriaco gegenüber auf einer Bank nieder. Der machte einen etwas mitgenommenen Eindruck.

»Ich habe sie gefunden«, sagte er. Die Worte kamen schleppend über seine Lippen.

»Wen?« Mahmud sah in den Krug, der war fast leer. Das gefiel ihm nicht. Sein Herr vertrug keinen Wein und die wenigen Male, die er sich betrunken hatte, war er immer in den größten Schlamassel geraten. Meist mit einer Frau. Das war seine große Schwäche. Wenn er eine Frau sah, konnte er ganz unruhig werden. Das merkten die natürlich. Hatten meist leichtes Spiel mit ihm. Ciriaco war einfach zu gutmütig. Ließ sich lieber bis aufs Hemd ausziehen, als einmal nein zu sagen. Gut, dass er ihn gefunden hatte. Mahmud winkte den Wirt heran. Der brachte einen neuen Krug und einen zweiten Becher.

Ciriaco stützte den Kopf in die Hand. »Verflucht, ich dachte, es wäre nicht wahr. Aber sie ist eine Frau. Und sie war es, die …«

»Die was?« Mahmud schenkte sich Wein ein, entschied aber, dass es besser wäre, vorsichtig zu trinken. Sein Herr benahm sich merkwürdig.

»*Sie* hat mich geküsst.«

»Wer hat dich geküsst?«

Mahmud beschloss, dass es das Beste war, geduldig zu sein. Ciriaco schien das anders zu sehen. Er runzelte verärgert die Stirn.

»Die Göttin«, knurrte er. »Sag mal, was ist los mit dir?«

»Die Frau. Die Göttin? Und du fragst mich, was los ist.«

Ciriaco stemmte sich hoch.

»Ja, verstehst du denn nicht«, rief er. »SIE IST DAS WEISSE KAMEL!«

Mahmud sah sich beunruhigt um. Die Gespräche waren verstummt. Neugierige Blicke trafen sie. Die drei Soldaten hatten aufgehört zu essen.

»Also gut«, sagte er, packte Ciriaco am Arm und zog ihn wieder auf seinen Sitz. »Du hast eine Frau getroffen, die eine Göttin ist, die dich geküsst hat. Und ein Kamel ist sie auch noch.«

Ciriaco schüttelte ungläubig den Kopf. »Ich dachte, es wäre nicht wahr.«

»Na ja, also wenn du mich fragst …«

Ciriaco goss sich Wein in den Becher, wobei die Hälfte danebenging. Dann leerte er ihn mit einem Zug und knallte ihn auf den Tisch. Mahmud bemerkte, dass der Wirt misstrauisch zu ihnen herübersah.

»Weißt du noch, in Varna?«

»In Varna? Sicher, ich war da.« Mahmud begann, sich Sorgen zu machen. Sie hatten nie über das gesprochen, was dort passiert war.

»In der Schlacht, da hat sie mich gerettet.«

»Wer?«

Ciriaco sah ihn böse an: »Wer schon? Bist du taub?«
»Die Frau?«
»Ja. Nein. Ich meine, sie war da, aber ... ich dachte, es wäre nicht wahr.«
Mahmud beschloss, seinen Herrn einfach erzählen zu lassen.
»Sie ist durch den Riss in der Welt gekommen. Da war sie ein weißes Kamel. Und dann hat sie Luca getötet. Der wollte mich nämlich umbringen. Du erinnerst dich doch noch an Luca?«
Mahmud nickte. »Den hat sie getötet? Als Kamel?«
Ciriaco nickte.
»Und dann hat das Kamel dich geküsst?«
»Nein, als sie mich geküsst hat, war sie ein Junge.«
»Den hatten wir noch nicht.« Es gab keinen Zweifel, sein Herr war verrückt geworden.
»Weißt du, ich war mal verrückt.«
»Nein, nein, mach dir keine Sorgen. Aber weißt du was, das mit dem Kamel solltest du für dich behalten.« Am besten war es, wenn er Ciriaco schnellstens hier rausschaffte. »Wir sollten schlafen gehen ...«, begann er, als Ciriaco seinen Arm ergriff.
»Manchmal, da geht die Welt kaputt. Sie reißt einfach auseinander. Dann sehe ich Dinge, die kein anderer sieht. Aber seit damals ist es nie wieder passiert.« Er lachte bitter auf. »Dabei hätte ich sie so gerne wiedergesehen.«
»Die Frau?«, fragte Mahmud unsicher.
Ciriaco nickte: »Aber da wusste ich ja noch nicht, dass sie eine Frau ist. Und heute, da steht sie auf einmal vor mir.«
»Im Palast?«
»Im Palast?« Ciriaco lachte laut auf. »Bist du verrückt? Im Palast siehst du keine einzige Frau. Die fetten Sultansweiber sitzen wahrscheinlich alle im Bad.«
»Schrei doch noch lauter. Wir sind hier ja nur mitten in der

Hauptstadt des Osmanischen Reiches. Da wollen bestimmt alle etwas von fetten Sultansweibern hören.«

Ciriaco stierte ihn an. Dann stieß er empört aus: »Der Sultan. Weißt du, was er gemacht hat, der famose Sultan?«

»Nein, und ich will es auch gar nicht …«

»Er hat ein Kind umgebracht. Nur weil es ein Prinz war, der ihm hätte gefährlich werden können. Verstehst du, Mahmud«, Ciriaco packte ihn am Hemd, »der Sultan hat ein Baby ersäufen lassen.«

»Verflucht, halt jetzt den Mund, oder …«

»Ihr da!«

Die drei Soldaten standen mit einem Mal vor ihnen. Mahmud fand, dass sie verdammt finster aussahen.

»Ihr kommt mit!«

Ciriaco schaute auf: »Wer seid ihr denn?«

Einer der drei, offenbar der Anführer, trat vor und legte die Hand an den Schwertgriff.

»Ihr kommt mit!«, befahl er erneut.

Ciriaco rappelte sich hoch.

»Ich bin der Gesandte von …«

»Mein Herr ist betrunken«, rief Mahmud und packte ihn am Arm. Ciriaco schlug seine Hand weg, verlor das Gleichgewicht, versuchte mit der anderen Hand Halt zu finden und erwischte die Jacke des Soldaten. Der holte blitzschnell mit der Faust aus und schlug ihn mit einem Hieb krachend zu Boden. Ehe Mahmud auch nur eine Bewegung machen konnte, hatten die anderen ihn gepackt.

»Ihr kommt mit!«, wiederholte der Anführer grollend.

Das sah nicht gut aus. Das sah, verdammt noch mal, nicht gut aus! Die Wachen führten sie in Richtung Serail. Wobei Ciriaco, der stöhnend zwischen den Armen der beiden Soldaten hing, allerdings eher von diesen getragen wurde. Der dritte, der Anführer, ging direkt vor Mahmud. Die Gasse war zu schmal, um fortzulaufen. Und wenn sie erst einmal den Markt erreichten, würden zu viele Menschen um sie herum sein. Es sah, verdammt noch mal, nicht gut aus.

Mahmud kannte die osmanischen Kerker. Dass er damals dem langsamen Siechtum und einem ehrlosen Tod entkommen war, hatte er nur der Gnade des Allmächtigen zu verdanken. Und natürlich seinem damaligen Herrn, dem Qara Chidr Pascha. Auch wenn der ihn aus dem stinkenden Loch, in das man ihn geworfen hatte, nur deswegen herausgeholt hatte, weil Mahmud ihm geschworen hatte, den Italiener zu überwachen und zu lenken. Dann aber war alles anders gekommen. Aus der Sicht Chidr Paschas hatte Mahmud ihn verraten. Mahmud bezweifelte, dass er bei einer erneuten Begegnung mit dem *beylerbey* Gelegenheit bekäme, seinen Standpunkt zu erklären. Die hohen Herren pflegten in solchen Situationen sehr ungnädig zu reagieren. Das war auch der Grund, weshalb Mahmud den Umgang mit osmanischen Behörden gemieden hatte. Auch jetzt hielt er es für besser, die Obrigkeit nicht auf sich aufmerksam zu machen.

Und er wollte sich schon gar nicht darauf verlassen, dass Allah ihm noch mal ein Entkommen ermöglichte. Der Allmächtige konnte sich nicht immer um alles kümmern. Gerade jetzt, wo ein neuer Sultan auf dem Thron saß, war Allah bestimmt sehr beschäftigt. Da wollte Mahmud ihn nicht stören. Fieberhaft überlegte der Mameluck, wie er sie nur aus dieser misslichen Situation herausbringen könnte, bevor sie den Marktplatz erreichten.

Es war wirklich zum Verrücktwerden. Dabei hatte er von Anfang an gewusst, dass etwas Derartiges passieren würde. Lautlos fluchte er vor sich hin, während er zwischen den Soldaten und dem stöhnenden Venezianer weiterging. Es musste schnell gehen. Aber wie sollte er drei kampferprobte Männer überwinden? Und danach auch noch schnell genug mit einem Betrunkenen davonstolpern? Sollte er es alleine versuchen? Die Aussichten wären wesentlich besser. Aber wie sollte er seinen Herrn aus dem Kerker holen. Es half alles nichts, es musste jetzt geschehen. Mahmud schickte ein Stoßgebet zum Himmel:

*O Allah, vergib dem niedrigsten Deiner Diener. Ich habe Deine Gesetze oft ... ein wenig umgangen. Doch ich habe Dich nie verraten. Jetzt muss ich schwere Schuld auf mich laden. Ich werde vielleicht einen Rechtgläubigen töten. Aber ich muss es tun. Ciriaco ist nicht nur mein Herr, er ist mein Bruder. O Allah ...*

Es gab nur einen Weg. Er musste dem Hauptmann vor ihm das Schwert entreißen und ihn töten. Dann musste er die anderen beiden töten. Vorausgesetzt, die hielten still, während er den Hauptmann ins Jenseits beförderte. Oh, es würde nicht einfach werden. Da bemerkte er einen schwachen Lichtschein weiter vor ihnen. Dort mündete die Gasse auf den Marktplatz. Es musste jetzt geschehen.

Mahmud sammelte all seine Kraft. Er ging etwas schneller, näherte sich dem Hauptmann. Schon schielte er nach dessen Schwertgriff, als mit einem Mal die Silhouette eines Mannes vor ihnen auftauchte. Nein, nicht auch noch ein vierter Mann, dachte Mahmud in heller Verzweiflung, als plötzlich etwas Merkwürdiges geschah.

Die Silhouette gerann zu einer Gestalt, die auf sie zusprang. Ein Arm zuckte vor, und ehe Mahmud begriff, dass es der einzige Arm war, den der Fremde hatte, schoss dessen Faust auch schon gegen den Hals des Hauptmanns. Der brach mit einem Geräusch zusammen, das mehr ein Knacken als ein Krächzen war. Noch während der Soldat fiel, entriss der Fremde ihm das Schwert. Mahmud sah die Klinge aufblitzen und griff reflexartig nach dessen Griff. Der Fremde zog seine eigene Waffe.

Gemeinsam wandten sie sich gegen die anderen beiden Soldaten, die noch gar nicht recht begriffen hatten, was soeben geschehen war. Sie ließen Ciriaco fallen und wollten ihre Säbel ziehen. Doch sowohl Mahmud als auch der Fremde setzten den beiden ihre Klingen an den Hals. Langsam sanken ihre Hände herab, wobei sie sich vor den Schwertern ihrer Angreifer, so weit es ging, zurückbeugten.

»Fort mit euch«, zischte der Mann neben Mahmud.

Die beiden Soldaten nahmen Reißaus. Hinter ihnen versuchte der Hauptmann röchelnd auf die Beine zu kommen. Der Fremde wandte sich an Mahmud.

»Ihr habt nicht viel Zeit. Beeil dich. Kann er laufen?« Dabei wies er auf Ciriaco, der auf allen vieren auf dem Boden hockte und anscheinend nichts von der ganzen Auseinandersetzung mitbekommen hatte. Der Fremde wartete keine Antwort ab.

»Sie werden Alarm schlagen und euch suchen. Geht nicht zum Südtor, sie werden vermuten, dass ihr nach Gallipoli oder Konstantinopel flieht. Geht nach Norden. In zehn Tagen könnt ihr Alexandropolis erreichen. Dort findet ihr ein Schiff.«

»Gut«, sagte Mahmud, »aber sag mir, mein Freund, wer du bist?«

»Nur ein Diener.« Der Einarmige warf einen Blick auf Ciriaco. »Ein Freund bat mich, euch zu schützen.«

In der Ferne hörten sie jetzt aufgeregte Rufe.

»Geht jetzt«, drängte der Fremde.

Mahmut packte Ciriaco unter den Armen und hiefte ihn hoch.

»Salaam aleykum, mein Freund«, sagte er, »Friede sei mit dir.«

»Aleykum as-Salaam«, antwortete der Fremde und verschwand in der Nacht.

Mahmud schaffte Ciriaco zu der genuesischen Niederlassung. Er ließ ihn im Stall, während er ihre Sachen packte und zwei Pferde sattelte. Der Venezianer bekam es nur halb mit, als sie die Stadt verließen.

»Was ist denn los«, murmelte er und sackte im nächsten Moment über dem Pferdehals zusammen. Er erwachte erst wieder, als sich die Morgendämmerung bleich über das Land tastete.

»O verdammt, mein Kopf«, stöhnte er. Dann sah er sich blinzelnd um. »Wo sind wir?«

»Hier werden wir rasten«, sagte Mahmud. »Dann setzen wir über den Fluss.«

»Was für einen Fluss?«

Mahmud wies auf den breiten Strom vor ihnen.

»Den da«, gab er zur Antwort. »Die Maritza. Dahinter sind wir in Sicherheit. Zumindest«, fügte er leise hinzu, »hoffe ich das.«

»Und sie sind entkommen?«

»Ich bin mir sicher. Wenn die Wachen sie gefunden hätten, wüssten wir es.«

»Gut. Ich danke dir, Cabbar. Was du für mich getan hast, werde ich nicht vergessen.«

»Kleiner Freund ...«

»Ja?«

»Wer war der Mann?«

»Weißt du es nicht mehr?«

»Nein, was denn?«

»Er war ein Verbündeter unseres Herrn, vor langer Zeit.«

»Ich verstehe.«

»Es wäre nicht gut für unseren Herrn gewesen, wenn dieser Mann verhört worden wäre. Manchmal ändern die Dinge ihr Gesicht.«

»Das stimmt.«

»Cabbar?«

»Ja.«

»Ich muss etwas tun, was sehr schwierig ist. Ich kann es nicht alleine. Wirst du mir helfen?«

»Werden wir kämpfen?«

»Ja.«

»Dann werde ich dir helfen.«

»Auch wenn wir alles hinter uns lassen müssen? Alles verlassen?«

» Alles verlassen? Du erweckst mich gerade zum Leben.«

»Auch wenn wir lügen müssen?«

»Manchmal ändern die Dinge ihr Gesicht.«

# Die Neue Truppe

Er hat *was* gemacht?«

Der Schreiber, der vor Qara Chidr Pascha hockte, machte den Anschein, als wolle er unter den Teppich kriechen.

»Er … er … er hat den Aga mit der Peitsche ins Gesicht geschlagen.«

Chidr Pascha verspürte das dringende Bedürfnis, diesen Wurm, der da vor ihm kniete, zu zertreten. Aber er beherrschte sich. Nicht etwa, weil den Schreiber keine Schuld an den Ereignissen traf. Das war ihm vollkommen gleichgültig. Doch eine solch wütende Reaktion wäre in seinen eigenen Augen ein Zeichen von Schwäche gewesen. Was auch für den Sultan hätte gelten sollen.

Den Aga der Janitscharen schlug man nicht ins Gesicht, auch nicht, wenn man der Sultan war. Eigentlich sollte er sich jetzt freuen, denn nun würde es mit aller Wahrscheinlichkeit zu einer Revolte kommen. Aber Qara Chidr Pascha hatte das Gefühl, dass er sich darauf nicht verlassen durfte. Dieser verfluchte Bengel, der sich da auf dem Sultansthron breitmachte, hatte bislang alle seine Pläne durchkreuzt.

Chidr Pascha machte sich unverzüglich auf den Weg ins Serail. Dabei bemühte er sich, die Situation ruhig zu durchdenken. Was war falsch an seinem Plan gewesen? Er hatte dem Emir von Qaraman vom Tod des kleinen Prinzen berichtet. Der war im-

merhin Ibrahim-Begs Enkel gewesen. Erwartungsgemäß hatte der Emir sein Heer in Gang gesetzt. So weit, so gut.
Was Chidr Pascha nicht erwartet hatte, war die Geschwindigkeit, mit der Mehmed das gegnerische Heer niederwarf. Immerhin war es ihm in der Zwischenzeit gelungen, die Janitscharen, die der neue Sultan vorsichtshalber zurückgelassen hatte, zu einer Meuterei zu bewegen. Sie traten dem Herrscher mit ihren Forderungen entgegen, als der von seinem Feldzug zurückkehrte. Und Mehmed hatte ihnen nachgegeben, was seine Autorität für immer hätte untergraben sollen. Chidr Pascha plante schon die nächsten Schritte, als ihn die Nachricht von der Bestrafung des obersten Janitscharen-Agas erreichte. Nun musste er sofort etwas unternehmen, damit die Wut in den Kasernen diesen Sultan endlich gezielt auf den Platz verwies, auf den er gehörte: den eines folgsamen Monarchen.
Doch als Qara Chidr Pascha im Serail ankam, musste er feststellen, dass der Sultan bereits neue Fakten geschaffen hatte. Den alten Aga hatte er mit der Peitsche aus dem Palast getrieben und einen neuen ernannt, der ihm bedingungslos ergeben war. Die Bestrafung der Meuterer konnte Chidr Pascha selbst miterleben. Der Sultan ließ sie vor den Pferdeställen auspeitschen.
Von nun an ging es Schlag auf Schlag. Ehe der *beylerbey* auch nur reagieren konnte, hatte Mehmed die gesamte Befehlsstruktur der Janitscharen auf den Kopf gestellt. Er teilte Unteroffizieren neue Mannschaften zu, und Offizieren neue Aufgaben. Er setzte siebentausend Mann, die ihm aus Maghnisa gefolgt waren, in die Kasernen der rebellischen Elitesoldaten ein. Die Janitscharen, die der verstorbene Sultan einst als Neue Truppe, als *yeni tseri*, gegründet hatte, wussten kaum noch, wie ihnen geschah. Als alle wieder ihren Platz hatten und jeder wusste, wo er hingehörte, gab es keine Abteilung mehr in der Neuen

Truppe, in der nicht ein treuer Gefolgsmann des Sultans den Befehl innehatte.

Chidr Pascha begriff, dass er Mehmed unterschätzt hatte. Aus dem dummen Jungen von einst war ein nur schwer zu kontrollierender Machtmensch geworden. Mit herkömmlichen Mitteln war dem neuen Großherrn nicht beizukommen. Aber darauf war Chidr Pascha vorbereitet.

Seine Achtsamkeit war immer auch auf den Harem gerichtet gewesen. Leider besaß er dort seit Sultanin Maras Abreise keinerlei Einfluss mehr. Doch warum sollte das, was bereits einmal funktioniert hatte, nicht auch ein zweites Mal gelingen? Die Favoritin des Sultans war die albanische Sklavin Gülbehar, eine Frau, die im christlichen Glauben aufgewachsen war. Vielleicht würde auch sie einer Schicksalsgenossin ihr Herz öffnen. Qara Chidr Pascha befahl, dass man seine erprobte Spionin, Aziyadeh, zu ihm brachte.

Er hatte die junge Frau, seit sie ihm vom Tod des jungen Prinzen berichtet hatte, nicht mehr gesehen. Nicht weil er ihr etwas vorzuwerfen hatte, solche Dinge passierten eben manchmal, sondern ganz einfach, weil er keine Verwendung mehr für sie hatte. Dass er sie dem Feldherrn Turachan-Beg zur Frau zu geben plante, war eher als Akt der Fürsorge denn als Bestrafung gedacht gewesen. Immerhin unterstand Turachan-Beg Thessalien und Mazedonien. Durch ihn würde Aziyadeh einen hohen Rang einnehmen und nach seinem voraussehbaren baldigen Tod mit den beiden Söhnen über das Land herrschen. Ein beachtlicher Aufstieg für eine ehemalige Christin, doch Chidr Pascha war sicher, dass sie die dazu nötigen Fähigkeiten besaß. Im Übrigen würde sie sicherlich auch in dieser künftigen Stellung zu seinen treuesten Verbündeten gehören. Jetzt musste dieser Plan jedoch erst einmal hintangestellt werden, nachdem er wieder Verwendung für Aziyadeh hatte. Wenn es ihr gelänge, das Vertrauen der neuen Favoritin zu gewinnen, könnte Chidr Pascha schon bald wieder die Geschicke des Reiches lenken.

Irritiert bemerkte er, dass der Diener allein zurückkam und sich vor ihm auf den Boden warf.

»Wo ist sie?«, fragte er barsch.

»Herr, sie ist …«

»Was?«

»Sie ist nicht da.«

Chidr Pascha runzelte verärgert die Stirn.

»Was soll das heißen? Such sie, und bring sie her.«

»Herr, sie ist verschwunden.«

Chidr Pascha beugte sich langsam vor.

»Verschwunden?«, zischte er.

»Ja, Herr, ich habe alle gefragt. Schon seit drei Tagen hat niemand sie gesehen. Und keiner weiß, wohin sie gegangen ist.«

Chidr Pascha lehnte sich langsam zurück. Ihm war sofort klar, was das bedeutete. Vor drei Tagen hatte die ehemalige Sultanin Mara die Stadt verlassen. Er hatte keinen Zweifel, dass Aziyadeh sich ihr angeschlossen hatte. Damit handelte sie entgegen seinen Befehlen. Das konnte er ihr nicht durchgehen lassen.

Chidr Pascha hatte es gespürt. Dieses Mädchen hatte sich ihm nie ganz unterworfen. Doch was sie nun getan hatte, war Verrat. Ein anderes Motiv konnte er nicht erkennen. Mit bitterer Wehmut entschloss er sich, das zu tun, was er für diesen Fall vorgesehen hatte.

»Dann bring Cabbar zu mir!«, befahl er dem Diener.

Der blieb vor ihm auf den Knien, die Stirn zwischen seine Hände auf den Boden gepresst. Chidr Pascha beugte sich langsam vor.

»Wirst du wohl gehorchen!«, flüsterte er. Waren denn alle verrückt geworden.

»Herr, Cabbar ist …«
»Ja?«, fragte Chidr Pascha lauernd.
»Cabbar ist ebenfalls verschwunden«, sprudelte es aus dem Diener hervor. »Er ist schon genauso lange verschwunden wie Aziyadeh.«
Chidr Pascha brauchte einen Moment, bis er begriff: Cabbar war ihr gefolgt. Doch warum hatte er seinen Herrn nicht benachrichtigt? Offenbar war der Aufbruch überstürzt verlaufen, so dass er keine Möglichkeit mehr gehabt hatte, eine Nachricht zu übermitteln. Anders konnte es nicht sein.
Er entließ den Diener mit einer Handbewegung und griff nach dem Mundstück der Wasserpfeife, die neben ihm auf einem Messingtisch stand. Was für ein kraftvolles Mädchen, dachte er. Und was für eine Verschwendung. Er war sicher, dass Cabbar seine Aufgabe erfüllen würde. Selbst mit nur einem Arm war dieser Mann gefährlicher als die meisten anderen Krieger. Dennoch störte Chidr Pascha der Umstand, dass er den weiteren Verlauf der Angelegenheit nicht mehr unter Kontrolle hatte. Was ihm den Genuss des Tabaks vollends verdarb, war die Ahnung, dass das Mädchen mit den blauen Augen ihm noch eine unangenehme Überraschung bescheren könnte.
Denn für eine Überraschung war sie immer gut gewesen.

# *Die Burg*

Mahmud machte sich ernsthaft Sorgen um seinen Herrn. Seit sie aus Edirne geflohen waren, hatte er kaum ein Wort gesprochen. Der Mameluck konnte nur hoffen, dass der Schlag des Soldaten keinen Schaden in Ciriacos Kopf angerichtet hatte. Aber offenbar hatte da schon vorher einiges nicht gestimmt. Jedenfalls musste im Palast oder kurz danach irgendetwas geschehen sein, was seinen Herrn verrückt gemacht hatte. Die ganze Zeit schon überlegte Mahmud angestrengt, was das wohl gewesen war. Seines Wissens gab es nur eine Sache, die einen Menschen so durcheinanderbringen konnte. Und das war die Begegnung mit einem Dschinn.

Nun hatte Mahmud selbst noch nie einen Dschinn gesehen, Allah sei Dank. Aber nach dem, was er gehört hatte, lebten diese vorzugsweise an einsamen Orten, in der Wüste oder in dornigem Gebüsch, um von dort aus die Reisenden zu belästigen. Dass ein Dschinn mitten in der Hauptstadt sein Unwesen trieb, war in höchstem Maße beunruhigend. Aber vielleicht war der Dschinn ja schon länger hinter seinem Herrn her gewesen und hatte nur auf einen günstigen Moment gewartet.

So musste es sein. Mahmud wandte sich beunruhigt um, aber sie waren die einzigen Wesen weit und breit, zumindest die einzigen sichtbaren. Und das andere sichtbare Wesen starrte immer noch mit leerem Gesichtsausdruck vor sich hin, während sein Pferd dem von Mahmud folgte. Vielleicht hatte der Dschinn ja ihre Spur verloren. Doch Mahmud machte sich da wenig Hoffnungen. In der Schlacht von Varna war er ihm jedenfalls als weißes Kamel erschienen. Oder als Junge? So ganz hatte Mahmud das nicht verstanden. Zuletzt hatte er dagegen die Form einer schönen Frau angenommen. Dieser Dschinn hatte anscheinend begriffen, wo Ciriacos schwache Stelle lag.

Je länger Mahmud darüber nachdachte, desto plausibler wurde alles für ihn. Kein Wunder, dass sein Herr andauernd wegen einer Frau in Schwierigkeiten geriet. Es war immer dieser verfluchte Dschinn gewesen. Es würde nicht einfach sein, ihn loszuwerden. Aber wenigstens wusste Mahmud jetzt, mit was für einem Wesen sie es zu tun hatten. Zweifellos hatte Allah deswegen in seiner unendlichen Güte entschieden, dass er, der Rechtgläubige, diesem verwirrten Christen zur Seite stehen sollte. Denn es gab nur einen Weg, einen Dschinn abzuwehren: den des Korans.

Als sie eine Senke durchquerten, fiel Mahmud auf, dass die Schatten bereits deutlich länger geworden waren. Er spähte zur Sonne, die tief über den Bergen stand. Es war an der Zeit, einen Rastplatz zu finden. Während er nach einem Bach oder einer Quelle Ausschau hielt, rief Mahmud sich sein Wissen über die Dschinn ins Gedächtnis.

Sie waren vor den Menschen da gewesen, so viel war sicher. Später neideten sie den Abkömmlingen Adams die Fähigkeit, Glück und Liebe zu empfinden. Lange hatten die Menschen diesen launischen Wesen nichts entgegenzusetzen. Doch dann kam der Prophet. Anfangs dachten die Dschinn, sie könnten auch mit ihm ihre bösen Scherze treiben. Doch sie mussten feststellen, dass er stärker war als sie. So unterwarfen sie sich dem Gesetz der Offenbarung, das sie auch heute noch in Schach hielt.

Die Dschinn konnten nur den Zweiflern gefährlich werden und

jenen, die den rechten Glauben nicht besaßen. Beides traf auf Ciriaco zu. Er betete nicht nur diesen Jesus an, der zwar auch ein Prophet war, aber ganz gewiss kein Gott. Außerdem liebte er es, mit seiner sogenannten Philosophie immer alles in Frage zu stellen. Mahmud schnaubte verächtlich aus. Kein Wunder, dass da ein Dschinn seinen Spaß hatte. Aber Mahmud würde diesem Spiel ein Ende machen. Mahmud würde seinen Herrn die Worte des Propheten lehren.

Sie erreichten die Kuppe einer Hügelkette. Vor ihnen wand sich der Weg den Hang hinab und verschwand im dichten Ufergrün eines Flusses. Dahinter lag eine weite fruchtbare Ebene, in der sie einzelne Gehöfte ausmachen konnten. In der Ferne erhob sich eine Anhöhe, an der eine Stadt lag. Sie war von einer Mauer umschlossen und in ihrer Mitte, am höchsten Punkt, erhob sich eine Burg.

»Was mag das für ein Ort sein?«, sagte Mahmud mehr zu sich selbst als an Ciriaco gerichtet. Doch der Venezianer gab ihm Antwort.

»Das muss Dimotika sein«, meinte er, »eine alte römische Festung. Die Osmanen haben sie erobert, bevor sie sich im heutigen Edirne niederließen.«

Mahmud sah seinen Herrn von der Seite an.

»Ich würde mir gerne die Burg ansehen«, meinte Ciriaco.

»Nicht heute«, gab der Mameluck zurück. »Wir werden dort unten am Fluss übernachten.«

Er setzte sein Pferd in Bewegung. Die Burg anschauen. Verrückte Idee, dachte er. Aber dann nahm er es als gutes Zeichen. Wenigstens redete sein Herr wieder.

Während Mahmud sein Gebet verrichtete, saß Ciriaco auf einem Felsen am Ufer und starrte auf das schnell dahinfließende Wasser. Was war das für ein Gott, der ihm sein Herz herausriss,

sein Leben zertrümmerte und ihn dann auch noch mit seinem eigenen Wahn verhöhnte?
Damals, nach der Schlacht von Varna, waren sie nach Süden geflohen. Ein genuesisches Schiff hatte sie aufgenommen. So landeten sie auf der Krim. Auch Venedig hatte dort einen Handelsposten, aber das nächste Schiff fuhr nach Trapezunt. Erst von dort aus konnten sie nach Konstantinopel zurückkehren. Mittlerweile waren zwei Monate vergangen. Dass die Jagaros ihn für tot gehalten hatten und Anna bereits einen anderen Verlobten hatte, ließ ihn gleichgültig. Und selbst, als er erfuhr, dass sein Freund Marcello die Frau heiraten würde, von der er geglaubt hatte, dass sie für ihn bestimmt war, brach weder Wut noch Verzweiflung aus ihm hervor. Etwas war gestorben in ihm, und das, was noch lebendig war, kannte er nicht mehr.
Lucas Verrat hatte ihn zutiefst erschüttert. Vielleicht war es aber auch das tausendfache Sterben, die Ströme von Blut, die abgetrennten Gliedmaßen, das verzweifelte Stöhnen derer, die sich nicht mehr erheben würden; vielleicht war es das, was seine Seele in eine Agonie versetzt hatte, die nichts mehr zu ihm durchdringen ließ.
Im Nachhinein war alles in einem kurzen, verdichteten Zeitraum geschehen: Lucas Verrat und der von Marcello. Die nie geliebte Anna verließ ihn am gleichen Tag wie die über alles geliebte Bianca, und er, der Philosoph und Humanist, erschlug Männer aus dem alleinigen Grund, dass sie anderen Glaubens waren. Doch all das hätte er vielleicht verwunden. Hätte die Enttäuschung und die Schuld, die ohnmächtige Wut und den Hass vergehen lassen können und seinen Weg zurückgefunden. Wenn in diesem Krieg nicht noch etwas anderes offenbar geworden wäre.
Es war etwas, was er niemandem hatte erzählen wollen. Es hatte ihn verfolgt und ihm den Schlaf geraubt. Hatte ihn durch die

halbe Welt gejagt. Jeden alten Stein hatte er umgedreht, jede Ruine vermessen, jeder Legende nachgespürt, nur um nicht an das Eine denken zu müssen:

Dass ihn das Töten erfreut hatte.

Der Abgrund seiner Scham war bodenlos. Es verging kein Tag, an dem er Gott nicht um Vergebung bat. Doch Gott linderte seinen Schmerz nicht. Einzig das Meer, das Licht über der weiten See, und jenes überirdische Wesen, das ihn vor dem Tod bewahrt hatte, konnten seine Seelenqual mildern.

Sosehr ihn das Erlebnis auf dem Schlachtfeld von Varna auch verwirrt hatte, hatte es ihm unbestreitbar auch die Erfahrung höchsten Glücks geschenkt. Ein Glück, von dem sein Gewissen ihm sagte, dass er es nicht mehr verdient hatte.

So hatte er die Erinnerung daran bewahrt, als etwas, das unerreichbar für ihn bleiben sollte. Doch dann hatte sich ihm das, was er in der Vergangenheit verloren geglaubt hatte, in der Gegenwart offenbart, als Frau, in der er all das wiedererkannte, was bisher unvereinbar gewesen war. Er wusste nun, dass sie kein Junge gewesen war und schon gar keine Göttin. Keine Gloriole umgab sie, nichts Schwebendes oder Durchscheinendes. Sie war ihm außerordentlich irdisch und menschlich erschienen.

Und sinnlich.

Er hatte sie sofort erkannt. Nicht nur, weil sie dem ähnelte, was er seit Varna in Erinnerung hatte, sondern weil sie in allem die Vollendung dessen war, was er seither gesucht hatte, und all das verkörperte, was er sich ersehnt hatte. Es hätte der Moment sein können, in dem sich sein Leben erfüllte. In dem alles, was bisher geschehen war, mit wenigen Worten Sinn, Zweck und Bestimmung erhalten hätte. Mit wenigen Worten.

Doch sie waren ihm nicht über die Lippen gekommen.

Alle Gedanken waren erloschen, alle Worte zerstoben. Wie ein Narr hatte er sie angestarrt, unfähig zu begreifen, unfähig zu handeln. Im Nachhinein brachte es ihn schier zur Verzweiflung, dass er nichts unternommen hatte, nicht einmal, als sie mit rascher Bewegung den Schleier vor das Gesicht zog, sich umwandte und fortlief. Als er es endlich schaffte, seine Glieder in Gang zu setzen, war sie längst verschwunden gewesen. Doch damit nicht genug. Mit seinem dummen Benehmen den Wachen gegenüber hatte er sich der Möglichkeit beraubt, sie wiederzufinden. Er wusste nichts von ihr. Nicht einmal ihren Namen. Sieben Jahre hatte er nach ihr gesucht, ohne zu wissen, ob es sie wirklich gab. Und als er sie fand, schöner, als er je zu hoffen gewagt hatte, versagte er. Und verlor sie wieder.

Unbeirrt sprudelte das Wasser des Flusses an ihm vorbei. Schon dies beruhigte ihn. Dann hörte er, wie Mahmud seinen Gebetsteppich verstaute. Manchmal vergaß er, wie viel es ihm bedeutete, dass der Mameluck ihn begleitete. Doch er würde sich hüten, ihm das zu sagen. Mahmud hatte keinen Sinn für solche Gefühlsüberschwänge. Gerade sein unverfälschter Eigennutz machte seine Gesellschaft für Ciriaco so wohltuend.

Mahmud brach einen Zweig von einem Baum ab und setzte sich neben ihn.

»Wolltest du nicht immer die arabische Schrift erlernen?«, fragte er.

»Ich dachte, ich wäre nicht würdig für die erhabenen Zeichen Allahs?«

Mahmud machte eine wegwerfende Bewegung mit dem Stock.

»Vielleicht doch. Allah ändert manchmal seine Meinung.«

Schwungvoll zeichnete er eine geschwungene Linie in den Sand vor ihren Füßen, versah sie mit einer Schleife und einem Vogelzeichen.

»Na gut, und was heißt das?«, fragte Ciriaco.

Mahmuds Antwort war schlicht.

»Liebe«, sagte er.

# *Die Janitscharin*

Sie hatte sich für eine Janitscharenuniform entschieden. Unter der Jacke konnte sie ihre beinah plattgeschnürten Brüste gut verbergen. Die Hosen waren an der Hüfte weit, um sich dann eng um die Waden zu schließen. Ihre weiblichen Formen blieben auf diese Weise unauffällig. Das Wichtigste aber war, dass die Janitscharen keinen Bart trugen.
Ein Problem war ihr Haar gewesen. Sie hatte geglaubt, dass sie es vielleicht unter dem Turban feststecken könnte. Aber schon der erste Versuch zeigte, dass das nicht funktionierte. Es gab nur eine Möglichkeit. Cabbar sah sie zweifelnd an.
»Tu es!«, sagte sie.
Dann schor er ihr den Kopf.
Hinterher betrachtete sie sich in dem kleinen Spiegel und dachte an einen Tag vor vielen Jahren. Damals hatte ihr der Mann, den sie für ihren Vater gehalten hatte, die Haare abgeschnitten und sie damit in ein Leben geschickt, das ihr wie die Hölle erschienen war. Nun kam ihr zum ersten Mal der Gedanke, dass sie diesem Mann vielleicht sogar Dank schuldete. Denn was ihr auch immer widerfahren war, es war nicht die Hölle gewesen.
Staunend drehte, hob und senkte sie den Kopf, um ihr neues Aussehen in Augenschein zu nehmen. Sie war kaum wiederzuerkennen. Ihr Gesicht hatte sich vollkommen verändert. Es wirkte kantiger und härter. Als erwachsener Mann würde sie

zwar nicht durchgehen, doch einen jungen Burschen von vielleicht siebzehn Jahren würde man ihr sicher abnehmen. Sie versuchte ein Lächeln. Doch das zerstörte die Illusion sofort. Es war das Lächeln einer Frau.

»Das solltest du lieber nicht tun«, meinte auch Cabbar, und es blieb nicht bei dieser einen Anweisung. Ihre Art zu schauen, ihr Gang, ihre Haltung, das Mannsein unterschied sich in unzähligen Details vom Leben einer Frau. Glücklicherweise war ihre Stimme recht dunkel, so dass sie sich lediglich angewöhnen musste, sie etwas rauher klingen zu lassen. Trotzdem kamen sie überein, dass Cabbar vorerst das Sprechen übernehmen sollte.

Schließlich war es so weit. Sie schulterte ihr Bündel. Da reichte Cabbar ihr einen Dolch in einer Messingscheide. Er hatte ihr schon einmal einen Dolch gegeben. Es war eine gute Waffe gewesen. Sie hatte einen Mann damit getötet. Danach hatte sie keinen Dolch mehr in die Hand genommen.

Sie zögerte. Aber dann zog sie mit einem Ruck die Klinge hervorzog. Blank schimmerte der Stahl im Licht. Aziyadeh atmete tief ein, als ihre Hand das Gewicht und die Balance der Waffe erfasste. Sie wusste, dass sie immer noch ihr Ziel treffen würde. Sie schob den Dolch in die Scheide zurück und verstaute ihn in ihrer Bauchbinde, dann nickte sie Cabbar zu. Als sie an seiner Seite auf die Straße trat, schlug ihr das Herz heftig in der Brust.

Sie hatten das kleine hintere Tor genommen, das immer verschlossen war und nur von innen geöffnet werden konnte. Cabbar hielt den Fuß in der Tür.

»Noch können wir zurück, kleiner Freund«, sagte er.

Sie warf einen Blick durch die halb offene Tür in den Garten des Palastes. Dort war ihr Zuhause. Dort hatte sie sich sicher gefühlt. Diese Mauern hatten ihr Schutz gegeben. Aber diese Zeit war nun vorbei.

»Nein«, gab sie zurück.

Cabbar zog den Fuß aus der Tür, die daraufhin mit einem Klacken ins Schloss fiel. Aziyadeh atmete tief ein und sah die Gasse hinab. Es war niemand zu sehen.

»Allein dafür würde man mich töten«, sagte sie.

»Das stimmt«, gab Cabbar ungerührt zurück.

Dann gingen sie nebeneinander die Gasse hoch. Plötzlich blieb Cabbar stehen.

»Wir haben etwas vergessen«, sagte er.

»Was denn?«, fragte sie erschrocken.

»Deinen Namen.«

»Was meinst du?«

»Ich kann zukünftig schlecht Aziyadeh zu dir sagen.«

Daran hatte sie überhaupt nicht gedacht. Aber er hatte natürlich recht. Sie brauchte einen neuen Namen, wieder einmal. Es wäre der vierte Name, den sie in ihrem Leben tragen würde. Gar nicht einmal schlecht für die Tochter eines Bauern. Und so überlegte sie. Ließ sich alle Namen, die sie kannte, durch den Kopf gehen. Aber es war keiner dabei, der ihr gefiel und sie wollte auch nicht irgendeinen nehmen. Sie wollte einen Namen, der zu ihr passte.

Und wie sie ihre Gedanken auf der Suche nach einem Namen durchforschte, widerfuhr ihr, was sie seit drei Tagen mit aller Kraft zu vermeiden versucht hatte: Sie dachte an ihn. An den Moment, in dem sie ihn wiedergesehen hatte. Da endlich barst ihr Herz.

Es platzte auf wie eine reife Samenkapsel, und heraus quoll all das, was sie seit ihrer Begegnung auf dem Schlachtfeld von Varna darin verborgen hatte: Der Kuss, der ihre kindliche Liebe in die einer Frau verwandelte. Die Sehnsucht, die diese Liebe wachsen ließ, bis sie schließlich ihr ganzes Wesen durchdrungen hatte. Das Hoffen, dass er sie suchen würde. Das Warten. Die Einsicht.

Die Einsicht, dass ihr diese Liebe nicht bestimmt war.
Erst jetzt, im Halbdunkel der Gasse begriff sie, wie dieser Verzicht ihr Leben geformt hatte. Nur dadurch, dass sie die unerfüllte Liebe in sich verschlossen hatte wie einen geheimen Schatz, war sie imstande gewesen, das zu tun, was ihr Herr ihr befohlen hatte. Sie hatte getäuscht, spioniert, verraten. Denn all das geschah außerhalb der Liebe. Doch nun wusste sie, dass das nicht stimmte. Die Liebe suchte nach Wahrheit. Darum war er ihr auch erst wieder begegnet, nachdem sie ihrem Gott Abbitte geleistet hatte.
Sie schloss die Augen, als ihre Gefühle sie zu überwältigen drohten. Und fand sich zurückgeworfen in die Moschee, als er wie aus dem Nichts vor ihr aufgetaucht war. Spürte wieder ihr rasendes Herz und den Schwindel, der sie erfasst hatte. Sah sein Staunen und begriff auf eine Art, die sie nie hätte erklären können, dass er sie nicht einen Tag lang vergessen hatte. Dass er gar nicht fähig dazu gewesen wäre, denn sie gehörte zu ihm wie sein Augenlicht. So einfach war das. Und auch er wusste es. Sie erkannte es an der Unbedingtheit in seinem Blick. Gleichzeitig begriff sie, in welcher Gefahr sie beide schwebten.
Schon dass sie in dieser Weise zusammentrafen, verstieß gegen das Gesetz. Jeden Moment konnten sie entdeckt werden. Wenn er es dann noch wagte, sie anzusprechen oder sie gar zu berühren, wäre ihm der Kerker gewiss. Auch dass er ihren Herrn kannte, würde ihn nicht retten. Denn der hatte sie einem anderen versprochen. Im Nachhinein erkannte sie, dass dies der Moment gewesen war, in dem sie beschlossen hatte, alles hinter sich zurückzulassen. Doch zuerst musste sie ihn schützen. So war sie vor ihm geflohen.
Aziyadeh atmete tief ein und versuchte damit, den Sturm in ihrem Inneren zu besänftigen. Verzweiflung und Hoffnung rissen ihr das Herz entzwei. Ja, sagte die Hoffnung, er hat dich

gefunden. Aber es gibt keinen Weg, sagte die Verzweiflung. Sie würden immer in getrennten Welten leben. Oder doch nicht? Was, wenn sie ihn wiederfände? Schmerz und Glück durchzogen sie gleichermaßen und verschmolzen zu einer Qual, die ihr fast den Atem nahm.

»Kleiner Freund?« Cabbars Stimme klang besorgt.

Sie öffnete die Augen, wurde sich ihrer Verkleidung bewusst und drängte ihre Gefühle wieder zurück. Sie war ein Mann, sagte sie sich lautlos. Sie diente ihrem Gott, so wie sie es versprochen hatte. So wie sie es in Varna getan hatte, bevor die Falschheit ihren Blick zu trüben begonnen hatte. Und da wusste sie, dass ihr neuer Name nichts mit ihrer siebenjährigen Zeit im Palast zu tun haben durfte, sondern aus der Zeit davor stammen musste. Als sie ihren Schwur noch nicht vergessen hatte. Den Namen ihres Geliebten würde sie kaum nehmen können. Nicht, weil es sicherlich ein christlicher Name war, sondern ganz einfach, weil sie ihn nicht kannte. Doch mit einem Mal fiel es ihr ein.

Die Schlacht. Schneeflocke. Die Kamele. Der Junge, der mit ihr zusammen die Kamele gehütet hatte. Entschlossen wandte sie sich an Cabbar.

»Mein Name ist Yavuz«, sagte sie.

Cabbar hatte alles vorbereitet. Sie hatten den Palast eine Stunde vor Sonnenuntergang verlassen. Jeder würde denken, dass sie ins Serail oder in die Moschee gegangen war. Selbst am nächsten Tag würde ihre Abwesenheit immer noch nicht auffallen. Alle Angehörigen des Harems und der Dienerschaft waren daran gewohnt, dass sie tagelang fort war. Der Einzige, dem es auffallen würde, war ihr Herr. Doch den beschäftigten andere Sorgen. Außerdem sah sich Aziyadeh bei ihm in Ungnade gefallen.

Sie machte sich keine Illusionen, dass sie sein Wohlwollen zurückerobern könnte. Er wollte sie mit einem alten Mann verheiraten. Sie sollte ein Leben führen, das schlimmer war als jenes, das sie in den letzten Jahren bei den anderen Frauen gesehen hatte. Das war ausgeschlossen. Erst recht nach dem, was ihr widerfahren war. Obwohl es miteinander unvereinbar schien, waren der erneuerte Schwur zu ihrem Gott und die Begegnung in der Moschee zu einer Einheit verschmolzen, die keine andere Entscheidung zuließ. Sie hatte keinen Zweifel und empfand keine Reue. In ihr herrschte eine Klarheit, die sie lange vermisst hatte.

Sie erreichten die Karawanserei kurz vor dem Abendgebet. Cabbar hatte für Pferde und Waffen gesorgt. Aziyadeh war noch nie auf einem Pferd gesessen, doch die Stute, die Cabbar für sie sattelte, war gutmütig und stupste sie an, als sie ihr über die Stirn strich. Dann saß sie auf. Es fühlte sich großartig an.

»Welche Richtung nehmen wir?«, fragte er.

Daran hatte sie noch keinen Gedanken verloren. Nun aber musste sie eine Entscheidung treffen. Ihr fiel ein, dass es noch eine Schuld zu begleichen gab.

»In welcher Richtung liegt Dimotika?«, fragte sie.

»Im Norden.«

»Dann reiten wir nach Norden.«

Als sie sich dem Nordtor näherten, stellte Cabbar fest, dass er die Wachen kannte. Also drehten sie in Richtung Osttor um und kamen so auf die Straße nach Konstantinopel. Sie würden einen gehörigen Umweg machen müssen, um Edirne zu umgehen und nach Norden zu gelangen. Doch darum würden sie sich später kümmern. In dieser Nacht taten die als Mann verkleidete Frau und der einarmige Soldat zunächst nichts anderes, als schweigend ihre Freiheit zu genießen.

# *Kanonen*

Es tut mir leid«, sagte der Kaiser, »aber ich kann nichts für Euch tun.«

Der Mann, der ihm auf der anderen Seite des breiten Tisches gegenüberstand, nickte langsam, rollte schweigend die Pläne zusammen und gab sie an seinen Gehilfen weiter. Mit einer Verbeugung verabschiedete er sich. Kaiser Konstantin sah den beiden mit gefurchter Stirn hinterher.

»Ich kann nur hoffen«, sagte er schließlich, als er wieder allein mit dem *Megadux* war, »dass das kein Fehler war.«

»Wohl kaum«, bemerkte Loukas Notaras. »Was wir brauchen, sind Schiffe. Und wo sollten wir diese Wunderkanone außerdem hinstellen, die der Bursche uns angeblich bauen will? Bestimmt nicht auf die Landmauer. Wenn sie uns da um die Ohren fliegt, haben wir ein Loch darin, das größer ist, als der Hellespont.«

Loukas Notaras war ein Mann der klaren Worte. Er stand der Palastbürokratie vor und nahm somit die Funktion eines Kanzlers ein. Ohne ihn konnte der Kaiser nicht regieren, aber mit ihm war es auch nicht einfach.

Anders als Konstantin und dessen Vorgänger war der *Megadux* ein Gegner der Kirchenunion. Er misstraute den Motiven der Lateiner. Dieses Misstrauen übertrug er auch auf den Waffenmeister, der ihnen gerade seine Dienste angeboten hatte. Dass

Urban aus Siebenbürgen kam, änderte an seiner Haltung nicht das Geringste.

»Eine Kanone, wie sie die Welt noch nicht gesehen hat.« Loukas Notaras schüttelte ungläubig den Kopf.

Konstantin trat an das hohe Fenster. Unterhalb des Palastes erstreckte sich die gleißende Wasserfläche des Goldenen Horns. Der Blachernenpalast, den die Kaiserfamilie seit Generationen bewohnte, lag am Ende dieses geschützten Binnenhafens. Von seinen Privatgemächern aus konnte Konstantin in der Ferne die Kuppel der Hagia Sophia erkennen. Ihr gegenüber, am anderen Ufer, krönte der Galata-Turm den höchsten Punkt des genuesischen Pera. Der Kaiser liebte diesen Ausblick. Er gab ihm ein Gefühl der Ruhe und Kontrolle. Gleichzeitig waren die geschäftigen, brodelnden Viertel am Eingang des Hafens weit genug entfernt, um ihm die Abgeschiedenheit zu schenken, derer er für seine Aufgaben bedurfte.

»Die Osmanen setzen verstärkt auf Kanonen«, gab er jetzt zu bedenken.

»Majestät, eine Kanone ist eine gute Waffe für einen Angriff. Wir aber müssen uns verteidigen. Und die Kanone, die unsere Mauern durchbricht, wird so bald keiner bauen können.«

»Das stimmt«, gab Konstantin zu. »Wir hätten ohnehin nicht das Geld gehabt, ihn zu bezahlen. Außerdem ist es nicht die Landmauer, um die ich fürchte, sondern«, er wies aus dem Fenster, »die Hafenmauer. Sie ist unsere schwächste Stelle.«

»Seid unbesorgt, Majestät, kein feindliches Schiff wird die Hafenkette überwinden. Im Übrigen denke ich, dass die Osmanen vorerst andere Schwierigkeiten haben.«

»Das will ich hoffen. Was wir brauchen, ist Zeit.«

»Fürs Erste haben wir sicher keinen Angriff zu fürchten. Der neue Sultan hat uns sein Wort gegeben, und Großwesir Chalil ist strikt gegen einen Krieg mit uns. Dass Mehmed ihn im Amt belassen hat, bedeutet nichts anderes, als dass er diese Ansicht teilt. Und ich weiß aus zuverlässiger Quelle, dass seine Position keineswegs gefestigt ist. Es heißt, dass die Janitscharen gegen ihren neuen Herrn aufbegehren. Und ohne diese Truppe ist das osmanische Heer nicht viel wert. Es würde mich nicht wundern, wenn Mehmed nur eine kurze Regentschaft vergönnt wäre.«

»Und dann …«

»… dann würden Thronkämpfe ausbrechen.«

»Wir könnten aufatmen.«

»Und bräuchten auch keine lateinische Mitra mehr grüßen.«

Beinah schien es, als wollte der Kaiser lächeln, doch sein hageres Gesicht blieb ernst.

»Ich werde weiterhin für die Union kämpfen«, sagte er. »Auf Dauer können wir ohne die Macht der Lateiner nicht überleben. Die Osmanen werden keine Ruhe geben. Wir brauchen den Schutz Roms.«

Loukas Notaras wiegte den Kopf. »Ihr wisst, wie ich darüber denke, Eure Majestät, doch das müssen wir nicht jetzt entscheiden. Ich wette, dass dem neuen Sultan derzeit der Kopf raucht wegen der Probleme, die er am Hals hat. Ich denke …«

In diesem Moment kam der Sekretär des Kaisers hereingeeilt.

»Majestät«, rief er, »mit Eurer Erlaubnis!«

Konstantin winkte ihn herbei.

»Was ist los, Phrantzes? Was bringst du für Neuigkeiten?«

»Osmanische Truppen sind zum Bosporus gezogen.«

Der Kaiser zuckte mit den Achseln.

»Na wenn schon, wahrscheinlich werden sie nach Anatolien übersetzen.«

»Nein, Majestät, sie lagern diesseits. Und sie haben die Kirche des heiligen Michael abgerissen.«

»Eine Kirche?«, fragte der Kaiser erstaunt. »Warum, um Himmels willen, reißen sie eine Kirche ab?«

»Wegen der Steine. Wie es scheint, bauen sie eine Festung. Eine große Festung, genau gegenüber ihrer anatolischen Burg, Güßel Hisar.«

Der Kaiser schwieg einen Moment. Die dunklen, tiefliegenden Augen blickten sorgenvoll.

»Ich werde einen Brief an den Sultan schreiben. Er hat mir sein Wort gegeben. Phrantzes, schick einen Boten nach Edirne und ....«

»Majestät ...«

»Was denn noch?«

»Der Sultan ist nicht in Edirne.«

»Woher weißt du das?«

»Er ist am Bosporus. Sultan Mehmed leitet die Bauarbeiten höchstpersönlich.«

# Die Prinzessin

Ciriaco umrundete vorsichtig den Eckturm der Burg. Das Gelände war abschüssig. Außerdem waren im Laufe der Jahrhunderte Steine von den Zinnen herabgefallen oder -geworfen worden, die nun von Gras und Schlingpflanzen überwuchert waren. Ein falscher Schritt konnte eine üble Verstauchung oder gar einen Bruch zur Folge haben. Das schien Mahmud auch zu befürchten. Jedenfalls fluchte er ohne Unterlass, seit sie von der Stadt her den Aufstieg zur Burg gemacht hatten.

Deren Bewohner schienen wenig freundlich zu sein. Ciriacos Versuch, dem Burgherrn seine Aufwartung zu machen, war barsch abgewiesen worden. Schon der Wirt der Herberge, in der ihre Pferde untergestellt waren, hatte sie mit einem merkwürdigen Blick bedacht, als sie nach den Bewohnern der Burg fragten.

»Osmanen«, antwortete er wenig begeistert.

»Was haben wir hier zu suchen?«, rief Mahmud, der etliche Schritte hinter Ciriaco über die Steine kletterte.

Der fand einen Absatz am Fuß der Mauer, ließ sich nieder und wartete auf seinen Diener.

»Die Burg wurde für eine Frau erbaut«, sagte er, als Mahmud sich schnaufend neben ihm niedergelassen hatte. Er reichte dem Mamelucken den Ziegenschlauch mit dem Wasser. Mahmud trank gierig.

»Kaiser Trajan hat sie für seine Frau Plotina errichtet. Später lebten hier immer wieder Angehörige der Kaiserfamilie. Einmal war es eine Prinzessin, ich weiß nicht mehr welche, aber sie hatte sich in den falschen Mann verliebt. Der Kaiser verbannte sie hierher. Dort oben«, er wies auf die Zinnen direkt über ihnen, »hat sie immer gestanden und nach ihrem Geliebten Ausschau gehalten. Fünf Jahre lang.«

Mahmud blinzelte die Mauer empor, sah dann über das Land bis zu den Bergen, die sie gestern überquert hatten.

»Und danach?«, fragte er. »Was ist nach den fünf Jahren passiert?«

»Da ist sie von der Mauer heruntergesprungen«, gab Ciriaco zur Antwort.

Mahmuds Augen weiteten sich. Mit einem Satz sprang er auf.

»Sie ist *hier* runtergesprungen?«

Ciriaco lachte: »Reg dich nicht auf. Ich weiß nicht, ob sie genau hier runtergesprungen ist. Sie ist halt irgendwo runtergesprungen. Warum denn nicht hier?«

Mahmud betrachtete ihn misstrauisch.

»Woher weißt du das?«, fragte er dann.

Ciriaco hob in einer ratlosen Geste die Hände.

»Woher ich das weiß? Mein Gott, ich habe es irgendwo gelesen.«

»Bist du sicher?«

»Ja. Nein. Ich weiß nicht. Warum fragst du?«

»Hat es dir jemand erzählt, vielleicht eine Frau?«

»Eine Frau?«

»Ja, eine Frau, eine etwas merkwürdige Frau, vielleicht?«

»Mahmud, was redest du da. Nein, keine merkwürdige Frau hat mir irgendetwas erzählt. Was ist los mit dir? Bekommt dir die Sonne nicht?«

Mahmud beäugte ihn immer noch mit einem etwas schrägen Blick.

»Keine Frau?«
»Nein, Himmel, ich habe es irgendwo gelesen.«
»Gut.«
»Mahmud, du solltest zur Schenke zurückgehen. Alte Burgen sind nichts für dich. Ich schaue mich noch ein wenig um, dann komme ich nach.«
Mahmud blickte noch mal über die Tiefebene zu den Bergen.
»Wenn etwas Seltsames passiert, kommst du aber sofort zurück.«
»Ja, sicher … was meinst du mit: seltsam?«
»Na, wenn dir eine komische Frau begegnet, dann …«
»Mahmud, jetzt höre endlich mit diesem Unsinn auf. Schau dich doch um. Wo soll denn hier eine Frau herkommen? Noch dazu eine seltsame?«
Mahmud reckte seine Schultern und ließ die Gelenke knacken.
»Na gut«, meinte er. »Dann werde ich mich mal um die Pferde kümmern.«
»Ja, tu das.«
Ciriaco beobachtete seinen Diener, wie er sich nun erstaunlich flink den Hang hinunterbewegte. Er war ganz froh, allein zu sein. Dieser Tag hatte trübe begonnen. Nebel hingen über dem Fluss, als sie sich aus ihren Decken schälten. Mit Ciriacos Stimmung sah es nicht viel besser aus.
Er erwachte erst aus seinem Trübsinn, als sie den Fluss auf einer alten Steinbrücke überquerten, verwittert und rissig, aber dennoch den Jahrhunderten trotzend. Ihr Alter ließ ihn daran denken, wie viele Generationen schon in diesem Land gelebt, gekämpft und gelitten hatten. In dieser überbordenden Fülle von Schicksalen schrumpfte alles, was ihn gegenwärtig quälte, zu einer unbedeutenden Episode zusammen.
Mit einem Mal glaubte er, einen Blick zu spüren. Er sah sich

um, konnte aber niemanden entdecken. Da schaute er nach oben und gewahrte gerade noch eine Bewegung. Anscheinend hatte ihn jemand von dort aus beobachtet. Er hoffte, dass er sich nicht ungebührlich benahm, entschied aber, dass es besser war, seinen Ausflug nun zu beenden. Nicht dass ihm noch ein Stein oder gar eine Prinzessin auf den Kopf fiele.

Als er den nächsten Eckturm umrundete, an den sich die Vorderseite der Burg anschloss, bemerkte er eine Gestalt auf dem Zufahrtsweg. Der Mann trug einen Turban und einen weiten, dunklen Mantel über dem weißen Gewand. Reglos stand er da und sah zu ihm herüber.

Ciriaco machte sich darauf gefasst, dass er einiges erklären musste. Aber immerhin war der Fremde allein und hatte keine bedrohlich wirkenden Wachposten an seiner Seite. Wahrscheinlich wollte der Mann nur wissen, was er unterhalb der Mauer zu suchen gehabt hatte.

Ciriaco stieg die Böschung zum Weg hoch. Im Näherkommen bemerkte er, dass der Fremde noch jung war. Sein blasses Gesicht zierte ein Oberlippenbart. Seine Augen waren dunkel umschattet. Er wirkte, als hätte er gerade eine Krankheit überstanden. Oder als drücke ihn ein tiefes Leid.

Ciriaco setzte an, dem Fremden sein Verhalten zu erklären, als der sich leicht verbeugte, die Finger seiner rechten Hand an Stirn, Brust und Lippen führte und ihn mit leiser Stimme ansprach: »Seid willkommen, Herr, und erlaubt mir, Euch in die Burg zu bitten. Meine Herrin wünscht Euch zu sprechen.«

Noch bevor der erstaunte Ciriaco etwas darauf erwidern konnte, trat der andere einen Schritt zurück und lud ihn mit einer Geste ein, ihm zu folgen. Was für eine angenehme Wendung der Dinge, dachte sich Ciriaco. Nun würde er die Burg doch noch von innen sehen können.

Die gleichen Wachen, die ihn zuvor abgewiesen hatten, verbeugten sich nun, als er mit seinem Begleiter durch das Tor trat. Der Innenhof war gepflastert und von einer mächtigen Ulme überschattet. Vor den Pferdeställen saßen ein paar Männer und schauten auf. Ciriaco spürte ihre Blicke noch in seinem Rücken, als er das Hauptgebäude betrat.

Eine weite Halle empfing sie, deren Boden mit einem kunstvollen Mosaik ausgelegt war. Mächtige Marmorsäulen stützten die Decke. Statuen bevölkerten die Nischen in den Seitenwänden. Überwältigt von der Pracht, wusste Ciriaco gar nicht, wo er zuerst hinschauen sollte, zumal der Mann, der ihn hereingeführt hatte, mit raschen Schritten weitereilte.

Je tiefer sie in die Burg kamen, umso deutlicher nahm alles einen orientalischen Charakter an. Teppiche bedeckten die Wände und Baldachine überdachten mit Polstern und Kissen ausgestattete Sitzecken. Sie kamen an mit kunstvollen Holzgittern verzierten Fenstern vorbei, durch die das einfallende Licht rätselhafte Muster auf Fußboden und Wänden zeichnete. Der schwere Duft von Blüten wehte ihn an, die in für ihn unsichtbaren Gärten wuchsen.

Schließlich erreichten sie eine hohe Doppeltür aus Eschenholz. Ein Schwarzer, dessen mächtiger Oberkörper nur von einer Weste verhüllt war, bewachte sie. Ciriaco, der die osmanischen Gepflogenheiten kannte, ging davon aus, dass es ein Eunuch war. Nach eben diesen Gepflogenheiten bekamen aber fremde Männer die Frauen eines Hauses auch nie zu Gesicht. Nun hatte sein Begleiter aber von der »Herrin« gesprochen. Daher war er überaus gespannt, was ihn hinter dieser Tür erwartete. Der Schwarze öffnete die Tür und schwang sie nach innen auf. Seinem Begleiter folgend, trat Ciriaco ein.

Der ganze Raum war eine Komposition in Rot. Rotgemusterte Teppiche bedeckten den Marmorboden und die Wände. Rote Blüten quollen aus den Vasen und selbst das Wasser des Springbrunnens in der Mitte reflektierte das Rot seiner Umgebung. Auch der dem Eingang gegenüberliegende Alkoven samt Ottomane war mit hellroten Tüchern und dunkelroten Kissen drapiert. Umso deutlicher hob sich das Tigerfell davon ab, das bis auf den Boden fiel. Und die Gestalt, die mit untergeschlagenen Beinen darauf saß.

Ein Gewand aus hellem, seidig glänzendem Blau wie ein nächtlicher Himmel hüllte sie vollständig ein, auch ihren Kopf. Lediglich dort, wo ihre Augen lagen, war ein Stoffgitter zu sehen. Die Herrin der Burg ging anscheinend kein Risiko ein.

Sie umrundeten den Springbrunen und blieben gut fünf Schritte vor der Ottomane stehen. Ciriacos Begleiter trat einen Schritt zur Seite.

»Meine Herrin, Sitt-Chatun«, sagte er und verbeugte sich tief. Ciriacos Verbeugung war weniger devot.

»Ciriaco de Pizzicolli«, stellte er sich vor, »ich komme aus Venedig.«

Er hatte kurzfristig entschieden, den Gesandten von Lesbos beiseitezulassen.

»Seid willkommen, Ciriaco de Pizzicolli«, begrüßte ihn eine Stimme, die unverkennbar die einer jungen Frau war. Ein weicher, dunkler Klang, in dem ein verhaltenes Schnurren mitzuschwingen schien. Eine Hand tauchte aus dem Tuch ihres Gewandes hervor und winkte ihn näher. Es war eine schöne Hand, deren innere Seite mit feinen Linien bemalt war.

»Tretet näher«, forderte sie ihn auf.

Neugierig machte Ciriaco zwei Schritte auf die Ottomane zu.

»Wollt Ihr mir die Ehre erweisen, Gast in meiner Burg zu sein? Ich lebe sehr einsam und zurückgezogen und würde gerne Neuigkeiten aus der Welt vernehmen.«

Ciriaco verbeugte sich wieder.

»Sehr gerne, Herrin.«

»Dann freue ich mich auf das Abendmahl in Eurer Gesellschaft. Ali wird Euch Eure Gemächer zeigen. Ihr wollt Euch sicherlich erfrischen.«

»Ich danke Euch für Eure Gastfreundschaft, Sitt-Chatun, Herrin von Dimotika. Doch erlaubt mir, meinem Diener Bescheid zu geben. Er wartet in der Stadt auf mich.«

»Ali wird sich darum kümmern.«

Sie neigte kurz den Kopf in Richtung Ciriacos Begleiter. Der verbeugte sich und bewegte sich in dieser Haltung rückwärts. Auch Ciriaco grüßte noch mal höflich und folgte dann dem jungen Mann namens Ali.

Sein Gemach übertraf alle Erwartungen. Es war in hellen Ockertönen gehalten und bot einen Luxus, wie ihn Ciriaco nur aus Palästen kannte. Ali wies auf einen Durchgang an der Seite.

»Dort geht es in die Bäder. Diener erwarten Euch.«

»Danke, mein Freund«, sagte Ciriaco und nahm sich eine Handvoll Weintrauben aus der Schale auf dem Tisch. Dann sah er sich um. Das war etwas anderes als das Herbergszimmer in der Stadt. Immer noch erstaunt über diesen Empfang und die Einladung dachte er amüsiert daran, dass Mahmud in gewisser Weise recht behalten hatte. Er war tatsächlich einer seltsamen Frau begegnet.

Ihm fiel ein, dass er Ali noch vor dem Misstrauen seines Dieners warnen sollte, und wandte sich dem jungen Mann zu, der bereits im Begriff war, rückwärtsgehend die Tür hinter sich wieder zu verschließen.

»Ach, übrigens …«, begann er. Doch in diesem Moment kreuzten sich ihre Blicke. Ciriaco verstummte schlagartig und die Tür fiel ins Schloss.

Hinterher konnte er es kaum noch glauben, denn er begriff nicht im mindesten, warum in dem Blick, mit dem Ali ihn bedacht hatte, der pure Hass gestanden hatte.

# *Halsabschneider*

Es war zwar nicht das Meer, aber trotzdem wurde Aziyadeh von Aufregung gepackt, als sie auf die im Sonnenlicht leuchtende Wasserfläche herabsah. Dass dieser breite Strom zwei Meere miteinander verband, dass sich also an beiden Enden dieses Kanals jene lichthelle Weite erstrecken sollte, von der sie immer geträumt hatte, nahm ihr schier den Atem. Wenn sie von ihrem Platz oben am Hang, weit genug entfernt vom Baulärm, über das Wasser zur anderen Küste hinüberschaute, glaubte sie, die für sie unsichtbaren Meere spüren zu können. Wenn sie dann die Augen schloss und die Arme wie Flügel ausstreckte, fühlte sie sich nicht nur zwischen zwei Welten schwebend, sondern auch zwischen zwei Leben: dem, das sie hinter sich gelassen hatte, und dem, das noch nicht begonnen hatte. Denn ihr Ausflug in die Freiheit hatte nicht sehr lange gedauert.

Als sie am Morgen nach ihrer Flucht aus Edirne völlig übermüdet einen Platz gesucht hatten, an dem sie sich ein wenig ausruhen konnten, waren sie von einem Trupp Soldaten überrascht worden. Während Aziyadeh noch verzweifelt nach einem Ausweg suchte, herrschte der Anführer sie auch schon an, was sie hier täten. Ihr war klar, dass sie eine sehr überzeugende Antwort geben mussten, und verfluchte sich innerlich dafür, dass sie auf einen solchen Fall nicht vorbereitet war.

Da beugte sich der Soldat vor und fasste Cabbar scharf ins Auge.
»Cabbar?«, fragte er schließlich ungläubig. »Wo ist dein Arm hin.«
»Ömer«, antwortete Cabbar nur, aber über sein Gesicht zog ein Lächeln.
Die beiden kannten sich von einem Albanerfeldzug her. Ohne dass sie voneinander wussten, hatten beide auch an der Schlacht auf dem Amselfeld teilgenommen. Ömer hatte mehr Glück gehabt als Cabbar und nur ein paar Finger verloren. Doch auch für ihn war das Kämpfen damit vorbei gewesen. Und da man selbst für die technischen Truppenteile intakte Gliedmaßen brauchte, ging er zu einer Nachschubabteilung und konnte mit seinen Felderfahrungen bald ein Kommando übernehmen.
Erstaunt lauschte Aziyadeh dem Gespräch der zwei Männer, die sich im Schatten eines Baumes niedergelassen hatten. Seine Leute hatte Ömer ausgeschickt, um in den umliegenden Dörfern und Höfen Verpflegung zu beschaffen. Er wies mit dem Daumen über die Schulter.
»Wir sind mit einer großen Karawane unterwegs. Der Sultan vorneweg. Am Bosporus werden wir eine Burg bauen. Was ist mit dir?« Er musterte erst Cabbar, dann Aziyadeh. »Ihr seid doch nicht in Schwierigkeiten?«
Sie hatte sich nicht klargemacht, dass es äußerst ungewöhnlich war, wenn sie in ihrer Uniform einfach so durch die Gegend ritten. Und mit einem mulmigen Gefühl fragte sie sich, ob ihre Flucht hier vielleicht schon zu Ende war. Sie sah hilfesuchend zu Cabbar. Der nickte nur mit einem gutmütigen Grinsen.
»Ich habe mich mit unserem Eunuchen angelegt«, sagte er.
Erstaunt gewahrte sie, dass Ömer sich daraufhin mit einem Lachen auf die Schenkel klopfte. Noch erstaunter aber war sie über die Geschichte, die Cabbar dann zum Besten gab. Dass ihr

Herr drüben in Anatolien war und der oberste Eunuch seine Macht ausspielte. Dass er ihn des Diebstahls beschuldigte und in den Kerker werfen wollte. Er sei geflohen, um vor den Augen seines Herrn Gerechtigkeit zu suchen. Ömer nickte nachdenklich.

»Was ist mit dem Kleinen?«, fragte er und wies auf Aziyadeh.

»Yavuz ist mein zweiter Arm«, erklärte Cabbar.

»Ihr kommt mit uns«, entschied Ömer schließlich. »Bis dein Herr zurück ist, gehört ihr zu meiner Truppe.«

»Wie bist du bloß auf diese Geschichte gekommen?«, fragte sie Cabbar später.

»Ömer hat etwas gegen Eunuchen. Ich wusste, dass ihm das gefallen würde.«

Eine Woche später erreichten sie den Bosporus. Das war zwar nicht das, was sie geplant hatte, dennoch war sie erleichtert über diese Wendung. Die Burg von Dimotika zu suchen und Rache zu nehmen, war ein verzweifelter Plan gewesen. Genau genommen war es überhaupt kein Plan und ihr war schnell klargeworden, dass sie für ihren Rachefeldzug erst einmal ihren verweichlichten Körper wieder in Schwung bringen musste. Da kam das Lagerleben gerade recht.

Anfangs rebellierten alle ihre Glieder. Ihr Rücken und ihre Beine schmerzten vom Reiten, ganz zu schweigen von dem Teil, der dazwischen lag. Auch hatten ihre Muskeln in den Jahren im Palast ihre Kraft verloren. Die Axt zum Brennholzschlagen schien Zentner zu wiegen. An ihren Händen bildeten sich Blasen und platzten auf, so dass bald jede Tätigkeit mit Schmerzen verbunden war. Wenn sie endlos Wassereimer schleppte, glaubte sie irgendwann, dass ihr die Arme aus den Schultergelenken springen müssten, und nachdem sie stundenlang Gemüse geputzt hatte, konnte sie sich kaum noch aufrichten, so sehr hatten sich Beine und Rücken verspannt. Jeden Abend sank sie wie zerschlagen auf ihr Lager und fiel auf der Stelle in einen todesähnlichen Schlaf. Wenn sie morgens wieder erwachte, schaffte sie es kaum, sich aufzurichten, so sehr protestierte ihr ganzer Körper. Und trotzdem war es ihr recht. Denn es hinderte sie an das zu denken, was ein grausames Schicksal ihr nun zum zweiten Mal verwehrte.

Vielleicht vermisste sie deshalb ihr altes Leben nicht. Die erlesenen Speisen, das weiche Bett. Die unbeschwerten Stunden im Hamam und die schattige Stille der Gärten. Die vertrauten Gespräche mit Leila, Sultanin Mara oder Aische, die sehnsuchtsvollen Gedichte Mevlana Rumis und das helle Lachen der Kinder, wenn sie sich voller Vertrauen in ihre Arme warfen. Nun schlief sie unter einer Decke, die seit langen nicht mehr gewaschen worden war. Sie roch ihren eigenen säuerlichen Schweiß, den sie sich nur selten vom Leib spülen konnte, weil ihr Körper sie sonst verraten hätte. Doch das spielte keine Rolle. Alle schwitzten, alle rochen, denn die Arbeit war hart. Fünftausend Männer, Soldaten und Wesire, Bauleute und Architekten, bauten eine Burg.

»Warum haben es alle so eilig«, fragte sie Cabbar eines Abends, als sie vor der Küche saßen und ihre Mahlzeit einnahmen.

»Weil der Sultan sie antreibt«, sagte er und wies zu dem großen, weißen Zelt, das auf einer freien Fläche oben am Hang stand. Tatsächlich schien dieses Zelt der Ursprung aller Aktivitäten zu sein. Unablässig eilten Boten hin und her, brachten den Baumeistern neue Anweisungen und hielten sie immer von neuem zur Eile an. Manchmal sahen sie den Sultan dort oben stehen, seine Unruhe war bis in den letzten Winkel der Baustelle zu spüren.

Natürlich reichten die Steine der Kirche und der beiden alten kleineren Wehrtürme nicht aus. Pausenlos brachten Schiffe weitere Steine und Balken. Dennoch waren bislang nur die

Umrisse dieses entstehenden Küstenschlosses auszumachen. Die allerdings erschienen Aziyadeh gewaltig.
Cabbar hatte es leichter als sie. Mit einem Arm waren die meisten Arbeiten nicht zu bewältigen. Deshalb ließ Ömer ihn die Arbeiten einteilen. Auf diese Weise konnte er auf Aziyadeh achten. Denn es gab viele Situationen, die ihr gefährlich werden konnten. Im Lager herrschte ein freundschaftlich rüder Umgangston. Männer rangen miteinander, schrubbten sich im Wasser gegenseitig den Rücken oder erzählten sich wehmütige Geschichten. So gewöhnte Aziyadeh sich an, ihre freie Zeit allein zu verbringen. Eines Abends fand sie einen Platz oberhalb des Wassers, den sie von da an immer wieder aufsuchte, weil er ihr Gelegenheit zum Träumen und Nachdenken gab. Dort war es auch, dass sie zum ersten Mal die Unruhe verspürte.
Sie entstand nicht langsam, wuchs nicht heran, als sei sie Vorbote einer sich nähernden Bedrohung. Nein, sie kam auf einen Schlag. Gerade noch hatte Aziyadeh daran gedacht, wie schön es wäre, diese Art von Leben einfach weiterzuführen, ein Leben unter Soldaten, als es sie so plötzlich durchfuhr, dass sie erschreckt nach Luft schnappte. Ein Wühlen im Bauch, ein Zucken in den Fingern, ein Druck im Schädel. Gefahr. Schmerz. Todesangst.
Sie wehrte sich gegen dieses Gefühl. Doch es kam unbarmherzig wieder, täglich, und hinterließ mit jedem Mal eine deutlichere Spur in ihrem Inneren. Es drängte sie, forderte sie zum Handeln auf, wollte ihr sagen, was sie zu tun hatte. Doch sie stemmte sich dem entgegen wie das Kind im Mutterleib gegen die Geburt.
»Wir können nicht ewig bleiben«, sagte Cabbar eines Abends.
»Ich weiß«, gab sie leise zurück.
Sie suchte Antwort im Gebet. Wenn sie sich versenkte, war sie nicht nur Aziyadeh oder Yavuz, sie war auch Gjörgi und Thamar. Sie war die, die mit ausgebreiteten Armen nicht nur zwi-

schen zwei Meeren schwebte, sondern auch zwischen dem, was war, und dem, was noch nicht begonnen hatte. Doch nichts bleibt einfach immer in der Schwebe. Auch für Aziyadeh senkte sich eines Abends die Waagschale. Es geschah in dem weißen Zelt des Sultans.

Für Sultan Mehmed und seine Wesire gab es eine eigene Küche. Doch wo welche Zutaten hingingen, entschied der Proviantmeister. Ömer selbst überwachte die Zuteilung und ließ natürlich die schönsten Früchte und Fleischstücke ins obere Küchenzelt bringen. Der Transport der Lebensmittel in die obere Küche war mühsam, das Gelände steil. Aziyadeh war mehr als einmal dafür eingeteilt worden. Es gefiel ihr. So konnte sie unerkannt einen Blick auf die Männer werfen, die sie einst von ihrem Versteck aus beobachtet hatte, wobei sie streng darauf achtete, diesen Männern nicht allzu nahe zu kommen.

An dem Abend, da das Schicksal ihr Leben erneut durcheinanderwürfeln sollte, schleppte sie eine Wanne mit Lammkeulen nach oben. In der Sultansküche herrschte Aufregung. Einer der Zuträger hatte sich die Hand verbrüht und musste deshalb ersetzt werden. Den Sultan durften nur junge, gutgewachsene Männer bedienen. Aziyadeh, zu Yavuz geworden, kam da gerade recht.

Sie hatte keine Zeit, über die Gefahr nachzudenken, der sie dabei ausgesetzt sein würde. Man warf ihr Hemd und Hosen zu. In einer Nische wechselte sie hastig die Kleidung. Anweisungen prasselten auf sie ein. Niederknien. Darreichen. Bereitstehen. Nie in die Augen schauen. Dennoch jede Bewegung verfolgen. Noch Wein? Tee? Die Schale mit dem Rosenwasser für die Hände. Alles ging so schnell. Ehe sie begriff, was mit ihr geschah, stand sie schon im Zelt des Sultans.

»Dein Turm wächst am schnellsten«, sagte der Sultan zu Chalil, der zu seiner Rechten saß.

»Dein Wille ist es, der diese Mauern wachsen lässt«, gab der Großwesir zurück.
Nicht nur aus Gewohnheit lauschte Aziyadeh den Gesprächen. Zwar gab es niemanden mehr, dem sie davon berichten konnte, doch wieder im Zentrum des Geschehens zu stehen, erfüllte sie mit Aufregung. Vermisste sie vielleicht doch etwas aus ihrem alten Leben?
»Wie willst du die Festung nennen?«, fragte der Wesir Zaganos, ein Mann mit breiten Schultern und kräftigen, behaarten Handgelenken. Aziyadeh erinnerte sich, ihn bei der Audienz im Palast gesehen zu haben.
»Die Festung wird Boghas-Kesen heißen«, sagte der Sultan.
»Boghas-Kesen?«, wiederholte der Großwesir. »Halsabschneider? Was soll das bedeuten?«
Der Sultan bedachte ihn mit einem amüsierten Blick. »Hast du es denn immer noch nicht begriffen, Chalil?«
»Nein, mein Sultan, ich verstehe nicht.«
»Mit dieser Festung und ihrem Gegenüber, Güßel Hisar, können wir den Bosporus beherrschen. Wenn wir es nicht wollen, wird kein Schiff die Meerenge passieren können.«
»Aber wie willst du das verhindern?«, fragte Chalil. »Willst du eine Kette über den Bosporus spannen?«
»Nein. Wir werden Kanonen bauen, die jedes Schiff versenken können, das keinen Zoll an uns zahlt. Diese Meerenge ist der Hals des Abendlandes. Und den werden wir mit dieser Burg abschneiden.«
»Aber mein Sultan«, erwiderte der Großwesir bestürzt, »wie soll das gehen? Es gibt keine Kanonen, die solch einen Schuss vollbringen können.«
»Noch nicht, Chalil, noch nicht.«
Mehmed winkte einen Diener herbei. »Bringt den Christen«, befahl er.

Die Wesire erhoben sich halb von ihren Lagern und wechselten erstaunte Blicke. Keiner dachte mehr an das Essen. Für Aziyadeh und die anderen Zuträger gab es nichts zu tun. Sie hielt den Blick ins Leere gerichtet. Allerdings hatte sie gelernt, das Geschehen genauso gut aus den Augenwinkeln heraus zu beobachten. Als kurz darauf der Diener mit einem Mann zurückkam, erkannte sie an dessen Kleidung, dass er tatsächlich ein Christ war. Er trat vor und blieb in respektvoller Entfernung von der Tafel stehen. Hinter ihm machte sie noch einen weiteren Mann aus. Doch der blieb im Halbdunkel des Eingangs.
»Zu deinen Diensten, Herr«, sagte der Christ verhalten. Aziyadeh nahm Stolz in ihm wahr, einen Stolz, der durch seinen respektvollen Gruß hindurchklang.
»Dies«, erklärte der Sultan mit einer Geste zu dem Christen, »dies ist Urban, ein Waffenmeister aus Ungarn. Er wird uns die Kanonen bauen, mit denen wir jedes Schiff versenken können, das durch den Bosporus fährt.«
Die Wesire musterten neugierig den Fremden.
»Wie kommt der Mann hierher?«, fragte Chalil.
Mehmed wandte sich an den Ungarn.
»Nun, Urban, du hast die Frage gehört. Erzähle meinen Wesiren, wie du den Weg zu uns gefunden hast.«
»Zuletzt war ich in Konstantinopel«, antwortete der Ungar ruhig.
»Ein Spion«, rief Chalil erregt. »Er wird uns mit falschem Wissen in die Irre führen.«
»Nun, das glaube ich nicht. Doch lasst ihn zuerst seine Geschichte erzählen. Beginn!«, befahl er Urban.
»Ich war in Konstantinopel, um dem Kaiser meine Dienste anzubieten.«
»Siehst du«, rief Chalil, »er ist …«
Der Sultan hob die Hand. »Hör zu«, sagte er nur.

»Doch der Kaiser wies mich ab.«
Jetzt war der verletzte Stolz in der Stimme des Waffenmeisters für alle deutlich zu hören.
»Ich war ihm zu teuer. Zu teuer!« Die letzten Worte spuckte er geradezu aus. »Es werden Kanonen sein, die über die Zukunft bestimmen. Königreiche werden fallen und neue erstehen, durch Kanonen, wie ich sie baue. Und ein Kaiser, der wie ein Markthändler feilscht, wird diese Zukunft bestimmt nicht erleben.«
Betroffen sahen die Wesire den Ungarn an. Noch nie hatte jemand so vor dem Großherrn geredet. Doch der Sultan lächelte nur und meinte:
»Ich habe unserem …«, er machte eine kleine Pause, bevor er fortfuhr, »… einzigartigen Verbündeten das Vierfache dessen geboten, was er vom Kaiser verlangt hat. Er wird so viele Männer bekommen, wie er braucht. Wie auch Öfen, Erz und Kohle. Und wenn er sagt, dass er den Saft einer Frucht braucht, die am anderen Ende der Welt wächst, dann werden wir ein Schiff zum anderen Ende der Welt schicken, um ihm diese Frucht zu bringen.«
»Herr«, begann der Großwesir vorsichtig, »was soll eine solche Kanone kosten?«
»Eine Million Asper«, antwortete der Sultan gleichmütig.
»Allah«, rief Chalil.
»Eine Million!«
»Das ist ein Vermögen …«
»Wir werden«, unterbrach Mehmed hart seine aufgeregten Wesire, »Urban jeden Wunsch erfüllen.«
Er fasste einen nach dem anderen ins Auge.
»So habe ich es beschlossen«, sagte er langsam. »Allerdings«, fuhr er dann mit einem Blick auf den Christen fort, »habe ich eine kleine Bedingung daran geknüpft.«

Mit einer geschmeidigen Bewegung erhob sich der Sultan von seinem Lager. Er nahm Urban an der Schulter und führte ihn in den Kreis der Wesire. Aziyadeh bemerkte, dass dem Ungarn diese Behandlung Unbehagen bereitete.
»Er wird uns eine Kanone bauen«, sagte Mehmed und sah dem Waffenmeister dabei direkt ins Gesicht. »Und mit dieser Kanone wird er jedes Schiff auf dem Bosporus, das ich ihm zeige, versenken. Nicht wahr? So ist es doch, Urban aus Ungarn?«
»So ist es, Herr.«
»Sehr richtig. Deswegen gebe ich dir alles an die Hand, was du benötigst. Doch wenn es dir nicht gelingt«, nun legte sich die Hand des Sultans auf das Genick des Waffenmeisters, »wenn du dein Wort mir gegenüber nicht einhältst, dann wird mit dem nächsten Schuss dein Kopf abgefeuert werden. Hast du das verstanden, Urban?«
»Ja, Herr.«
»Ja, Herr«, wiederholte der Sultan mit leisem Spott die letzten Worte Urbans. Dann wandte er sich an die Wesire. »Und nun lasst uns hören, was der Waffenmeister Urban uns bauen wird.«
Aziyadeh konnte nicht anders, als zu dem Ungarn hinüberzuschauen, um zu sehen, wie dieser auf die mörderische Drohung reagierte. Aber der zeigte sich vollkommen ungerührt. Während der Sultan sich wieder auf dem Teppich niederließ, auf dem er mit seinen Wesiren wie ein einfacher Soldat seine Mahlzeit einnahm, wandte der Ungar sich um und sagte: »Gib mir die Pläne.«
Sein Gehilfe trat vor, ein Bündel Papierrollen haltend. Als Aziyadeh das Gesicht des Mannes sah, ließ dessen Anblick ihr augenblicklich das Blut in den Adern gefrieren. Sie kannte den Mann. Aber er hätte tot sein müssen. Denn sie selbst hatte ihn getötet.

»Wir müssen aufbrechen«, sagte sie zu Cabbar, als sie wieder in der Küche war.

»Sofort?«

»Sofort.«

Während sie ihre Sachen zusammenpackten, dachte Aziyadeh an die Begegnung im Sultanszelt zurück. War dieser Mann die Ursache für ihre Unruhe gewesen? Sie wusste es nicht. Aber sie wusste, dass sie keine Stunde länger im Lager bleiben durfte.

Es war unwahrscheinlich, dass der andere sie ebenfalls erkannt hatte. Zu kurz war die Zeit gewesen, die ihm noch geblieben war, nachdem ihr Messer seinen Hals durchbohrt hatte. Damals, auf dem Schlachtfeld von Varna.

»Ich werde Ömer sagen, dass unser Herr anscheinend zurück ist und wir ihn treffen wollen.«

»Gut«, sagte sie, »aber beeil dich.«

Cabbar blickte sie fragend an, doch sie schüttelte nur den Kopf.

»Beeil dich«, wiederholte sie.

Dennoch hatte sie den Blick des Fremden gespürt. Nachdem sie ihn erkannt hatte, hatte sie sich bemüht, nicht mehr in seine Richtung zu schauen. Im Gegensatz zu ihm hatte sie sich verändert in den vergangenen Jahren. Nur eines war gleich geblieben: ihre Augen. Sie waren das Einzige, was sie verraten konnte. Also schaute sie zu Boden oder zur Seite. Trotzdem musste sie die Wesire bedienen. Es war passiert, als sie die Schale mit dem Fleisch abräumte. Mit einem Mal hatte sie gespürt, dass er sie beobachtete.

Nein, er konnte nicht wissen, wer sie war. Aber er war misstrauisch geworden. Er würde ihr nachspüren. Und genau das könnte sehr schnell zu ihrer Entdeckung führen.

Cabbar kam mit zwei zusammengebundenen Beuteln zurück, die er seinem Pferd überwarf.

»Proviant«, sagte er nur und stieg auf. Sie tat es ihm nach.
Als sie die Anhöhe oberhalb der halbfertigen Burg erreichten, hielt sie noch mal an und drehte sich um. Boghas-Kesen, dachte sie, die Festung, die dem Abendland den Hals abschneiden soll. Sie begriff, dass ein Krieg bevorstand, und dass er hier, am Bosporus stattfinden würde. Der Frieden, den sie beim Anblick des Wassers gefunden hatte, war ein seltenes Geschenk gewesen. Sie dankte Allah für seine Gnade. Und dafür, dass er ihr einen Platz zugewiesen hatte, an dem sie ihre Muskeln wieder zu benutzen gelernt hatte. Erst jetzt war sie wieder voller Kraft. Die Unruhe in ihr war zwar nicht verklungen, aber nun folgte sie ihrem Ursprung. Nun war sie wie ein Pfeil, der sich von der Sehne löste.
»Wohin reiten wir?«, fragte Cabbar.
»Nach Norden«, sagte sie und hieb dem Pferd die Hacken in die Flanken.

# Hamam

Er konnte sich nicht bewegen.
Warum konnte er sich nicht bewegen? Es gelang ihm nicht einmal, die Augen zu öffnen. Was war mit ihm? Träumte er vielleicht? Ja, es musste ein Traum sein. Wie seltsam, dass er sich in einem Traum befand und gleichzeitig wusste, dass es ein Traum war. Doch wenigstens war es kein Alptraum. Außer dass er sich nicht bewegen konnte, hatte er keine Beschwerden. Ja, er fühlte sich sogar wohl. Also ließ er ab von seinem Bemühen, den Körper zu kontrollieren, und spürte sogleich, wie er langsam fiel.
Bilder tauchten auf, verschwommen, als sähe er sie durch Wasser. Wasser? Ja, jetzt vernahm er Geräusche, perlendes Wasser. Ein Durchgang. Er wusste, was ihn jenseits dieses Durchganges erwartete. Und doch wusste er es nicht. Als sei er schon einmal da gewesen und hätte es danach wieder vergessen. Geblieben war nur das vage Gefühl von etwas überirdisch Schönem. Er sehnte sich so unendlich danach, seine Haut, sein Blut, sein Fleisch, alles in ihm drängte danach, dort hineinzugehen.
Seine schmutzige Kleidung lag neben ihm auf dem Boden. Er hatte sich eines der weichen Tücher, die für ihn bereitlagen, um den Leib gebunden. So betrat er den Hamam.
Schattige Kühle, der Marmorboden unter seinen Füßen, mit der Schulter streifte er einen Farn, ja, er war schon dort gewe-

sen. Erinnerung wehte ihn an. Du musst weitergehen, dachte er und ging im gleichen Moment weiter. Ein großer, hoher Raum, in der Mitte ein Becken.
Er ging weiter, legte das Tuch beiseite und stieg in das Bassin hinab. Rosenblätter schwammen auf dem Wasser. Er ließ sich hinabgleiten. Als es ihn ganz umschloss, war ihm, als öffneten sich Tore. Hörte er das Lachen unter Wasser? Er versuchte aufzutauchen, aber es ging nicht. Er sah nach oben, da war Licht. Doch was für ein seltsames Licht, es brannte. Es war heiß. Er musste auftauchen, bekam keine Luft und dennoch fürchtete er die Hitze. Da vernahm er wieder das Lachen. Und war frei.
Wasser rann aus seinem Haar und lief über die Brust. Sein Atem war ruhig. Er lauschte. Helle Stimmen. Wieder stand er vor einem Durchgang. Fand einen neuen Raum, mildes Licht, glänzender Marmor. Und wieder. Raum an Raum schloss sich an. Sie schienen in einem Ring angelegt, der stetig enger wurde. Immer wieder fand er einen weiteren Durchgang, kam den Stimmen näher, näherte sich dem Zentrum, bis er sie sah. Und da wusste er wieder alles. Alles?
Von da an sah er sie immer wieder. Immer wieder erhob sie sich aus dem Wasser wie Aphrodite. Die Tropfen perlten von einer Haut wie Alabaster. Nur ein rotes Band umschloss ihren Hals. Mit geschlossenen Augen hob sie die Arme über den Kopf. Und wieder begannen die beiden anderen Frauen, links und rechts von ihr, sie mit langsamen, zarten Bewegungen zu waschen. Ihre Hände glitten über den makellosen Körper, wie die eines Liebhabers. Seine Augen folgten jeder Bewegung. Wie sie das lange, schwarze Haar, das ihr wie ein Tuch über die Schulter fiel, beiseitestrichen. Wie sie über die runden, schweren Brüste glitten, über die Seiten und Hüften. Unterhalb ihres Rippenbogens zog sich eine fein gezeichnete Tätowierung über den Bauch und verbreiterte sich bis zu ihrem Venushügel. Sein

Blick verlor sich in ihrem lockenden Schoß. Er wollte zu ihr, wollte in ihr versinken, wollte es mehr als alles andere in der Welt. Da öffnete sie die Augen.
Glühend heiß schoss es durch seinen Körper. Gellend schrie er auf.
»Ruhig«, hauchte ihre Stimme über sein Gesicht. »Ruhig, mein Geliebter.«

Mahmud hatte es geahnt und sich dennoch täuschen lassen. Hatte geglaubt, sie wären außer Gefahr, als sie Edirne hinter sich gelassen hatten. Doch nicht die Hauptstadt der Osmanen war die Bedrohung. Es war die verfluchte Burg.
Warum hatte er seinen Herrn nur alleingelassen? Er als Rechtgläubiger hätte Ciriaco vor dem teuflischen Wesen retten können. Zumindest nahm er das an. Er hatte es ja nicht gesehen, weil er seinem Herrn geglaubt hatte, dass ihm nichts geschehen würde. Oh, was war er für ein Narr.
Schon auf dem Rückweg in die Stadt hatten ihn Zweifel befallen. Er hatte das Böse gespürt, dass dort oben lebte. Er hatte keine Ruhe finden können. Immer wieder hatte er zu der Burg hinaufgeschaut, hatte nach Ciriaco Ausschau gehalten und nur deswegen die Männer rechtzeitig kommen sehen. Sie trugen Schwerter, und sie sahen grimmig aus. Als sie mit blanker Klinge in die Schenke stürmten, war er bereits fort. Da war die Ahnung zur Gewissheit geworden. Seither versteckte er sich, behielt aber immer die Burg im Auge.
Von einer mächtigen Hexe sei sie bewohnt, erzählten ihm die Bauern. Manchmal verschwanden Menschen, meist junge Männer. Wenn sie dann wieder auftauchten, waren sie verändert. Waren der Hexe vollkommen ergeben. Sie bräuchte einen Mann nur einmal ansehen, und er wäre ihr verfallen. Und sie bekreuzigten sich, als sie das sagten.

Mahmud arbeitete für Brot und einen Schlafplatz bei den Bauern auf den Feldern. Zwar besaß er noch die Pferde, das Gepäck und auch den Geldbeutel. Doch all das brauchte er vielleicht noch, um seinen Herrn zu befreien. Außerdem peinigte ihn ein Gefühl der Schuld. Wie ein Besessener schlug er die Hacke in den Boden und verfluchte seine Unaufmerksamkeit. Wenn er seinen Herrn doch nur nicht alleingelassen hätte!
Immer wieder spähte er mit brennenden Augen zu der Burg hinüber, hoffte auf ein Zeichen. Oder fürchtete, dass sie seinen Leichnam von den Zinnen warfen. Aber selbst das wäre besser, als ihm die Seele zu rauben. Denn das hatte er begriffen, dass die Hexe ihren Opfern die Seele raubte. So betete er:
*O Allah, verzeih mir meine Sünde. Strafe mich, lass mich der Niedersten Knecht sein, doch verschone meinen Herrn. Gib mir ein glühendes Schwert, dass ich das Tor dieser Burg sprenge und ihn befreie. Es ist ein böser Dschinn, der meinen Herrn gefangen hält. Nur Du kannst ihn noch retten. Und wenn es sein muss, schicke einen Deiner Engel. O Allah …*

»Ja, träume jetzt, mein Geliebter, träume. Bald bin ich wieder bei dir. Bald.«
Und wieder spürte er den bitteren Geschmack auf der Zunge. Er war durstig, so durstig. Und trank das Reich der Träume. Es trug ihn fort von dem Strudel aus Schmerz und Pein. Er wusste, sie würden wiederkehren, immer wieder. Der Schmerz und die Träume. Nun aber trug es ihn in das Meer der Farben. Er löste sich darin auf, schwebte. Dann tauchten aus dem Nichts die ersten Bilder auf.
Sie war so schön gewesen. Dabei wusste er anfangs nicht, wer sie war. Doch er ahnte es, hoffte es. Als ein Diener ihn holen kam, stellte er sich vor, dass unter dem blauen, alles verhüllenden Gewand jener wundervolle Körper verborgen war, den er

im Hamam heimlich beobachtet hatte. Würde sie sich ihm zu erkennen geben? Als er in ihr Gemach trat, war er auf alles gefasst gewesen, nur nicht auf das, was ihn dort erwartete. Sie lag seitlich aufgestützt auf roter Seide und blickte ihm entgegen. Ihr Haar war von silbernen Bändern umflochten und lag wie der matt glänzende Leib einer Schlange auf ihrer Schulter. Ihr Gesicht war unverhüllt, ihre mandelförmigen Augen dunkel und rätselhaft wie die einer Sphinx. Eine Hand lag auf ihrer Hüfte, alles, was sie trug war ein hauchfeiner Stoff, der ihre perfekten Gliedmaßen mehr enthüllte als dass er sie verbarg. Durch diesen Stoff lockte die Tätowierung.

Dann zerflossen die Bilder und ordneten sich neu. Er lag neben ihr, ihr Gesicht ganz dicht an seinem. Ihre Lippen, wie die Früchte des Paradieses, hauchten über seinen Mund. Ihre Hand schob den Stoff über seiner Brust beiseite, scharfe Fingernägel kratzten über seine Haut, sein Blut rauschte in den Ohren, pochte in seinen Lenden, unerträgliche Gier erfüllte ihn. Aber sein Atem kam so schwer. So schwer. Da hielt sie ihm ein Glas hin.

»Trink«, sagte sie, »trink!«

Und so trank er. Das erste Mal von vielen weiteren.

Sie legte sich zurück, der Schleier glitt von ihrer Haut. Entblößte die Tätowierung, deren feine Linien wie eine Arabeske aus ihrem Schoß zu wachsen schien. Leicht hob und senkte sich ihr Leib im Rhythmus der Atemzüge. Dann verstärkten sich die Bewegungen. Öffneten ihm den Schoß, den Ursprung, die Quelle. Und alles um ihn herum versank, alles Wirkliche war vor ihm, alles Leben war in diesem bebenden Leib.

Doch was war das für ein Keuchen? Warum konnte er sich nicht mehr bewegen? Was drückte ihn nieder? Was geschah mit ihm? Mit letzter Kraft hob er den Kopf und sah ihr ins Gesicht. Sie lächelte. Sie war glücklich. Wonne strömte durch sein Herz, als er begriff, dass er sie glücklich machte.

»Willkommen, mein Geliebter«, flüsterte sie.
Da riss es ihn an den Ort des Schmerzes zurück, und er schrie und schrie und schrie ...

Die Tage vergingen, ohne dass etwas geschah. Und mit jedem weiteren Tag starb die Hoffnung ihren langsamen Tod. Dennoch konnte Mahmud nicht aufgeben. Er durfte nicht aufgeben. Immer wieder richtete er sich von der Feldarbeit auf und wandte sich der düsteren Burg zu, die ihr Geheimnis nicht preisgeben wollte. Der Bauer hatte Mitleid mit ihm.
»Geh nach Hause«, meinte er. »Du wirst deinen Herrn nicht wiedersehen. Und wenn doch, wirst du dir wünschen, er wäre tot.«
»Ich habe kein Zuhause«, erwiderte Mahmud. »Und ich werde bleiben, bis sie ihn freigeben.«
Und dann würde er die töten, die seinem Herrn das angetan hatten. Was auch immer es war. Aber das sagte er nicht mehr. Das dachte er nur.
Er zog Bewässerungsgräben, hütete Vieh. Er mähte das Gras und wendete es am nächsten Tag. Er säuberte Ställe und brachte den Mist auf das Land. Danach grub er wieder. Er konnte nicht ruhen. Er konnte nicht fort. Er war gefangen auf dem Land, so wie sein Herr in der Burg.
Regen kam und spülte den Staub aus der Luft. Die Nächte wurden kalt, und das Lager war hart. Nicht einen Tropfen Wein hatte er getrunken in all der Zeit. Sein Bauch schrumpfte und seine Gesichtszüge wurden hager. Aber seine Muskeln waren hart und voller Wut.
Es war an einem Tag, da ein frischer Wind von den Bergen wehte. Ein Wind, der in Böen so heftig ins Gebüsch fuhr, dass man glaubte, es bräche im nächsten Moment ein Tier daraus hervor. Ein Wind, der wie in böser Absicht mit den Menschen

zu spielen schien. Aber Mahmud fürchtete die Windgeister nicht. Sie waren harmlos. Doch er wusste, sie kamen selten allein. So achtete er genauer darauf, wie der Wind über das Land strich. Und da entdeckte er sie.

Sie kamen von den Bergen herunter, auf dem gleichen Weg, auf dem er mit Ciriaco geritten war. Er stützte sich auf seine Hacke und sah ihnen entgegen. Es waren zwei. Als sie näher kamen und ihn beinah erreicht hatten, erkannte er, dass einer von ihnen nur einen Arm hatte.

Da wusste Mahmud, dass Allah seine Gebete erhört hatte.

Er begriff es, als die Träume wieder versickerten und die grauenhafte Fratze der Furcht aus dem Dunkel auftauchte. Er begriff, dass es Morgen war und ein neuer Tag anbrach. Und er erkannte, dass die Betäubung immer wich, lange bevor sie wiederkam.

Damit seine Furcht Zeit hatte zu wachsen.

Es war die schlimmste Zeit, weil er wusste, dass der Schmerz bald wiederkommen würde. Dass die Qualen seinen Verstand überwältigen würden. Bis sie ihm den Trank der Träume gab. Der ihm Frieden schenkte. Bis zum nächsten Morgen. Dann würde die schlimme Zeit von neuem beginnen. Dennoch begriff er, dass die Zeit des Entsetzens die einzige Möglichkeit bot, sich selbst zurückzugewinnen. Nur in dieser Zeit war er imstande, einen klaren Gedanken zu fassen. Wenn er es schaffte, seine Angst zu besiegen. Allein sich vorzustellen, was sie ihm heute wieder antun würde, verwandelte seinen Atem in ein panisches Keuchen. Doch das durfte er nicht zulassen, zwang sich, ruhig und tief durchzuatmen. Wenn er es nur verstünde.

Vielleicht war es das, was ihn am Leben hielt, die Frage nach dem Sinn. Denn seine Hoffnung hatte er längst verloren. Im schwachen Licht, das von irgendwoher eindrang, erkannte er die blanken Steine und die Ausmaße seines Kerkers. Seinen geschundenen Körper wollte er schon lange nicht mehr sehen. Langsam wich die Wirkung des Trankes und er versuchte sich mit aller Kraft an das zu erinnern, was er gewesen war, bevor er die Burg betrat. Bevor er dem dunklen Diener in die Hölle gefolgt war. Er sah sich wieder mit Mahmud über das Land reiten. Sah die Schönheit des Landes, dachte an den Wind auf seiner Haut und den Geruch von Weizen und Erde. Woran er sich nicht mehr erinnern konnte, war die Verzweiflung, die in den Tagen vor seiner Gefangenschaft in ihm gewohnt hatte. Was immer ihn gequält hatte, war zu einem Nichts zerstoben angesichts der Schrecken, die er nun durchlebte.

Die Schrecken!

Als das Wissen um die kommende Qual ihn zu überschwemmen drohte, als sich sein Atem beschleunigte und ein leises Wimmern aus seiner Kehle stieg, zwang er sein Denken zurück in die Tage des Glücks. Eines Glücks, das er, wie er nun wusste, nie genügend geschätzt hatte. Um der Furcht zu widerstehen, suchte er ein Bild, das klarer als alle anderen durch die Mauern bis in sein Verlies hinein zu leuchten vermochte. Er brauchte nicht lange zu suchen. Denn ihrem Gesicht mit seinen leuchtenden Augen widerstand keine Mauer der Welt.

Sie, die ihm zuvor als die Verhöhnung eines grausamen Gottes erschienen war, hatte sich nun in ein Geschenk des Himmels verwandelt, das zwar seine Wunden nicht heilte, dafür aber seinen Geist. So dachte er an ihre Begegnung in der Moschee zurück, hatte ihr unverhülltes Gesicht vor Augen, ihr Staunen und die Gewissheit, dass sie einander wiedererkannt hatten.

Er begriff nicht, woher sie kam und wie sie mit den Ereignissen von Varna zusammenhing. Er wusste nicht einmal, wer sie war, geschweige denn, ob sie nicht einem anderen gehörte. Alles, was er wusste, war, dass mit ihr der Zauber in sein Leben zurückgekehrt war. Und dass das, was ihn sieben Jahre lang durch die Welt getrieben hatte, in ihr sein Ziel gefunden hatte. In diesen kurzen Stunden zwischen Betäubung und Qual verwandelte sich die Leere in seinem Inneren in grenzenlose Fülle. Nur in dieser Zeit lebte er noch. Doch sie war kurz. Viel zu kurz.

Er riss den Kopf empor, als die Sehnsucht ihn überwältigte, und schlug hart an die steinerne Wand in seinem Rücken. Das holte ihn zurück. Er spürte den kalten Stein, nahm das Zittern seiner Glieder wahr und fühlte die aufkommende Herrschaft der Furcht. Ein Schluchzen stieg in seiner Kehle auf. Er wusste nicht, was der größere Schrecken war: die nahende Qual oder die anschließende Betäubtheit. Aber er wusste, dass er trinken würde. Weil die Schmerzen nach der Dunkelheit rufen würden. Wenn er es doch nur verstünde.

Er hielt sich seine zitternden Hände vor das Gesicht. Schwach erkannte er im dämmrigen Licht die dunklen Krusten, wo einst seine Fingernägel gewesen waren. Nun setzte auch das Pochen des Schmerzes wieder ein. Es kam nicht nur aus den Fingern. Er fühlte es auf seiner Brust, wo die Brustwarzen von der scharfen Klinge eines Rasiermessers kreuzförmig aufgespalten waren. Fühlte es auf der Innenseite seiner Oberarme und in der Achsel, wo sie mit einem glühenden Messer ihre Signatur hinterlassen hatte. Fühlte es an seinem linken Fuß, den sie in einen kleinen Käfig gesteckt hatte. Einen Käfig mit einer hungrigen Ratte. Er fühlte es an seinem ganzen Körper. Dort, wo sie die Haut aufgeschnitten und wie eine Buchseite aufgeklappt hatte, um in das rohe Fleisch Buchstaben aus rotem Pfeffer zu schreiben. Fühlte es in den Augen, unter deren Lider sie kleine Samenkapseln geschoben hatte, die sich dann auflösten und eine brennende Hölle entfachten. Wenn er es nur verstünde.

Da vernahm er Schritte auf dem Gang. Ein Schlüssel drehte sich im Schloss. Keuchend und weinend wich er zurück in die

letzte Ecke seines Verlieses. Nein, nein, noch nicht. Bitte nicht.
Die Tür schwang kreischend auf. Da stand er, der Mann, der ihn in diese tödliche Falle gelockt hatte. Er rümpfte die Nase wegen des Geruchs, der ihm aus der Zelle entgegenschlug, dann suchten seine Blicke den Gefangenen. Zähne blitzten auf.
»Komm, Christ«, sagte die unbarmherzige Stimme. »Deine Herrin erwartet dich.«

»Ein Dschinn?«, fragte Cabbar ungläubig.
»Was soll es sonst sein? Er verfolgt ihn schon seit Jahren. Anscheinend schon seit der Schlacht von Varna. Da war der Dschinn noch ein weißes Kamel. Oder ein Junge, ich weiß es nicht. Er ist nur ein Ungläubiger und weiß nichts von der Wahrheit. Aber am Ende hat der Dschinn ihn in Edirne erschreckt.«
»Soso, ein Dschinn in Edirne.« Cabbar tauschte einen Blick mit seinem Begleiter.
»Ja, es war an dem Tag, da du uns geholfen hast. Da ist er dem Dschinn begegnet. Der hatte die Gestalt einer schönen Frau angenommen und ihn geküsst. Oder vielleicht hat er ihn auch während der Schlacht geküsst. Mein Herr war ziemlich durcheinander.«
Sie saßen in der Stube des Bauern, der der Uniform der beiden Neuankömmlinge deutlichen Respekt zollte. Auch Mahmud gegenüber hatte er jetzt eine demütige Haltung eingenommen. Der Mameluck begriff, dass ihre Freundschaft zu Ende war.
»Seit mehr als drei Wochen ist er in der Burg. Ich weiß nicht, ob er noch lebt oder schon tot ist. Ich weiß nicht, wer ihr seid, aber du hast uns einmal das Leben gerettet. Darum frage ich dich: Kannst du mir auch jetzt helfen? Sag es mir, denn ich habe keine Zeit für vergebliche Hoffnung.«

Cabbar sah wieder den Jungen an. Der hatte die Arme auf dem Tisch verschränkt und starrte finster vor sich hin. Mahmud betrachtete ihn misstrauisch. Er war ein komischer Kerl und deutlich jünger als der Einarmige, der sich als Cabbar vorgestellt hatte. Sah ein bisschen verwöhnt aus, hatte aber eine kräftige Hand. Und der Dolch in seinem Gürtel sah aus, als wäre er schon benutzt worden. Aber seine zarte Haut passte nicht zu einem Janitscharen. Mahmud hatte den Verdacht, dass der Junge ein anderer war, als der, der er vorgab zu sein. Vielleicht ein Prinz, dachte Mahmud sich. Ein Prinz, der vor dem neuen Sultan geflohen war? Der, wie man hörte, offensichtlich nicht viel für andere Prinzen übrighatte. Nur, was wollten die beiden hier? Und was hatten sie mit seinem Herrn zu tun?

»Wir helfen dir«, sagte der Junge jetzt.

Cabbar wandte sich wieder an Mahmud: »Du hast es gehört.«

Mahmud lehnte sich zurück. Er hatte recht gehabt, der Kleine war ein Prinz. Allah hatte ihm tatsächlich einen Prinzen geschickt. Das war gut, sehr gut. Trotzdem war er ein komischer Kerl. Lag vielleicht an den Augen. Die waren so verdammt blau, wie er es noch bei keinem Osmanen gesehen hatte. Wahrscheinlich war seine Mutter eine Sklavin aus dem Norden. Wie es hieß, war der alte Sultan ganz verrückt nach fränkischen Weibern gewesen. Aber das sollte Mahmud egal sein, Hauptsache, sie bekamen seinen Herrn frei.

»Und wie«, fragte er, »kommen wir in die Burg?«

»Ich führe uns hinein«, antwortete der Junge schlicht.

Mahmud war skeptisch.

»Es heißt, die Hexe oder der Dschinn kann Männer mit einem Blick verzaubern«, sagte er.

»Mich nicht.«

»Woher willst du das wissen?«

»Weil ich sie kenne.«

»Dann sollten wir nicht mehr lange warten«, meinte er.
Der Prinz, oder was immer er war, kniff die Lippen zusammen.
Dem liegt etwas verdammt quer im Magen, dachte Mahmud.
Jetzt beugte sich Cabbar zu seinem Begleiter, sah ihn durchdringend an und fragte ungläubig: »Ein weißes Kamel?«

»Weil ich möchte, dass du den Schmerz lieben lernst.«
Er lag wieder auf der Bank, die Hände und Füße mit Lederriemen fixiert. Er konnte nicht verhindern, dass ihm Tränen der Verzweiflung über die Wangen liefen.
»Aber ...«, begann er, doch sie legte ihm den Finger auf die Lippen.
»Schscht«, machte sie. Ihr Atem strich über sein Gesicht. Ganz nah war sie jetzt.
»Der Schmerz führt dich zu mir«, hauchte sie. »Er formt dich und macht dich zu meinem Geliebten. Sieh nur, wie schön du schon bist.«
Er sah an sich herab. Er war schmutzig, er war blutig, er war nackt.
»Doch noch bist du nicht vollkommen«, sagte sie. »Schau Ali.« Sie wies auf den Mann, der ihn hergebracht hatte. Dessen Mund verzerrte sich, in seinen Augen glühte ein Feuer.
»Er war wie du, als ich ihn zu mir nahm. Nun ist er vollkommen. Und weißt du warum?«
Sie strich mit der Hand sanft über sein Haar. Sein Atem ging stoßweise. Wann würde es beginnen? Was würde diesmal geschehen?
»Weil er mir ein Geschenk gemacht hat. Er hat mir das Kostbarste geschenkt, das ein Mann einer Frau geben kann. Und darum ist er jetzt frei.« Wieder hauchte sie ihren Atem über sein Gesicht.
»Er ist jenseits des Schmerzes. Er gehört nun ganz mir. Und

dieses Geschenk möchte ich auch von dir. Aber du musst es mir freiwillig geben. Bist du schon so weit?«

»Ja«, wimmerte er, »ja, sag mir, was es ist.«

Da lachte sie ihr dunkles, kehliges Lachen. »Nein, mein Geliebter, noch bist du nicht bereit.«

»Doch, ich bin bereit. Sag mir, was es ist. Ich bitte dich. Nein, was ist das? Was tust du da?«

Sie hielt ein dünnes Schilfröhrchen in der Hand und holte eine kleine Phiole mit einer hellroten Flüssigkeit hervor.

»Nein, bitte, sag mir …«

»Schscht, ruhig, mein Geliebter, bald, bald ist es so weit.«

Sie nahm sein Glied in die Hand und schob die Vorhaut zurück. Dann setzte sie das Röhrchen auf die Spitze und schob es in die kleine Öffnung. Sie achtete nicht auf sein Schreien und sein Zucken. Mit einem Lächeln öffnete sie die Phiole und ließ die Flüssigkeit langsam in das Röhrchen tröpfeln.

Am Schwierigsten war es, an das Papier zu kommen. Mahmud wurde schließlich bei einem jüdischen Händler fündig. Sie waren zu dem Schluss gekommen, dass es besser war, wenn Cabbar und sein vermeintlicher Prinzenfreund, Yavuz, sich noch nicht in der Stadt blicken ließen. Also übernachteten sie bei dem Bauern. Mahmud versprach ihm, dass es nicht zu seinem Schaden sein würde.

Aziyadeh saß an dem groben Tisch des Bauern über das Papier gebeugt und setzte sorgfältig einen Buchstaben an den anderen. Sie durfte keinen Fehler machen, doch es fiel ihr schwer sich zu konzentrieren. Immer wieder wanderten ihre Gedanken zu der Burg und ihren düsteren Geheimnissen. Und zu Ciriaco.

Ciriaco.

Nun kannte sie seinen Namen. Ciriaco. Unzählige Male hatte sie sich an diesem Namen versucht, leise, so dass niemand sie

hörte. Dabei betete sie inständig, dass er noch lebte. Denn anders als Mahmud wusste sie, wozu die Frau in der Burg fähig war. Dennoch war Ciriacos Verschwinden ein Rätsel für sie. Für die Schwester des Sultans gab es keinen Grund, ihn festzuhalten oder gar umzubringen. Doch die Alternative war kaum weniger peinigend. Mit aller Macht versuchte sie sich des Gedankens zu erwehren, dass Ciriaco freiwillig bei ihr geblieben war.
Sie tauchte die Feder wieder in die Tinte und begann das Siegel des Sultans zu zeichnen. Dabei machte sie sich keine Illusionen, eine Frau wie Sitt-Chatun könnte sie damit nicht täuschen. Die würde ihre Maskerade durchschauen. Aber das Schreiben, das sie verfasste, war für die Wachen gedacht. Damit würde man sie zu der Schwester des Sultans vorlassen. In der Zwischenzeit mussten Cabbar und Mahmud Ciriaco finden.
Ciriaco. Nein, er war nicht freiwillig dort. Sie war nun fest davon überzeugt, dass es sein Schmerz gewesen war, den sie gespürt hatte. Ciriaco war in Gefahr, und diese Gefahr wuchs mit jedem Tag. Sie musste handeln. Mit diesem Gedanken bezwang sie auch die Furcht vor ihrem Wiedersehen, das ihr mehr zu schaffen machte als die Begegnung mit Sitt-Chatun. Sie war nicht mehr die Frau, die er in der Moschee gesehen hatte. Würde er sie wiedererkennen? Und wollte sie das überhaupt? Zum ersten Mal, seit sie Edirne verlassen hatten, wünschte sie sich, nicht mehr Yavuz, sondern wieder eine Frau zu sein. Während sie darauf wartete, dass die Tinte trocknete, machte sie sich klar, dass sie mit ihrem kahlgeschorenen Schädel vermutlich keine Augenweide war. Vielleicht war es deshalb sogar besser, wenn er sie nicht erkannte.
»Wir müssen damit rechnen, dass sie ihn in den Kerker gesperrt hat«, sagte Cabbar, als sie über ihr Vorgehen sprachen.
»Dann müsst ihr ihn dort suchen.«
»Wie denn?«, fragte Mahmud. »Wir können doch nicht ein-

fach in den Kerker marschieren und nach dem Venezianer fragen.«
»Aber wir kommen in den Kerker, wenn wir einen Gefangenen haben«, gab Cabbar zu bedenken.
»Einen Gefangenen?« Mahmud breitete die Arme aus. »Wer soll denn das …« Da bemerkte er den Blick, mit dem die beiden ihn anschauten.
»O nein!«, rief er abwehrend, »ich werde nicht den Gefangenen spielen. Es ist schon schlimm genug in einen Kerker zu gehen. Aber mit gefesselten Händen niemals.«
»Die Fesseln werden locker sitzen. Die Wachen werden nicht damit rechnen, dass ein Gefangener ihnen das Messer an die Kehle setzt. So können wir sie überraschen.«
Mahmud fluchte wie ein Basarverkäufer.
»Wir werden dich nicht zurücklassen«, versicherte ihm Yavuz.
Mahmud beruhigte sich. Irgendwie glaubte er dem Kleinen.
»Dann sollten wir es hinter uns bringen«, brummte er.
»Morgen«, sagte Yavuz. »Morgen gehen wir in die Burg.«

Die Träume brachten keine Erholung mehr. Längst hatten sich auch dort die Tore des Schreckens geöffnet, und die Toten waren durch sie hindurchgetreten. Jene, die er erschlagen hatte in der Schlacht. Und er begriff, dass das, was ihm widerfuhr, die Folge jener Taten war. So strafte nur ein Gott.
Und die, die er immerzu gesucht hatte? Die er fand, nur um sie wieder zu verlieren? Er machte sich klar, dass er sie nie wiedersehen würde. Und das war vielleicht die schlimmste Strafe. Denn ohne sie gab es keine Hoffnung mehr. Dann kamen sie ihn holen.
»Bist du jetzt so weit?«, fragte sie, als sie zu ihm kam. Seine Antwort war nur ein Hauchen.
Auf dem kleinen Tisch neben der Liege, auf der er festgebun-

den war, hatte sie ein schwarzes Samtbündel gelegt. Jetzt schlug sie es mit den Fingern einer Hand langsam auf. Als er die blitzenden Klingen und die Zange sah, entrang sich seiner Kehle ein gequälter Laut.

»Bitte«, flüsterte er.

»Jaaah«, sie beugte sich über ihn. »Jaah, ich sehe, dass du so weit bist, mein wunderschöner Geliebter. Aber du musst es mir sagen.«

»Was? Was ... soll ich sagen?«

»Dass du mein Sklave sein willst«, sagte sie und strich mit ihren Fingernägeln über seine Brust. Ihr Gesicht war nun direkt über seinem. In ihren Augen loderte ein schwarzes Feuer, ihre Lippen glänzten wie eine Frucht.

»Willst du das? Willst du frei sein von Schmerz, frei von allen Gelüsten, allen Wünschen außer dem, mir zu dienen. Willst du das? Dann sag es.«

»Ja«, keuchte er.

»Gut. Dann will ich, dass du mir ein Geschenk machst.« Ihre Fingernägel zogen über seinen Bauch.

»Was? Sag mir, was ich tun muss?«

Da hörte er, wie die Tür sich öffnete: »Herrin.«

Sie wandte sich um. »Was willst du?«, herrschte sie die Wache an.

»Ein Bote. Er sagt ...«

»Jetzt nicht. Er soll warten. Verschwinde!«

Er sah, wie sich ihre Schultern hoben und sie tief einatmete. Dann wandte sie sich wieder um und beugte sich erneut über ihn.

»Du hast mir noch keine Antwort gegeben«, sagte sie lauernd. Eine eisige Angst erfasste ihn. Ein Teil von ihm wusste, dass das, was sie verlangte, schrecklicher sein würde als alles, was sie ihm bisher angetan hatte. Doch da war auch der andere Teil in ihm, der sich selbst hasste. In den jede Sünde, jede üble Tat und jeder hässliche Gedanke seines Erdenlebens eingraviert waren. Es war dieser Teil, den sie mit ihren Instrumenten der Qual herausgeschält hatte. Und dieser Teil hatte sich ihr längst unterworfen und wollte nun erlöst werden. Denn das war ihre Macht: das Böse zu erlösen.

»Was willst du?«, sprach die zitternde Stimme der Furcht aus ihm.

Sie griff zwischen seine Schenkel, umschloss mit den Fingern seine Hoden und grub die Fingernägel tief in seine Haut.

»Ich will, dass du sie mir schenkst«, flüsterte sie über seinem Mund. »Du sollst mich bitten, sie dir zu nehmen. Sag es mir. Sag, dass du sie mir schenkst.«

Er spürte ihren Griff, spürte, wie sie ihren Druck verstärkte und den Schmerz durch seinen Leib schießen ließ. Sein Blick verschwamm.

»Sag es mir«, flüsterte sie, »sag es mir.«

Das Hässliche in ihm wuchs und wuchs. Das, was er einmal gewesen war, schien verloren angesichts dieser Macht. War nach und nach verstummt in den Momenten der Qual und noch mehr in den langen Stunden der giftigen Träume. Verzweifelt suchte sein Geist ein Mittel, um sich dem drohenden Schicksal zu widersetzen. Aber war nicht auch sein Geist schon Teil des Hässlichen?

»Nun?«, raunte die Stimme, während die Hand neue Wellen des Schmerzes hervorrief.

Sag es, verlangte nun auch eine drängende Stimme in ihm. Danach ist es vorbei. Immer wieder vernahm er die Forderung, wusste nicht mehr, ob sie es war, die die Worte sprach oder sein eigener Wille, der sich durch den gepeinigten Körper kämpfte, um seinen Atem, seine Kehle, seine Stimme zu zwingen.

Und wie er schon beinah aufgeben wollte, als er schon bereit war, das erlösende ›Ja‹ in die Luft des Kerkers zu rufen, als alles in ihm erlosch und nur noch Schmerz sein Wesen beherrschte, da kam sie zu ihm. Diesmal musste er sie nicht herbeirufen. Diesmal kam sie von selbst. Sie kam zu ihm so leicht wie ein Windstoß, der Duft, Wärme und Erinnerung mit sich trug. Und als er sie schließlich nach all den Jahren unerwartet vor sich sah, schön und voller Leben, da wusste er, dass er nicht aufgeben würde.

Er blinzelte, denn noch immer konnte er seinen Blick vor lauter Schmerzen nicht fokussieren. Aber sein Verstand war klar. Jetzt kristallisierte sich das Gesicht seiner Peinigerin aus der Dunkelheit. Nun sah er auch, dass sie nicht schön war, sondern voller Verderben und schwarz wie der Hass. Ihr Gesicht eine Fratze. Er spie ihr seine Antwort entgegen:

»Nein!«

Sie fuhr zurück, augenblicklich verschwand der Druck aus seinen Hoden. Er sagte es noch mal, lauter, heiser:

»Nein!«

Und wieder: »Nein!« Er wollte es herausschreien, aber er war zu schwach. Nur ein gequälter Laut entrang sich seiner Kehle.

Ungläubig lachte sie. »Du störrischer Junge. Du wirst einen besonderen Platz einnehmen. Doch vorher nehme ich mir, was mir gehört.«

Entschlossen nahm sie ein Stück Schnur von dem kleinen Tisch und prüfte es auf seine Festigkeit.

»Was für ein störrischer Junge«, wiederholte sie kopfschüttelnd, als sie sich über ihn beugte und die Schlinge über seine Hoden streifte. Er stöhnte auf, als sie die Schnur festzog. Dann griff sie nach dem kleinen Messer mit der gekrümmten Klinge.

»NEIN«, brüllte er.

Da schwang die Tür auf. Sie fuhr herum und fauchte: »Ich hatte doch gesagt … wer bist du?«

Ciriaco konnte nichts erkennen, seine Peinigerin versperrte ihm die Sicht. Auch sah er immer noch alles verschwommen. Auf der gekrümmten Klinge in ihrer rechten Hand brach sich ein Lichtreflex.

»Was für ein hübscher Junge«, schnurrte sie jetzt und machte mit wiegender Hüfte einen Schritt auf die geöffnete Tür zu, »aber du musst warten, ich habe jetzt …«

Da vernahm er ein Geräusch, das er zwar kannte, aber nicht zuzuordnen wusste. Sie fuhr zusammen wie unter einem Schlag. Und dann sah er etwas Merkwürdiges: Aus ihrem Nacken ragte die Spitze eines Dolches. Das Blut, das aus ihr hervortrat, war beinahe schwarz.

Sie schwankte, das Messer fiel ihr aus der Hand. Dann sackte sie langsam in die Knie. Jetzt war da ein Mann, der eine braune Jacke und einen Turban trug. Sein Gesicht lag im Schatten. Er schien sie am Kinn festzuhalten, denn ihr Kopf war nach hinten und auf ihn gerichtet, als erwarte sie seinen Segen. Bis der Mann seine Hand mit einem Ruck zurückzog und Ciriaco wieder das Geräusch von eben hörte. Jetzt erkannte er es: Es war das Geräusch von Stahl, der durch Fleisch schnitt.

Einen Herzschlag lang rührte sie sich nicht. Dann sackte Sitt-Chatun, die Herrin von Dimotika, mit einem Gurgeln zur Seite. Der Fremde trat über sie hinweg und schnitt ihm die Fußriemen auf. Beugte sich über ihn, um die Handfesseln zu durchtrennen, und Ciriaco sah in seine Augen. Er sah Mitleid, Schmerz und Tränen darin und hörte das Schluchzen. Er wollte sagen, dass alles gut sei, aber er musste erst schlucken, weil seine Kehle so trocken war. Da versuchte er zu lächeln, es schmerzte, aber er war so glücklich.

»Was …«, begann er, musste aber noch mal schlucken, bevor er weitersprechen konnte.

»Was hast du denn mit deinen Haaren gemacht?«, fragte er sie.

# Das Versteck

Sie rasteten am Fluss, weitab der Straße. Dort wuschen sie Ciriaco, reinigten und behandelten seine Wunden. Er sah schrecklich aus, aber immer wieder schaute er sie an und versuchte zu lächeln. Sie hatte Mühe, ihre Tränen zurückzuhalten. Schließlich wickelten sie ihn in eine Decke, damit er schlafen konnte. Danach verrichteten sie ihr Abendgebet.

»Er ist ein Prinz, nicht wahr?«, fragte Mahmud Cabbar später und wies mit dem Kinn auf den jungen Mann, dessen Name Yavuz war.

Der Einarmige bedachte ihn mit einem nachdenklichen Blick. »Mehr als das«, gab er zur Antwort.

In der Nacht schrie Ciriaco. Dann kam das Fieber.

»Sie hat ihm Gift gegeben«, sagte Yavuz am nächsten Morgen. »Wahrscheinlich den Saft des Mohns. Jetzt verlangt sein Körper danach.«

»Wird er sterben?«, fragte Mahmud.

»Ich weiß es nicht.«

Mahmud wurde aus dem Burschen nicht schlau. Und er begann sich nicht zum ersten Mal zu fragen, warum die beiden ihm halfen. Auch schien der Junge Ciriaco zu kennen. Er kümmerte sich um ihn wie um einen Bruder. Außerdem war er ein Schlaukopf. Die Befreiung hatte er gut geplant. Sie waren ohne Schwierigkeiten in die Burg gelangt. Und auch in den Kerker.

Aber erst danach bewies der junge Osmane, der ganz sicher eine fränkische Mutter gehabt hatte, was er wirklich wert war. Als sie aus dem Kerker hochkamen, den fast bewusstlosen Ciriaco in eine Decke gewickelt, erwartete sie im Hof bereits die Wachmannschaft. Mahmud hatte sich Ciriaco über die Schultern geworfen, und Cabbar war trotz seines Geschicks mit der Waffe ein Mann mit nur einem Arm. Es war Yavuz, der die Situation entschied.

»Eure Herrin ist tot«, rief der junge Osmane den Soldaten zu. »Der Sultan hat es befohlen.«

Die Männer tauschten unsichere Blicke. Sie liebten ihre Herrin nicht, sie fürchteten sie. Keiner unter ihnen bedauerte ihren Tod. Jeder von ihnen hatte insgeheim darauf gehofft, dass der Sultan ihrem Treiben ein Ende setzen würde.

»Auch der Verräter Ali-Beg musste sterben«, verkündete nun der vermeintliche Gesandte des Osmanenherrschers. »Wer ist euer Hauptmann?«

Einer der Männer trat vor. Dass er sich nicht verbeugte, bewies seine Skepsis. Dennoch war er von der Autorität des jungen Fremden beeindruckt. Als der ihm dann das Schreiben übergab, das tags zuvor in einer Bauernhütte aufgesetzt worden war und mit dem der Offizier zum vorläufigen Kommandanten von Dimotika ernannt wurde, wichen dessen Zweifel. Die gefälschte Signatur des Sultans tat ihre Wirkung. Die Soldaten ließen sie ziehen.

Doch ihnen war klar, dass sie damit nur einen kurzen Vorsprung gewonnen hatten. Sobald die Nachricht vom Tode Sitt-Chatuns Edirne erreichte, wären sie Gejagte. Am besten war es, das Land so schnell wie möglich zu verlassen. Das aber ließ Ciriacos Zustand nicht zu.

Da sie möglichst nicht gesehen werden wollten, verließen sie die Straße. Nachdem sie ein unwegsames Tal durchquert hatten, an dessen Hängen nur dorniges Gebüsch wuchs und dessen einzige Bewohner ein Rudel wilder Ziegen zu sein schien, stießen sie auf einen Fluss, der sich rauschend seinen Weg aus den Bergen in das Tal suchte. In einer Kehre, in der sich sein Bett verbreiterte und sein Wasser langsamer floss, um einige hundert Schritte weiter mit neuer Energie seinen Weg fortzusetzen, war im Laufe der Zeit fruchtbarer Boden angeschwemmt worden, auf dem hagere und von Moos überwachsene Bäume mit Schlingpflanzen um einen Platz an der Sonne kämpften. Mit Hilfe ihrer Säbel hatten Cabbar und Mahmud rasch einen gut geschützten Rastplatz freigeschlagen.

Aus dem Fleisch einer jungen Zicke und wilden Kräutern bereiteten sie eine Suppe, die sie dem Kranken einflößten. Doch er konnte nichts bei sich behalten. Selbst Wasser erbrach er wieder. Mahmud machte sich auf den Weg, um Lebensmittel aufzutreiben, Milch und Käse, Gemüse und Brot. Cabbar sammelte Heilkräuter, aus denen er einen Sud bereitete, mit dem sie wenigstens die Wunden versorgen konnten. In der nächsten Nacht stieg das Fieber weiter an.

Aziyadeh wachte bei ihm. Cabbar schlief bereits und Mahmud war noch nicht zurückgekehrt. Sie nahm den Turban vom Kopf und strich mit den Fingern über die Stoppeln, die schon nachgewachsen waren. Sie fühlte sich einsam und verletzlich. Als Ciriaco sie erkannt hatte, war sie erschrocken. Und noch immer verwirrten sie ihre Gefühle. Die Freude, ihn gefunden zu haben, wechselte mit der Sorge um sein Leben. Gleichzeitig spürte sie Verlegenheit, beinah Scham. Das waren Regungen, die sie nicht kannte, und deren Ursache sie nun zu ergründen suchte.

Noch war er geschwächt und kaum imstande zu begreifen, was aus ihr geworden war. Doch wenn er genas – was sie inständig erflehte – was würde er dann in ihr sehen? Eine Frau mit kahlgeschorenem Kopf, die in Männerkleidung durch das Land ritt. Eine Frau, wie sie sich ein Mann nicht gerade wünschte. Sie war nicht nur eine Spionin und Verräterin, sie war auch eine Mörderin. Und diesmal würde ihr Opfer nicht auf rätselhafte Weise überleben.

Sie hatte den Tod Sitt-Chatuns nicht geplant, auch wenn diese ihn sicherlich verdient hatte. Doch als sie ihr in der Kerkerzelle gegenüberstand und sie den nackten, geschundenen Mann auf dem Folterbrett vor sich liegen sah, hatte sie nicht einen Moment gezögert. Wieder tat sie das, was sie gelernt hatte. Wieder geschah es, um Ciriaco zu retten. Aber das änderte nichts an der Tatsache, dass sie getötet hatte. Wenn sie versuchte, sich durch seine Augen zu sehen, erblickte sie ein Monstrum.

Reglos mit untergeschlagenen Beinen saß sie an seiner Seite und suchte in sich nach dem Gefühl, das sie empfunden hatte, als sie aus der Moschee gekommen und ihm unerwartet gegenübergestanden hatte. Mehr als alles andere wünschte sie sich, dass er sie noch mal so ansehen möge. Und gleichzeitig wurde ihr klar, dass es etwas gab, was sie nicht würde ertragen können: Den Abscheu in seinen Augen, wenn er in ihr das Monstrum erkannte.

So verbrachte sie ihre Zeit an seiner Seite mit bangendem und hoffendem Herzen. Sie tupfte ihm den Schweiß von der Stirn und ertastete an seinem Hals die Hitze, die durch seinen Körper tobte. Seine Gliedmaßen begannen so heftig zu zittern, dass er die Decke beiseitestieß. Sie deckte ihn wieder zu, versuchte ihn zu halten. Vergeblich. Mit wachsender Verzweiflung stellte sie fest, dass sie im Begriff war, ihn zu verlieren. Sie dachte nicht mehr nach, als sie ihre Sachen auszog und sich unter der Decke an ihn presste, um ihn mit ihrem Körper zu wärmen. Um ihn zu halten. Um den Fluch des Bösen zu bannen.

Sie strich über seine Wangen und redete leise auf ihn ein. Dass er am Leben bleiben solle, denn sonst wäre alles umsonst. Dass er sie ruhig verachten, aber nur nicht sterben dürfe. Denn sie hatte ihn schon einmal verloren. Und das wollte sie nicht noch mal erleben.

So erzählte sie dem Fiebernden von der Zeit im Serail, wie sie die Sprache der Osmanen gelernt und Freundinnen gefunden hatte. Sprach von ihrer Begegnung in Edirne und der Hoffnung, die sie lange gehegt hatte. Und ehe sie es sich versah, erzählte sie ihm ihr ganzes Leben.

Sie erzählte Ciriaco alles, was sie war. Nur von ihrer Furcht, dass er sie zurückweisen könnte, sprach sie nicht. Stattdessen sagte sie ihm Gedichte auf und sang ihm leise Lieder ins Ohr. Irgendwann beruhigte er sich, und schließlich forderte die Erschöpfung ihren Tribut auch von ihr. Noch im Schlaf lauschte sie seinem Atem. Einmal hatte sie das Gefühl, dass er sie anschaute, und sah sich selbst im Traum lächeln. Sie dachte noch, dass es ihr doch verboten war zu lächeln, weil es sie zur Frau machte. Dann aber schlief sie wieder tief und fest. Und so fand sie Mahmud am nächsten Morgen. Die verrutschte Decke enthüllte ihm die Wahrheit. Erschüttert setzte er sich neben Cabbar ins Gras.

»Jetzt weißt du, was sie riskiert«, sagte der.

Eine Woche lang schwebte Ciriaco zwischen Leben und Tod. So zumindest sah es für seine Retter aus. Er hingegen erlebte sein Delirium ganz anders. Denn sein Geist hatte den Kerker von Dimotika noch immer nicht verlassen. Seine Befreiung fügte sich schon nach kurzer Zeit in die Erlebniswelt seiner Träume auf der Burg ein. Was sich änderte, war allein, dass der Schmerz nicht mehr verging, im Gegenteil, er nahm neue unbekannte Varianten an. Das Tageslicht brannte in seinen Au-

gen, das Reiten marterte seine geschundene Haut, und als er die geschmacklose Nahrung wieder hinauswürgte, wünschte er sich nichts sehnlicher, als den Trank des Vergessens. Den aber gab es nicht mehr.
Seine Träume brachten monströse Bilder hervor, welche seine Qualen, von denen er nicht mehr wusste, ob sie wirklich waren oder nicht, vertausendfachten. Es war nicht mehr nur eine Ratte, die das Fleisch seiner Füße fraß, es waren viele Ratten. Seine Haut brannte, seine Muskeln zuckten in Krämpfen, seine Sehnen spannten sich bis zum Zerreißen. Er litt Durst und konnte nicht trinken. Er wollte atmen und kämpfte immer wieder gegen den Druck öligen Wassers, in dem das fratzenhafte Gesicht seiner Peinigerin schwamm. »Sag es mir«, flüsterte ihre Stimme wieder und wieder. Dann schnitt ihr Messer in seine Haut. Triumphierend hielt sie ihm seine blutigen Hoden vor das Gesicht. Panisch schrie er sein Entsetzen in die Nacht.
Doch als er schon glaubte, von der Hölle verschlungen zu werden, vernahm er eine Stimme. Leise erst und wie aus weiter Ferne drang sie zu ihm. Er vernahm ein Lied, das ihm, obwohl er es nicht verstand, Bilder zutrug von einer Welt, die voller Licht und Leben war und die seine Sehnsucht weckte. Nach und nach bestanden sie gegen die Bilder des Schreckens. Der Klang der Stimme wurde wirklicher als der Schmerz. So bemühte er sich hinzuhören, und schon dieses Bemühen nahm der tödlichen Umarmung des Giftes einen Teil seiner Macht. Dann spürte er die Hand an seiner Wange.
Ihr folgten andere Sinneseindrücke. Eine rauhe Decke kratzte auf seiner Haut, irgendwo rauschte Wasser. Und manchmal vernahm er das Murmeln von Männerstimmen im Hintergrund. Licht wechselte mit Dunkelheit, Tau bedeckte seine Lider und immer wieder die Stimme und die Hand, die ihm die Grenze seines Körpers zeigte. Schließlich umfing ihn ein Kör-

per. Er spürte die Wärme und begriff, dass dies die Quelle war. Dorthin zog es ihn, und so begann er zurückzukehren.
Noch bevor er zum ersten Mal erwachte, träumte er bereits von ihrem Duft. Auf ihm überschritt er die Brücke zwischen Wahnsinn und Wirklichkeit. Denn er wusste, dass sie bei ihm war. Als sich dann seine Lider öffneten, hatte er den Eindruck, wieder in die wahre Welt zu schauen. Und er erkannte, wie wunderschön das Leben war.
Wie wunderschön sie war.
Sie lag an seiner Seite und schlief. Bei diesem ersten Mal war er viel zu schwach, um sie zu wecken oder gar mit ihr zu reden. Seine Lider, in denen noch das Gift der vergangenen Wochen steckte, senkten sich bald wieder, ihr Bild verschwand. Auch das Gefühl für ihren Körper an seiner Seite. Doch nun hatte er ein Ziel, auf das er seine Gedanken richten konnte. Nun war es nicht mehr der Atem, um den er kämpfte. Oder das schwere Vergessen der Träume. Nun kämpfte er um die Erinnerung. Er wusste, sie war da, er musste sie nur finden. Er würde sie fühlen können. Mit dem Körper. Er brauchte seinen Körper. Nicht die geschundene Haut, sondern die fühlende. Nicht das zerstörte Fleisch, sondern das genesende. Nicht den trüben Blick, sondern den klaren. Irgendwann bemerkte er, dass sie immer da war, jede Nacht. Sie schmiegte sich an ihn, umfing ihn mit ihren Armen und ihrer Wärme. Er brauchte nicht zu fürchten, dass sie wieder verschwinden würde. Er musste nur zu ihr finden. Immer wieder, immer weiter.
Anfangs sah er nur kurz ihr Gesicht, ihre Augen waren geschlossen, weil sie schlief. Auch beim nächsten Mal schlief sie, doch diesmal sah er schon mehr. Die zarten Äderchen an ihren Schläfen, ihre leicht geöffneten Lippen. Mit jedem Mal konnte er länger bei ihr bleiben. Nahm ihren unverfälschten Geruch wahr, spürte ihre Brust an seinem Arm. Dann wieder hatte sie

ihr Bein über seines gelegt, so dass die Hitze ihres Schoßes seine Haut wärmte. Diesmal blieb er länger als sonst.

Doch wonach er sich am meisten sehnte, war, dass sie ihn anschaute. Er war davon überzeugt, dass er erst dann in der Welt bleiben konnte, wenn sie ihn angesehen hatte und er sich in ihren Augen wiederfand, so wie in der Moschee. Diese Begegnung, die ihn anfangs so sehr verstört hatte, war zu dem einzigen Licht geworden, das die Dunkelheit seines Kerkers durchdrungen hatte. Jetzt lauerte in der Tiefe seines wunden Geistes die Furcht, dass auch dieses Erlebnis ein Teil seines Wahns war, so wie er schon zuvor so manches Mal nicht an die Wirklichkeit ihrer ersten Begegnung hatte glauben können. Wenn sie ihn ansehen und die gleiche magische Kraft zwischen ihnen wirksam werden würde wie damals, dann, ja dann wäre er gerettet.

Als es schließlich geschah, war die Sonne noch nicht aufgegangen und die Nacht noch nicht gänzlich gewichen. Er war vor ihr erwacht. Betrachtete schon eine ganze Weile staunend ihr Gesicht. Wenn es entspannt war wie jetzt, wirkte es wie das eines jungen Mädchens an der Schwelle zum Frausein. Oberhalb ihrer Stirn wuchsen Stoppeln, die sie, wie er mittlerweile wusste, immer wieder rasierte. Warum sie das tat, war ihm egal.

Sie hatte ihren Arm um seinen Hals gelegt. Ihre Gesichter waren dicht aneinander, so dass ihr Atem über sein Gesicht strich. Unter der Decke spürte er ihren Körper, der sich weich an ihn schmiegte, so natürlich, als wäre das schon immer so gewesen. Dann flatterten ihre Lider und sie schlug die Augen auf. Augenblicklich durchrieselte ihn ihre Kraft. Sie schien nicht im mindesten erstaunt, dass er wach war, öffnete nur die Lippen zu einem Lächeln. Ihm fiel auf, dass er sie noch nie hatte lächeln sehen. Noch während er dies dachte, reagierte sein Körper.

Zum ersten Mal seit den Tagen der Folter regte sich sein Geschlecht. Doch das brachte auf der Stelle den Schmerz zurück.
Ein stechendes Brennen durchzuckte ihn. Scharf sog er die Luft ein – und sah, wie ihre Augen sich erschreckt weiteten.

Sie war ehrlich genug sich einzugestehen, dass es nicht mehr nur darum ging, ihn zu wärmen. Anfangs war es die Sorge um sein Wohl gewesen, die sie dazu brachte, ihn wie eine Katzenmutter zu umhegen. Dann aber begann sie sich wohl zu fühlen. Auch als das Fieber nachließ und sein Schlaf ruhiger wurde, lag sie oft eng an ihn geschmiegt und lauschte seinem Atem und seinem Herzschlag. Dabei fühlte sie sich tief im Einklang mit sich selbst und ihrer Umgebung, die ihrerseits alles dafür tat, um diesen Eindruck zu verstärken.
Das Wasser, das in weitem Bogen ihr Lager auf der Halbinsel umfloss, schien in hellem Klang zu verkünden, dass es sie vor allem Bösen schützen wollte. Am Ufer summten die Insekten, und morgens wurden sie von den Rufen der Vögel geweckt. Niemand störte sie hier, der Ort schien mit einem Zauber belegt.
Cabbar und Mahmud kümmerten sich stillschweigend um Feuerholz und Nahrung. Ihr war natürlich nicht entgangen, dass der Mameluck ihre Verkleidung durchschaut hatte. Sie merkte es an seinem Blick und an seiner Scheu. Doch ließ er es ihr gegenüber nicht an Respekt fehlen. Vielleicht war sie ihm auch einfach nur unheimlich, es störte sie nicht. Sie hielten sich alle drei an einem Ort auf, an dem die Zeit stillzustehen und andere Gesetze zu herrschen schienen.
Aziyadeh hatte viel Zeit nachzudenken, und sie begriff, dass etwas mit ihr geschah in diesen Tagen und Nächten, die so leicht ineinanderglitten, als wären sie aus einem Stück. Ihr

ganzes Fühlen und Denken war auf den Raum ihres Lagers begrenzt. Dessen Zentrum bildete der Kranke. Wenn sie nachts bei ihm lag, spürte sie, dass etwas in ihr aufbrach und wuchs. Dieses Gefühl brachte sie über den Tag, während sie alle drei ihre Arbeiten verrichteten. In ihrem Bewusstsein geschah all das für ihn, für Ciriaco, der hilflos wie ein Neugeborenes in ihrer Mitte lag. Trotzdem ging eine Kraft von ihm aus, die sie anzog und den Moment herbeisehnen ließ, da sie sich wieder zu ihm unter die Decke legen konnte. Damit sie sich dessen, was mit ihr geschah, wieder sicher sein konnte. Erst wenn sie ihren Arm um ihn legte, wenn sie ihn berührte, setzte sich das fort, was auch ihr mittlerweile wie eine Genesung vorkam. Dazu brauchte sie aber den körperlichen Kontakt. Erst in der Berührung mit ihm erfuhr sie sich neu.

Oft lag sie noch lange wach und versuchte zu ergründen, was in ihr vorging. Es war nicht zu vergleichen mit den Gefühlen, die sie bei Leila oder Aische empfunden hatte, dennoch war es dem nicht fremd. Weniger fremd jedenfalls als das, was sie mit Tankut verbunden hatte, dem Eunuchen im Hause Chidr Paschas. An ihm hatte Leila sie gelehrt, auf welche Weise der Mann seine Lust empfand. Natürlich war Tankut nur ein halber Mann, auch legte Leila großen Wert darauf, dass sie unversehrt blieb, so dass ihr das letzte Geheimnis verwehrt gewesen war. Doch sie wusste, wie der männliche Körper reagierte, und wie sie damit umzugehen hatte.

Sie hatte sich, als sie Ciriacos Wunden versorgten, vergewissert, dass seine grausame Kerkermeisterin ihn nicht zu einem zweiten Tankut gemacht hatte. Doch Ciriacos Geschlecht sah leidlich unbeschädigt aus, wenn auch mitgenommen, wie der gesamte Körper. Sie rechnete nicht im mindesten damit, dass der Mann in ihm so bald erwachen würde. So wie es dann eines Morgens passierte.

Bei allem, was in ihr vorging, hatte sie nie vergessen können, dass ihrem Zusammensein ein wesentliches Moment fehlte: seine Wachheit. Es war schließlich eine Sache, sich ihre Sehnsucht nach Nähe immer wieder erfüllen zu können. Eine andere aber, dieses Gefühl erwidert zu wissen. Von einem Schlafenden oder gar Bewusstlosen war keine Abweisung zu fürchten, allerdings auch keine Zuwendung zu erwarten. So sehnte sie den Moment seines Erwachens im gleichen Maße herbei, wie sie ihn fürchtete. Denn dieser Moment würde über Glück oder Unglück entscheiden.
Als es dann geschah, als sie dann eines Tages erwachte, weil sie spürte, dass er sie betrachtete, und ihre Blicke ineinander versanken, als sie einander bis auf den tiefsten Grund ihrer Seele erkannten, entzündete sich zwischen ihnen eine Glut, die ihren Puls beschleunigte und ihre Haut dort, wo sie sich berührten, in Flammen setzte. Alles war richtig, alles folgte dem Klang und der Bewegung ihrer Herzen. Und als sie an ihrem Bauch den Druck seines Geschlechtes spürte, strömte die Hitze in ihren Schoß und verwandelte dort die langgehegte Sehnsucht in Verlangen. Doch mit einem Mal zerbrach der Einklang. Sein Gesicht verzerrte sich. Voller Entsetzen las sie den Abscheu darin.
Und stürzte in die Verdammung.

Mit dem Schmerz kam die Erinnerung. Und die Scham. Im Augenblick des größten Glücks, da er sich endlich in ihren Augen erkennen konnte, riss ihn das zurückkehrende Wissen um seine Schande wieder von ihr fort. Er empfand Scham, nicht weil er ein Gefangener gewesen war. Sondern wegen der Zeit, in der er vergessen hatte, was er war und weil er gebettelt hatte. Nicht um sein Leben, sondern um das Ende der Qual. Mit dem Schmerz in seinem anschwellenden Geschlecht kehrte die Er-

innerung an seine Erniedrigung zurück. Und ließ ihn im Blau ihrer Augen schlagartig erkennen, dass er ein Nichts war angesichts ihrer Schönheit, ihrer Klarheit. Ihrer Stärke.
Als sie sich abrupt von ihm löste, sich erhob und, ohne ihn noch mal anzuschauen, ihre Kleidung überstreifte, da wuchs der Schmerz in ihm mit einer Wucht empor, die kein Kerker hätte erzeugen können. Doch dieses Mal schwieg er. Dieses Mal bettelte er nicht. Auch nicht, als sie ihn noch mal ansah, mit einem Blick, der wie ein verzweifelter Schrei war. Diesmal flehte er nicht.

Aziyadeh saß am Ufer und schor sich die Stoppeln auf dem Kopf. Wie sie sich schämte. Mit jeder Handbewegung bemühte sie sich um die Sicherheit des Vertrauten. Mit jeder Geste, jedem Griff suchte sie das Toben in ihrem Herzen zu bezwingen. Denn sie fürchtete, dass ihre Verzweiflung in einem erbärmlichen Schluchzen hervorbräche. Das wollte sie nicht, um keinen Preis. Sie wollte nicht leiden wie eine Frau. So verwandelte sie sich wieder in einen Mann.
Als sie fertig war, saß sie stumm da und sah dem Wasser hinterher. Der Zauber der verwunschenen Halbinsel hatte sich aufgelöst, so wie die geisterhaften Frühnebel dem Sonnenlicht wichen.
Sie hatte eine Zeit lang geglaubt, dass das Leben etwas für sie bereithielt, auf das sie, wie sie jetzt wusste, kein Recht hatte. Deshalb geschah ihr nur recht, wenn sie nun deswegen leiden musste. Und niemand sollte sie bemitleiden oder gar trösten. Ohne zu wissen, woher er rührte, fühlte sie Zorn in sich. Sie begrüßte ihn. Er half ihr gegen den Schmerz.
Im Moment aber gab es nur eines, das zählte: Dass der Mann, den sie unverbrüchlich liebte und der sie trotzdem verstieß, lebte. Und dass sie ihn in Sicherheit bringen musste.

Als sie sich umwandte, war sie bereits wieder Yavuz. Sie vermied es, zu Ciriaco hinüberzuschauen und meinte wahrzunehmen, dass auch er den Blick von ihr abwandte, was noch einmal heiße Scham auf ihre Wangen trieb. Dann entfachte sie ein Feuer und setzte Wasser auf. Als Cabbar sich aus seiner Decke schälte, schlürfte sie bereits an ihrem Tee.
»Es geht ihm besser«, sagte sie, als der Gefährte sich neben sie hockte. »Wir werden bald aufbrechen.«

Nach diesem Morgen kam sie nicht mehr zu ihm in der Nacht. Und auch tagsüber ging sie ihm aus dem Weg, soweit das auf dem begrenzten Raum, auf dem sie lebten, möglich war. Zudem hielt es Ciriaco nicht mehr an seinem Platz. Als er das erste Mal aufgestanden war, brach ihm bereits nach wenigen Schritten der Schweiß aus und seine Knie zitterten, so dass er sich wieder setzen musste. Doch er zwang sich immer wieder hoch. Seine Unruhe ließ ihm keine Wahl. Alles war besser als einfach nur dazuliegen und seinem Elend ausgesetzt zu sein.
Aziyadeh machte sich mit Cabbar auf den Weg, um die Route zu erkunden, die sie zur Küste bringen sollte. Vor allem aber wollten sie in Erfahrung bringen, ob schon jemand nach ihnen suchte. Kurz vor Einbruch der Dämmerung kamen sie wieder.
»Nichts«, berichtete Cabbar, als sie sich alle zusammen an der Feuerstelle niedergelassen hatten. »Keine Soldaten, die nach uns suchen. Niemand hat etwas von uns gehört.«
»Gefällt mir nicht«, meinte Mahmud misstrauisch.
»Würde es dir besser gefallen, wenn überall Patrouillen unterwegs wären?«
»Vielleicht hat die Nachricht den Sultan noch nicht erreicht«, warf Aziyadeh ein. »Er ist am Bosporus.«
Erst jetzt wagte Ciriaco es, ihr direkt ins Gesicht zu sehen. Es war das erste Mal seit jenem Morgen, dass sich ihre Blicke wie-

der kreuzten. Es durchzog ihn schmerzhaft, als er die Härte in ihren Gesichtszügen wahrnahm. Wie gerne hätte er sie wieder lächeln gesehen. Doch die Macht, dies zu bewirken, hatte er offensichtlich verloren. So senkte er seinen Blick.

»Wir sollten nicht länger warten«, sagte er tonlos.

Sie nickte bitter. Denn sie hörte nur, dass er fortwollte.

Eigentümlicherweise half es ihm, dass er sie Yavuz nennen musste. Cabbar hatte ihn eindringlich darauf hingewiesen. »Wir dürfen nicht auffallen«, sagte er.

Die ersten Tage kamen sie nur langsam voran. Obwohl Ciriaco versuchte, sich nichts anmerken zu lassen, ließ seine körperliche Schwäche keinen langen Ritt zu. In der ersten Nacht lagerten sie noch im Freien, doch dann, als sie gewahrten, dass sich tatsächlich niemand für sie interessierte, übernachteten sie in einer Karawanserei. Ciriaco bezog eine Kammer mit Mahmud.

»Was ist mit dieser Frau?«, fragte sein Diener ihn, als sie die Lampe löschten und sich schlafen legten. Ciriaco antwortete erst, als Mahmud schon leise vor sich hin schnarchte: »Was ist mit diesem Mann?«

Nach zwei Wochen erreichten sie die Küste. Von einer Anhöhe aus sahen sie in der Ferne Androupolis liegen. Im Hafen ankerten Schiffe. Die vier Reisenden hatten ihr Ziel erreicht, dennoch freute sich keiner von ihnen. Sowohl Ciriaco als auch Aziyadeh hatten versucht, ihren Kummer vor dem jeweils anderen zu verbergen, wie auch vor Cabbar und Mahmud. Es war ihnen nur halb gelungen.

Mit jedem Tag, mit dem Ciriacos Kräfte zurückkehrten, wuchs auch seine Verzweiflung. Denn er spürte, dass er sie endgültig verlieren würde, sobald sie die Küste erreicht hatten. Aziyadeh hingegen wurde immer stiller. Sie wechselten nur wenige Worte in diesen Tagen. Umso mehr aber kreisten ihrer beider Gedanken umeinander. Und wie so oft, wenn das richtige Wort

nicht im entscheidenden Moment gesprochen wird, staute sich das Ungesagte in der Seele wie das zu einem Damm verkeilte Treibholz in einem Fluss.
Doch nun wussten sie, dass der Moment der Entscheidung unwiderruflich gekommen war. Beide rangen sie um ein Wort, eine Geste, irgendetwas, mit dem sie die zwischen ihnen bestehende Barriere durchbrechen könnten. Es war kein Kampf gegeneinander, es war ein Kampf ihrer beider Herzen gegen ihrer beider Stolz. Cabbar und Mahmut verfolgten stumm dieses Duell der Liebenden.
Ciriaco gelang es als Erstem, das Schweigen zu durchbrechen.
»Kommt mit uns«, sagte er mit belegter Stimme zu ihr.
Sie lauschte verwundert seinen Worten. Spürte, wie sie ihren Schutzpanzer beinah mühelos überwanden und in ihrem Inneren nachklangen. Sie hatte die Stimme eines jungen Mädchens, als sie fragte: »Wohin denn?«
»Nach Venedig«, sagte er. »Dort werden wir Ruhe finden. Und Frieden.«
»Frieden?«
Ihr Pferd tänzelte leicht auf der Stelle, als sträubte es sich gegen dieses Wort. Venedig. Wie schön das klang. Ein neuer Traum. Aber eben nur ein Traum.
»Schau mich an«, forderte sie ihn auf. »Was werde ich dort sein?«
Darauf wusste er keine Antwort.
»Es wird Krieg geben«, sagte sie.
»Es ist nicht unser Krieg«, gab er mit einer Heftigkeit zurück, die seiner Verzweiflung entsprang.
Traurig schüttelte sie den Kopf. »Du träumst immer noch, Ciriaco.«
»Was hält dich zurück?«
Ihre Augen schienen größer, leuchtender.

»Ein Schwur«, sagte sie.
Später wusste er nicht mehr, wodurch sich sein Pferd in Bewegung gesetzt hatte. Hatte er es gelenkt? Oder war es Mahmud gewesen? Jedenfalls waren sie schon ein Gutteil des Hanges herabgeritten, als er es begriff. Da vernahm er die Geräusche von Hufen hinter sich. Er wandte sich um. Sie hielt ihr Pferd neben seinem. Ihre Lippen bewegten sich, und obwohl kein Wort zu hören war, verstand er, was sie sagte: Bitte.
Da beugte er sich zu ihr, und wieder wuchs das Blau ihrer Augen zu einem See an, in dem er sich verlor. Als ihre Lippen sich berührten, drohten ihm seine Gefühle die Brust zu sprengen. Er wollte sie an sich reißen, sie halten. Doch er konnte es nicht. So versuchte er, ihr alles mit diesem Kuss zu sagen.
Wie in einem Traum nahm er wahr, dass sie sich von ihm löste. Dann riss sie ihr Pferd herum und stob davon.
Er sah ihr nach, wie sie zu ihrem Begleiter aufschloss, zwei Silhouetten auf dem Kamm der Anhöhe. Er sah sich noch viele Male um, als er mit Mahmud den Hang hinunterritt, bis er die beiden Reiter dort oben nicht mehr ausmachen konnte. Dann war sie fort. Am nächsten Tag fanden sie ein Schiff. Es fuhr nicht nach Venedig.
Es fuhr nach Konstantinopel.

## *Einkreisung*

Es war ein Schuss aus Urbans Kanone, mit dem der Krieg um Konstantinopel begann. Und es war ausgerechnet ein venezianisches Schiff, das durch diesen Schuss versenkt wurde. Kaum war das Kastell Boghas-Kesen fertiggestellt, befahl der Sultan auch schon, von jedem Schiff, das den Bosporus passierte, eine Maut zu kassieren. Fast alle zahlten, nur ein paar venezianische Kauffahrer ignorierten hochmütig die Aufforderung zum Beidrehen. Der Hochmut verging ihnen, als mit einem Mal ein Donnern zu hören war und eine gewaltige Steinkugel ihr Schiff zertrümmerte.

Der Sultan, der zu diesem Zeitpunkt unweit Konstantinopels lagerte, rief den Kanonenbauer zu sich. Er nahm ihn mit auf eine Anhöhe, von der aus sie die Mauer von Konstantinopel in ihrer ganzen Länge überschauen konnten. Angefangen vom Goldenen Horn, im Norden, wo das gewaltige Bollwerk von den Zinnen des Kaiserpalastes überragt wurde, bis hinab in die Senke des Lycos. Danach stieg das Gelände erneut an, um schließlich zum Hafen am Marmarameer hin wieder abzufallen. Die Gesamtlänge der Mauer, so schätzte Urban, betrug fünf römische Meilen.

»Kannst du eine Kanone bauen«, fragte der Sultan, »die diese Mauer durchbricht?«

Urban brauchte nicht lange für seine Antwort.

»Ja, Herr«, nickte er, »ich werde dir diese Kanone bauen.«

Mit dem Kanonenschlag am Bosporus hatte der neue Sultan endgültig die Maske des unbedarften Jünglings fallen gelassen. Kaiser Konstantin, der die Bedrohung für seine Stadt als Erster erkannte, ließ umgehend die Getreidespeicher füllen. Auch den Bauern aus dem Umland wurde es mulmig zumute. Sie packten ihr Hab und Gut gleich zusammen mit dem Korn auf die Karren und suchten Schutz hinter der Mauer. Dort wurden sie willkommen geheißen. Um die Wehranlage auszubessern und zu verstärken, wurde jede Hand gebraucht. Von nun an gab es nur noch ein Gesprächsthema in der Stadt am Goldenen Horn: Wann käme Hilfe aus dem Westen?

Dort herrschte Fassungslosigkeit. Der neue Herr vom Bosporus bedrohte den Handel, das war kein Spaß mehr. Venedig und Genua waren hellauf empört, konnten sich aber wegen ihrer erbitterten Rivalität zu keinem gemeinsamen Handeln durchringen. Dann feuerte erneut eine von Urbans Kanonen. Und diesmal bebte die Erde.

Der Probeschuss wurde vor Edirne abgegeben. Fünfzig Ochsenpaare zogen das neu gegossene Monstrum vor die Tore der Stadt. Eine zwölf Zentner schwere Steinkugel musste in das Rohr gewuchtet werden.

Als die Kanone gezündet wurde, hüllte der Pulverdampf halb Edirne ein, der Donner war noch in einer Entfernung von einer halben Tagesreise zu hören. Die Kugel flog eine Meile weit und bohrte sich einen Klafter tief in die Erde. Nun gab der Sultan den Befehl, die Belagerung von Konstantinopel vorzubereiten.

Mittlerweile hatte der Kaiser einen Botschafter nach Rom geschickt. Der drängte den Papst, endlich die versprochenen Schiffe und Soldaten auszusenden. Nikolaus V. verwies den Botschafter an die Venezianer, die die Schiffe stellen sollten. Der Senat in Venedig zeigte sich bekümmert, zögerte aber. Vor-

her müsste Rom erst einmal die Miete für die Schiffe bezahlen, die die Serenissima für den letzten Kreuzzug bereitgestellt hatte. Man verwies den Botschafter Konstantins an Genua. Und an Florenz. Sowie an den König von Frankreich …
In der Zwischenzeit sammelte sich vor Gallipoli die osmanische Flotte, die sich – an die hundertfünfzig Schiffe stark – schließlich in Bewegung setzte, um die Stadt von der Seeseite her einzukreisen. Die Bewohner von Konstantinopel, die seit Wochen auf den Mauern der Stadt nach dem Entsatz aus dem Westen Ausschau hielten, brachen in Jubel aus, als eines Morgens eine mächtige Flotte am Horizont auftauchte. Doch noch ehe die Sonne ihren Zenit erreicht hatte, war der letzte begeisterte Ruf verstummt. An diesem Abend füllten sich die Kirchen früh.

Anfang März setzte sich die Streitmacht der Osmanen in Bewegung. An die hundertfünfzigtausend Mann, Janitscharen und *Baschi-Bazuks*, Söldner und Hasardeure, Gläubige und Halunken, zogen in einer gigantischen Welle ostwärts. Nach »Qostantiniya«, jener Stadt, die der Prophet seinen Jüngern versprochen hatte.
In der Stadt am Bosporus schmückten sich die Obstbäume mit den frischen Blüten des Frühlings. Die ersten Nachtigallen erfüllten die Nächte mit ihrem Gesang. Und am Himmel zogen die schlanken Silhouetten der Störche nordwärts. Die Luft war mild und voller Versprechen. Als am Ostersonntag der Kaiser und die Bürger zusammen in der Hagia Sophia das Fest der Auferstehung feierten, als das gemeinsam gesungene *Kyrie eleison* in die hohe, gewölbte Kuppel aufstieg, waren ihre Herzen voller Hoffnung, dass ihr Gott sie nicht verlassen würde. Diese Hoffnung zerbarst am darauffolgenden Morgen beim Anblick des aufmarschierenden osmanischen Heeres.

Am 2. April 1453, dem Ostermontag, erreichten die ersten Verbände die Stadt und errichteten in Sichtweite der Mauer ihre Lager. Der Kaiser gab den Befehl, alle Tore zu verschließen. Am Eingang des Goldenen Horns wurde die Kette, auf Holzklötzen schwimmend, über das Wasser gezogen. Dann bezogen die Soldaten ihre Posten auf der Außenmauer.

Mit erbarmungsloser Präzision baute sich das osmanische Heer auf. Drei Tage später, am 5. April, traf der Sultan mit den letzten Verbänden ein. Sein rot-goldenes Zelt war in dem Meer aus Lagern, Fahnen und Wimpeln gut zu erkennen.

Die Soldaten auf der Landmauer starrten in schweigendem Entsetzen auf diese gewaltige Streitmacht. Sie wussten, was ihnen bevorstand, und einem jeden von ihnen kroch die Furcht unter die Haut, sei es um sich selbst oder um die Seinen.

Jedem bis auf einen.

Ciriaco befand sich auf dem südlichen Abschnitt der Mauer, nahe dem Goldenen Tor. Der junge Venezianer, der einem Kerker entkommen war, um die Liebe zu finden und sie gleich darauf wieder zu verlieren, wusste, dass in der Stadt am Goldenen Horn alles ein Ende finden würde. Der Schmerz und die Scham, die Angst und die Reue. Und vielleicht würde ihn hier auch der Tod finden, den er in Dimotika um seine Beute betrogen hatte. Doch das war bedeutungslos. Alles, an was er denken konnte und ihn beschäftigte, war die Frage, ob sich irgendwo in diesem vieltausendköpfigen Heer feindlicher Kämpfer der eine Mensch befand, der ihm mehr als alles andere bedeutete.

Die Frau, die er liebte.

In der Uniform eines Soldaten.

# Auf der Mauer

Aziyadeh blieb zurück, nachdem Ciriaco und Mahmud sie in Alexandroupolis verlassen hatten. Cabbar wandte sich nicht um. Ein paar Meilen weiter schlug er ein Lager auf und wartete.

Sie kam, als es schon dunkel war, und wickelte sich ohne ein Wort in ihre Decke. Cabbar ließ sie in Ruhe. Er wusste, dass sie es hasste, wenn jemand sie weinen sah.

Sie ritten nach Westen, den Weg, den sie gekommen waren. Nicht weil sie ein Ziel hatten, sondern weil sie keines hatten. Ihre Pferde wurden immer langsamer.

»Nach Edirne können wir nicht«, sagte Cabbar.

»Nein«, stimmte sie ihm zu. Allein dafür, dass sie das Siegel des Sultans gefälscht hatte, war ihr der Tod gewiss. Doch dieser Gedanke berührte sie kaum. Die Tränen der vergangenen Nacht hatten sie in einer Mattigkeit zurückgelassen, die es ihr schwermachte, eine Entscheidung zu treffen.

»Wir könnten bei der ehemaligen Sultanin Mara unterkommen«, sagte sie schließlich.

Cabbar war skeptisch. »Ich weiß nicht, ob es ihr gefällt, wie du jetzt herumläufst. Außerdem würde sie damit ein ziemliches Risiko eingehen.«

»Hast du eine bessere Idee?«

Cabbar verneinte.

»Sie soll«, meinte Aziyadeh, »in Saloniki leben. Weißt du, in welcher Richtung das liegt?«
»Ich weiß nicht«, sagte Cabbar, »vielleicht im Süden.«
Also wandten sie sich nach Süden, wo ihnen allerdings ein Bergzug den Weg versperrte. Sie ritten weiter und hielten nach einer Passage Ausschau. Nach einer Weile wandte sie sich an ihren Begleiter: »Es tut mir leid, dass ich dich in solche Schwierigkeiten gebracht habe.«
Er sah sie erstaunt an. »Sind wir in Schwierigkeiten?«
Zum ersten Mal, seit sie Alexandropolis hinter sich gelassen hatten, lächelte sie wieder, wenn auch etwas traurig.
»Ich bin froh, dass du bei mir bist«, sagte sie.
Es dauerte ein paar Pferdelängen, ehe er antwortete.
»Ich wäre ein Bauer geworden, wenn die Osmanen mich nicht geholt hätten. Als Soldat habe ich ferne Länder gesehen, Paläste, Könige und Sultane. Es war ein gutes Leben. Jetzt tauge ich nicht mehr viel. Aber statt Küchenabfälle wegzubringen, reite ich mit dir durch das Land.« Er zuckte mit den Achseln. »Sterben müssen wir allemal. Vertrauen wir auf den, der uns bisher geleitet hat.«
»Ja«, sagte sie leise, »du hast recht.«
Dann trafen sie auf das osmanische Heer. Es kam aus Mazedonien, wo es gegen die dort regierenden Brüder des Kaisers gekämpft hatte, um diese davon abzuhalten, der bedrohten Stadt am Bosporus zu Hilfe zu kommen. Erst jetzt erfuhren sie, dass aus allen Teilen des Landes Streitkräfte zusammengezogen wurden. Cabbar und Aziyadeh sahen sich an. Sie hatten beide nichts zu verlieren. Das also war der Weg, den Allah ihnen wies.
Sie schlossen sich dem Heer an, das auf dem Weg zum Sammelplatz südlich von Edirne war. Als sie erfuhren, dass es ausgerechnet von Turachan-Beg kommandiert wurde, jenem Feld-

herrn, den Aziyadeh hatte heiraten sollen, tauschten sie einen erstaunten Blick.

»Das war ein verdammt weiter Weg, um schließlich doch noch bei ihm zu landen«, sagte Cabbar.

»Aber nicht in seinem Bett«, gab sie zurück.

Sie wurden für den Meldedienst eingeteilt. Es war ihnen recht, denn dadurch konnten sie für sich bleiben. Einmal stand Aziyadeh sogar im Zelt des Feldherrn. Turachan-Beg war ein mürrischer Mann. Zu seiner Bequemlichkeit hatte er drei Frauen seines Harems dabei, die in einem verschlossenen Reisewagen dem Heerzug hinterherreisten. Aziyadeh konnte nicht umhin, sich vorzustellen, dass auch sie in diesem holprigen Gefährt hätte sitzen sollen. Es schien ihr unfassbar. Gab es die Frau, die früher in Palästen gelebt hatte, überhaupt noch?

Sie war froh, dass sie als Melder ständig zwischen den einzelnen Abteilungen des Heeres hin und her eilte und nicht viel zum Denken kam. Aber spätestens am Abend holte sie das, was sie verloren hatte, wieder ein. Dann war sie inmitten des vieltausendköpfigen Heeres der einsamste Mensch der Welt.

In diesen Stunden träumte sie von einem Leben mit Ciriaco in Venedig. Sie versuchte sich vorzustellen, wie es wäre, dort wieder Frau zu sein, Kleider zu tragen und lange Haare, die sie sich in einem Spiegel kämmen würde. Vor allem aber träumte sie davon, dass er sie so ansah wie in der Moschee. Und immer wieder erinnerte sie sich an den Kuss, als sie voneinander Abschied genommen hatten. Dieser Kuss hatte ihr das gesagt, was ihr Verstand nicht glauben wollte: Dass er sie liebte.

Manchmal konnte sie es einfach nicht begreifen, was zwischen sie getreten war. Es war der schwerste Moment ihres Lebens gewesen, als sie es ablehnte, mit ihm zu gehen. Aber sie wusste, dass ihre Entscheidung richtig gewesen war. Denn selbst wenn er all das akzeptiert hätte, was sie war, eine als Mann verkleidete Frau, eine Gejagte, eine Mörderin und eine Dienerin Allahs, so wäre sie in seiner Welt dennoch eine Verachtete geblieben. Und die Welt, die ihnen ihre Liebe gestattete, war noch nicht geschaffen.

Nach und nach minderte sich ihre Qual. Doch sie verließ sie nicht und zehrte an ihrer Lebenskraft. Das Lagerleben mit seinen Regeln half ihr. Aber sie blieb sich seltsam fremd. Ihre Entscheidung mochte richtig gewesen sein, doch nun wusste sie nicht mehr, wofür sie leben sollte.

Als sie das Hauplager des Heeres erreichten, stockte ihr der Atem. Noch nie hatte sie eine so gewaltige Streitmacht gesehen. Sie konnte sich nicht vorstellen, dass die Stadt am Bosporus dieser Macht widerstehen konnte.

Eine ungeheure Aufregung herrschte im Lager. Alle sprachen von dem bevorstehenden Kriegszug, von Beute und Ehre, Ruhm und Macht. Die sich von Tag zu Tag steigernde Unruhe wurde nur von einer gnadenlosen Disziplin im Zaum gehalten. Und für beides, sowohl für die Unruhe als auch für die Strenge, stand der Sultan. Sein rastloser Geist war überall zu spüren. Er lobte die Eifrigen, spornte die Zögerlichen an, und wenn einer gegen sein Gesetz verstieß, strafte er schnell und hart. Das ganze Heer kam Aziyadeh wie ein vielköpfiges Ungeheuer vor, das nur einem Willen gehorchte. Schließlich brach es auf.

Nach drei Wochen erblickten Aziyadeh und Cabbar das erste Mal die Mauern der legendären Kaiserstadt. Als Letzter traf der Sultan mit seinem Gefolge ein. Noch am gleichen Tag schickte er eine Botschaft an den Kaiser, in der er die Stadt zur Kapitulation aufforderte. Konstantin lehnte umgehend ab. Am nächsten Tag erfolgten die ersten Angriffe.

Mit den kleineren Kanonen und den Feldschlangen ließ der Sultan die Landmauer beschießen. Es war mehr ein Gruß denn ein Angriff. Gleichzeitig stellte die Flotte die Verteidigung der

Hafensperre auf die Probe. Doch die Kette hielt, und die Schiffe des Kaisers konnten den Angriff abwehren.
Die Ufer des Marmarameeres wurden zwar nur von einer kleineren Mauer geschützt, doch ließen Sandbänke und tückische Riffe eine Anlandung hier nur an zwei schmalen Stellen zu. Diese aber waren von Land aus leicht zu kontrollieren. So beschränkte sich die Flotte fürs Erste darauf, die Zufahrt zu den Häfen der Stadt zu blockieren.
Dann zogen die Ochsenkarren Urbans Monster heran und richteten seine Mündung auf die Mauer in der Senke des Lycos. Den Verteidigern war nicht entgangen, was der Feind dort gegen sie in Stellung brachte. Fassungslos schauten die Kämpfer auf das gewaltige Rohr. Doch ihre Hauptmänner lachten. Eine solche Kanone konnte nicht schießen. Sie würde bei der ersten Zündung zerfetzt werden.
Am Morgen des 11. April bewiesen die Osmanen das Gegenteil. Das Donnern des Schusses schien die Pforten der Hölle zu öffnen. Zwar rauschte die erste Kugel über die Köpfe der Verteidiger hinweg und traf ein Vorratslager, auch musste das Rohr danach zwei Stunden abkühlen, ehe der nächste Schuss erfolgen konnte, aber diesmal lachte niemand mehr. Die gewaltige Steinkugel traf die Mauer voll. Noch bevor sich die Verteidiger von ihrem Schrecken erholt hatten und den Schaden ausbessern konnten, setzte der Beschuss durch die komplette osmanische Artillerie ein.
Der Hagel der Geschosse richtete gewaltigen Schaden an. In der Nacht mussten die Schäden an der Mauer ausgebessert werden. Aus der ganzen Stadt wurden Steine, Geröll, Balken, Pfähle, Fässer und Säcke voller Erde herbeigeschleppt, um die geborstenen Stellen auszufüllen und mit hölzernen Palisaden zu schützen. Am nächsten Morgen begann von neuem der Donner der Kanonen.

Ciriaco aß gerade Brot und Gemüsesuppe, als das Dröhnen der Geschütze wieder einsetzte. Jedes Mal, wenn eine Kugel die Mauer traf, spürten er und seine Mitstreiter die Erschütterung, noch bevor sie das Krachen des Einschlags hörten. Doch sie waren eh alle längst halb taub. Die Jüngeren zermürbte der Beschuss. Die Älteren, die schon andere Schlachten erlebt hatten, reagierten kaum noch, wenn eine Kugel einschlug.

Ciriaco sah zu der Mauer empor, auf der sie bald alle wieder ihren Platz einnehmen würden. Ihn schreckten weder das Dröhnen noch die einschlagenden Kugeln. Solange die Kanonen schossen, würden die Türken nicht angreifen. Erst wenn der Beschuss aufhörte, würde es ernst werden. Nun forschte er in seinem Inneren, ob ihn diese Vorstellung schreckte. Aber alles, was er empfand, war eine dumpfe Gleichgültigkeit, als hätte der Lärm der Kanonen nicht nur sein Gehör, sondern auch sein Fühlen abgestumpft. Er wusste nicht, ob er das bedauern oder begrüßen sollte.

Die Kanonen feuerten den ganzen Tag und verstummten erst bei Sonnenuntergang. Zwei Stunden später begann der Sturmangriff. Schon vorher hatten die Verteidiger beobachtet, wie sich die osmanischen Truppen im Lycostal sammelten. Hier war der Graben vor der Stadtmauer bereits zugeschüttet und die Mauer durch Urbans Kanone schwer beschädigt. Ciriaco meldete sich sofort zu der eilig herbeigerufenen Verstärkung. Ihn erwartete ein gespenstischer Anblick.

Wie eine gigantische, brennende Schlange bewegte sich ein Tross fackeltragender Soldaten auf die Mauer zu. Trommeln und Zimbeln dröhnten durch die Nacht. Dann rannten die Türken brüllend gegen die an dieser Stelle bereits geborstene und mit einer Palisadenwand verstärkte Mauer an. Pfeile und Speere kamen aus der Dunkelheit herangeschossen. Ciriaco

duckte sich tief hinter die Zinne, sein Eisenhelm fing mehr als einen Pfeil ab. Selbst in diesem Lärm vernahm er die gurgelnden Schreie derer, die nicht so viel Glück hatten wie er.
Ohne zu zielen, schoss er mit seinem Bogen in die wogende Menge vor der Mauer. Nach jedem Schuss verbarg er sich hinter den Planken, setzte einen neuen Pfeil auf die Sehne, wandte sich in einer raschen Drehung in die Scharte, schoss und zog sich wieder zurück. Die Menschen unten sah er nicht sterben, die oben schon. Dann setzten die Angreifer die Palisaden in Brand.
Ciriaco half, die Wasserfässer zu öffnen und ihren Inhalt nach unten zu gießen. Die Osmanen versuchten, sie mit langen Speeren daran zu hindern. Als das nicht gelang, nahmen sie Speere, die am oberen Ende mit Haken versehen waren. Damit zogen sie an den Befestigungen. Während die Verteidiger noch mit Beilen auf die Speere einhackten, schlugen mit trockenem Knallen die Leitern gegen die hölzernen Zinnen. Ciriaco wusste, dass die Stunde des Schwertes gekommen war.
Als der erste Osmane das obere Ende der Leiter erreichte und mit wildem Gebrüll auf ihn einstürmen wollte, unterlief er den Schlag und rammte ihm sein Schwert tief in den Leib. Er sah in die erstaunten Augen des fallenden Angreifers, aus dessen Körper sein Schwert regelrecht herausrutschte. Dann war schon der Nächste da.
Es war wie bei einem Tanz, in dem die Musik immer langsamer wurde und die Tänzer sich wie unter Wasser bewegten. Männer tauchten auf, mit lodernden Augen und weißem Turban auf dem Kopf. Sie schwangen Krummschwerter und fielen unter seinen Hieben. Manchmal gelang einem der Sprung auf die Zinnen. Er tötete einen oder zwei der Verteidiger, bevor er sterbend zusammenbrach. Ciriaco sah sie auftauchen. Und sterben. Sein Schwert, das er mit beiden Händen hielt, tanzte durch die

Luft, als hätte es einen eigenen Willen. Und bei alldem nahm das Rauschen in seinen Ohren zu.

Als ihm gewahr wurde, was geschah, stieg eine wilde Lust in ihm auf. Jaah, komm, dachte er, und brüllte es gleichzeitig hinaus.

»JAAH, KOMM!«

Und wieder zerbrach die Welt.

Doch diesmal war er nicht gelähmt. Musste sich nicht verstecken und an eine Wand kauern. Diesmal riss der Teufel ihn mit in den wilden Tanz der Wut.

Ciriaco tötete mehr Osmanen als jeder andere. Wenn er in seinem Bereich einen Angreifer abgewehrt hatte, sprang er dem ihm zunächst Stehenden zu Hilfe und war wieder zurück an seinem Platz, sobald ein neuer Feind auftauchte. Dabei lachte er. Er lachte, schrie und tötete. Er merkte nicht, dass ihn sogar diejenigen, die an seiner Seite kämpften, entsetzt anstarrten. Als die Welle des Angriffs abflaute, als kein neuer Kopf mit Turban mehr über den hölzernen Zinnen erschien, als der Brandgeruch der Palisaden sich in den stechenden Gestank schwelenden Holzes verwandelte, da ließ er endlich den Schwertarm sinken und stierte mit offenem Mund in die Nacht hinaus. Keiner der Christen an seiner Seite wagte es, sich ihm zu nähern, denn sie fürchteten seinen Wahn. Er aber hatte gegen mehr als nur feindliche Soldaten gekämpft.

Er hatte sein Schwert gegen die Demütigungen erhoben, hatte die Waffe gegen die geführt, die er nicht besiegt hatte. Die Wut, die aus ihm herausgebrochen war, war die Wut gegen seine eigene Hilflosigkeit gewesen. Ciriaco hatte gegen seine eigenen Geister gekämpft.

Immer noch war er unfähig, einen klaren Gedanken zu fassen. Aber irgendetwas in ihm begriff, dass er gerade einen seiner Anfälle gehabt hatte. Ja, die Welt war wieder zerbrochen. Aber

er war nicht mehr hilflos. Er reckte seine Schwerthand in den Himmel und brüllte seinen Triumph hinaus. Und als sein Schrei verklungen war und nach dem Wahn die Stille in ihn einzog, kam mit ihr auch die Erkenntnis.
Ciriaco stand reglos auf der Mauer von Konstantinopel und sah auf das Meer von Fackeln und Lichtern hinab.
Und wusste mit absoluter Gewissheit, dass sie dort unten war.

# Die Wette

Mahmud hockte auf der Mauer. Nicht der großen, nein. Da hockte sein Herr. Ihn hatte man auf die Mauer am Marmarameer gesetzt. Es war der Teil der Stadt, an dem am wenigsten mit einem Angriff zu rechnen war, was ihm zunächst durchaus recht gewesen war. Was hatte er in diesem Krieg zu suchen? Mit der Zeit aber langweilte er sich. Überall passierte etwas, nur hier nicht. Seit zwei Wochen saß er nun schon tatenlos herum. Ciriaco hingegen war zu einem großen Kriegshelden geworden. Sogar der Kaiser war auf ihn aufmerksam geworden. Wenn die Hauptmänner ihren Kriegsrat hielten, war er neuerdings dabei. Na ja, andererseits machte es Mahmud schon stolz, dass sein Herr so ein mutiger Kämpfer war. Noch dazu, wo er vor ein paar Wochen nicht einmal alleine hatte stehen können.

Während er so dasaß und auf das Meer hinausschaute, dachte er daran, dass dieser Ort eigentlich gar kein so schlechter war. Wenn nur dieser dumme Krieg nicht gewesen wäre.

Mahmud hatte das verdammte Gefühl, dass die Sache nicht gut ausgehen würde. Es wurde allerhöchste Zeit, dass er sich überlegte, wie sie sich aus dieser Lage befreien könnten. Gerade dachte er daran, dass er mit Ciriaco darüber reden sollte, als er eine Bewegung wahrnahm. Täuschte er sich, oder war da tatsächlich etwas auf dem Wasser?

Er kniff die Augen zusammen. Tatsächlich, da kamen Schiffe. Er lief zu seinem Hauptmann und machte ihn darauf aufmerksam. Gemeinsam spähten sie über das Meer.

»Osmanische Schiffe oder christliche?«, fragte der Hauptmann.

Mahmud zuckte mit den Schultern. »Ein großes und drei kleine«, gab er zur Antwort.

»Geh wieder auf deinen Posten«, befahl der Hauptmann.

Mahmud dachte nicht im Traum daran. Endlich passierte etwas. Denn er war sich sicher, dass dies christliche Schiffe waren, die ihnen Verstärkung brachten. Das aber würden die Osmanen ganz bestimmt verhindern wollen. Was sich da anbahnte, war nichts weniger als eine kapitale Seeschlacht, die sich Mahmud auf keinen Fall entgehen lassen wollte.

Er spähte wieder zu den fernen Konturen der Schiffe hinüber und schätzte die Entfernung. Obwohl der Wind sie zügig vorantrieb, würde es noch dauern, ehe sie die Halbinsel erreichten. Er hatte also genug Zeit. Die osmanische Flotte lag jenseits von Pera, am Kai der Doppelsäulen. Die Schiffe mussten erst bemannt werden und dann bei Gegenwind aus dem Bosporus heraus. Vielleicht trafen die Verbände ja direkt vor der Landspitze zusammen. Mahmud rieb sich die Hände, das versprach ein unterhaltsamer Tag zu werden.

Er suchte zuerst das Versteck unter der Mauer auf, wo er seine Beute deponiert hatte. Während der Freiwachen war er oft zu den griechischen Mönchen hinübergegangen. Komische Kerle, diese Mönche, hatten nicht viel vom Leben. Darum spielten sie wohl gerne. Mahmud hatte ihnen nicht nur einen Beutel Soldis beim Würfelspiel abgenommen, sondern auch ein paar Karaffen Wein, eingelegte Pflaumen, geräucherten Fisch, harten Käse und in Salzlake eingelegtes Fleisch.

Jetzt deckte er sich mit einer reichlichen Tagesportion von allem ein und machte sich auf den Weg quer durch die Stadt. Als er in den verwilderten Park der Akropolis hinabstieg, traf er einen Genuesen namens Piero, den er in einer Taverne am Hafen kennengelernt hatte. Piero konnte beim Spiel fast so gut betrügen wie er, sie hatten sich auf Anhieb verstanden. Gemeinsam suchten sie nun einen Platz, von dem aus sie sowohl den Bosporus als auch die Hafeneinfahrt sowie ein Stück des Marmarameeres im Blickfeld hatten.

Während die beiden Männer ihre Leckereien auspackten, trafen mehr und mehr Bürger der Stadt ein. Denn mittlerweile hatte sich herumgesprochen, dass ein Schiffskonvoi nahte, der wahrscheinlich die ersehnte Verstärkung und Lebensmittel brächte. Schließlich war die halbe Stadt an der Landspitze versammelt. Überall drängten sich die Menschen und schauten auf das Meer hinaus. Doch das Erste, was sie sahen, waren keineswegs christliche Schiffe, sondern die türkische Flotte.

Piero kniff die Augen zusammen. »Sie haben die Aufbauten erhöht.«

»Kommen kaum voran«, meinte Mahmud und schob sich ein Stück Käse in den Mund.

»Schlechter Wind. Sie müssen rudern wie die Teufel.«

Jetzt klangen die Trommeln zu ihnen herüber.

»Krach machen können sie aber«, sagte Mahmud.

»Da sind unsere Schiffe.« Piero wies nach Süden, wo unter geblähten Segeln drei Galeeren und ein großes Lastschiff schnell herankamen.

»Guter Platz, hier«, sagte Mahmud kauend.

Tatsächlich trafen die Schiffsverbände in Sichtweite der Akropolis aufeinander. Die christlichen Schiffe waren im Vorteil, da sie den Wind auf ihrer Seite hatten. Die osmanischen Schiffe trieben dagegen auf der starken Bosporus-Strömung dahin und konnten zudem schlecht navigieren, da der für sie ungünstige Wind sie beim Steuern behinderte.

»Sie kommen sich gegenseitig in die Quere«, stellte Mahmud fest und meinte die osmanischen Schiffe, die an die christlichen Schiffe heranzukommen versuchten, um sie zu entern. Sie wurden jedoch durch Pfeile und Wurfspeere daran gehindert, und die christlichen Schiffe konnten ihnen immer wieder entkommen.

»Sie müssen es um die Landspitze herum schaffen«, rief Piero, nahm einen Schluck aus der Karaffe und gab sie seinem Freund zurück.

»Der türkische Admiral sollte den Eingang zum Hafen sperren.«

»Dann nehmen ihn die Schiffe auf der anderen Seite der Kette unter Beschuss. Er macht das schon richtig. Gegen diese Menge kommen unsere Schiffe nicht an.«

»Ich sage dir, sie schaffen es.«

Piero sah ihn schräg von der Seite an. »Soll das eine Wette werden?«

»Warum nicht?«

»Ich setze einen Monatssold.«

»Wie oft hast du den denn schon verwettet?«

»Zweifelst du etwa an meinem Wort«, rief Piero empört.

Mit einem Mal hatte Mahmud eine Idee.

»Hier.« Er reichte Piero den Topf mit den Pflaumen. »Koste mal.«

Piero fischte eine Pflaume heraus und lutschte sich genüsslich den Saft von den Fingern.

»Sag mal, du hast doch deine Leute in Pera, nicht wahr?«

»Ja«, schmatzte Piero, »mein Vetter handelt mit Stoffen. Seine Frau ist mit dem fünften Kind schwanger und …«

»… und wenn hier alles schiefgeht, bist du sehr schnell wieder drüben, in Pera, und nichts ist gewesen, oder?«

Piero ließ den Topf sinken.

»Ja und?«, fragte er misstrauisch.

»Da bist du dann aber ein Habenichts und kannst deiner Schwägerin helfen, ihr fünftes Kind auf die Welt zu bringen.«

»Es sei denn …«

»Es sei denn, du hast zwei Freunde und tausend Soldi dabei.«

»Tausend …«

»… Soldi.«

Auf Pieros Stirn zeigte sich eine Falte, was nichts anderes bedeutete, als dass er nachdachte.

»Wieso zwei?«

»Was interessiert's dich? Fünfhundert für jeden.«

Piero sah auf das Wasser hinaus.

»Da«, rief er, »sie schaffen es.«

Tatsächlich waren die christlichen Schiffe, trotz der unaufhörlichen Attacken der Osmanen, kurz davor, in die Hafeneinfahrt zu steuern. Um Mahmud und Piero herum begannen die Menschen zu jubeln. Arme reckten sich in die Höhe. Begeisterte Schreie stiegen in die Luft. Als mit einem Mal …

… die Segel erschlafften.

Ein entsetzter Aufschrei aus vielen Kehlen. Frauen schlugen die Hände vor das Gesicht. Aber das änderte nichts. Unmittelbar, bevor die Schiffe in den Hafen einfahren konnten, hatte der Wind schlagartig nachgelassen. Jetzt brach unter den Osmanen Jubel aus.

»Das sieht nicht gut aus«, schüttelte Piero den Kopf und nahm einen Schluck Wein.

»Ihr Schwung müsste doch ausreichen, um sie in den Hafen zu treiben?«

Piero winkte ab. »Die Strömung«, sagte er und erklärte sogleich: »Die Strömung aus dem Bosporus trifft dort unten auf die Landspitze und wird abgelenkt. Danach fließt sie in einem Bogen genau zu der Stelle, an der sich gerade die Schiffe der Osmanen befinden.«

Wieder nahm er einen Schluck. »Tja«, sagte er dann grinsend, »wie war das noch mal mit der Wette?«

Mahmud verfolgte mit skeptischem Blick die Manöver der Schiffsverbände. Tatsächlich trieben die christlichen Schiffe nun in Richtung Bosporus, während sich die osmanische Flotte auffächerte, um den Gegner besser einkreisen zu können. Es sah wirklich nicht gut für die Christen aus. Das war aber nicht der Punkt, über den sich Mahmud Gedanken machte.

Selbst wenn die Christen doch noch in die Hafeneinfahrt gelangten, würde das nichts daran ändern, dass die Stadt früher oder später fiele. Und gerade deswegen musste er die Begegnung mit Piero zu seinem Vorteil nutzen.

Wenn Piero die Wette gewinnen würde, wäre seine größte Gier erst einmal befriedigt. Er könnte dann in Ruhe abwarten und umso mehr Geld von Mahmud verlangen, je prekärer die Lage wurde. Wenn Piero hingegen verlöre, würde er eher dazu bereit sein, jetzt gleich eine verbindliche Abmachung zu treffen. Mahmud beschloss daher, auf Allah zu vertrauen und voll ins Risiko zu gehen.

»Ich setze zweitausend Soldi auf die Christen«, sagte er. »Wenn du verlierst«, fügte er an, »bringst du uns nach Pera. Das ist alles.«

Piero blickte auf das Wasser hinaus, wo die osmanischen Schiffe die eingekreisten Gegner beschossen. Wieder tauchte die Falte auf seiner Stirn auf. Und diesmal glaubte Mahmud geradezu lesen zu können, was im Kopf des Genuesen vorging. Zweitausend Soldi, für die er nichts riskieren musste. Die Dringlichkeit der Flucht würde zudem bestehen bleiben. Und wer so viele Soldi setzte, hatte sicherlich noch weitere im Beutel.

»Ich schlage ein«, meinte Piero schließlich breit grinsend.

Die Schlacht währte den ganzen Nachmittag und jeder der beiden Männer fieberte mit seinem Favoriten mit. Die Christen verteidigten sich verbissen, trotzdem wuchs, als die Sonne zu sinken begann, an den Hängen Konstantinopels die Verzweiflung. Es war nur noch eine Frage der Zeit, bis die Übermacht der Osmanen die Entscheidung brächte. Und da geschah das Wunder.

Zuerst war es nur ein Segel, dass anschlug, dann ein weiteres, bis sich schließlich die Segel aller christlichen Schiffe im Wind blähten. Sofort nahmen sie Fahrt auf, und als die Ruder frei waren, verstärkten die Männer an den Riemen den Antrieb. So durchbrachen sie die Reihe der feindlichen Schiffe, die erst hätten wenden müssen, um die Kraft des einsetzenden Windes gleichfalls für sich nutzen zu können. Binnen kurzem hatten sich die Christen befreit.

Die Verteidiger im Goldenen Horn zogen die Hafensperre auf, und unter dem Jubel der Stadtbewohner liefen die Schiffe in den geschützten Hafen ein. Die Osmanen machten gar nicht erst den Versuch, den Entkommenen zu folgen. Die einbrechende Dunkelheit hätte sie benachteiligt.

Mahmud stand auf und legte seinem enttäuschten Freund die Hand auf die Schulter. Er hatte es geschafft.

»Wir sehen uns am Hafen«, sagte er. Dann beugte er sich hinab und raunte dem Genuesen jene Worte ins Ohr, die diesen endgültig zu seinem treuen Verbündeten machten: »Und wir bringen einen Beutel mit zweitausend Soldi für dich mit.«

# Istimbólin

Sie hatte so viele Männer sterben sehen. Nach der Niederlage seiner Flotte hatte der erboste Sultan umgehend einen weiteren Angriff auf der Landseite der Stadt befohlen, bei dem die osmanischen Soldaten wie welkes Laub von der rot erleuchteten Mauer gefallen waren. Doch sie fielen nicht still. Die Schreie derer, die mit schweren Wunden und Verbrennungen ins Lager zurückgebracht wurden, hatten noch lange die Nacht erfüllt. In der von Rauchschwaden durchzogenen Luft vermischten sie sich mit den erleichterten Gesängen jener, die bei diesem Angriff nicht dabei gewesen waren.

Müde und wie zerschlagen lenkte Aziyadeh ihr Pferd zur Tränke. Die halbe Nacht über war sie als Bote zwischen den einzelnen Befehlshabern hin und her geritten. Und auch, nachdem alles vorbei gewesen war, hatten ihre aufgewühlten Sinne ihr keine Ruhe gegönnt. Wie ein Gespenst war sie an den Lagern der Janitscharen, *Baschi-Bazuks* und *Akindschis*, vorbeigeritten. Sie konnte nicht aufhören, sich zu bewegen, und ihrem Pferd schien es ähnlich zu gehen, obwohl ihm jeder Schritt schwerer wurde.

Während die Stute gierig das schlammige Wasser soff, schaute Aziyadeh über das Wasser des Goldenen Horns hinweg auf die andere Seite, wo Cabbar seinen Dienst beim Wesir Zaganos Pascha verrichtete. Sie war ihm begegnet in dieser Nacht.

»Die Stimmung ist schlecht«, wusste er zu berichten. »Erst der misslungene Angriff auf die Hafenkette, dann der gescheiterte Sturmangriff der Janitscharen. Und die Kanonen haben die Mauer noch immer nicht durchbrochen. Der Großwesir drängt den Sultan, Verhandlungen mit dem Kaiser aufzunehmen.«
»Chalil ist gegen den Krieg, nicht wahr?«
Cabbar nickte. »Seine Verbindungen zu den Griechen sind gut. Zu gut, wie einige meinen.«
»Dann lebt er gefährlich. Denn der Sultan tötet schnell.«
»Andere auch«, gab Cabbar zurück und lenkte sein Pferd an ihr vorbei.
»Pass auf dich auf, kleiner Freund«, sagte er noch.
»Du auch«, rief sie ihm nach.
Sie klopfte ihrer Stute den Hals. Die hob das Maul aus dem Wasser, wandte den Kopf und schnaubte leise. »Braves Mädchen«, sagte sie leise, während die letzten Worte ihres Freundes in ihr nachklangen. Andere auch? Was meinte er damit? Doch dann vergaß sie es wieder.
Sie war Ismail Isfendijar zugeteilt worden, einem Schwager des Sultans, der mit seinen Leuten südlich der Lycossenke stationiert war. Sein Zelt war mit Teppichen, Fellen und Kissen ausgelegt. Wenn sie ihm eine Meldung überbrachte, sehnte sie sich oft danach, sich dort niedersinken zu lassen und das Blut, den Schweiß und den Pulverdampf zu vergessen. Ismails Zelt war eine Oase in der grausamen Welt des Krieges. Nicht im Traum hätte sie daran gedacht, dass sie ausgerechnet hier in große Gefahr geraten würde.
Ismail Isfendijar hatte etwas Verwegenes an sich. Als sie ihm das erste Mal gegenüberstand, war sie von seiner kräftigen, hochgewachsenen Statur beeindruckt. Er wiederum schien an seinem neuen Melder einen Narren gefressen zu haben.
Anfangs war ihr gar nicht aufgefallen, dass er sie immer häufi-

ger zu sich rief. Dass er sie mit merkwürdig schläfrigem Blick betrachtete, wenn sie ihm ihre Nachricht übermittelte, oder sie hinterher nicht gleich wieder fortschickte. Stutzig wurde sie erst, als er sie einen »hübschen, kleinen Kerl« nannte. Und als er ihr eines Tages lächelnd ein *Scherbet* anbot und ihr, nachdem sie getrunken hatte, mit den Fingern leicht über die Wange strich, begriff sie schließlich: Ihr Hauptmann begehrte sie. Aber nicht, wie sie im ersten Moment voller Schreck befürchtete, weil er ihre Verkleidung durchschaut hatte. Sondern – und das erschreckte sie noch mehr – weil er sie tatsächlich für einen jungen Mann hielt.

Dass sich manche Männer mehr für ihr eigenes Geschlecht als für Frauen interessierten, hatte sie zwar schon gehört, im Harem in Edirne war aufgeregt über diese Dinge getuschelt worden. Doch sie hatte sich nie darum gekümmert. Es betraf sie nicht, also hatte sie keinen weiteren Gedanken daran verschwendet. Dass nun ausgerechnet sie zum Gegenstand eines solchen Interesses wurde, hätte sie eigentlich zum Lachen bringen können. Wenn es nicht so verflucht ernst gewesen wäre. Nicht genug, dass sie ohnehin schon ständig ihre Entdeckung zu befürchten hatte, musste sie sich jetzt auch noch vor den Nachstellungen ihres Hauptmannes in Sicherheit bringen. Denn der wäre ganz sicher nicht erfreut über das, was er unter ihrer Uniform vorfinden würde.

So wurde sie inmitten einer gewaltigen Belagerungsschlacht zu einer Meisterin des Ausweichmanövers. Sie achtete darauf, Ismail die Botschaften nur dann zu überbringen, wenn der im Kreise seiner Offiziere war. Einmal, als er sie zu sich befehlen ließ, um ihm Gesellschaft zu leisten, blieb sie rätselhafterweise unauffindbar. Und dass der Sultan stets eine sofortige Antwort von seinem Schwager verlangte, hätte diesem eigentlich schmeicheln müssen. Leider gewann Aziyadeh nach einer Weile den Eindruck, dass er sie zu durchschauen begann. Und dass ihn das sogar noch anspornte. Sein Blick bekam etwas Lauerndes, und sie wusste, dass ein einziger winziger Moment der Unachtsamkeit ihr Schicksal besiegeln könnte. Nun war der verliebte Ismail keineswegs die einzige Gefahr, der sie ausweichen musste.

Wie Cabbar ihr berichtet hatte, nahm auch ihr ehemaliger Herr, Chidr Pascha, an der Belagerung teil. Der *beylerbey* von Rumelien befehligte den nördlichen Abschnitt der Truppen, von der Lycossenke bis zum Goldenen Horn. Zwar kannte Chidr Pascha sie nicht in diesem Aufzug, sollte sie ihm jedoch jemals gegenüberstehen, würde er sie zweifellos erkennen. Glücklicherweise waren im Nordabschnitt andere Melder unterwegs, so dass diese Gefahr berechenbar blieb. Dafür lauerte unweit des Sultanszeltes schon der nächste Feind.

Dort befand sich Urbans Gießerei und Werkstatt, in der auch Urbans Gehilfen zugange waren, von denen einer der Mann war, den sie auf dem Schlachtfeld von Varna zu töten geglaubt hatte, und wegen dem sie aus der Festung am Bosporus geflohen war. Wenn sie darüber nachdachte, in was für einer Situation sie sich befand, konnte sie es selbst kaum fassen. Es war Wahnsinn, was sie hier tat. Aber nicht halb so wahnsinnig wie der Krieg, der hier geführt wurde.

Zwar war sie schon einmal auf einem Schlachtfeld gewesen. Doch die Eindrücke von damals waren mit der Zeit immer schwächer geworden. Hier hingegen tobte das Morden mit einer Grausamkeit, die sie sicher nicht ertragen hätte, wären ihre Sinne vor lauter Kummer über den Verlust ihrer Liebe nicht schon abgestumpft gewesen. Es war allein ihr Instinkt, der sie am Leben erhielt.

Langsam erwachte das Lager. Essensgerüche wehten zu ihr herüber. Ein neuer Tag begann. Müde dachte sie daran, dass er neue Kämpfe bringen würde. Sie nahm den Weg zur Südseite der Mauer, zum Zelt von Ismail Isfendijar. Dort erklärte ihr der Adjutant, dass ihr Herr zu einer Besprechung beim Sultan war. Sie lenkte ihr Pferd hinter dem Lager der Janitscharen zum rosafarbenen Zelt des Sultans. Dort warteten bereits andere Melder auf die Beschlüsse der Feldherren.

Sie nutzte die Gelegenheit, um sich in der Küche mit Brot und Käse zu versorgen. Dann entstand mit einem Mal Unruhe draußen. Noch auf dem Brot kauend, zerrte sie ihr Pferd zu dem Platz vor dem Sultanszelt zurück. Sie entdeckte ihren Herrn, der im Kreis seiner Eskorte stand. Als er sie entdeckte, winkte er sie heran.

»Du wirst uns begleiten, Yavuz«, sagte er.

Sie würgte ihr Brot hinunter. Das war es. Sie hatte einen Moment lang nicht aufgepasst. Jetzt saß sie in der Klemme.

Es schickte sich nicht für einen einfachen Melder, seinem Herrn ins Gesicht zu schauen. Daher spähte sie unter halb geschlossenen Lidern zu ihm hoch. Ismail betrachtete sie mit einem spöttischen Blick.

»Was ist?«, fragte er. »Musst du erst dem Sultan eine Antwort überbringen?«

Fieberhaft suchte sie nach einem Ausweg.

»Herr … ich …« Ihr fiel nichts ein. »Wohin gehen wir?«, schoss es schließlich aus ihr heraus. Im gleichen Moment stieg ihr die Hitze ins Gesicht, denn für eine solche Anmaßung hätte sie die Peitsche verdient.

Doch Ismail stieg mit einem Lachen auf sein Pferd und blickte über das Lager hinweg zu den Mauern von Konstantinopel.

»Istimbólin«, rief er. Dann bemerkte er ihr ratloses Gesicht, beugte sich herab und übersetzte die griechische Formulierung extra für sie in ihre eigene Sprache:

»In die Stadt.«

Das gefiel ihr gar nicht. Ihr Hauptmann hatte ihr befohlen, dicht bei ihm zu bleiben. Sie kam sich vor wie ein Lamm, das von einem Wolf zum Essen eingeladen wurde. Wobei ihr keineswegs klar war, ob sie Gast oder Speise sein sollte. Sie wandten sich nordwärts, in Richtung Goldenes Horn. Dann näherten sie sich der Mauer. Ismail schickte seine Emissäre aus, die den Wachen einen Unterhändler des Sultans ankündigten. Danach mussten sie auf Antwort warten.

»Du bist sehr schmutzig, mein Kleiner«, sagte der Hauptmann von oben herab.

»Verzeiht Herr, ich hatte noch keine Zeit, mich zu waschen.«

»Das macht nichts. Darum werden wir uns kümmern, wenn wir zurück sind.«

Das »wir« gefiel ihr noch weniger. Sie musste sich dringend etwas einfallen lassen. Doch angesichts der berühmten Mauer von Konstantinopel, einer der gewaltigsten Wehranlagen der Christenheit, die sie bis jetzt nur von weitem kannte, verbannte sie die Gelüste ihres Hauptmanns zunächst aus ihren Gedanken, um das zu bestaunen, was sich vor ihren Augen erstreckte.

Es war nicht nur eine Mauer, es waren ihrer drei. Stufenförmig hintereinander gestaffelt, nahmen sie von außen nach innen gesehen an Höhe zu, ebenso wie die Türme, die in kurzen Abständen und versetzt zueinander die Zinnen überragten. Bereits vor der ersten äußersten Mauer erstreckte sich ein zwanzig Schritt breiter, mit Wasser gefüllter Graben, der jetzt aber teilweise zugeschüttet war.

»Verzeiht, Herr«, wagte sie zu fragen, wobei sie instinktiv das Wohlwollen ihres bedrohlichen Gönners ausnutzte, »was tun wir in der Stadt?«

»Wir?« Er bedachte sie mit einem weiteren spöttischen Blick. »*Wir* werden dem Kaiser ein Angebot zur Kapitulation unterbreiten.«

»Wird er es annehmen?« Es gelang ihr nicht, ihren Mund zu halten. Aber sie war sicher, dass sie es sich erlauben konnte. Zumindest so lange, wie ihr Herr sich darauf freute, ihr ein Bad zu bereiten.
»Natürlich nicht«, gab Ismail hochmütig zurück und schwieg. Sie zerbrach sich den Kopf, wie sie ihm weitere Auskünfte entlocken könnte. Denn dass sie mit einem Auftrag unterwegs waren, von dem im Vorhinein schon klar war, dass er nutzlos sein würde, erschien ihr widersinnig. Es musste noch eine andere Absicht dahinterstecken. Nur welche? Noch während sie überlegte, spürte sie den prüfenden Blick ihres Herrn.
»Wer weiß«, sagte er nachdenklich, »wozu so ein kleiner Soldat nutzen kann. Hör zu, Yavuz«, er beugte sich zu ihr, so dass sie der Duft von Rosenöl anwehte. »Wie wir alle wirst auch du die Augen offen halten. Merke dir alles. Wie viele Soldaten siehst du? Wirken sie erschöpft? Hungrig? Gebeugt oder voller Kampfeslust? Schau dir die Befestigungen der Mauer an. Haben sie stapelweise Balken hinter ihr liegen, bereit, die Beschädigungen auszubessern? Oder sind es nur alte Bretter, die sie von den Dächern gerissen haben? Jede Information, jedes Detail wird uns helfen. Wir sind nicht hier, um zu einem Ergebnis zu kommen. Sondern um zu täuschen. Und sie werden es ebenso tun und uns eine Stärke zeigen, die sie vielleicht nicht besitzen. Hast du das verstanden, kleiner Soldat?«
»Ja, Herr«, sie musste schlucken, weil sie seinen Geruch als aufdringlich empfand. Aber auch, um nachzudenken. In diesem Moment wurde das Tor vor ihnen geöffnet und ein Reitertrupp kam ihnen entgegen. Sofort nahm die Eskorte Ismails Formation ein. Aziyadeh wich ins hinterste Glied zurück. Froh, auf diese Weise der Aufmerksamkeit ihres Hauptmannes entkommen zu sein, konnte sie sich ganz ihren Beobachtungen widmen. Der Anführer der christlichen Soldaten und Ismail

tauschten formell klingende Worte aus, die sie aber nicht verstand, da die Männer griechisch sprachen. Dabei ging ihr auf, dass sie von den Verhandlungen kein Wort verstehen würde. Andererseits bedeutete das aber auch, dass kein Mensch das Wort an sie richten würde. Niemand würde Notiz von ihr nehmen, etwas Besseres konnte sie sich gar nicht wünschen.

Inzwischen waren alle Formalitäten ausgetauscht worden, und die beiden Reitertrupps, der christliche voran, setzten sich in Bewegung. Das Tor öffnete sich zu einem Gang, der unter der Mauer hindurchführte und auf dessen hartem Pflaster die Hufe der Pferde überlaut widerhallten. Dann waren sie in der Stadt. In der Straße, die sich hinter dem Tor öffnete, bildeten Soldaten ein Spalier. Auch auf der Mauer verfolgten die gerüsteten und bewaffneten Verteidiger den Einzug der osmanischen Gesandten. Keiner rührte sich, keiner schrie sie an oder bedachte sie mit Flüchen. Dennoch glaubte Aziyadeh deutlich wahrzunehmen, was in den Männern mit den struppigen Gesichtern vorging. Sie meinte Zorn und verzweifelte Wut, aber auch die Hoffnung zu spüren, die die Bewohner der Stadt in den Besuch der Gesandtschaft setzten. Gäbe es doch noch einen Ausweg? Wäre dies das Ende der Kämpfe? Sie empfand Mitleid mit den Eingeschlossenen.

Der Weg, den sie einschlugen, verlief ein Stück hinter der Mauer entlang nach Norden. Dort lag der Palast des Kaisers. Seine Zinnen und Türme waren selbst vom Lager der Osmanen aus zu erkennen. Durch ein hohes Tor kamen sie in einen gepflasterten Hof. Der christliche Hauptmann hieß sie absteigen und führte sie dann weiter in den Palast, nachdem sie alle ihre Waffen abgelegt hatten. Der Soldat, der ihren Dolch entgegennahm, schaute sie nicht einmal an.

Sie kamen in einen großen Saal, an dessen Kopfende ein hagerer Mann in einer goldenen Rüstung auf einem Thron saß.

Links und rechts waren in einer langen Reihe Stühle aufgestellt. Vor jenen zur Rechten des Kaisers standen seine Offiziere. Kühle Blicke trafen die osmanische Delegation, als diese ihre Plätze gegenüber einnahmen. Aziyadeh, die keinen Rang innehatte, stellte sich hinter die Stühle. Mit gesenktem Kopf schielte sie nach vorne, wo ihr Herr dem Kaiser seine Ehrerbietung erwies. Wieder verstand sie kein Wort, doch das Zeremoniell für solche Gelegenheiten schien festgelegt. Nach einer Weile verbeugte sich Ismail und nahm seinen Platz auf dem ersten Stuhl ein. Nun setzten sich auch alle anderen. Eine Art Zeremonienmeister trat vor und erklärte offenbar den Beteiligten die für diese Zusammenkunft geltenden Regeln. Aziyadeh beschlich gerade das Gefühl, dass sie einer entsetzlich langwierigen und anstrengenden Verhandlung beiwohnen würde, als ihr mit einem Mal ein kleiner Schauer über die Haut lief. Ein Gefühl wie eine Berührung. Sie begriff sofort, was das bedeutete:

Jemand beobachtete sie.

Sofort beschleunigte sich ihr Herzschlag. Ohne sich zu rühren, mit gesenktem Kopf, versuchte sie die Quelle dieser möglichen Bedrohung zu lokalisieren. Hatte sie etwa jemand erkannt? War sie in Gefahr? Die Vorstellung, dass sie hier, vor aller Augen, entlarvt werden könnte, entsetzte sie. Dann aber rief sie sich zur Ruhe. Die Einzigen, die ihre wahre Natur hätten erkennen können, befanden sich auf der anderen Seite der umkämpften Mauer. Während vorne in feierlich klingenden, aber für sie unverständlichen Worten irgendwelche Standpunkte ausgetauscht wurden, suchte sie unter halb gesenkten Lidern den Raum ab. Aber alle Köpfe in der weiten Halle waren auf den Kaiser und den osmanischen Unterhändler gerichtet.

Alle. Bis auf einen.

Einer der christlichen Ritter ihr gegenüber hatte sich entspannt in seinem Stuhl zurückgelehnt. Obwohl sie sein Gesicht nicht genau erkennen konnte, da er im Schatten seines Sitznachbarn saß, wusste sie, dass er es war, dessen Blick sie auf sich gespürt hatte. Wer war er? Was wollte er von ihr? Als sie das scheinbar Unmögliche zu ahnen begann, stockte ihr der Atem. Da beugte der Ritter sich vor und stützte seine Ellbogen auf die Knie. Freude und Schmerz durchschossen sie gleichzeitig, denn er war es tatsächlich. Aber er hatte sich verändert.

Seine Haare waren gewachsen, reichten ihm bis auf die Schulter. Einen Bart trug er zwar nicht, doch die Stoppeln an Wangen und Kinn verrieten ihr, dass er sich bereits seit ein paar Tagen nicht mehr rasiert hatte. Seine schwarze Brustwehr wies Beulen auf, und seinen Unterarmen war die Kraft anzusehen, mit der er sein Schwert zu führen wusste. Doch all das war es nicht, was ihn verändert hatte. Es lag in seiner Haltung, vor allem aber in seinen Augen. Ciriaco war zum Krieger geworden.

Die Gefühle, die in ihrer Brust tobten, drohten sie schier zu zersprengen. Sie wollte zu ihm hinübereilen und ihm um den Hals fallen. Gleichzeitig wollte sie ihn anschreien: Was tust du hier? Warum bist du nicht im sicheren Venedig? Sie hatte den unbändigen Impuls, ihn zu schützen. Und gleichzeitig erkannte sie, dass er zu einem Mann geworden war, der keinen Schutz mehr benötigte.

Der Umstand, dass sie ihn hier, an diesem Ort, unter diesen Umständen wiedergefunden hatte, ließ sie ihn mit neuen Augen sehen. Sie erkannte in ihm den Mann mit den sanften Augen wieder, der sie einst rettete. Erkannte den Verlorenen auf dem Schlachtfeld von Varna und den Geschundenen im Kerker von Dimotika. Sie sah den Erwachenden an jenem Morgen, da sie ihm so nah gewesen war. Und als verhinderte die Entfernung zwischen ihnen, dass ihre eigene Verletztheit ihr den

Blick auf ihn verstellte, begriff sie nun, warum er sich ihr damals entzogen hatte. Erst jetzt, da sie seinen wiedererwachten Stolz sah, erkannte sie, dass es nicht Abscheu vor ihrer Verkleidung gewesen war. Sondern Scham.

Dass er sich vor ihr geschämt hatte. Sie begriff es, weil sie nun in seinen Augen die Bitte um Vergebung las. Und so fand in diesem Saal, in dem der Kaiser der Christenheit mit dem Beauftragten eines unbarmherzigen Sultans um das Überleben seiner Stadt feilschte, zwischen zwei Menschen, die kein Wort miteinander wechseln konnten, ein stummer Dialog statt.

Ja, sagte er, meine Liebe zu dir war Erlösung. Aber sie war auch Qual.

Habe ich dich denn nicht verloren?

Nein, sagten seine lächelnden Augen.

Ich glaubte, ich würde dich nie mehr wiedersehen.

Wie hätte ich nach Venedig fliehen können, wenn ich dich hier wusste.

Ich hätte mit dir gehen sollen.

Das war damals nicht möglich.

Und was ist jetzt möglich?

Jetzt ist alles möglich. Wenn wir überleben.

Alles? Du meinst, es gibt eine Zukunft für uns?

Ja, ich weiß es.

Dann müssen wir überleben.

Ja, dachte sie und spürte, wie neue Kraft in sie strömte.

Hinterher hätte sie nicht sagen können, wie lange die Audienz im Kaiserpalast gedauert hatte. Sie hatte jedes Zeitgefühl verloren. Als die Beteiligten sich von ihren Stühlen erhoben, als das Räuspern und das Rascheln der Kleider in ihre Wahrnehmung drang, erschrak sie. Und auch in Ciriacos Gesicht las sie die Bestürzung darüber, dass sie sich nun wieder trennen mussten. Es war nicht mehr als ein Moment gewesen, und doch glaubte sie, eine Ewigkeit mit ihm verbracht zu haben. Verzweifelt versuchte sie noch einmal all ihre Gefühle für ihn in einen letzten Blick zu legen, und sah in seinen Augen, dass es ihm genauso ging. Doch die eigenen ungesagten Worte dröhnten nun so überlaut in ihrem Kopf, dass sie seine Worte nicht mehr hören konnte.

Wie finde ich dich?, rief es in ihr. Doch sie vernahm keine Antwort mehr. So blieb er zurück, als sie mit den Osmanen den Saal verließ. Seine schmerzerfüllten Augen waren das Letzte, was sie sah. Alles, was folgte, erlebte sie wie in einem Traum. Sie bestiegen ihre Pferde. Hufe schlugen ihren harten Rhythmus auf das Pflaster, klangen hohl unter der Mauer. Dann waren sie wieder vor der Stadt. Ihr Trupp fiel in einen leichten Galopp. Sie wusste nicht, was sie denken sollte. Sie wusste nur, dass jetzt alles anders war. Keiner hatte dem anderen versprechen können, dass sie sich wiedersehen würden. Dieser Krieg war zu groß, als dass in ihm das Schicksal zweier Menschen eine Rolle gespielt hätte. Zwischen ihnen stand eine Armee von hundertfünfzigtausend Soldaten. Schwerer hätte Gott es zwei Liebenden kaum machen können. Und dennoch war ihr Herz voller Hoffnung.

Es war absurd, aber gerade in diesem Krieg, in dieser denkbar unmöglichen Situation, hatte sie einen Grund gefunden, um weiterzuleben. Sie war nicht mehr allein. Und mochte es auch noch so unwahrscheinlich sein, dass sie sich wiederfänden, sie würde es versuchen. Dafür aber musste sie leben.

Es war nicht mehr gleichgültig, was mit ihr geschah. Aziyadeh hatte etwas gefunden, für das es sich zu kämpfen lohnte.

Am Abend suchte Ciriaco nach Mahmud. Er fand ihn bei den griechischen Mönchen.

»Was hat ein Moslem bei christlichen Mönchen verloren?«, fragte er ihn.

»Sie betrügen nicht beim Würfeln«, gab sein Diener achselzuckend zurück.

Sie traten an die Seemauer und schauten auf das Marmarameer hinaus. Irgendwo in der Ferne leuchtete ein Licht, vielleicht das Leuchtfeuer auf einer der Inseln.

»Die Stadt wird nicht zu halten sein«, sagte Ciriaco.

»Sehe ich auch so«, gab Mahmud zurück.

Eine Weile schwiegen beide. Schließlich fuhr Ciriaco fort: »Wir werden kämpfen, solange es geht. Aber was dann?«

»Du meinst, wenn wir nicht erschlagen werden?«

»Richtig. Ich habe etwas gefunden, das größer ist als der Krieg.«

Mahmud stieß die Luft aus. »Da bin ich aber froh.«

»Das ist aber auch schon alles, was ich habe. Die Janitscharen wird das kaum beeindrucken.«

»Sicher nicht. Aber weißt du was?«

»Was denn?«

»Ich glaube, ich habe eine Idee.«

»Soso, du hast eine Idee.«

»Ja, habe ich.«

»Und vermutlich hast du auch eine Idee, was bei dieser Idee für dich herausspringt.«

»Allerdings.« Mahmud schob sein Kinn vor. »Ich bin nämlich der Meinung, dass ich der bessere Geschäftsmann von uns beiden bin.«

Ciriaco nahm die Herausforderung an.

»So? Glaubst du das.«

»Das tue ich.«

»Aha. Dann willst du wohl mein Teilhaber sein?«

Mahmuds Augenbrauen zuckten überrascht nach oben. Er dachte kurz nach.

»Teilhaber? Ja, das könnte mir gefallen.«

»Na gut. Bring uns hier raus, und wir sind gleichberechtigte Partner.«

Mahmud nickte langsam und sah dann wieder auf das Meer hinaus.

»Also gut, Christ«, sagte er nach einer Weile, »wir werden Partner.«

»Ja, alter Freund«, sagte Ciriaco, »es ist an der Zeit.«

Da vernahmen sie das Donnern aus Urbans Kanone, ein neuer Angriff. Sie wandten sich einander zu und gaben sich die Hand.

»Auf unsere Partnerschaft«, sagte Ciriaco.

»Auf unsere Partnerschaft«, wiederholte der Mameluck.

# Wandernde Schiffe

Die Moral der Truppe war auf dem Tiefpunkt. Seit Wochen stürmten die Osmanen gegen die Mauer an, und wurden immer wieder zurückgeworfen. Tag um Tag beschossen die Kanonen das tausendjährige Bollwerk, aber in jeder Nacht schafften es die Verteidiger, die Schäden wieder auszubessern.

Immer häufiger hielt der Sultan sich am Bosporus auf, am Kai der Doppelsäulen, wo der Befehlsstand der Flotte lag. Hier, am Ausgang der Meerenge, suchte sein rastloser Geist fieberhaft nach einer Lösung. Hier traf er sich mit seinen Wesiren und Hauptmännern. Und hier suchte ihn eines Tages auch der Gehilfe des Kanonenbauers auf. Mehmed beriet sich gerade mit Zaganos Pascha.

»Wir müssen ihre Kräfte weiter zersplittern«, sagte der Sultan. »Sie haben kaum genug Männer, um die Mauer zu besetzen. Wenn wir sie vom Hafen aus angreifen könnten, müssten sie sich aufteilen.«

Zaganos Pascha schüttelte langsam den Kopf.

»Die Hafenmauer können wir nur mit Schiffen angreifen, doch die Absperrung ist nicht zu brechen. Wir kommen einfach nicht ins Goldene Horn.«

Der Sultan ballte zornig die Hände zu Fäusten. Dann blickte er auf und bemerkte den Gehilfen.

»Was ist?«, herrschte er ihn an.

Der Mann trat vor und verbeugte sich. »Herr, Urban schickt mich, um Euch zu sagen, dass die große Kanone aus ihrer Halterung gerissen ist. Es wird drei Tage dauern, bis sie wieder schussbereit ist.«

»Dieser verfluchte Ungar«, zischte Mehmed. »Bisher hat er sein Wort nicht eingelöst.«

Ohne sich weiter um den Gehilfen zu kümmern, wandte er sich wieder Zaganos Pascha zu, als der Christ noch mal das Wort ergriff:

»Verzeiht, Herr, aber ich war unfreiwillig Zeuge Eurer letzten Worte, und vielleicht weiß ich eine Lösung für Euer Problem.«

Der Wesir Zaganos erhob sich. »Wie kannst du es wagen, du unwürdiger Hund, so mit dem Herrscher der Gläubigen zu sprechen?«

Doch Mehmed hielt seinen Getreuen zurück: »Lass ihn reden.«

Der Sultan sah sich den Mann etwas genauer an. Eine Brandnarbe verunstaltete seine Stirn, und sein Hals schien schon einmal einen schweren Hieb abbekommen zu haben.

»Nun?«, fragte der Sultan.

»Ich habe in den Kriegen zwischen den oberitalienischen Städten gekämpft«, begann der Gehilfe. »Bei einem dieser Feldzüge haben die Venezianer ihre Schiffe über Land transportiert.«

»Über Land?«, fragte Zaganos Pascha ungläubig. »Wie soll das gehen?«

»Auf fahrbaren Bühnen und mit Balken. Sie haben eine ganze Flotte vom Po zum Gardasee geschafft.«

Der Sultan sprang auf. Er sah zu den Schiffen, die hier vor Anker lagen, dann schaute er den Hang hinauf.

»Das ist es«, flüsterte er.

»Herr«, rief Zaganos Pascha bestürzt. »Es ist zu steil.«

Mehmed beachtete den Einwand nicht.
»Lass sofort den Weg einebnen«, befahl er. »Und du, Christ …«
Der Mann verbeugte sich.
»Wie ist dein Name?«
»Man nennt mich Luca, Herr.«
Der Sultan nickte. »Urban muss sich einen neuen Gehilfen suchen, Luca. Du wirst mit meinen Männern Bühnen bauen und die Schiffe«, er wies den Hang hinauf, »über diesen Berg bringen.«

Drei Tage später stand Luca am Hang oberhalb des Goldenen Horns. Fackeln leuchteten rötlich im Dämmerlicht, als sich mit einem Mal eine gewaltige Silhouette über den Bergkamm schob. Erst danach waren die Ochsengespanne zu erkennen, die seitlich der gefetteten Planken das erste Schiff über die Kuppe zogen. Jetzt mussten die Halteseile her, damit es nicht zu schnell den Hang hinabglitt. Als sein Bug schließlich rauschend in das stille Wasser des Hafens schoss, erfasste den Mann mit der Brandnarbe wilde Genugtuung. Er hatte es geschafft.
Es war ein langer Weg gewesen vom Schlachtfeld in Varna, wo er beinah verreckt wäre, bis zu diesem Morgen, da er einem der mächtigsten Männer der Welt bewiesen hatte, was er wert war. Er sah zum Hang hoch, wo bereits das nächste Schiff herabkam. Wenn es so weiterging, würden sie die halbe Flotte im Goldenen Horn haben, ehe die Byzantiner auch nur begriffen, was los war. Luca hasste die Stadt und ihre feisten Bewohner.
Er hasste ihre großen Reden, ihre Lügen, ihre Heuchelei. Er hasste die ganze Welt, die ihn verstoßen hatte, als er im Dreck lag. Auch den Hauptmann aus Mailand, der mit Venedig Frieden geschlossen und seine Dienste nicht mehr benötigt hatte.

Da hatte er sich geschworen, nur noch einem Herrn zu dienen, der seiner würdig war. Diesen Herrn hatte er nun gefunden.
Boghas-Kesen.
In der Festung am Bosporus war etwas geschehen, das ihn wieder an sein Schicksal hatte glauben lassen. Denn die Schmach, die ihn gequält hatte, war ja nicht die Niederlage in einer Schlacht gewesen. Sondern dass ein halbwüchsiger Junge ihn niedergestreckt hatte. All die Jahre hatte er davon geträumt, dass er der kleinen Ratte wiederbegegnen würde. Dass sein Wunsch sich ausgerechnet im Zelt des Sultans erfüllte, war mehr als ein Wink des Schicksals, es war eine Umarmung.
Während Luca über das Wasser schaute, wo sich die Umrisse Konstantinopels aus der Dämmerung schälten, tastete seine Hand an den Gürtel und zu dem Dolch, den er dort verwahrte. Die Klinge aus bestem Damaszener Stahl bewahrte die Erinnerung an seine Niederlage. Mit ihr würde er seine Rache vollziehen.
Bald schon wäre er einer der Großen dieses neuen Reiches. Natürlich müsste er den Glauben der Muselmanen annehmen, doch das war ihm gleich. Die wichtigere Taufe würde die sein, die er mit dem Dolch vollzog. An einem Jungen mit blauen Augen.
Und dem Namen Yavuz.

# Prophezeiungen

An diesem Morgen war sie nur knapp entkommen. Um ein Haar wäre sie ihrem ehemaligen Herrn Qara Chidr Pascha in die Arme gelaufen. Noch jetzt lief es ihr eiskalt über den Rücken, wenn sie daran dachte. Sie hatte dem Hauptmann, der die Wache vor dem Sultanszelt befehligte, eine Meldung überbracht, als mit einem Mal Qara Chidr Pascha aus dem Zelt heraustrat. Sofort hatte ihr Herz wild in der Brust zu schlagen begonnen. Aber er hatte sie nicht erkannt, obwohl er nur zwei Schritte neben ihr stand. Für ihn war sie nur ein Melder. Eine Kreatur, die für den Heerführer des Sultans eine unbedeutende Existenz darstellte. Sie war dankbar dafür.

Doch diese Begegnung hatte ihr mit aller Deutlichkeit gezeigt, dass sie nicht ewig auf ihr Glück vertrauen konnte. Irgendwann würde es vorbei sein, irgendwann würde sie entdeckt werden.

Die Belagerung zog sich hin. Auch die Schiffe, die ins Goldene Horn transportiert worden waren, hatten die Entscheidung nicht erzwingen können. Wie zwei Rudel Raubtiere lagen sich nun die osmanischen und die christlichen Schiffe gegenüber und lauerten auf eine Schwäche des jeweils anderen. Ebenso wenig war an der Mauer ein Durchbruch in Sicht. Alle hofften auf ein Wunder. Bitter machte sie sich klar, dass das Gleiche auch für die Verteidiger zutraf. Wann hatte dieser Wahnsinn ein Ende?

Aziyadeh sehnte sich nach einem Leben der kleinen Dinge. Vertraute Gespräche, ein gemeinsames Essen, Kinder, deren kleine Hände an ihren Haaren zogen, und ein Morgen, das einen Neuanfang brachte. Sie war es nicht gewohnt, weit in die Zukunft zu planen. Doch seit sie Ciriaco wiedergetroffen hatte, träumte sie von einem Leben jenseits dieses Krieges. Doch welchen Platz sollte sie darin einnehmen?

Sie wollte wieder eine Frau sein. Mehr noch: Sie wollte seine Frau sein. Ein Wunsch, der ihr fast mehr Angst machte als der Krieg. Und doch wollte sie nichts anderes. Der Gegensatz zwischen dem, was sie sich erhoffte, und dem, was war, hätte größer nicht sein können. Denn selbst wenn der Krieg von heute auf morgen endete, wäre sie in ihrer Welt immer noch eine Verräterin. Die Begegnung mit ihrem früheren Herrn hatte es ihr vor Augen geführt. Chidr Pascha würde ihr, ohne zu zögern, die Haut vom Leibe ziehen. Sie würde nie wieder in ihrer Welt leben können. Und ob sie es in der Ciriacos könnte, war zweifelhaft. Ihre Probleme waren die gleichen geblieben.

Sie traf Cabbar bei den Heilerinnen, christlichen Frauen aus der Umgebung, die sich mit ihren Kräuterkenntnissen den Osmanen verdingt hatten. Ihre Arbeit kannte keine Religion.

Von den Gesunden kam sonst keiner hierher. Sie mieden den Gestank der Wunden und des Fiebers. So war die Arbeitsstätte der Heilerinnen ein sicherer Ort für sie und Cabbar.

»Was gibt es Neues von deinem Herrn, Ismail?«, fragte er sie, als sie sich neben ihm auf der Bank niederließ.

»Er erholt sich.«

Ihr Herr war nicht mehr dazu gekommen, sie mit einem Bad zu verwöhnen. Gleich am Tag nach der Audienz beim Kaiser hatte er während des darauffolgenden Angriffs einen Pfeil ins Bein bekommen. Es war keine lebensbedrohliche Verwundung, doch eine überaus schmerzhafte. Sinnliche Vergnügungen waren das Letzte, an was er zurzeit dachte. Aziyadeh hatte es nicht versäumt, sich mit einem Gebet für diesen Pfeil zu bedanken.

Danach erzählte sie Cabbar von der Beinahebegegnung mit ihrem alten Herrn.

»Wann wird das hier vorbei sein?«, fragte sie.

»Vielleicht schon bald«, gab ihr Gefährte zurück.

»Was hast du erfahren?«

»Viele glauben nicht mehr an einen Sieg«, berichtete er. »Im Rat mehren sich die Stimmen, die die Belagerung abbrechen wollen.«

»Wenn es doch nur bald so weit wäre.«

Cabbar wiegte den Kopf.

»Der Sultan ist entschlossener denn je. Es sei ihnen doch prophezeit worden.« Cabbar zuckte mit den Achseln. »Du weißt schon, die Prophezeiung des Eyüp.«

»Ja«, sagte sie, »aber wer glaubt noch daran?«

Eine der Frauen brachte ihnen zwei Becher mit Fleischbrühe. Nach anfänglichem Misstrauen hatten sich die Heilerinnen schnell mit ihren ungewöhnlichen Gästen angefreundet, denn die brachten ihnen keine zerschlagenen Körper, sondern Lebensmittel. Oder sie besorgten ihnen auf ihren Wegen dringend benötigte Utensilien für ihr Werk. Vor allem aber gaben Aziyadeh und Cabbar den Frauen das Gefühl, dass sie ihre Arbeit schätzten.

»Und was tun wir, wenn das alles vorbei ist?«, fragte sie, wobei sie mit dem Kinn in Richtung Stadtmauer wies.

»Ist es wegen ihm«, auch Cabbar wies mit dem Kinn zur Stadt, »dass du dir diese Frage stellst?«

Sie nickte. Natürlich hatte sie ihrem Gefährten von der Begegnung mit Ciriaco erzählt. Schweigend schlürften sie beide ihre Brühe. Schließlich sagte Cabbar: »Er ist Christ.«

»Ich weiß«, gab sie leise zurück. »Aber spielt das wirklich eine Rolle?«
»Natürlich. Und das weißt du.«
»Dann gib mir einen Rat«, antwortete sie.
»Einen Rat?«, fragte er verwundert. »Wie soll ich dir raten? Wir sind beide Geflohene, wir haben uns am Gesetz und an unserem Herrn versündigt. Hast du denn wirklich geglaubt, dass es für uns eine Zukunft gibt?«
Eine eisige Kälte kroch ihr den Rücken hinab. Hatte er recht? Waren sie verloren? Gab es für sie keinen Ausweg? Etwas in ihr bäumte sich dagegen auf. Es war die gleiche Kraft, die sie immer verspürt hatte, wenn alles hoffnungslos schien.
Mit einem Mal kam ihr ein Gedanke. Konnte es etwa sein, dass Cabbar ihr diese Liebe neidete? Der Schatten, der sich über ihre Vertrautheit legte, schmerzte sie. Nein, dachte sie verzweifelt, nicht Cabbar, und drängte das Gefühl zurück. Er war der einzige Halt, den sie besaß in ihrer gespaltenen Welt. Die nächsten Worte, die er sagte, machten es ihr nicht einfacher.
»Entscheide dich für das, was du sein willst«, sagte er mit rauher Stimme. »Wenn du es nicht tust, werden es andere machen.«

»Und die Mutter des ersten Kaisers hieß auch Helena.«
»Das ist doch über tausend Jahre her«, gab Rhangabe zurück und wandte sich an Ciriaco, der neben ihm saß. Doch der Venezianer schenkte ihrem Gespräch keine Beachtung. Gedankenverloren starrte er vor sich hin.
»Dennoch ist das kein Zufall«, bemerkte Evrós und tauschte mit Rhangabe einen besorgten Blick. Irgendetwas stimmte nicht mit ihrem Kampfgefährten. »Ein Kaiser gleichen Namens mit einer Mutter gleichen Namens.«
»Und deswegen fällt die Stadt?«

»So heißt es in der Prophezeiung«, bestätigte Evrós.
Rhangabe griff nach dem Weinkrug und gönnte sich einen kräftigen Schluck. Er wischte sich den Mund mit dem Handrücken ab, reichte Evrós den Krug und verkündete: »Ich halte nichts von Prophezeiungen. Wie ist es mit dir?«, fragte er Ciriaco.
Der zuckte nur mit den Schultern und nahm den Krug von Evrós entgegen, allerdings ohne zu trinken. Wieder tauschten seine Freunde einen besorgten Blick.
Ciriaco starrte auf die Mauer. Es war früher Nachmittag. Bald würden die Kanonen wieder ihr tödliches Lied singen und Ciriaco würde wieder seinen Platz auf der Mauer einnehmen, Evrós, den Mönch zu seiner Rechten, und Rhangabe zu seiner Linken. Wenn dann der Sturmangriff käme, würden sie kämpfen. Er konnte nur hoffen, dass der Wahn ihn wieder packen würde. Denn er war das Töten leid.
»Also, ich habe auch von einer Prophezeiung gehört«, sagte Rhangabe jetzt.
»Nämlich?«, fragte Evrós zwischen zwei Schlucken.
»Dass die Stadt nicht bei zunehmendem Mond erobert wird.«
In jenen ersten Tagen, da er die dunkle Seite seines Wesens erfahren hatte, war es eine Befreiung gewesen. Anders als nach der Schlacht von Varna hasste er sich nicht für das, was da aus ihm hervorbrach. Denn er begriff, dass dies ein Teil der menschlichen Natur war.
»Wirklich?«, fragte Evrós.
»Ja, außerdem ist von einem Zeichen die Rede.«
»Was denn für ein Zeichen?«
»Ein Zeichen im Mond.«
»Im Vollmond?«
»Ja.«
Seit er sie wiedergefunden hatte, drängte es ihn jeden Tag hin-

auszustürmen, sie zu suchen und mit ihr davonzureiten. Doch so einfach war das nicht. Das Schicksal hatte ihnen Hindernisse in den Weg gelegt, die gleich für drei griechische Tragödien gereicht hätten. Es ist unmöglich, wiederholte die Stimme der Vernunft beharrlich in seinem Inneren. Doch die verstand nichts von der Liebe. Es war jene andere Stimme, die seiner Liebsten, die in seinem Herzen immerzu ›ja‹ sagte, die ihn forderte und nicht aufgeben ließ. Hätte es diese Stimme nicht gegeben, dann hätte er längst sein Schwert sinken lassen, um den Kuss des Todes zu empfangen.

»Wann ist Vollmond?«, fragte Evrós mit gerunzelter Stirn.

Rhangabe kratzte sich am Hintern.

Wie seltsam, dachte Ciriaco, das Leben wiedergefunden zu haben, als er schon im Begriff war, das zu werden, was er immer verabscheut hatte.

»Ich weiß auch nicht«, sagte Rhangabe.

»In zwei Wochen«, gab Ciriaco die Antwort, ohne den Blick von der Mauer zu wenden. »Am 24. Mai.«

Als sei dies das Stichwort gewesen, donnerte ein Schuss. Einen Herzschlag später schlug das Geschoss in die Mauer ein.

»Es geht wieder los«, seufzte Evrós.

»Ja.« Rhangabe nahm den Krug. »Auf Morgen«, sagte er und trank.

»Auf Morgen«, sagte Evrós, als er den Krug nahm. Und auch Ciriaco wiederholte den Gruß, mit dem sie sich jeden Tag verabschiedeten. Nur für sich flüsterte er das Gebet, das er ebenfalls jeden Tag aufsagte:

»Bitte, Herr, lass sie leben.«

# Zeichen

»Die Kanone des Ungarn hat es bis heute nicht geschafft, die Mauer zu durchbrechen.«

Großwesir Chalil ließ seinen Blick über die Ratsmitglieder wandern und wandte sich dann wieder direkt an den Sultan, der die Auseinandersetzung schweigend verfolgt hatte.

»Wenn wir die Belagerung fortsetzen, blutet unsere Armee aus. Jetzt ist der Moment gekommen, um Verhandlungen aufzunehmen.«

»Verhandlungen!« Zaganos Pascha spuckte das Wort regelrecht aus. »Wir sind nicht in diesen Krieg gezogen, um zu reden. Sondern weil es unsere Bestimmung ist, diese Stadt zu erobern. Willst du dich gegen den Willen des Propheten stellen, Großwesir?«

Aufgeregtes Gemurmel erhob sich ob dieses Vorwurfs. Mit hochrotem Kopf wandte Chalil sich an seinen Widersacher.

»Wer bist du, Zaganos Pascha«, rief der Wesir, »dass du den Willen Allahs zu kennen glaubst?«

Auch Zaganos Pascha erhob sich nun. Mit geballten Fäusten stand er dem Großwesir gegenüber. Da hob Mehmed die Hand. Sofort verstummten die erregten Stimmen. Langsam ließ der Sultan seinen Blick über die Versammelten wandern, über seine Wesire, angeführt von Chalil. Über Ismail, seinen Schwager, der trotz seiner Verwundung zu dem Rat erschienen war,

und über Qara Chidr Pascha, der die Truppen an der Nordmauer befehligte. Zaganos Pascha saß zu seiner Rechten, ihm zur Seite der neue Admiral und der Aga der Janitscharen. Sie alle schauten ihn nun an.
»Warum fragen wir nicht den«, sagte er ruhig, »der Allahs Willen am ehesten zu erkennen vermag.«
Mehmed gab dem Diener einen Wink.
»Der Sheik möge unserem Rat beiwohnen«, verkündete er.
Sofort eilte ein Diener aus dem Zelt. Die Mitglieder des Kriegsrates tauschten erstaunte Blicke. Dann trat Sheik Ak Schemseddin ein und neigte den Kopf. Der Diener stellte einen Hocker hinter ihn. Auf eine Geste Mehmeds hin ließ der Sheik sich nieder.
»Hast du getan, worum ich dich gebeten habe?«, fragte der ihn schließlich.
»Ja, mein Sultan«, antwortete der Sheik.
Mehmed beugte sich vor: »Und? Hast du es gefunden?«
Ak Schemseddin musterte langsam die Wesire und Heerführer. In der erhitzten Atmosphäre von Streit, Rivalität und Eifersucht wirkte er wie jemand aus einer anderen Welt. Schließlich richteten sich seine Augen wieder auf seinen Herrn.
»Ja, mein Sultan«, sagte er ruhig.
Mehmed stieß langsam die Luft aus und lehnte sich wieder in seinem prachtvollen Thron zurück.
»Gut«, sagte er leise. Dabei spielte seit langem wieder ein Lächeln um seine Lippen.
Chalil blickte verwirrt vom Sultan auf den Sheik und wieder zurück.
»Herr, ich verstehe nicht. Was hat der ehrwürdige Sheik gefunden?«
»Nun, Ak Schemseddin«, hob der Sultan an, »berichte uns, was dir offenbart wurde.«

Der Sheik beugte leicht den Kopf. Was ihm offenbart worden war? Ja, er würde berichten, aber nicht alles.

»Ich habe das Grab des Eyüp gefunden«, sagte er schließlich. »Den Bannerträger des Propheten.«

Im Kreise der Würdenträger herrschte atemlose Stille. Der Sheik wandte sich an seinen ehemaligen Schüler, der nun Sultan des Osmanischen Reiches war. »Es ist an der Zeit. Die Prophezeiung wird sich erfüllen.«

Augenblicklich brach Aufregung im Rat aus. Alle begriffen, welche Wirkung diese Neuigkeit auf die Truppen haben würde. Selbst den Großwesir hatte die Begeisterung gepackt. Der Sultan registrierte diese Reaktionen mit Genugtuung. Er hatte begriffen, dass es mehr als nur einer neuen anfeuernden Rede bedurfte, um die Moral der Soldaten wiederzubeleben. Darum hatte er nach dem Sheik geschickt. Seine Boten waren schnell zurückgekehrt, denn der Sheik war bereits auf dem Weg gewesen. Mehmed dankte seinem alten Lehrer mit einem Nicken. Ak Schemseddin erwiderte den Gruß und schwieg.

Während die Militärführer über ihr weiteres Vorgehen debattierten, sann der Sheik über den anderen Teil seiner Offenbarung nach. Der Sultan war in Gefahr, in tödlicher Gefahr. Und alles, was Allah dieser Bedrohung entgegensetzte, war ein einfacher Soldat. Der Sheik war ihm begegnet. Und er konnte es immer noch nicht fassen, dass dieser Soldat eine Frau war.

Aziyadeh war aus dem Lager des Zaganos Pascha gekommen, als ihr die hagere Gestalt am anderen Ufer auffiel. Sie überquerte die Schwimmerbrücke, die knapp oberhalb der Stadtmauer über das Goldene Horn führte und beobachtete dabei den Mann, der dort mit leicht gesenktem Kopf und mit vor dem Bauch gefalteten Händen stand, als wäre er in ein Gebet versunken. Das war nicht nur deswegen seltsam, weil die Stunde des Mittagsgebetes schon lange vorbei war, sondern auch, weil der Ort, an dem er stand, dafür ganz und gar nicht geeignet war. Er befand sich nahe der Pferdetränke, weshalb das Ufer hier von Tausenden von Hufen in Morast verwandelt worden war. Und dort, wo der Mann stand, etwas oberhalb, wuchsen Disteln auf dem harten, sandigen Grund.

Während die Hufe ihrer Stute auf den Planken der Brücke dröhnten, wuchs in ihr das Gefühl, dass sie den Mann kannte. Neugierig geworden, lenkte sie das Pferd zur Uferböschung hin. Er schien in Gedanken versunken. Sie war schon direkt hinter ihm, als sie ihn ansprach: »Verzeiht, Herr …« Da wandte er sich um.

Sie erkannte ihn sofort. Er war der Mann, der sie in der Moschee von Edirne den ersten Satz in Allahs Sprache gelehrt hatte. Ihm war nicht anzumerken, ob auch er sich an sie erinnerte. Doch sein intensiver Blick war unverwandt auf sie gerichtet.

Sie stieg von ihrem Pferd und trat vor den Mann, den sie in ihrer Erinnerung immer nur ›den Geist‹ genannt hatte.

»Braucht Ihr vielleicht meine Dienste?«, fragte sie.

Der Mann betrachtete sie lange und eindringlich. Sie hatte keine Angst vor ihm, obwohl er mehr zu sehen schien als andere.

»Ja«, sagte er schließlich. Sein Blick fiel auf den Dolch, den sie in ihrem Bund trug. »Ich glaube, ich brauche deine Dienste wirklich.«

An diesem Abend schwiegen die Kanonen. Auch wies nichts auf einen erneuten Sturmangriff hin. Von der Mauer aus beobachteten die Christen die Lager der Osmanen. Obwohl sie heute wohl nicht würden kämpfen müssen, war die Stimmung gedrückt. Kaum noch einer hoffte auf Hilfe aus dem Westen. Alle

ahnten, dass sie zur Verteidigung nur noch ihren Mut hatten. Und ihren Glauben. Für den nächsten Tag hatte der Kaiser eine Prozession zu Ehren der Mutter Gottes angeordnet.
Von den Zinnen seines Palastes aus, schaute auch Konstantin über das Heerlager des Feindes. Ihm war bewusst, dass er den jungen Sultan unterschätzt hatte. Alle hatten sie ihn unterschätzt. Nun konnte der Kaiser nur noch darauf hoffen, dass Großwesir Chalil seinen Herrn davon überzeugte, Verhandlungen aufzunehmen. Konstantin wusste, dass die Kampfmoral selbst unter den Janitscharen nachgelassen hatte. Die wenigsten glaubten noch an einen Sieg. Wenn die Nachrichten, die sie immer wieder erhielten, zutrafen, war es nur noch eine Frage weniger Tage, bis der Sultan seinen Ratgebern nachgeben musste. Nur noch ein paar Tage, betete der Kaiser, nur ein paar Tage.
Er wendete sich in Richtung Osten, wo ein runder Mond über dem schwarzen Horizont aufging. Er dachte an die Prophezeiung und dass seine abergläubischen Untertanen heute sicher furchtsam zum Himmel aufschauen würden. Der Kaiser glaubte nicht an solche Deutungen, es war einfach nur ein Vollmond. Doch dann fiel ihm auf, dass etwas anders war als sonst. Er schaute genauer hin, und als er erkannte, was geschah, durchfuhr ihn ein Schauder.

Aziyadeh ärgerte sich über die Soldaten. Sie hatten sie fortgejagt. Nun würden sie die Stelle bewachen, auf die zu achten ihr der Sheik aufgetragen hatte. Wer dies befohlen hatte, fragte sie. Der Qara Chidr Pascha, gaben die Soldaten barsch zurück. Sie möge sich bei ihm beschweren.
Das kam natürlich nicht in Frage. Also zog sie ihren Dolch aus der Erde und stieg auf ihr Pferd. Einer der Soldaten rammte einen Stock mit einer roten Fahne in den Boden und scheuchte sie weg. Wütend hieb sie ihrer Stute die Hacken in die Flan-

ken. Doch nach einer Weile hielt sie an und schaute zurück. Der Sheik hatte ihr befohlen, den Platz zu bewachen. Und das würde sie auch tun.

Sie stieg ab, nahm das Pferd am Zügel und näherte sich vorsichtig wieder der markierten Stelle. Zwar war der Mond aufgegangen, und es gab keine Möglichkeit sich zu verbergen. Doch sie hatte das Feldlager im Rücken, für die Soldaten Chidr Paschas war sie nur eine Gestalt unter vielen. Sie hingegen konnte sehr gut erkennen, was oberhalb des Ufers vorging. Und sie kam gerade rechtzeitig, um etwas sehr Merkwürdiges zu beobachten.

Der Soldat, der sie fortgejagt hatte, zog den Stock mit der Fahne wieder aus der Erde und blickte sich suchend um. Einer seiner Kameraden wies auf eine Stelle, mehr als ein Dutzend Schritte entfernt. Dorthin ging der Mann mit dem Fahnenstock und rammte ihn in den Boden. Dabei lachte er über irgendetwas, das die anderen ihm zuriefen.

Aziyadeh begriff nicht, warum die Männer die Markierung woanders anbrachten, aber sie wusste, dass es ihre Aufgabe war, dem Sheik davon zu berichten. Sie führte ihr Pferd wieder fort und saß in sicherer Entfernung auf. Sie war ein Melder, es sollte keine Schwierigkeit für sie sein, zu Sheik Ak Schemseddin vorgelassen zu werden. Gerade wollte sie sich auf den Weg machen, als ihr auffiel, dass das eben noch helle Mondlicht schwächer geworden war. Schon vernahm sie erschreckte Rufe aus dem Lager. Sie blickte nach oben und konnte es nicht glauben: Jemand hatte ein Stück vom Mond abgebissen.

Das war natürlich nicht möglich, aber genau so sah es aus. Während immer mehr Rufe ertönten und Unruhe das Lager erfasste, bemerkte sie, dass das Stück immer größer wurde. Ein Schauer lief ihr den Rücken hinab. Es war mehr als unheimlich, irgendetwas fraß tatsächlich den Mond auf.

Aber das war nur das erste Zeichen.

# Der Sturm

Drei Stunden dauerte die Mondfinsternis, und sowohl in der Kaiserstadt als auch unter den Osmanen sahen viele ein böses Omen darin. Beide Heerführer beschwichtigten ihre Untertanen, und beide riefen sie ihren Gott an. Alle Bewohner der Stadt waren auf den Beinen, als am Morgen die Figur der Mutter Gottes durch die Straßen getragen wurde. Und vor den Mauern zog der Sultan mit großem Gefolge und unter Trommelwirbeln zum Ufer des Goldenen Horns.

Dort drängten sich bereits die Soldaten. Alle wollten sie sehen, was Sheik Ak Schemseddin offenbart worden war: die Lage des seit Jahrhunderten verborgenen Grabes von Eyüp, dem Bannerträger des Propheten.

Auf seinem Pferd sitzend, verkündete der Sultan seinen Soldaten, dass der Lohn für ihre Mühen nun zum Greifen nah war. Und der Ruhm ihrer Taten die Zeiten überdauern werde. Dann gab er den Befehl zum Graben.

Mit Hacken und Schaufeln zogen die Arbeiter zu der mit einer Fahne markierten Stelle. Doch noch ehe der erste Brocken Erde abgetragen werden konnte, trat der Sheik vor.

»Halt!«, donnerte seine Stimme über den Platz. Verwundert hielten die Arbeiter inne.

»Was ist, Sheik Ak Schemseddin?«, rief der Sultan.

»Herr, dies ist nicht der Platz, der mir im Traum gezeigt wurde.«

Der Sultan trieb sein Pferd ein paar Schritte vor. »Wie kann das sein? Ich habe befohlen, die Markierung zu bewachen.«

»Trotzdem wurde sie versetzt. Dort«, er wies auf eine Stelle auf der anderen Seite des Platzes, »dort liegt das Grab des Eyüp.«

Der Sultan brauchte nicht lange, um zu begreifen. Hätten sie an der falschen Stelle gegraben und nichts gefunden, hätte er nicht nur die Achtung seiner Soldaten, sondern auch diesen Krieg verloren. Mehmed zischte einen Befehl. Sofort wurden die Männer, die den Platz bewacht hatten, ergriffen und fortgebracht.

Während die Arbeiter nun an der bezeichneten Stelle zu graben begannen, ließ Ak Schemseddin seinen Blick über die Menschenmenge wandern. Aber das Gesicht, das er suchte, konnte er darin nicht finden. Die Soldatin, wie er sie bei sich nannte, hatte bereits ihren Wert unter Beweis gestellt. Er hatte gut daran getan, ihre wahre Natur niemandem zu verraten. Nicht einmal ihr gegenüber hatte er sein Wissen zu erkennen gegeben. Er konnte sich nicht vorstellen, dass sie diesen Krieg überleben würde. Sie tat ihm leid, doch noch hatte sie eine Aufgabe zu erfüllen.

In der Stadt näherte sich die Prozession dem Konstantinsforum. Danach, so war es geplant, sollte sie weiter zum Augusteion führen, um schließlich in der Hagia Sophia den Gottesdienst einzuleiten. Auf der *Mese* standen die Menschen dicht an dicht. Hände reckten sich der Statue entgegen, verzweifeltes Schluchzen war zu hören, Frauen sanken in die Knie und einige stimmten bereits das *Kyrie eleison* an. Immer mehr Menschen drängten herbei, immer enger wurde die Gasse für die langsam voranschreitenden Geistlichen. Manch einer versuchte, die Statue zu berühren oder gar zu küssen. Tränenüberströmte Gesichter drängten sich an die Träger heran. Da stolperte einer von ihnen.

Die Trage kippte zur Seite. Die anderen Träger versuchten zwar Balance zu halten, dennoch geriet die Figur ins Wanken. Aus der zuschauenden Menge sprangen Männer herbei um zu helfen, aber sie machten es nur noch schlimmer, so dass die Figur schließlich, ohne dass es irgendjemand verhindern konnte, von der Trage kippte und auf den Boden schlug. Ein Aufschrei ging durch die Menge. Die Ikone des Kaisers, ja, der Stadt war gestürzt. Nun hatte nicht nur das Glück, sondern auch Gott sie verlassen.
Die Priester suchten die Menschen zu beruhigen und gleichzeitig das Standbild wiederaufzurichten. Es ist eine Mahnung riefen sie, Gott hat uns nicht verlassen. Doch dann erfüllte ein Donnern die Luft.

Aziyadeh befand sich weitab vom Geschehen und konnte nicht erkennen, was am Ufer des Goldenen Horns vor sich ging. Doch da war sie nicht die Einzige. Richtig gute Sicht hatten nur die wenigsten. Weil die, die nichts mitbekamen, ihre Vordermänner immer wieder fragten, was denn nun geschähe, und die Neuigkeiten dann von vorne nach hinten weitergegeben wurden, erreichten diese die hinteren Reihen stets mit Verzögerung.
So erfuhr sie, dass der Sheik den Betrug aufgedeckt hatte. Dass die Arbeiter immer noch gruben. Fünf Fuß seien sie schon tief und noch immer nicht fündig geworden. Es sei die falsche Stelle, hieß es dann. Der Sheik habe sich geirrt, es sei doch der Platz, den die Soldaten markiert hatten. Vielleicht sei alles aber auch gar nicht wahr. Der Sheik sei ein alter Wirrkopf, ein Derwisch, der in einem Dornbusch hauste und Heuschrecken fraß. Das Grab des Eyüp könnte so einer bestimmt nicht finden.
Mit einem Mal ein Aufschrei, da war etwas. Sie mussten etwas gefunden haben. Nein, nur ein paar Lumpen. Dann sah sie, dass weiter vorne die ersten auf die Knie sanken. Wie eine Wel-

le breitete sich diese Bewegung vom Zentrum an der Grabungsstelle bis an den Rand der versammelten Menschenmenge aus. Nur noch geraunt wurde jetzt, was zuletzt gefunden worden war: Ein Körper, gehüllt in ein Tuch, auf dem der Name des Propheten geschrieben war. Der Sultan selbst öffnete das Tuch. Und … o Allah … der Körper sah aus, als hätte er gerade erst Abschied genommen von der Welt.
Dann erscholl der Ruf über das Feld: »Das Grab ist gefunden. Die Prophezeiung wird sich erfüllen. Es lebe Sultan Mehmed, *Fatih*, der Eroberer.«
Jetzt riefen es alle: Sultan Mehmed, *Fatih*. Tausende Stimmen schickten ihren Ruf in den Himmel. Der antwortete prompt.
Aziyadeh hatte die dunklen Wolkentürme, die sich am Himmel aufgebaut hatten, nicht einmal bemerkt, als ihr Pferd nervös zu tänzeln begann. Nun aber, als es zu donnern begann und Blitze über das Firmament zuckten, sah sie erschreckt auf. Wenig später entlud sich das Gewitter mit aller Macht.

Als Erstes ging ein Hagelschauer über der Stadt nieder. In heller Panik stoben die Menschen auseinander. Doch sie glitten auf den glitschigen Körnern aus, fielen übereinander, behinderten sich und gerieten in helle Panik. Dann kam der Regen.
In wahren Sturzbächen fiel das Wasser vom Himmel, nahm den Menschen die Luft zum Atmen und riss die Kinder von den Beinen. Jetzt versuchten sich alle nur noch in den Häusern in Sicherheit zu bringen, sogar die Priester. Am Ende war die breite *Mese*, jene Straße, auf der die großen Kaiser des Oströmischen Reiches im Triumphzug heimgekehrt waren und ihre Siege gefeiert hatten, nur noch ein von den Naturgewalten leergefegtes Pflaster.
Auf dem allein die Statue der Gottesmutter in einer Pfütze liegend zurückgeblieben war.

Aziyadeh lenkte ihr Pferd langsam durch das Lager. Feuer brannten und machten die Nacht zum Tage. Überall sangen und tanzten die Männer. Ihre Hauptmänner hielten Reden, peitschten sie für die morgige Schlacht auf und stellten ihnen den nahen Sieg in Aussicht. Drei Tage lang dürften sie die Stadt plündern. Alles tun, was ihnen gefiele. Ewig wäre ihr Ruhm und unvergänglich die Ehre, gedient zu haben unter dem mächtigsten aller Sultane, Mehmed, dem Eroberer.
Aziyadeh empfand keine Freude. Es würden noch viele Männer sterben müssen. Doch sie konnte nicht verhindern, dass sie nur an den Einen dachte. Bitte, Allah, betete sie stumm, Du hast mir so viel geschenkt. Du hast mich bewahrt vor Schande und Tod, und ich war Dir treu. Du hast unseren Pakt erfüllt, und ich werde für immer Deine Dienerin sein. Nun aber will ich einen neuen Pakt mit Dir schließen.
Sie lenkte ihr Pferd auf das freie Feld zwischen Lager und Stadtmauer. Dort tat sie das, was sie schon einmal getan hatte: Sie breitete die Arme aus und reckte sie in den Sternenhimmel.
»Ich bitte Dich, meinen Geliebten zu schützen. Bewahre ihn vor dem Tode.«
Sie schloss die Augen, denn sie wusste, dass sie nicht nur fordern durfte, wenn der Pakt Gültigkeit haben sollte. Sie musste auch etwas geben. Als ihr klarwurde, was sie ihrem Gott als Gegenleistung anbieten musste, durchzog sie eisige Angst. Doch sie wusste, dass es keinen anderen Weg gab.
»Ich gebe Dir«, rief sie schließlich und musste gegen den Druck in ihrer Brust ankämpfen, »das Einzige, was ich noch habe: Ich gebe Dir mein Leben.«

Qara Chidr Pascha wusste, dass er keine Wahl mehr hatte. Seine Soldaten, die die Markierung verlegt hatten, lagen in Ketten. Wenn die Schlacht vorbei war, würden sie befragt werden, und der *beylerbey* zweifelte nicht daran, dass der Foltermeister sie zum Sprechen bringen würde. Es stand nicht gut um seinen Kopf. Und es gab nur eine einzige Möglichkeit, ihn zu behalten.

Chidr Pascha, der mit dem Wesir Zaganos in dessen Befehlsstand auf der anderen Seite des Goldenen Horns zusammengetroffen war, trat an den Eingang des Zeltes und schaute auf die Stadt jenseits des Hafens. Ihm war klar, dass die Truppen sie einnehmen würden. Schon jetzt feierten die Soldaten. Sie würden kämpfen wie die Teufel. Es war ihm ein Rätsel, wie dieser verfluchte Sheik das Grab hatte finden können. Wenn der Sultan erst mal Herrscher über die Stadt wäre, könnte keine Macht der Welt ihn mehr aufhalten. Es musste also vor der Eroberung geschehen. Oder währenddessen.

In seiner Vorstellung sah Chidr Pascha die Armee in die Stadt einfallen. Kämpfe überall, Mann gegen Mann. Dabei müsste es geschehen. Nur wie? Der Mann, der den Sultan tötete, würde seine Tat nicht lange überleben. Idealerweise sollte er, Qara Chidr Pascha, derjenige sein, der den Mörder niederstreckte. Aber wer käme zuvor so dicht an den Sultan heran, ohne dass dessen Leibgarde Verdacht schöpfte?

Chidr Pascha blieb nicht mehr viel Zeit, um eine Lösung für dieses Problem zu finden. Er wollte schon in das Zelt zurückkehren, als ihm ein Reiter auffiel, der in leichtem Galopp den Hang hinaufkam. Offenbar ein Melder, der eine Botschaft zu überbringen hatte. Doch dann stutzte der *beylerbey*. Dieser Melder kam ihm bekannt vor. Kaum dass er begriffen hatte, wer sich ihm da näherte, durchfuhr ihn ein Gefühl des Triumphes. Denn er hatte die Lösung für sein Problem gefunden.

Am Tag nach dem verheerenden Gewitter erwachten die Bewohner von Konstantinopel in einer gespenstischen Stille. Als sie vor die Türen ihrer Häuser traten, erfasste sie die Furcht.

Die ganze Stadt war in dichten Nebel gehüllt, wie sie ihn zu dieser Jahreszeit noch nie zuvor erlebt hatten. Es gab keinen Zweifel, dass Gott ihn geschickt hatte, um seinen Weggang aus der Stadt zu verbergen.

Erst in der Nacht wich der Nebel langsam und enthüllte den Soldaten auf der Mauer die Vorbereitungen der Osmanen. Die letzten Stücke des Grabens waren zugeschüttet und mit Balken befestigt worden, um auch die schweren Belagerungstürme an die Mauer heranführen zu können. Alle Kanonen wurden in Stellung gebracht, und in den Schmieden glühten die Essen, um Schwerter, Speere und Rüstungen bereitzustellen. In dieser Nacht fand kaum jemand Schlaf, und die wenigen, denen es gelang, ein paar Stunden Ruhe zu finden, wurden bereits im Morgengrauen vom Donnern der Kanonen geweckt. Zwei Tage lang schossen die Osmanen aus allen Rohren auf die tausendjährige Mauer ein. Zwei Tage, in denen die Verteidiger sich unablässig bemühten, die entstandenen Schäden, so gut es ging, wieder auszubessern. Als die Kanonen endlich schwiegen, sackten die Männer erschöpft zusammen.

Am folgenden Tag, dem 28. Mai 1453, herrschte Stille vor den Mauern der Kaiserstadt. Die Belagerer hatten ihre Vorbereitungen abgeschlossen. Nun fasteten sie einen Tag lang und beteten um den Sieg. Die Luft war mild an diesem Tag, und in den Hecken von Konstantinopel blühten die Rosen.

Am nächsten Morgen, um halb zwei, begann der Sturm auf die Stadt.

# Der Fall

Die Hauptwucht des Angriffs richtete sich auf die Landmauer und konzentrierte sich dort wiederum besonders auf die Lycossenke. Doch auch die im Bosporus stationierte Flotte war in Stellung gegangen. Sie beschoss die Mauern zum Marmarameer hin; die Schiffe im Goldenen Horn rückten gegen die Hafenmauer vor. Die Stadt wurde auf der ganzen Länge ihrer Verteidigungsanlagen attackiert.

Schon beim ersten Vorrücken der türkischen Soldaten schlugen die Kirchenglocken Alarm, der sich von Kirchturm zu Kirchturm über die sieben Hügel fortsetzte. Alle eilten zu den Waffen.

Ciriaco bezog seinen Posten an der Lycossenke, wo die Mauer durch den Kanonenbeschuss der vergangenen Wochen am schwersten beschädigt war. Er verabschiedete sich von seinen Freunden, Evrós und Rhangabe, mit einem Handschlag. Sie wussten, dass dort, wo sie ihre Stellung hatten, die schwersten Angriffe zu erwarten waren.

Als er die osmanische Armee mit ohrenbetäubendem Lärm heranstürmen sah, bekreuzigte Ciriaco sich. Der heutige Tag würde die Entscheidung bringen. Die erste Angriffswelle wurde von den *Baschi-Bazuks* getragen, einer Horde aus Söldnern und Plünderern aus aller Herren Länder. Sie waren wild, aber undiszipliniert. Ihr Angriff diente offenbar dazu, die Verteidiger zu

ermüden. Der Sultan wollte seine wertvolleren Truppen schonen. Für den Hauptangriff.
In Ciriaco zog die kalte Stille ein, die er immer verspürte, bevor ein Kampf begann. Es war ein Moment seltener Klarheit, der letzte vor dem großen Zorn. Es war der Moment des stillen Gebetes, und es war der Moment, da er sich noch einmal ihr Bild vor Augen rief. Denn vielleicht war es das letzte Mal.
Wieder sah er ihre leuchtenden Augen, spürte ihre Lippen und ihren Körper in seinen Armen. Dann bat er Gott um Vergebung für seine Sünden und wartete.
Wartete, dass der Wahn ihn ein weiteres Mal mit sich riss.

Aziyadeh war unablässig unterwegs. Kaum hatte sie eine Meldung überbracht, wurde sie mit einer neuen Botschaft weitergeschickt. Zum Nachdenken kam sie nicht mehr. Und das war gut so, denn sonst hätte sie sich mit Sicherheit gefragt, an welcher Stelle Ciriaco die Mauer wohl verteidigte. So betete sie nur darum, dass es nicht in der Lycossenke war, denn dort waren die Kämpfe am heftigsten.
Immer wieder schaute sie zu der Mauer, wenn ihre Botengänge sie an ihr vorbeiführten. Im Licht der Fackeln trugen die Angreifer Sturmleitern an das steinerne Bollwerk heran. Doch selbst sie erkannte, dass die Kämpfenden sich im Weg standen. Reihenweise mähten die Schwerter der Verteidiger die *Baschi-Bazuks* von den Zinnen der Mauer. Erst da ging ihr auf, dass ihr Herz auf Seiten der Christen schlug. Und nun fiel ihr auch wieder ein, was Cabbar bei ihrer letzten Begegnung zu ihr gesagt hatte.
Seit sie ihm von der Begegnung mit Ciriaco erzählt hatte, war eine Art Fremdheit zwischen ihnen entstanden, die sie schmerzte und die bei ihrem letzten Treffen besonders deutlich gewesen war.
»Hast du dich entschieden?«, fragte er sie.

»Ich liebe ihn, Cabbar«, sagte sie und sah, wie sein Blick sich verdunkelte.
»Dann gibt es nur einen Weg.«
»Was meinst du damit? Was für einen Weg?«
Er lenkte sein Pferd an ihre Seite.
»Viel Glück, kleiner Freund«, antwortete er rauh. »Du wirst es brauchen.«
Seitdem hatte sie ihn nicht mehr gesehen.
Rückzug!
Der Befehl kam vom Sultan selbst. Sie überbrachte ihrem Herrn, Ismail, die Anweisung, dass nun seine anatolischen Truppen angreifen sollten. Sie folgte ihrem Herrn, als der gegen das Romanus-Tor, nahe der Lycossenke vorrückte. Aziyadeh konnte nur schwer erkennen, was vor sich ging, die Leuchtfeuer narrten die Augen, und immer wieder verdeckten Wolken das Mondlicht. Doch auch die Anatolier schafften es nicht, die Mauer zu erstürmen.
»Dort oben«, rief ihr Herr, »sind Teufel am Werk.«

Ciriacos Schwert tanzte durch die Luft. Sein Zorn war längst erloschen, seine Schultern schmerzten, doch seine Arme bewegten sich weiter. Er befürchtete, dass es sein Ende wäre, wenn er innehielte. Unaufhörlich stürmten die Osmanen gegen die Mauer an. Manchmal gelang es, eine ihrer Sturmleitern zurückzustoßen. Doch schon prallten zwei neue an die Palisade.
Ciriaco wusste nicht mehr, wie lange sie schon kämpften. Eine Stunde? Drei? Vier oder fünf? Oder schon immer? Sein ganzes Leben schien auf dieser Mauer geronnen zu sein. Und während sein Schwert klirrend auf Säbel traf und das Fleisch der Feinde durchstieß, wunderte er sich über diese Gedanken und dass sie ein Eigenleben jenseits des kämpfenden Körpers führten. Mehr noch aber wunderte er sich, als ihn plötzlich ein Sog zu ergrei-

fen schien und der Lärm des Kampfes zurückwich. Und dann sah er auf einmal wie von oben auf sich selbst herab, wie er auf die einstürmenden Osmanen einschlug. Doch es ging ihn nichts an. Der, der dort kämpfte, war ein Fremder.
Er stieg weiter empor und schaute wie ein Gott auf die Kämpfenden herab. Überall sah er Schwerter blitzen und feurige Kugeln durch die Nacht fliegen. Er sah die Stadt wie eine Insel, umgeben von Feuerstürmen. Und er begriff, dass es zu Ende ging.
Dann zog es seinen Blick zum anderen Ende der Mauer, zum Palast des Kaisers, und von dort zu einem Licht außerhalb der Mauer. Augenblicklich durchfuhr ihn ein Schrecken, denn er begriff sofort, dass sie dort war. Aziyadeh. Und sie war in Gefahr, in allerhöchster Gefahr.
In hellem Entsetzen wollte er zu ihr, doch da riss es ihn zurück, hinab in seinen Körper. Und ehe er sich versah, war er wieder eins mit der Klinge in seiner Hand. Doch seine Sorge galt nicht mehr der eigenen Unversehrtheit, sondern dem Geschehen an der Nordmauer. Dorthin drängte es ihn mit aller Macht. Und als würden die Angreifer dies spüren, schien sich ihre Zahl zu verdoppeln. Nun war es nicht mehr Wut, die ihn antrieb, sondern Verzweiflung.
Als der Sturm der Angreifer nachließ, als er schon glaubte, sich befreien und nach Norden eilen zu können, erschütterte ein Schlag die Mauer. Gefolgt vom Bersten zersplitternden Holzes. Eine der Kugeln aus der großen Kanone hatte die Palisade getroffen. Unter wildem Gebrüll stürmten die Angreifer in die Bresche.
Sofort stemmten sich die Christen dem Angriff entgegen. Gemeinsam schafften sie es, die Osmanen zurückzudrängen. Doch noch bevor sie Atem holen konnten, ertönte von neuem das Signal zum Angriff. Diesmal schickte der Sultan seine Janitscharen in den Kampf.

Sie sah die Verzweiflung. Sie sah die Sterbenden. Und gleichzeitig dachte sie: Lass es scheitern. War sie deswegen eine Verräterin? Nein, gewissenhaft trug sie weiterhin Botschaften aus und eilte wie der Wind zwischen den Befehlshabern hin und her.

Während im Osten die Morgendämmerung den Himmel bleichte, schienen sich die Kämpfenden an der geborstenen Palisade ineinander verkeilt zu haben. Dort trieb der Sultan seine Janitscharen an. Aziyadeh kam gerade zu ihrem Herrn, Ismail zurück, als eine Unruhe im Norden ihre Aufmerksamkeit weckte. Auch die des Sultans. Sie sah, wie er sein Pferd in Richtung Blachernenpalast lenkte. Seine Garde folgte ihm. Ismail schickte sie hinterher: »Los, Kleiner, berichte mir, was da vor sich geht!«

Die Aufregung schien von dort zu kommen, wo die Landmauer auf die Mauer des Palastes stieß. Sie sah den Sultan auf seinem tänzelnden Pferd zwischen seinen Offizieren, während immer mehr Janitscharen auf die Mauer zustürmten. Sie versuchte zu erkennen, was dort geschah. Dann entdeckte sie die Pforte.

Es schien ihr unfassbar, doch die Mauer hatte genau im Winkel ein kleines Tor. Und das war offen. An diesem Eingang kämpften die Soldaten mit den Verteidigern. Sie wollte schon ihr Pferd wenden, um ihrem Herrn zu berichten, dass die Janitscharen im Begriff waren, in die Stadt einzudringen, als ihr in der Gruppe der Offiziere um den Sultan etwas auffiel.

Zwei der Hauptmänner hatten sich von der Gruppe gelöst, um weitere Soldaten in den Kampf zu führen. Und nun schickte der Sultan mit ausgestrecktem Arm seine Garde vor, auf dass sie ebenfalls in den Kampf eingriff. Bei ihm selbst verblieben nur noch zwei Männer, in dessen einem sie jetzt Cabbar erkannte.

Verwundert verhielt sie ihr Pferd und schaute auf ihren Gefährten. Er und der andere Mann befanden sich hinter dem Sultan, der wiederum das Geschehen an der Mauer beobachtete. Da lenkte der andere sein Pferd einen Schritt vor und sie erkannte auch ihn. Es traf sie wie ein Schlag. Der Mann neben Cabbar war Qara Chidr Pascha.

In ihrem Kopf wirbelten die Gedanken durcheinander. Cabbar zusammen mit ihrem ehemaligen Herrn? Wie konnte das sein? Waren sie nicht beide vor ihm geflohen? Das, was sie sah, ergab einfach keinen Sinn. Es sei denn …, er hatte sie verraten.

Vorsichtig führte sie ihr Pferd näher an die Gruppe heran. Was bedeutete es jetzt noch, wenn sie von ihrem ehemaligen Herrn erkannt wurde? Wenn ihr Freund sie verraten hatte, war sowieso alles verloren. Sie spürte, wie sich eine eisige Kälte in ihr Herz schlich.

Als sie sich näherte, bemerkte sie mit einem Mal, wie Chidr Pascha auf den Sultan wies, der den beiden Männern den Rücken zugewandt hatte. Im Halbdunkel der Dämmerung erkannte sie, dass Cabbar seinen Säbel zog. Wollte Cabbar etwa den Sultan erschlagen? Auf Befehl Chidr Paschas? Das konnte nicht sein. Voller Entsetzen trieb sie ihr Pferd an.

Da wandte Cabbar sich um und richtete seinen erhobenen Säbel auf einmal auf ihren Herrn. Doch da er nur einen Arm hatte, konnte er nicht gleichzeitig Säbel und Zügel halten. Das Pferd bewegte sich nach vorn und der Hieb verfehlte Chidr Pascha. Der reagierte sofort. Er zog seinen eigenen Säbel und rammte ihn Cabbar in den Leib.

Sie schrie auf: »Nein!« Aber im gleichen Moment stieg ein triumphierendes Gebrüll von der Mauer empor und übertönte ihren Schrei. Sie hieb ihrem Pferd die Hacken in die Flanken.

Vor ihr riss der Sultan den Arm mit dem Säbel hoch, als von der Mauer der Ruf: »Die Stadt gehört uns!« erschallte. So konnte er nicht sehen, dass hinter ihm Qara Chidr Pascha mit dem Säbel in der Hand auf ihn zuhielt.

Aziyadeh sah nur, wie Cabbar zusammengekrümmt auf seinem Pferd schwankte. Kalte Wut peitschte sie voran und ließ sie alle Vorsicht vergessen. In vollem Galopp stürmte sie auf ihren ehemaligen Herrn zu. Der bemerkte sie im letzten Moment und riss erschreckt die Augen auf. Unmittelbar, bevor er den Sultan erreichte, prallten ihre beiden Tiere aufeinander.

In hohem Bogen flog sie durch die Luft. Auch Chidr Pascha stürzte mitsamt seinem Pferd. Benommen versuchte sie sich aufzurappeln. Sie musste zu Cabbar, musste ihm helfen. Sie drehte sich um. Der Sultan, der von dem ganzen Geschehen in dem Lärm offenbar nichts bemerkt hatte, galoppierte auf die Mauer zu. Sie konnte immer noch nicht begreifen, warum ihr ehemaliger Herr den Sultan hatte töten wollen. Ihr Herr? Wo war Chidr Pascha. Sie richtete sich auf, wandte sich um. Aber er war schneller als sie.

»Du?«, fragte er ungläubig, als er auf sie herabsah.

Erst jetzt merkte sie, dass sie den Turban verloren hatte. Ihn konnte sie nicht täuschen, er hatte sie erkannt. Nun sah sie den Zorn in seinen Augen lodern. Als er mit dem Säbel ausholte, griff sie nach ihrem Dolch. Sie wusste, wie schnell sie war, doch sie wusste auch, dass sie diesem Hieb nicht würde entgehen können.

Gedankenfetzen zogen durch ihr Hirn: der Pakt, Ciriacos Leben, Allah forderte seinen Preis. Und wie sie die blitzende Klinge des Säbels schon auf sich zuschnellen sah, wie sie in einer letzten verzweifelten Bewegung die Hand mit dem Dolch hochriss, da prallte dem Chidr Pascha ein Pferd in den Rücken.

Er fiel auf sie zu, doch durch den Stoß verfehlte der Säbel sein Ziel und schlug hinter ihr in den Boden. Während er direkt in ihren Dolch stürzte. Unter seinem Gewicht kippte sie nach hinten. Immer noch hielt ihre Hand den Griff des Dolches zwischen ihren beiden Leibern fest. Sein Gesicht war direkt über

ihrem. Kein Zorn war mehr in seinen Augen, nur noch grenzenloses Staunen. »Du?«, wiederholte er röchelnd.
Mit aller Kraft stieß sie ihn von sich. Er rollte auf den Rücken. Da sah sie Cabbar neben seinem Pferd liegen. Sie versuchte aufzustehen, aber ihr Bein knickte ein. Sie hatte es sich bei dem Sturz verrenkt. So robbte sie zu ihrem Gefährten.
Er war noch am Leben, aber seine Wunde sah schrecklich aus. Sie legte seinen Kopf in ihren Schoß, während ihr die Tränen über das Gesicht rannen. Soldaten rannten an ihnen vorbei auf die Mauer zu. Keiner schenkte ihnen Beachtung. In dieser Nacht starben Tausende.
Während sich die Nachricht, dass die Mauer durchbrochen war, fortpflanzte und den Kampfgeist der Angreifer befeuerte, nahm Aziyadeh Abschied von ihrem Freund.
»Ich hatte schon geglaubt, du hättest mich verraten«, schluchzte sie.
Er hatte nicht mehr viel Atem, doch er fragte: »Ist er tot?«
Sie nickte.
»Gut«, stieß er hervor. »Dann bist du frei.«
»Frei?« Sie traute diesem Wort nicht.
Er sah sie an, wie er sie immer angesehen hatte. »Pass auf dich auf, kleiner Freund«, sagte er.
Dann brach sein Blick.

Es war eine Unachtsamkeit, die den Fall von Konstantinopel auslöste. Ein Trupp genuesischer Soldaten hatte einen Ausfall gemacht und dafür, wie schon oft zuvor, eine kleine Ausfallpforte, die Kerkaporta, benutzt. Ohne viel ausgerichtet zu haben, zogen sie sich schnell wieder zurück, dicht gefolgt von den Osmanen. Dabei vergaß der Letzte, die Pforte zu schließen. Im Nu waren die Osmanen im Innenhof zwischen der äußeren und inneren Mauer.

Dort hätten sie leicht niedergemacht werden können, doch genau zu diesem Zeitpunkt wurde der Hauptmann der Genuesen von einem Steingeschoss schwer verwundet. Als seine Männer den Verletzten fortbrachten, führten diese beiden Ereignisse, der Einfall der Türken und die vermeintliche Flucht ihres Hauptmannes, dazu, dass Panik unter den christlichen Soldaten ausbrach.

Als der Sultan sah, dass seine Männer auf der Mauer standen, befahl er den erneuten Sturmangriff. Angespornt durch den Erfolg ihrer Kameraden berannten nun die Janitscharen die Mauer. Mit ihrer Wildheit lösten diese Elitesoldaten Panik unter den Christen aus. Der Kaiser zog seine Soldaten sofort nach Norden, um die Osmanen zurückzudrängen. Dadurch begann die Verteidigung an der Palisade zu wanken. Während Ciriaco mit seinen Männern immer weiter zurückweichen musste, waren von den Soldaten, die an der Kerkaporta kämpften, die meisten schon geflohen. Als einer der Letzten hieb Kaiser Konstantin auf die einstürmenden Türken ein. Es war das letzte Mal, dass er lebend gesehen wurde. Sein Leichnam wurde nie gefunden.

Wenig später wehte die türkische Fahne auf dem Turm über der Kerkaporta. Konstantinopel, die Hauptstadt des Oströmischen Reiches, war gefallen.

## *Die Eroberte*

Mahmud fand, dass sie Zeit verschwendeten. Seit Wochen suchten sie jetzt schon nach der Frau. Dabei mussten sie vorsichtig sein. Zwar hatte der Sultan allen christlichen Flüchtlingen versprochen, dass sie in die Stadt zurückkehren könnten und dass ihr Leben und Besitz unbehelligt blieben. Dennoch waren die Christen vor willkürlichen Übergriffen der Osmanen, den neuen Herren der Stadt, keineswegs sicher. Das hieß, dass es wieder einmal an ihm, an Mahmud, hängenblieb.

So fragte er sich durch die Kasernen und Teehäuser, verbrachte viel Zeit in den Hamams oder suchte unter den Kranken und Versehrten nach einem einarmigen Mann und seinem jungen Begleiter mit blauen Augen. Die meisten lachten ihn aus, es waren so viele gestorben. »Such in den Kalkgruben«, war die häufigste Antwort, die er erhielt. Aber Ciriaco ließ nicht locker, schickte ihn immer wieder von neuem los. Schließlich fand Mahmud eine erste Spur.

»Ein einarmiger Soldat ist bei der Eroberung gefallen«, erzählte ihm ein Janitschar namens Turgal. »Ich war zu der Zeit an der kleinen Pforte. Du weißt schon, diese Tür, die sie für uns offen gelassen haben.«

Mahmud nickte. Wegen dieser Tür hatte es reichlich Gerüchte gegeben. Von Verrat war die Rede gewesen, und die Genuesen hatten sich einiges gefallen lassen müssen.

»Während wir die Mauer erstürmten, fiel der *beylerbey*, Chidr Pascha, und mit ihm ein einarmiger Soldat.«

Mahmud spitzte die Ohren.

»Der *beylerbey* ist tot?«

»Ja, keiner hat gesehen, wie es geschehen ist. Vielleicht waren es die Genuesen auf dem Rückzug durch die Pforte.«

Das war eine schlechte, aber auch eine gute Nachricht. Dass Cabbar offenbar gefallen war, tat ihm leid. Mahmud hatte den Einarmigen, der so wenig redete, gemocht. Dass aber auch Qara Chidr Pascha nicht mehr lebte, befreite ihn von einer großen Sorge. Der Mann, dem er einst gedient hatte und der auch Ciriaco für seine Zwecke eingespannt hatte, konnte ihnen keine Schwierigkeiten mehr bereiten.

Von einem jungen Soldaten mit blauen Augen wusste Turgal allerdings nichts. Aber einige Tage später traf Mahmud einen Proviantmeister mit Namen Ömer, der sich an die beiden erinnern konnte.

»Ich habe gehört, dass der Junge dem Schwager des Sultans, Ismail, zugeteilt war.«

Was ihn das anginge, fragte der Proviantmeister.

Er wäre ein Freund von Cabbar, dem Einarmigen. Der hätte ihn vor seinem Tod gebeten, sich um den Kleinen zu kümmern. Da wurde das Gesicht des Proviantmeisters traurig. »Cabbar ist tot?«

Mahmud nickte.

Ömer versprach sich umzuhören, konnte ihm aber nicht viel Hoffnung machen. Als Mahmud Ciriaco die Neuigkeit berichtete, verzog der das Gesicht.

»Dann haben wir nicht mehr viel Zeit. Wie ich hörte, wird Ismail gleich nach dem großen Fest nach Maghnisa zurückkehren.«

Ciriaco war seinerseits nicht untätig geblieben. Schon in den ersten Tagen nach der Eroberung hatte er sich an den Podestà von Pera gewandt. Die alte Rivalität zwischen Venedig und Genua sei nicht mehr von Bedeutung, hatte er dem Alten erklärt. Nun müssten sie zusammenstehen, um Verhandlungen über den künftigen Handel aufzunehmen. Danach hatte Ciriaco ihm das Schreiben des alten Sultans gezeigt, das ihm unbegrenzte Bewegungsfreiheit auf osmanischem Territorium garantierte. Dieses Schreiben zeigte er auch Großwesir Chalil, als die Verhandlungen über die Zukunft von Pera begannen.

Der Podestà hatte guten Grund, jede erdenklich mögliche Hilfe anzunehmen, denn Pera hatte so lange zwischen den Osmanen und den Griechen hin und her laviert, dass er schließlich von beiden Seiten der Doppelzüngigkeit verdächtigt worden war. Der neue Sultan war kein Mann der Unklarheiten. Er ließ den Genuesen ihren Besitz, doch er setzte ihnen einen osmanischen Aufseher vor die Nase.

Ciriaco allerdings hatte durch die laufenden Verhandlungen Zugang zum Serail bekommen. Großwesir Chalil betrachtete ihn bis zum Eintreffen des neuen venezianischen Botschafters als Vertreter der Lagunenstadt, mit dem er gerne seine Ansichten über die neue Politik austauschte.

So war Ciriaco nicht verwundert, als er eine Einladung zu dem Fest erhielt, das der Sultan zu Ehren der Abgesandten aus dem Abendland feiern wollte. Was ihn hingegen wunderte, war, dass er auch eine Nachricht von der Favoritin des verstorbenen Sultans erhielt.

Es lief nicht gut für Luca. Schon seit er den Fuß an Land gesetzt hatte. Er war in vorderster Reihe gewesen, als die Schiffe an der Hafenmauer anlegten. Nun war Plündern angesagt. Alle drängten durch das Tor, das die verängstigten Fischer ihnen geöffnet hatten. Dummerweise hatten sich in der Nähe einige Kreter verschanzt, die den Eindringlingen erbitterten Widerstand leisteten. Sie wurden schnell niedergemacht, zündeten aber mit letzter Kraft das Pulverlager. Die Explosion schleuderte Luca fast wieder ins Wasser zurück. Erleichtert stellte er fest, dass keines seiner Glieder gebrochen war. Nur seine Augen brannten, als hätte jemand Salz unter seine Lider gerieben.

Sie stürmten die Oberstadt. Dort prügelten sich die Soldaten um die Beute. Schreiende Frauen liefen durch die Straßen. Keine entkam. Luca, der blinzelnd nach Schätzen suchte, die er mitnehmen konnte, war nur ein Christ, der am Ende froh sein konnte, dass keiner der Janitscharen ihm den Kopf abhieb.

Später mochte sich keiner der osmanischen Offiziere an seine Verdienste bei der Überführung der Schiffe ins Goldene Horn erinnern. Schon gar nicht der Sultan, dem Luca sich nicht einmal mehr auf Sichtweite zu nähern vermochte. Dann entzündeten sich seine Augen. Bald konnte er kaum noch etwas sehen und taugte nicht einmal mehr zum Wegbringen der Küchenabfälle.

Er suchte sich einen Platz am Hafen, wo er sich hinhockte und den Vorbeieilenden die offene Hand hinhielt. Es fiel nicht viel hinein. Er gewöhnte sich an, den Vorbeikommenden sein Gesicht entgegenzuhalten, damit sie seine Not erkannten. Und während er unablässig seine Bitten murmelte, wuchs in seinem Inneren ein tiefschwarzer Groll heran. Er grollte dem Sultan, der ihn verraten hatte. Er grollte dem Schicksal, das ihn einmal mehr um seinen Sieg betrogen hatte. Und er grollte Gott, der anscheinend nichts Besseres zu tun hatte, als ihn zu verhöhnen.

Manchmal versuchte er, sich an bessere Tage zu erinnern. Er dachte an Ancona, und dass es einmal eine Frau gegeben hatte, die er liebte. Aber diese Erinnerung war voller Qual. So dachte er lieber an die kleine, blauäugige Ratte, die ihn niedergestreckt hatte. Wenn er sie doch nur noch einmal in die Hände bekäme. Dabei tastete seine Hand stets wie von selbst nach dem Dolch aus Damaszener Stahl, der als letztes Besitztum in seinem Gürtel steckte.

Eines Tages, als er wieder einmal in seinen Phantasien versunken war, bemerkte er zwei Gestalten, die vor ihm stehen geblieben waren.

»Edle Herren«, bettelte er, »eine Gabe für einen alten Soldaten, der alles verloren hat.«

Nichts geschah. Luca schielte blinzelnd zu den beiden Schemen hinauf, die immer noch vor ihm standen und sich nicht rührten. Waren es Wachen? Würden sie ihn fortjagen, oder gar in den Kerker werfen.

»Edle Herren ...«, wimmerte er leise.

Da beugte sich einer der beiden zu ihm herab und Luca spürte, dass der andere ihn genau betrachtete. War es jemand, den er betrogen hatte? Ein mulmiges Gefühl erfasste ihn.

»Was willst du für den Dolch?«, fragte eine Stimme, die aus der Vergangenheit zu kommen schien.

Luca lauschte. Es war ihm unmöglich, den Fremden zu erkennen. Doch die Stimme! Er kannte sie. Er leckte sich über die spröden Lippen.

»Dieser Dolch ist sehr wertvoll«, sagte er.

»Ich weiß, Luca«, antwortete die Stimme.

Da begriff der Mann aus Ancona, wer vor ihm stand. Er senkte den Kopf, doch dann siegte der Trotz.

»Was willst du tun, Junge aus Venedig?«, fragte er bitter. »Willst du mich töten?«

»Nein«, sagte die Stimme ruhig. »Ich will den Dolch. Was verlangst du dafür?«

»Ein Leben«, raunte Luca.

»Nein«, gab die Stimme zurück. »Das kann ich dir nicht bieten. Ich gebe dir einen Golddukaten. Das ist alles, was ich für dich tun werde.«

Langsam zog der Mann aus Ancona den Dolch aus seinem Gürtel und streckte ihn dem Mann entgegen. Gleichzeitig hielt er seine Hand auf. Als er den Druck der Münze darin spürte, schlossen sich seine Finger um den Dukaten.
»Danke, Herr«, quetschte er hervor und hob den Kopf. Blinzelnd sah er ins Licht. Doch da war niemand mehr.

# Der Schleier

Es gefiel Mahmud überhaupt nicht.
»Schon wieder eine komische Frau«, sagte er finster.
»Sei nicht albern«, antwortete Ciriaco. »Sie war die Favoritin des verstorbenen Sultans.«
»Schön, aber was will sie von dir?«
»Sie will mich sprechen«, Ciriaco las erneut den Brief in seiner Hand. »Es geht anscheinend um irgendwelche Fragen des Handels. Großwesir Chalil hätte ihr berichtet, dass ich zurzeit die Interessen Venedigs vertreten würde.«
Mahmud kratzte sich am Kinn. »Das gefällt mir nicht. So reden Leute, die etwas verbergen.«
»Da ist sie nicht die Einzige.«
»Du solltest da nicht hingehen.«
»Fang jetzt nicht wieder mit diesen Dschinn-Geschichten an.«
»Du solltest dich überhaupt von den Frauen fernhalten. Die bringen dich nur in Schwierigkeiten.«
»Sie wird mir schon nichts tun.«
»Das hast du letztes Mal auch gedacht.«
Ciriaco warf die Arme in die Luft. »Dann komm doch mit.«

Ein Boot brachte sie auf die andere Seite der Bucht. Und einmal mehr staunte Ciriaco, wie schnell das Leben wieder seinen gewohnten Gang nahm. Es war noch nicht lange her, da hatten sich hier Osmanen und Christen gegenseitig abgeschlachtet. Nun standen sie sich schon wieder an den Gewürzständen gegenüber und feilschten um Preise.

Nahe des Tores hockten ein paar Bettler auf der Erde, allesamt Versehrte des Krieges. Sie hatten weniger Glück gehabt als er. Darum ging er an keinem vorbei, ohne ihm eine Münze zu geben. Auch diesmal griff er schon nach seinem Beutel, als Mahmud ihn am Arm packte und auf einen der Bettler wies.

Die Augen des Mannes waren eitrig verkrustet, er war ausgemergelt und schmutzig. Trotzdem erkannte Ciriaco ihn sofort an der Brandnarbe auf der Stirn. Doch wie konnte das sein? Er hatte ihn auf dem Schlachtfeld von Varna sterben sehen. Aber, fragte er sich dann, hatte er das wirklich?

Alles, was damals geschehen war, besaß in seiner Erinnerung die Unschärfe eines Traumes. Alles, bis auf eines. Doch das hatte mit Luca nichts zu tun. Ciriaco beugte sich herab und sah dem Mann, der seinen Bruder ermordet hatte und der auch ihn hatte töten wollen, in die zerstörten Augen. Dabei suchte er in sich nach dem Hass, der ihm helfen würde, Luca zu töten. Doch da war nichts mehr. Kein Hass und schon gar kein Drang zu töten. Und während Luca sich wie unter einer für ihn unsichtbaren Bedrohung krümmte, erkannte Ciriaco, dass die grausamen Geister der Vergangenheit ihm nicht mehr schaden konnte. Er war frei.

Da entdeckte er den Dolch in Lucas Gürtel. Es war eine osmanische Waffe.

Sultanin Mara hatte in einem der alten Stadtpaläste unweit des Konstantinforums Quartier bezogen. Auf dem Weg dorthin kamen sie auch am Palast der Jagaros vorbei. Ciriaco hatte gleich zu Anfang Erkundigungen über seine Verwandten eingeholt. Aber offenbar hatte Theophilos seine Familie rechtzeitig nach

Venedig geschickt. Er selbst, so hieß es, wäre bis zum Schluss im Blachernenpalast geblieben. Sein Haus war, wie viele andere, von den Plünderern verwüstet worden.

Auch an dem Palast, den die Sultanin bewohnte, waren Schäden zu erkennen. Sie trugen den Wachen ihr Anliegen vor. Einer der Soldaten führte sie in eine geräumige Halle. Vor einer Flügeltür blieb er stehen.

»Nur Ihr werdet erwartet«, sagte er zu Ciriaco.

Mahmud stellte sich mit finsterer Miene neben ihn.

»Ist schon gut«, murmelte Ciriaco beschwichtigend.

»Ich werde hier warten«, knurrte Mahmud den Wachmann an. Der zuckte gleichmütig mit den Schultern, öffnete die Tür und ließ Ciriaco eintreten.

Als der die Tür hinter sich ins Schloss fallen hörte, zuckte er doch etwas zusammen. Obwohl er an keine Bedrohung glaubte, nahm er sich dennoch vor, auf der Hut zu sein. Er hatte sich geschworen, Mahmuds Instinkte nie wieder zu missachten. Doch als er sich jetzt umsah, konnte er keine Gefahr entdecken. Der Saal war leer.

Die Wände waren mit Seidentüchern verhängt, auf die Koranverse gestickt waren. Er versuchte gerade, die Inschriften auf den Wandbehängen mit seinen noch kümmerlichen Kenntnissen zu entschlüsseln, als sich seitlich eine Tür öffnete und eine verschleierte Frau in Begleitung zweier Männer den Saal betrat. Sofort verbeugte er sich und wartete, dass sie das Wort an ihn richtete.

»Ciriaco de Pizzicolli?«, fragte sie mit einer Stimme, aus der Autorität und Selbstbewusstsein sprach.

»Euer Diener«, gab Ciriaco zurück und richtete sich auf.

Sie hatte sich auf eine der Liegen gesetzt, die in einem Rund im Raum aufgestellt waren, ihre Begleiter standen links und rechts hinter ihr. Sie wies mit der Hand auf einen Platz ihr gegenüber.

Er ließ sich nieder und musterte sie dabei. Sie saß mit geradem Rücken, die Hände im Schoß verschränkt, und ihre hellen Augen erwiderten seinen Blick sehr aufmerksam. Nach einer Weile hatte er den Eindruck, dass sie unter dem Schleier lächelte.
»Großwesir Chalil hat mir berichtet«, begann sie, »dass Ihr sehr viel über unseren Glauben wisst.«
»Ich hatte die Ehre, mich mit Eurem verstorbenen Gemahl darüber zu unterhalten. Es waren seltene Momente des Einklangs zwischen einem Moslem und einem Christen. Wenn dies die Zukunft sein könnte, wäre die Vergangenheit weniger schmerzhaft und die gebrachten Opfer nicht umsonst.«
Sie schwieg eine Weile. Dann sagte sie leise: »Ich danke Euch für Eure Worte über meinen Gemahl. In seinem Herzen war er immer unglücklich darüber, dass unsere Welten sich bekriegen.«
»Ihr könnt nicht erahnen, wie sehr ich diesen Standpunkt teile«, gab Ciriaco zurück.
»Das freut mich zu hören, denn nach der Zeit des Schreckens sollten wir unsere Kräfte nun in die Zukunft richten.«
Ciriaco fragte sich, wohin diese Unterhaltung führen sollte.
»Wenn ich dazu beitragen kann, will ich es gerne tun.«
»Vielleicht könnt Ihr das«, gab sie zurück.
Er begriff, dass sie sich an den eigentlichen Zweck dieses Treffens herantastete. Das war ihm zu umständlich und so beschloss er, die Prozedur abzukürzen.
»Verzeiht, Herrin«, er schaute auf seine Hände hinab und sammelte seine Gedanken. »Aber ich bin nicht geübt in der Sprache der Diplomatie.«
Das stimmte natürlich nicht ganz. Er war dieses verklausulierte Reden nur einfach leid.
»All die großen Worte von Ruhm, Sieg und Ehre bedeuten mir nichts. Sie werden nur allzu oft von denen benutzt, die selber keine Ehre im Leib haben. Ich habe an der Seite der Griechen

gekämpft, doch der Mann, der mir mehr als alle anderen Gefährte und Freund ist, richtet seine Gebete an Allah. Und die, die ich mehr als alles andere liebe, habe ich in einer Schlacht verloren, in der Gläubige gegen andere Gläubige kämpften, damit eine Macht gegen eine andere triumphieren konnte. Ihr könnt mir glauben, dass ich alles tun werde, damit so etwas nie wieder geschieht.«

Sie sah ihn lange an. Ein kleiner Funke schien in ihren Augen zu tanzen. Irrte er sich oder war sie amüsiert?

»Ich habe einst«, sagte sie schließlich, »um meinem Volk zu helfen, ein großes Opfer bringen müssen. Was wäret Ihr bereit zu opfern?«

Er hob den Kopf. »Opfern? Ich würde alles opfern, wenn ich wüsste wofür.«

»Was wäre das Kostbarste, was ich Euch bieten könnte?«

Darüber brauchte Ciriaco nicht lange nachzudenken.

»Nichts, was Ihr mir geben könnt.«

Ablehnender konnte er sich nicht ausdrücken, ohne unhöflich zu sein. Dennoch schien sie wenig beeindruckt.

»Lasst mich meine Frage auf folgende Weise formulieren: Wie wichtig ist Euch Euer Glaube?«

»Ich werde nie wieder für ihn töten.«

Sie dachte nach.

»Es ist nicht das, was ich erwartet habe, doch es muss genügen.«

Sie erhob sich.

Auch Ciriaco richtete sich auf. »Was hattet Ihr erwartet?«

Sie dachte kurz nach.

»Weniger«, sagte sie dann und wandte sich ab. Ihre Begleiter folgten ihr auf dem Fuß. Kurz bevor sie den Saal verließ, hielt sie noch kurz inne.

»Bleibt bitte noch«, sagte sie. »Ich will sehen, wie viel Euer Wort gilt.«

Langsam setzte Ciriaco sich wieder. Er hatte nicht die leiseste Ahnung, was das alles zu bedeuten hatte. Warum bestellte die Sultanin ihn zu sich, traktierte ihn mit komischen Fragen, um ihn dann ohne eine Antwort zurückzulassen.
Eine merkwürdige Frau! Wahrscheinlich hatte Mahmud recht. Das war doch alles verrückt, was sollte er hier? Die Ellbogen auf die Knie gestützt, sah er sich um. Er beschloss gerade, diesen unverständlichen Besuch zu beenden und mit Mahmud wieder nach Pera zurückzukehren, als sich mit einem Mal die Tür, durch die die Sultanin verschwunden war, von neuem öffnete.

Sie trug einen Schleier. Aber er erkannte sie sofort. Nicht nur, weil es kein zweites Augenpaar wie ihres gab. Sondern auch, weil ihn ein Glücksgefühl durchströmte, das jemals wieder zu empfinden, er nicht mehr gehofft hatte.
»Bist du es?«, fragte er dennoch ungläubig.
Sie trat langsam näher, geschmeidig wiegten sich ihre Hüften unter dem grünen Gewand.
»Kennst du mich nicht mehr?« Ihre Augen glitzerten.
»Ich kenne die, die mich auf dem Schlachtfeld küsste und die, die ich in der Moschee wiedersah. Die, die mich aus dem Kerker befreite und mich ins Leben zurückholte, als ich es nicht mehr wollte. Aber wer bist du jetzt?«
»Ich bin Aziyadeh.« Sie kniete vor ihm nieder.
Sein Herz war so voll, dass er zu nichts anderem fähig war, als ihr mit der Hand zart über die Wange zu streichen.
»Ich habe lange nach dir gesucht«, flüsterte er.
»Wie lange?« Sie beugte sich vor und legte ihre Hände auf seine Knie.
»Ein Leben lang.« Die Berührung ihrer Hände ließ seinen ganzen Körper vibrieren.

»Ich glaube dir nicht«, gab sie zurück. Doch er sah den Spott in ihren Augen.
»Was muss ich tun, um dich zu überzeugen?«, fragte er, indem er auf ihr Spiel einging.
»Sehr viel. Du musst mich retten, wie damals auf dem Markt. Du musst mich ansehen wie in der Moschee. Und du musst mir verzeihen. Weil ich deinen Schmerz sah.«
Er sah, wie ernst es ihr war. »Ist das alles?«, fragte er mit einem Lächeln.
»Nein«, sie sah ihn eindringlich an, »du musst mir versprechen, dass wir einen Weg für uns finden.«
»All das will ich tun. Und noch viel mehr. Womit fangen wir an?«
»Dass du mich küsst«, sagte sie und hob ihren Schleier.
»Ich habe ein Geschenk für dich«, sagte er.
»Ein Geschenk?« Jetzt hatte er sie überrascht.
»Ja.« Er zog den Dolch hervor, den er Luca abgekauft hatte.
Sie nahm die Klinge in die Hand.
»Es ist eine gute Waffe«, sagte sie.
»Ich weiß. Sie hat einen weiten Weg zurückgelegt. Sie gehört dir.«
»Ist das mein Brautgeschenk?«, fragte sie verschmitzt.
»Ja«, sagte er lachend und zog sie an sich. Der Dolch polterte auf den Boden.

»Als die Stadt fiel, bin ich geflohen.«
Sie lehnte mit geschlossenen Augen an seiner Schulter, ihre Hand lag warm auf seiner Haut.
»Das war schwer, denn ich wusste nicht, was aus dir geworden ist.« Sie hob den Kopf und sah ihn an. »Du hattest mir doch versprochen zu überleben, nicht wahr?«
»Ja, das hatte ich.«

»Darauf habe ich vertraut. Und darauf, dass ich es gespürt hätte, wenn dir etwas geschehen wäre.«
Warmes Nachmittagslicht fiel durch die vergitterten Fenster auf die Kissen. Sie hatte ihn bei der Hand genommen und hierher geführt, in ein Zimmer im oberen Stockwerk, mit kahlen Wänden und hellen Vierecken, wo einmal Bilder hingen. Nur der Alkoven mit seinem Diwan, den Kissen und den Teppichen verriet, dass hier jemand wohnte.
»Und dann? Wohin bist du geflohen?«
»Ich wusste, dass es nur einen Menschen gab, zu dem ich gehen konnte. Mara, die ehemalige Sultanin, die in Saloniki lebte.«
Während sie erzählte, stellte er sie sich wieder in der Uniform eines Soldaten vor. Er konnte es immer noch nicht fassen, dass sie nun in seinem Arm lag.
»Mara hörte mir zu. Dann sagte sie mir, dass sie immer darauf gehofft hätte, mich wiederzusehen. Sie wusste, dass Chidr Pascha ein böser Mensch war. Sie sagte, dass sie mir helfen würde. Doch ich kannte sie zu gut. Mara hatte längst ihre eigenen Ideen.«
Er konnte nicht anders, beugte sich zu ihr und küsste sie.
»Weißt du, dass man uns dafür töten würde?«, fragte sie atemlos.

Zwischendurch schwiegen sie und spürten in der wortlosen Stille jene Vertrautheit wieder, die sie damals am Fluss empfunden hatten. Kleine geometrische Figuren aus Schatten und Licht wanderten unmerklich über ihre Körper, bewegten sich mit jedem Atemzug oder trafen auf Haut, wenn vorsichtige Hände den Stoff ihrer Kleider beiseiteschoben. Sie wussten beide, wie zerbrechlich all das noch war. Darum war auch ihre Stimme, als sie weitererzählte, kaum mehr als ein Flüstern.
»Ich glaube, Mara langweilt sich in ihrem Witwenpalast. Viel

zu lange hat sie in der Politik mitgespielt. Außerdem liegt ihr Serbien am Herzen. Sie will Einfluss ausüben, sie kann nicht anders.«

»Und du?«, fragte er und ließ seine Hand über ihren Rücken gleiten. »Was willst du tun?«

»Ich will wieder eine Frau sein. Ich will ein Leben mit dir. Aber ich muss dich warnen, all das muss ich erst lernen. Als ich das letzte Mal eine Frau war, war ich eine Spionin.«

»Das trifft sich gut, ein Spion war ich auch schon mal.«

»Wirklich?«, fragte sie und richtete sich auf.

»Ja«, gab er zurück und merkte dabei, wie ihr Anblick ihm den Atem nahm. Sie trug nur noch ihr seidenes Untergewand. Dunkel zeichneten sich die Spitzen ihrer Brüste unter dem hauchfeinen Stoff ab. Ein Lächeln umspielte ihre Lippen, als sie sich über ihn beugte. Er war sicher, dass sie ihm seine Empfindungen ansah.

»Mara plant etwas mit uns. Sie will, dass du zum Vermittler zwischen dem Sultan und den Christen wirst. Und dass ich an deiner Seite bin. So kann sie wieder Einfluss nehmen.«

Er zog sie an sich, zeichnete mit den Händen die Konturen ihres Körpers nach. Sie schloss genussvoll die Augen.

»Also will sie uns benutzen«, raunte er.

»Natürlich will sie das. Aber sie kann uns auch helfen. Wir bekommen ein neues Leben.«

Ihr Gesicht war dicht über ihm, ihre Augen immer noch geschlossen. Unter seinen Händen spürte er ihre wachsende Erregung. Er dachte an den Moment, da er sie gebeten hatte, mit nach Venedig zu kommen. Sie hatte abgelehnt, weil sie kein Leben in Verachtung hatte führen wollen. Hier wäre sie in ihrer Welt. Seine Welt würde er sich selber schaffen.

»Ich glaube, das ist ein guter Weg«, sagte er.

Sie kniete über ihm, ihr Gesicht über seinem. Nun war nur noch helle Seide zwischen ihren Körpern. Er sah in das Blau ihrer Augen, es war tief und dunkel wie ein See. Ihr Atem strich über sein Gesicht, ihre Lippen glänzten.

»Ich muss dir noch etwas sagen«, flüsterte sie und berührte ihn ganz leicht mit ihrem Schoß. Er stöhnte leise und drängte sich ihr entgegen.

»Was denn?«, fragte er, während seine Hände unter den zarten Stoff glitten.

»Ich muss dir von Leila erzählen«, raunte sie. Dabei rieb sie wieder leicht über sein Geschlecht. »Und von dem, was sie mich gelehrt hat.«

Er streifte ihr das Kleid über den Kopf und suchte ihren Schoß. Aber sie entzog sich ihm, ließ ihn immer wieder ihre Hitze spüren und benetzte ihn dabei mit dem Tau ihrer Lust.

»Ich werde dich nicht noch einmal gehen lassen«, murmelte er. Sie quälte ihn unerträglich mit ihrem Spiel und dennoch wünschte er sich nichts sehnlicher, als dass sie es fortsetzte.

»Wir müssen klug sein, Ciriaco.« Ihre Stimme zitterte.

»Aber nicht jetzt.«

»Nein«, flüsterte sie, »nicht jetzt.«

Ihre Augen waren weit geöffnet, als sie ihn ganz langsam in sich aufnahm. Und endlich das erfuhr, was Leila sie nicht hatte lehren können.

Es gefiel ihr sehr.

# Opfer

Ciriaco?« Er spürte ihren Atem an seiner Wange.
»Ja?«
»Du musst unseren Glauben annehmen. Es geht nicht anders.«
»Hmmh«, sagte er langsam, »wenn es sein muss.«
»Du würdest es tun?«
»Allah oder Gott. Es geht mir nur um dich.«
Sie schmiegte sich an ihn. »Dann tu es.«
»Was muss ich tun?«
»Nicht viel. Nur einen Satz sagen.«
»Ist das alles?«
»Ja.«
»Gut«, sagte er.
Nach einer Weile sagte sie: »Na ja …«
»Was denn?«, fragte er.
»Da wäre noch eine Kleinigkeit.«
»Na, was denn?«, fragte er gutmütig.
»Also, sie werden dir ein Stück Haut abschneiden. Es tut ein bisschen weh, aber es ist nicht schlimm.«
Er runzelte die Stirn. »Ein Stück Haut? Was meinst du damit?«
»Mach dir bitte keine Sorgen«, sagte sie, »ich werde dich pflegen.«

»Was meinst du damit, ein Stück Haut? Was für ein Stück Haut?«
Sie lächelte ihn an. Dann glitt ihre Hand zwischen ihre Körper, und als sie leicht an seiner Vorhaut zupfte, weiteten sich in jähem Begreifen seine Augen.

# Nachbemerkung

Die Christen beschimpften ihn als »Weltenverwüster«, den Muslimen galt er als heldenhafter »Eroberer«; Mehmet II. selbst verstand sich als Erbe Ostroms und Erneuerer des Reiches. Ich habe mich bemüht, beiden Sichtweisen gerecht zu werden.

Die Darstellung der Ereignisse in diesem Roman ist authentisch. Den Personen aber habe ich Charaktere zugeschrieben, die ihnen wahrscheinlich nicht immer gerecht werden. Zudem habe ich zwei historisch verbürgten Gestalten auf osmanischer Seite eine neue Identität verpasst. Qara Chidr Pascha war kein Heerführer, sondern der Statthalter von Amasia. Seine Rolle bei der Ermordung von Prinz Ali und dessen Söhnen ist bis heute rätselhaft.

Des Weiteren hieß die sadistische Schwester Mehmets nicht Sitt-Chatun. Dies war der Name einer seiner Frauen. Ich habe ihn genommen, weil er mir gefiel. Diese Untat sei hiermit gebeichtet.

Besonders freute es mich, die Gestalt des Ak Schemseddin hervorheben zu können. Dafür möchte ich mich bei Professor Kenan Gürsoy von der Galatasaray-Universität in Istanbul bedanken, der mich auf den geistigen Mentor von Mehmet aufmerksam machte. Und nun zu Ciriaco und Thamar.

Ciriaco de Pizzicolli, aus Ancona stammend, war eine der schillerndsten Gestalten dieser unruhigen Zeit. Als Händler und Archäologe, Spion und Abenteurer verkehrte er mit Königen und Sultanen. Er lieferte den Christen zahlreiche Berichte aus dem Leben der Osmanen. Und Thamar? Thamar ist nur eine Möglichkeit.

Aber eine schöne.

# Glossar

Die Begrifflichkeiten sind von mir in der Reihenfolge ihres Erscheinens im Text aufgeführt worden.

*Mevlana Jalaluddin Rumí* Dschalad ad-Din Muhammad Rúmi, gen. »Maulana« = arab.: unser Meister (türk.: Mevlana); bedeutender Dichter und Sufi-Meister, 13. Jahrh.; das Zitat ist aus dem *Mathnawi-yi ma'nawi*, nach R. A. Nicholsen, I 30

*Uludag* Berg im Nordwesten Anatoliens, auch Anatolischer Olymp genannt

*Sheik* Meister, geistiger Lehrer, der den Schüler, *murid*, anleitet

*Murid* Jünger, Novize

*Eyüp* arab.: *Abu Ayub al-Ansari*, Bannerträger des Propheten, fiel bei der ersten Belagerung von Konstantinopel 674

*Al-Fatiha* »Die Öffnende«, 1. Sure im Koran

| | |
|---|---|
| *Hrdja* | Mohammeds Auswanderung nach Medina, Beginn der muslimischen Zeitrechnung |
| *Argo* | Name des Schiffes, mit dem die *Argonauten*, mythische Helden der griechischen Antike unter der Führung Jasons, nach dem Goldenen Vlies suchten |
| *Ghazi* | Angreifer, Eroberer, Krieger; Titel der Grenzfürsten im frühen osman. Reich |
| *Maghrib* | Abendgebet, nach Sonnenuntergang zu vollziehen |
| *Wudu* | rituelle Waschung vor dem Gebet, kann zur Not auch mit Sand vollzogen werden |
| *Terra ferma* | Bezeichnung der Venezianer für das die Lagune umgebende Festland |
| *Miradsch* | Himmelsreise des Propheten |
| *Zawiya* | »Winkel«, Sufibehausung, Klause |
| *Sürüdschü* | Treiber, bei der »Knabenlese«, *devsirme*, eingesetzte Soldaten |
| *Divan* | Staatsrat |
| *Mursid/Murshid* | geistiger Führer |
| *Ar-Ra'd* | »Der Donner«, 13. Sure |

| | |
|---|---|
| *Dur* | Halt |
| *Tok-kilitsch* | Kampfname, »Blutiger Säbel« laut Quelle; mein türkischer Gemüsehändler übersetzte: »satter Säbel« |
| *Beylerbey* | hoher Offizier, Heerführer |
| *Sünnet* | Beschneidung |
| *Tabip* | Arzt |
| *Recte et fideliter sine aliquo dolo* | ordnungsgemäß und ehrlich, ohne jede Arglist |
| *»Einst um die Liebe, die Peri …« Übers.: F. Rückert* | Gedicht aus den Ghaselen (Liebesgedichten) Mevlana Jalaluddin Rumís |
| *Madda* | Hilfszeichen |
| *Alif* | Buchstabe, ›a‹, Anfangsvokal |
| *Khatt-i istiwa* | Äquator |
| *Ain* | stimmhafter Rachenlaut |
| *Mim* | ›m‹ |
| *Lauh-al mahfuz* | »Wohlverwahrte Tafel«, auf der die Geschicke der Menschen geschrieben sind |

| | |
|---|---|
| *Hurufi* | Derwischsekte der Buchstabendeuter (huruf = arab. Buchstabe) |
| *Bektaschi* | Derwischorden, eng mit den Janitscharen verbunden |
| *Akindschi* | Kavallerie (»Renner und Brenner«) |
| *Azapen* | leichte Infanterie |
| *Ali Imran* | »Das Haus Imran«, 3. Sure |
| *Baba* | »Vater«, respektvolle Anrede Älterer |
| *Mude* | Schiffskonvoi |
| *Gömlek* | Unterkleid |
| *Ferace* | weiter Mantel |
| *Kavuk* | Mütze, um die herum der Turban gewickelt wird |
| *Kemha* | kostbares, mehrfarbiges Gewebe |
| *Yeni Tseri* | arab. »Neue Truppe«, Elitetruppe im Osmanischen Reich, die von Sultan Orhan I. im Jahr 1330 gegründet wurde und sich aus den Kindern christlicher Untertanen rekrutierte |
| *Megadux* | gr. »Großherzog« |

| | |
|---|---|
| *Baschi-Bazuks* | irreguläre Truppen (Kanonenfutter) |
| *Kyrie eleison* | gr. »Herr, erbarme dich« |
| *Istimbólin* | osman. Verballhornung von eis ten polin, gr. »in die Stadt«, Schlachtruf der Janitscharen bei der Einnahme Konstantinopels |
| *Scherbet* | arab. für kühler Fruchtsaft, Ursprung des frz. *Sorbet* |
| *Mese* | von West nach Ost verlaufende Hauptstraße in Konstantinopel |
| *Fatih* | türk. Eroberer, Titel Mehmeds II. nach der Einnahme von Konstantinopel |

# SABINE EBERT

# Der Fluch der Hebamme

Roman

Freiberg 1189: Fast fünf Jahre sind seit Christians Tod vergangen. Marthe und Lukas leiden immer noch unter dem Verlust des Geliebten und Freundes und müssen ihre Gefühle füreinander neu bestimmen. Doch das ist nicht die einzige Sorge, die ihr Leben überschattet, denn es naht der Tag, an dem der grausame Albrecht, der älteste Sohn des Markgrafen Otto, die Regentschaft über die Mark Meißen übernehmen wird. Marthe und Lukas können nicht fliehen: Sie müssen Christians Vermächtnis erfüllen – und sich um die mittlerweile fast erwachsenen Kinder kümmern. Die sechzehnjährige Clara soll heiraten, obwohl sie heimlich in den jüngeren Sohn des Markgrafen verliebt ist, und Thomas träumt davon, sich Kaiser Barbarossas Kreuzzug ins Heilige Land anzuschließen …

Knaur Taschenbuch Verlag